Gerhard Oppermann

Rob Hansen und Liviana Vaitmar ermitteln

Saite h

Edition Die Nische

1. Auflage November 2011

Copyright 2011 by Verlag Edition Die Nische GbR
Bornefeld-Ettmann-Straße 26
59329 Wadersloh
Fax 03212 1027191
info@edition-die-nische.de
www.edition-die-nische.de

Alle Rechte vorbehalten. Kein Teil des Werkes darf in irgendeiner Form durch Fotografie, Mikrofilm oder ein anderes Verfahren ohne schriftliche Genehmigung des Verlags reproduziert oder unter Verwendung elektronischer Systeme verarbeitet, vervielfältigt oder verbreitet werden.

ISBN: 978-3-9812932-7-2

Covergestaltung: Piotr Cichocki, Kölner Künstler-Atelier

Buch

Hauptkommissar Rob Hansen aus Köln, alles andere als ein „Frauenversteher" und seit langem aus der Übung, was den Umgang mit dem anderen Geschlecht betrifft, wird während der neuesten Ermittlungsarbeiten von Frauen geradezu umzingelt. Eine erdrosselte Designstudentin, seine Kolleginnen, eine exotische Tatverdächtige, seine Schwester Marga, die geruchsempfindliche Stefanie Tannenberg und die Tegenaria domestica setzen ihm – jede auf ihre Weise – ordentlich zu.
Bei der Aufklärung des Falles tauchen nicht nur frühere ungelöste Mordfälle wieder auf. Der Hauptkommissar und seine Kollegin Liviana Vaitmar stoßen auch auf ihre eigenen "Leichen im Keller".
Das Kölner Team begibt sich nicht nur auf die Spuren des Mörders, sondern kommt sich auch selbst auf die Schliche. Weit zurückliegende Geheimnisse bestimmen plötzlich ihre Gegenwart. Wie gut, dass Rob Hansen sich freiwillig in psychotherapeutischer Behandlung befindet!

Autor

Gerhard Oppermann, Jahrgang 1958, in Siegen geboren, lebt im Bergischen Land in der Nähe von Köln. Er ist Diplom-Sozialarbeiter und arbeitet als Suchtberater in Köln. Er ist ausgebildeter Heilpraktiker für Psychotherapie und verfügt über die Methoden der Verhaltens- und Hypnotherapie und der Systemaufstellung.

Der Kriminalroman „Saite h" ist seine erste Veröffentlichung.

für meine Tochter Lisa

„Das Vergessenwollen verlängert das Exil, und das Geheimnis der Erlösung heißt Erinnerung."
(Sprichwort)

Kapitel 1

Samstag, 29. Juli bis Montag, 14. August

Samstag, 29. Juli

Köln, 22:03 Uhr

„Ich kann sie nicht mehr ertragen. Ich verachte sie. Warum machen sie es so stümperhaft? Warum ausgerechnet an den Unterarmen, wo es jeder gleich sieht? Sie können im Sommer nicht mal T-Shirts tragen, müssen ihre Haut vor neugierigen Blicken verstecken. Wie kann man nur? Es gibt Männer, die es an den Schultern machen oder an den Innenseiten der Oberarme. Ist doch unauffälliger. Was soll dieses krankhafte Betteln um Aufmerksamkeit. Sollen alle sagen, *Oh du armes Ding*? Sag was, Ann! Man geht doch nicht mit der Ritzerei hausieren!"

Er schaltete den CD-Player ein, der in Augenhöhe rechts neben ihm auf dem Holzregal stand. Die Schutzhülle der CD legte er auf den Player und schob die CD hinein. Die ersten Töne von *Could you be loved* von Bob Marley erklangen.

„Das war unser Song, Ann. Du hast so anmachend getanzt, und ich war verrückt nach dir. Was ist bloß mit uns passiert? Was hast du gemacht, Ann? Ich hasse diese Leere, die du in mir zurückgelassen hast. Ich hasse dich dafür. Ich weiß nicht, was ich denken soll. Es lässt mir keine Ruhe. Wo bist du, Ann?"

Auf der Werkbank vor ihm lagen Watte, Pflaster und Jod. Ein erstes unruhiges Stöhnen entwich ihm. Er öffnete den Gürtel seiner Jeans. Es war kühl hier im Keller. Kühler als er erwartet hatte. Er rieb seine Hände aneinander, drehte die Musik lauter und öffnete den Reißverschluss seiner Hose, die ihm bis in die Kniekehlen herunterrutschte. Der Kellerverschlag war von innen mit einem Hängeschloss zugesperrt. Die Holzlatten der Seitenwände und die Tür hatte er seit längerer Zeit mit Decken, Bildern und Tüchern blickdicht verhangen.

In seinem Kopf pochte es. Er fühlte ein Brennen in seiner Brust, ein brodelnder Kessel kurz vor dem Zerbersten. Er konnte kaum ausatmen und presste die Hände gegen seine Brust. Dann drehte er schnell das Volumen des CD-Players höher. *Exodus.* Der Reggae erfüllte den Bretterverschlag und rieb an seinen Nerven. Er öffnete den Werkzeugkasten, der links neben ihm auf einer Holzkiste stand.

„Sie machen es immer falsch. Immer quer zur Schlagader, dicht an dicht. Ritz, ritz, ritz! Aber nur der Längsschnitt lässt das Blut hinauspulsieren. Die klaffende Haut gibt keinen Halt. So kommt man ans Ziel. So laufen sie aus, die Adern und das Leben. Alles andere ist Firlefanz. Mitleid erhaschen. Alle sollen die Narben sehen. Erschreckt hinsehen, betroffen schweigen, irritiert wegsehen. Sie wissen doch, dass alle hinsehen werden. Quer zur Ader ist die Richtung der Dummen, oder nicht, Ann? Dafür gibt's kein Mitleid. Oh nein! Nicht von mir, ihr Schicksen!"

***

Sie sog die milde Kölner Abendluft in sich hinein. Sie hatte fast fünf Stunden mit Florian an ihrer Website gearbeitet und war mit dem bisherigen Ergebnis mehr als zufrieden. Aber ihre derzeit ausgelassene Stimmung entstand eher aus der Mixtur von gutem Internetauftritt und gutem Sex.

Flo studierte Informatik und zusammen mit ihrem Grafikdesign-Studium konnte das eine Goldgrube werden. Sie hatte schon einige Entwürfe für eine kleine Werbefirma gemacht und gute Aussichten, weitere Aufträge zu bekommen. Aber ihre Leidenschaft galt den Fotos und Collagen. Dafür wollte sie ihre Website. Und dabei half ihr Flo. Er zauberte vor ihren Augen nicht nur eine virtuelle Galerie nach ihren Vorstellungen, sondern er verwöhnte sie auch. *Du bist mir ein Schnuckelchen,* dachte Kim und sah seinen unbehaarten Oberkörper und seine großen

Brustwarzen auf der hellen Haut vor ihrem inneren Auge. Sie erinnerte seine durchtrainierten Oberarme und seine großen Hände, die ihre Brüste umschlossen. Und sie sah ihre dunklen Hände im Spiegel, die sich in seine weißen Pobacken gruben, als sie sich auf seinem Schreibtisch liebten. Sie hatte immer noch seinen Geruch in der Nase, diese Mischung aus herben Kräutern und einer Spur Vanille. Sie schmeckte das Salz seines Schweißes auf ihrer Zunge und hörte immer noch seine tiefen Laute, die ihre eigene Lust angetrieben hatten.

Dass er fünf Jahre jünger war, machte ihr plötzlich nichts mehr aus. Sie hatte bisher immer gedacht, dass Flo nur eine gute Abwechslung sei, die sie zwar nicht mit anderen Frauen teilen wollte, die aber auch keine Ansprüche an sie stellen sollte. Das hatte sie ihm auch mehrmals deutlich gemacht, weil sie wusste, dass er sie liebte. Er hatte sich immer daran gehalten, aber manchmal schwieg er oder sagte ihr, es sei nichts. Dann ahnte sie, dass er unter der Situation litt.

Als sie jetzt durch die Menschenmengen der *Kölner Lichter* ging, fühlte sie plötzlich genau das, wovor sie Angst hatte und wonach sie sich aber auch sehnte. *Ich liebe ihn, oder? Ich blöde Nuss. Ich liebe ihn wirklich.* Sie sah ihn neben sich stehen. Neben ihm wirkte sie beinahe zierlich. Umso mehr kam ein Verlangen auf, einfach immer neben ihm stehen zu wollen. Er sollte sie morgen zur Galerie begleiteten, und sie wollte ihn den Galeristen und Kunstinteressierten vorstellen. *Das ist Florian Hagen, mein Mann.* Sie stellte sich vor, wie er das erste Mal morgens in ihrer Küche mit ihr frühstückte und Viola, ihre Schwester, hinzukam.

„Er wird sich an seinem Brötchen verschlucken", lachte sie vor sich hin und wand sich durch die Menschenmenge. Sie sah sich mit Florian auf Partys herumstehen, sah, wie er mit anderen Frauen flirtete. Noch nie war sie eifersüchtig auf ihn gewesen, aber jetzt spürte sie bereits bei dem Gedanken daran eine leise Eifersucht aufsteigen. Sie wollte morgen mit ihm Arm in Arm durch die Galerie schlendern. Er würde sie im Arm halten und im Beisein der Umstehenden küssen. Plötzlich wollte sie alle ihre Erlebnisse unbedingt mit ihm teilen. Die Scham, sich mit ihm in der Öffentlichkeit zu präsentieren, verflüchtigte sich und vor ihrem inneren Auge breitete sich das Bild einer gemeinsamen Zukunft mit ihm aus.

„Worauf wartest du eigentlich?", fragte sie vor sich hin.

„Das frage ich dich", antwortete ein Zuschauer, der ihr ein Glas Kölsch reichte. Beide lachten und stießen an und während sie Small Talk machten, schweiften ihre Gedanken wieder zu Florian Hagen.

Die Kölner Lichter, unter dem Motto *„COLOGNE GOES MUSICAL",* hatten die Menschen zum Rheinufer gezogen. Kim entschied sich trotzdem für den Nachhauseweg. Sie wollte für die Vernissage am nächsten Tag fit sein. Volker Clausen, der Galerist, hatte eingeladen, und sie hatte einige ihrer Collagen beigesteuert. Der Event bot ihr eine weitere Gelegenheit, Kontakte zu knüpfen und mit ihrem Charme zu gewinnen. *Mit Ringen unter den Augen werde ich wohl keinen Stich machen. Die Aufträge für Frauen entstehen durch Attraktivität und Intelligenz. Ich werde irgendwann da ankommen, wo meine digitalen Produkte unabhängig von meinen Titten gekauft werden. Ich werde ein Atelier und ein Team haben, das meine Kreativität umsetzt, und wir werden richtig Geld verdienen. Und dann werde ich mich ganz der Kunst verschreiben, und wenn ich schon längst unter der Erde liege, werden sie immer noch über meine Kunst reden. Aber vorher werde ich noch tausendmal guten Sex mit Flo haben.*

Wenn Kim Ross etwas von ihren Eltern gelernt hatte, dann war es, mit Leib und Seele das Gegenteil von dem zu tun, was ihre Eltern getan hatten. Und das hieß für sie, morgen früh raus.

„Ich werde dich anrufen und fragen, ob du mitkommst, Flo."

***

Er drehte die Lautstärke ein weiteres Mal höher. Inzwischen war der Druck kaum noch auszuhalten. Auch sein Stöhnen brachte ihm keine Erleichterung. Das Brennen in seiner Brust ließ ihm trotz des kühlen Verschlages die Schweißperlen von der Stirn tropfen. In seinem Kopf hämmerten die Gedanken an seine Mutter und an seine Ann. Er setzte die Kombizange an der Innenseite seines rechten Oberschenkels an und klemmte die Haut darin ein. Erst als er die zusammengedrückte Zange drehte, erfüllte ihn der Schmerz mit jener Intensität, die ihn das Brennen in der Brust für einen Moment vergessen ließ.

„Ann! ...", stöhnte er, „... ich sehe dich in deinem grünen Kleid. Komm zurück, Ann! Du bist doch keine Schickse!"

Er drückte erneut zu und drehte die Zange ein weiteres Mal. Blut rann aus einem kleinen Einschnitt und lief den Oberschenkel hinunter. Seine Wut und all das unerträgliche Leid zentrierten sich auf die Stelle, wo die Kombizange sein Fleisch zerriss. Die Stiche im Kopf linderten sich mit dem Austreten seines Blutes. So stellte er sich einen Schmerz lösenden Aderlass vor.

Wie aus einem Traum erwachend, drehte er die Lautstärke herunter. Der Kellerverschlag nahm wieder seine Gestalt an, und sein Blick erfasste die Gegenstände, die vor ihm auf der Werkbank lagen. Er tröpfelte Jod auf die Watte. Langsam ließ der Schmerz etwas nach. Nachdem er die Wunde versorgt hatte, zog er die Hose hoch und schaltete die Musik aus.

„Der Schmerz hat seine eigene Logik, Ann. Er sitzt gleich unter der Haut, aber wenn du ihn in der Tiefe des Fleisches durchtrennst, fühlst du, wie das Ritzen ihn tötet. Was sagst du? Du hast dich einfach verpisst? Was ist passiert, Ann? Du siehst wunderschön in diesem Kleid aus. Es war das erste Kleid, das ich dir gekauft habe, und ich war so stolz, und du hast dich so gefreut. Alles hast du hier gelassen, aber das Kleid hast du mitgenommen, oder? Ich kann es einfach nicht finden. Hast du es mitgenommen, Ann?" Er atmete tief ein. Es roch feucht und muffig in dem Verschlag. Er fühlte, wie mit jedem Atemzug die Spannung erneut wuchs.

„Ich halte es nicht aus, Ann. Ich muss noch mal raus!"

***

Von den erwartungsfrohen Menschen, die dem Feuerzauber entgegenfieberten, hatte sie sich dann doch noch anstecken und sich ein weiteres Kölsch ausgeben lassen. Auf das bevorstehende Feuerwerk wollte sie aber verzichten. Die Heiratsanträge, die sie zwischen zwei Kölsch erhalten hatte, lehnte sie auf ihre derbcharmante Art ab und entschied sich nach dem letzten Schluck, den Nachhauseweg anzutreten. Müde, aber gut gelaunt, stieg sie am Heumarkt in die Linie 1 Richtung Weiden. Die Bahn war voller Menschen, aber Kim Ross ergatterte einen freien Fensterplatz, als plötzlich ihr Handy klingelte.

„Ja? Oh schön, Nicole, dass du anrufst. Keine Kölner Lichter für dich heute, meine Süße? ... Was? ... Krass, das tut mir leid. Kannst du die Prüfung wiederholen, oder war's das jetzt? ... Gut, das ist dann wenigstens Glück im Unglück", antwortete sie. Nicole Pfeffer war ihre beste Freundin, die sie schon über zehn Jahre kannte. Eine Weile sprachen sie noch über die vermasselte Prüfung und wie es für ihre Freundin weiterging, als Kim Ross sprunghaft das Thema wechselte.

„Du, hör mal, ich kriege eine echt gute Website. Ich schicke dir morgen den Link zu, dann kannst du sie schon mal anschauen. Sie ist so geil wie der ganze Tag heute", sagte sie, während sie am Melatenfriedhof aus der Straßenbahn ausstieg. Sie überquerte die noch gut befahrene Aachener Straße und bog in die Brucknerstraße ein, eine kleine Straße, die als Parkplatz am Kanal endete. Es war 23:40 Uhr. Normalerweise war es um diese Zeit von der Aachenerstraße bis rund um den Rautenstrauch-Joest-Kanal nicht so menschenleer wie heute. Die Studentinnen und Studenten, die sich in der Regel hier noch herumtrieben, hatten ihre Schreibtische, Laptops und Bücher verlassen und spazierten eng umschlungen auf den schmalen Wegen rund um den Rautenstrauch-Joest-Kanal oder saßen auf den Bänken, um Zärtlichkeiten auszutauschen. Heute war der Park am Kanal wie ausgestorben. Das baldige Feuerspektakel am Rhein hatte die Menschen in die Innenstadt gezogen. Kim beunruhigte der menschenleere Park mit seiner sparsamen Beleuchtung.

„Weißt du was? Ich glaube, ich bin verliebt ... Ja, Flo. Nein, eigentlich ist das anders. Ich glaube, ich liebe ihn." Sie ging an der Liebfrauenschule entlang. Jetzt brauchte sie nur noch ein paar Minuten, bis sie in die Straße einbog, die sie nach Hause führte. Schatten der Bäume und Äste huschten vorbei, und ein leichter Wind ließ die Blätter rascheln. Sie zuckte zusammen und sah sich bei jedem Geräusch erschrocken um. Die Angst hatte sie eingeholt, sie beschleunigte ihren Gang.

„Ich werde ihn gleich noch anrufen und fragen, ob er morgen mitkommt. ... Na und? Dann muss er halt noch mal wach werden. Aber ich glaube eher, dass er bei den Kölner Lichtern rumspringt und Frauen anbaggert. Scheiße!..." Das Knacken eines Astes hinter ihr jagte ihr einen Schrecken durch die Glieder. Hastig schaute sie sich um. Kein Mensch, nur Blätterrascheln, Schatten und die magere Beleuchtung, die sie an einen Fernsehkrimi erinnerte. Eine Szene mit einem Mann, der im Gebüsch lauerte, entstand in ihrem Kopf und ließ sie erschaudern.

„Hör mal, Süße, ich mach jetzt mal Schluss und lege einen Zahn zu. Mir wird es hier zu mulmig. Ich ruf dich morgen wieder an, okay? ... Nein, nicht mehr heute, ich will Flo noch anrufen und muss morgen fit sein ... ja, du auch ... mach's gut ... ja, wir sehen uns, Tschö." Kim steckte ihr Handy in die Hosentasche und erreichte die Baumgruppe, die den Kanal umrandete, als ihr plötzlich ein Schatten entgegentrat. Noch bevor sie schreien konnte, hielt ihr eine weiß behandschuhte Hand den Mund zu und der Schatten verschwand hinter ihrem Rücken. Dann verschwand auch die Hand, doch jetzt raubte ihr ein schneidender Schmerz die Sinne und ließ ihren Atem stocken. Ihre Hände versuchten verzweifelt, den Hals zu befreien. Panische Angst überwältigte sie. Ein leises Flüstern drang in ihr Ohr.

„Es ist Nylon. Du hättest so nicht sein dürfen", hörte sie noch und fragte sich, ob sie diese Stimme kannte. Dann wurde es still um sie. Ihre Angst wich einem friedvollen Staunen, als sie aus der Ferne einen strahlenden Punkt in der Dunkelheit auf sich zukommen sah.

Sonntag 30. Juli

Köln, 02:43 Uhr

Es klingelte. Er schlug mit der Hand auf den Wecker. Es klingelte erneut. Er brauchte einen Moment, um zu registrieren, dass es sein Handy war. Er schaltete die Leselampe an und fand den elektronischen Störenfried neben dem Bett auf dem graubeigen Tretford. Die digitale Anzeige zeigte 02:43 Uhr, als er den Anruf entgegennahm.

„Hansen", brummelte seine schlaftrunkene Reibstimme.

„Morgen, Hansen, Vaitmar hier. Sind Sie auch schon informiert worden?"

„Worum geht's?"

„Eine Frau wurde tot aufgefunden. In der Nähe der Liebfrauenschule, am Kanal."

„Wo ist das?"

„Lindenthal."

„Scheiße."

„Haben Sie einen Wagen?"

„Ich bestell mir ein Taxi."

Hansen beendete das Gespräch und ging ins Badezimmer. Die nackte Glühbirne oberhalb des Spiegels blendete ihn. Er nahm zwei Hände voll kaltes Wasser, das er sich ins Gesicht klatschte, um wach zu werden. Dann zog er sich an, steckte sich ein Zahnreinigungskaugummi in den Mund, streifte schnell sein Jackett über und griff beim Rausgehen nach Geldbörse und Schlüssel. Damit verließ er die Wohnung Richtung Wiener Platz. Für diese Uhrzeit war der Platz noch ungewöhnlich belebt. Einige junge Männer und Frauen hielten Bierflaschen in der Hand und sangen mehr oder weniger textsicher Karnevalslieder. Hauptkommissar Hansen erinnerte sich, dass es die Nacht der Kölner Lichter war und viele Menschen sich jetzt erst auf dem Heimweg befanden. Der Taxistand war bis auf ein Taxi leergefegt. Er sah wie ein Pärchen dort einstieg, sprang vor das Taxi, zückte seine Polizeimarke und hielt sie dem Taxifahrer vor die Windschutzscheibe. Dann öffnete er die Tür des Wagens.

„Sie fahren mich! Lassen Sie die Leute aussteigen, ich habe es eilig." Der Fahrgast auf der Rückbank war betrunken und hatte kaum etwas mitbekommen. Als der Taxifahrer ihm erklärte, dass er aussteigen solle, wurde er wütend und pöbelte. Rob ging um den Mercedes herum und öffnete die hintere Beifahrertür.

„Polizei. Das ist ein Polizeieinsatz. Steigen Sie bitte sofort aus", sagte er energisch.

„Und ich bin der Polizeipräsident!", brüllte der besoffene Mann zurück. Die Frau hatte die Lage erkannt und redete beruhigend, aber erfolglos, auf den Mann ein.

„Sie sind nicht der Polizeipräsident, den kenne ich persönlich. Sie steigen jetzt sofort aus, oder ich nehme Sie fest und Sie bekommen eine Anzeige wegen Behinderung der Polizeiarbeit!"

„Dann bin ich Präsident Weizsäcker", konterte der Besoffene. Seine Begleiterin versuchte, beschwichtigend zu vermitteln.

„Hören Sie! Ich habe jetzt keine Zeit für hochtrabende politische Gespräche. Sie sind nicht von Weizsäcker, und der ist auch nicht mehr Präsident. Das ist Horst Köhler und jetzt raus hier!" Hansen spürte, dass er auf diesem Wege alles schlimmer machte. Es kam kein weiteres Taxi, und sein Puls rannte.

„Hören Sie, Mann – stimmt das, was der Taxifahrer sagt? Sie betrügen ihre Frau mit einem Mann?" Hansen konnte den Satz kaum beenden, da war der Mann bereits wutschnaubend aus dem Taxi gesprungen, um ihm an die Kehle zu gehen. Der Hauptkommissar ließ seinen Fuß einen Moment zu lange stehen und konnte den harten Aufprall des Mannes auf die Pflastersteine nicht verhindern. Die Frau rannte schimpfend um den Wagen, aber anstatt dem Mann aufzuhelfen, attackierte sie den Betrunkenen mit ihrer Handtasche. Hansen sprang auf den Beifahrersitz des Taxis und gab den Befehl zur Abfahrt.

„Ich hoffe, Sie haben nicht auch noch die Polizei gerufen?! - Zum Rautenstrauch-Joest-Kanal, Lindenthal. Schnell!" Der kahlköpfige Taxifahrer schaute Hansen mit seinem Silberblick an.

„Sie sind wirklich Polizist?"

„Ja, und wenn der Betrunkene gleich wieder steht, nimmt er uns auseinander, weil Sie ihn schwul genannt haben."

„Wie sind Sie denn drauf, Mann?!"

„Fahren Sie schon!", befahl Hansen und zeigte erneut seinen Dienstausweis. Der Taxifahrer warf den Motor an, legte den Gang ein und fuhr auf die Frankfurter Straße.

„Ich fasse es nicht! Ich sag Ihnen jetzt nicht, dass ich auf diese Fahrt mein Leben lang gewartet habe! Und außerdem habe ich die Polizei rufen lassen!"

„Dann bestellen Sie die wieder ab, sonst müssen Sie den Einsatz auch noch bezahlen. Außerdem habe ich es eilig!"

Als er am Tatort eintraf, sah er die Frauen und Männer der Spurensicherung in weißen Tyvek-Overalls mit Kapuzen, Handschuhen und Überziehschuhen arbeiten. Sie kamen ihm vor, wie eine Einsatztruppe von einem anderen Stern, die jedes Detail des Geländes befingerten und bepinselten und verdächtige Materialien in große und kleine Plastiktütchen verpackten. Kommissarin Liviana Vaitmar ging Hansen entgegen. Sie hatte ihre langen, glatten Haare zu einem zerzausten Dutt hochgebunden. Im Licht der Halogenscheinwerfer, die den Tatort ausleuchteten, und in ihrer Lederjacke sah Liviana Vaitmar aus wie eine übernächtigte Rockerbraut auf der Suche nach ihrem Kerl und einer Tasse Kaffee. Ihre schlechte Laune traf Hansen aus einem zarten, südländisch dominierten Gesicht.

„Hallo Hansen", grummelte sie.

„Morgen. Wo ist die Leiche?"

„Sie liegt hier hinten im Gebüsch. Offensichtlich wurde sie hineingelegt. Fundort und Tatort liegen aber nur ein paar Schritte auseinander." Kommissarin Vaitmar zeigte mit ihrem Zeigefinger in östliche Richtung auf den Boden.

„Sie hat eine Schnur um den Hals."

Hauptkommissar Hansen hob das rotweiße Absperrband hoch, ging Richtung Fundort und fragte, ob jemand die Leiche schon bewegt habe. Dann fand er den Einsatzleiter der Truppe.

„Morgen, Jens."

„Morgen, Rob. Also, die Frau wurde vermutlich ..."

„Jens,...", unterbrach Rob Hansen ihn, „...zieh deine Leute für einige Minuten ab. Ich möchte mir die Tote in Ruhe ansehen. Gib mir ein paar Latex-Handschuhe und mach das große Licht aus."

„Na, ich vergaß, Rob." Und ohne weitere Zeit zu verschwenden rief der Spurensicherer in die erhellte Nacht hinein.

„Leute, die nächsten fünf Minuten Kaffeepause und Füße vertreten, aber keine Zigarette." Dann suchte er unter dem weißen Tyvek-Overall in der Hosentasche nach seiner Pfeife und freute sich auf den ersten feuerwarmen Zug. Auch Kommissarin Vaitmar blieb zurück. Beide kannten die Vorgehensweise Hansens, auch wenn es nicht leicht fiel, sich daran zu gewöhnen. Hauptkommissar Hansen stand in einem Abstand von zwei Metern vor dem jungen Opfer.

„Was macht der da?", fragte ein junger Kriminaltechniker, der neben Kommissarin Vaitmar und Jens Fischer, dem Leiter der Spurensicherung, stand.

„*... da wurden ihm die Toten so bekannt,*
als wäre er durch sie
mit einem jeden
ganz nah verwandt;
er ließ die anderen reden", beantwortete Jens Fischer die Frage.

„Oder anders - die Tote soll ihm schnell noch sagen, wer sie umgebracht hat, bevor sie ganz steif geworden ist", ergänzte Kommissarin Vaitmar. Fischer pustete den Pfeifenqualm aus Nase und Mund und erwiderte feixend,

„Du bist ja heute in aller Herrgottsfrühe schon ziemlich gnadenlos. Ich habe mal ..."

„Nicht so laut, du störst sonst noch sein Morgengebet", sagte Vaitmar unbekümmert, und dabei sahen die drei, wie Hauptkommissar Hansen vor der Leiche kniete.

Hansen richtete den Schein seiner Taschenlampe auf den Leichnam. Der Anblick des Mordopfers fraß sich wie eine Krankheit in sein Herz. Diese Anwandlung würde gleich verflogen sein. Sein Beruf hatte ihn zu der inneren Haltung gezwungen, sich die Toten auf Abstand zu halten. Er kannte nicht nur aus eigener leidvoller Erfahrung den Preis, den man zahlen musste, wenn einem dies nicht gelang. Die Frau lag auf dem Rücken, dicht unter den Bäumen und dem dünnen Gestrüpp.

Farbiger, mulattischer Hauttyp. Schwarze Haarkrause. Gesicht aufgedunsen. Punktförmige, flohstichartige Blutungen auf der Gesichtshaut und den Augenlidern, dachte er und beugte sich vor, so nah, als wolle er das Zucken ihrer Wimper entdecken, als hoffe er auf einen letzten Augenaufschlag, der den Blick in ihre Seele freigeben sollte. Dann richtete er sich auf.

Um den Hals der Toten eine kaum erkennbare Nylonschnur, deren Enden jeweils an einem Rundholz befestigt sind. Wie hindrapiert. Das Drosselwerkzeug hat eine tiefe, zirkuläre Strangfurche rund um den Hals hinterlassen. Auffällig: Einige Kratz- und Schürfwunden am Hals – die werden wohl von ihren Fingernägeln herrühren. Jeans, kurzes T-Shirt, hochgerutscht. Sandalen.

„Ihr könnt wieder!", rief er knapp. Die Beleuchtung wurde eingeschaltet, und die Menschen in den Tyvek-Overalls begannen, sich nach und nach wieder das Gelände zu erobern.

„So, Jens, jetzt du", forderte Rob Hansen den Kriminalisten auf, und auch Kommissarin Vaitmar näherte sich wieder.

„Du hast sie ja gesehen, Rob. Sie ist absichtlich so hingelegt worden. Der Tatort ist ein paar Meter entfernt. Du kannst hier die Schleifspuren noch erkennen, wenn du da jetzt nicht drin rumläufst."

„Todeszeitpunkt?"

„Die Todesstarre hat noch nicht eingesetzt. Also knappe drei Stunden her, denke ich."

„Drei Stunden Vorsprung hat das Schwein?!"... entrüstete sich der Hauptkommissar, „... Wer hat sie gefunden?"

„Ein Studentenpaar", übernahm seine Kollegin Vaitmar jetzt. „Die kamen von den Kölner Lichtern zurück und wollten hier auf der Bank wohl ein Nümmerchen schieben, da hat die Frau die Leiche entdeckt."

„Vaitmar! Geht's auch weniger frivol? Wir sind hier nicht auf der Kirmes", wies Hansen sie schroff zurecht. Jens Fischer konnte sich einen Lacher nicht verkneifen.

„Die sind fix und fertig", fuhr Vaitmar unbeeindruckt fort. „Die Frau hat eine Beruhigungsspritze bekommen. Sie sitzen dahinten im Rettungswagen."

„Und die Tote?"

„In ihrer Handtasche haben wir Ausweis und Geldbörse und das, was Frauen sonst noch so brauchen, sichergestellt. Bargeld, Scheckkarte, Kreditkarte. Alles noch vorhanden. Der Täter schien es nicht darauf abgesehen zu haben. Auch das Handy steckte noch empfangsbereit in der Hosentasche des Opfers."

„Das alles macht den Fall nicht leichter. Hat sie auch einen Namen?"

„Kim Ross."

„Angehörige?"

„Wissen wir noch nicht. Kim Ross wohnte hier gleich um die Ecke. Frangenheimstraße."

„Dann bringen wir das jetzt in Erfahrung."

„Jetzt?!"

„Wann, wenn nicht jetzt, Vaitmar? Ich werde die Wohnung der Toten aufsuchen, und Sie kümmern sich um das Umfeld. Angehörige, Verwandte, Bekannte. Nehmen Sie sich ihr Handy vor, Sie kennen ja das Programm. Jens!...", rief Hansen im Weggehen in die Nacht und drehte sich noch einmal um, „...Haben wir einen Wohnungsschlüssel von der Toten?"

„Haben wir", entgegnete der Leiter der Spurensicherung ruhig, der kaum vier Meter entfernt auf dem Boden hockte.

„Wenn wir die Personalien der Zeugen haben, können wir sie gehen lassen."

„Sicher", antwortete Vaitmar. „Hansen, das sieht aus wie der Fall im Grüngürtel letztes Jahr."

„Genau so sieht es aus."

„Und jetzt?"

„Jetzt können wir uns mitten im Sommer warm anziehen."

Dienstag, 1. August

Köln, 10:30 Uhr

Er steckte sich den letzten Bissen seines Fischbrötchens in den Mund und versuchte, mit der Papierserviette das Tropfen der Mayonnaise aufzuhalten. Nachdem er sich die Hände zuerst an der Serviette, dann an der Jeans abgewischt hatte, schaute er in die Runde der Anwesenden. Staatsanwalt Stefan Mirkow saß rechter Hand von ihm und hatte absichtlich einen Stuhl für Kriminaldirektor Bosch dazwischen freigelassen. Die Kommissarinnen Liviana Vaitmar und Charlotte Kobalt saßen Hansen gegenüber am anderen Kopfende der Konferenztische. Jens Fischer, Leiter der Spurensicherung, hatte linker Hand Platz genommen und saugte an seiner kalten Pfeife. Auch der Rechtsmediziner Dr. med. Hans Dieter Pocken vom Institut für Rechtsmedizin der Universität zu Köln war gekommen und tippte, neben Jens Fischer sitzend, etwas in seinen Pocket-PC. Die restlichen Stühle blieben leer.

„Okay, Kollegen, lasst uns anfangen ..."

„Sollen die anwesenden Kolleginnen jetzt gehen?", fragte Liviana Vaitmar, woraufhin sich die Männer irritiert nach ihr umsahen.

„Was? Warum? Natürlich nicht!", entgegnete der Hauptkommissar mit zusammengekniffenen Augen.

„Weil Sie nur ihre Kollegen angesprochen haben, Herr Kollege", konterte Liviana Vaitmar. Hansen sah sie mit senkrechten Stirnfalten an. *Geht jetzt das Emanzengehabe hier wieder los?*, dachte er, antwortete aber anders.

„Ah ja. Kolleginnen und Kollegen, lasst uns anfangen." Vaitmar verzog keine Miene und Kommissarin Charlotte Kobalt, die den Blick auf den Tisch gerichtet hatte, lächelte in sich hinein. Hansen entschuldigte Kriminaldirektor Bosch, der in einer anderen Sitzung unabkömmlich schien. Da der Fall Kim Ross Ähnlichkeiten mit dem Mordfall vor einem Jahr aufwies, schlug Hauptkommissar Hansen vor, in den zwei Fällen chronologisch vorzugehen. Das erste Opfer hieß Manuela Berghausen, wurde am Samstag, den 23. Juli 2005 um zirka 17:30 Uhr von einem Jogger, unweit des Weges zwischen ein paar Sträuchern im Stadtwald, gefunden. Der Rechtsmediziner Dr. Hans Dieter Pocken ergänzte die Zusammenfassung mit ein paar fachspezifischen Fakten.

„Das Opfer Manuela Berghausen war 27 Jahre alt und bereits über 24 Stunden tot, als sie gefunden wurde. Der Todeszeitpunkt war demnach Freitag, der 22. Juli, etwa um 18:30 Uhr. Manuela Berghausen war mit Joggingsachen bekleidet und wies die typischen Erdrosselungsmerkmale, punktförmige, flohstichartige Blutungen und eine Schnittwunde am Hals auf, die von einer Nylonschnur herrührte. Die Obduktion ergab keinen Hinweis auf Spermaspuren, auf Alkohol und auch nicht auf Drogen. Keine Auffälligkeiten bezüglich des Mageninhalts", endete der Rechtsmediziner, und Jens Fischer nahm den Faden auf, um die kurze Ausführung mit den kriminaltechnischen Details zu ergänzen. Tatort und Fundort lagen dicht beieinander. Die meisten DNA-Spuren, die man bei Manuela Berghausen gefunden hatte, konnten eindeutig zugeordnet werden. Letztlich blieben damals zwei unbekannte DNA übrig. Eine männliche und eine weibliche, was nicht zwingend heißen musste, dass es sich dabei um die DNA des Täters oder der Täterin handelte.

„Die Wahrscheinlichkeit könnte sich allerdings erhöhen, wenn wir eine identische DNA im jüngsten Fall Kim Ross finden würden, aber da kommen wir ja nachher noch zu", schloss Jens Fischer.

„Manuela Berghausen war Biologiestudentin für Lehramt, Sekundarstufe II, und im 7. Semester an der Uni Köln eingeschrieben", mischte sich Kommissarin Charlotte Kobalt ein und fuhr sich mit der rechten Hand durch ihr kurz geschnittenes rotes Haar, während sie mit der linken Hand einen Kugelschreiber zwischen Zeige- und Mittelfinger auf dem Tisch tippeln ließ.

„Aber sie arbeitete wohl überwiegend als Tierpflegerin im Kölner Zoo. Erdmännchenspezialistin - und bei den Wildkatzen."

Hauptkommissar Hansen verspürte den heftigen Drang, Charlotte Kobalt den Mund zu verbieten. Ihre Stimme oszillierte in einem Klangbereich, der ihm wie das Durchsägen eines Blecheimers mit einem Fuchsschwanz vorkam. „Danke, Frau Kobold. Lassen Sie zuerst die beiden Herren ihre Berichte abschließen, danach tragen wir die weiteren Ermittlungsergebnisse der Fälle zusammen. Dann kommen auch Sie zum Zuge", entgegnete er schroff. Kommissarin Charlotte Kobalt fuhr sich abermals mit der Hand durch ihren Bürstenschnitt. Einige Kollegen bewegten sich unruhig auf ihren Stühlen und flüsterten. Die Arbeitsatmosphäre kühlte merklich ab.

„Machen wir weiter, Jens", forderte Hansen den Kriminaltechniker unbeirrt auf.

„Gut, dann würde ich jetzt etwas ausführlicher auf das Drosselwerkzeug eingehen, da es mir wie ein erster Schlüssel für die beiden Mordfälle zu sein scheint." Der Kriminaltechniker berichtete, dass es sich bei dem Drosselwerkzeug im Fall Berghausen um eine Nylonschnur handele, die man üblicherweise für eine Konzertgitarre verwende.

„Das ist eine handelsübliche Saite, wie Augustine, Martin oder Hannabach, die man in jedem Fachgeschäft bekommen kann. Da werden wir auf Quittungen angewiesen sein, wenn das wichtig werden sollte." Dann holte er eine Nylonschnur und ein Stück Holz aus seiner Aktentasche hervor.

„Die Befestigung der Saite an beiden Enden erfolgte mit einem Universal-Anglerknoten an einem acht Zentimeter langen Rundholz aus Fichte." Er zeigte den Anwesenden, wie dieser Knoten ausgeführt wurde.

„Die Rundhölzer kann man als Meterware in jedem Baumarkt beziehen. Sie wurden nicht maschinell, sondern mit einem Fuchsschwanz auf ihre Länge von acht Zentimetern gesägt. Der Bohrkanal ist schräg, was mit dem bloßen Auge kaum zu erkennen ist. Kurz, der Täter hat die Dinger, bestenfalls an einer Werkbank, in Handarbeit hergestellt. Leider gibt es keine Fingerabdrücke oder DNA-Spuren an der Mordwaffe. Ich will ja nicht vorgreifen, aber Bauweise und Knoten finden wir in beinahe identischer Weise auch bei dem Mordwerkzeug, das wir bei Kim Ross gefunden haben", endete Fischer.

Hauptkommissar Hansen ergänzte den Fall mit früheren Ermittlungsergebnissen. Die Ermittlungen in der Kölner Musikerszene seien erfolglos geblieben. Manuela Berghausen selbst habe keinen Kontakt zur Musikszene gehabt. Heute klimpere ja Hinz und Kunz auf einer Gitarre herum, ergänzte er lakonisch. Ansonsten gab es in ihrem Umfeld mehrere Personen, die noch am Tag der Ermordung von Manuela Berghausen Kontakt mit ihr hatten. Alle konnten aber für die Tatzeit ein lückenloses Alibi vorweisen.

„Die restlichen Ergebnisse sind uns ja hinlänglich bekannt. Lasst uns jetzt zu Kim Ross kommen! HD, willst du weitermachen?"

Rechtsmediziner Dr. Hans Dieter Pocken, der mit seinem Pocket-PC beschäftigt war, schob seinen Stuhl nach hinten.

„Keine Vorlesung, nur ein paar Fakten, HD", bremste Kommissarin Vaitmar ihn in seiner Bewegung.

„So entstehen Neurosen. Sie beginnen mit der ständigen Wiederholung und das überall", antwortete der Rechtsmediziner selbstironisch. Dann setzte er sich wieder und fasste die wesentlichen Erkenntnisse, die sich aus der Obduktion bisher ergeben hatten, zusammen. Das Mordopfer Kim Ross war 29 Jahre alt. Der Todeszeitpunkt ließ sich auf kurz vor Mitternacht des 29. Juli 2006 eingrenzen.

„Todesursache war die Komprimierung der Blutgefäße, also die fehlende Sauerstoffzufuhr zum Gehirn. Atemnot spielte eine sekundäre Rolle. Was übrigens auch bei dem Mordopfer Berghausen der Fall war, soweit ich das erinnere ..."

„Wie dürfen wir das verstehen, HD?", fragte Kommissarin Vaitmar nach.

„Nun, ich will es mal etwas einfacher ausdrücken ..."

„Ja, bitte."

„Bei einer Erdrosselung mit einem dicken Seil oder den bloßen Händen, wird neben den Blutgefäßen auch die Luftröhre komprimiert. Das Opfer bekommt keine Luft mehr, erstickt letztendlich. Bei der Erdrosselung mit einer Nylonschnur, wie in unserem Fall hier, werden die Blutgefäße, besonders seitlich des Halses, komprimiert. Das heißt, die Sauerstoffzufuhr zum Gehirn wird unterbrochen. Die Konsequenz ist in beiden Fällen die gleiche. Der Tod tritt ein. Der Unterschied, der in diesem Fall interessant ist, ist der, dass man bei der Erdrosselung mit der Nylonschnur einen geringeren Kraftaufwand benötigt ..."

„Verstehe ich das richtig, HD, bedeutet das, dass zum Beispiel auch eine zierliche Frau, die weniger kräftig ist, damit in der Lage gewesen wäre, Kim Ross umzubringen?", wollte Vaitmar wissen.

„Darauf wollte ich hinaus, ja."

„Das heißt für uns, der potenzielle Täterkreis vergrößert sich", warf Hansen ein.

„So ist es wohl. Das Opfer Kim Ross hatte wenige Stunden vor seinem Tod Geschlechtsverkehr. Außerdem konnten wir eine Alkoholkonzentration von 0,76 Promille im Blut feststellen. Das spricht für Feierstimmung. Jens hat uns einige DNA-Proben zukommen lassen, die wir aber bisher noch nicht alle auswerten konnten."

„Gibt es schon DNA-Vergleiche im Zusammenhang mit dem Fall Berghausen?", wollte Hansen wissen.

„Nein, auch wenn wir auf Hochtouren arbeiten, zaubern können wir noch nicht", endete der Rechtsmediziner. Jens Fischer, der Chef der Spurensicherung, fasste sich aufgrund der spärlichen Ergebnisse kurz. Tatort und Fundort im Fall Kim Ross lagen ebenfalls dicht beieinander. Der Täter sei auch im Falle Ross gründlich vorgegangen. Weder Fingerabdrücke noch sonstige verwertbare Spuren.

„Es gibt zwar einen Haufen Fingerabdrücke im Zimmer von Kim Ross, wir konnten sie aber bisher nicht zuordnen. Da müsstet ihr uns mal ein paar Verdächtige vorbeischicken, sonst wird das nichts.

„Der Abdruck meiner kleinsten Bewegung bleibt in der seidenen Stille sichtbar ...", ergänzte der Kriminalist.

„Ja, danke, Jens, was hast du sonst noch?", unterbrach Hauptkommissar Hansen den poetischen Anflug des Kriminaltechnikers.

„Rilke", schloss Jens Fischer, steckte sich seine Pfeife in den Mund und sog die kalte Luft des Mac Baren Black Ambrosia ein.

„Ich bitte darum, dass hier nicht geraucht wird", beschwerte sich Kommissarin Kobalt.

„Die Pfeife ist kalt, Frau Kobold", erwiderte Hansen streng.

„Kobalt! Herr Hansen"

„Was jetzt?"

„Ich sagte, ich heiße Kobalt."

„Das sagte ich bereits. Hat noch jemand Fragen an HD? Sonst verabschieden wir ihn an dieser Stelle, schließlich wartet noch genug Arbeit auf ihn." Rob warf einen Blick in die Runde, und Kommissarin Kobalt winkte mit ihrer Hand ab. Kommissarin Vaitmar richtete ihren bösen Blick auf Hansen, und Dr. Hans Dieter Pocken bedankte und verabschiedete sich seinerseits.

„Dann sollten wir jetzt alle weiteren Ermittlungsergebnisse der letzten Tage zusammentragen. Wer fängt an?", fragte Hansen. Kommissarin Charlotte Kobalt hob kurz ihre Hand und übernahm das Wort.

„Ich hatte den Auftrag, die Handyverbindungen der letzten Wochen des Opfers Kim Ross zu überprüfen. Sie hatte im letzten Monat 324 Verbindungen. Leider haben wir noch nicht alles auswerten können. In der letzten Woche vor ihrem Tod hatte sie allein 80 Verbindungen, allerdings reduzierte sich der Anteil der Teilnehmer in dieser Woche auf 14 Kontaktpersonen. Am Samstag, dem 29. Juli, hatte Kim Ross neun Verbindungen. Zwei Verbindungen gab es zu Viola Ross, der Schwester des Opfers, zwischen halb zwei und zehn vor zwei mittags. Eine Verbindung davon betraf die Handynummer der Schwester, die andere war die gemeinsame Festnetznummer der Schwestern Ross. Allein fünf Telefonate gab es mit der Galerie Clausen. Alle zwischen 14:00 Uhr und 16:00 Uhr. Ein kurzes Gespräch gegen zehn vor drei mit Florian Hagen. Das letzte Telefonat führte das Opfer kurz vor seinem Tod mit einer Nicole Pfeffer, wie Salz."

Die Tür ging auf und der Leiter der Mordkommission, Kriminaldirektor Victor Bosch, ein kleiner untersetzter Mann mit Glatze, betrat den Raum. Er winkte dezent mit seiner rechten Hand und grüßte im Flüsterton.

„Entschuldigt, Leute, ich wurde aufgehalten. Wir sollten hier schnell zu Ergebnissen kommen. Also, Kollegen, lasst euch nicht stören." Dann setze er sich rechts neben Rob Hansen. Vaitmar und Kobalt sahen sich verschwörerisch an.

„Es gibt hier auch weibliche Kolleginnen, die durch sprachliche Ungenauigkeiten nicht diskriminiert werden sollten", warf Jens Fischer ein. „Wir haben bei der Spurensicherung…"

„Danke, Jens, aber wir wollen uns auf die Sache konzentrieren", warf Hansen ein.

„Wer diskriminiert hier wen?", fragte Kriminaldirektor Bosch, „Meine Damen und Herren, wir können uns gar nicht leisten, kollegiale Kleinkriege zu führen. Wir arbeiten im Auftrag des Steuerzahlers. Da gilt es, keinen Euro zu verschleudern. Lassen Sie uns daher im Sinne unseres Auftrags die Fälle zum Abschluss bringen. Also, meine Herren!"

Liviana Vaitmar holte tief Luft. Rob Hansen schob seine Hand wie ein Stoppschild über den Tisch und schaute sie drohend an.

„Fahren Sie fort, Frau Kobalt", forderte Hansen die Kollegin auf.

„Das Gespräch mit Nicole Pfeffer endete um 23:47 Uhr. Das heißt, um 23:47 Uhr war Kim Ross noch am Leben. Das war's."

„Danke, Frau Kobold. Vaitmar, machen Sie weiter?"

Kommissarin Kobalt tackerte nervös mit dem Kugelschreiber. Hansen spürte, dass diese Sitzung schleppend und atmosphärisch vergiftet vorankam. *Das ist keine Arbeitsstimmung, in der ein Mörder den Weg zur Polizei findet.* Aus irgendeinem Grund war er davon überzeugt, dass den Mörder eine heimliche Sehnsucht trieb, entdeckt und bestraft zu werden. Er glaubte, der Täter mache Fehler, um in den Bann der Ermittler zu geraten. Und ohne je mit jemandem darüber gesprochen zu haben, war er der festen Überzeugung, dass kein Fall gelöst werden konnte ohne diese Bereitschaft des Mörders, sich entdecken zu lassen. Und die Bereitschaft des Mörders bestand zuallererst einmal darin, dass er sich selbst als Opfer sah. *Wenn man einen Mörder kriegen will, muss man das Opfer in ihm sehen. Ansonsten hat es immer schon perfekte Verbrechen gegeben,* dachte er. Das Fischbrötchen stieß ihm auf und hinterließ einen Geschmack auf seiner Zunge wie der Geruch von toten Regenwürmern auf dem Bürgersteig nach einem Regenguss.

„Ich habe mir die Galerie Clausen, den Journalisten Hassleder und Kims Freundin Nicole Pfeffer vorgenommen", übernahm Kommissarin Vaitmar.

„Der Galerist Volker Clausen hatte am Tag nach der Tat, also am Sonntag, zur Vernissage geladen, wie er hochnäsig kundtat. Kurzum, eine Ausstellung mit Fingerfood und Sekt und Werken von fünf verschiedenen Künstlerinnen und Künstlern, darunter Bilder von Kim Ross. Schöne Sachen, übrigens. Kim Ross hatte ihm am Samstagmorgen ihre Bilder gebracht. Sie war von zirka 10:00 Uhr bis 13:30 Uhr in der Galerie. Clausen sagt aus, dass in diesem Zeitraum auch seine Frau und die vier anderen Künstler anwesend waren. Die Anrufe haben sich alle auf das Arrangement ihrer Bilder bezogen. Also nichts Besonderes. Frau Sabine Clausen gab an, dass sie selbst gegen 20:45 Uhr die Galerie verlassen habe. Volker Clausen hatte, seinen Angaben zufolge, mit einem Reporter namens Armin Haasleder vom Kulturmagazin *Mega-Life-Style* und den Künstlern noch ein Meeting. Danach seien sie gemeinsam zu den Kölner Lichtern an den Rhein gegangen. Ich habe Kriminalanwärter Funke gebeten, die Aussagen zu überprüfen."

„Sie haben was? Wer ist Kriminalanwärter Funke?", stieß Hansen hervor, und jeder im Raum spürte die Spannung, unter der Hauptkommissar Hansen stand. Fassungslos schaute er zu Victor Bosch. Dieser warf einen Blick zu Vaitmar und dann wieder zu Hansen.

„Ich habe Vait gesagt, dass es für das eine Mal in Ordnung geht. Wir sind eng besetzt und die Zeit drängt, Rob."

„Na, wenn wir jetzt schon Praktikanten losschicken, Ermittlungsarbeit zu machen, dann dank ich schön", kommentierte Hansen sarkastisch.

„Rob!", echauffierte sich Kriminaldirektor Victor Bosch und sein Hals bekam rote Flecken, „...Du brauchst mir hier nicht das Einmaleins der Polizeiarbeit zu erklären. Haben wir uns verstanden? Die Sache geht soweit in Ordnung und gut ist", endete der Kriminaldirektor und wischte sich mit seinem Stofftaschentuch die Stirn. Hansen übergab mit Zornesfalten auf der Stirn das Wort an Liviana Vaitmar, die ungerührt mit ihren Ausführungen fortfuhr.

„Die Freundin Nicole Pfeffer hat, wie wir jetzt wissen, als letzte mit dem Opfer per Handy telefoniert. Sie wohnt auch auf der „schäl Sick" wie unser Hauptkommissar, in Köln-Mülheim. Sie haben sich über Männer unterhalten und über diesen Florian Hagen, der wohl ein Hengst im Bett sein soll", amüsierte sich Vaitmar laut und die anderen mit ihr.

„Geht's auch etwas sachlicher?", fragte Hansen angestrengt. Kommissarin Vaitmar ließ sich nicht beeindrucken.

„Kim Ross hatte Nicole Pfeffer von diesem Jungen und ihrer neuen Website vorgeschwärmt. Das Opfer hatte ihr erzählt, dass sie Florian Hagen noch anrufen wolle, um ihn zur Vernissage mitzunehmen. Aus der Bettnummer ist wohl eine Lovestory entstanden. Die Zeugin sagte weiter, dass Kim Ross dann das Gespräch beendete, weil sie Angst im Park gehabt habe und zügig nach Hause wollte. Das ist schon merkwürdig, da die meisten Frauen in so einem Moment doch eher zu telefonieren anfangen, oder? Ansonsten ist diese Nicole Pfeffer völlig durch den Wind. Die beiden kennen sich schon über zehn Jahre. Vielleicht sollte man das Florian Hagen sagen. So was muss man doch wissen, oder?"

„Was meinen Sie damit, Vaitmar?", fragte Rob Hansen.

„Na, dass Kim Ross ihm an dem Abend noch eine telefonische Liebeserklärung machen wollte."

„Ah ja. Ich war bei der Zwillingsschwester Viola Ross und ...", leitete Hauptkommissar Hansen seinen Bericht ein.

„Hallo?!", unterbrach ihn Vaitmar, „wir können den Jungen doch nicht in dem Glauben lassen, dass er nur eine Ficknummer für Kim Ross war."

„Vait!", regte sich Victor Bosch auf, „überdenke bitte deine Wortwahl!"

„Ich finde, wir sollten ihm das sagen. Das wird ihm helfen", bekräftigte Vaitmar ihr Anliegen und Charlotte Kobalt nickte unterstützend.

„Wir haben hier einen Mord aufzuklären, Frau Kommissarin Vaitmar. Für Gefühle sind die Psychologen zuständig. Sie haben doch Kriminaldirektor Bosch gehört, wir haben Personalknappheit. Oder wollen Sie wieder ihren Praktikanten hinschicken?", erzürnte sich Hauptkommissar Hansen, und sein Vorgesetzter rief abermals zur Besonnenheit auf. Hansen mutmaßte, dass seine Kolleginnen es heute irgendwie krachen lassen wollten. Er ahnte, dass diese Sitzung völlig kippen und die Produktivität gegen Null laufen würde, wenn er die Atmosphäre nicht bald drehen konnte.

„Ich spreche dem so genannten Praktikanten gewisse Kompetenzen nicht von vornherein ab. Und was Gefühle betrifft, habe ich gelernt, dass sie in der Regel der Schlüssel zum Motiv sind. Aber nicht alle hier scheinen Wert darauf zu legen, den Faktor Mensch und das, was seine Gefühle auszulösen vermögen, in die Ermittlungsarbeit einzubeziehen."

„Leute, Leute!", beschwichtigte Bosch und wedelte mit seinem Taschentuch, das er in die Höhe hielt wie eine Friedensfahne.

„Gut, sprechen wir über Florian Hagen", fuhr Hansen fort. „Ich habe ihn gestern Nachmittag zuhause angetroffen. Florian Hagen ist Informatikstudent, 24 Jahre alt und ein kleiner Adonis. Ihn schien die Nachricht vom Tod Kim Ross' stark mitgenommen zu haben. Er konnte den Fragen kaum folgen, und entsprechend waren auch seine Antworten. Zusammengefasst, Ross und Hagen hatten an einer Homepage für das Opfer gearbeitet und später Geschlechtsverkehr gehabt. Hagen sagt, Kim Ross habe die Wohnung um 22:15 Uhr verlassen. Sie habe ihm erklärt, dass sie wegen der Ausstellung tags darauf früh schlafen gehen wolle. Er selbst sei natürlich noch raus in das Getümmel der Kölner Lichter gegangen. Auf die Frage, warum sie nicht zusammen rausgegangen seien, sagte Hagen, dass Kim auf dem schnellsten Wege nach Hause wollte und er noch Zeit gebraucht habe, um sich fertigzumachen. Hagen gibt an, das Haus zirka eine halbe Stunde später, um 22:45 Uhr, verlassen zu haben. Bei Hagen stand eine Akustikgitarre, bei der aber keine Saite fehlte."

„Hätten Sie ihn dann direkt festgenommen wie in so einem schlechten Sonntagskrimi?", provozierte Vaitmar ihn. Hansen lächelte und fuhr ruhig fort.

„Hagen gab an, dass er schon seit mehreren Jahren nicht mehr spiele. Er trage sie nur noch von Umzug zu Umzug aus nostalgischen Gründen mit sich herum. Er hat mir bereitwillig die letzte Quittung über einen Satz Gitarrensaiten gezeigt. Sie war auf den 16. Mai dieses Jahres ausgestellt, was ich merkwürdig fand, wenn man eine Gitarre nur so von Umzug zu Umzug mitnimmt. Daraufhin befragt, sagte Hagen, er habe sich überlegt, vielleicht doch noch mal mit dem Spielen anzufangen."

Anschließend berichtete Hansen über den Besuch bei Viola Ross, der Zwillingsschwester des Opfers, die er am Sonntagmorgen in aller Frühe gesprochen hatte. Die Nachricht vom Tod ihrer Schwester habe sie merkwürdig aufgenommen. Sie habe einen gefassten und erschütterten Eindruck zugleich gemacht, insgesamt aber wie versteinert gewirkt. Es sei schwierig auszumachen gewesen, wie Viola Ross den Tod ihrer Schwester aufgenommen habe. Darauf befragt, ob ihr der Tod ihrer Schwester nichts ausmache, habe sie geantwortet, dass sie nicht anders könne. Beim Tod ihrer Eltern sei es genauso gewesen. Die Schwester hatte auch die Telefonate mit Kim Ross erwähnt, so Rob weiter, konnte sich aber kaum noch an die Inhalte erinnern. Kim hatte ihr auch gesagt, dass es später werden könne, mehr wusste sie aber nicht.

„Später hat sie noch etwas von einem Mann erzählt, der die beiden Schwestern mehrmals in einem Club in der Brabanter Straße angesprochen hat. Viola Ross sagt, sie sei dann dort nicht mehr hingegangen. Dieser Mann könnte eventuell eine Spur sein, auch wenn es einige Zeit zurückliegt. Gestern waren Kommissarin Vaitmar und ich bei der Identifizierung des Opfers durch die Schwester zugegen. Viola Ross wirkte auch hier auf uns beide eher gefasst. Wir müssen Frau Ross noch einmal hier im Präsidium befragen. Jens, wir sollten dann auch gleich ein Phantombild von diesem Typen anfertigen lassen, der die beiden Frauen angesprochen hat."

Im Anschluss sprach Hansen die Sicherheit von Viola Ross an. Er schätzte, dass die Frau in besonderer Weise gefährdet sein könnte aufgrund ihres identischen Aussehens mit dem Opfer. Es bestehe durchaus auch die Möglichkeit, dass der Täter es vielleicht auf sie und nicht auf Kim Ross abgesehen habe. Er habe mit der Schwester des Opfers über Polizeischutz gesprochen, den diese jedoch abgelehnt habe.

„Wir werden sie also beschatten müssen", meinte Rob, und Kriminaldirektor Bosch wischte sich die Stirn. Hauptkommissar Hansen eröffnete die Diskussion mit einem Brainstorming. Er fasste Fakten, Analysen und Hypothesen auf dem Flipchart zusammen und heftete dazugehörige Fotos an. Jetzt spürte Hansen, dass die Arbeitstemperatur erreicht war, in der sich die gedankliche Steifheit verlor und das Querdenken begann. Das war der Arbeitszustand, den er suchte und bei dem er wusste, dass sie dem Täter oder den Tätern auf die Spur kamen.

„Was meint ihr? Können wir von ein und demselben Täter ausgehen?", fragte er.

„Verschiedene würde ich ausschließen. Zu viele Übereinstimmungen bei den Opfern. Beides Frauen, beide Studentinnen, wenn auch unterschiedliche Studiengänge. Beide jung und attraktiv, beide wohnhaft in Köln", antwortete Kommissarin Vaitmar, „ich würde auf einen Serientäter fokussieren."

„Die Morde liegen ein Jahr auseinander. Großer Zeitabstand, aber die Tatwaffe ist auf dieselbe Art und Weise zusammengebaut. Tathergang und Tatorte zeigen ebenfalls viel Übereinstimmung. Der Tatzeitpunkt weicht allerdings erheblich ab. Das Opfer Berghausen wurde früh am Abend, als es noch hell war, ermordet. Das stellt erst einmal ein erhöhtes Risiko dar. Kim Ross wurde in der Dunkelheit umgebracht. Alles in allem schließt es dennoch einen Zufall aus. An einen Trittbrettfahrer glaube ich zurzeit auch nicht", endete Hansen.

„Genau, Trittbrettfahrer hängen sich zeitnah dran und warten nicht ein Jahr, um es dann nachzuäffen", warf Charlotte Kobalt ein.

„Natürlich machen das auch Mörder erst nach einem Jahr. Ich denke da an einen Fall vom März 2001."

„Wir sollten jeden Fall unter seiner Einzigartigkeit betrachten. Da werden wir am schnellsten fündig."

„Wir brauchen einfach die DNA-Analysen, vielleicht ergibt sich daraus etwas Entscheidendes."

„Eine weitere offene Frage ist, wo Kim Ross zwischen 22:15 Uhr und 23:21 Uhr war. Hat sie in dieser Zeit vielleicht ihren Mörder getroffen?", schaltete sich Hansen wieder ein. „Und eine weitere Gemeinsamkeit der beiden Fälle ist, dass keine der Frauen vergewaltigt wurde." Für einen Moment schwiegen alle.

„Was meinen Sie damit?", fragte Liviana Vaitmar und schaute Hansen und Fischer an.

„Dass der Mörder die beiden Frauen nicht vergewaltigt hat, sagt doch auch etwas über ihn aus, oder nicht?", antwortete Hansen.

„Die Spermaspuren bei Kim Ross stammen eindeutig von Florian Hagen. Weder Schamlippen und Vaginaöffnung noch der gesamte muskuläre Schlauch weisen Beeinträchtigungen auf, die auf ein gewaltsames Eindringen hindeuten, laut Bericht von HD. Tut mir leid", gab Jens Fischer zu bedenken.

„Was tut Ihnen leid? Dass die Frauen nicht vergewaltigt wurden, oder was?", fragte Kommissarin Kobalt wie aus der Pistole geschossen und mit Anzeichen einer Schnappatmung, die sie an die Lehne ihres Stuhls zurückwarf.

„Ich denke, da haben Sie Herrn Fischer falsch verstanden, obwohl man es auch so interpretieren kann", entgegnete Hansen.

„Gut zu wissen, dass unser Hauptkommissar ein echter Frauenversteher ist", provozierte Vaitmar.

„Herrschaften!", rief Kriminaldirektor Victor Bosch. „Wir wollen hier doch nicht weiter in solch einer Art und Weise herumgiften! Wir sind aufgefordert, unsere Arbeit zu machen, und wir werden hier alle gemeinsam kämpfen, damit uns das gelingt. Habe ich mich da für jeden verständlich ausgedrückt?", schloss Victor Bosch seinen Appell und lehnte sich zurück. Hauptkommissar Hansen schaute in die Runde. Der Mahnruf des Kriminaldirektors tat seine Wirkung, die Hauptkommissar Hansen nutzte, um den roten Faden wieder aufzunehmen und mit den potenziellen Verdächtigen fortzufahren.

„Vorläufig Florian Hagen und Viola Ross", antwortete Liviana Vaitmar.

„Wir überprüfen nochmals sämtliche Namen aus dem Bekannten- und Verwandtenkreis beider Opfer. Vielleicht ergibt sich eine Übereinstimmung. Und was ist mit dem Galeristen Volker Clausen und den anderen Künstlern in der Galerie? Oder der Frau des Galeristen? Sind die schon raus?".

„Ja", bekräftigte Liviana Vaitmar.

„Hat ihr Praktikant deren Alibis schon niet- und nagelfest überprüft?", warf Rob Hansen sarkastisch ein.

„Ja – und ich."

„Der Unbekannte aus dem Club?"

„Dessen Identität ja noch nicht feststeht. Wenn wir mehr wissen, können wir ihn ja von Kommissaranwärter Johann Funke verhören lassen. Soll ich ihn beauftragen, wenn es soweit ist, Herr Hansen?!", duellierte sich Kommissarin Vaitmar mit ihrem Vorgesetzten.

„Victor", wandte Hansen sich an den Kriminaldirektor, ohne Vaitmars Fehdehandschuh aufzunehmen, „Wir brauchen Durchsuchungsbefehle für Viola Ross, Florian Hagen, die Galerie und die Privatwohnung von Clausen und den Künstlern."

„Jetzt lass aber mal die Kirche im Dorf, Rob", wehrte Kriminaldirektor Victor Bosch ab. „Du bekommst Viola Ross und Florian Hagen. Herr Staatsanwalt, können Sie da mitgehen?"

„Florian Hagen. Der ist nah dran. Aber warum Viola Ross?", fragte Staatsanwalt Mirkow nach.

„Und Clausen", intervenierte Hansen, ohne auf den Einwand des Staatsanwaltes einzugehen.

„Sie können nicht alle Welt durchsuchen, weil Sie gerade in der Stimmung dazu sind, Herr Hansen. Man muss es ja auch noch begründen können."

„Eile ist geboten, Herr Staatsanwalt."

„Eile ist kein Durchsuchungsgrund. Seht euch noch mal die Zimmer des Mordopfers an. Wir müssen auch kriminalistisch maßhalten können und nicht die Augen vor dem Großen und Ganzen gänzlich verschließen", beendete Victor Bosch in mäßiger Lautstärke seinen Satz und die Sitzung.

Köln, 13:44 Uhr

Der Hamburger Kongress zum Thema *Psychotraumatologie und Methoden der Traumatherapie* war gerade mal zwei Tage vorbei, und inzwischen spürte er das fehlende Wochenende. In der letzten Zeit hatte Diplom-Psychologe Thomas Aschmann öfter mit den chronischen Misshandlungsfolgen zu tun. Posttraumatische Belastungsstörung, Anpassungsstörung, dissoziative Störung und Bindungsstörung häuften sich als Diagnosen in seiner Praxis. Da war ihm der Kongress gerade recht gekommen, um weitere Einsichten in die Therapiemöglichkeiten zu erhalten.

Sein letzter Klient an diesem Tag kam um 19:00 Uhr. Sveda, die seit über zwei Jahren für ihn die Sekretariatsarbeiten erledigte und Psychologie studierte, hatte ihm Kartoffelgratin mitgebracht, das bereits im Backofen brutzelte. Er nahm einen Teller voll und ging damit an seinen Schreibtisch zurück. Während er die erste Gabel Gratin in den Mund schob, las er weiter in dem Artikel zur Begrifflichkeit der *Resilienz*, den er in einer seiner Fachzeitschriften aufgeschlagen hatte.

Ursprünglich wurde mit Resilienz nur die Stärke eines Menschen bezeichnet, Lebenskrisen wie schwere Krankheiten, lange Arbeitslosigkeit, Verlust von nahe stehenden Menschen oder Ähnliches ohne anhaltende Beeinträchtigung durchzustehen. Diese Verwendung des Wortes ist auch heute noch häufig. So werden z.B. Kinder als resilient bezeichnet, die in einem sozialen Umfeld aufwachsen, das durch Risikofaktoren wie z.B. Armut, Drogenkonsum oder Gewalt gekennzeichnet ist und die sich dennoch zu erfolgreich sozialisierten Erwachsenen entwickeln. Auch Menschen, die nach einem Trauma wie etwa Vergewaltigung oder Krieg, nicht aufgeben, sondern die Fähigkeit entwickeln weiterzumachen, werden als resilient bezeichnet.

Resiliente Personen haben erlernt, dass sie es sind, die über ihr eigenes Schicksal bestimmen, so genannte Kontrollüberzeugung. Sie vertrauen nicht auf Glück oder Zufall, sondern nehmen die Dinge selbst in die Hand. Sie ergreifen Möglichkeiten, wenn diese sich bieten. Sie haben ein realistisches Bild von ihren Fähigkeiten.

„Dass Menschen einen Weg aus der Hölle finden können, ist eine wirklich gute Botschaft", sprach Thomas Aschmann mit vollem Mund vor sich hin und bekam plötzlich Energie und bessere Laune. *Andererseits*, befand er, *greift der Artikel doch zu wenig die systemischen Folgen unbearbeiteter Traumata für weitere Generationen auf.* Er legte die Zeitschrift beiseite und schaute auf ein paar handgeschriebene Aufzeichnungen, die seinen bevorstehenden Klententermin betrafen. *Ein Mann wie viele andere, die zu mir kommen*, dachte er, *irgendwie sehen sie alle gleich aus. Jackett, Hemd, Hose, fertig. Nur die Qualität der Stoffe macht einen Unterschied.*

Für den Psychotherapeuten waren Äußerlichkeiten nur Hinweise, ansonsten aber bedeutungslos. Er erinnerte sich an unzählige Männer-Workshops, an deren Ende ein gemeinsamer Saunagang stand, bei dem jeder Anzug seine Bedeutung verlor. Dort zeigten die Männer ihre Oberarme oder Sixpacks wie andere ihre Autoreifen oder ihre 200-PS-Motoren. Manche von ihnen hatten Hände wie die Rinde einer Birke. Mit dem Psychologen schwitzten 24- bis 67-jährige Männer mit Trichterbrust, Penissen wie Weinkorken und Männer, die aussahen wie Hungerhaken. Er konnte die Sprüche im Schlaf aufsagen, die sie von sich gaben. *Ein Schlag auf den Hinterkopf erhöht das Denkvermögen. Ein Indianer kennt keinen Schmerz. Die paar Schläge haben uns auch nicht geschadet.* Aschmann sah die Furchen und Falten, die sich wie deren Glaubenssätze in die Gesichter gemeißelt hatten.

„Dieser Planet ist auf resiliente Persönlichkeiten angewiesen, denn was soll die Alternative sein? Therapie? Sollen wir die Welt therapieren?", fragte er laut vor sich hin und kaute seinen inzwischen lauwarmen Kartoffelgratin.

Ein Hauch zu viel Muskat, stellte er fest. Sein Klient war einer von den Männern, bei denen Aschmann eine „Posttraumatische Belastungsstörung" diagnostiziert hatte, wobei er den Grad der Manifestation dieser Störungen noch nicht einzuschätzen vermochte. Der Psychologe wusste, dass dieser Klient nicht zu den resilienten Personen zählte und dass ein Heilungsprozess mehr Zeit in Anspruch nahm als seinem Patienten wohl lieb sein würde. Zumal dieser immer darauf bestanden hatte, die Krankenkasse außen vorzuhalten und jede Sitzung aus eigener Tasche zahlte.

Viele Männer haben Angst vor ihrer Zukunft, Platz- oder Höhenangst. Sie haben Kontaktstörungen und leiden an Homophobie. Sie sind alkoholabhängig, depressiv und selbstmordgefährdet. Sie haben Angst vor der Begegnung mit Frauen und Angst vor dem Ehebett. Und besonders zweifeln sie an ihrer potenziellen Fähigkeit, auch ohne viel Geld glücklich werden zu können. Nachdenklich kaute er auf seinem Bissen Kartoffelgratin, als es klingelte. Die Uhr zeigte 18:59 Uhr. Die meisten seiner Klienten kamen eher zehn Minuten zu früh als zu spät. Dieser hier kam pünktlich.

Aschmanns Praxis lag im ersten Stock eines Jugendstilhauses in der Volksgartenstraße in der Kölner Südstadt. Er öffnete die modernisierte Praxistür, begrüßte seinen Klienten per Handschlag und führte ihn über honigfarbenes Fischgrätenparkett in seinen Therapieraum. Die stahlblauen Sitzmöbel standen in harmonischem Kontrast zu den warmen Farben des Fußbodens. Aschmann bat ihn, Platz zu nehmen. Er beobachtete, wie der Mann mit seinen Augen die Ecken des Raumes scannte, mit dem Blick an der großen Vase mit dem üppigen Rittersporn hängen blieb und dann mit der Hand über die Sitzfläche des Sessels fuhr, bevor er sich setzte. Der Psychologe hatte dieses Verhalten seines Klienten während verschiedener Sitzungen wahrgenommen und als eine isolierte phobische Störung analysiert. Darüber schwieg er sich vorläufig aus. Während er die Unterhaltung begann, testete Aschmann, wie sein Patient heute auf Tranceinduktionen ansprach. Der Psychologe war ein Fachmann der Ericksonschen Hypnosetherapie und konnte auf einige Therapieerfolge bei der Behandlung von Angst- und Belastungsstörungen zurückgreifen.

„Wie geht's dir?", fragte die ruhige Stimme des Psychologen.

„Ich weiß nicht."

„Wie geht's dir auf der Arbeit? Und was macht die Familie?"

„Na ja, meine engste Kollegin wollte es heute anscheinend krachen lassen, und Kommissarin Kobold kann ich nicht ertragen. Ich weiß nicht, wie das kommt, aber diese Frau bringt mich auf die Palme. Ihre Stimme ist unerträglich."

„Entschuldige, heißt diese Kommissarin wirklich Kobold? Das ist ja eine Strafe des Herrn", bedeutete der Psychologe.

„Nein, nicht Kobold. Kobalt heißt sie."

„Du hast Kobold gesagt."

„Hab ich das?"

„Ja, du solltest mal drüber nachdenken. Ansonsten ist es ja bekanntermaßen nicht so leicht mit den Frauen, nicht wahr?"

„Wir haben einen neuen Fall. Eine junge Frau ist erdrosselt worden. Das arme Ding war erst 29 Jahre alt. Ein Jahr zuvor ist eine andere Frau auf dieselbe Art und Weise ermordet worden. Sie war erst 26. Beide hatten noch ihr ganzes Leben vor sich. Das ist zum Verrücktwerden. Wir haben lange und intensiv an dem Fall im Jahr 2005 gearbeitet und haben den Täter dennoch nicht gekriegt. Und jetzt schlägt er ein Jahr später einfach wieder zu. Ich habe Angst, dass wir auch diesmal nicht weiter kommen. Das wäre eine furchtbare Vorstellung, nur drauf warten zu müssen, dass er einen Fehler macht oder uns möglicherweise im Jahr 2007 ein drittes Opfer beschert."

Thomas Aschmann fragte Rob Hansen, ob er glaube, dass der Mörder es auf so junge Frauen abgesehen habe, was Rob bejahte.

„Habt ihr denn in dem neuen Fall schon Anhaltspunkte? Ich habe mal gehört, wenn die Polizei den Täter nicht in den ersten paar Tagen dingfest machen kann, wird's lange dauern. Stimmt das?"

„Das würde ich nicht unbedingt generell unterschreiben, aber je mehr Zeit ins Land geht, umso weiter kann sich der Mörder von der Polizei entfernen, sicher. Entweder er entfernt sich ein um den anderen Tag, oder er legt Spuren. Je nachdem."

„Ja? Je nach wem oder was?"

„Nicht so wichtig. Ist meine persönliche Auffassung der Dinge."

„Das macht mich natürlich besonders neugierig."

„Nicht so wichtig. Ich habe eine Kollegin, die mir dauernd einen reinsemmeln will, einen Staatsanwalt, der mich anscheinend lieber im Knast sehen würde, und eine Zicke, die mir mit ihrer Stimme das Trommelfell zersägt. Das ist eine schlechte Ausgangslage für den Fall."

„Ist der Staatsanwalt dein Vorgesetzter?"

„Nein, das ist Kriminaldirektor Bosch. Der Staatsanwalt ist nur weisungsbefugt."

„Und wie steht der Kriminaldirektor zu dir?"

„Ich würde sagen, er steht voll hinter mir und meiner Kollegin."

„Und diese Kommissarin Kobalt, deine Säge?"

„Die will sich wichtig machen, aber kein wirkliches Problem."

„Und die Kollegin, die dir - wie sagst du noch? - *eine reinsemmeln* will? Wie steht die wirklich zu dir?

„Vaitmar? Wieso wirklich?", staunte Hansen über die Bemerkung des Psychologen.

„Na ja, es ist mir schon aufgefallen, dass du dabei ein kleines bisschen geschmunzelt hast."

„Sie ist komisch, manchmal ordinär, aber klug."

„Und auch gegen dich?"

„Weiß nicht. Ich glaube eigentlich nicht."

„Na, das ist doch eine gute Ausgangslage."

„Wieso?"

„Na – wir suchen uns ja bekanntlich nicht nur unsere Freunde, sondern auch die Feinde aus. Von beiden hast du jemand, dann geht keiner verloren."

„Na, toll!"

„Da hast du Recht, das ist toll", antwortete Aschmann wie beiläufig und lehnte sich in seinen Sessel zurück. Er legte seine gefalteten Hände in den Schoß und wartete einen Augenblick. Hansen rieb sich die Stirn und schwieg.

„Und sonst, Rob?"

„Was? Und sonst?"

„Wenn man wissen will, wie es einem Mann geht, dann frag ihn wohl besser nach seinem Auto, oder?", grinste Aschmann und schwieg dann einen Moment.

„Wir reden ja viel über deine Arbeit und wir wissen ja, dass Arbeit für Männer auch von großer identitätsstiftender Bedeutung ist. Schließlich wird uns eingebläut, dass wir nur etwas zählen, wenn wir Leistung bringen", sagte Aschmann leicht verschmitzt. „Wie sollten wir uns da nicht an die Arbeit halten? Aber ...", wechselte der Psychologe den Fokus, „...was macht andererseits die Familie? Hat sich deine Schwester mal wieder gemeldet?".

„Sie hat mich dieses Wochenende in Ruhe gelassen. Das ist mir aufgefallen. In letzter Zeit ruft sie sonst eher häufig an."

„Ein gutes Zeichen?"

„Ich weiß es nicht. Ich bin froh, wenn ich sie nicht sprechen muss, aber ob es ein gutes Zeichen ist ...?"

„Tja. Die Abwesenden sind manchmal mehr anwesend als die Anwesenden, nicht wahr?", bemerkte Aschmann trocken und verschränkte seine Arme vor der Brust. Rob beugte sich vor und ließ seinen Blick unruhig hin- und herschweifen, so als suche er etwas.

„Du darfst dich ruhig wieder anlehnen, Rob. Hier in diesem Raum passiert nichts Unvorhersehbares. Hierhin verirrt sich noch nicht mal eine Mücke. Es ist komisch, aber hier passiert wirklich nichts. Ich habe hier mal eine Stunde gesessen und gewartet, weil ich dachte, gleich passiert was. Und? – Nichts. Seitdem weiß ich, hier passiert nichts. Ich glaube fast, das hier ist der sicherste Ort in Köln."

Rob lehnte sich in seinem Sessel zurück und wurde ein wenig müde. Er wurde schnell müde. Er glaubte, dass er an einem latenten Schlafmangel litt. Manchmal klammerte er sich an die Probleme und an offene Fragen, damit er sich wach fühlte. Andererseits sehnte er sich danach, einfach nur eine halbe Stunde den Kopf auszuschalten, ohne gleich in einen Schlaf zu verfallen, der mit einem Alptraum endete. Diesmal glaubte Rob, dass Aschmann ihn müde machen wollte.

„Ich verstehe nicht, was du mir damit sagen willst, Tom."

„Das geht in Ordnung. Neunzig Prozent unseres Denkens laufen unbewusst ab. Die Sprache des Unbewussten sind die Bilder und Klänge." Der Psychologe stützte seinen Kopf in das Dreieck von Daumen, Zeigefinger und Mittelfinger. Den Zeigefinger legte er auf seine Lippen und atmete tief.

„Der Goldfisch fängt den Hai. Die Ratio will beschäftigt sein, damit das Unbewusste arbeiten kann. Der Goldfisch fängt den Hai, und das ist irgendwie auch eine Beruhigung. Lehn dich einfach bequem zurück, damit der Bauch frei atmen kann. Tief ein- und ausatmen und vielleicht die Augen schließen, damit du dich von der Hektik des Tages erholen kannst und andere Kräfte wirken können. Die Schultern und Arme locker lassen, und spür den Augenblick der Entspannung! Es kann ein gutes Gefühl sein, im Sessel zu sitzen und nichts tun zu müssen."

Es dauerte nicht lange, bis Rob die Augen schloss. Er war empfänglich für die ruhige und tiefe Stimme, die ein Stück seines starken Kontrollbedürfnisses übernahm, wodurch er entspannte. Meistens wusste er gar nicht, wie er in diesen Zustand geriet, aber er schaute dann irgendwie nach innen, nahm kaum etwas von außen wahr und hörte nur die dunkle Stimme, die ihn im Hintergrund leitete. Bilder liefen wie Filme vor seinem inneren Auge ab. Diesmal führte ihn die Stimme an ein offenes Fester. Er sah den kleinen Robi auf seinem Bett sitzen und hörte die Gedanken des Jungen, während sich die trennenden Wände auflösten. Er war dem kleinen Robi jetzt sehr nah und hörte aus großer Ferne die tiefe Stimme wie ein beruhigendes Rauschen des schlafenden Meeres.

Robi saß in seinem Pyjama auf dem Bett. Er hielt Nana fest zwischen Brust und Arme und roch an ihr. Nana roch süßsauer, roch herb, roch nach Schweiß, und alles roch nach Marga. Es war ihre Schmusepuppe, und sie wurde selten gewaschen, weil Marga den Geruch von Waschmitteln an Nana nicht leiden konnte. Nana fühlte sich weich an. Robi hatte sie sich wieder heimlich geholt, als Marga ihn allein gelassen hatte, um mit Klara, dem Nachbarskind, zu spielen. Mama und Papa waren zu ihrem Chorabend gegangen, und Robi wusste, dass sie lange weg bleiben würden. Er roch an Nana und dachte „Marga wird mich schlagen, wenn sie mich mit dir erwischt, aber du riechst so gut. Nana, kannst du Marga nicht sagen, dass ich das nicht will? Aber sag ihr nicht, dass ich Angst habe, bitte. Dann lacht sie mich aus und sagt, ich soll mich nicht so anstellen. Soll ich dir mal zeigen, wie sie das macht, Nana? Willst du wissen, wie das ist, Nana? Soll ich zeigen?"

Robi kniete sich auf sein Bett, presste Nana auf das Laken und ruckelte auf ihr herum. Dabei machte er Margas Stimme nach, und plötzlich wurde er wütend. Er packte Nana am Kopf und biss hinein. Er kämpfte mit ihr und weinte vor Wut und riss an Nana. Da hing der Kopf nur noch an einem Stück Faden. Als er sah, was er angerichtet hatte, weinte er vor Angst und rief nach seiner Mama.

Eine Wand stellte sich auf, und das Fenster trennte Rob von der Szenerie. Das Fenster schloss sich, und mit der sich langsam entfernenden Szene wurde die ruhige Stimme des Psychologen immer deutlicher.

„... dann atmest du dreimal tief ein und aus und kehrst in diesen Raum zurück. Strecke deine Arme und Beine und warte noch einen Augenblick, bevor du die Augen öffnest. Jetzt bist du entspannt und ausgeruht." Für einen Moment herrschte Stille.

„Ich war schon als Junge irgendwie gemein", nahm Rob das Gespräch auf.

„Warum? Hat dir das dein Unbewusstes gesagt, oder bewertest du dich gerade?"

„Ich muss so zwischen zehn bis zwölf Jahre gewesen sein, da habe ich der Puppe meiner Schwester einfach den Kopf abgerissen."

„Einfach? Ohne Grund?"

„Ich kenne den Grund nicht, falls es einen gab. Ich war plötzlich so wütend, dass ich ihre Puppe auseinander gerissen habe." Auf Nachfrage beschrieb Rob dem Therapeuten die Szene, die er in seiner Trance gesehen hatte.

„Und du glaubst, du wärst ein böser Junge gewesen? Da kann man mal sehen, wie schnell wir Menschen uns doch bewerten, wenn uns unser Unbewusstes etwas zeigen will. Die Wut ist meistens das zweite Gefühl. Vor ihr liegt häufig die Angst oder die Trauer..."

„Ich hatte aber, nachdem ich der Puppe den Kopf abgerissen hatte, Angst. Nicht davor."

„Ich glaube, du hattest auch davor Angst. Ich denke, dein Unbewusstes wollte dir nicht sagen, dass du böse bist, sondern dir aus deiner Biografie einen Schlüssel gegeben. Die Sequenz ist sozusagen die Ausgangslage."

„Ausgangslage für was?", Rob wurde unruhig. Er schaute auf die Uhr und dachte, dass er jetzt gehen müsse.

„Meistens wirken vor dem 12. Lebensjahr dramatische Ereignisse nachhaltig auf uns ein. Danach erhöhen sich die Möglichkeiten, dramatische Geschehnisse mit Erfahrungen, entwickelten Fähigkeiten und unbewussten Ressourcen zu verarbeiten, auch wenn es dann noch schwer genug ist. Jetzt mal abgesehen von so traumatischen Ereignissen wie Krieg, massiver körperlicher Gewalterfahrung und so weiter."

„Scheiße! Ich muss gehen", schossen Rob die Worte heraus.

„Gut. Der Weg wurde dir heute gewiesen, ansonsten weißt du ja, wo es lang geht, nicht wahr?" Thomas Aschmann stand auf und reichte Rob seine Hand entgegen.

„Scheibenkleister wäre gut", sagte Aschmann.

„Was?"

„Versuch es mit Scheibenkleister. Es fängt wie Scheiße an. Wenn du das *Sch* etwas länger ziehst, kannst du das Schimpfwort noch früh genug rumreißen und hast die Lacher auf deiner Seite."

Freitag 04. August

Köln, 09:00 Uhr

Kommissarin Vaitmar blickte auf die Kaffeetasse, die vor ihr auf dem Glastisch stand. Winterling in Blau-Weiß. Genau so ein Kaffeeservice hatte auch ihre Großmutter sonntags zum Kuchen gedeckt. An diesem Morgen saß sie nicht bei ihrer Großmutter sondern bei Viola Ross. Es war 9:00 Uhr. Frau Ross hatte auf dem schwarzen Ledersessel, links neben ihr, Platz genommen. Liviana saß auf dem dazugehörigen Sofa. Durch die gegenüberliegenden Balkontüren hatten sie Ausblick auf die nahe Häuserzeile der anderen Innenhofseite.

„Frau Ross, es tut mir außerordentlich leid. Ich kann mir vorstellen, was Sie alles durchmachen müssen. Ich möchte mich auch noch dafür bedanken, dass wir uns so unbürokratisch auch in Ihrem Zimmer umschauen durften. Ich hoffe, Sie haben alles so vorgefunden, wie Sie es uns überlassen haben."

„Es ging so...", antwortete sie lakonisch und fuhr in gereiztem Ton fort, „Sie können sich vorstellen, was ich durchmache? Haben Sie auch eine Schwester verloren?"

„Nein."

„Haben Sie überhaupt schon einmal jemanden verloren?"

„Entschuldigen Sie, Frau Ross, Sie haben Recht, ich kann es nur ahnen. Ich muss Ihnen aber dennoch ein paar Fragen stellen", antwortete die Kommissarin verlegen und richtete ihren Blick kurz auf ein Bild an der rechten Wand. Sie sah einen nackten Mann auf der Piazza San Marco in Venedig. Das Bild hatte etwas Irritierendes.

„Wer tut so was, Frau Vaitmar? Der muss doch völlig krank sein im Kopf. Kim hat doch keinem Menschen etwas getan. Noch nie! Warum, Frau Kommissarin, warum?"

„Das genau wollen wir auch wissen, Frau Ross. Und wenn wir den Kerl haben, werde ich es aus ihm eigenhändig heraus ...", sie stockte und suchte nach einem anderen Wort, „... holen. Falls es ein Mann ist, wovon wir derzeit ausgehen. Vielleicht sollten wir noch mal mit der besagten Nacht beginnen. Sagen Sie mir doch bitte, wo Sie während der Tatzeit waren."

„Während der Tatzeit? Sie fragen das so, als bräuchte ich so was wie ein Alibi?"

„Routinearbeit, Frau Ross. Ich sagte ja bereits, wir gehen momentan davon aus, dass es ein Mann ist. Wir müssen aber natürlich in alle Richtungen ermitteln. Deshalb verstehen Sie das bitte als eine ganz normale Vorgehensweise."

„Wenn Sie das sagen. Zuhause war ich." Viola Ross sah sie mit großen Augen an, beugte sich vor und nahm eine Zigarette aus der Schachtel. Ihre Hände zitterten, als sie mit einem Feuerzeug die Zigarette zum Glühen brachte. Liviana bemerkte, dass kein Aschenbecher auf dem Tischchen stand. Viola Ross zog gierig an ihrer Zigarette, hustete, stellte ihre Tasse neben den Unterteller und rollte darauf die Asche von der Glut.

„Entschuldigen Sie, Frau Ross. Das muss alles sehr anstrengend für Sie sein. Wir sollten schauen, dass wir das alles schnell abschließen können und der Mörder hinter Gitter kommt. Dazu brauchen wir aber auch Ihre Mitarbeit, Frau Ross. Geht es wieder?"

„Ich rauche eigentlich gar nicht. Ich habe vor mehr als zehn Jahren aufgehört. Sie schmecken zum Kotzen. Aber ich tue derzeit so viele Dinge, die irgendwie daneben sind." Viola Ross lehnte sich mit dem Unterteller auf der flachen Hand in ihrem Ledersessel zurück. Sie war mit einem schlichten weißen T-Shirt und Bluejeans bekleidet. Dann stellte sie den Unterteller mit der halb gerauchten Zigarette zurück auf das Tischchen und nahm die Kaffeetasse, um sie mit beiden Händen zum Mund zu führen. Liviana sah, dass etwas mit ihrem rechten Arm nicht stimmte.

„Ich möchte nicht indiskret sein, aber was ist mit Ihrem Arm?", fragte die Kommissarin.

„Das ist aber indiskret. Es ist in erster Linie verdammt lange her. Ansonsten ist das unser *Ruanda*. Kim und ich haben es irgendwann mal so genannt."

„Wie meinen Sie das?", erwiderte Vaitmar und lehnte sich vor, was ihr bei dem Ledersofa nicht leicht fiel, da es sie förmlich zur Rückenlehne zog.

„Unser Vater kommt aus Ruanda. Er war Tutsi und wollte hier sein Glück versuchen. Sie wissen, Ruanda, die Unruhen, Armut und die Hutu. Aber genau weiß ich es nicht. Wir sind ja hier geboren, und Vater hat den Kontakt zu seinem Land abgebrochen. Ich habe mich immer geweigert, mir dieses Grauen in seinem Heimatland reinzuziehen. Er heiratete eine Deutsche, ist aber trotzdem hier nicht zurechtgekommen." Frau Ross machte eine Pause und starrte in ihre Kaffeetasse. Eine Träne lief ihr über die Wange.

„Was ist mit ihm geschehen?"

„Deutschland hat ihn kaputt gemacht. Und er hat unsere Mutter und uns kaputt gemacht. Brüllen und Schlagen. Er hat unsere Mutter meistens in den Magen oder auf die Rippen geschlagen. Er hat ja keinen Alkohol vertragen, aber wenn er zu viel davon getrunken hatte, wurde aus dem Lamm ein Werwolf. Er hat sich im Suff auf die Gleise gelegt."

„Das tut mir leid."

„Mir nicht." Liviana fror bei den Worten Violas. Die Kälte, die von ihr ausging, hatte etwas Beängstigendes.

„Und Ihre Mutter?"

„Ist kurz darauf in die Psychiatrie gekommen. Zwei Jahre Behandlung. Mit dem Resultat, dass sie sich mit Alkohol und Tabletten das Leben genommen hat. Aber da waren wir schon längst im Heim."

„Oh Gott. Entschuldigen Sie! Ich wollte sagen, dass es mir..."

„Schon gut. Ist lange her und vorbei." Viola zündete sich eine neue Zigarette an.

„Darf ich dennoch wissen, was mit Ihrem Arm passiert ist?", fragte Liviana leise.

„Ich habe ja gesagt, unser Vater hat meistens zu viel getrunken. Er hat keine von uns ins Gesicht geschlagen. Ich glaube, er wusste, wie man das machen musste, damit es nicht auffiel. Und dann denkt man immer, die armen Schwarzen, ein geprügeltes Volk. Pah! Ich habe genau verstanden, wie das geht, vom Opfer zum Täter. Mit jedem Schlag. Irgendwann bin ich dann zur Polizei gegangen. Da war ich sechs Jahre alt." Viola Ross machte eine ungewollte Pause und überbrückte ihr Stocken mit einem Schluck Kaffee. Tränen liefen ihr die Wange hinab, als gehörten sie nicht zu diesem Gesicht. Sie schien es nicht zu bemerken.

„Eines Tages kam das Jugendamt mit der Polizei ins Haus. Unsere Mutter hat alle Vorwürfe bestritten, und das Jugendamt fand auch nichts Auffälliges. Die Sozialarbeiterin war eigentlich nett. Sie hat mir mit ihrem Zeigefinger über die Wange gestrichelt. Er hatte etwas ungemein Tröstliches, dieser Zeigefinger.

Ich spüre das manchmal heute noch. Dann lege ich meine Hand auf die Wange und glaube, dass ihre Hand auf meiner Wange liegt. Die Frau vom Jugendamt hat mir geglaubt. Als sie weg waren, hat Vater uns zu sich zitiert und gemeint, dass nur eine von uns ihm das angetan haben konnte. Damals haben wir viel Angst gehabt, und Kim hat auf mich gezeigt. Da hat er mir den Arm gebrochen. Seit diesem Tag hatten ich und Kim ein Unterscheidungsmerkmal." Ihre letzte Bemerkung begleitete Viola Ross mit einem kalten Lächeln.

„Das ist … Haben Sie denn nie …?"

„Frau Kommissarin, es ist vorbei, und jeder hat mit seiner Vergangenheit zu kämpfen. Jeder auf seine Art, oder?" Dabei schaute Viola Ross mit einem versteinerten Blick vor sich hin.

„Sie haben Recht."

„Würden Sie mir einen kleinen Gefallen tun?", fragte Frau Ross unvermittelt.

„Was könnte das sein?"

„Würden Sie einmal ihr Haar für mich öffnen? Sie haben ganz glattes Haar, nicht wahr?", fragte Viola mit ruhiger und tiefer Stimme und strich mit ihren schlanken Fingern durch ihr krauses Nackenhaar. Liviana fühlte sich beklommen. Sie zögerte und hob dann doch ihre Arme, um das Haargummi zu entfernen. Sie schüttelte den Kopf. So betrachtet zu werden machte sie verlegen, und obwohl nun mehr bedeckt war als vorher, fühlte sie sich nackt und schutzlos.

„Wow!", kommentierte Viola Ross, „Sie sollten es unbedingt offen tragen. Das steht Ihnen unglaublich gut."

„Danke", antwortete Liviana verlegen und überlegte, wie sie weitermachen sollte. Dabei wanderte ihr Blick erneut auf das Bild vom Markusplatz in Venedig.

„Kommen Sie, Liviana …", sagte Viola Ross, stand von ihrem Sessel auf und fasste sie sanft am Unterarm. Die Kommissarin sah sie fragend an. Viola deutete mit dem Kopf in Richtung Bild und grinste.

„Kim hat tolle Sachen gemacht. Sie hatte den Instinkt für das Besondere." Liviana spürte Violas Hände an ihrem Oberarm. Jetzt erkannte sie auch die Irritation. Es war ein Foto von der Piazza San Marco unter strahlend blauem Himmel. Ein knalliger Sommertag und nur dieser nackte Mann auf dem Platz. Das konnte nicht stimmen. Weder allein - noch nackt. Er hockte im Vordergrund des Bildes. Dann erkannte Liviana es richtig. Er hockte nicht wirklich. Er öffnete mit beiden Händen und mit Leichtigkeit das Pflaster des Platzes- So, wie man einen Vorhang öffnet, um dahinter zu verschwinden. Alles passte zusammen, obwohl es eindeutig war, dass nichts zusammengehörte. Liviana las den Titel, *Zwischenwelten I - Piazza San Marco*.

„Das ist ja völlig verrückt", begeisterte sich Liviana. „Es sieht aus, als wäre es ein echter Schnappschuss."

„Ja. Kim machte gern solche Sachen. Sie hat eine ganze Bilderreihe mit dem Arbeitsbegriff *Zwischenwelten* gemacht."

„Was bedeutet *Zwischenwelten*?", fragte Liviana naiv.

„Sie nannte es manchmal auch die fünfte Dimension. Als Kinder haben wir gedacht, wenn wir uns die Augen zuhalten, können uns die anderen nicht mehr sehen. Dass aber nur wir die anderen nicht mehr sehen konnten, haben wir erst später verstanden. Kim hat darüber philosophiert, ob ein Tisch oder ein Stuhl immer noch in einem Raum steht, wenn wir hinausgehen und die Tür schließen. Und später hat sie sich den Bahnsteig 9¾ vom Bahnhof King's Cross des Hogwarts-Express aus Harry Potter vorgestellt, wie er zwischen den Welten von London und der Zauberschule Hogwarts verkehrt. Und dann entstanden diese Bilder."

Liviana wechselte kaum sichtbar den Blick auf das Profil von Viola Ross, ihre schwarze Naturkrause, die karamellbraune Haut, die dunklen Augenbrauen und ihre beinahe schwarzen Augen. Sie speicherte das Profil wie ein digitales Foto und, obwohl Viola mitgenommen aussah, konnten die Spuren der Brutalität der Schönheit dieser exotischen Frau nichts anhaben. Liviana fand viel mehr, dass es ihre faszinierende Ausstrahlung eher unterstrich. Plötzlich war es ihr peinlich, mit welchen Gedanken sie neben Viola Ross stand.

„Lassen Sie uns noch mal auf die Nacht zurückkommen", lenkte sie das Gespräch um, löste ihren Arm aus Violas Händen und schritt wieder zum Sofa.

„Schade", flüsterte Viola kaum hörbar. „Ich habe das doch schon alles ihrem Kollegen erzählt. Ich habe schon geschlafen und bin so gesehen keine Zeugin. Ich habe mir auch keine Sorgen gemacht, schließlich geht Kim öfter allein aus und kommt dann irgendwann in der Nacht zurück. Wir sehen zwar gleich aus, sind aber doch sehr verschieden. Wir schlafen auch manchmal zusammen in einem Bett, besonders nach einem Spätfilm, aber wir haben jede auch ein eigenes Bett. Es kommt auch schon mal vor, dass ich Kim ein oder zwei Tage nicht sehe, abgesehen von Urlaubszeiten, in denen ich sie auch drei Wochen nicht sehe."

Liviana hatte dieses Verhalten von Angehörigen schon oft erlebt, wenn diese von ihren Verstorbenen sprachen, als würden sie noch leben. Viola bedeckte mit beiden Händen ihr Gesicht, und nach einem kaum wahrnehmbaren Beben ihres Körpers verfiel sie in ein unkontrolliertes Schluchzen, das sich tief aus ihrem Inneren Bahn brach.

„Ich habe doch schon alles diesem Kommissar gesagt. Lassen Sie mich doch einfach in Ruhe!", stieß sie klagend unter wütenden Tränen hervor.

„Tut mir leid, Frau Ross, aber wir müssen manchmal die Dinge häufiger hören, um alles richtig zu verstehen", versuchte Liviana sie zu beruhigen.

„Die Dinge?! ... Kim war kein Ding!"

„Nein, so habe ich das nicht gemeint." Liviana wusste, sie musste über diesen Gefühlsschub hinweggehen, sonst würde Viola nicht mehr mitmachen können.

„Wissen Sie, wo Kim in der Mordnacht zwischen zehn Uhr und halb zwölf Uhr abends war? Hat sie sich eventuell noch mit jemandem treffen wollen? Haben Sie vielleicht ein ungutes Gefühl bekommen, als Sie mit ihr telefoniert haben? Versuchen Sie bitte, sich an alle Einzelheiten zu erinnern. Alles kann wichtig sein, auch wenn es dem ersten Anschein nach nicht so aussieht."

„Viele Fragen, eine Antwort - nein." Liviana sah, dass Viola aus ihrem Tief heraus kam.

„Hat sie ..., hat man sie vor ihrem Tod ...?" fragte Viola Ross eher ins Vage hinein als an Vaitmar gerichtet.

„Wir dürfen über die näheren Tatumstände derzeit noch nichts sagen. Bitte verstehen Sie das. Spielen Sie ein Musikinstrument? Zum Beispiel Gitarre?"

„Das hat auch schon ihr Kollege gefragt. Kim hat früher mal Gitarre gespielt. Wir haben mal Gedichte vorgetragen, und Kim hat sie musikalisch untermalt. Lang ist's her. Wollen Sie noch Kaffee?"

„Gern. Er schmeckt gut. Hat Kim Kontakte zur Musikerszene gehabt?"

„Musiker? Wie kommen Sie darauf? Nein - bestenfalls zu Künstlern in ihrem Bereich. Von einem Musiker oder irgendeiner Kombo hat Kim nie etwas erzählt. Es ist übrigens Eine-Welt-Kaffee."

Ein schöner Gedanke, Eine-Welt. Diesen so oft zitierten Traum sollten wir alle nicht so einfach aufgeben!, kam es Liviana in den Kopf, und sie schaute auf ein weiteres Bild, das an der Wand hinter Viola hing.

„Vielleicht sollte ich auch mal die Sorte wechseln. Hatte sie vielleicht früher einmal einen Musiker zum Freund, als sie selbst noch musizierte? Jemand, der vielleicht aus der Versenkung wieder aufgetaucht ist oder so."

„Weiß ich nichts von. Sie haben es aber mit den Musikern heute, nicht?"

„Sie sind beide öfter zusammen ausgegangen, wie Sie ausgesagt haben?"

„Ja, sicher. Ist aber immer seltener geworden. Meistens waren wir in irgendwelchen Clubs und Diskotheken zum Abtanzen.

Aber ich kann dem nichts mehr abgewinnen. Bin lieber zuhause und lese oder tu sonst was."

„Ist Ihnen denn inzwischen noch etwas eingefallen, was uns weiterhelfen könnte? Irgendein Vorfall, an den Sie sich vielleicht wieder erinnern können?"

„Was meinen Sie?"

„Neider, Feinde, Männer, Anmache. Irgend so etwas."

„Sicher! Was glauben Sie, was los ist, wenn zwei krausköpfige Zwillinge die Disco betreten?"

Liviana konnte es sich gut ausmalen, zwei dieser attraktiven Erscheinungen waren der Blickfang des Abends. Liviana spürte wieder ihre Verlegenheit, als Viola sie sekundenlang mit ihren dunklen Augen fixierte.

„Da bist du den ganzen Abend nicht mehr allein. Da lernst du, eine Abfuhr nach der anderen zu erteilen, weil diese Typen alle irgend so eine Ficknummer mit zwei Mulattinnen im Kopf haben. Das tu ich mir nicht mehr an."

„Und Kim?", fragte Liviana mit unsicherer Stimme, während Viola ihr mit festem Blick begegnete.

„Kim? Sie genoss es. Wie sie es anfänglich auch mit diesem Kerl genoss, von dem ihr gestern das Phantombild angefertigt habt. Allerdings hat das nicht lange angehalten, da der Typ echt ein Rad ab hat. Wie gesagt, völlig von sich überzeugt. Ein Narziss wie aus dem Lehrbuch. Was passiert jetzt mit dem Phantombild?"

„Wir werden das noch besprechen. Wir kennen den Mann nicht."

Viola fragte, ob Liviana noch etwas zu trinken wolle, griff nach der Kanne und beugte sich vor. Dabei legte sie für eine Sekunde und wie nebenbei ihre rechte Hand sanft auf das Knie der Kommissarin.

„Ja, danke", antwortete Vaitmar abgelenkt. „Hat Kim den Typen denn noch mal wiedergesehen?", fragte Liviana unterkühlt. Viola lehnte sich zurück und streifte mit ihrem Daumen seitlich an ihrer Brust entlang bis auf ihren Oberschenkel, wo sie die Hand ablegte. Sie zog ihr linkes Bein auf den Sessel und ließ die Ferse in ihrem Schritt ruhen. Liviana erwischte sich dabei, wie sie den Bewegungen mit ihrem Blick folgte und sah, wie sich die Vulva dieser Frau unter deren Jeans abbildete. Beschämt richtete sie die Augen auf die Tasse in ihrer Hand. Sie fand nicht mehr zu dem selbstbewussten Anfang des Ermittlungsgespräches zurück.

„Ich glaube nicht ...", lächelte Viola, „ ... aber ich bin ja nicht überall dabei, Frau Kommissarin." Dann beugte sie sich plötzlich mit ernstem Gesicht nach vorn.

„Kim hat mir mal morgens beim Frühstück erzählt, dass sie den Idioten erst loswurde, als er ihr den Bierdeckel mit seiner Telefonnummer geben durfte. Sie hat den Deckel auf dem Küchentisch liegen lassen. Ich habe ihn weggeworfen."

„Wann war das? Können Sie den Bierdeckel wiederfinden? Das könnte uns eventuell erheblich weiterhelfen, Frau Ross."

Das Funkgerät ertönte. Liviana blickte zu ihrer Hüfte, drehte das Gerät mit der Lautsprecherseite nach oben und hörte von Schüssen in der Simrockstraße in Ehrenfeld. *Das ist quasi um die Ecke,* überlegte sie.

„Frau Ross, ich muss. Sie müssten uns noch ihre Fingerabdrücke geben. Wenn Sie dazu in den kommenden Tagen aufs Präsidium kommen würden. Wir brauchen dringend diese Telefonnummer."

Liviana hatte sich inzwischen aus dem Sofa emporgehangelt und reichte Viola Ross die Hand.

„Frau Vaitmar, das ist mein zweites Ruanda hier. Bringen Sie das in Ordnung, bitte!"

„Versprochen", antwortete Liviana, ohne auch nur im Geringsten zu wissen, wie sie das machen sollte.

Köln, 10:04 Uhr

Staatsanwalt Mirkow war ein junger und ehrgeiziger Beamter, der trotz seiner 35 Jahre mit seinem blonden, rechtsgescheitelten Kurzhaarschnitt und seinem Markenanzug auf Hauptkommissar Rob Hansen eine Ausstrahlung hatte wie ein gymnasialer Oberstufenschüler. In dem ausladenden schwarzbraunen Kunstledersessel mit den verchromten Standfüßen wirkte die kleine und schmächtige Person verloren und deplatziert. Kriminaldirektor Victor Bosch, der Chef des KK 11, saß in seinem angestammten Sessel seines Büros. Seine Sekretärin servierte Getränke auf dem kniehohen Tisch der Sitzgruppe. Sie warf Rob Hansen ein dezentes Lächeln zu, und er zwinkerte mit seinem linken Auge. Ein nonverbaler Flirt, den beide in unterschiedlichen Variationen gern spielten, wenn sie sich sahen.

„Was gibt es Neues? Es wird höchste Zeit für handfeste Ergebnisse!", eröffnete Staatsanwalt Stefan Mirkow die Besprechung, „Wir treten seit einer Woche auf der Stelle, und heute ist eine Pressekonferenz für 15:30 Uhr angesetzt. Der Oberstaatsanwalt will zeitnah informiert werden. Mit anderen Worten, es vergeht kein Tag, an dem Oberstaatsanwalt Zucker mich nicht anruft und nach neuen Erkenntnissen fragt. Inzwischen werde auch ich langsam nervös und möchte etwas mehr hören als *Die Ergebnisse müssen noch ausgewertet werden.* Verstehen Sie mich da richtig, Herr Hansen, ich möchte nicht den Eindruck gewinnen, dass wir bei den Ermittlungen zu lange auf der Stelle treten", endete der Staatsanwalt und ließ seine Zunge herausschnellen, um sie sofort wieder einzuziehen. Hansen fragte sich immer wieder, an welches Tier ihn diese Zungenbewegung erinnerte.

„Wer zum Teufel hat denn zum jetzigen Zeitpunkt eine Pressekonferenz veranlasst?", fluchte Hauptkommissar Rob Hansen, „Wir sollten schon mehr als eine Gitarrensaite und ein paar unbekannte DNA in der Hand haben, bevor wir die Presse heiß machen …"

„Das war ich", unterbrach ihn der Staatsanwalt. Rob Hansen schaute ihn durchdringend an.

„Ich steh halt auf gute Polizeiarbeit – und die dauert manchmal etwas länger als Schnellschüsse in die falsche Richtung, Herr Staatsanwalt, und mit dem Profilieren habe ich es nicht so", endete Rob Hansen scharfkantig.

„Heiliger Gransack! Jetzt reiß dich mal zusammen, Rob!", griff Victor Bosch ein.

„Also, meine Herren, wir brauchen jetzt Fakten für die Öffentlichkeit", vermittelte der Staatsanwalt.

„Okay, was können wir bis heute sagen?", begann Rob Hansen. „Wir haben zwei weibliche Opfer, beide jung und attraktiv. Wir haben das gleiche Mordwerkzeug. In beiden Fällen kein Sexualdelikt, keinen Raub. Und wir haben mehrere Verdächtige, aber keinen Täter und auch kein Motiv, das beide Morde erklären könnte. Wir gehen bei unserer derzeitigen Arbeitshypothese davon aus, dass es sich um einen Wiederholungstäter handelt und neigen zu einem männlichen Täter …"

„Was bedeutet, dass er es wieder tun wird", schnitt Staatsanwalt Mirkow Hauptkommissar Hansen das Wort ab.

„Ja. Sollte es sich allerdings um eine Beziehungstat handeln, so muss der Täter oder die Täterin beide Mordopfer gekannt haben. Aber auch hierfür fehlen uns vorläufig irgendwelche Indizien oder Beweise. Außerdem ist da noch die Zwillingsschwester, Viola Ross. Sie gehört einerseits zum Personenkreis der Verdächtigen, besonders im Falle einer Beziehungstat, und andererseits könnte sie selbst bedroht sein. Es ist nicht auszuschließen, dass der Täter nicht Kim Ross, sondern seine Zwillingsschwester meinte. Wir wissen auch nicht, ob er gegebenenfalls die beiden Frauen kannte. Deswegen müssen wir Viola Ross rund um die Uhr beschatten lassen."

„Wo sollen wir all die Beamten hernehmen?", sinnierte Victor Bosch kleinlaut vor sich hin.

„Ich habe keine Lust, als nächstes Opfer Viola Ross aus dem Gebüsch ziehen zu müssen, Victor." Der Kriminaldirektor drückte seinen Unmut aus, indem er sich nach hinten in den Sessel fallen ließ. „Heiliger Gransack! Nun gut", antwortete Victor Bosch, was nichts anderes hieß, als dass er irgendwo Polizisten abziehen lassen würde.

„Entschuldigung ...", meldete sich Staatsanwalt Mirkow zu Wort. „ Das verstehe ich jetzt nicht ganz. Bei einer Beziehungstat richtet sich die Tat gezielt auf ein bestimmtes Opfer, und das ist doch hier wohl Kim und nicht Viola Ross? Auf der anderen Seite muss einem Serientäter doch gar nicht bewusst sein, dass sein Opfer noch eine Zwillingsschwester hat. Wozu also die Beschattung?" Staatsanwalt Mirkow zog mit der Hand seinen Scheitel nach.

„Herr Mirkow, es war dunkel zur Tatzeit. Kim und Viola haben den gleichen Heimweg. Wissen Sie, ob der Täter genau wusste, welche der beiden Frauen er umbringen würde? Können Sie mit Bestimmtheit sagen, dass der Täter wirklich Kim und nicht Viola Ross umbringen wollte? Oder will er vielleicht sogar beide umbringen? Herr Mirkow, wir legen uns derzeit auf keine Hypothese fest, deswegen sollten wir Viola Ross schützen."

„Ich denke, wir nehmen die Hypothese des Serientäters", äußerte sich der Staatsanwalt entschlossen. Bosch und Hansen sahen den jungen Beamten fragend an.

„Sie sprechen in Halbsätzen, Herr Mirkow", entgegnete der Kriminaldirektor.

„Man muss die Bevölkerung vor einem Serientäter warnen."

„Sie wollen mit einem Serienmörder an die Öffentlichkeit gehen?", fragte Bosch nach und beugte sich langsam vornüber, soweit es seine Körperfülle zuließ.

„Ja."

„Herr Mirkow, das halte ich für keine gute Idee. Da steht uns, gleich morgen früh, halb Köln im Präsidium. Das sollten wir uns beim derzeitigen Ermittlungsstand sehr gut überlegen. Will sagen, wir sollten das nicht noch hochkochen."

„Die Bevölkerung beruhigt das im Übrigen wenig, wenn Sie sich jetzt über einen Serienmörder Gedanken machen sollen, der noch frei rumläuft. Beziehungstäter wären da für die Öffentlichkeit weniger beängstigend, schließlich steht der Täter nicht mit halb Köln in Beziehung", schloss Hansen.

„Also gut, und was machen wir jetzt?", fragte Staatsanwalt Mirkow einsichtig.

„Wir haben bisher eine unbekannte DNA aus dem Fall 2006. Die anderen Analysen laufen noch. Zudem ein Phantombild...", setzte Hansen an, als sein Handy klingelte. Während er aufstand und sein Mobiltelefon aus dem Jackett kramte, warf er den beiden Beamten das Phantombild zu, wie das Herrchen einen Knochen seinem Hund.

„Das können Sie ja für Ihre Pressekonferenz aufmotzen. Wir suchen ihn als Zeugen." Dann schaute er auf sein Display, murmelte eine Entschuldigung und nahm an.

„Hansen, was gibt's, Vaitmar?", fragte er, während Bosch und Mirkow ihn fixierten und schwiegen.

„Hallo, Hansen. Haben Sie gehört? Die Zentrale hat gerade Schüsse in der Simrockstraße durchgegeben. Ich kann in ein paar Minuten dort sein."

Hansen schaute den Kriminaldirektor an.

„Schüsse in der Simrockstraße. Ich muss", sagte er, hob wortlos den freien linken Arm zum Gruß und ließ die beiden Männer in der Ledergarnitur sitzen, froh, dem ungeliebten Prozedere auf diese Weise kurzfristig entkommen zu können.

„Tote?"

„Nicht klar. Gerade erst passiert."

„Scheiße! Wir schicken eine Streife für den ersten Angriff hin."

„Und was, wenn es Tote gegeben hat, Hansen? Die Spuren sind weg, noch bevor Jens dort ist. Ich fahre prophylaktisch vorbei. Was meinen Sie?"

Hansen ging schnellen Schrittes den kahlen Flur entlang. Er wusste, dass sie Recht hatte.

„Okay, Vaitmar, fahren Sie hin und überprüfen Sie das. Und, Vaitmar – wenn es ein Fall für das KK 11 sein sollte, übernehmen Sie das federführend."

„Wer's glaubt. Schauen wir mal."

„Rufen Sie mich an. Ich glaube, ich muss zurück zu Victor und dem Staatsanwalt. Die machen mich gerade rund mit ihrer Scheiß-Pressekonferenz und dem Saitenmörder!" Inzwischen befand sich Hansen im Erdgeschoss, ein paar Meter vor dem Ausgang. Er wollte die Gelegenheit nutzen, um schnell ein Fischbrötchen zu kaufen. Der Metzger in der Nähe der Köln-Arcaden hatte gute Brötchen, gute Heringsfilets und eine noch bessere Sahnesauce. An der Infotheke im Foyer des Präsidiums standen zwei Polizisten in Uniform und unterhielten sich. Als er an ihnen grußlos vorbei schritt, rief ihm einer der beiden hinterher.

„Mojn, Mojn, Herr Kommissar."

Hansen bremste seinen Schritt und machte auf der Stelle kehrt in Richtung Infotheke.

„Wie heißen Sie?", fragte er die beiden Männer in schroffem Ton, die ihm mit eingeschüchterter Haltung antworteten.

„Horst Ballwitz, Herr Kommissar."

„Funke - Johann Funke."

„Ach, Sie sind das …", bemerkte Hansen spontan und fuhr fort, „… Ich bin Hauptkommissar Hansen, so viel Zeit muss sein. Nicht Kommissar, nicht Herr Kommissar, nicht Herr Hauptkommissar, sondern Hauptkommissar Hansen, oder Herr Hansen, oder Herr Hauptkommissar Hansen, wenn Sie Zeit zu viel haben. Haben Sie das verstanden?!"

„Jawohl", salutierte einer der Beamten. Sie schauten in ein grimmig dreinschauendes, markantes Gesicht. Sein welliges Haar, scheitellos und schütter, in dem sich die Geheimratsecken bereits weit vorgearbeitet hatten.

„Herr Hauptkommissar Hansen, entschuldigen Sie bitte, das war ich …", hob Johann Funke an und zupfte sich am Ohrläppchen. Hansen überließ die beiden kommentarlos sich selbst und verschwand aus dem Präsidium.

„Was ist das denn für ein hochnäsiges Arschloch?", fragte Polizist Horst Ballwitz.

„KK 11, Tötungsdelikte. Der beste Mann vor Ort", bemerkte Funke und zupfte an seinem Ohrläppchen.

***

Kommissarin Vaitmar versuchte, sich Klarheit über den Tathergang in der Simrockstraße zu verschaffen. In der ansonsten ruhigen, engen und völlig gesichtslosen Straße spielten sich chaotische Szenen ab. Aufgeregt gestikulierende Menschen liefen scheinbar ziellos kreuz und quer über die Straße. Eine Traube von türkischen Mitbürgern hatte sich mitten auf der Straße versammelt und schrie, weinte, betete und diskutierte.

Ihre Fensterbänke benutzten Kopf schüttelnde Anwohner als kostenlose Tribünenplätze für das ungewöhnliche Schauspiel. Spiegelte sich in einigen Gesichtern das blanke Entsetzen, konnten andere hinter der Fassade der Anteilnahme ihre Lust an der willkommenen Abwechslung kaum verbergen.

Irgendwo in dem Getümmel lag ein Mann auf dem Boden, soviel hatte Kommissarin Vaitmar erkennen können. Türkische Frauen warfen sich über den leblosen Körper, beteten, weinten laut und hielten sich gegenseitig - oder den Mann in ihren Armen. Die Kommissarin hatte alle Mühe, zum Tatort vorzudringen.

„Polizei!", schrie sie in die Menge. „Hier spricht die Polizei! Machen Sie bitte Platz! Treten Sie zur Seite! Weg da, bitte! Geben Sie den Tatort frei!". Kommissarin Vaitmar wurde rot vor Zorn. Man schien sie hier nicht verstehen zu wollen oder zu können. Am liebsten hätte sie mit ihrer Pistole in die Luft geschossen, was aber alles nur noch verschlimmert hätte. Dann hörte sie ein Martinshorn und sah einen Polizeiwagen, der sich mühsam den Weg durch die enge Straße und das Menschengewirr bahnte. Ihre Hoffnung wuchs, dass es jetzt besser laufen würde. Auf uniformierte Polizisten hörten auch die letzten Unwilligen. Polizistinnen in Zivil schien man hier nicht zur Kenntnis zu nehmen. Sie trat an die Beamten heran und gab ihnen ihre Einsatzbefehle. Die Menschen begannen, den Anweisungen zu folgen und endlich sah Liviana Vaitmar das Opfer deutlich. Der Mann lag blutüberströmt auf dem Asphalt. Ein Rettungsdienst mit Blaulicht und Martinshorn näherte sich dem Ort des Geschehens.

„Herr Gott! Ist das alles eng hier!", schimpfte Kommissarin Vaitmar. „Lasst die Autos hier alle abschleppen, oder sprengt sie in die Luft, egal! Zum letzten Mal, machen Sie endlich Platz hier!", brüllte die Kommissarin die Leute an, die wie ein Magnet an dem Opfer hafteten. *Und diese kreischenden Weiber!* dröhnte es in ihrem Kopf.

„Wo ist das Absperrband?! Wir müssen hier alles komplett abriegeln! Hier darf kein Mensch mehr rechts und links vorbeikommen, verstanden? Komplett von einem Haus zum gegenüberliegenden absperren! Und haltet das Türkenvolk auf Abstand, die machen mich wahnsinnig!"

„Eh, pasaklı kadın!", baute sich breitbeinig ein muskelbepackter junger Mann vor ihr auf, „Wo bleibt dein Respekt vor meinem Volk?"

„Dein Volk", raunzte Liviana Vaitmar ihn an, „... ist gerade dabei, sämtliche Spuren zu verwischen. Und: wo bleibt Dein Respekt vor mir?".

Ein aufmerksamer Polizeibeamter übernahm den Muskelmann und nötigte ihn mit Mühe, den Tatort zu verlassen. Der Rettungsarzt hatte sich durch die Menge geschoben und den Mann, der auf der Straße lag, untersucht. Er konnte nur noch den Tod feststellen und zog sich alsbald zurück. Vaitmar versicherte sich per Handy, dass die Spurensicherung unterwegs war. Ein türkischer Mann hatte sich zur Leiche gedrängt und fummelte plötzlich in der Jackettasche des Toten herum. Kommissarin Vaitmar sah ihn aus dem Augenwinkel und stürmte in Sekundenschnelle auf ihn zu. Sie trat ihm in die Oberschenkelmuskulatur und wuchtete ihren Ellbogen in sein Gesicht. Der Mann fiel zu Boden.

„Du Arsch! Habe ich dir gesagt, dass du den Toten beklauen sollst?! Was hast du in deiner Hand?!", brüllte sie, über ihm stehend, auf ihn hinunter. Ihre linke Hand krallte sich an seinem Kragen fest, ihre Rechte positionierte sich auf Kopfhöhe des Diebes, bereit zu einem Schlag zwischen seine Augen. Ihr Puls raste, und ihr stoßweiser Atem ließ kein Pardon erkennen. Sie spürte, wie der Mann weiterhin wortlosen, aber heftigen Widerstand leistete.

„Gib her! Sofort, oder du bist für die nächsten zwei Wochen blind!"

Der Mann öffnete seine Hand. Die Kommissarin sah einen Schlüssel und griff nach ihm. Der Mann schloss die Hand und bog ihr die Finger um. Vaitmar schlug ihre Rechte auf das Jochbein unter seinem linken Auge. Sein Widerstand schien gebrochen.

„Führt ihn ab. Den nehmen wir uns auf dem Revier vor", sagte die Kommissarin und schaute sich den Schlüssel genauer an. *Schließfach*, dachte sie, während die Kollegen den Südländer an den Armen packten. Noch bevor die Beamten ihm die Handschellen anlegen konnten, schlug der Mann mit seinem Kopf auf die Nase eines der Polizeibeamten, der blutüberströmt rückwärts zu Boden fiel. Diesen Schreckmoment nutzte der Südländer, um über die Absperrung zu springen und in die nächste Seitenstraße zu entkommen.

Kommissarin Vaitmar wirbelte herum, dabei löste sich ihr zusammengebundenes Haar und ergoss sich wie ein schwarzer glänzender Schleier über die Länge ihres Rückens. Das hatte mehr Wirkung als all ihr Gebrüll. Die Umstehenden schauten sie an und schwiegen plötzlich. Und auch die Kollegen in Uniform starrten wie gebannt auf diese plötzliche Verwandlung ihrer Kollegin von einer Streetfighterin zur Scheherazade, einem Wesen aus Tausendundeiner Nacht. Kommissarin Vaitmar zeigte ungewollt ihre südländische Schönheit, was ihr Temperament bekräftigte.

„Das darf doch nicht wahr sein!", brüllte sie erneut. „Habt ihr die Granate laufen lassen?! Den sehen wir nie wieder! Bravo, Jungs! Echt Klasse! Halten Sie den Sanitäter auf, bevor der abfährt und nehmen Sie ihren Kollegen mit", endete Vaitmar kopfschüttelnd. Der Polizist, der sich mit einem Taschentuch seine Nase zuhielt, hob an zu sprechen, aber Vaitmar ließ ihn nicht zu Wort kommen.

„Lassen Sie es, Mann! Suchen Sie den Notarzt auf!". *Und feiern Sie krank*, dachte sie. Es waren gerade mal sechs Minuten vergangen, als zwei weitere Polizeiwagen eintrafen. Langsam ordnete sich das Chaos. Die Absperrung stand jetzt, und die uniformierte Polizei konnte nun auch personell den Tatort optimal sichern. Liviana Vaitmar inspizierte erneut den Toten, als Jens Fischer ihr seine Hand auf die Schulter legte.

„... Und dein Haar, das nieder glitt,
nimm es doch dem fremden Winde,
an die nahe Birke binde
einen kusslang uns damit. Rainer Maria Rilke."

„Hallo, Jens, endlich erscheint hier ein edler Ritter."

„Hast du den waidwunden Kollegen zur Strecke gebracht?", fragte Jens Fischer. Liviana grinste breit.

„Gestresst? Wo ist HD?", fragte der Leiter der Spurensicherung in seiner bekannt ruhigen Art und in einer Stimmlage, die mehr als einen Topf Kreide bedurfte, um sie zu heben. Dabei zog er an seiner warmen Pfeife und sah wohlwollend auf sie herab. Mit seinen 1,87 war er einen Kopf größer als die Kommissarin.

„Er verspätet sich. Hat mich angerufen. Die haben ihm alle vier Reifen an seinem Wagen zerstochen. Vor seinem Haus. Er musste sich erst ein anderes Auto besorgen."

„Es wird nicht besser in Köln und seinen Randgebieten. Ich habe mal ..."

„Also, Jens! Du hier, ich dort. Und erschieß jeden, der dir auf drei Meter zu nahe kommt."

„Kannst du mir deine P6 überlassen?"

Vaitmar wandte sich kommentarlos von ihm ab und befragte die umstehenden Personen, ob sie etwas gesehen hatten. Die meisten türkischen Mitbürger verstanden sie nicht oder wollten nicht verstehen. Bald hatte sie einen freiwilligen Dolmetscher gefunden, der jedoch alles, was gesagt wurde, in standardisierten Sätzen wiedergab. Man habe nichts gesehen, nur mehrere Schüsse gehört und sei dann, als es still geworden sei, hinausgelaufen. *Entweder haben die sich alle abgesprochen, oder es war zur Abwechslung wirklich mal so,* sinnierte Vaitmar. *Es wird nicht leicht, hier zu einem schnellen Ergebnis zu kommen.*

***

Hansen lief zum Präsidium zurück. Er hatte sein Fischbrötchen gerade aufgegessen und erreichte das Foyer des Präsidiums, als ihn die Nachricht von Vaitmar mit den Geschehnissen in der Simrockstraße erreichte. Er sah die beiden Polizisten, die ihre leeren Becher ineinander stellten.

„Funke!", rief er kurz entschlossen.

„Jawohl, Hauptkommissar Hansen!", schreckte dieser auf und zupfte an seinem rechten Ohrläppchen.

„Sind Sie zurzeit frei?"

„Jawohl, Herr Hauptkommissar Hansen. Ihr Praktikant ist frei."

Hansen schaute irritiert.

„Ich brauche einen Fahrer mit Wagen."

„Da sind Sie zufällig richtig bei mir, was den Fahrer betrifft. Und den Streifenwagen …"

Johann Funke blickte Ballwitz auffordernd an.

„Hauptkommissar Hansen braucht einen Praktikanten, verstehst du?"

„Seit wann haben wir Praktikanten bei einem Einsatz?"

„Ballwitz! – den Schlüssel." Der Kollege holte seinen Schlüssel aus der Hosentasche und warf ihn Johann Funke zu.

„Guter Polizist", warf Hansen ein.

„Danke, Ballwitz. Ich bin bereit, wohin geht's?"

„Ehrenfeld."

„Simrockstraße? Was vorhin reinkam?"

„Gut informiert, Funke."

„Bin ja schließlich bei der Polizei, oder?". Sie gingen quer über den Parkplatz und stiegen in den Wagen.

„Blaulicht?"

„Ja, kennen Sie den Weg?"

Funke lachte und antwortete, „Sischer dat, Chef. Ich bin ja schließlich seit sieben Monaten in Köln", verkündete er und griff an sein Ohrläppchen. Das Martinshorn dröhnte, und Kommissaranwärter Funke fuhr, als wäre er auf der Autobahn. Hauptkommissar Hansen hielt sich am Haltegriff des Wagens fest und war froh, dass er den Weg nicht erklären musste. Martinshorn und schnelle Fahrten war Hansen gewohnt, aber der rasante Fahrstil von Funke beunruhigte ihn nicht nur, sondern setzte ihm auch körperlich so zu, dass er aufstoßen musste. *Scheibenkleister! Dieser Grünschnabel ist gerade mal sieben Monate in Köln und donnert hier durch die Stadt, und ich habe nach zwei Jahren immer noch eine Orientierung wie ein Regenwurm!*

„Hören Sie! Sie brettern hier durch Kalk wie ein Buschmann mit der Machete durch den Urwald! Ich hoffe, Sie wissen, was Sie tun."

„Jupp, warum? Als Bulle kommt man ja zwangsläufig rum, oder? Ist ja quasi berufliche Grundübung", betonte Funke etwas gekünstelt.

„Sie haben für Vaitmar eine Ermittlung übernommen?"

„Jupp. Vait hat mich drum gebeten. Wissen Sie, als Praktikant hat man manchmal noch Kapazitäten frei", beantwortete er die Frage und zupfte erneut an seinem Ohr. Hansens Blick wurde von der Bewegung angezogen. Das Ohrläppchen war dick und rot, mit einer eingearbeiteten Knetfalte in der Mitte und einer rauen Oberfläche. Es sah aus wie etwas, das Rob niemals ohne Handschuhe freiwillig anfassen wollte.

„Vaitmar hat Ihnen das mit dem Praktikanten gesteckt, nicht wahr? Ich habe Sie heute das erste Mal gesehen."

„Sie sind viel unterwegs, und ich muss auch schon mal zur Fachhochschule und war 'ne Zeit lang beim KK 34."

„Was wollen Sie denn bei der Computerkriminalität?"

„Na ja, ich kenn mich halt auch mit Computern aus, und da liegt das ja irgendwie nahe, oder?" Rob sah die Zoobrücke und inzwischen war ihm schlecht.

„Gehen Sie vom Gas, und machen Sie das Martinshorn aus! Vaitmar hat das in Ehrenfeld schon im Griff."

„Aber fahren soll ich schon noch, oder?"

„Sie haben die Alibis der Künstler von der Galerie Clausen überprüft?"

„Vait hat Volker Clausen, seine Frau und den Journalisten Hassleder übernommen. Ich sollte Buckner, Richert und Zeckmann befragen. Die Künstler haben sich am Samstag bis kurz nach 23:00 Uhr in der Galerie von Clausen aufgehalten. Sie hatten ein Date mit diesem Hassleder vom *Mega-Life-Style*. Das erzählten sie noch übereinstimmend. Hassleder wollte eine Reportage über die Galerie Clausen in der nächsten Ausgabe bringen. Sprich, sie haben zusammen gesoffen. Danach haben sie am Rhein gefeiert, wobei sich Bruckner und Zeckmann kaum noch an etwas erinnern konnten, da sie wohl völlig betrunken waren. Richert glaubt, sie seien bis ungefähr 3 Uhr unterwegs gewesen. Clausen hat sich wohl so gegen 1 Uhr abgesetzt. Frau Clausen und die Künstlerfrauen waren zur selben Zeit auch am Rhein. Sie hatten sich aber in der Wohnung des Bruders von Frau Clausen eingefunden. Die Wohnung liegt direkt am Rhein. Bin ich auch mit Vaitmar hin, super Wohnung, Chef! Geile Aussicht auf den Rhein. Ich wüsste zu gern, was man dafür hinlegen muss. Der Bruder ist Architekt." Funke traktierte sein Ohrläppchen und Rob überkam der Impuls, ihm auf die Hand zu schlagen, beherrschte sich aber.

„Der Bruder von Frau Clausen sagte aus, seine Schwester und ihr Mann seien um zirka 2 Uhr nachts in einem Taxi von dort nach Hause gefahren. Da waren die Künstlerfrauen schon weg."

„Hat einer der Anwesenden denn mal die Wohnung für eine Zeit verlassen?"

„So wie ich verstanden habe, nein."

„Hört sich wasserdicht an."

„Entschuldigen Sie, Herr Hansen, das ist so was von wasserdicht, als würden Sie einen Goldfisch im Aquarium fragen, wo er gestern war."

Hauptkommissar Hansen lachte und schaute auf das Profil des jungen Mannes. Blond, Seitenscheitel, kultivierter Vollbart, mit einer leichten Hakennase und einem Ohr, das zu explodieren drohte. Und wieder fasste er daran.

„Allerdings Funke, sicher sind Sie sich nicht, was das Verlassen der Wohnung betrifft, oder? Ich meine in der Zeit von 23 Uhr bis kurz nach 24 Uhr. Und der Bruder gibt Frau Clausen das Alibi, richtig?"

„Warum sollte ich nicht sicher sein? Und warum braucht denn Frau Clausen ein Alibi?"

„Du hast gesagt, *so wie ich verstanden habe*. Das sagt man, wenn man sich nicht sicher ist. Und warum braucht Frau Clausen ein Alibi? Ich weiß es nicht. Wir kennen die Motive des Mörders oder der Mörderin, nicht. Kim Ross war attraktiv. Vielleicht hat sie Clausen schöne Augen gemacht, um ihre Bilder in die Galerie zu bekommen? Vielleicht hat Herr Clausen neben ihrer Kunst noch ein anderes Interesse an Kim Ross gehabt, und Frau Clausen hat das gespürt oder gewusst. Wir müssen so denken. Wie heißen Sie mit Vornamen?"

„Johann. Die meisten nennen mich Joh. Es tut mir leid, Herr Hansen, aber ich habe vergessen zu fragen, ob jemand mal zwischendurch weggegangen ist."

„Das ist in Ordnung, Joh. Aber du darfst keine heimlichen Brücken schlagen, um eine Aussage wasserdicht zu bekommen. Du musst explizit wissen, was du gehört hast und wenn du unsicher bist, fragst du noch mal nach. Und wenn du zehnmal nachfragen musst. Genau dadurch passiert es, dass Menschen sich widersprechen, Neues erinnern oder dem Druck nicht mehr standhalten. Aber Joh, niemals glauben, alles verstanden zu haben."

„Jupp. Verstanden."

„Es könnte also sein, dass die Clausen oder eine andere Person zwischendurch die Wohnung verlassen hat. Aber um 2 Uhr ist das Ehepaar Clausen dann mit einem Taxi heimgefahren - so richtig?"

„Jupp. Herr Hansen, wir befinden uns auf der Inneren Kanalstraße, und vor uns gibt es einen Stau, wollte ich nur mal bemerken. Soll ich nicht vielleicht doch mal das Martinshorn einschalten? "

„Nein. Vaitmar wird das schon machen." Hansen kämpfte mit seinem Gleichgewichtsorgan. Ihm war als Beifahrer lange nicht mehr so schlecht gewesen wie jetzt. Obwohl Kommissaranwärter Funke inzwischen ohne jede Eile fuhr, weil es der Verkehr auf der Inneren Kanalstraße nicht zuließ, war doch das ständige Anfahren und Bremsen auch nicht viel besser. Hansen brauchte jetzt die gleichmäßige und kontrollierte Bewegung des Autos - oder er musste sich übergeben.

„Was war mit Herrn Clausen?", fuhr er, gegen seine Übelkeit ankämpfend, fort. „Er war mit drei besoffenen Künstlern am Rhein. Hätte Clausen nicht für eine Stunde verschwinden können? Vielleicht hatten die Männer einen Treffpunkt ausgemacht, falls sie sich mal verlieren."

„Am Rheinufer? Clausen soll die Kölner Lichter verlassen, zwischendrin Kim Ross umgebracht und dann die Männer in dem Trubel wiedergefunden haben, oder was?"

„Wir müssen alles denken, Funke. Immerhin schien er ja der Einzige zu sein, der noch zurechnungsfähig war, oder?"

„Clausen hat Vaitmar erzählt, dass er nicht mehr als 10 Kölsch getrunken habe."

„Dann war er mit Sicherheit auch nicht zurechnungsfähig."

„Nach zehn Kölsch? Keine Flaschen! Nullzwei, da ist man doch nicht breit."

„Aha, aber die anderen waren so besoffen, dass sie sich nicht mehr erinnern konnten, richtig?"

„Haben sie gesagt."

„Würde Clausen freiwillig sagen, dass er noch nüchtern und kurz mal weg war, wenn er Kim Ross umgebracht hat?"

„Wohl eher nicht", antwortete der Kommissaranwärter.

„Vielleicht ist dein Goldfisch doch mal heimlich in der Nacht aus seinem Aquarium in ein Wasserglas gesprungen."

„Aber warum?"

„Das müssen wir herausfinden."

Sie fuhren stop and go. Rob war froh über diese Pause und schaute erleichtert aus dem Fenster. Langsam beruhigte sich sein Magen, und er konnte mit seinem Gleichgewichtsorgan Frieden schließen.

„Ich kenne Sie von Dortmund, Herr Hansen."

„Was?", fragte der Hauptkommissar irritiert.

„Damals beim Einsatz gegen den Al-Qaida-Mann war ich auch dabei. Sie waren da noch Kommissar, stimmt's? Deshalb habe ich Sie auch so angesprochen." Funke zupfte sich mehrmals an seinem Ohrläppchen und dann sah Hansen, wie er das Läppchen zwischen Daumen und Zeigefinger malträtierte.

„Und quäl dein Ohr nicht so! Das ist ja nicht mit anzusehen! Schneid es ab, oder mach sonst was! Aber hör auf, daran zu fummeln!", brummte Rob.

„Was geht dich mein Ohr an! Ist doch meine Sache! Ich habe doch gleich gesagt, wir sollten das Martinshorn anmachen! Dann wären wir jetzt schon längst da! Kann ich doch nichts dafür!"

„Scheiße! Nein! Du warst auch in Dortmund?"

„Ja, Sie haben mich natürlich nicht gesehen. Ich bin ja auch nur einer der Grenzposten gewesen, die die Neugierigen auf Distanz halten mussten."

„Ach du Scheiße! Du hast diese schräge Nummer mitbekommen?"

„Jupp. Das war echt krass, der Typ mit dem Bart, und wie Sie den mit dem Arsch zuerst aus der Haustür geschoben haben."

„Erspar mir diesen Tag, Junge."

„Hatten Sie wirklich keine Waffe dabei?"

„Keine Waffe." Funke starrte auf den Verkehr, der derzeit keine Herausforderung bot.

„Mit Lalülala würden wir sogar heute noch ankommen, wie wärs?"

„Nein", antwortete Rob Hansen entschieden, und Johann Funke starrte ungeduldig auf die Bremslichter der vor ihm stehenden Autos. Es machte den Kommissaranwärter aggressiv, nicht von der Stelle zu kommen, und er befingerte den Schaltknüppel.

„Sind wir jetzt eigentlich auf *Du*? Ich hab das nicht ganz mitgeschnitten. Oder wird das hier irgendwie 'ne schräge Nummer?", fragte Funke, der länger auf eine Antwort warten musste, als er - ohne sein Ohrläppchen zu bearbeiten – ertragen konnte.

„Das Schlimmste war eigentlich, dass ich einen russischen Menschenhändler dingfest machen wollte. Es war wohl ein Sprachproblem zwischen meiner Informantin und mir, weshalb ich irgendwann allein im richtigen Ortsteil von Dortmund und in der richtigen Straße stand, aber vor der falschen Wohnungstür und die falsche Klingel drückte. Da hat mir plötzlich ein Mann mit langem Bart die Tür geöffnet. Kennst Du das? Du fragst jemanden, ob er deine Rolex gesehen hat, und der Kerl sagt ganz selbstverständlich *Nein* und schaut für den Bruchteil einer Sekunde auf seinen Rucksack?"

„Ich habe keine Rolex."

„Davon gehe ich aus. Der Al-Qaida-Mann war genauso irritiert wie ich. Die Situation war geladen. Der Mann schaute für genau diesen Bruchteil einer Sekunde an sich herunter, und das war sein entscheidender Fehler. Ich folgte automatisch seinem Blick und erkannte den Griff einer Schusswaffe unter seinem

Hemd, die von seinem Hosengürtel gehalten wurde. Da musste ich eingreifen. Ich denke oft, wie kann es sein, dass einem manchmal eine Zehntel-Sekunde so irrsinnig lange vorkommt, während wir andererseits plötzlich erkennen, dass beinahe ein ganzer Tag wie ein Augenblick vergeht. Wie sind wir Menschen eigentlich gestrickt, Johann?"

„Oh Gott. Da erinnerst du mich an was. Ich muss meine Frau anrufen", antwortete Johann Funke und klemmte erneut sein Ohrläppchen zwischen zwei Finger, als wollte er den Hitzegrad der Entzündung erfühlen. Inzwischen befuhren sie die Venloer Straße.

„Das ist ja jetzt ein Gedankensprung. Warum musst du deine Frau anrufen?"

„Ich habe die Nacht nicht Zuhause geschlafen. Wie die Geschichte mit dem Al-Qaida-Mann ausging, weiß ich ja. Die Zeitungen haben reichlich berichtet und wirksame Fotos geschossen. Davon kreisen übrigens auch bei uns Kopien rum."

„Ich weiß. Es gibt Dinge, die haften an einem wie Nikotin in der Haut. Hast du schon mal in der Straßenbahn neben einem Mann gesessen, der frisch geduscht aus allen Poren nach Nikotin stinkt? Man wird's nicht los."

„Keine Ahnung, aber wie ging denn jetzt die Geschichte mit dem Menschenhändler aus?", fragte Johann Funke, setzte den Blinker und bog in die Simrockstraße ein.

„Wir haben weitere zwei Monate gebraucht, um ihn mit dem SEK zu schnappen und wir wissen, dass die Informantin nicht überlebt hat. Zum Kotzen! Sag einfach Rob", beantwortete er die offene Frage, die im Auto umherschwirrte.

***

Die kleine Seitenstraße mit den durchgängig lang gezogenen Häuserblocks und den parkenden Autos auf den Bürgersteigen konnte das Aufgebot an Menschen und Einsatzwagen kaum verkraften. Inzwischen war ein Durchkommen kaum noch möglich. Trotzdem trat die Menschenmenge langsam zur Seite und gab den Blick auf die Absperrung des Tatorts frei, als sie heranfuhren. Noch bevor der Wagen zum Stehen kam, öffnete Hauptkommissar Hansen bereits die Autotür und suchte zwischen den Herumstehenden und der Spurensicherung Kommissarin Vaitmar. Zwischen den Männern und Frauen, die sich immer noch weinend in den Armen lagen oder auf der Straße ziellos umhertrieben, entdeckte er Kommissarin Vaitmar, die sich in einer Traube türkisch anmutender Mitbürger unterhielt. Er kannte kaum einen Menschen, der sich so eindeutig und gradlinig verhielt, dass man schon aus dieser Distanz erahnen konnte, welche Frage sie gerade an die Personen richtete. Sie schaute sich um und ihre Blicke trafen sich. Sofort unterbrach sie ihre Arbeit, um ihm zielstrebig entgegenzugehen.

„Hallo, Hansen. Auch schon da?"

„Was haben wir?", fragte Hauptkommissar Hansen, als hinter ihm Johann Funke auftauchte.

„Ach! Wen haben wir denn da? Joh, der schönste Anwärter der Firma. Was machst du denn hier? Fahrdienst oder Praktikumsausflug?"

„Hallo Vait, lass gut sein", äußerte Funke verlegen und mit dem automatischen Griff ans Ohrläppchen setzte er einen Schlusspunkt hinter seinen Satz.

„Rob, ich meine Herr Hansen, hat mich für den Einsatz abgezogen."

„So? Rob hat dich für den Einsatz abgezogen? Verstehe! Da scheint ihr euch ja schneller näher gekommen zu sein als unsere Streifenwagen fahren können, oder?"

„Können wir jetzt?", drängelte Rob Hansen, sichtlich unangenehm berührt.

„Der Tote hat inzwischen einen Namen", sagte Vaitmar und zog ihre Notizen aus der Gesäßtasche ihrer Jeans.

„Acartürk Demirtas. Wissen Sie, was er bedeutet, Hansen?"

„Dass wir ein Stück weiter sind, wenn er einen Namen hat."

„Acartürk. Der Name Acartürk, meine ich."

„Nein."

„Ich habe mich aufschlauen lassen müssen, während ihr eure Männerfreundschaft aufgebaut habt. Ein heldenhafter, starker und geschickter Türke. Und jetzt liegt er da im Dreck."

„Vaitmar!", empörte sich Hansen. „Bei allem, was Recht ist!"

„Tja, ich habe ihn schon da liegen sehen, wenn Sie dann auch schauen möchten?"

„Gehen wir", forderte er sie auf, und Liviana Vaitmar führte beide hinter die Absperrung. Da lag er auf dem Asphalt mit ausdruckslosem Gesicht und lockigen schwarzen Haaren, Schnurrbart und blutgetränktem, karogemustertem Hemd. Rob beugte sich über die Leiche.

Ein türkischer Mann. Alter?, dachte der Hauptkommissar.

„So wie es aussieht, drei Einschüsse", kommentierte Liviana seine gebückte Haltung.

„Haben Sie den Geruch wahrgenommen, Vaitmar?"

„Ja, seit ich hier bin. Knoblauch und Schweiß. Die ganze Straße hier stinkt nach Knoblauch und Schweiß. Ich könnte ..."

„Scheiße, Vaitmar. Halten Sie besser den Mund...", unterbrach Hansen sie schroff, „...bevor Sie mich überzeugen, dass Sie eine Rassistin sind! Ich meine den strengen Geruch nach Heu und Honig." Vaitmar schaute ihn irritiert an.

„Gras, Vaitmar, Cannabis. Er riecht nach Gras." Kommissarin Vaitmar beugte sich ebenfalls über die Leiche und roch.

„Sie haben Recht."

„Funke!", rief Hansen. „Komm her und schau dir das an."

„Was haben wir denn hier für eine feierliche Allianz?", fragte Vaitmar zynisch und mit giftigem Blick.

„Er will zur Mordkommission oder Internetfahndung, später. Was würden Sie vorschlagen, Vaitmar? Sie haben ja schon reichliche Erfahrungen mit ihm gemacht."

„Die besseren Leute hat natürlich das KK 11, wenn du richtig was lernen willst", spaßte sie.

„Na, ich sehe, wir verstehen uns", kommentierte Hansen ihre Bemerkung.

„Oh, danke Herr Hauptkommissar. Sie scheinen ja heute richtig ausgeschlafen zu sein."
„Johann, schau dir die Leiche an!"

Johann Funke, so hellblond wie er war, so bleich wurde er im Gesicht, als er sich dem Toten näherte. Es war sein erster Toter in einem Mordfall. Er hatte schon eine Tote gesehen. Seine Großmutter. Sie war in ihrem aufgebahrten Zustand ansehnlich gewesen und nicht von so einer mörderischen Magie umgeben wie dieser Tote auf dem Asphalt. Johann fürchtete, sich gleich über der Leiche erbrechen zu müssen. Die Sprache hatte es ihm bereits verschlagen. Liviana Vaitmar kam ihm zur Hilfe.

„Junge, mach langsam. Wir brauchen die Leiche ohne dein Fremdeinwirken. Wenn es nicht geht, geh zurück. So was baut sich langsam in einem auf." Funke richtete sich wieder auf.

„Und? Hast du es auch gerochen?" fragte ihn Hansen.

„Ich weiß, wie Cannabis riecht. Aber ich finde, es riecht eher nach Eisen oder Metall."

„Das ist der Geruch von Blut. Was haben wir weiter, Vaitmar?"

„Zirka 60 Jahre alt. Er hat eine Dönerbude auf der Venloer Straße. Und ist sozusagen hier der Hirsch am Platz."

„Wie kommen Sie drauf?"

„Das Ausmaß der Verzweiflung ist schon um fünfzig Prozent abgekühlt. Als ich hier ankam, wusste ich nicht, ob hier gleich weiter geballert wird. Die liefen hier alle völlig abenteuerlich umeinander! Alle nennen ihn Baba oder Babacigim, Väterchen oder so. Ich werde nicht Türkisch lernen, um diesen Fall zu lösen. Sie sollen Deutsch lernen, schließlich leben sie hier in unserem schönen Kölle."

„Hey, du Halbitalienerin! Schon vergessen?", lachte Funke sie an. „Außerdem scheinst du es schon fast perfekt zu beherrschen."

„Nein, ich spreche Deutsch, Casanova. Es gab da noch so einen Türken, der einen Schließfachschlüssel von dem Toten abzocken wollte." Vaitmar sah sich um. Sie suchte Jens, und im gleichen Moment roch sie Pfeifentabak. Sie sog den Geruch ein, weil er ihr das Wasser im Mund zusammenlaufen ließ und die Straße mit einem Duft von Milchkaffee und Schokolade verzauberte.

„Wir haben ihn noch nicht auf Fingerabdrücke untersucht", brummte die tiefe Stimme des Spurensicherers hinter ihrem Rücken. Die drei Polizisten drehten sich zeitgleich um.

„Ach, da ist er ja. Dein Tabakgeruch eilt dir voraus. Lecker!"

„Black Ambrosia, Vait. Hallo, Rob! Und wen haben wir hier an deiner Seite?"

„Unseren Praktikanten, wie Hansen zu sagen pflegt", zischte Vaitmar. Jens Fischer gab dem jungen Mann die Hand.

„Jens Fischer, der kriminelle Spurensucher", begrüßte er Johann Funke lachend.

„Johann Funke, der Praktikant", strahlte der den Leiter der Spurensicherung an.

„Wo ist der Kerl, der den Schlüssel haben wollte?", fragte Hansen ungeduldig. Vaitmar drehte sich einen Moment weg und holte Luft.

„Das war alles verdammt unübersichtlich hier. Die Türken sind hier wie aufgeschreckte Hühner umhergelaufen. Es sah aus, als braue sich da was zusammen, Hansen ..."

„Scheiße, er ist Ihnen entwischt, oder!?"

Vaitmar schaute ihm kurz in die Augen und fixierte dann eine Hauswand, die keinerlei interessanten Blickfang zu bieten hatte, außer dem, Hansens Blick zu entfliehen.

„Wenn's nur das ist ...", warf Jens Fischer ein, „... sein Fingerabdruck steht garantiert fett und breit in der Datenbank. Ich habe mal ..."

„Hätte mir auch passieren können", warf Johann Funke ein, nicht ahnend, was er mit dieser Bemerkung auslöste. Alle schauten ihn stumm an. Funke schwieg mit ihnen, die auf ihn gerichteten Blicke raubten ihm jedes weitere Wort.

„Davon gehe ich bei dir aus", kommentierte Hansen die Bemerkung mit der Betonung auf dem Wörtchen ‚dir'. Vaitmar gab Funke eine Kopfnuss und lächelte ihn an.

„Die werden das unter sich ausmachen, Hansen", übernahm Vaitmar wieder.

„Die interessieren sich keinen Cent für uns, und wir werden wieder zu wenig Personal haben, um das in den Griff zu kriegen. So wird das wieder laufen. Das ist doch irre. Wir sind doch hier nicht in Istanbul oder Ankara."

„Vaitmar! Sondern Sie ihren Türkenhass nicht bei mir ab, verstanden?!", schnauzte Hansen.

„Ich habe keinen Türkenhass!", fauchte Vaitmar zurück. „Ich lebe nur lange genug in Köln, um genau zu sein, achtunddreißig Jahre. Und acht Jahre davon in Ehrenfeld. Ich habe nur kapiert, dass die kein Interesse an uns haben. Für die heißt Integration, betet ihr zu Allah und wir ficken eure deutschen Frauen…"

„Vaitmar! Ich will mir Ihren Sondermüll nicht weiter anhören! Es reicht!", versuchte Hansen sie entnervt abzuwürgen.

„Dabei ist der Kölner an sich international, nur der Türke ist Türke. Da machst du nichts dran", setzte sie nach.

„Was haben wir noch?", lenkte Rob Hansen ein.

„Nichts Wesentliches. Ein paar verwandtschaftliche Zusammenhänge, aber noch keine Spur, die wir aufgreifen können. Die werden den Fall auf ihre Art lösen."

„Was meinen Sie?"

„Das wissen Sie doch genau. Wenn wir das hier nicht in den nächsten Tagen gelöst kriegen, machen die das selbst."

Hansen hasste und bewunderte Vaitmars Direktheit zugleich und wusste, dass die rivalisierenden Gruppen unterschiedlicher Nationalität, wie auch die Clans untereinander, den Drogenmarkt unter ihre Kontrolle bringen wollten. Der Geruch nach Cannabis verstärkte den Verdacht, wenn auch Konsumieren und Dealen nicht automatisch zusammenfallen mussten. Für die Kontrolle des Drogengeschäftes hatten sie bekanntermaßen ihre eigenen Gesetze und die Zusammenarbeit mit der Polizei war dabei in der Regel mehr als störend, aber manchmal auch ein integraler Gewinn. Die Urteile wurden in der Regel zeitnah vollstreckt, und ein Opfer dieser Vollstreckungen schien hier auf dem Asphalt zu liegen. Hansen wandte sich dem Kriminaltechniker Jens Fischer zu, um weitere Details zu hören.

„Und, Joh ...?", ergriff Vaitmar die Gelegenheit, „...wann gehen wir mal wieder ein Kölsch trinken, oder musst du dir vorher die Genehmigung deiner Frau einholen?". Johann zupfte an seinem Ohr.

„Genehmigungen von Frauen können nie schaden."

„Joh, geh zu der Gruppe der Männer dort und frag, was sie gesehen haben. Frag nach Adresse, Alter, Alibi, Verwandtschaft und so weiter", gab Hansen seine Anweisung von der Seite.

„Jupp."

Liviana Vaitmar sah verstohlen hinter Funke her. Selbst die Polizeiuniform konnte seinem lässigen Marlboroman-Gang nichts anhaben. *Junge, Junge. Wir sollten uns noch mal auf eine Matratze verständigen. Nur dein Ohr... man müsste es in Mullbinden verpacken, damit es mal zur Ruhe kommt,* dachte sie und nahm die Arbeit wieder auf. Es dauerte eine weitere halbe Stunde, bis sie sich ein einigermaßen klares Bild gemacht hatten.

„Vaitmar, Sie machen jetzt allein weiter. Wir sehen uns im Präsidium. Funke! Lass uns fahren."

Als Johann an Liviana vorbeikam, raunte sie ihm zu, „Ich habe eine gute Salbe, und meine Lippen können an solchen Ohren wahre Wunder bewirken. Man muss was drauftun, Joh. Wie wär's mit heute Abend?"

Köln, 15:15 Uhr

Journalisten aller namhaften Zeitungen der Stadt und Reporter mehrerer TV-Sender hatten sich im Konferenzraum der Polizei eingefunden. Es wurde telefoniert, geschrieben, man sprach in Mikrofone und schaute in Kameras, wieder andere liefen hin und her. Sie schienen permanent auf der Suche nach Informationen, noch bevor die eigentliche Pressekonferenz begonnen hatte. Hansen setzte seinen Weg zum Büro des Kriminaldirektors Victor Bosch fort, wo auch Staatsanwalt Mirkow zugegen sein wollte, um die üblichen letzten Unklarheiten vor der Konferenz zu beseitigen, als ihn plötzlich ein Mann auf dem Flur ansprach.

„Hallo, Hansen. Warten Sie einen Moment, bitte." Rob drehte sich um und sah einen Mann mit Dreitagebart, nach hinten gegeltem Haar, riesiger Umhängetasche und einem arroganten Lächeln vor sich stehen.

„Wer sind Sie, und was wollen Sie? Meine Zeit ist knapp."

„So geht es mir auch dauernd, Rob."

„Ich wüsste nicht, dass wir schon mal ein Kölsch zusammen getrunken haben! Also?"

„Entschuldigen Sie, Herr Hansen. Hans Bruchmann."

„Bruchmann?", überlegte der Hauptkommissar eine Sekunde, „Bruchmann? Kenne ich nicht. Und?"

„Ja, scheint so. Ich arbeite für Kölns schnellste Lokalzeitung. Die kennen Sie wiederum gut, oder?" Sein Dauerlächeln wirkte noch einen Tick arroganter.

„Was soll das? Die Pressekonferenz beginnt um 15.30 Uhr. Sie müssen sich noch so lange gedulden. Ich muss weiter." Er drehte sich um und ließ den Mann stehen.

„Ich wollte schon immer mal wissen, wie Ihnen meine Al-Qaida-Story im Dortmunder Kurier gefallen hat? Hat ihrer Karriere doch keinen Abbruch getan, oder Herr Hauptkommissar?" Rob blieb abrupt stehen, drehte sich um und trat gradlinig auf den Mann zu.

„Hauptkommissar Hansen!", betonte er Namen und Dienstgrad. „Du warst das Arschloch, das das Foto gemacht hat?"

„Das Foto? Nein, nein, das war mein Kollege. Gutes Foto! Guter Fotograf! Ich habe den Artikel geschrieben."

„Du solltest hier am besten sofort verschwinden, bevor ich mich vergesse und dich im Heizungskeller mit Handschellen verhungern lasse."

„Ich wüsste nicht, dass wir schon mal ein Bier zusammen getrunken haben, Herr Hansen. Aber gut, Rob. Ich habe interessante Informationen zum Frauenmord erhalten, die ich eigentlich nicht auf der Pressekonferenz öffentlich bestätigen lassen wollte. Aber dann mach ich das halt vor laufender Kamera. Ist ja auch medienwirksamer", sagte Bruchmann und wandte sich zum Gehen. Rob Hansen lenkte wütend ein.

„Was sind das für Informationen?". Bruchmann drehte sich um.

„Wo können wir reden?"

„Hier und möglichst schnell, der Staatsanwalt wartet!"

„Schlechte Gegend, so ein Flur ..."

„Also, was ist jetzt?"

„Warum sagt ihr nichts über die Mordwaffe? Ich habe gehört, dass bei dem neuen Fall eine ähnliche Mordwaffe zum Einsatz kam wie vor einem Jahr, stimmt das?"

„Darüber können wir noch nichts sagen, damit wir die Ermittlungen nicht gefährden. Was haben Sie für Informationen?"

„Mein Informant sagt, dass das jüngste Opfer mit einer Gitarrensaite erdrosselt wurde. Können Sie was dazu sagen?"

Rob Hansen wurde nervös. Sie hatten sich in der Abteilung vorerst darauf verständigt, Stillschweigen zu bewahren, bis sie mit einer offensiven Strategie an die Öffentlichkeit gehen wollten.

„Wer hat dir die Informationen zugesteckt, Bruchmann?"

„Du kennst doch das Geschäft. Ein ständiges Geben und Nehmen. Habe gehört, das Opfer hat eine Schwester?"

„Kein Kommentar."

„Außerdem weist doch die Tat Parallelen zu dem Fall Berghausen von 2005 auf. Handelt es sich um einen Serienkiller? Kannst du was dazu sagen?"

„Scheiße, das ist zum jetzigen Zeitpunkt nichts für die Öffentlichkeit, Bruchmann! Dazu werden wir auch nichts in der Konferenz sagen. Von wem hast du das mit der Schwester?". Hansen wurde rot vor Wut. Die Mordkommission hatte streng darauf achten sollen, dass nichts von der Schwester der Ross an die Öffentlichkeit kam, und nun posaunte es ihm ein Journalist ins Gesicht.

„Also, es stimmt? Ich brauche Namen, Hansen."

„Keine Namen. Was hast du jetzt für mich?"

„Ich sage nur Aachen", beantwortete Hans Bruchmann die Frage etwas pathetisch, und Hansen glaubte, dass sich der Journalist nur wichtig machen wollte.

„Er ist 2005 nach Köln zurückgekommen."

„Von wem redest du, Bruchmann?"

„Ja, so ist das, Rob, Namen brauche ich auch immer."

„Bist du gerade dabei, Ermittlungsarbeit zu verhindern? Sollen wir morgen bei der Redaktion einfliegen?". Rob überlegte, ob Bruchmann von einem Fall in Aachen sprach, den er kennen sollte.

„Das wird eher nicht der Fall sein, aber deine Hausaufgaben solltest du schon machen, dafür sind wir von der Presse nicht zuständig."

Aufgeblähter Egomane! Will mir mit irgendwelchen Nichtigkeiten die Zeit stehlen. „Genug der Fisimatenten, das war's", sagte Hansen, drehte sich um 180 Grad und ging.

„Wir sehen uns in der Pressekonferenz? Ich freue mich, Rob."

„Arschloch."

Hansen klopfte an die Tür und trat ein, als die Stimme des Kriminaldirektors antwortete. Victor Bosch bot ihm einen leeren Sessel an und Hansen fegte routiniert mit seinem Blick über Wände und Boden des Büros. Er scannte den freien Sessel, wischte mit dem roten Kissen darüber, bevor er es zwischen sich und die Armlehne klemmte. Bisher war es immer gut gegangen, aber er fieberte dem Tag entgegen, an dem es zur unpassendsten Gelegenheit und ohne Vorankündigung geschah und ihm den Schrecken in die Glieder treiben würde. Der Moment, wo er sich nicht kontrollieren konnte und der alle Peinlichkeit in ihm heraufbeschwor.

„Können wir dann?", fragte der Kriminaldirektor, der das kurze Prozedere inzwischen als eine Art Marotte des Hauptkommissars abtat und nicht als eine Kritik an der Sauberkeit seines Bürozimmers verstand. Rob antwortete abwehrend, und sein Vorgesetzter fasste die Strategie für die anstehende Pressekonferenz zusammen. Hansen sah Staatsanwalt Mirkow in steifer Haltung in seinem Sessel sitzen und konnte nicht umhin, ihn mit einem Jungen zu vergleichen, dem man die Bibel auf die Oberschenkel gelegt hatte. Brav, ordentlich, angepasst. Ein Mann, dem er hinter seiner Fassade alle Gemeinheiten bis zum Genickstoß zutraute. Er wechselte den Blick zu Victor Bosch, der ihm im Gegensatz zu Mirkow warmherzig erschien. Er wusste nicht, ob es die füllige Figur seines Vorgesetzten war, die diese Assoziationen in ihm auslösten oder die Erfahrung mit ihm, dass er Wort halten konnte. *Vielleicht ist es beides,* dachte Rob und sah plötzlich mit Distanz auf die beiden Männer. Je deutlicher er hinschaute, umso fremder wurden sie ihm. Selbst Victor, den er nun schon seit einigen Jahren kannte und unter dem er arbeitete, seit er nach Köln gekommen war, erschien ihm wie eine Marionette in einer Welt, die niemals gerecht sein würde. Er fühlte, wie sich der Raum mit Einsamkeit füllte und sah zwei Männer, in deren Gesichtern sich kein Ausdruck von Verbundenheit abzeichnete. Rob überfiel eine Schwere, die ihn in den Sessel drückte und die sich mehr und mehr ausbreitete, je länger er dem Gerede der beiden Männer zuhörte.

„...und Rob, keine Alleingänge gleich vor der Presse", mahnte ihn Victor Bosch.

„Du weißt doch, Victor, das einzige Problem ist lediglich die Presse."

„Wie meinen Sie das, Hansen?", wollte der Staatsanwalt wissen.

„Wie immer."

Der Kriminaldirektor winkte die Bemerkung mit der Hand ab und Staatsanwalt Mirkow schüttelte leicht den Kopf. Sie erhoben sich aus ihren Sesseln, und Rob war versucht, dem Kriminaldirektor seine Hand entgegen zu halten, um ihm aufzuhelfen, unterdrückte seinen Impuls aber sofort wieder. Sie gingen nebeneinander den Flur entlang zum Konferenzraum. Der schlanke, kleine, glatt rasierte Staatsanwalt im anthrazitfarbenen Maßanzug. Der größere Victor Bosch mit Glatze und mehr als untersetzt in braunem Cordanzug, weißem Hemd und kariertem Schlips. Und der sie alle überragende Rob Hansen im unifarbenen türkisen Hemd und ohne Schlips, in blauen Jeans und schwarzem Jackett. Die Kleidung war alt, das Gefühl nicht neu und Rob hoffte, einem Fiasko zu entgehen.

Köln, 18:22 Uhr

Hauptkommissar Hansen war müde und aufgekratzt zugleich. Fürs Büro war es zu spät geworden, für Zuhause war es noch zu früh. Er saß hinter seinem Schreibtisch und ließ die Gedanken kreisen. Die Pressekonferenz hatte ihn einige Nerven gekostet. Oberstaatsanwalt Zucker war nicht zur Konferenz erschienen, was für den Hauptkommissar das Beste an dieser Veranstaltung war. Der Journalist Bruchmann hatte es sich nicht nehmen lassen, die Schwester ins Spiel zu bringen, was dazu führte, dass Hansen ihn zu seinem persönlichen Feind machte, da er sich nicht an die Absprache gehalten hatte. Nur seine Andeutungen zu Aachen hatte er nicht wiederholt. Mit dem Phantombild hatten sie andererseits der Presse genug Futter geboten, auf das sie sich stürzen konnten. Hansen entschied sich, noch ein paar Notizen zu machen und dann den Heimweg anzutreten. Die Bürotür stand offen, als Funke und Vaitmar gemeinsam im Türrahmen zu seinem Büro erschienen. Vaitmar hatte sich in Funkes Arm eingehakt.

„Kommst du noch mit? Liviana und ich gehen noch auf ein, zwei Kölsch."

„Ich wollte noch meine ..."

„Och, Rob! Sei kein Spielverderber. Ein, zwei Absacker, dann kann man doch prima schlafen. Dann stört selbst die Frau nicht mehr", sagte Funke, aber nicht ungestraft. Liviana stieß ihn in die Rippen, und Johann stöhnte lachend auf.

„Wenn du heute noch zwei heiße Ohren haben willst, Joh, dann pack noch so einen aus", zischte sie. „Ich grill dir dein Läppchen auf 250 Grad hoch. Andererseits, wie wär's, Hansen? Auf ein Kölsch mit zwei netten Kolleginnen." Funke feixte. Rob zog die Augenbrauen hoch.

„Okay, ich komme nach. Aber nur auf ein Kölsch. Morgen ist ein harter Tag. Wo geht ihr hin?"

„Morgen ist Samstag!? Ich hatte eigentlich nicht vor, morgen zu kommen, Hansen! Ich hab morgen zur Abwechslung mal ganz was anderes vor", sagte Vaitmar.

„Ja, nicht für Sie. Das bezog sich auf mich", lenkte Hansen ein.

„Wir gehen zum Deutzer Bahnhof. Der liegt auf der Mitte für beinahe alle Kölner", meinte Funke und beide verabschiedeten sich mit einem *Bis gleich.* Hansen schaute auf seine Schreibtischplatte. Er fragte sich, wo diese undichte Stelle war, die diesem Journalisten Bruchmann solche Details zugesteckt hatte.

„Vielleicht jemand aus meinem Team? Wenn das nicht mal die Kobold mit ihrem Geltungsdrang ist." *Das darf nicht mein zweites Dortmund werden,* dachte er und nahm sich die Akte Manuela Berghausen vor, die mit der Akte Ross zuoberst auf dem Stapel lag. Er schaute sich die Fotos der Leiche an. Daneben öffnete er auch die Akte von Kim Ross und verglich die Fotos miteinander. Er sah sich nacheinander die Bilder der Tatorte an und verweilte in Gedanken bei einem grünen Fleck am Tatort Manuela Berghausen. *Er sticht unwirklich hervor von der restlichen Umgebung.* Die direkte Umgebung war kaum grün, überwiegend braun und grau mit bestenfalls dunkelgrünen Anteilen. Ein

Grund unter Bäumen und Sträuchern, auf dem kaum noch Grünzeug wachsen konnte. Das Bild gab keine klaren Umrisse her, aber der Fleck hatte etwas Auffallendes. *Ich werde Jens anrufen. Er soll es vergrößern und rausholen, was rauszuholen ist. Wie häufig sehen wir etwas, was wir nicht wahrnehmen, bis wir es erkennen und uns fragen, ob es immer schon da war?* , dachte er.

„Wovon hängt es also ab, dass sich vermeintlich unwichtige Dinge in Indizien verwandeln?" Er erhielt keine Antwort und sah sich die Bilder vom Tatort Kim Ross an. Hier fiel ihm nichts weiter auf, und weil es ihn meistens nachdenklich stimmte, wenn es nichts Auffälliges gab, beschloss er, sich diesen Tatort noch einmal anzusehen.

„Aber nicht mehr heute. Es ist Sommer, und der Körper verlangt nach Flüssigkeit", sagte er und fuhr den Computer runter. *Vielleicht sollte ich doch dieser blöden Bemerkung von Bruchmann nachgehen. Morgen. Morgen, nachdem ich vom Tatort zurück bin,* dachte er und schaltete das Licht aus.

„Können Sie anlassen. Ich muss da noch putzen!", hörte er eine Frauenstimme rufen. Die Stimme gehörte einer türkischen Frau, die ein Kopftuch trug und ein fahrbares Gerät mit Putzutensilien hinter sich herzog. Rob schaltete das Licht wieder ein und warf sich sein Jackett über die Schulter. Ein Junge sprang der Frau vor den Füßen herum. Sie schimpfte auf Türkisch, riss den Jungen am Ärmel und gab ihm schimpfend einen Klaps auf den Hintern. Als Rob näher kam, schlug sie den Jungen ins Gesicht und zischelte wütend. Hauptkommissar Hansen ärgerte sich. *Muss man so schnell mit der Hand da sein?,* fragte er sich, schritt an den beiden vorüber, wünschte einen schönen Feierabend und erwischte sich bei dem Gedanken, diese Art der Sanktionierung auch bei dem einen oder anderen Kollegen anwenden zu wollen.

Samstag, 05. August

Köln, 09:01 Uhr

Joggen war für ihn wie Medizin. Am meisten half es ihm jedoch bei seinen polizeilichen Ermittlungen. Während er am Rheinufer Richtung Stammheim lief, ließ ihm der Gedanke, etwas übersehen zu haben, keine Ruhe. Als er an dem historischen Schlosspark des Stadtteils ankam, entschied er sich, heute noch zum Tatort am Rautenstrauch-Joest-Kanal zu fahren. Er erhöhte das Lauftempo. Sein Weg führte ihn durch die Open-Air-Ausstellung des Parks mit ihren Skulpturen, Objekten und Installationen. Die kleine, aber majestätische Allee hatte eine beruhigende Wirkung auf ihn. Danach lief er am Rheinufer zurück. Als er unter der Dusche stand, klingelte das Telefon. Am Klingelton erkannte er, dass es sein Festnetztelefon war, weshalb er keine Anstalten machte, aus der Dusche zu springen. Nachdem er sich abgetrocknet hatte, schaute er auf den Anrufbeantworter. Keine Mitteilung. *Dann war es nicht meine Schwester, die hätte nicht versäumt, den AB voll zu quasseln,* dachte Hansen. Seine Handynummer hatte er ihr mit der Bemerkung, dass es ein Diensthandy sei, nicht gegeben. Dabei wurde ihm wieder einmal bewusst, was für einen Platz seine Schwester in seinem Leben einnahm und immer öfter auch in seinen Träumen.

„Ich muss mit Aschmann darüber reden, so geht das nicht", sagte er leise vor sich hin. Dann zog er sich sein dunkelblaues Cordsakko an und stieg am Wiener Platz in die U-Bahn.

Der Park am Kanal war um 9:34 Uhr schon gut bevölkert. Für den Kriminalisten schon eine Spur zu viel. Am Kanalende spielten, balgten, rauften und weinten Kinder, während ihre Mütter im Gespräch vertieft auf den Parkbänken saßen. Ein bisschen entfernt saß ein junges Pärchen, das sich ungehemmt küsste. Sie verschlangen sich vor Leidenschaft und pressten sich aneinander. *Zu viel für die Öffentlichkeit,* dachte Rob, der den Blick nicht abwenden konnte. Er sah, wie die Hand des Mannes unter der Bluse seiner Freundin verschwand und sich über den Rücken nach vorn arbeitete.

In diesem Moment fühlte Rob seine Begierde aufsteigen. *Was ist das, das mich denken lässt, ich wäre um meine Jugend betrogen?*, dachte er und glaubte, dass ihn irgendwann der Neid auffressen würde. Bevor sich die überwältigenden Gefühle Bahn brechen konnten, wandte er sich ab und dem eigentlichen Anlass seines Hierseins zu. Die Arbeit war die Konstante in seinem Leben, auf die er bei jedweder Gefühlslage zurückgreifen konnte.

Er näherte sich einer Gruppe von Müttern, die sich an der Baumgruppe unterhielten, wo vor einer Woche die Leiche von Kim Ross gefunden worden war. Ein kleiner Junge zupfte an dem Hosenbein seiner Mutter und rief etwas. Die Mutter antwortete schroff und ließ sich eine Zigarette von ihrer Leidensgenossin geben. Hauptkommissar Hansen schwitzte. Frauen mit Kindern waren die Personengruppe, die ihn in besonderer Weise befangen machte. Diese selbstverständliche Einmütigkeit und ihr Selbstbewusstsein, das sie ausstrahlten und das ihnen keiner streitig machen konnte, verunsicherten ihn. Einige von ihnen rauchten, zwei schienen schwanger zu sein. Die kreischenden Kinder tobten um Bäume und Büsche. Etwas in ihm wehrte sich entschieden gegen sein Herantreten, aber eine Erklärung dafür hatte er nicht.

„Entschuldigung, die Damen", unterbrach er die fünf Frauen, während er ihnen seine Dienstmarke entgegenstreckte. „Ich muss Sie bitten, den Platz für weitere polizeiliche Ermittlungen zu räumen. Wir müssen hier noch einmal nach Spuren suchen. Es wäre sehr hilfreich, wenn Sie sich vielleicht einen anderen Platz suchen könnten. Es wird auch nicht allzu lange dauern."

„Bitte?!", fragte eine der Frauen in rosa Leggins, die gebannt auf die Marke sah und an ihrer Zigarette zog.

„Wir sollen hier weggehen? Warum? Wir ..."

„Ja, bitte", unterbrach Hansen, „... der Platz muss geräumt werden. Seien Sie bitte so nett!". Rob starrte auf den roten Lippenstiftabdruck auf dem Zigarettenfilter der Frau.

„Klasse! Sie sind ja lustig", meinte die Raucherin im blauen T-Shirt und den rosa Leggins, um deren Hüfte ein Lederbeutel geschnallt war.

„Aber wenn die Polizei spricht, muss das Volk gehorchen." An die anderen Frauen gerichtet rief sie: „Kommt, Mädels, packen wir die Kinder zusammen und weichen wir der Ordnungsmacht." Der Hauptkommissar fand die Bemerkung überflüssig, fühlte sich aber dennoch aufgefordert, darauf zu reagieren.

„Bitte bedenken Sie, dass wir im Zusammenhang mit dem Mord an der jungen Frau hier vor einer Woche ermitteln. Sie haben doch bestimmt in der Presse davon gelesen, oder? Und Sie wollen doch auch, dass der Fall schnell aufgeklärt wird?" Die Frau ihm gegenüber zog kräftig an ihrer Zigarette und blies den Rauch aus, während sie antwortete.

„Das mit der Schwarzen? Das ist ja ne ganz fiese Sache. Wie kann man so was machen? Ich dachte, Sie hätten das Schwein schon? Gott, und die arme Schwester? Wie wird man mit so was fertig, Herr Kommissar?".

„Nur schwer", antwortete Hansen etwas kurz.

„Da muss doch was passieren, meine Güte!", entgegnete eine andere Frau." Jetzt schloss auch der Rest der Gruppe auf, und Rob sah sich einer Mauer von Müttern gegenüberstehen. Er ergriff die Flucht nach vorne.

„Sie haben Recht, meine Damen! Der Mörder läuft immer noch frei rum, deshalb tun Sie uns bitte den Gefallen und räumen Sie zügig den Platz, damit wir nicht noch mehr Zeit verlieren.

„Kommt, Mädels!", ließ die Sprecherin der Gruppe verlauten, „... lassen wir den Kommissar seine Arbeit machen. Nachher ist noch eine von uns die Nächste." Und sofort packten alle ihre Sachen und riefen ihre Kinder zusammen. Rob bezweifelte, dass der Mörder diesen Personenkreis suchte und lächelte der Sprecherin zu. Sie winkte mit ihren Fingern, zog ihr T-Shirt zurecht und fuhr sich mit dem Ringfinger über die Unterlippe.

Er wusste, dass die Spurensicherung fast jeden Krümel im Gras gefunden hatte. *Die Mannschaft ist spezialisiert auf alles Außergewöhnliche und Verborgene. Aber was könnten selbst Jens und seine Truppe noch übersehen haben? Es muss etwas geben, was die beiden Fälle zusammenführt. Das Drosselwerkzeug und die jungen Frauen, das waren die Parallelen. Aber was war der rote Faden? Vielleicht etwas Banales, aber Offensichtliches.*

„Gut, gehen wir das alles noch mal aus einer anderen Perspektive durch", sagte er vor sich hin. *Ich bringe Manuela Berghausen um. Sie sieht sehr attraktiv aus. Sie ist verschwitzt vom Laufen. Finde ich das anziehend? Attraktiv? Stehe ich vielleicht auf Schweiß? Ich sehe sie laufen! Wild, toll! Ich warte, oder? Ich kann nur warten! Es ist ihre Joggingstrecke. Ich muss das wissen. Wie soll ich sie sonst hier im Park finden? Bin ich selbst Läufer? Dann könnte ich ihr hinterher gelaufen sein oder vor ihr her und sie näherkommen lassen. Sie überholt mich, und ich werfe ihr das Nylonseil über ihren Kopf und zerre sie ins Gebüsch. Bin ich ein kräftiger und sportlicher Killer? Laufe ich so herum und bringe spontan diese junge Frau um? Ich könnte mich ihr aber auch einfach in den Weg stellen. Dann habe ich auf sie gewartet. Ich setze mich doch nicht einfach ins Gebüsch und warte, bis eine junge Frau zufällig vorbeikommt, um sie dann zu erdrosseln? Nie im Leben. Ich weiß also schon vorher, dass sie hier vorbeikommen wird. Ich kenne ihre Laufstrecke. Ich habe sie also beobachtet oder bin mit ihren Gewohnheiten vertraut, weil ich zu ihrem Bekanntenkreis gehöre? Oder ich kenne sie nicht und wende einen Trick an. Etwa so was wie: „Entschuldigung, ich habe restlos die Orientierung verloren. Wo befinde ich mich jetzt hier, und wie komme ich raus aus dem Park? Sie bleibt natürlich stehen, schaut sich zu mehreren Seiten um und schwupp - habe ich sie am Seil. Dafür brauche ich noch nicht einmal sonderlich kräftig sein und nicht sportlich. Was treibt mich an? Warum will ich ihren Tod? Warum auf diese Weise?*

„Scheiße!", sagte er und erwachte aus seinen Gedanken. Er zog die Fotos von Manuela Berghausen aus seiner Jackettasche und sah sie sich so eindringlich an, als könnten sie ihm die Antwort liefern. Er sah den grünen Fleck im Umfeld der Leiche und erinnerte sich daran, dass er ihn vergrößern lassen wollte. Dann betrachtete er die Fotos von Kim Ross. Er verglich die Aufnahmen der beiden Opfer und die Tatorte, wie er es schon zigmal getan hatte. Als er sich an die Fundstelle von Kim Ross hockte, schlug ihm ein Gebüschzweig ins Auge. Rob wurde wütend auf sich, und sein Auge tränte. „Scheiße", fluchte er und sah im Augenwinkel ein Kinderspielzeug im Gestrüpp liegen. Er bückte sich danach und hob es auf. *Kinder*, dachte er, und versuchte den Gegenstand durch sein tränendes Auge zu erkennen. Es war ein Figürchen, eine Art Dinosaurier, das er in seine Jackettasche steckte. *Muss den Kindern gehören*, dachte er und wollte es ihnen zurückgeben, sobald er hier fertig war.

Hier habe ich Kim Ross ermordet. Sie zu erdrosseln ist kein Problem. Ich trete aus den Büschen heraus, und schon hat sie die Schlinge um den Hals. Für den Rest brauche ich kaum Kraft. Woher bin ich mir so sicher, dass sie hier vorbeikommt? Es ist tiefe Nacht und zudem die Nacht der Kölner Lichter. Wusste ich das? Ja! Ich muss das wissen. Macht das alles kein Problem? Nein! Weil ich weiß, dass sie um diese Zeit vorbeikommen wird? Bin ich ihr Freund Florian Hagen? Ich muss schon viel über sie wissen, damit ich sie um diese Zeit an diesem Ort treffe, oder liege ich auch hier nur auf der Lauer und warte auf irgendein passendes Opfer? Und wie lange schon? Und wenn sie nicht hier vorbeikommt? Woher weiß ich das alles? Bin ich ständig bei ihr? Beschatte ich sie rund um die Uhr? Aber dann kann ich nicht vor ihr am Tatort sein. Doch! Wenn ich zum Beispiel ihre Schwester bin. Dann weiß ich, woher sie geht. Danach laufe ich nach Hause! Kein Problem. Oder warte ich auch hier die ganze Nacht auf sie, um sie dann zu erdrosseln? Oder hatte ich es auf ihre Zwillingsschwester abgesehen, oder auf beide? Gitarrensaiten reißen doch auch schon mal. Bin ich mir so sicher, dass die Saite h das aushält? Ja, wenn ich weiß, dass schon ein Angelseil reicht, um jemanden zu erdrosseln. Wenn ich bereits Erfahrungen im Töten mit Gitarrensaiten habe. Der Anglerknoten an beiden Tatwaffen! Ein Angler als Täter?

„Wollte der mal einen richtig großen Fisch fangen?", fragte der Hauptkommissar zynisch ins Gebüsch, stand auf und ging.

Köln, 09:54 Uhr

Drei Brötchen und eine Kölner Lokalzeitung lagen auf dem Küchentisch. Die Kaffeemaschine lief, während Dirk Bachoff duschte. Er hatte eine anstrengende Woche hinter sich und war froh, ein freies Wochenende vor sich zu haben. Er duschte ausgiebig. Die Hitze des Wassers wollte ihn beinahe verbrennen. Sie sollte nahe an seine Schmerzgrenze reichen. Danach würde er ein wenig kaltes Wasser hinzumischen. Seit über acht Jahren trainierte er, seine Gefühle zu kontrollieren und jeden Tag sehr genau zu strukturieren, soweit es die Arbeit zuließ. Der Morgen unter der Dusche fühlte sich gut an. Beim Niederprasseln des heißen Wassers auf sein Gesicht überlegte er, wie er das Wochenende organisieren wollte. Sein größter Wunsch war zugleich seine größte Angst. Er wünschte sich, Gitarre zu spielen, wusste aber, dass diese Leidenschaft für ihn nicht planbar war. Rockmusik war für ihn Rhythmus und Improvisation. Rockmusik hieß für ihn, seinen Gefühlen freien Lauf lassen. Aber die letzten Jahre hatte er gelernt, jeden seiner Schritte zu durchdenken und darauf zu achten, dass seine Gefühle dem nicht widersprachen. Für ihn gehörte es zum Überleben, mit Kopf und nach Plan vorzugehen. *Gebrauche deinen Verstand und nimm deine Gefühle mit. Der Verstand sagt dir die Richtung, die Gefühle sagen dir, ob es geht. Beide zusammen machen den Erfolg.*

Er hatte sich diese zwei Sätze hart erarbeitet, ohne sie je aufgeschrieben zu haben. Er hatte jedes einzelne Wort visualisiert und in einem goldenen Schriftzug an die graue Wand projiziert. Später erkannte er den imaginären Schrifttyp als *Times New Roman*.

Das Wasser verbrannte ihm beinahe das Gesicht. Er mischte etwas Kaltes dazu, gerade so viel, dass es erträglich wurde.

Gebrauche deinen Verstand, und nimm deine Gefühle mit. Der Verstand sagt dir die Richtung, die Gefühle sagen dir, ob es geht. Beide zusammen machen den Erfolg.

Peter Jakob hatte ihn diese Sätze gelehrt. Inzwischen war Peter für ihn ein Freund. Er duschte sich kalt ab und griff nach dem großen Badehandtuch. Er trocknete seinen schwarzen Lockenkopf und stieg aus der Wanne. Vor dem Waschbecken betrachtete er sich im Spiegel und nahm den Rasierschaum aus dem Regal. Wenn er nur einen kleinen Schritt zurücktrat, konnte er in dem Spiegel seine nackte Gestalt bis zu den Knien anschauen. Er sah die Wasserperlen über Brust und Bauch hinunterrollen.

„Meine Damen und Herren, hier sehen Sie einen Mann, dessen Kopf schwarze Naturlocken zieren. Auch die dichten Augenbrauen und die braunen Rehaugen sind natürlichen Ursprungs. Keine Nachbesserungen erforderlich, keine Tricks, obwohl die Ohren förmlich nach einer OP schreien. Sein Alter, siebenunddreißig Jahre. Aber schauen Sie! Wie sich das Duschwasser seine Bahn durch die männliche Behaarung und über den muskulösen Korpus zieht. Eine feuchte Linie, die den Penis entlang, über die Eichel auf die Bademattе tropft. Sie können es deutlich sehen, meine Damen und Herren, dieser Mann hat einen durchtrainierten Körper mit formschönem Muskelaufbau. Keinen anabolischen Bizeps!", betonte er und begab sich in die klassische Bodybuilder-Haltung, indem er seinen rechten Bizeps anspannte.

„Sie sehen, verehrtes Publikum, ein *Leckerchen*, durchtrainiert, mit strammen Sixpacks und einer Behaarung vom Nabel bis zu den Hoden. Die Blindarmnarbe gehört zum Intimbereich, der nicht jedem offen steht."

Er schäumte sein Gesicht ein und begann mit der Doppelklinge seine Rasur.

„Und sehen Sie, wie sein ganzer Stolz in beeindruckender Länge hängt", fuhr er fort. „Ja, meine Damen und Herren, wir kennen im Allgemeinen den Unterschied von schlaffen und erigierten Penissen. Hier besteht der Unterschied kaum in seiner Länge, dafür umso mehr in seiner Schwellung. Das dürfte besonders die Damen interessieren, die einen richtigen Mann in sich spüren möchten. Seine Mitstreiter brachten es leicht übertrieben auf den Punkt: *Ein Schwanz wie ein Pferd.* Welche Frau will ihn da nicht auch mal in Händen halten oder mehr. Er tauchte sein Gesicht in zwei Hände voll kaltem Wasser, was seine aufkommende Erregung jedoch nicht abzukühlen vermochte. Jawohl, der Stolz dieses Mannes ist beschnitten, meine Damen. Sein Vater sagte: «*Dann fickst du doppelt so gut, Junge. Und du kannst dreimal so lang wie die Weicheier.* Damals wollte der Vater dem Sohn die Angst vor dieser OP nehmen. Heute dankt der Sohn dafür. „Sehen Sie die Erektion, meine Damen. Sehen sie die Eichel, hocherhobenen Hauptes. Der Eichelrand glatt und abgerundet wie die Krempe eines Schäferhuts. So setzt sich die Königskrone in besonderer Weise auf den Hals des Gefolges. Oder einfacher: Welche Frau könnte dem Reiz widerstehen, diese Krone zu küssen?"

Schon über sieben Jahre hatte ihn keine Frau mehr geküsst. Das schmerzte, und er begann zu onanieren. Als er aus dem Badezimmer in die Küche kam, roch es nach frischem Kaffee. Zuerst wollte er eine Zigarette, einen Schluck Kaffee und die Zeitung. Danach ein Brötchen mit Butter und Erdbeermarmelade. Peter Jakob hatte ihn zwar gewarnt, nicht in alte Gewohnheiten zu verfallen, aber Erdbeermarmelade hatte er damit wohl nicht gemeint.

Gebrauche deinen Verstand und nimm deine Gefühle mit. Der Verstand sagt dir die Richtung, die Gefühle sagen dir, ob es geht. Beide zusammen machen den Erfolg.

Er setzte sich in Unterhosen an den Küchentisch und nahm sich eine Zigarette. Nach dem ersten Zug gab er drei Teelöffel Zucker und einen Schuss Milch in den Kaffee und legte sich das Kölner Lokalblatt hin.

Zeuge gesucht! Wer kennt diesen Mann? Bei der riesigen Schlagzeile dachte er sich noch nichts. Doch als er dem Pfeil folgte, der auf das Phantombild zeigte, traf es ihn wie einen Schlag ins Gesicht.

Dieser Mann könnte, wie uns die Kriminalpolizei in der jüngsten Pressekonferenz mitteilte, ein wichtiger Zeuge im Zusammenhang mit dem jüngsten Frauenmord sein ...

Hastig überflog er die Zeilen.

...die Polizei bittet den Zeugen, sich bei der unten angegebenen Polizeidienststelle zu melden. Rückblick: Die 29jährige Kim R. befand sich Samstagnacht vor einer Woche auf dem Nachhauseweg, als sie einem brutalen Gewaltverbrechen zum Opfer fiel. Ihr Weg führte durch den Park am Rautenstrauch-Joest-Kanal. Dort lauerte der Täter seinem Opfer auf und erdrosselte es. Nähere Einzelheiten gab die Kriminalpolizei bisher nicht bekannt.

„Wir haben Angst, uns hier überhaupt noch im Park aufzuhalten", sagt Pädagogikstudentin Magdalena K. (24 Jahre). „Was muss noch passieren, bevor die Polizei den Frauenmörder fasst?", fragen fassungslose Anwohner rund um die Liebfrauenschule.

„Wir stehen leider noch am Anfang unserer Ermittlungen, aber wir garantieren für die Sicherheit unserer Bürger", so Staatsanwalt Mirkow. Hauptkommissar Hansen hat die Ermittlungen aufgenommen. Er sagt: „Wir werden den Täter mit seinen eigenen Waffen schlagen."

Auf weitere Befragungen zum Sachverhalt teilte uns Chefermittler Victor Bosch mit, dass man aus ermittlungstaktischen Gründen nicht alle Einzelheiten preisgeben dürfe. Die Staatsanwaltschaft möchte eine Sonderkommission einrichten, um dieses Verbrechen zeitnah aufzuklären. Die Polizei sucht jetzt diesen Zeugen, der am 29. Juli Kim R. zuletzt gesehen haben soll. Von ihm erhofft sich die Polizei wichtige Hinweise zur Aufklärung des Falles. Sie bittet ihn, sich umgehend auf dem unten stehenden Kommissariat zu melden. Die Polizei nimmt auch weitere sachdienliche Hinweise entgegen.

Dirk Bachhoff schaute erneut auf das Phantombild. Es war nicht zu übersehen. Sein Gesicht war auf jeder Zeitung in Köln zu sehen. Er ballte die Fäuste, stand auf und zog seine Jeans an.

Köln, 14:26 Uhr

Die stressigen Tage waren in der Regel Montag und Freitag. Dann kam die neue Ware rein und die alte ging raus. Samstags mussten alle Neuzugänge gekennzeichnet in den Regalen stehen. Stefanie Tannenberg arbeitete häufig samstags. Am Freitag war ein Kollege ausgefallen, weshalb sie heute auch dessen Arbeit mit erledigen musste. Alte Ware aus den Regalen herausnehmen, neue einräumen und entsprechende Positionen im Computer kontrollieren. Eine Arbeit, die ihr eindeutig keinen Spaß machte. *Unter zehn Stunden komme ich hier heute nicht raus,* dachte sie und fragte sich erneut, wie diese Videothek überhaupt existieren konnte. Ein paar Ausländer, ein paar Rentner und ein paar vereinzelte Mittfünfziger gehörten zur Stammkundschaft. Seltener waren es Mütter oder junge Singles, die diese Videothek betraten. Die Mütter suchten nach Kindervideos oder DVDs und liehen sich Bibi Blocksberg, Kleiner Bär und Tiger von Janosch, oder Die drei Fragezeichen, aus. Jugendliche hatte Stefanie Tannenberg hier noch nie gesehen. Die meisten Männer gingen zielstrebig in die Männerecke, wie der Kollege sie nannte, wo die Porno-Videos und -DVDs einsortiert standen. Sie brauchten oft mehr als eine halbe Stunde, um eine Wahl zu treffen. Einige von ihnen stanken nach billigem Aftershave, Knoblauch oder Maschinenöl. Ihr Chef hatte in jüngster Zeit zusätzlich einige Glanzbroschüren in dieser Ecke ausgelegt.

Stefanie sah das *Outdoorpaket*, wie es ihr Chef nannte, das immer mit einem roten Klebeband versehen war. Sie trug es in den kleinen Raum für die Mitarbeiter. Das Outdoorpaket war ein Durchlaufposten, der weder in den Büchern vermerkt noch ausgepackt wurde. In der Regel verschwand das Paket ungeöffnet noch am selben Tag, oder es wurde vom Chef persönlich umgepackt. Herbert, ihr Chef, war ein mittelgroßer, dünner und sehr höflicher Mann. Er bevorzugte Maßanzüge und trug sein glattes, schwarz gefärbtes, mittelkurzes Haar, mit Gel nach hinten gestylt. Er witzelte viel, aber seine Scherze gingen niemals unter die Gürtellinie. Stefanie kannte kaum jemanden, der so gute Manieren hatte und so wenig Ambitionen, sie anzumachen. Dabei war er nicht schwul und sie gut aussehend. Calvin Klein, euvoria men, war sein Parfüm und manchmal roch sie auch Jean Paul Gaultier oder ein Unisex Parfüm desselben Herstellers an ihm. Stefanie konnte ihn gut riechen.

Es gab eigentlich nur eine Anweisung, die sie befremdete, und die hieß *Finger weg vom Outdoorpaket*. Und wer diese Anweisung beachtete, hatte einen guten Arbeitsplatz, allerdings bei einem geringen Verdienst.

Stefanie Tannenberg schaute aus dem Fenster auf die Merowingerstraße. Gegenüber vor der Fleischerei stand ein Mann in blauen Jeans und schwarzem Jackett. Er biss in ein Brötchen und schaute herüber. Sein welliges, kurzes Haar, speicherte Stefanie als straßenköterblond ab. Es war kurz vor 14:30 Uhr. Sie musste den Laden gleich wieder aufschließen. Stefanie hatte ihre Periode und fühlte sich erschöpft und müde. Ihr Geruchssinn war an diesen Tagen besonders sensibel und obwohl sie sich Chanel Nr. 5, einen Duft nach frühlingshafter Strenge mit Blumen- und Vanille-Note, aufgelegt hatte, drang für sie die Mischung aus Eisen und Schweiß hartnäckig zu ihren feinen Geruchsnerven durch. Sie ging zur Tür und sperrte auf. Den Werbeständer stellte sie auf den Bürgersteig. Der Mann gegenüber vor der Metzgerei verschlang weiterhin hingebungsvoll sein Brötchen.

***

Der Biss in sein Fischbrötchen befreite seine Gier, etwas in den Magen zu bekommen. Er atmete schwer und kaute kraftvoll, damit alles zügig den Schlund passieren konnte. Nur die Frau, die er in Umrissen durch das Fenster gesehen hatte, lenkte ihn jetzt von seinem Schlingen ab. Als er sie auf dem Bürgersteig mit dem Werbeständer hantieren sah, hörte sein Mund auf zu kauen. Er sah die blonden Haare in leichten Wellen über ihre Schultern fallen. Ihr graues Baumwolloberteil bedeckte ihren

Po. Ein breiter türkiser Gürtel unterbrach das Grau auf Hüfthöhe, und derselbe Farbton setzte sich in ihrer Hose fort. Das hochhackige Schuhwerk war offen und passend zum Gürtel. Normalerweise lösten Frauen bei ihm eher Probleme aus, aber der Anblick dieser Frau rüttelte ihn wach und ließ ihn seine Therapiestunde vergessen. Er fühlte seine Erregung aufflammen und als er sah, wie ihr der Werbeständer umfiel und sie sich abmühte, ihn wieder aufzustellen, kam ihm der Gedanke, zu ihr zu eilen und in alter Kavaliersmanier seine Hilfe anzubieten. Allein das Fischbrötchen bremste seinen Impuls. Er folgte ihren femininen Bewegungen, die an Grazie dadurch gewannen, dass sie ihr wallendes Haar mit einer Kopfbewegung nach hinten warf. Dabei schaute sie ihn an, kaum länger als eine zehntel Sekunde. Rob stand in Flammen. Er musste etwas tun.

***

Ein großer Mann trat in die Videothek. Er sagte leise Hallo und ging in die Männerecke. Stefanie hatte sich zuerst die Kinder-DVDs vorgenommen. Sie wollte die Pornovideos nicht in die Regale sortieren, während der große Mann lüstern abwechselnd die Broschüren, die Cover der Video-DVDs und sie anstarrte. Sie warf einen Blick über ihre Schulter zum Fenster hinaus. *Na, ob der auch gehen kann?*, dachte sie, ging hinter die Theke und kramte in den Kartons.

***

Rob fasste sich ein Herz. *Beweg dich, aber in die richtige Richtung, Junge*, dachte er und tat den ersten Schritt. Mit schwitzenden Händen, einem Pulsschlag bis in die Schläfen und einem Gefühl der vollkommenen Leere im Kopf, betrat er die Videothek.

Das *Ding Dong* der Eingangstür kündigte Stefanie einen neuen Kunden an. Sie erhob sich und schaute blitzschnell aus dem Fenster. *Weg! Er ist weg*, dachte sie und dann blickte sie zur Eingangstür und musste plötzlich lachen. Ganz kurz, aber nicht kurz genug. Dabei trafen sich ihre Blicke. *Mein Gott, ist der unsicher, süß,* dachte sie, und plötzlich stand der große Kerl mit fünf Porno-DVDs vor ihr und grinste sie schweigend an. Der Mann roch nach Maschinenöl. Sein Lächeln entblößte ein renovierungsbedürftiges Gebiss.

„Haben Sie einen Mitgliedsausweis und auch etwas zurückzugeben?"

Rob stand hilflos zwischen den Regalen. Er wusste nicht, wohin er sich wenden sollte und ging zu der Ecke, wo er den großen Mann hatte herkommen sehen. Die Ecke würde ihm auch Sichtschutz bieten. Dann hörte er ihre Stimme.

„Da geht es zu den Pornos." Der große Mann versperrte Rob die Sicht, was ihm wie eine Rettung vorkam, da ihm der Kopf knallrot anlief und er reflexartig zwei Schritte rückwärts ein Regal rammte. Er hörte ihr Gekicher.

„Ab dem 14. Tag kostet es dann täglich ein Euro, aber das wissen Sie bestimmt."

Verlegen griff Rob eine Videokassette und sah sich unkonzentriert das Cover an.

„Das ist die Kinderabteilung. Bibi Blocksberg und so…", sagte sie in den Raum hinein, und dann gab der Riese den Blick frei und verschwand aus dem Laden mit einem unüberhörbaren Kommentar an Rob gerichtet.

„Geile Braut, was?"

Rob stand ihr in einem Abstand von vier Metern gegenüber und stützte seine linke Hand auf dem DVD-Regal ab. Sie wich seinem Blick mit einem kleinen Lächeln aus.

„Fisch."

„Bitte?", fragte Rob, der nur seine Hitze im Körper wahrnahm.

„Sie haben ein Heringsbrötchen mit Zwiebeln gegessen, vor der Metzgerei drüben, stimmt's?", sagte sie lächelnd.

„Haben Sie das über die Straße hinweg erkennen können, was ich auf dem Brötchen hatte?"

„Nein. Ich habe es gerade gerochen."

„Bitte?"

„Riechen. Verstehen Sie? Riiiiiiechen", lächelte sie erneut und zeigte mit dem Zeigefinger auf ihre Nase.

„Ach."

„Ja", dann lachten beide, und Stefanie führte mit einer sanften Bewegung ihrer linken Hand ihr Haar nach hinten. Die zweite graziöse Bewegung, die Rob sah und die ihr Gesicht mit den schwungvollen Lippen und den weißen Zähnen noch offener erscheinen ließ. Er fühlte sich wie ein kleiner Fratz, dem man Schokolade versprochen hatte und jetzt zappeln ließ.

Sie sah sein unbeholfenes Hantieren. Irgendwie zogen sein verwirrtes Auftreten und seine spartanischen Wortbeiträge sie an. *Er ist kein Gockel,* dachte sie und schmunzelte über ihren Gedanken. Dann rückte sie ihre Kleidung zurecht, wobei sie mit beiden Händen über ihre Hüften fuhr, an denen sie täglich arbeitete und die sie gut ins Spiel bringen konnte. Die Blicke dieses Mannes entlockten ihr die Zurschaustellung ihrer weiblichen Reize und überholten ihren Verstand. Ein ungewohnt schnelles Tempo trieb sie an, das auch sie zu verunsichern begann. Sie fühlte einen Sog und ängstigte sich zugleich vor dem Aufprall. Dann versuchte sie, mit jedem weiteren Wort die Geschwindigkeit herauszunehmen.

„Sie wollen gar kein Video ausleihen, stimmt's?"

„Stimmt."

„Ich glaube, wir haben auch nichts für Sie, oder?"

Rob wollte etwas antworten, stattdessen zog es ihn an die Theke.

„Ich glaube doch", stammelte er, hielt sich mit beiden Händen an der Theke fest und zog sich langsam heran. Stefanie wich nicht zurück. Ihre Blicke trafen sich.

Strahlend hellblaue Augen und ihr Lächeln!, dachte er. Ihre Wimpern und Augenbrauen waren nur dünn nachgezogen, und ihre geschwungenen Lippen schienen keinen Lippenstift nötig zu haben. Ihre Stupsnase bildete das I-Tüpfelchen. Er wollte ihr Gesicht berühren und ihre Lippen küssen.

Sie fiel in seinen Blick. Beinahe hätte sie ihre Lippen befeuchtet. *Augen wie Smaragde! Lachfalten wie eingraviert. Schmale Lippen, aber reizvoll. Locker zehn Jahre älter als ich. Aber die Augen!* Dann wandte sie ihren Blick nach unten. *Einen Ring am kleinen Finger, links. Sieht aus wie aus einem Kaugummiautomaten. Ich würde sagen, gescheiterte Ehe, Rosenkrieg, das volle Programm.* Dann schaute sie ihm wieder in die Augen.

„Was sagt man einer Frau, die man nett findet?", fragte Stefanie Tannenberg.

„Was?"

„Essen gehen vielleicht?". Dabei hob sie ihre Augenbrauen, zog ihre Schultern hoch und drehte ihre Handflächen nach oben. Sie wunderte sich über ihre eigenen Worte, die das Tempo der Begegnung eher beschleunigten als es herauszunehmen.

„Das wäre schön", sagte Rob, wie aus einer Trance erwachend.

„Was wäre schön, der Herr...?" Stefanie wollte gefragt werden. *Wann hat der denn das letzte Mal eine Frau zum Essen eingeladen? Dir muss man ja jeden Satz vorsagen. Und sag jetzt bloß nicht Fischbrötchen*, dachte sie.

„Ich meine, das wäre schön, mit Ihnen essen zu gehen. Also, ich meine, würden Sie vielleicht mit mir essen gehen? Also nicht Fischbrötchen, sondern so richtig?"

Stefanie lachte schallend auf. Dabei verschluckte sie sich und hustete beinahe genauso schallend. Ihre Augen tränten.

„Kein Fischbrötchen? So richtig? Da bin ich aber froh!", hustete sie im Wechsel mit einem sehr eigenen Lachen.. Dadurch verstand es auch Rob. *Was für ein Fauxpas! Junge, du benimmst dich vor dieser Lady wie ein Bauerntölpel auf einem Straßenfest!*

„Wissen Sie was, ich gehe mit Ihnen essen – so richtig", antwortete sie und kramte ein Tempotaschentuch für ihre Augen hervor.

„Entschuldigen Sie. Ich bin etwas aus der Übung."

„Könnte man meinen. Wie lange?"

„Was, wie lange?"

„Aus der Übung?"

„Na ja, zehn Jahre vielleicht?" Dass er noch länger nichts mehr mit einer Frau hatte, wollte er lieber verschweigen. Stefanie glaubte, dass er sie nicht richtig verstanden hatte.

„Ich meinte nicht, wie lange Sie verheiratet waren, sondern wie lange Sie keine Frau mehr zum Essen eingeladen haben?"

„So um die zehn Jahre, wenn man meine Schwester nicht mitrechnet."

Stefanie fiel der Unterkiefer runter. Sie schüttelte fassungslos den Kopf.

„Aber Sie wollen mich jetzt nicht auf den Arm nehmen, oder?"

„Ehrlich gesagt, liebend gern, aber nein", sagte er und dachte augenblicklich, dass er es jetzt vermasselt hatte.

„Ich sage Ihnen besser, wo wir essen gehen werden, einverstanden? Kennen Sie das *La Lanterne* in der Südstadt?"

„Nein, aber das finde ich."

„Dort kann man auch zur Not mit Jeans hingehen. Aber, Herr..."

„Hansen, Rob Hansen oder einfach Rob."

„Herr Hansen. Das da...", sie zeigte mit ihrem Zeigefinger auf Jackett und Hose, „...das möchte ich kein zweites Mal sehen, falls Sie mich ein zweites Mal sehen wollen. Und – beugen Sie sich mal vor."

Rob tat wie ihm geheißen, mehr paralysiert als aus freiem Willen. Auch sie beugte sich ihm leicht entgegen, nur so nah, dass sie dem Fischgeruch entweichen und sein Rasierwasser riechen konnte. Rob roch ihr Parfüm und fand es aufregend.

„Was ist das? Billisches Eau de Toilette von Aldieu?", sagte sie mit einem Lächeln.

„Nehmen Sie Jean Paul Gaultier – le male classique. Passt zu Ihnen. Davidoff – Echo, könnte auch gehen, oder Hugo Boss – Bottled, wenn Sie das andere nicht finden." *Er wird Hugo Boss nehmen. Das ist das Einzige, was er behält.*

„Wenn Sie es sagen."

„Sie bestellen einen Tisch für ...", Stefanie holte ihren Kalender aus ihrer Handtasche.

„Wie wäre es ..." sie blätterte in ihrem Kalender, „Oh je! Erst Samstag in vierzehn Tagen."

„Gut. Das ist gut."

„Geben Sie mir ihre Telefonnummer, ich rufe Sie an." Sie drehte einen alten Kassenzettel um und zog einen Kuli unter der Theke hervor. Ihre Ellenbogen stützten ihren Oberkörper auf der Theke ab, und sie schaute zu Rob auf. Sie gewährte ihm freie Sicht in ihren Ausschnitt.

„Und? Schöne Aussichten?", fragte sie, und Rob lief rot an.

„Entschuldigen Sie! Das wollte ich nicht. Ich ..."

„Macht nichts. Dafür ist ja so ein Ausschnitt da, oder?", amüsierte sie sich über seine Verlegenheit.

„Und? Haben Sie denn schon Telefon?".

„Ach so!" Er nannte ihr seine Handynummer.

„Würden Sie mir vielleicht auch Ihre Nummer geben? Bei mir wird es von Berufs wegen schon mal eng. Ich meine ...", begann Rob, und Stefanie unterbrach ihn bestimmend:

„Herr Hansen, eine Frau lässt man weder warten noch sitzen."

„Nein, aber ..." begann er. Sie lächelte ihn einfach an und legte zur Überraschung beider ihren rechten Zeigefinger auf seine Lippen.

„Sie kennen doch bestimmt den Unterschied zwischen einer Frau und einem Mann. Er bestellt den Tisch, wartet und bezahlt."

Köln, 18:12 Uhr

Er biss in sein Salami-Käse-Brötchen und stützte dabei seine Ellenbogen auf den Schreibtisch. Die Mayonnaise tropfte auf den Deckel der Akte Manuela Berghausen.

„Scheiße!", fluchte er, „Die sehen in der Auslage immer so gut aus, aber wenn man die aufklappt, sind sie immer nur zur Hälfte belegt und der Rest ist Mayonnaise".

Dann suchte er nach einem Papiertaschentuch in seinem Jackett. Statt eines Taschentuchs hielt er das Figürchen in der Hand. Er stellte es auf seinen Schreibtisch neben den Behälter mit den Stiften und leckte sich die Finger ab. Den Rest besorgte seine Jeanshose. Sein Versuch, den Aktendeckel mit dem Finger sauber zu reiben, blieb erfolglos. Er seufzte und warf erneut einen Blick auf das Figürchen. Es handelte sich nicht um einen Dinosaurier, erkannte er. Eigentlich sollte es wohl ein spiralförmig aufgerollter Schwanz sein. Dieser hier schien abgebrochen zu sein. Das Tierchen sollte wohl ein Chamäleon darstellen.

Er legte den Rest des Brötchens beiseite und öffnete den Aktendeckel. Die Fotos von Manuela Berghausen lagen oben auf, und er erinnerte sich sofort an das Foto mit dem grünen Fleck. Er suchte es zwischen den anderen Fotos und hielt es unter seine Schreibtischlampe. Dieser grüne Fleck lag in Schulterhöhe der Leiche. In Realita musste er sich zirka 80 Zentimeter entfernt befinden. Rob spürte den Impuls, ihn wegzuwischen, als sei er ein kleiner grüner Fussel auf dem dunklen Gestrüppboden des Fotos. Es konnte etwas völlig Belangloses sein, nur hatte es ihn schon zu lange beschäftigt, als dass er es ungeklärt lassen konnte. Er rief bei der KTU an, in der Hoffnung, dass Jens Fischer noch greifbar sei.

„Obere Wasserbehörde Fisch, stimmt was mit dem Wasser nisch?", hörte Rob Hansen die Stimme am anderen Ende der Leitung. Für einen Moment war er irritiert, dann brach er in Lachen aus.

„Hallo Jens, Rob hier. Wie kannst du dich so melden, Junge? Das kann dir mehr als eine Knolle einbringen!"

„Rob, mein Alptraum aller schlaflosen Nächte! Es gibt keine wahren Abenteuer mehr. Im Zeitalter des Display hat sich das Risiko gegen Null reduziert, wenn man die Telefonnummer kennt, oder?"

„Wenn man sie kennt. Und gehst du zu so später Stunde deiner wehrlosen Kundschaft immer noch unter die Haut und überprüfst sie auf Herz und Nieren?"

„Nein, nein, das überlasse lieber HD. Ich mache gerade ein paar Analysen. Und was führt dich zu so später Stund zu Orpheus in die Unterwelt?"

„Manuela Berghausen. Nimm dir noch mal das Foto aus 2005 vor. Da gibt es einen grünen Fleck in Schulterhöhe, etwas abseits." Rob wartete.

„Kleinen Moment, Rob – so - jetzt bin ich in der Datei. Was für Flecken?"

„Schau dir die Aufnahme an, Gesicht und Oberkörper. Was ist das?"

„Ja, hab ich."

„Der Fleck in Schulterhöhe, rechts neben der Leiche. Na ja, nicht direkt daneben."

„Im Gebüsch? Passt nicht zum Boden, oder? Was ist das?"

„Ja, was ist das? Gibt's nichts im Bericht darüber?"

„Nein, hast du mit keinem Wort erwähnt, Jens."

„Ich vergrößere es mal. Schlechte Auflösung, Rob. Was kann das sein? Irgendwas Kleines. Vielleicht ein toter Frosch oder ein vertrocknetes Blatt."

„Jens! Dann wäre es braun wie fast alles andere da. Habt ihr das denn nicht eingetütet?"

„Ich weiß es nicht, Rob. Ich werde auch älter. Ich kann mir nicht mehr alles merken. Also, Nervensäge, ich werde nachschauen und hole alles raus, was ich da rausholen kann. Aber nicht mehr heute. Es eilt nicht, oder? Hier türmt sich die Arbeit

zum Olymp von Aphrodites Acartürk und den Frauen von Zeus. Steht überall *eilt* drauf."
„Wann?"
„So schnell es geht. Ich lasse es auf deinen Schreibtisch legen."
„Gut. Ich brauch es erst gestern. Schönen Feierabend und grüße Zuhause."
„Und wen da genau?"
„Wer wartet denn, Jens?"
„Kühlschrank, Wein und Eurydike."
„Ja dann. Grüße gehen an den Kühlschrank."
„Danke, Rob, werde ich bei einem Glas Rotwein und in den Armen Eurydikes dem Kühlschrank ausrichten. Ansonsten auch noch schöne Grüße an die Waschmaschine, oder gibt's schon was Neues?".
„Du weißt, Jens, du wärst der Erste, der es erfahren würde."
„Wer's glaubt. Mach's gut!"
„Dito."
Rob mochte die Ruhe und Verschwiegenheit von Jens Fischer, die sich von seiner Klientel auf ihn zu übertragen schien. Die beiden kannten sich seit langem von verschiedenen Fortbildungen der Polizeiakademie, an denen der Leiter der Spurensicherung öfter doziert hatte. *Kriminalistische Grundsätze für den Ersten Angriff in Todesermittlungsfällen. Fehlerquellen bei der Bearbeitung von Todesermittlungsverfahren. Probleme visueller Identifizierung von Leichen.* Jens Fischer war ein besonnener Charakter, von dem sich seine Frau vor sechs Jahren getrennt hatte und deren gemeinsames Kind er kaum sah. Aber seinen Vorträgen konnte er einen Witz verleihen, dass auch die trockene und bizarre Wissensvermittlung etwas Genüssliches bekam.
Fischers Frage, ob es etwas Neues gebe, beschäftigte Rob Hansen, unauffällig aber eindringlich. Als er die Akte auf den Stapel zurücklegte, überfiel ihn die aufflackernde Erotik des Nachmittags. Viel zu lange hatte er so etwas nicht mehr erlebt. Und als er für einen Moment die Beine auf den Tisch legte, musste er sich eingestehen, dass er so etwas noch gar nicht er-

lebt hatte. Einen Hauch davon hätte damals nur eine bestimmte Frau auslösen können, da war er aber noch sehr jung gewesen.

Sie hatte ihren Namen nicht genannt und daraus ein verführerisches Geheimnis gemacht. Er war anfänglich darauf hereingefallen, bis er das Schild auf der Theke entdeckt hatte. *Hier bedient Sie Frau Stefanie Tannenberg.* Rob musste laut lachen. Ihn freute die unbedarfte Art und Weise, wie sie ihm entgegen getreten war. *Sie hatte die ganze Situation unter Kontrolle, und ich war der Depp,* dachte er und sah sie wieder deutlich vor sich. Er konnte sich nicht erinnern, ob er je so bestechend blaue Mandelaugen gesehen hatte, mit einem Abstand zur Nase, bei dem andere vielleicht sagen würden, dass er zu groß sei. Auch ihre Nase war, gemessen an gängigen Schönheitsidealen, etwas zu lang, aber dennoch mit dem Begriff Stupsnase richtig betitelt.

Und dann sah er ihre vollen und tiefrosafarbenen Lippen vor seinen Augen. Ihn überfiel das Verlangen, den ausgeprägten Amorbogen sanft zu küssen. Alles zusammen ergab für ihn eine überwältigende Verführung und mit ihrer Gestik und diesem Lachen hatte sie sich unter seine Haut gegraben. Nur an ihre Ohren konnte er sich nicht erinnern. Er kannte den Spruch „wer keine Ohrläppchen hat, der lügt". Und obwohl er an all das nicht glaubte, wollte er wissen, was sie für Ohren hatte. Er wollte viel wissen. Eigentlich wollte er alles wissen, was diese Frau betraf. Eigentlich wollte er sie schon morgen wieder sehen. Am liebsten schon heute. Es hatte ihn voll erwischt. *Was, wenn sie nicht kommt,* dachte er. *Sie kommt! Und wenn nicht? Scheiße! Sie kommt! Du hast keine Telefonnummer, du Idiot. Keine Anschrift, nichts. Sie wird kommen. Woher willst du das wissen? Du solltest wenigstens die Telefonnummer in der Hinterhand haben. Sie kommt, reg dich ab, sie kommt.* Er regte sich auf. Motiviert von seinem Ermittlungseifer, rief er die Einwohnermeldedatei im Rechner auf. Die Antwort kam sofort. Sie war in Overath gemeldet. Nachdem er mit dem Nachnamen noch einmal die Maske bediente, wusste er, dass es die Adresse ihrer Eltern war. *Sie lebt entweder bei ihren Eltern, oder sie hat dort nur ihre Meldeadresse. Festnetznummer eruieren!* Rob schimpfte leise mit sich und wehrte sich gegen seine zunehmende Unruhe. *Junge, worum geht's dir hier? Sie lebt bestimmt nicht in Overath bei ihren Eltern.* Dann tat er das, was er bald bitter bereuen würde. Er loggte sich in das polizeiliche Auskunftssystem POLAS ein und gab den Namen *Stefanie Tannenberg* ein. Ihr Foto traf ihn wie ein Stromschlag, und er schnellte mit seinem Bürostuhl zurück an die Wand. Hitze schoss ihm den Hals hinauf, aber mit steigender Neugier, wich sie.

Stefanie Tannenberg, geboren 09.11.1967. Beruf: Einzelhandelskauffrau. Widerstand gegen die Staatsgewalt und Körperverletzung am 18.09.2000. Verurteilung durch das Amtsgericht Bergisch Gladbach am 14.01.2001 …

Die Ermittlungsjagd begann. Die Angelegenheit fiel in den Zuständigkeitsbereich des Amtsgerichts Bergisch Gladbach, aber die Ermittlungsakte wurde von der zuständigen Staatsanwaltschaft Köln geführt. Eine offizielle Anforderung der Akte erschien ihm schier aberwitzig, wie ihm selbst diese Aktion hier schon unmöglich erschien. Dann fiel ihm Heinrich ein, ein Kollege vom KK 12 – Sitte. Die Deliktform passte zwar nicht in dessen Ressort, aber Heinrich schuldete ihm noch einen Gefallen. Berauscht von den Neuigkeiten folgte Rob seiner Intuition und wählte Heinrichs Nummer. Er bekam Kontakt, alle Zeichen schienen auf Grün zu stehen.

„Hallo, Heinrich, hier ist Rob. Auch noch in der Firma?"

„Rob!? Welche Ehre, dich zu hören. Ja, was soll ich Zuhause, da kennt mich doch jeder. Du rufst ja nicht an, um mir einen schönen Feierabend zu wünschen, oder? Das riecht eher nach Arbeit! Was kann ich für dich tun?"

„Kriminalistisches Feingefühl, Heinrich, bravo. Kleinen Sondereinsatz mit höchster Diskretion."

„Oh ha! Komm mir bloß nicht mit dieser Nummer! Das letzte Mal hat mich dein kleiner Sondereinsatz ein paar schlaflose Nächte und beinahe die Ehe gekostet!"

„Nein, nein", beruhigte ihn Rob. „Ganz harmlos, aber diskret. Sonst erschieß ich dich, verstanden?"

„Ich bekomme langsam eine vage Vorstellung von dem Einsatz, allein das Gesamtbild fehlt mir noch. Worum geht's?"

„Mit deinen Kontakten wird es ein Kinderspiel sein. Alle Ergebnisse nur zu mir persönlich!"

„Hab ich verstanden. Hat die Kleinigkeit eventuell auch einen Namen, oder soll ich den Einsatz raten?"

„Stefanie Tannenberg. Kleine Sache. Ich brauche die Ermittlungsakte."

„Eine Frau, sieh an, sieh an! Um diese Uhrzeit fahndet Hauptkommissar Hansen nach einer Frau Tannenberg. Das kann ja nur ein Sondereinsatz sein!". Rob hörte ein Pfeifen in der Leitung.

„Alle Achtung. Da würde ich aber auch gern mal fahnden! Was hat die Mordkommission mit so einem Goldfischchen zu tun? – Oh ho! Scheint aber auch gern mal hinzulangen, was! Ei, sage mal, hat die zum Ausbau ihrer kriminellen Karriere inzwischen einen umgelegt?"

„Heinrich! Einfach die Ermittlungsakte."

„Ist nicht meine Zuständigkeit, Rob."

„Genau! Deswegen äußerste Diskretion. Und deswegen bin ich auch auf dich gekommen, Heinrich – ich weiß auch von nichts. Soll bloß keiner denken, du würdest in fremden Gefilden schnüffeln."

„Hey! Entwickelst du dich da gerade zu einem freundlichen Arschloch?"

„Nein, Heinrich. Ich denke, du willst nur etwas Holz aus dem Feuer holen, bevor ich mir die Hand verbrenne, oder?"

„Ah ja, verstehe. Ich sehe schon, ich muss mal telefonieren."

„Das kann ich gut verstehen. Man telefoniert heutzutage so viel, das kann eigentlich kein Mensch mehr bezahlen."

„Blödmann! Deine Flamme, Rob?"

„Soll ich ehrlich sein?"

„Was denn sonst?"

„Beruflich ...", antwortete Rob mit verschwörerischer Stimme, „... aber streng vertraulich. Du hältst dicht?"

„Hör mal!", empörte Heinrich sich künstlich.

„Scheint in ein totales Desaster verwickelt. Es gibt Gerüchte, sie soll was mit irgend so einem Abgeordneten haben. Allerdings ist merkwürdigerweise da auch schon das LKA dran. Die haben um Amtshilfe gebeten – natürlich streng vertraulich. Es soll in dem Zusammenhang einen Toten in Rodenkirchen gegeben haben. Ist aber noch nicht aufgetaucht."

„Was? In Rodenkirchen? Da wohne ich doch. Hab ich ja gar nichts von mitbekommen."

„Ja, ich bis vor zwei Tagen auch nicht. Rodenkirchen - da habe ich sofort an dich gedacht, Heinrich. Was glaubst du, was hier los ist? Es ist keine öffentliche Anfrage, verstanden!? Alles höchst verschwiegen und bis gestern."

„Welch eine Ehre! Okay, Rob. Ich kümmere mich morgen drum. Gegen Mittag, reicht das?"

„Hast du meine Handynummer?" Sie tauschten die Nummern aus.

„Alles klar. Keine Ursache."

„Wir hören uns."

Rob sah auf das Profilfoto von Stefanie Tannenberg. Sie hatte schöne runde Ohrläppchen, zum Reinbeißen. Er freute sich.

Dann gab er die Stichworte *Aachen* und *Gitarrensaite* in die Datenbank ein. Nach ein paar Minuten war er am Ziel seiner Suche und verstand, was der Journalist Hans Bruchmann meinte. Dirk Bachhoff hieß die unerledigte Hausaufgabe.

Dienstag, 08. August

Köln, 10:30 Uhr

Hauptkommissar Hansen hatte ihr die Akte Bachhoff mit einer schriftlichen Bemerkung auf ihren Tisch gelegt. Um 10:30 Uhr fand eine kurze Lagebesprechung bei Kriminaldirektor Bosch statt, zu dem neben Hansen und Staatsanwalt Mirkow auch sie zugegen sein würde. Liviana Vaitmar überflog die Polizei- und Ermittlungsberichte sowie die Verhörprotokolle. Sie überflog Tathergang, Lebenslauf und Vorverurteilungen.

29. Juli 1997, Aachen. Urteil: 10 Jahre Haft und Auflage einer Drogentherapie in der forensischen Psychiatrie nach §64 StGB. Hauptschule, abgebrochene Lehre als Steinmetz. Zivildienst in einem Heim für körperlich und geistig Behinderte.

„Zivildienst machen und eine Frau erdrosseln? Wie passt das denn?", fragte sich Liviana und blätterte weiter. Er hatte die üblichen Jugenddelikte begangen, wie Autoradios klauen und Zigarettenautomaten knacken, Diebstahl, und immer wieder auch Körperverletzungen. Unter anderem gegen seine damalige Freundin Annette Preis, wofür er seine erste Haftstrafe erhalten hatte.

„Du hättest mir mal unter die Finger kommen müssen, Schätzchen", kommentierte Liviana. Dann las sie die jüngsten Ermittlungsergebnisse, Gutachten und Verhöre. Der Täter wurde in derselben Nacht gefasst, in der er die Tat begangen hatte. Die Urin- und Blutuntersuchungen ergaben, dass er Amphetamine, XTC, Kokain und THC intus hatte. Kein Heroin, keine Barbiturate oder Benzodiazepine. Das Gutachten zur Einschätzung der Zurechnungsfähigkeit fiel zugunsten des Delinquenten aus. Es folgte eine Beschreibung der möglichen Drogenwirkungen. *Auditive und visuelle Sinnestäuschungen, mögliche drogeninduzierte Wahnvorstellungen, plötzlich auftretende Panikattacken, kurzfristiger Verlust der Impulskontrolle.* Die Liste möglicher Risikofaktoren bei der Einnahme der verschiedenen Wirkstoffe war lang.

„Der Kerl hat ja alles gefressen, was Banane macht", kommentierte Liviana, „Kein Wunder, dass der völlig durchgeknallt sein muss", flüsterte sie und las eine seiner Aussagen.

„Wir hätten richtig rauskommen können! Unsere Kombo war richtig Klasse. Wir hatten inzwischen auch gute Presse. ‚Die Mitesser' hießen wir und waren über die Stadtgrenze bekannt. Wir hatten Gigs in Heerlen, Düren, Köln, Maastricht, Duisburg und Essen. Alle Gigs innerhalb von drei Monaten. Gute Promotion. Dann war diese Fete. Wir hatten ja eigentlich laufend irgendwo eine Fete. Wir haben ja immer Musik gemacht und dabei eine Line gezogen oder Teile geworfen. Und manchmal hatten wir auch echt guten Schnee. Bier war sowieso im Haus. Und da habe ich Jessica, ich meine Frau Ölbrand, aus der Ferne lachen hören. Mit anderen Jungs. Und ich lag wie angenagelt auf dem Sofa. Wissen Sie, Kokain macht mich genau andersrum wie bei den anderen. Ich relaxe, werde cool. Die andern gehen ab. Ich habe Jessica mit den Kerlen lachen gehört und sie hat da auch einen mitgebracht, den ich nicht kannte. Da hab ich sofort gedacht, die will mit dem ficken. Das Flüstern und Lachen hat mich ganz kirre gemacht. Du hörst plötzlich das Flüstern im Nebenraum wie Musik, und dann kommt der Text so nah ans Ohr, als wummere dir jedes Wort wie ein Tennisball an dein Trommelfell. Da bin ich ausgerastet ..."

Das Telefon klingelte mit internem Klingelzeichen und Liviana hob ab.

„Vaitmar."

„Hansen. Wir haben gleich unsere Runde mit dem Oberprimaner Mirkow. Haben Sie sich die Akte Bachhoff schon mal angesehen?"

„Liegt gerade vor mir. Ziemlich durchgeknallter Typ."

„Was denken Sie? Passt der ins Profil?"

„Wenn wir schon eins haben. Warum nicht? Hat ja zu Frauen ein besonders inniges Verhältnis", bemerkte Vaitmar ironisch. „Haut sozusagen richtig rein. Und was läuft gleich bei Victor?"

„Alles, was Staatsanwalt Mirkow besprechen will. Und das ist meistens verdammt viel. Der Mann hat einfach zu viel Zeit und braucht Beschäftigung. Die Pressekonferenz war ein Reinfall, und Staatsanwalt Mirkow wird uns das gleich aufs Brot schmieren."

„Okay, ich mach mich mal nett zurecht."

„Vaitmar! Ich bitte Sie! Der kann uns doch mal...", warf Rob ein und fragte nach dem Namen von Bachhoffs Bewährungshelfer.

„Ach! Peter Jakob? Warum?"

„Sie kennen ihn?"

„Einer meiner vielen Verehrer. Warum wollen Sie ihn sprechen?"

„Der weiß vielleicht, wo sich dieser Bachhoff aufhält, bevor uns nochmal so eine Blamage passiert."

„Ihnen, Hansen. Nicht uns. Und Sie glauben, Jakob sagt Ihnen einfach so, wo Sie Bachhoff abholen können?"

„Warum nicht? Der ist schließlich Staatsdiener, wie wir."

„Ja, aber der nimmt die Schweigepflicht ziemlich genau und Beweise gegen Bachhoff haben wir ja noch nicht. Außerdem glaube ich nicht, dass sein Schützling ihm freiwillig mitteilt, wo er sich aufhält. Aber man soll nichts unversucht lassen."

„Ich lade ihn vor, wenn er nicht redet."

„Hansen! Ich übernehme das. Ich komm jetzt rüber und telefoniere bei Ihnen, einverstanden?"

„Warum nicht? Hauptsache, es geht voran."

Hansen stand von seinem Schreibtisch auf, als Kommissarin Vaitmar hereinkam und bot ihr seinen Platz an. Er selbst stellte sich ans Fenster und schaute abwechselnd hinaus und auf Vaitmar. Der Dutt verlieh ihr eine ungewohnte erotische Strenge. Durch ihre weiße Bluse sah er ihren BH schimmern. Ihr Parfüm roch nach Abenteuer. Er wäre am liebsten dem Geruch bis zu seinem Ursprung gefolgt. Vaitmar stellte den Lautsprecher an, als sie zu Peter Jakob durchgestellt wurde.

„Bewährungshilfe Köln, Jakob, guten Tag."

„Hallo Peter. Vaitmar hier. KK 11."

„Ach, Liviana Vaitmar. Schön, deine Stimme zu hören. So schön wie dein Name ..."

„Du hast Alessa vergessen, Peter."

„Liviana Alessa Vaitmar – es gibt wohl keinen klangvolleren Namen, und dazu gehört er einer überaus ..."

„Danke, Peter, danke. Du stehst eh auf Platz eins, als der beste Charmeur von Nippes bis Kalk." Rob schaute sie mit großen Augen an.

„Und darf ich jetzt raten, ob es ein Kompliment ist oder deine bestechende Ironie hier zum Tragen kommt?"

„Bei der Bevölkerungsdichte von Köln würde ich es als ein Kompliment nehmen."

„Okay, aber du rufst mich ja nicht an, um mich zum Essen einzuladen, oder *fishing for compliments* zu praktizieren. Was gibt´s?"

„Ersteres machen doch bekanntlich die Herren der Schöpfung und das Zweite habe ich nicht nötig, wie du dir vorstellen kannst."

„Ach so! Es wird mir eine Ehre sein, dich mal wieder zum Essen einzuladen. Warte, ich hole gerade meinen Kalender."

„Warte, warte, Peter ...", rief sie in den Hörer und beide Kommissare hörten ein Lachen durch den Lautsprecher.

„Na, hast du gedacht, ich würde jetzt durch die Flure der Bewährungshilfe laufen, um meinen Kalender zu suchen? Also, schöne Frau. Ich vermute, du rufst aus einem bestimmten Grund an und der heißt Dirk Bachhoff, richtig?"

„Alle Achtung, Peter."

„Ich habe schon früher mit deinem Anruf gerechnet, wenn man bedenkt, dass das Phantombild in der Zeitung schon vier Tage alt ist. Aber eins musst du mir erklären, bevor du deine Frage stellst."

„Und das wäre?"

„Was hat sich die Polizei nur dabei gedacht, ein Phantombild von einem Verbrecher zu veröffentlichen, wenn sie ihm stillschweigend doch viel besser auf den Fersen sein könnte. Ihr habt ihn doch gewarnt statt ihn abzuholen. Das muss ja ein richtiger Schachzug gewesen sein, oder?"

„Peter – du bist, wie immer, ein Abendessen wert!", lachte Liviana und Rob sah sie an, als wollte er ihr mit Klebeband den Mund verschließen und sie mit Handschellen an den Stuhl fesseln.

„Du weißt doch, wenn sich die Chefs mal was einfallen lassen." Vaitmar hielt ihren Zeigefinger auf ihre Lippen und sah Hansen an.

„Und jetzt möchtest du von mir wissen, wo sich euer Schachzug befindet, oder?"

„Kluger Mann. So mal unter uns beiden Fachleuten."

„Dann solltest du wissen, dass man in der Ohrmuschel hört, wenn der Lautsprecher zum Mithören angestellt ist, das scheppert und hallt so, als stünde man in der Halle vom Kölner Großmarkt." Liviana bekam einen roten Kopf.

„Okay, ich mach ihn aus."

Sie drückte die Lautsprechertaste zweimal schnell hintereinander. Der Lautsprecher war wieder an.

„Besser so? Also, Peter, wo ist Bachhoff?"

„Hört sich gleich ganz anders an. Wer ist bei dir, Vaitmar?"

„Hauptkommissar Hansen."

„Dieser dröge Sauerländer? Frag ihn mal, ob er nicht manchmal Angst vor sich selbst hat, wenn er mit sich allein ist."

Vaitmar musste laut lachen und hielt erneut den Zeigefinger auf ihre Lippen. Hansen ballte die rechte Hand zur Faust.

„Peter, also wo ist er? Hat er dich angerufen?"

„Liviana, du weißt, es gibt da noch so was wie eine Schweigepflicht."

„Wir sind ja nicht wegen Kirschenklau unterwegs. Peter ... Mord."

„Und?"

„Zu viel Schweigen bei Mord kann auch für dich strafbar werden. Nur der Geistliche darf endlos schweigen, nicht wahr?"

„Nicht nur schön, auch intelligent, unsere Liviana."

„Ich schmelze gleich dahin. Also?"
„Liviana, ihr habt doch längst seine Adresse..."
„Ja, und waren auch schon da. Er ist weg. Wir beschatten das Haus."
„Bachhoff hat mich angerufen, aber er hat mir nicht gesagt, wo er steckt."
„Hast du seine Handynummer? Oder sonst irgendwas für uns?"
„Die Rufnummer war unterdrückt. Aber ich glaube, er ist unschuldig."
„Peter, ich habe nicht unendlich Zeit! Und wenn er unschuldig ist, müssten wir ihn nicht suchen."
„Ich habe ihm eine Arbeit als Gerüstbauhelfer besorgt. Die Firma heißt *Franzen Bautechnik GmbH*. Bachhoff hat mir mal von einem Arbeitskollegen erzählt. Ich glaub, er heißt Hans Beule."
„Peter, du bist ein Schatz!", sprudelte sie hervor.
„Ich kenne ein schönes Lokal in Klettenberg. Rustikal. Auch das Essen, was sagst du?"
„Das Kölsch geht dann aber auf mich. Lass uns telefonieren. Tschö, Peter", antwortete sie und legte den Hörer auf. Vaitmar stand auf. und Hansen hielt den Türgriff in der Hand. Als sie sich näherte, öffnete er ihr galant die Tür.

Köln, 14:32 Uhr

„Ein ungutes Gefühl reicht als Verdacht nicht aus, und das Motiv ist ja noch völlig offen. Dass sie kein Alibi hat, muss sie ja nicht gleich verdächtig machen."
„Nein, Hansen, das stimmt. Aber diese Erotiknummer bei ihr zuhause, kaum dass ihre Schwester eine Woche tot ist. Normalerweise ist man da doch in einem ganz anderen Film, als gleich mit irgendjemand anbändeln zu wollen."
„Sie sind ja nicht irgendjemand, Vaitmar."
„Och! Da danke ich aber schön."

„Und bei aller Attraktivität, aber es muss ja nicht immer gleich was mit Sex zu tun haben, wenn man Nähe sucht."

Rob und Liviana sahen durch den Einwegspiegel in den leeren Vernehmungsraum.

„Vielleicht hat sie sich auch einfach nur einsam und verlassen gefühlt. Sie hat viel durchgemacht. Nachts die Nachricht über den Tod. Am Montag darauf die Identifizierung. Die Befragung am Freitag in ihrer Wohnung. Heute schon wieder hier. Jetzt fangen wir erst mal mit viel Verständnis und Wohlwollen an."

„Das machen dann aber besser Sie, Hansen. Mich gräbt die Frau doch sofort wieder an."

„In Ordnung, aber nicht hier. Hier setzen wir Florian Hagen rein. Funke ist unterwegs und holt ihn. Ich habe mit Jens gesprochen. Es gibt DNA-Spuren unter den Fingernägeln von Kim Ross."

„Und?"

„Ihre eigenen und die von Florian Hagen. Sie hat sich vielleicht gewehrt, als er ihr die Kehle zuschnürte. Und dabei hat sie ihn gekratzt. Eine natürliche Reaktion im Todeskampf."

„Oder sie hat sich während des Geschlechtsverkehr in ihn hineingekrallt. Auch eine natürliche Reaktion, oder?" antwortete Vaitmar trocken.

„Wir haben ein paar Fingerabdrücke in dem Zimmer von Kim Ross gefunden, die wir noch nicht zuordnen können", überging Rob ihre Bemerkung. „Von Hagen und Clausen konnten wir dort keine Spuren sichern. So wie es aussieht sind beide Männer nicht in ihrer Wohnung gewesen. Darauf sollten wir Viola Ross gleich mal ansprechen. In der Wohnung von Florian Hagen gab es DNA-Spuren von Kim Ross, was ja keine Überraschung ist. Also kurzum, wir stehen weiter am Anfang."

„Okay, das ist die Ausgangslage. Ich habe Viola vorhin kommen sehen, sie sah schon sehr geladen aus. Wir sollten vielleicht jetzt…"

„Gut, gehen wir."

Viola Ross stand am Fenster des kleinen Besprechungsraumes und sah hinaus. Hansen verblüffte ihre exotische Ausstrahlung, als sie sich langsam zu ihnen umdrehte. Ihre schwarze Kleidung brachte die goldbraune Haut ihres tiefen V-Ausschnitts zum Leuchten. Passend zu ihrem magentafarbenen Nagellack trug sie einen breiten Gürtel mit einer auffälligen silbernen Schnalle, die ihre schmale Taille betonte. Hansen reichte ihr die Hand und entschuldigte sich dafür, dass er sie in ihrer Trauer ein weiteres Mal bemühen musste. Danach gaben sich die Frauen die Hand.

„Hören Sie, ich habe Kopfschmerzen und wenig Zeit ..."

„Ja, davon haben wir alle zu wenig. Von der Zeit, meine ich. Deswegen lassen Sie uns auch gleich beginnen. Setzen Sie sich doch bitte."

Die Vorladung begründete er mit noch offenen Fragen und bat, ein Band mitlaufen lassen zu dürfen. Viola Ross stimmte mit einem kurzen, wenn auch missmutigen Nicken zu. Dann schaltete er das Mikro ein und begann mit den Formalitäten, die sie ihm mit einem *Ja* bestätigen sollte.

„Sie haben Literaturwissenschaften studiert?"

„Hab ich doch schon alles ihrer Kollegin erzählt. Warum fragen Sie mich das schon wieder? Lesen Sie doch einfach ihre Aufzeichnungen", antwortete Viola mit kalter Stimme angewiderten.

„Vielleicht beantworten Sie nur unsere Fragen, dann geht's schneller, Frau Ross", erwiderte der Hauptkommissar geduldig

„Literaturstudium abgebrochen, dann Buchhändlerin gelernt und seit fünf Jahren in der Buchhandlung *Bücherwurm* in der Severinstraße."

„Schöne Sache, so mit Büchern."

„Ach?! Schon gemacht?", bemerkte sie spitz.

„Nein, natürlich nicht. Gelesen halt."

„Ah ja. Ich auch ein paar." Dann ging Hansen mit ihr die Ereignisse erneut durch und musste feststellen, dass Viola die ganze Zeit über unverändert reserviert blieb.

„Frau Ross, Sie haben für die Nacht kein Alibi, ist Ihnen das bewusst?"

„Brauche ich jetzt ein Alibi? Sie sagten mir doch, Sie suchen einen männlichen Täter. Haben Sie keinen gefunden und probieren Sie's jetzt mal mit einer Frau?", fragte sie und schaute dabei Kommissarin Vaitmar an.

„Frau Ross. Ein Alibi würde uns die Zeit hier entscheidend verkürzen. Sehr entscheidend."

„Wenn Schlafen kein Alibi ist, hab ich keins. Es war niemand bei mir, und ihre Wachhunde standen zu diesem Zeitpunkt auch noch nicht vor der Tür."

„Das mit ihrem Arm, wie lang ist das her?"

„Mein Gott! Liviana! Haben Sie das alles brühwarm ihrem Kollegen erzählt?" wandte sich Viola an Vaitmar.

„In einem Mordfall gibt es keine Geheimnisse vor meinen Kollegen, Frau Ross", antwortete Liviana bestimmt.

„Dann wissen Sie es ja, Herr Hauptkommissar. Ich war sechs oder sieben Jahre alt."

„Es war die Schuld Ihrer Schwester, oder?"

„Worauf wollen Sie jetzt hinaus?" warf sie ärgerlich ein.

„Sie liebten Ihre Schwester, oder? Obwohl die Sache mit dem Arm doch auf ihr Konto ging?"

„Wir waren Kinder und hatten Angst."

„Haben Sie ihr das nie krumm genommen, all die Jahre?"

„Doch, habe ich. Tausend Mal habe ich sie verflucht! Und den Tod habe ich ihr auch gewünscht, wenn Sie das als Nächstes fragen wollen. Aber so was hört irgendwann auf und deswegen bringe ich meine Schwester doch nicht um. Und warum sollte ich das erst jetzt nach all den Jahren tun?"

„Weil einem irgendwann alles einmal hochkommen kann und das Fass zum Überlaufen bringt."

„Ich habe kein Fass, ich beschäftige mich mit Büchern." Viola schaute aus dem Fenster. Einige graue Wolken bedeckten den Himmel und schoben sich vor die Sonne. Ein leichter Windstoß wehte durch das gekippte Fenster herein.

„Kennen Sie diesen Mann?", fragte Hansen und schob ihr ein Foto von Florian Hagen zu. Sie schaute kurz darauf und dann wieder aus dem Fenster.

„Wer soll das sein?"

„Sie haben keine Ahnung? Nein?"

„Nein."

„Florian Hagen."

„Wissen Sie, Männer interessieren mich nicht. Das haben Sie doch inzwischen mitbekommen, oder? Ich gehöre - neben Kardinal Meisner - der zweitgrößten Randgruppe in Köln an - den Lesben und Schwulen", dabei schaute sie Liviana Vaitmar mit einem herausfordernden Blick an.

„Und dieser hier?" Hansen schob ein weiteres Foto in ihre Richtung.

„Kenn ich auch nicht."

„Volker Clausen, Galerist. Der Mann, der für ihre Schwester und zwei weitere Künstler die Ausstellung arrangiert hat."

„Kim hat mir von dem erzählt, sicher. Aber gesehen habe ich ihn nie."

„Und den anderen wollen Sie auch nicht ein einziges Mal gesehen haben?"

„Nein."

„Das ist der Freund Ihrer Schwester." Wieder schaut sie aus dem Fenster. Hansen deutete ihre Mimik als den Versuch, totales Desinteresse zu zeigen.

„Natürlich hat Kim mir von ihrem Lover erzählt. Ich kenne ihn aber nur als Flo. Kim hat ihn nie mit nach Hause gebracht, und ihre Bettgeschichten waren nicht so mein Fall."

„Wie darf ich das verstehen?", hakte Hansen nach.

„Aber die Welt wird dadurch weiter, wenn ein Zweiter nicht gleich nebenan beginnt", antwortete Viola rätselhaft.

„Bitte?", fragte Hansen irritiert.

„Kim liebte die Abwechslung. Und die gönnte sie sich, Herr Kommissar." Ihr Blick wanderte zu Vaitmar.

„Hauptkommissar Hansen, so viel Zeit muss sein." Viola blickte ihn irritiert an.

„Meinen Sie damit, dass Kim noch andere Männer hatte, neben Florian Hagen?"

„Das weiß ich nicht. Wie gesagt, ihre Bettgeschichten waren nicht so mein Fall."

„Und der Galerist ist auch nie bei Ihnen gewesen?"

„Wenn ich Zuhause war, nicht. Kim hätte mir das auch erzählt, denke ich. Sie mochte aber ihre Bekanntschaften auch nicht gern mit nach Hause bringen. Das ist unser Reich."

„Und dazu ein hochwertiges, nicht wahr? Frau Ross, woher stammt ihre Wohnungseinrichtung? Das sind ja alles sehr moderne Designermöbel, oder?"

„Na und? Die haben wir gekauft, woher soll man Möbel haben? Möbelgeschäft? Wollen Sie die Quittungen sehen?"

„Können Sie sich solche Möbel von Ihrem Verdienst als Buchhändlerin leisten? Ich meine die Ledergarnitur, die Massivholz-Kücheneinrichtung und diese ausgefallenen Designerschränke? Allein das Wohnzimmerregal. Das sind größtenteils Einzelanfertigungen, nicht wahr? Und wenn ich mich recht entsinne, müsste allein schon für Ihre Badeinrichtung eine Oma lange stricken, wenn Sie verstehen, was ich meine", mischte sich Vaitmar ein.

„Es ist nicht jedem gegeben, Frau Hauptkommissarin."

„Kommissarin, einfach nur Kommissarin. Sie beantworten unsere Frage nicht, Frau Ross."

„Wir haben zusammengelegt, und dann ging's."

„Kann es sein, dass ihre Schwester den Löwenanteil daran hatte, wie bei vielen anderen Dingen auch?" fragte Hansen.

„Und wenn schon? Ich habe Kopfschmerzen und möchte jetzt endlich gehen. Sie haben sich doch sowieso Kims Kontobewegungen angesehen, was brauchen Sie mich da noch?"

„Ist Ihnen in der Zwischenzeit vielleicht noch etwas eingefallen, was Sie uns mitteilen können? Vielleicht noch weitere Personen, von denen Sie etwas gehört haben. Hat sich Kim vielleicht mit ihrer Art, wie sie mit Männern umging, Feinde gemacht? Hat sie vielleicht über jemand Unbekannten gesprochen, oder plötzlich wieder über einen alten Bekannten?"

„Mir gegenüber nicht. Kim hat mir fast alles erzählt, auch wenn ich es nicht wissen wollte. Aber hier...", sie schaute Kommissarin Vaitmar an und griff in ihre rechte Gesäßtasche. Dann warf sie den Bierdeckel in Richtung Liviana auf den Tisch.

„...die Nummer von dem Schizotypen", kommentierte Viola ihre flapsige Handlung. Liviana nahm den Bierdeckel an sich. Hansen legte ein weiteres Foto vor Viola Ross auf den Tisch.

„Kennen Sie diese Frau?", fragte er. Viola Ross warf einen kurzen Blick darauf.

„Wer soll das sein?", antwortete sie kalt.

„Manuela Berghausen", beantwortete der Hauptkommissar ihre Gegenfrage knapp.

„Kenn ich nicht", gab sie zu Antwort

„Danke, Frau Ross, Sie können gehen."

Köln, 15:04 Uhr

Und was denken Sie, Vaitmar?"

„Die mauert ohne Ende. Aber warum?"

„Finden Sie's raus."

„Ach übrigens. Kommissarin Kobalt hat mit der Vernehmung von Hagen begonnen. Anweisung vom Herrn Direktor. Irgendwas von wegen Personalknappheit und Synergieeffekten", warf Johann Funke ein.

„Was?! – Der rote Kobold vernimmt Hagen?!", erboste sich Hauptkommissar Hansen und sprang von seinem Bürostuhl auf. Mit einer abwertenden Bemerkung über Charlotte Kobalt forderte er die beiden auf mitzukommen. Vaitmar eröffnete den Schlagabtausch und zwinkerte Johann Funke mit dem rechten Auge zu.

„Sie fahren wohl an den Nordpol, um mal so richtig freundlich zu sein, oder?"

Hansen schwieg, und so erreichten sie den Vorraum des Vernehmungszimmers, in dem Kriminaldirektor Bosch vor dem Einwegspiegel stand.

„Victor! Warum machst du ...!"

„Pssssssst!", zischte Victor Bosch herüber, „...sie macht das ganz gut, Rob. Die drei folgten dem Blick des Kriminaldirektors durch die Einwegscheibe. Florian Hagen saß auf der äußersten Stuhlkante und trotz Sonnenbräune wirkte seine Gesichtshaut grau. Das fahle blaue Licht des Vernehmungszimmers tat sein Übriges, weshalb selbst die auf den Kopf geschobene Sonnenbrille nicht zu einem wirklich lässigen Eindruck beitrug. Sie hörten die Stimme von Kommissarin Kobalt.

„... der letzte, von dem wir wissen, dass er das Opfer lebend gesehen hat."

„Das wird ja wohl der Mörder gewesen sein."

„Vielleicht ist das ja ein und dieselbe Person", insistierte Kommissarin Kobalt.

„Ich habe sie nicht getötet."

„Das sagten Sie bereits. – Was für ein Verhältnis hatten Sie zu Kim Ross?"

„Sie war, sie war ... Ich habe sie geliebt", stammelte Florian Hagen.

„Ja. Und Kim? Wie stand es um die Gefühle dieser Frau für Sie?"

„Ja, wir hatten Sex miteinander, wenn Sie es genau wissen wollen."

„Hat Kim Ross Ihre Gefühle erwidert?", - lautet meine Frage, um genau zu sein."

„Was geht Sie das an?", fragte er trotzig.

„Das geht uns sehr viel an, Herr Hagen. Kim Ross ist ermordet worden und wir suchen ihren Mörder, verstehen Sie?"

Hagen lehnte sich jetzt zurück, fuhr mit beiden Händen durch sein Gesicht und faltete sie dann zwischen seinen breit ausgestellten Beinen, die viel zu lang für diese Stuhlhöhe waren.

„Ich habe nichts damit zu tun."

„Herr Hagen, waren sie ein Paar?", fragte die Kommissarin ungeduldig.

„Ja, verdammt."

„Wie kann ich mir das vorstellen? Ihre Beziehung? Kölner Lichter. Gute Stimmung. Ganz Köln auf den Beinen. Laues Lüftchen. Und das Traumpaar nutzt diese Gelegenheit nicht für romantische Momente unterm Feuerwerk?"

„Sie wissen, dass Kim eine Ausstellung vorbereitete. Sie hatte keine Zeit."

„Und dann erklären Sie mir bitte, warum Kim, entgegen Ihrer Aussage, nicht sofort nach Hause fuhr? Hat sie sich mit einem anderen getroffen? Haben Sie es gewusst oder geahnt? Sind Sie ihr nachgegangen? Haben Sie Kim mit einem anderen erwischt? Herr Hagen, es ist hart, wenn man die Frau seiner Träume mit einem anderen sieht. Ich kann es nachvollziehen, wenn man dann durchdreht..."

„Hören Sie auf!" Hagen sprang auf und drehte sich um sich selbst, fuhr sich durch die langen braunen Haare und die Sonnenbrille fiel zu Boden.

„Setzen Sie sich, Herr Hagen, setzen Sie sich! Sie haben kein Alibi für die Tatzeit, aber ein Motiv."

„Warum sollte ich Kim umbringen? Sie war eine tolle Frau. Sie..."

„Eben, tolle Frauen lassen sich nicht immer halten. Und dann...?" Beide schwiegen für einen Moment und kreuzten ihre Blicke wie in einem Duell.

„Herr Hagen, machen Sie sich selbst und uns nichts vor. Wir wissen aus sicherer Quelle, dass Sie sich über die Gefühle, die Kim Ross zu Ihnen hatte, keinesfalls im Klaren waren."

„Was wissen Sie schon? Waren Sie mit uns im Bett? Wer sagt so etwas?"

„Das darf ich Ihnen nicht sagen. Herr Hagen, kooperieren Sie mit uns und machen Sie nicht alles nur noch schlimmer! Sagen Sie uns einfach die Wahrheit!"

„Welche Wahrheit meinen Sie?"

„Über sich und Kim, das wäre doch schon mal ein Anfang ... Wir wissen, dass Ihr Verhältnis zu Kim Ross doch eher rein sexueller Natur war, zumindest von Seiten Kim Ross. Sie dürften alt genug sein, um zu wissen, dass Sex, auch wenn es guter Sex ist, nicht unbedingt etwas mit Liebe zu tun haben muss, oder?"

„Oh, die Frau Kommissarin scheint sich ja richtig auszukennen!", antwortete Hagen sarkastisch.

„Beantworten Sie doch einfach mal meine Fragen, Herr Hagen."

„Ja, ja, ja, Sie haben Recht, aber wir..."

„Was wir...?"

„Wissen Sie, Kim und ich, wir hatten ein gemeinsames Projekt, es war so etwas wie ein Baby, unser Baby."

„Meinen Sie die Homepage?"

„Ja, es hat viel Spaß gemacht, mit ihr daran zu arbeiten, sie sprudelte vor Ideen und ..."

„Sie hat Sie ausgenutzt, stimmt´s?" fiel die Kommissarin ihm ins Wort. „Sexuell und für ihre Homepage. Hat sie Sie für Ihre Arbeit bezahlt?"

„Was sagen Sie da, wir hatten gemeinsame Interessen. Es ging nicht ums Geld."

„Nein, solange Kim mit Sex bezahlte."

„Was soll das jetzt...?", empörte sich Hagen.

„Herr Hagen, Kim Ross war bestimmt kein Kind von Traurigkeit. Und sie wollte keine feste Beziehung zu Ihnen. Das muss Sie sehr gekränkt haben. Eine Frau, die Ihnen immer wieder Hoffnung macht und mit Ihnen schläft, Sie aber zu guter Letzt am langen Bändel hält wie einen Hund. Das kannten Sie vorher nicht, dieses nagende Gefühl, abgelehnt zu werden. Das hat heftig an Ihrem Selbstbewusstsein genagt. Wenn einer Körbe verteilt, dann doch eher Sie, nicht wahr? Mit Ihrer attraktiven

Erscheinung konnten Sie doch bisher bestimmt immer gut punkten, oder? Und jetzt? Eine völlig neue Situation für Sie, nicht wahr? Jetzt war es Kim, die mit Ihnen gespielt hat. Und die Homepage war kurz vor der Fertigstellung. Ihnen rann die Zeit durch die Finger. Kostbare Zeit mit Kim." Kommissarin Kobalt begleitete ihre Sätze mit einem Kugelschreiberstakkato.

„Manchmal war sie anders", antwortete Florian Hagen plötzlich mit flacher Stimme.

„Anders?", fragte Kobalt leise zurück.

„Sie kam dann und wollte nicht an der Seite arbeiten. *Lass uns heute mal pausieren. Gönn dem Schreibtisch mal eine Pause*, sagte sie dann, *lass uns heute mal* ... Sie war dann wie ausgewechselt..."

„Ja?", fragte Kobalt aufmunternd nach.

„Zärtlicher, leidenschaftlicher, nein, ich weiß nicht. Anders eben. Anhänglich. Intimer oder so. Das waren die Tage, an denen sie sogar anders roch..." Zum ersten Mal zeichnete sich so etwas wie ein Lächeln auf Hagens Gesicht ab.

„Sie war wie zwei Frauen. Manchmal dachte ich, sie ist zwei Frauen, verstehen Sie das?"

„Ja", erwiderte Kobalt. „Ich glaube, das verstehe ich sehr gut."

Die vier Zuhörer hinter dem Einwegspiegel sahen sich ungläubig an.

Köln, 17:36 Uhr

Sein Handy klingelte. Er fummelte den elektronischen Stressmacher aus seiner Hosentasche und schaute auf das Display. Die Nummer konnte er nicht zuordnen.

„Hansen."

„Hallo Rob, Heinrich hier. Ich habe Neuigkeiten, kannst du reden?"

„Moment." Hansen zog sich die Hose hoch und drückte die Spülung.

„So, jetzt."

„Was rauscht denn da? Sitzt du etwa auf dem Klo?"

„Nein, ich stehe unter den Niagarafällen. Also, was gibt's Neues?"

„Ich habe dir eine digitale Variante des Protokolls in Sachen Goldfisch per E-Mail geschickt. Deine Prominutte hat echt was drauf, obwohl sie klein angefangen hat."

„Red nicht so von ihr!", platzte es aus Hauptkommissar Hansen heraus. Er hasste sich für seine blöde Story, mit der er Stefanie ohne Not diffamiert hatte.

„Hoppla! Sollte da etwa noch etwas anderes ...?"

„Danke, Heinrich, war nicht so gemeint. Und weiterhin strengste Geheimhaltung. Kein Wort zu irgendjemand."

„Hat sich was ergeben?" Hansen betrachtete sich im Spiegel und versuchte sich mit einer Hand abzutrocknen. Er wusste nicht, wie er aus dieser Nummer ohne Gesichtsverlust für Stefanie Tannenberg und sich selbst raus kommen sollte.

„Inzwischen scheint es sich um keinen Sexskandal mehr zu handeln. Ich habe gehört, dass die Frau eine Schlüsselfigur im Zusammenhang mit einer Person aus der russischen Botschaft sein soll. Das scheint sich zu einem Spionagefall zu entwickeln. Nix Prostitution. Man hat durchsickern lassen, dass dieser Goldfisch hervorragend mit einem Messer umgehen kann. Wenn du mit so einer anbändelst, Heinrich, weißt du nie, ob du am anderen Morgen noch Eier hast, verstehst du?"

„Rob, hör auf", kam es gequält aus dem Hörer. „Was willst du mir hier eigentlich erzählen?"

„Heinrich, das ist ein ganz dickes Ding. Und da, in deinem Rodenkirchen, soll einem deutschen Kontaktmann die Kehle aufgeschnitten worden sein. Das BKA ist hilfsweise eingeschaltet und erteilt laufend neue Aufträge, die sich nach kaum einem Tag schon wieder ändern. Da kann ich froh sein, echte Kollegen wie dich zu haben, die auch mal flexibel reagieren können. Ich danke dir."

„Mensch Rob, keine Ursache. In deiner Haut möchte ich nicht stecken. Da kann man ja froh sein, wenn man es nur mit so ein paar Zuhältern zu tun hat."

„Das kann ich dir sagen! Hast du dich mal in deinem Rodenkirchen umgehört?"

„Nur so hier und da. Soll ich mal gezielt?"

„Ja, mach mal, aber ich glaube, da rennst du vor eine Mauer des Schweigens. Die werden garantiert immer dasselbe sagen. Davon will keiner was gehört haben. Ich werde dich auf dem Laufenden halten. Hast du zufällig bei deinen Recherchen ihre Adresse ausfindig machen können? Nicht die Meldeadresse, nicht die von ihren Eltern. Sie muss noch irgendwo einen Aufenthaltsort in Köln haben. Wahrscheinlich unangemeldet, bei Freunden oder so."

„Ich hör mich mal um."

„Ich werde mich bei Gelegenheit revanchieren."

„Ich ruf dich an."

Inzwischen saß Hauptkommissar Hansen an seinem Schreibtisch. Er rief seine E-Mails ab. Eine enthielt eine interne Mitteilung über neue Verhaltensregeln zum Rauchen in öffentlichen Gebäuden, die andere war die Mail von Heinrich. Hansen öffnete den Anhang und sah als erstes ihr Bild. Ihm wurde warm ums Herz. In Gedanken sprach er mit ihr über seine Nächte, in denen er wach lag und an sie dachte. Er entschuldigte sich dafür, sie vor Heinrich so erniedrigt zu haben. Er sprach mit ihr wie mit einer langjährigen vertrauten Freundin, mit der man über alles reden konnte, was einem gerade in den Sinn kam. Er erzählte Stefanie von seinen Ängsten und dass er sich so oft schuldig fühlte, obwohl er nicht wusste, worin diese Schuld bestand. Er riss sich aus seinen Tagträumen und versuchte, sich auf den vor ihm liegenden Polizeibericht zu konzentrieren.

Der Einsatz wurde am Freitag, 18. September 1998 um 4:30 Uhr ordnungsgemäß durchgeführt. Die Zielpersonen befanden sich in ihrer oben benannten Wohnung. Der Kollege Humboldt klingelte. Es wurde nicht geöffnet. Wir hatten Order einzudringen, da Haftbefehl gegen die hauptverdächtige Zielperson vorlag. Wir öffneten gewaltsam die Tür, um die Wohnung zu durchsuchen. Wir riefen den Namen der verdächtigen Zielperson, aber niemand antwortete uns. Wir durchsuchten nacheinander die Räumlichkeiten. Plötzlich ging alles sehr schnell. Dem Kollegen wurde überraschend von der im Nachhinein als Stefanie Tannenberg identifizierten Person eine Teflonbratpfanne ins Gesicht geschlagen. Der Kollege fiel sofort zu Boden. Die Zielperson griff mich aus dem Hinterhalt an. Ich brachte den Schlagstock zur Anwendung. Die Zielperson trug eine Wunde am Auge davon. Nach unseren Informationen hatten wir es mit einem gewaltbereiten Verbrecher und Dealer zu tun, was sich bestätigte. Wir mussten entsprechend von unseren Schlagstöcken Gebrauch machen. Die Frau machte einen hysterischen Eindruck und schlug mehrfach mit ihrer Pfanne um sich. Der Kollege konnte sie kurz darauf fixieren ...

„Du Arschloch, das glaubst du doch selbst nicht! Wer war der Spinner, der so ein Gedächtnisprotokoll verfasst hat?", schnaubte Hansen den Computer an. Er scrollte an das Ende der Aussage und suchte den Namen des aussagenden Polizisten. Dort fand er die Unterschrift des digitalisierten Schriftstücks: Lukas Ballwitz.

„So?! ... Arschloch!"

Samstag, 12. August

Meschede, 09:02 Uhr

Katharina Folgerreith sah aus dem Küchenfenster. Der Buchenweg war eine ruhige und bescheidene Wohnstraße, auf die gerade ein kaum erkennbarer Nieselregen niederging. Ihr erster Blick fiel schräg gegenüber auf Arthurs Haus. Jeden Morgen schaute sie ganz automatisch zuerst dorthin und danach rechts und links den Buchenweg entlang, soweit sie ihn bei geschlossenem Fenster einsehen konnte. Arthur und sie waren nicht mehr die Jüngsten und ihre größte Sorge war, dass eines Morgens der Krankenwagen vor seiner Tür stehen könnte.

Sie öffnete das Fenster sperrangelweit, nahm das Kissen vom Stuhl, legte es unter ihre Arme auf die Fensterbank und atmete die noch unverbrauchte Morgenluft ein. Sie war Balsam für ihre Lunge. Draußen überquerte Lena, die fünfjährige Tochter von Mertens, hüpfend mit ihrer Puppe im Arm, die ruhige Straße. Sie setzte sich und ihre Puppe auf die Bordsteinkante und hob den Zeigefinger, um sie auszuschimpfen. *Sie ist ein bezaubernder blonder Engel und besonders hübsch in diesem gelben Blümchenkleid*, dachte Katharina. *Und sie kann wundervoll alleine spielen.*

„Guten Morgen, Lena, mein Schatz! Möchtest du ein Bonbon?", rief sie, und ihr Blick schweifte kurz durch den Buchenweg, als sie plötzlich einen Mann mit Sonnenbrille, in dunklem Jackett und blauen Jeans zielstrebig in Richtung Arthus Haus eilen sah.

„Hallo, Oma Kathi. Ein Bonbon? Ja, aber Emilie bekommt keins. Sie war heute nicht brav. Hörst du, Emilie?"

Während Lena mit ihrer Puppe zum Küchenfenster rannte, griff Katharina nach rechts in die Schublade des Küchenschranks, um die Tüte mit den Bonbons zu suchen. Dabei warf sie erneut einen Blick auf das Nachbarhaus.

Ist das jetzt Arthurs Sohn? Ordentlich sieht er ja aus, der Herr. Aber warum so eine Brille bei diesem Wetter? Neumodischer Kram, überlegte Katharina irritiert. Sie hatte Arthurs Sohn länger nicht gesehen. Beide Kinder zuletzt am Grab der Mutter und bei den anschließenden Feierlichkeiten. „Na ja, – fünfzehn Jahre ist das jetzt wohl her. Und was haben sie sich gestritten, die Kinder! Aber seine Tochter hat auch nicht hinterm Berg gehalten und das mitten unter all den Leutchen! Ach, armer Arthur.", seufzte sie.

Der trägt ja weiße Handschuhe? Im Sommer? Sie schüttelte den Kopf. Langsam fand sie sich in dieser Welt nicht mehr zurecht. Lena stand in ihrem gelben Blümchenkleid, mit ihren zwei geflochtenen Zöpfen und der Puppe im Arm an Katharinas Küchenfenster.

„Oma!? Krieg ich denn jetzt ein Bonbon?", fragte sie mit nach oben gestreckter Hand. Die liebliche Stimme des Kindes entzog Katharina Folgerreith die Aufmerksamkeit für das Geschehen auf der anderen Straßenseite.

„Aber natürlich, mein Engelchen", sagte sie, hielt Lena das Bonbon hin und streichelte ihr über die Wange.

„Aber Lena, wenn der Nieselregen stärker wird, gehst du schön nach Haus, nicht mein Schatz?" Ohne auf Antwort zu warten, wendete sie den Blick wieder auf das gegenüberliegende Haus und sah gerade noch, wie die Haustür zufiel.

„Ja, Oma, gleich. Oma Kathi, wenn Emilie wieder lieb ist, darf sie dann auch ein ..."

„Arthur, bitte? – was für Leutchen kennst du da?", unterbrach Katharina Folgerreith Lenas Betteln. Sie kannte beinahe alle Personen, die Arthur noch besuchten. *Das ist doch nicht sein Bub.* Im selben Moment war sie sich sicher, dass sie diesen Herrn nicht kannte und das missfiel ihr. Auch zu Lebzeiten seiner Frau hatte Arthur Katharina Folgerreith schon von Allem und Jedem in Kenntnis gesetzt. Sie erinnerte sich, wie er herübergekommen war und Bericht erstattet hatte. Oft hatte sie am Küchenfenster auf ihn gewartet. Arthur hob dann seine Hände in Brusthöhe, zitterte mit ihnen schnell hin und her und begann jedes Mal mit dem Satz, *Kathrinchen, Kathrinchen, ich muss dir was erzählen.*

„Oma Kathi, was guckst du so? Darf Emilie auch ein Bonbon haben, wenn sie lieb ist?", fragte Lena erneut.

„Ach nichts, mein Kind. Sicher darf sie das." Abwesend zog Katharina Folgerreith ein weiteres Bonbon aus der Tüte und gab es Lena.

„Geh ruhig wieder spielen. Oma Kathi denkt nur mal nach."

„Danke, Oma. Emilie war heute aber sehr böse. Du bekommst Stubenarrest, Emilie, und das Bonbon esse ich. Du gehst jetzt auf dein Zimmer, und da bleibst du!", rief sie beim Weglaufen und setzte ihre Puppe wieder auf die Bordsteinkante der anderen Straßenseite.

Mit dem Blick auf Arthurs Haustür spürte Katharina Folgerreith ihr zunehmendes Unbehagen. Sie fasste sich an Unterleib und Rücken, genauso chronisch, wie ihr Darmleiden, aber diesmal riefen weder Magen noch Darm ihr Unbehagen hervor.

Köln, 09:16 Uhr

Dort, wo es auf natürliche Weise glitzerte und funkelte, fühlte Frederik van Olson eine faszinierende Anziehungskraft. Ringe und Ketten, Gold und Silber, hochwertig geschliffene Kristalle und Diamanten vermochten ihn hingegen nicht zu reizen, obwohl er einen matt gebürsteten Titanring mit einem Brillanten und der Funktion einer Wasserwaage, an seinem kleinen Finger der rechten Hand trug. Der Preis spielte für ihn eine untergeordnete Rolle. *Die sinnlichste Erotik hat der Edelstein, der das Sonnenlicht bricht. Ein mattes Funkeln, gleich einer nackten Frau unter einem Wasserfall.* Er stellte sich einen formschönen jungen Frauenkörper vor, dessen verführerische Rundungen mit jeder kleinen Bewegung durch den Vorhang des Wasserfalls zu erahnen war. Obwohl diese Fantasie nicht unbedingt ein Brückenschlag zur Realität war, assoziierte Frederik van Olson diese Bilder beim

Anblick naturbelassener Edelsteine, als er vor einem der größten Bergkristalle der *Gebrüder Bork – Edelsteine und Kristalle* in der Schildergasse stand. Die Kristallspitze aus der Edelsteinmine in Minas Gerais, Brasilien, mit 31 kg und einer Höhe von 1,13 Meter, bestach durch typische Formklarheit. Minas Gerais in Brasilien war für Frederik van Olson die erste Adresse, wenn es um Bergkristalle ging. Der horrende Preis erschien ihm ordentlich, aber er handelte nicht. Er kaufte oder kaufte nicht.

„Kann ich Ihnen weiterhelfen, mein Herr? Wie Sie sehen, haben wir eine reiche Auswahl auch an exotischen..."

„Nein! Können Sie nicht. Ich sehe mich um", äußerte van Olson bestimmt. „Besinnlichkeit hat so seine eigene Zeit der Stille, oder?!" fügte er mit Nachdruck hinzu.

„Wie Sie wünschen, mein Herr."

„Ich bin nicht Ihr Herr."

„Selbstverständlich. Ich bitte, das zu entschuldigen", erwiderte die vollschlanke elegante Verkäuferin Mitte fünfzig, mit brünettem, mittellangem Haar, professionell.

„Wieso lassen die Gebrüder Bork Hausfrauen hier bedienen?", fragte er vor sich hin, wohl wissend, dass sein Kommentar nicht überhört werden konnte. Dann schaute er sich einige Amethystdrusen an. Die wirklich reizvollen Stücke wogen über 15 Kilogramm und hatten ihre Heimat ebenfalls in Brasilien. Vor einem Rubellit, einem rosa Turmalin Mineral, blieb er erneut stehen und warf einen kurzen Blick auf die Beschreibung. *Mineralklasse: Silicate; Kristallsystem: trigonal; Farbe: rosa bis Dunkelrot.* Die komplizierte chemische Zusammensetzung interessierte ihn nicht weiter.

Nach kaum einer Minute kehrte er zur Kristallspitze aus der Minas Gerais-Mine zurück. Er liebte Bergkristall. Besonders wenn Sonnenstrahlen ihr Licht darin brachen und sich für einen Moment die Spektralfarben darin zeigten. Meist waren die Steine jedoch zu matt für dieses Farbenspiel. Van Olson hatte sich entschieden und ging zur Theke.

„Ich nehme die Kristallspitze. Packen Sie sie schön ein."

Die Verkäuferin schaute ihn entgeistert an.

„Bitte?"

„Die brasilianische Spitze dort, für 4.200,- €. Sie können sie schon mal einpacken."

„Darf ich fragen, ob Sie beabsichtigen, den Kristall gleich mitzunehmen, oder dürfen wir ihn anliefern?", fragte die Verkäuferin nervös.

„Sehe ich aus, als könnte ich 31 Kilo stemmen? Nein, war Spaß. Natürlich liefern." Frederik van Olson hatte seine heimliche Freude daran, die Frau nervös zu sehen. Sein Spielchen war eröffnet. Er ging zur Kristallspitze zurück und beobachtete aus dem Augenwinkel, wie sich die Verkäuferin näherte.

„Aber Sie verfolgen mich doch nicht, oder?", fragte er sie, als sie neben ihm stand.

„Ich? Was? Nein. Entschuldigen Sie, mein Herr. Ich dachte, Sie wünschten ..."

„Ich bin nicht *Ihr Herr*, das hatten wir doch schon geklärt, oder?" Irritiert schaute die Frau weg, nach Worten der Entschuldigung ringend. „Bitte verstehen Sie das nicht falsch. Ich lasse Sie selbstverständlich ..."

„Ich denke auch. Darf ich mich noch weiter umsehen, ja?"

„Bitte, der Herr", sagte sie und Frederick beobachtete ihre Kehrtwendung und ihren plötzlich unsicheren Gang. Ein neuer Kunde betrat den Laden. Er ging zielstrebig auf die Verkäuferin zu und fragte etwas. Frederik van Olson beobachtete, wie die Verkäuferin den Mann anlächelte.

„Die Amethystdruse nehme ich auch", setzte er seine Worte, sodass beide Personen sich zu ihm umwandten. Van Olson genoss es zu sehen, wie der Verkäuferin das Lächeln im Gesicht gefror.

„Ich komme sofort", sagte sie und wandte sich erneut dem anderen Kunden zu.

Jetzt pass mal genau auf, du Waschweib!, dachte er und seine Schläfen pochten.

„Ich glaube kaum, dass ich Grund zum Warten habe. Wenn Sie Personalprobleme haben, dann ist das nicht mein Problem."

Die Verkäuferin wurde rot im Gesicht und brach das Gespräch mit dem neuen Kunden entschuldigend ab, um sich Frederik van Olson zuzuwenden.

„Sie hatten noch einen Wunsch?"

„Ich habe gesagt, ich kaufe auch noch diese Druse hier. Spreche ich so undeutlich, junge Frau?" Er spürte, wie es der Verkäuferin merklich schwer fiel, ihre Freundlichkeit zu bewahren. Mit Genugtuung nahm er wahr, wie sich bei ihm eine Erektion anbahnte. Ihm wurde warm und zugleich griff er in die Innentasche seines Jacketts und holte seine Geldbörse hervor. Die zunehmende Anspannung dieser Frau ließ seinen Penis mehr und mehr anschwellen. Noch bevor die Verkäuferin etwas zu äußern wagte, fragte er,

„Bevorzugen Sie American Express oder Visa?" Sie zupfte an ihrem Kleid.

„Wir akzeptieren beide Kreditkarten", holperte ihre Antwort und van Olson erfreute sich daran, wie er sie ausgebremst hatte. Er griff kurzerhand flüchtig in den Schritt, um die Lage zu entspannen. Nun nahm auch die Verkäuferin seine Erektion wahr und schaute beschämt und Hilfe suchend zu Boden und zum Regal, während sich ihre Finger ineinander verhakten und versuchten, sich gegenseitig Halt zu geben.

„Sollen wir das Geschäft hier vor der Druse erledigen, oder gibt es da noch andere Möglichkeiten? Ich mag es nicht, wenn man mir so intim nahe kommt, verstehen Sie?", mahnte er mit gesteigertem Vergnügen, die Verzweiflung der Angestellten wohl spürend, die ihm wahrscheinlich am liebsten eine verpasst hätte, wie er insgeheim hoffte, sich aber wegen des anbahnenden Geschäfts nicht traute.

„Entschuldigung, wenn Sie mir bitte folgen wollen?"

Er ging hinter ihr her und dann knickte sie plötzlich mit ihrem rechten Stöckelschuh um. Sie fiel auf Knie und Hände. Frederik van Olson tat einen schnellen Schritt nach vorn, während er ihren Oberarm fasste.

„Darf ich Ihnen aufhelfen?"

„Vielen Dank!", sagte sie um Fassung ringend und mit Tränen in den Augen.

„Es geht schon wieder, haben Sie vielen Dank." Die Wimperntusche zerlief. Der andere Kunde eilte hinzu, trat jedoch einen Schritt zurück, als die Lage sich klärte. Frederik legte seine Visa-Karte neben die Kasse, während die Verkäuferin ihm das Exposé der beiden Minerale mit schmerzverzerrtem Gesicht darbot. Van Olson wusste, dass die Steine in Ordnung waren. Er kannte das Haus der Gebrüder Bork lange genug, weshalb er nur einen oberflächlichen Blick darauf warf.

„Kennen Sie den? Treffen sich eine Brünette und eine Schwarzhaarige beim Einkaufen. Sagt die Brünette: *Ach, weißt du, ich wollte heute eigentlich gar nicht rausgehen.* Sagt die Schwarzhaarige: *Warum? Nur weil dein Friseur sich verschnitten hat?*" Dabei schaute er lachend in die geröteten Augen der Verkäuferin. Ihre Mundwinkel brachten ein verkrampftes Lächeln zustande. Inzwischen schuhlos, nahm sie seine Kreditkarte. Nach fünf Minuten trat Frederik van Olson vor die Tür ins Sonnenlicht. Die Erektion hatte sich gelegt. Er hatte ein Geburtstagsgeschenk für Rose, die Kristallspitze und einen kleinen Triumph erworben. Die Sonne blendete ihn. *Ein richtig guter Tag heute,* dachte er und lächelte.

Meschede, 09:21 Uhr

Ihr Unbehagen löste Übelkeit aus, und die Schmerzen machten ihr Angst. Morbus Crohn hatte sie viel Schmerz ertragen gelehrt. Und selbst den größten Schmerz, den Verlust ihres Sohnes, trug Katharina Folgerreith mit ihren 69 Jahren würdevoll.

Plötzlich ging alles sehr schnell. Der Mann rannte aus Arthurs Haus, riss die Haustür ins Schloss und nahm die drei Stufen in einem Sprung. Er wirbelte den Kopf in alle Richtungen, und dabei trafen sich ihre Blicke. Katharina Folgerreith empfand seinen Blick wie einen Stich und hielt sich an der Gardine fest. Ihr wurde schwindelig, ihr Gesicht schneeweiß. Durch ihr jahrelanges Darmleiden fühlte sich Katharina allen außergewöhnlichen Begebenheiten gewaltsam ausgeliefert. Der Mann lief den Buchenweg nach links und verschwand im Lanfertsweg. Dann war die Straße wieder ruhig, nur in Katharina tobte die Gewissheit, dass die Dinge an diesem Morgen nicht richtig liefen. Sie fühlte sich plötzlich wieder so schwach und hilflos wie damals, als der Arzt ihnen entgegen trat.

„Wir haben alles probiert. Wir sind am Ende unserer medizinischen Möglichkeiten, die ihrem Sohn noch helfen konnten. Es tut uns leid, es hat leider nicht gereicht", hatte er ihnen damals gesagt und sie dann mit ihrem Mann dort stehen lassen. Leukämie. Wie gerne wäre sie damals für ihren Sohn gestorben. Die Jahre der Trauer um ihren Oli hatten sie mürbe gemacht, und als ihr Mann Franz beinahe genau ein Jahr später starb konnte sie keine Trauer mehr empfinden.

Jetzt schüttelten sie ahnungsvolle Gefühle und drängten sie zu handeln. Sie wandte sich zum Flur, griff nach dem Ersatzschlüssel am Schlüsselbord und öffnete die Haustür. Diesmal marschierte sie ungewohnt zielstrebig auf Arthurs Haustür zu. *Er hat mir in die Augen gesehen,* wirbelten die Gedanken in ihrem Kopf herum. Arthur hatte ihr damals am Frühstückstisch den Ersatzschlüssel gegeben, und jetzt öffnete sie die Tür damit. Arthur lag direkt vor ihren Füßen und sie sah viel Blut. Seine Augen waren geschlossen.

„Arthur, was hast du gemacht?", sprach sie ihn ruhig an. „Was machst du denn für Sachen? Arthur, was kennst du denn da für Leutchen?" Wie von fremder Hand geführt bückte sie sich, trat in die Blutlache, griff Arthurs blutverschmierten Arm, um ihm aufzuhelfen.

„Jetzt steh erst einmal auf, Arthur, und dann waschen wir dir mal das Grobe weg. Du bist ja ganz verschmiert. Komm jetzt, Arthur!", rief sie, erbost darüber, dass er nicht mithalf. Dann ließ sie seinen Arm langsam fallen, wendete sich von ihm ab und ging schweigend hinaus. Alles geschah beinahe willenlos. Eine schwere Stille hatte sich um sie gelegt. Sie zog die Tür behutsam zu und verriegelte sie zweimal. Sie dachte nichts, sie sprach nicht, sie hörte nichts, sie fühlte sich an einen anderen Ort versetzt. Mit aufrechtem Gang schritt sie richtungslos durch alle Zeiten ihres Lebens. Sah ihren Sohn Oliver mit offenen Armen auf sie zulaufen. Sah ihren Franz. Den Wochenmarkt und die vielen Menschen, die hin und her trieben. Sie sah Arthur und die Nacht, in der sie sich das erste Mal liebten. Und eine Stimme rief von irgendwoher, *„Er hat mir in die Augen gesehen!"* Kalter Schweiß brach ihr aus. Ihre Übelkeit nahm zu und ein brennender Brustschmerz zog hinauf in Arm, Schulter und Kiefer. Er raubte Katharina die Luft zum Atmen. Dann wurde es dunkel.

Lena Mertens sah Katharina Folgerreith auf der Straße liegen. Der Regen hatte zugenommen. Lena lief zu ihr, kniete sich in die Pfütze neben Katharina und fragte: „Oma Kathi? - Was ist mit dir?"

Lena sah das Blut, das sich von der Hand mit dem Regen auf dem Teer zu vermischen begann. Die Angst trieb sie zu ihrer Mutter. Kaum eine Minute später kniete Frau Mertens neben der alten Frau auf dem Asphalt und hielt ihren Kopf.

„Tante Kathi! Tante Kathi!!", rief Klara Mertens und tätschelte der bewusstlosen Frau die Wange. Inzwischen regnete es in Strömen, und sie rieb sich Regen und Tränen aus ihren Augen. Als Klara Mertens die dünne Blutlache auf der Straße wahrnahm, schrie sie laut auf. „Lena, wir müssen einen Krankenwagen holen! - Tante Kathi?! Tante Kathi, hörst du mich?"

Köln, 20:47 Uhr

Die Kölnarena tobte und Liviana Vaitmar mit ihr. Anastacia bot mit ihrer Truppe eine einmalige Show. *Why'd You Lie to Me*. Liviana stand auf Anastacias Songs. Wie aus dem Nichts tauchte neben ihr eine rotblonde Frau auf, die ihre Hüften schwang und ihren Kopf schüttelte. Die Ähnlichkeit mit Julia Roberts war frappierend, bemerkte Liviana, als sie ihr Gesicht für eine Sekunde sehen konnte. *Erhabenes Gefühl, neben Julia Roberts zu tanzen*, spintisierte Liviana. *Julia Roberts* schenkte ihr ein breites Lächeln und zeigte eine Reihe strahlend weißer Zähne.

„Sie ist einfach nur gut! Geil, geil, geil!", schrie die Frau in das musikalische Spektakel hinein und Liviana nickte. Liviana starrte die Frau fasziniert an und musste sich zwingen, ihren Blick auf die Bühne zu richten, wo Anastacia *Welcome to My Truth* anstimmte. Verstohlen beäugte Liviana die Frau aus den Augenwinkeln. Sie erschien ihr wohlproportioniert, grazil und anmutig. Eine selbstbewusste Frohnatur. Einen halben Kopf größer als sie. Wie eine Diebin schielte sie auf den Ausschnitt und fand den Anblick reizend. Damit die Fremde keinen falschen Eindruck von ihr bekam, sah Liviana erneut zur Bühne. Sie ließ ihre Hüften übermütig kreisen und stellte ihrerseits fest, dass die Schöne nun sie beobachtete. *Was mach ich hier eigentlich? Bin ich dreizehn, oder was?*

Sie starrte auf die Bühne, als sie plötzlich einen Stups in die Hüfte bekam. Ihre Blicke berührten sich und diese strahlende Frau deutete mit Augen und Kopf auf ihre Hand in Hüfthöhe. Ein Joint brannte. Liviana winkte ab. Die Frau zuckte mit den Schultern. Virtuos glitten die Tänzer über die Bühne und dann kam der Song, der jeden Winkel der Kölnarena vibrieren ließ. *Heavy on My Heart*, das Dankeschön von Anastacia an die Welt und gegen den Krebs. Plötzlich fühlte Liviana, wie jemand ihre Hand nahm. Sie ließ es geschehen. Hand in Hand mit Julia Roberts sang Liviana so laut mit, wie sie noch nie gesungen hatte. Die Tränen, die ihr offensichtlich die Wangen hinunterliefen, waren ihr einerlei. Kurz flammte das Bild von ihrem Onkel auf, und als sie dann dieser leidenschaftlich singenden Frau in die Augen sah, fühlte sie sich so verstanden, als würden sie sich schon ewig kennen.

Who's Gonna Stop the Rain. Alles war grandios, auch der Applaus. Liviana fühlte ihre Power wieder.

„Es soll nie aufhören!", rief die Schöne neben Liviana. *Left outside alone* erklang.

„Sie singt allen Frauen aus der Seele!", hörte Liviana und fühlte sich von beiden Frauen gefangen genommen. Die Atmosphäre dieser gigantischen Show hatte sie restlos verschlungen. Der Saal jubelte, und die ersten Gitarrenakkorde des Songs gegen den Krieg - *I Do* - waren zu hören, als Liviana einen Arm um ihre Taille spürte. Umhüllt von Anastacias Klängen und dem Arm der Schönen genoss sie die flammende Erotik von Stimme, Klang und diesem Frauenkörper, der sich an sie lehnte und ihren Bewegungen folgte. Auch Liviana legte ihren Arm um die Hüfte ihrer rotblonden Julia.

Als *You'll never be alone* gespielt wurde, hielten plötzlich zwei Hände ihr Gesicht und ein Kuss entfachte ungeahnte Gefühle. Er schmeckte süß, und ihre Zungen spielten miteinander. Geschützt von der Dunkelheit und umhüllt von den Klangfarben formten ihre Lippen einen Raum, in dem ihre Zungen tänzelten, sich gegenseitig folgten und sanft von Lippen gehalten wurden, nur um von neuem gelockt und bezüngelt zu werden. Als sie sich lösten, sah Liviana das Leuchten bernsteinbrauner Augen, und plötzlich fuhren ihre Gefühle Achterbahn.

Die letzte Zugabe war gespielt. Der Bühnenzauber verflog. Die perfekte Show endete im Neonlicht. Musik vom Band zerfledderte die letzten Zugaberufe. Die Menschen strömten an ihnen vorbei, und eine warme Stimme flüsterte ihr ins Ohr: „Lass uns gehen!". Durch das helle Licht eingeschüchtert gingen sie schweigend zum Ausgang. Liviana hielt ihre Hand, aber sie kannte nicht einmal ihren Namen. Die frische Luft und das Geschnatter der Leute ernüchterte sie.

„Wie heißt du?"
„Rose."
„Liviana."
„Liviana." Rose machte eine Pause. „Der Name allein ist schon Musik, und dann noch du ..."
„Rose..."
„Klinkt nach einem gepanschten Glas Rotwein."
Liviana musste lachen. „Rose ...", wiederholte sie.
„Lass uns noch was trinken gehen", sagte Rose. „Ein paar Schritte von hier gibt es ein Café, gegenüber vom Deutzer Bahnhof. Es ist nett da und wird bestimmt noch geöffnet haben und hoffentlich auch nicht so voll sein."
Sie folgten der Menschenmenge ein Stück, bis sie ihr Ziel erreichten. Das kleine Restaurant war bis auf den letzten Platz besetzt. Gerade erhob sich ein Pärchen von seinen Plätzen. Rose eilte zielstrebig zu den freiwerdenden Stühlen. Ein Kellner trat zu ihnen an den Tisch.
„Liviana, setz dich!", forderte Rose milde.
„Entschuldigung", sagte der Kellner. „Die Herrschaften dort an der Theke warten schon etwas länger. Wären Sie so freundlich ..."
„Es heißt, *Entschuldigung, die Damen*", konterte Rose, „Und außerdem warten wir schon ewig. Wir brauchen endlich was zum Sitzen und zwei Kölsch. Wir müssen unbedingt über unfreundliche Männer reden. Zählen Sie auch dazu?" Noch bevor der Kellner antworten konnte, schaute sich Rose um und fragte laut, „Entschuldigung! Gibt es hier noch Personen, die gerade gehen wollen? Da benötigen noch zwei Leute einen Tisch." Sofort bat ein weiteres Pärchen darum, zahlen zu dürfen. Eine Zornesfalte zeichnete sich auf der Stirn des Kellners, aber er blieb dennoch gefasst. Liviana blieb peinlich berührt und wie angewurzelt vor dem Tisch stehen.
„Setzen Sie sich, junge Frau, wir bekommen das geregelt", meinte der Kellner, der Rose einen giftigen Blick zuwarf. Rose

interessierte die Aufregung nicht mehr. Sie bestellte erneut zwei Kölsch und führte das Gespräch mit Liviana fort.

„Ich habe zwei Kinder, und was machst du so?"

„Wie meinst du das? Beruflich?"

„Ja."

„Ich arbeite beim Sozialamt. Langweilig. Akten, Akten, Akten", antwortete Liviana. Zu ihren Erfahrungen gehörte, dass ihre Berufsbezeichnung bei den meisten Leuten Gefühle auslöste, die in Wortlosigkeit zu enden drohten.

„Aber zwei Kinder haben ist ja nicht gerade ein Beruf, oder?"

„Ich führe ein eigenes kleines Familienunternehmen", antwortete Rose selbstbewusst mit leicht ironischem Unterton. „Kennst du doch." Ohne Livianas Antwort abzuwarten, wechselte sie unvermittelt das Thema.

„Ich fühle es, seit ich siebzehn bin …" Sie stießen mit dem Bier an und tranken in großen Schlucken. „… aber ich weiß es erst seit ein paar Jahren, und jetzt werde ich dreißig und habe zwei Kinder." Liviana sagte nichts. Aus irgendeinem Grund wollte sie nicht wirklich wissen, was Rose meinte. Sie wollte lieber langsam aus ihrem Gefühlstaumel aufwachen. Noch immer hörte sie die Musik in ihrem Kopf nachhallen.

„Weißt du, ich habe einen Mann, den ich nicht mehr liebe, aber ich habe eben auch zwei Kinder. Wir haben ein Haus, und er wird einen Rosenkrieg entfachen, wenn ich gehe - oder soll ich sagen einen Rose-Krieg?"

Liviana empfand Roses Worte wie eine Wechseldusche. Eine Flut an Gefühlen stürmte auf sie ein, und sie wusste nicht, ob sie der Angst, der Bewunderung, der Eifersucht, ihrem Begehren oder ihrem Fluchtinstinkt die Oberhand überlassen sollte.

„Ist da nichts mehr zu machen? Ich meine reden, oder vielleicht eine Paartherapie oder so?"

„Nein, ich bin nur noch wegen der Kinder mit ihm zusammen."

„Warum? Es ist doch nichts Schlimmes, eine Therapie zu machen. Wenn´s dann nicht mehr geht, kann man immer noch handeln."

„Küsse ich dich, weil ich mit meinem Mann eine Therapie machen will? - Und du?"

„Ich bin nicht verheiratet, wenn du das meinst?", antwortete Liviana.

„Das freut mich, aber du kennst meinen Mann nicht. Er liebt mich, und wenn es nach ihm geht, wird uns nichts auseinander bringen. Er würde mich auch noch ein zweites Mal heiraten. Schön, nicht? Das Dumme ist nur, ich liebe ihn nicht und habe es wohl nie wirklich getan. Habe es aber vorher nicht gewusst. Er wird mich nie freiwillig gehen lassen, und um die Kinder wird er kämpfen wie ein Löwe."

„Aber, dann ..."

„Aber dann kommt das Erwachen. Der Alltag einer Lesbe mit Mann und Kindern. Er kommt nach Hause, und sein Schweißgeruch beißt in der Nase. Er stinkt nicht wirklich, aber es ist männlicher Schweiß. Ja, und dann küsst er dich, dein Mann. Seine Bartstoppeln reiben wie Schmirgelpapier und du schmeckst seine Zunge, bitter und aufdringlich. Du spürst seinen festen Griff an deinem Hintern. Du weißt, er will dich am liebsten gleich hier auf dem Flur nehmen, noch bevor er dich fragt, wie es dir geht. Plötzlich steigt das erste Mal Ekel in dir auf, und du denkst erschrocken, *aber du liebst ihn doch! Er ist doch dein Mann!* Ja, und deswegen lässt du es geschehen und schläfst mit ihm. Sein Geruch und sein Stöhnen, seine gezielten Berührungen, Arsch, Titten und Möse und die Zunge im Mund und seine Einsilbigkeit. Alles verdichtet sich zu dem Gefühl von Abscheu, das dir unerklärlich bleibt und dich fortan begleitet. – Dabei: er kann ja nichts dafür, dass er ein Mann ist. Für viele andere Frauen ein Leckerbissen. Aber ich ... " Rose leerte ihr Glas Kölsch in einem Zug.

„Rose! Das ...", stammelte Liviana verlegen.

„Dann beginnst du...", fuhr Rose unbeirrt fort, „...eine Mauer zu errichten mit Panzertüren darin, hinter denen du dich verstecken kannst."

„Rose! Du musst das beenden. Das hört sich ja furchtbar an ...", bemerkte Liviana leise und sah plötzlich ein Aufflackern in Roses Augen.

„Und dann küsse ich SIE und schmecke plötzlich Milch und Honig. Ich rieche IHR Haar und es macht mich an, trotz aller Menschen und allem Rauch, um uns herum. Ich rieche deine Haut und will diesen bezaubernden milden Geruch in mich aufsaugen. Ich sehe deine Augen und will dein Gesicht streicheln, deine Lippen, deine Ohren. Ich will so zärtlich sein, weil wir so zerbrechlich sind. Und alles ist leicht, und der Klang deiner Stimme lässt es ganz tief unten in mir vibrieren."

„Wie meinst du das jetzt, Rose? Du bringst mich völlig durcheinander", flüsterte Liviana und sah verstohlen zu den umstehenden Tischen, als könne sie ertappt werden. Dabei beugte sie sich über den Tisch. Sie musste kichern und fühlte Hitze in ihren Kopf steigen.

„Ja, ...", flüsterte Rose ihr zu, die sich gleichsam vorbeugte. „... ich meine es genau so, wie ich es sage." Dabei streichelte sie Liviana die Wange, zog ihren Kopf zu sich heran und küsste sie. Liviana zog sich zurück. Ihre Vernunft übernahm die Kontrolle.

„Warum schmecken deine Küsse immer süß?", fragte Liviana unschuldig naiv und Rose musste lachen.

„Ja, so ist das. Vor vier Jahren begann es bei mir. Es fängt chaotisch an. Ein dunkles Geheimnis, das unbemerkt in dir heranwächst. Alles sieht aus wie immer, aber plötzlich ändern sich die Farben. Du fühlst eine neue Kraft, die sich zwischen alle drängt, die du liebst. Du siehst, alles ist wie immer, aber nichts passt mehr zusammen. Du fühlst das überall. In der Bahn. Im Supermarkt. Bei den sonntäglichen Anstandsbesuchen bei deinen Eltern. Du machst das Frühstück und fragst dich, warum du weiter so gut funktionierst."

„Du redest ja wie ein Wasserfall", unterbrach sie Liviana.

„Ja, aber es muss einfach mal raus", entgegnete Rose. „Aber jetzt weiß ich nicht, wie mich meine Kinder ansehen werden, wie sie reagieren ..."

Rose schwieg. Liviana sah eine kraftvolle und stolze Frau, die ihre ganze Aufmerksamkeit einforderte.

„Rose ...", sagte sie und verstummte wieder. In ihrem Kopf drehte sich ein schwindelerregendes Gedankenkarussell. *Was läuft hier? Liviana, wach auf! Sie schaut mir ins Herz! Warum gehe ich nicht einfach?* Am liebsten wäre sie jetzt nur Polizistin und wünschte sich, jemanden verhaften zu können. Rose legte sanft ihre rechte Hand auf die ihre. Liviana spürte, wie die Wärme sich ausbreitete und starrte dabei auf die feingliedrige fremde Hand. Am Mittelfinger steckte ein Silberring, mit dem Ying-Yang-Zeichen in schwarz und weiß. Daneben der Ehering, einfach geriffelt, in Rotgold. Den kleinen Finger zierte der schönste Ring. Ein kleiner Amethyst lag wie eine lila Blüte in einem silbernen Blütenblatt. Genau dasselbe Motiv sah Liviana auch an ihren Ohrsteckern.

„Bekommt ihr noch was, oder können wir Schluss machen?", fragte der Kellner. Es war ein ernüchterndes Erwachen. Liviana griff erschrocken an ihre Bluse, dahin, wo normalerweise ihr Dienstausweis steckte. Sie hatte ihn in der Lederjacke zuhause gelassen. Rose zahlte und sie gingen.

„Liviana, ich will dich wiedersehen. Versprich es mir!". Liviana schwieg. Angst und Hoffnung prallten aufeinander.

„Es war ein wunderschöner Abend, Rose. Alles ist wunderbar."

„Ich will dich wiedersehen, Liviana." Sie gingen in Richtung der KVB-Haltestelle Deutzer Bahnhof/Kölnarena. Rose musste Richtung Thielenbruch, weshalb sie in Köln-Mülheim noch einmal umsteigen würde.

„Ich fahre in die Hölle, meine Kinder retten", witzelte Rose. „Ich will dich wiedersehen, Liviana, sag was", drängte sie.

„Ich muss zum Zülpicher Platz. Ich habe Angst."

Die Linie 4 fuhr ein und Rose reichte ihr eine Visitenkarte. Die Türen gingen auf. Rose stieg ein und trat einen Moment zwischen die Tür. Sie zog Liviana zu sich heran und gab ihr einen flüchtigen Kuss. „Bitte! Sehen wir uns?"

Liviana schwieg wie gelähmt, und Rose zog ihren Fuß zurück. Die Türen schlossen sich, Liviana glaubte Tränen zu sehen und rief laut „Ich ruf dich an!". Die Bahn fuhr los, und Liviana empfand die roten Rücklichter wie das Davonfahren ihres eigenen Lebens. Plötzlich war es einsam an dieser Haltestelle. Ein Mann saß auf der überdachten Bank und hatte zwei Plastiktüten neben seinem Bein abgestellt. Sie kam sich vor wie in einem kitschigen Filmausschnitt, der von zwei Frauen handelte, die sich liebten und nicht zueinander finden konnten. *Was denkst du da für einen Blödsinn?* rüttelte sie sich wach und ging die Rolltreppe hinunter, um mit der Bahn Richtung Neumarkt zu fahren. Sie roch an ihren Fingern und Schultern. Der süßliche Geruch von Haschisch verfolgte sie und irgendwie roch alles auch nach Rose.

Im ersten Untergeschoss, vor der Rolltreppe zum zweiten Untergeschoss, kamen ihr zwei Männer entgegen, die sie sofort abcheckte. *Glatze, Bomberjacken, Jeans, Stiefel. Der Kleine: Glatze, Jeansjacke mit Emblemen, Jeans, Turnschuhe.* Sie bemerkte, dass auch die Männer sie bereits gescannt hatten. *Oh, oh!* dachte sie, und ihr Puls schlug bis in die Schläfen.

„Fred schau, eine Kanakenfrau. Noch unterwegs, Aischa? Das findet Ali bestimmt gar nicht gut. Wir finden das auch nicht gut, oder Fred?"

„Nein, das finden wir nicht gut, Kanakenfrau."

„Ich bin Polizistin. Es wäre besser, wir gehen jetzt alle nach Hause. Morgen ist auch noch ein Tag."

„Hast du das gehört, Fred? Aischa will uns nach Hause schicken. Weißt du was, Fotze, die Deutschen schickt kein Kanake nach Haus! Wir sind hier nämlich schon zuhause!", rief der große und korpulente Glatzkopf. Beide lachten und kamen zielstrebig näher.

„He, Türkenfotze, du wirst von uns in den Arsch gefickt und nach Hause geschickt! Hast du gehört, Fred, das reimt sich sogar!", brüllte der Große.

„Hast du verstanden, was mein Freund sagt, Aischa?"

Sie wollte den Rückzug antreten, aber das Unvorhersehbare lähmte ihre Bewegung, und so blieb sie stehen.

„Aischa, wir brauchen dich nicht. Verstehst du? Wir haben deutsche Frauen. Euch schicken wir durch den Schornstein. Selbst deine Asche wollen wir nicht. Und Fred, wat sachste?"

Der kleinere Mann packte sie am Arm. Liviana zog ihren Arm blitzartig zurück.

„Ich bin Polizistin und kann Karate. Ich werde davon Gebrauch machen. Ich muss Sie warnen! Lassen Sie mich einfach in Ruhe."

„Fred! Hast du gehört? Sie kann Karate!" lachte der Bullige.

„Klar, und ich kann Mikado, Türkenfotze!" Dann zog der Kleinere ein Stilett.

„Wenn wir mit dir fertig sind, Aischa, kannst du noch nicht mal mehr Kinder kriegen!" brüllte der Große.

Es war 02:33Uhr, die U-Bahnebene menschenleer und die beiden Männer griffen an. Liviana lief zurück. Der Kleinere trat ihr in die Füße, Liviana knallte auf die Bodenfliesen. Es hämmerte in ihrem Kopf. Sie hörte nichts mehr, Totenstille. Sie sprang auf, die Gefahr des Messers im Rücken. Sie sah den Kleinen mit seinem Stilett auf sich zukommen. Dann machte sie den ersten Ausfallschritt, der eine automatische Dan-Abfolge einleitete. Sie sah den kleinen Mann näher kommen, spürte ihr Ki, hörte keinen Laut und trat zu. Sein Stilett flog, sie trat zu, sein Kopf flog nach hinten, das Messer auf den Boden. Plötzlich hörte sie den Knall, den der Kopf an der gefliesten Wand erzeugte. Dann war es wieder still. Der Mann sackte an der Wand zusammen und hinterließ einen Blutfleck an den Kacheln. Es dauerte kaum eine Sekunde, da lief ihr der Große mit seinem Gesicht in ihre hochgezogene Ferse. Sie sah das Blut aus seiner Nase spritzen. Sie setzte den zweiten Stoß zur Kehle.

Noch mit gebremster Kraft zeigte der Schlag eindeutige Wirkung. Der letzte Tritt begann mit einer Drehung um ihre eigene Achse und endete an seiner Schläfe. Der Koloss brach seitlich zusammen, und Liviana hörte den dumpfen Aufprall auf den Bodenfliesen. Dann war es wieder totenstill. Nur das Pochen in Hals und Schläfe, ein Rauschen in ihren Ohren und ihr eigenes ungestümes Atmen durchbrachen die Stille. Erstarrt und ohne jegliches Zeitgefühl speicherte sie das Bild der zwei blutenden Skinheads auf dem Fliesenboden wie ein Digitalfoto auf einer Festplatte ab.

Irgendetwas gab ihr den Impuls loszurennen. Sie lief, ohne zu hören und ohne Sinn und Verstand. Sie lief am Deutzer Bahnhof vorbei, zur Deutzer Freiheit und auf die Deutzer Brücke. In der Mitte der Brücke kam sie das erste Mal zum Stehen und starrte auf den Rhein. Plötzlich hörte sie das Getöse der Straßenbahnen und Autos, die brausend und kreischend hinter ihr vorbeifuhren. Der Wind blies ihr ins Gesicht, und dann brach es aus ihr heraus. Sie brüllte den Rhein an. Sie schrie gegen den Wind und gegen das Rattern der Straßenbahn an. Der Kopf wollte ihr platzen, sie ballte die Fäuste, schrie gegen den Wunsch an zu springen. Sie nahm ihre Flucht in Richtung Neumarkt wieder auf. Mit jedem Laufschritt nahm ein Gedanke immer deutlicher Gestalt an. *Es ist alles im Arsch, Waltraud. Ich komme da nie raus! Leg es auf den Löffel! Das findet nie ein Ende!* Wie in Trance stoppte sie, zog ihr Handy hervor und wählte Waltrauds Nummer. Als sie nach dem vierten Klingelzeichen Waltrauds schläfrige, aber vertraute Stimme vernahm, sprach sie unvermittelt in den Hörer.

„Es ist furchtbar! Ich hol mir Shore! Ich mach mich weg!"

„Livi, mein Herz! Das einzige, was du damit machst, du bringst es in die Asservatenkammer des Polizeipräsidiums, verstanden? Du kommst sofort zu mir, Liebes! Wo bist du?"

„Ich kann nicht mehr. Ich mach mich weg."

„Wo bist du? Du kommst zu mir!", hörte Liviana den Befehl im Ohr.

„Heumarkt."

„Such ein Taxi. Da gibt's Taxen irgendwo. Such eins und steig einfach ein, verstanden?"

„Es ist alles im Arsch."

„Livi, steig in ein Taxi. Du schaffst das! Bei mir reden wir. Und leg jetzt bloß nicht auf, Liebes!"

„Sie werden mich schassen. Sie werden mich suspendieren. Ich darf noch nicht mal mehr alte Akten shreddern."

„Taxi, Livi! Du bist Polizistin. Du bist eine gute Kommissarin. Sie werden gar nichts. Siehst du ein Taxi?" Liviana schaute sich um und erblickte eins.

„Ja."

„Steig ein, Liviana."

„Der Mann gafft so blöd, Waltraud. Wenn der näher kommt, werde ich ihm eine reinschlagen."

„Liebes! Er soll dich zu mir fahren. Mach jetzt nichts Falsches, bitte! Sag ihm einfach *Nassestraße*. Du willst doch zu mir, Süße?"

„Das wäre gut, ja."

„Genau, das wäre richtig gut. Ich freue mich auf dich. Pass auf! Du gehst zu ihm hin und reichst ihm dein Handy, ich sag ihm Bescheid und dann sprechen wir wieder." Liviana ging zu dem Taxifahrer und reichte ihm kommentarlos ihr Handy.

„Wohin soll es gehen?" Er sah das Handy und sagte, „Entschuldigung, Sie sind Türkin? Du sprechen nix deutsch?" Dann hielt er sich das Handy ans Ohr.

„Hallo! Hallo!", dröhnte ihm eine Frauenstimme ans Trommelfell.

„Ja, bitte? Ich bin Taxifahrer."

„Lassen Sie die Frau in Ihr Taxi hinten rechts einsteigen und fahren Sie in die Nassestraße, Klettenberg. Lassen Sie sie bitte nicht aussteigen, ihr geht es nicht gut. Klingeln Sie bei Kleinschmidt und bringen Sie die Frau nach oben zu mir. Ist Ihnen 100 Euro zu wenig?"

„Ja, nein."

„150 Euro?"

„Nein. Ich meine, ich fahre sie und 100 Euro ist zu viel."
„Beeilen Sie sich bitte! Wann können Sie hier sein?"
„15 Minuten."
„Gut. Lassen Sie das Handy an und geben Sie es ihr zurück, vielen Dank." Der Taxifahrer gab Vaitmar das Handy und bedeutete ihr, auf dem Rücksitz Platz zu nehmen. Liviana nahm das Handy und setzte sich. Sie sah die Lichter, das Leder im Taxi, den Fahrer, der ihr unheimlich war. Stimmen klangen ihr im Ohr. *Entschuldigung, Sie sind Türkin? Du sprechen nix deutsch? Noch unterwegs, Aischa? Das findet Ali gar nicht gut.* Sie schaute sich erschrocken um. Häuser, Lichter und Rufe aus ihrem Handy. Im Rückspiegel beobachteten sie die fragenden Augen des Taxifahrers. „Was!?" stieß sie aus.

„Ich fahre jetzt. Sie sprechen doch deutsch? Entschuldigen Sie bitte." *Kanakenfrau!* ergänzten die Stimmen im Ohr. *He, Türkenfotze, selbst deine Asche wollen wir nicht.* Ihr Herz raste erneut und ihre Beine zitterten. Ihre Zähne klapperten aufeinander und der Schweiß brach ihr aus, obwohl sie fror.

„Gute Frau ...", äußerte sich der Taxifahrer behutsam, während er schneller als 50 Stundenkilometer fuhr, „... gehen Sie doch bitte an ihr Handy, Frau Kleinschmidt möchte Sie dringend sprechen."

Liviana führte mechanisch das Handy an ihr rechtes Ohr. *Du wirst in den Arsch gefickt...*„Es ist vorbei, Waltraud", plapperte sie in den Hörer.

„Na endlich bist du wieder dran!"
„Sie brauchen mich nicht, Waltraud."
„Liebes, bleib ganz ruhig. Gleich bist du bei mir. Wir werden in Ruhe reden ..." Der Taxifahrer hörte Vaitmar zu. Er trat das Gaspedal und die Tachonadel zeigte ihm 70, manchmal 80 Stundenkilometer. Er wollte die Fahrt schnell hinter sich bringen. Die Frau erschien ihm bedrohlich konfus.

„Ja, wir fahren. Ich habe Rose getroffen ... Nein, keine Rosen, Rose ... Ja, eine Frau ...Ja, sehr gut sogar ... Ich weiß nicht, muss ich fragen ... Okay. Wo sind wir?"

„Luxemburger Straße, kreuzen gerade Salierring", antwortete der Taxifahrer. *Wenn wir mit dir fertig sind, Aischa, kannst du noch nicht mal mehr Kinder kriegen,* drängten sich die Stimmen auf.

„Was sagen Sie?" brüllte Liviana. Der Taxifahrer erschrak. „Luxemburger Straße, noch ein paar Minuten, und wir sind da."

Eine zweite Flutwelle brach über sie herein. Sie sah Blut und hörte den Knall in der Stille. *Heroin.*

„Es ist sinnlos, Waltraud! Ich bin weg!" Sie drückte die Austaste.

„Hören Sie, Mann!" schrie sie plötzlich den Taxifahrer an. „Lassen Sie mich hier raus, die Fahrt ist zu Ende!"

Sonntag, 13. August

Köln, 02:22 Uhr

Peter Jakob wachte auf. Sein erster Blick richtete sich auf seine Frau, die rechts neben ihm lag. Ihr Atem rasselte leicht, sie hatte die Sommergrippe, aber sie schlief. Leise stand er auf und ging zur Toilette. Wie öfter in der Nacht, wenn er aufs Klo musste, war er danach hellwach und wusste, dass er die nächsten zwei Stunden keinen Schlaf mehr finden würde. Sein Traum hatte es in sich gehabt. Er verfolgte ihn noch bis ins Wohnzimmer. Dort machte er die Leselampe an. Meistens half es ihm, sich durch Lesen abzulenken, bis sich die Müdigkeit wieder einstellte. Peter Jakob las häufig drei Bücher gleichzeitig, und zwei davon waren in der Regel Krimis. *Der Schwarm* von Frank Schätzing lag auf der Nachtkommode. Der andere, *Der leere Spiegel,* von Janwillem van de Wetering in seinem Arbeitszimmer und den dritten hielt er in der Hand. *Der faule Henker,* von Jeffrey Deaver. Er setzte sich in seinen Sessel, zog das Fußhöckerchen heran und richtete die Leselampe aus. Die Seiten flogen dahin, und der Zauber des Buches vermochte es, die kreisenden Gedanken zu zentrieren. Bald taumelten Buchzauber und Jakobstraum in einem eigenen Drehbuch durcheinander, bevor die Tiefe des Schlafs eine Fortsetzung des Traums erzwang.

Der Richter schaute grimmig vor sich hin und zeigte seine Zähne. „Wieso darf ein Vampir die Verhandlung führen?", brüllte Bachhoff durch den Gerichtssaal. „Haben Sie wieder getötet?! Das haben Sie doch! Wer einmal tötet, wird es immer wieder tun!", lachte der Richter, aus dessen Mund Blut sabberte. Die Staatsanwältin zu seiner Rechten stand auf, zog eine Waffe und sprach, „Wir könnten direkt kurzen Prozess machen. Das hält doch alles nur auf und die Lebenszeit läuft." - „Das lassen wir jetzt mal, Frau Staatsanwältin. Wir wollen ihn lebend." Jakob meldete sich ständig zu Wort, um endlich seine Stellungnahme im Fall Bachhoff abzugeben. Die Staatsmacht nahm keine Notiz von ihm. Er begann trotzdem zu sprechen. „Dirk Bachhoff ist nicht wirklich ein Mörder im klassischen Sinne. Er hat das alles doch nur aus einem Affekt heraus getan. Er wollte das nicht. Ich habe lange mit ihm gesprochen." Die Staatsanwältin sah Peter in die Augen. Sie funkelte ihn an und dann zeigte die Anwältin ihre Eckzähne, und ihre Zunge wurde lang und länger und leckte ihm durchs Gesicht. Ein übler Verwesungsgeruch verätzte seine Nasenschleimhäute.

Blitzartig verschwand die Zunge wieder, und ein schallendes Gelächter erklang. Dann öffnete sich die Tür des Gerichtssaals und eine Frau in einem weißen Samtkleid betrat den Saal. Sie hielt ein Mikrofon in der Hand und um ihren Hals schlang sich die Gitarrensaite. Blut rann aus den Schnittstellen an ihrem Hals und tropfte auf das Kleid. Doch jeder Blutstropfen verlor sich bis zur Unkenntlichkeit in dem Unschuldsweiß ihres Kleides. Sie führte ihr Mikrofon zum Mund und sang Bachhoffs Lieblingssong. Peter wollte lieber sein Lieblingslied hören. Die Staatsanwältin stand auf und schoss auf die Frau. Die Kugel pfiff durch sie hindurch, ohne irgendeine Reaktion bei ihr hervorzurufen. Der Richter lachte. Peter schrie die Frau an, sie solle sein Lied singen und nicht so unschuldig tun. Die Frau beendete abrupt ihren Gesang, alle schwiegen und Peter sah, wie sie erneut ihre riesigen Lippen zum Mikrofon führte. „Dirk war es. Er hat das getan. Nicht kalt, nein! Im Gegenteil. Heiß, mit Eifersucht und Wahnsinn und dieser

Stahlsaite h. Hier, seht euch an, wie sie um meinen Hals liegt!" Sie schrie es in ihr Mikrofon. „Ich wollte singen, ich wollte leben! Ich wollte lieben! Es waren unsere Songs! Sie waren gut. Wir waren gut! Alle wollten uns hören, Dirk!" Dirk stand auf, sein Rechtsanwalt verließ den Gerichtssaal. Dirk Bachhoff ging zu der Frau. Er sagte ihr, sie solle sich umdrehen. Er wand die Saitenenden um seine Hände und zog zu. Das Blut triefte aus seinen Handflächen und hinterließ ein lustiges Blumenmuster auf dem Kleid. Die Frau in ihrem weißen Gewand und Dirk Bachhoff verließen den Gerichtssaal und zwei Polizisten packten Peter Jakob rechts und links am Arm. Der Richter schenkte sich einen Rotwein ein. Eine glibberige Masse. Und er rief, „Gestehe, Peter! Du warst das in Köln!"

„Nein!", brüllte Peter Jakob. Der Richter züngelte. „Du hast gesagt, er tut das nicht noch einmal! Wieder eine Frau, Peter! Du bist schuld."

„Soll ich ihn direkt hier erschießen?", fragte die Staatsanwältin. „Noch nicht. Wir brauchen sein Geständnis. Warum, Peter?" - „Ich habe gedacht, Herr Richter ..." - „So? Gedacht? Der Mann hat gedacht, haha! Frau Staatsanwältin! - Walten Sie Ihres Amtes!" Die Staatsanwältin stand auf, richtete ihre Waffe auf Peter. Panik ergriff ihn. Er wollte davonlaufen. Da musste er erkennen, dass beide Füße fest am Boden klebten. Dann fiel der Schuss...

Peter Jakob schreckte auf. Sein Buch fiel ihm in den Schoß, und die Brille hing schief auf seiner Nase. Er wankte im Dämmerzustand zwischen Traum und Wirklichkeit. Dann setzte sich die Wirklichkeit durch. *Ich werde dich anrufen, Dirk. Ich will das von dir wissen,* dachte Peter Jakob und schaute auf die Uhr. Es war 03:41 Uhr. Er machte sich einen Kaffee und freute sich, dass er heute nicht zur Arbeit fahren musste. Es war Sonntag und Bewährungshelfer Jakob empfand einen Reichtum an Zufriedenheit, als er sich mit einer Tasse frischen Kaffees in seinen Sessel setzte, zu seinem Buch griff und erneut zu lesen begann, während seine Frau im Bett ruhig schlief.

Köln, 09:17 Uhr

„Ann, du verstehst mich doch, oder? Ich musste es tun! Ich habe dir nie etwas vorgemacht, die ganzen Jahre. Warum bist du nur abgehauen, ohne ein Wort? Wir hätten doch reden können. Wo bist du? Was denn? Was soll das mit meinen Eltern, Ann? Du musstest mich doch nicht zu ihnen begleiten, ich dachte, wir hätten das geklärt. Ich weiß, es wurde immer schwerer, für uns alle. Du weißt nicht, wie schlimm Mutters Krankheit noch wurde. Da warst du ja schon weg. Ich konnte sie doch nicht mit ihrem Mann allein lassen. Als du weg warst, hatte ich plötzlich nichts mehr, außer meiner bescheidenen Vergangenheit. Die Lücke, die du hinterlässt, ist nicht zu füllen. Ich habe es kaum ertragen. Und dann noch Mutters Schweigen, die zugezogenen Vorhänge, Vaters Blick. Mit dem Gang zur Synagoge hatte er ja nie etwas zu tun. Immer nahm sie mich mit. Dabei hatte ihr die jüdische Gemeinde auch nicht helfen können. Keiner konnte Mutter mehr helfen, auch nicht ihr kleiner Sohn. Ann, wenn sie sprach, dann nur von Unrecht und Schuld und der immer wiederkehrenden Frage *WARUM*. Warum die Deportationen? Warum ihr Vater, ihre Mutter, ihr Bruder? Herrgott! Ich wusste es doch auch nicht! Die schlimmste Frage, die sie stellte, war, *Warum durfte ich überleben?* Wie kann man so eine Frage stellen? Warum war sie nicht dankbar für ihr Leben? Und immer diese Dunkelheit. Warum hat sie überlebt und mich gezeugt? Warum? Das Wichtigste hatte sie anscheinend ja schon verloren - ihr Leben. Was sagst du, Ann? Wie viele haben aufgehört zu leben und atmen immer noch? Aber wie viele haben aufgehört zu atmen und wollten leben? Wie konnte Mutter ihr Leben freiwillig weggeben, während andere ihr Leben in den Gaskammern lassen mussten. Muss man da nicht dankbar sein und das Beste draus machen? Und du, Ann? Hast du dein Leben auch einfach weggeworfen, oder hat es dir jemand gewaltsam genommen? Wirst du wiederkommen und meine Gegenwart erhellen, Ann?"

Er sah aus dem Fenster den davonziehenden Wolken zu. Er fühlte seine rechte Kopfhälfte. Es war keine Migräne und die Computertomografie hatte auch zu keinem Ergebnis geführt. So konnte sein Arzt die Symptome nur noch psychosomatisch erklären und hatte ihm angeraten, vielleicht mal eine Psychotherapie in Erwägung zu ziehen, was ihn dazu trieb, sarkastische Bemerkungen zu machen. Auf seinen Schultern spürte er einen übermächtig wachsenden Druck wie einen Sack Zement, der auf ihm lastete. Alles zwang ihn, in dieser Position zu verharren und seinen Kopf gerade zu halten.

„Ich will das alles nicht sehen, Ann! Ich weiß, sie liegen alle dort. Die Toten von gestern und morgen. Ich kann da nicht hinschauen. Wenn du wenigstens hier wärst. Ich musste das Unrecht beenden, das Übel ausrotten! Jemand muss die Gerechtigkeit wieder herstellen, damit die Toten endlich in Frieden ruhen können! Und da will eine alte Frau mich gesehen haben? Will sie die Tat der Gerechtigkeit vereiteln? Soll damit alles umsonst gewesen sein und ich und meine Familie verspottet werden, wegen dieser alten Frau, die mich wieder erkennen wird? Nein, dafür ist das Schicksal nicht gemacht. Die Gewichtungen müssen erhalten bleiben. Die Gerechtigkeit muss am Ende siegen!", flüsterte er und drehte sich links herum, entgegen seinem Kopfschmerz, hielt sich die Hand vor die Augen und trat in den Flur, wo der Werkzeugkasten mit der Kombizange stand.

„Ann, ich werde handeln müssen."

Köln, 11:53 Uhr

Die Nacht war lang gewesen. Die drei Stunden Schlaf boten Liviana nur wenig Erholung. Aber Waltraud hatte ihr Halt gegeben. Obwohl sie geglaubt hatte, aus dem Taxi Richtung Zülpicher Platz gelaufen zu sein, dorthin, wo illegale Drogen gedealt wurden, endete ihr Lauf wie ein Wunder doch noch vor Waltrauds Tür. An diesem Morgen war sie heilfroh, dass ihre unbewusste Eigenfürsorge dem Orientierungssinn ein Schnippchen geschlagen hatte.

Jetzt war es Mittag, und Liviana lief in Richtung Beethovenpark. Sie hatte sich Trainingsanzug und Turnschuhe von Waltraud geliehen. Während ihr der Trainingsanzug um die Beine schlackerte, passten ihr die Turnschuhe gut. Liviana erinnerte sich noch an den Taxifahrer, der am Haus entlang fuhr, als sie die Klingel drückte. Er war weitergefahren, als er sie ins Haus hatte gehen sehen. Sie glaubte, dass er sie in der Nacht verfolgt hatte. *Ich muss ihn ausfindig machen. Er war wohl mein Schutzengel für diese Nacht. Ich schulde ihm nicht nur das Geld,* dachte sie und sprang vor Freude in die Luft.

Zu ihren Eltern war es eine Strecke von 1,5 Kilometern durch den Park. Dafür hatte sie die Trainingssachen nicht angezogen. Sie lief vom Beethovenpark zum Decksteiner Weiher, einem künstlich angelegten See, mit einer geringen Wassertiefe und einem langen Kanal in seiner Mitte. Für Liviana weckte die vertraute Umgebung ihre schönsten Kindheitserinnerungen. Hier hatte sie rudern gelernt und den Regatten zugeschaut. Und hier hatte der Vater ihr das Schlittschuhlaufen beigebracht, wenn der Weiher zugefroren war und die ganze Familie aufs Eis ging. Ihre Mutter stand allerdings mehr herum, weil Eis nicht ihrem sizilianischen Gemüt entsprach. Ihr Vater lief dafür umso begeisterter. Er konnte sich souverän auf dem Eis bewegen und beeindruckte Liviana damals mit seinen Zirkeln und Bögen. Nur die zwei Schwäne, die jetzt majestätisch ihre gemeinsamen Runden zogen, sah man damals nicht auf dem Eis. Die Tränen in ihren Augen rührten mehr vom Gegenwind als von den Erinnerungen.

Durch die anliegende Kleingartenkolonie wäre es kürzer gewesen, aber diese Form des *Naturglücks*, wie Liviana es ironischerweise bezeichnete, deprimierte sie mehr, als dass sie daran Gefallen finden konnte. Und so joggte sie zum Beethovenpark zurück und bog dann in die Morbacher Straße ein, in der ihre

Eltern wohnten. Ihre Mutter hatte sie zum Mittagessen eingeladen und öffnete die Tür.

„Kind, komm rein. Musst du dich denn noch vor dem Essen so anstrengen?"

„Ja, Mama, muss ich, aber vielleicht kann ich mich hier schnell duschen?"

„Liebling, du weißt ja, wo alles ist. Ich bin noch nicht ganz fertig mit dem Essen."

„Wo ist Papa?"

„Papa musste leider ins Büro. Er hatte sich schon sehr auf dich gefreut."

„Der Bürokrat arbeitet auch sonntags, Mama? Da hat doch keine Behörde Dienst, außer der Polizei."

„Herzchen, was willst du damit sagen? Du weißt doch, in seiner Stellung gibt es keinen Sonntag. Was glaubst du, wie oft ich das schon gehört habe."

„Ich geh duschen." Als sie nach 15 Minuten vom ersten Stock in die Küche kam, roch sie es schon.

„Rouladen? Mit Böhnchen und Kartoffeln?" fragte sie, während sie ihre Haare mit einem Handtuch trocken rubbelte.

„Und Salat. Nicht mit den Haaren im Essen, Livi!"

„Ja, ja. Schon gut, Mama. Kommt Gine auch?"

„Nein, sie hat so einen – wie sagt man noch – na, so eine Feier in ihrem Laden."

„Einen Event? Haare schneiden mit Sekt und Fingerfood", sagte Liviana, die auf einigen Events ihrer Schwester Ginevra Teresa dabei gewesen war. In den Anfängen hatte sie noch beim Sektreichen ausgeholfen.

„So, mein Schatz, jetzt setz dich erstmal und erzähl. Wie geht's dir?" Liviana kannte das Ritual seit Ewigkeiten. Ihre Mutter forderte die Kinder auf zu erzählen und deckte dabei den Tisch, füllte die Schüsseln und meistens hatten sie dann schon das Wichtigste besprochen, bevor sie mit dem Essen begannen. Das hatte sich bis zum heutigen Tag nicht geändert. Kaum hatte ihre Mutter liebevoll den Teppich ausgerollt, konnte Liviana sich kaum noch zusammenreißen. Und weil sie ihrer Mutter nichts von den Geschehnissen in der Nacht erzählen wollte, berichtete sie von dem Konzert am Abend zuvor und von einer Freundin namens Rose, die sie dort kennengelernt hatte, wobei sie den interessanteren Teil dieser Begegnung verschwieg. Sie erzählte von den Fällen, mit denen sie sich auf der Arbeit beschäftigte und die auch ihre Mutter in der Presse verfolgte. Einmal hatte ihre Mutter zu ihr gesagt, *Kind, wenn ich dir mal nah sein will, brauche ich nur in der Zeitung nach einem Mörder suchen. Ein bisschen makaber ist das schon.*

„Meine Livi ...", sagte sie und schaute Liviana ernst an, „... ich stelle den Herd mal kurz aus und dann erzählst du mir mal, was wirklich los ist. Ich sehe doch, dass was nicht stimmt."

Da brachen erneut Tränen hervor, und Liviana verbarg ihr Gesicht in ihren Händen. Das Vertrauen zu ihrer Mutter war beinahe ihr ganzes Leben ungebrochen. Nur ihrer damaligen Erzieherin Waltraud und selbst ernannten zweiten Mutter, hatte sie mehr anvertrauen können. Von der dreijährigen Heroinabhängigkeit wussten ihre Eltern bis zum heutigen Tag nichts. Waltraud hingegen hatte ihr tatkräftig da heraus geholfen.

Liviana erzählte ihrer Mutter dann doch, was nach der Verabschiedung von Rose geschehen war. Ihre Mutter zog erschüttert ein Taschentuch aus ihrer Schürze.

„Livi, Livi, mein armes Kind, was machen wir jetzt? Lass uns überlegen ..."

„Mama, du machst gar nichts!", wurde Liviana energisch, denn wenn ihre Mutter etwas machen wollte, dann besprach sie es zuerst mit ihrem Mann, und das wollte Liviana auf keinen Fall.

„Das schaffe ich schon ganz allein, Mama. Ich bin nämlich schon groß."

„Soll ich nicht mal mit deinem Vater ...?"

„Mama ...", unterbrach Liviana laut, „...Das ist meine Sache!"

„Jetzt schrei deine Mutter nicht so an, Kind. Ich wollte doch nur helfen."

„Ja, ich weiß", zischte Liviana, "...aber lass es einfach - und gut ist. Ich brauche keinen, der meine Probleme löst."

„Ach, mein Herzchen, ich dachte ja nur. Dann lass uns jetzt erst mal was Anständiges essen. Du hast doch bestimmt Hunger?" beendete die Mutter das Thema mit nachdenklichem Blick. Sie aßen und sprachen über Ginevra und ihren Friseurladen und die Chemotherapie ihrer Tante, während Liviana an Rose dachte. Sie sah ihr Gesicht und wie sie sich küssten. *Es fängt chaotisch an. Ein dunkles Geheimnis, das unbemerkt in dir heranwächst. Alles sieht aus wie immer, aber alles hat andere Farben. Du fühlst eine neue Kraft, die sich zwischen alle drängt, die du liebst.*

„Livi, hörst du mir eigentlich zu?", fragte ihre Mutter, während sie die Kaffeemaschine anschaltete.

„Mama, ich muss gehen."

„Aber Livi, willst du nicht noch zum ...?"

„Ein anderes Mal, Mama."

„Soll ich nicht doch mal mit deinem Vater ..."

„Untersteh Dich!"

Montag, 14. August

Köln, 08:40 Uhr

Er lief seit zwei Tagen ungewaschen und unrasiert durch die Straßen und Parks von Köln. Die letzte Nacht hatte er in einem Rohbau geschlafen. Er glaubte, dass die Polizei schon eine Fahndung nach ihm herausgegeben hatte. Aber jetzt wollte er nur noch heiß duschen. *Gebrauche deinen Verstand und nimm deine Gefühle wahr. Der Verstand sagt dir die Richtung, das Gefühl sagt, ob es ihm folgen will. Beide zusammen sind dein Erfolg.* Er ging am Rheinufer, in der Höhe des Schokoladenmuseums, entlang. *Wo kriege ich eine Dusche her?,* dachte er und dann fiel ihm Beule, sein Arbeitskollege von *Franzen Bautechnik,* ein, der in Riehl wohnte. Bachhoff bemerkte, dass er eigentlich schon die Richtung eingeschlagen hatte. Den Rest des Weges wollte er mit der U-Bahn zurücklegen, da es ihm zu Fuß zu lange dauerte. Er stieg am Hauptbahnhof in die U-Bahn und kam zwanzig Minuten später in der Schachtstraße an. Diese Gegend war mit Genossenschaftswohnungen zugebaut. Hans Beuler wohnte in einem dieser Häuser, die sich in dem lang gezogenen Teil eines Karrees befanden. Darin eingeschlossen waren Spielplatz und Grünflächen, die im Sommer der zahlreichen Wäsche zum Trocknen dienten. Dafür hatte man großzügig Leinen gespannt, auf der träge einige tauschwere Wäschestücke in der windstillen Morgenluft hingen, die man am Abend vergessen hatte abzunehmen. Hans Beuler schaute zuerst zum Fenster heraus, als es klingelte. Dann ließ er Bachhoff herein. Die Wohnung war praktisch geschnitten, mit zwei Zimmern, einer kleinen Essküche und einem noch kleineren Bad. Hans Beuler hielt alles Top in Schuss. Sauberkeit wurde bei ihm groß geschrieben.

„Wie siehst du denn aus? Ist dir die Seife ausgegangen?" fragte er Bachhoff an der Wohnungstür.

„Lässt du mich rein? Ich erklär dir nachher alles. Erst brauche ich dringend eine Dusche."

„Handtücher sind oben links im Schränkchen, Duschzeug siehst du schon. Ich mach derweil mal einen Kaffee." Als Beuler das Wasser in die Wanne prasseln hörte, rief er Bachhoff zu, dass er noch schnell ein paar Brötchen hole. Hans Beuler hatte Dirk Bachhoff auf Montage von seinem Vergehen erzählt. Bewaffneter Raubüberfall. Er hatte mit einer Waffe in der Hand und den Kopf voll mit Diazepam und Alkohol, einen Kiosk überfallen. Die Beute war mehr als bescheiden. Ein kleineres Bündel Scheine und einen halben Liter Jägermeister. Der Kioskbesitzer kannte Hans Beuler, aber die Nummer mit der Waffe vor dem Gesicht war ihm bei aller „Bekanntschaft", dann doch eine Nummer zu heftig gewesen. Er hatte Beuler angezeigt. Hans Beuler wurde verurteilt und das brachte ihm, mit zwei Bewährungswiderrufen, vier Jahre Haft ein. Nach Zweidritteln seiner Haftverbüßung, der durchgängigen Arbeit in der JVA und wegen guter Führung, kam er mit erneuter Bewährung raus.

Bachhoff hatte ausgiebig geduscht und saß im Bademantel in der Küche. Er hielt mit beiden Händen seine Kaffeetasse umschlossen und freute sich über die Wärme. Dann erzählte er Hans Beuler, der die Brötchen aufschnitt, was vorgefallen war.

„Ich hab's nicht nur in der Zeitung gelesen. Die Bullerei ist vor ein paar Tagen auch schon bei mir gewesen. Sie wollten wissen, ob ich weiß, wo du dich versteckst. Ich meine, so haben die das jetzt nicht gesagt. Wo du dich aufhältst oder so."

„Und was hast du gesagt?"

„Was sollte ich sagen? Ich weiß ja nichts. Schließlich wusste ich bis gerade auch nicht, wo du dich rumtreibst. Was ist das für eine Scheiße, die du da hingelegt hast?"

„Ich habe nichts, rein gar nichts gemacht."

„Aber wenn du nichts gemacht hast, kannst du doch auch zur Polizei gehen, wo die dich sowieso nur als Zeugen suchen."

Bachhoff versuchte, Hans Beuler davon zu überzeugen, dass Zeugen bei der Polizei dasselbe wie Täter sind. Er glaubte nicht daran, dass es gute Absichten bei der Polizei gab. Hans Beuler versuchte, ihm begreiflich zu machen, dass ein Aufenthalt von Bachhoff in seiner Wohnung, Folgen für beide haben werde. Weder er noch Bachhoff konnten sicher sein, dass die Polizei seine Wohnung nicht beschatten würde und ein Zugriff könne möglicherweise jederzeit erfolgen.

„Ich habe keinen Bock, für so einen Mist noch mal einzufahren, wenn sie mir die Bewährung klatschen, Dirk."

„Stell dich nicht so an, Beule. Eine Nacht, mehr nicht."

„Du reitest dich doch nur noch mehr rein, Dirk. Eine Nacht, sage ich."

„Du hast ja echt die Hosen voll."

„Mir ist das Hemd näher als die Hose."

„Okay, okay. Ich bin morgen weg." Bachhoff nahm sein Handy und wählte Peter Jakobs Nummer. Er hatte Glück, Peter Jakob schien noch keinen Gerichtstermin zu haben.

„Bewährungshilfe Köln, Jakob, guten Morgen."

„Peter? Hier ist Dirk. Ich mach's kurz. Du hast das Bild in der Zeitung gesehen?"

„Hallo Dirk, sicher habe ich das. Was ist da los mit dir? Du steckst richtig in der Klemme, oder?"

„Ich war das nicht, Peter. Hey, suchen die mich schon?"

„Keine Ahnung."

„Nach der Zeichnung zu urteilen, schon. Kannst du das rausfinden?"

„Wo bist du?"

„Lass stecken, Peter."

„Mensch, das bringt doch alles nichts. Geh doch jetzt nicht auf die Flucht."

„Weißt du, ob die schon bei mir waren?"

„Bin ich von der Polizei? Was glaubst du? Der Presseartikel ist über eine Woche her. Meinst du, die haben die ganze Zeit geschlafen?"

„Kannst du für mich rausfinden, ob sie vor meiner Wohnung stehen?"

„Wenn die deine Wohnung nicht beschatten, dann hätten die ihr Geschäft nicht verstanden, Dirk. Soll ich jetzt den Fluchthelfer spielen?"

„Nein, aber ich habe mir geschworen, nie wieder Bullen."

„Hast du was zu befürchten? Die suchen dich als Zeugen."

Bachhoff lachte bitter. „Erst ist man Zeuge und dann hinter Gittern. Nein, danke. Ich brauche deine Hilfe, Peter."

„Wie kann ich dir helfen?"

„Ich brauche eine Bleibe, für ein, zwei Tage, bis der Wirbel vorbei ist. Wenn die den Richtigen festgenommen haben, mach ich klar Schiff."

„Du bist ja komplett verrückt, Dirk. Die Polizei sucht einen Frauenmörder, und du versteckst dich? Ich rate dir, geh zur Polizei, egal ob du schuldig oder unschuldig bist."

„Du glaubst, dass ich sie umgebracht habe? Wie damals Jessica, oder was? Glaubst du das?"

Bachhoff hörte einen Moment lang in die Stille seines Handys.

„Nein. Ich glaube nur, dass du im Augenblick einen großen Fehler machst."

„Okay, okay. Ich habe verstanden. Du lässt mich jetzt auch noch hängen. Und womöglich würdest du mich auch noch bei den Bullen verpfeifen, wenn du wüsstest, wo ich bin. Oh Scheiße! Du bist ein schöner Freund, Peter."

„Ich bin Bewährungshelfer." Bachhoff drückte Peter Jakob aus der Leitung.

„Beule, ich bin morgen weg, versprochen."

***

Liviana Vaitmar saß seit sieben Uhr in ihrem Büro. Sie hatte kaum Schlaf gefunden und versuchte, sich auf die bisherigen Ermittlungsergebnisse im Fall der Schießerei in der Simrockstraße zu konzentrieren. Der Tote, Acartürk Demirtas, war 59 Jahre alt, hinterließ Frau und drei Kinder. Der älteste Sohn war 23 Jahre, gefolgt von einem 18-jährigen Mädchen und einem 16-jährigen Jungen. Die Schüsse, die Acartürk Demirtas in Brust und Bauchraum getroffen hatten, stammten laut KTU aus einer Parabellum P 08, Kaliber 9 Millimeter, von Luger. Die Waffe wurde von Sportschützen, Polizei und Militär verwendet. Der Schließfachschlüssel, den Vaitmar dem flüchtigen Türken abnehmen konnte, wies keine verwertbaren Spuren auf. In dem dazugehörigen Schließfach im Kölner Hauptbahnhof fanden sie eine Menge kopierter Unterlagen in türkischer Sprache und 500 Gramm Gras, luftdicht verschweißt. Bei den Kopien im Schließfach handelte es sich um Immobilienpapiere und Baupläne aus Kuşadası, soviel konnte Liviana den Schriftstücken entnehmen. Außerdem standen sie alle im Zusammenhang mit der Familie Kekillic. Wenn das Schließfach dem toten Acartürk Demirtas gehörte, hatte er die Unterlagen nach Deutschland schaffen lassen und in diesem Schließfach deponiert.

Alles zu spekulativ, überlegte sie und wollte lieber auf die Übersetzungen warten, die man ihr für heute Morgen versprochen hatte. Die bisherigen Zeugenbefragungen hatten den Fall nicht erhellen können, was die Kommissarin nicht weiter überraschte. Es standen auch noch einige Analysen der KTU aus, die Jens Fischer anscheinend zugunsten des Falls Kim Ross auf die lange Bank schob, wie Vaitmar vermutete. Sie entschied sich, die ausstehenden Ergebnisse abzuwarten und dann erneut den Fall zu bewerten und eine Zusammenfassung für Hansen zu Papier zu bringen. Im Fall des *Saitenmörders* musste sie für die Sitzung um 10:30 Uhr auch noch ein paar Ergebnisse vorlegen.

Sie war unruhig. Zwei Tage war die samstägliche Katastrophe jetzt her. Die Angst, ihren Job zu verlieren, war größer als ihr Vertrauen, dass sich alles wieder einrenken würde. *Ich muss es Victor beichten.* Er war ihr bisher immer wohl gesonnen, und das erhoffte sie sich auch diesmal. Doch dann stellte sie sich seine vernichtenden Blicke vor und sackte ein Stück tiefer in ihren Bürostuhl. Lange hatte sie sich nicht mehr so allein gefühlt und erstmals auch die Hoffnung verloren, dass sie da irgendwie heil heraus kam. Genau genommen sah sie nur ihrer Suspendierung entgegen. *Vielleicht sollte ich es erst mal Hansen erzählen. Aber weiß der, wie das ist, wenn man die Karre vor die Wand fährt? Hansen fährt doch nur Straßenbahn, und ich war unterwegs wie auf Wolke 7 mit meinem Motorrad. Alle Straßen frei! Alle Ampeln grün! Und dann tauchten diese zwei Affen auf! Hast du schon mal zwei Affen mitten auf der Autobahn gesehen, Hansen? Sie hampeln hin und her und zwingen dich zur Vollbremsung! Die haben alles versaut!* „Nein, was denke ich mir da für einen Blödsinn zusammen?", murmelte sie vor sich hin. Je mehr sie überlegte, desto absurder wurden alle ihre Ideen. Es musste etwas passieren, die Sitzung begann um 10:30 Uhr und mit dem Fortschreiten der Zeit wuchs ihre Angst.

Sie nahm einen leeren Zettel aus der zweiten Schublade von oben, zog die erste Schublade auf, und ihr Blick fiel auf den Kugelschreiber in dem durchsichtigen Etui. Der Kugelschreiber war wundervoll leicht zu führen und kleckerte nicht. Mit ihm konnte man feine und klare Schriftzüge produzieren. *Ein Schriftzug für besondere Anlässe*, dachte sie jedes Mal feierlich, wenn sie ihn in der Schublade liegen sah. Sie wusste nicht einmal mehr, woher sie ihn hatte, und das Etui bestand auch nur aus Plastik. Erst jetzt, als sie ihn aus dem Etui nahm, sah sie, dass er eine Aufschrift trug. *Subutex* stand darauf. „Subutex!", rief sie beinahe erschrocken. Sie fasste sich an die Stirn. „Subutex, so ein Blödsinn! So ein schöner Kugelschreiber und dann Werbung für Heroinersatz. Ich fass es nicht. Wie kann man nur für so einen Mist Werbung machen?" *Und wie bin ich an den Stift gekommen? So schnell kann man drankommen,* dachte sie und lachte bitter. Dann legte sie den Kugelschreiber zwischen ihre Finger und schrieb.

Lieber Victor,
hiermit bitte ich um meine Suspendierung aus dem Polizeidienst. Es gibt Ereignisse, die es nicht weiter rechtfertigen, noch weiter...
Sie stockte. Der Text gefiel ihr nicht. Unter Tränen knüllte sie das Papier zusammen, schmiss es in den Mülleimer und zog ein neues hervor.
Sehr geehrter Herr Bosch ...
„Das geht gar nicht", bemerkte sie flüsternd. Das Telefon klingelte, Liviana zuckte heftig zusammen und starrte den Hörer an. Es klingelte erneut. Das interne Klingelzeichen. Zögerlich nahm sie den Hörer ab.
„Du bist schon da, Vait, gut", hörte sie Victors Stimme.
„Ja.". Ihr Herz raste.
„Wie ist die Sachlage? Gibt es neue Hinweise? Seid ihr weiter gekommen? Du glaubst es nicht, aber der Druck wächst, und Staatsanwalt Mirkow quasselt mir die Ohren heiß. Er meint, jetzt sei auch schon das Justizministerium involviert. Andererseits redet Mirkow viel, wenn der Tag lang ist. Ist Rob da?"

„Nein."

„Wir haben doch für heute eine Besprechung angesetzt, oder? Wo ist er?"

„Er kommt doch meistens mit der KVB."

„Heiliger Gransack! Kann der denn nicht mit seinem Auto kommen?"

„Er hat's ja nicht so mit dem Fahren, Victor."

„Papperlapapp. Wir müssen hier auch mal unsere persönlichen Interessen hinten anstellen."

„Sicher, die Sitzung ist um 10:30 Uhr, um deine Frage zu beantworten."

„Das ist gut, dann kann ich mit dir noch ein paar Fragen klären. Komm doch bitte mal in mein Büro!"

„Ja, sicher Victor. Ich bin allerdings gerade dabei, für die Sitzung noch ..."

„Dafür ist ja wohl noch Zeit genug."

„Ich bin schon unterwegs." Liviana legte auf. Ihr stand der Schweiß auf der Stirn. Sie machte eine Abfolge aus den Basis- und Dan-Techniken, um ihre Selbstkontrolle wieder zu finden und verließ das Büro.

Er weiß es. Er wird es mir an den Augen ablesen, wenn er es noch nicht weiß. Er kennt mich lange genug. Egal, wie es ist, wenn ich da wieder raus bin, ist der Fall Vaitmar gelaufen. Mit diesen Gedanken erreichte sie die Bürotür des Kriminaldirektors, atmete tief durch und klopfte an.

„Komm rein, Vait, möchtest du einen Kaffee? Er ist ganz frisch." Der Kriminaldirektor erhob sich schwerfällig von seinem Bürostuhl, ging in das Nebenbüro, wo seine Sekretärin Eva normalerweise saß, und kam mit zwei Tassen zurück. Liviana hatte sich links von seinem Stuhl gesetzt, damit sie die Wand und nicht die Tür im Rücken hatte. Sie wollte den Fluchtweg im Auge haben und erhob sich aus dem Sessel, um dem Kriminaldirektor die Tassen abzunehmen.

„Bleib sitzen, Vait, bleib sitzen. Schwarz war richtig, ja?"

„Ja, danke, Victor." *Ist das jetzt eine Art Vorspiel?*, überlegte sie, als er sich genauso schwerfällig in seinen Sessel niederließ.

„Also, ohne langes Vorspiel, Vait. Wie kommst du voran?", fragte Victor in einem ausgesprochen ruhigen Ton, den Liviana nicht zu deuten wusste. „Ich meine, wir haben es hier nicht mit einem gewöhnlichen Fall zu tun, was die Frauenmorde betrifft, oder? Wer würgt schon mit einer Gitarrensaite? Schlimm genug und wie mir Rob mitgeteilt hat, übernimmst du ja diesen Fall in der Simrockstraße, nicht?"

„Ja", antwortete Liviana kleinmütig.

„Kommst du zurecht, oder soll ich ein anderes Team daran setzen? Ich meine, die Frauenmorde haben höchste Priorität, und ich habe sowieso nicht verstanden, warum Rob dir noch diesen Fall aufgetragen hat. Ich höre andererseits in den Besprechungen nichts davon. Brauchst du Unterstützung?"

„Nein, nein, geht schon, Victor. Wenn ich Hilfe brauche, wende ich mich schon an Hansen. Wenn ich die Übersetzung der Unterlagen aus dem Schließfach habe, werde ich der Lösung garantiert einen großen Schritt näher kommen. Ich glaube, der Schließfachschlüssel ist der Schlüssel zur Lösung. Und die Lösung scheint mir recht einfach."

„Du weißt, Vait, du hast meine volle Unterstützung."

„Ja, sicher."

„Und hat Rob denn schon mal nachgefragt?"

„Nicht direkt", antwortete sie. „Hansen vertraut wohl auf meine Fähigkeiten."

Victor Bosch zog die Augenbrauen hoch. Er stufte das Verhalten von Hauptkommissar Hansen im Hinblick auf den Türkenmord als Desinteresse ein.

„Er leitet die Ermittlungen, Victor, das wolltest du doch so. Und er hat mir diesen Fall übertragen, was ja nicht heißt, dass ich ihn allein lösen muss. Ich soll nur die Ermittlungen führen."

„Aber ich höre nichts darüber, da darf ich doch berechtigte Zweifel an seiner Art der Aufgabenverteilung haben, oder?"

„Entschuldige, Victor. Hier bin ich wohl diejenige, die etwas zurückhaltend ist."

„Wieso? Warum setzt Rob die Schießerei nicht auf die Tagesordnung, Vait? Wir haben uns auch gegenüber unseren Steuerzahlern zu rechtfertigen."

Er weiß es nicht. Er will auf etwas anderes hinaus, dachte Liviana, lehnte sich im Sessel zurück und konnte für einen Moment ruhig durchatmen.

„Ich verstehe leider nicht ganz, worauf du hinaus willst, Victor." Der Kriminaldirektor beugte sich behäbig nach vorn. Er redete davon, dass er große Stücke auf sie und Rob halte und dass ein Team in der augenblicklichen Lage unbedingt gut funktionieren müsse. Die Kommissarin nickte, und Victor Bosch sprach etwas von *Kräfte bündeln* und *zu Ergebnissen kommen müssen.* Vaitmar bekräftigte seine Ansicht, nicht wissend, was er eigentlich von ihr wollte.

„Vait, wie lange kennen wir uns nun schon?" Vaitmar suchte im Raum nach ihrer Antwort.

„Bald dreizehn Jahre."

„So wird's sein. Rob habe ich vor zwei Jahren für uns abgeworben und das aus gutem Grund. Er ist ein hervorragender Ermittler, und der Zeitpunkt hätte nicht besser sein können."

„Ich weiß."

„Ich möchte nicht erkennen müssen, dass ich mich getäuscht habe, wenn du verstehst, was ich meine. Ich verlasse mich hundertprozentig auf ihn, aber die Ermittlungen stocken. Der Fall 2005 wurde nicht gelöst. Jetzt das mit Kim Ross. Es geht nicht voran, oder? Ist da was Privates, weshalb Rob vielleicht nicht richtig konzentriert ist? Ich möchte nicht denken, dass er die Lage nicht mehr im Griff hat, wie das Staatsanwalt Mirkow schon zu veröffentlichen versucht."

„Du hast dich ja für ihn entschieden damals, als die Stelle frei wurde. Ich hatte mich ja auch angeboten, wie du weißt."

„Vait, fang jetzt nicht damit an!" Victor warf seinen Oberkörper nach hinten. Er holte sein Stofftaschentuch hervor und wischte sich das Gesicht. Liviana hatte viele seiner kleinen Marotten im Laufe ihrer Dienstjahre kennengelernt. Aber wenn er dieses Tuch zog, dann stieg bei ihr der Ekel auf.

„Ich habe dir damals die Polizeischule empfohlen, und du bist eine gute Kommissarin geworden."

„Danke, Victor."

„Papperlapapp. Ich habe einen guten Riecher für fähige Polizisten, darf ich von mir behaupten, aber für diese Stelle hat es seinerzeit bei dir nicht gereicht, Vait!" Victor Bosch zeigte sich unangenehm erregt. Liviana glaubte plötzlich, dass der Kampf jetzt doch noch begann. Ihr Adrenalin weckte in ihr den Impuls aufzustehen. Stattdessen hielt sie sich vorerst an den Armlehnen fest, aufrecht und sprungbereit.

„Und das lag nicht einmal an mir, Vait! Ich habe dich nämlich vorgeschlagen. Ich habe aber auch Vorgesetzte und die hatten, entgegen aller meiner Erfahrungen, Einwände gegen Dich."

„Warum?", fragte Liviana irritiert und kleinlaut.

„Sie haben mich damals gefragt, ob ich dafür garantieren könne, trotz deiner hervorragenden Qualifikationen, dass dein früheres Drogenproblem in dieser Position nicht zu unnötigen Konflikten führen würde? Ich hatte bis dato keine Ahnung, dass du ein Drogenproblem hattest. Warum hast du mir nie etwas davon erzählt, Vait? Wir haben doch eigentlich immer gut miteinander reden können, oder?" Vaitmar schwieg und schaute auf ihre Schuhe.

„Die haben mich sozusagen eiskalt erwischt und mir empfohlen, den Vorschlag zurückzuziehen, wenn deine Karriere nicht für immer beendet werden sollte."

Vaitmar sprang auf. Victor befahl ihr, sich zu setzen. Liviana setzte sich und verspürte den Drang, ihr Gesicht vor seinen Blicken zu verstecken. Victor saß schweigend da.

„Du weißt das seit zwei Jahren und hast mich nie darauf angesprochen, Victor?"

„Und?"

„Ich meine ...", ihre Stimme flatterte, und sie sah sich über die Rheinbrücke laufen.

„Ich habe mich doch nicht geirrt. Ich habe eine gute Polizistin zu einer besseren Kommissarin gemacht. Damals hat es halt nicht sollen sein, aber sieh es doch mal so, ich habe neben einer guten Kommissarin einen guten Hauptkommissar dazubekommen. Eigentlich kein schlechtes Ergebnis. Den Rest bekommen wir auch noch hin."

„Danke, Victor." Liviana hatte das Bedürfnis, sich frisch zu machen.

„Rob ist ein guter Bulle und für diese Fälle genau der Richtige."

„Wenn du das sagst, Vait."

„Victor - ich bitte um meine Suspendierung."

„Was machst du?!"

„Ich ..."

„Ich denke, wir werden uns jetzt wieder auf das Wesentliche konzentrieren. Der Mörder wartet nicht. Lass uns also an die Arbeit gehen, Vait." Beim Hinausgehen hörte Liviana die genuschelten Worte ihres Vorgesetzten, die nicht mehr für ihre Ohren bestimmt waren.

„So was Dummes, Suspendierung."

***

Horst Ballwitz saß an seinem Schreibtisch und sah sich die Bilder in einer Kölner Tageszeitung an. Lesen war nicht seine Stärke, dafür war er zu unkonzentriert, und diese Zeitung schien es auch mehr aufs Gucken als aufs Lesen abgezielt zu haben. Lediglich der Text neben dem weiblichen Nacktfoto vermochte seine Aufmerksamkeit zu fesseln. Ansonsten strahlte er eine Art Dauerzufriedenheit aus, die bei den Kollegen Fragen bezüglich seiner Intelligenz aufwarfen. Aber Horst Ballwitz war das, was man als einen einfachen Menschen bezeichnen konnte. Er war mit seinem Beruf zufrieden, der es ihm ermöglichte, seine Familie zu ernähren. Den Ehrgeiz, die gehobene Laufbahn einzuschlagen, hatte er nicht. Er sagte sich selbst und anderen immer wieder, *es muss solche und solche geben,* wobei er glaubte, dass damit alles gesagt sei. Komplizierten Zusammenhängen ging er lieber aus dem Weg, und wenn man über Politik sprach, vertrat er die Auffassung, es sei egal wen man wähle, die Parteien seien doch alle gleich schlecht. Zu aktuellen tagespolitischen Themen bemerkte er meistens, dass er sich darüber noch keine richtige Meinung gebildet habe und sich erst noch besser informieren müsse.

Es klopfte an der Tür. „Herein!", rief Ballwitz erschreckt. Ein bulliger Mann mit Glatze und Nasenverband, Jeansjacke, bordeauxrotem Cordhemd, Jeanshose und schwarzen, spitz zulaufenden Schuhen, trat vor seinen Schreibtisch. Ballwitz fiel als erstes die Fossiluhr an seinem Handgelenk auf. Das war genau die Uhr, die er sich schon länger wünschte. Der glatt rasierte Mann machte auf ihn einen sympathischen Eindruck, obwohl sein Nasenverband diesen Eindruck nicht gerade unterstrich.

„Womit kann ich Ihnen behilflich sein?"

„Ich möchte eine Anzeige aufgeben." Die Tür ging auf, und Johann Funke kam herein. Er hielt einige Papiere in der Hand und ging zum Schrank, nicht ohne die Person, die dort vor Ballwitz stand, von oben bis unten zu mustern.

„Lass dich nicht stören, Kollege, ich muss nur an den Schrank."

„Wen möchten Sie anzeigen?"

„Eine Frau, genauer gesagt, eine Polizistin." Ballwitz sah ihn erstaunt an. Funke sah sich den Nasenverband genauer an.

„Sie wollen eine Polizistin anzeigen?" fragte Ballwitz und schaute Johann Funke hilfesuchend an.

„Ja. Ich bin doch hier richtig bei der Polizei? Man kann doch hier Anzeigen erstatten, oder?"

„Kollege Ballwitz, es kam vorhin ein Funkspruch rein für eine Streife nach Kalk. Kannst du das übernehmen? Mich hat Hauptkommissar Hansen in zehn Minuten angefordert. Ich übernehme das hier für dich." Damit warf er ihm die Schlüssel für den Streifenwagen zu. Ballwitz fing ihn und stand auf.

„Wohin?"

„Frag noch mal an der Pforte." Ballwitz ging aus dem Büro und Funke stellte sich vor den Mann. Zwischen ihnen stand der Schreibtisch mit dem Computerbildschirm.

„So ...", sagte Funke, „... Sie wollen eine Polizistin anzeigen?", dabei musterte er den Mann von Kopf bis Fuß.

„Das sagte ich bereits", konterte der Mann mit starrem Blick.

„Dann setzen Sie sich doch bitte, ich nehme die Anzeige auf. Wen wollen Sie denn anzeigen und warum?"

„Eine Polizistin, das habe ich doch gerade gesagt. Sie war in Zivil und hat sich uns nicht persönlich vorgestellt, als sie meinen Freund und mich einfach zusammengeschlagen hat."

„Bitte!? Jetzt mal langsam und von vorn. Eine Polizistin schlägt nicht einfach jemanden zusammen, und außerdem zeigt sie ihren Dienstausweis, wenn sie in Zivil ist."

„Die nicht. Die wollte nur unseren Ausweis sehen, warum auch immer."

„Also, dann jetzt mal von Anfang an. Ihr Name?" Der Mann gab seine Personalien an und zeigte seinen Personalausweis. Dann begann er, ausführlich das nächtliche Geschehen zu schildern. Funke schaute auf den Monitor und tat so, als müsste er sich durch das elektronische Formular kämpfen. *Mich tritt ein Pferd, wenn der nicht Vait meint!* Johann Funke traute Vaitmar schon einiges zu, aber diese Anschuldigungen waren so belastend, dass es ein gewaltiges Nachspiel haben musste, wenn das Kriminaldirektor Bosch zu hören bekam.

„Ich darf Ihre Schilderung noch einmal für Sie zusammenfassen. Sie gingen also zu zweit Richtung Deutzer Bahnhof. Sie waren in Feierstimmung und wollten linksrheinisch noch durch die Kneipen ziehen und flirten und so. Dann kam Ihnen die Polizistin in Zivil auf der ersten Ebene der U-Bahn Station Bahnhof Deutz/Kölnarena entgegen. Die Polizistin war allein und wollte Ihre Ausweise sehen. Als Sie sich erkundigten, warum sie Ihre

Ausweise sehen wolle, hat die Frau von *allgemeiner Personenkontrolle* gesprochen. Als Sie sich darüber amüsiert haben, hat die besagte Person Ihnen befohlen, alle Taschen auszuleeren. Um den Ausweis zeigen zu können, mussten Sie in Ihre Brusttasche greifen, dabei hat die Frau Ihnen gedroht, keine unüberlegte Bewegung zu machen und sich dahingehend geäußert, dass sie Karate könne und davon gegebenenfalls Gebrauch machen werde. Stimmt das bis hierher?"

„Ja, genau. Und dann konnten wir gar nicht mehr unsere Ausweise zeigen, weil sie sofort zugeschlagen hat."

„Ihr Freund kann das bezeugen?"

„Ja, sicher."

„Das glaub ich Ihnen sofort. Was hatte denn die Polizistin an?" Der Mann reagierte überrascht.

„Das weiß ich doch nicht mehr, Mann! Die hat uns zusammengeschlagen! Da achtest du doch nicht darauf, was die Kanakenfrau anhat, oder?"

„Die wer?!"

„Die türkische Polizistin halt."

„Wenn Sie Nachhilfe in Sachen ausländische Mitbürgerinnen brauchen, kann ich Ihnen da gern etwas vermitteln."

„Was ist jetzt mit der Anzeige?" fragte der Mann unwirsch.

„Sie wissen nicht, was die Polizistin an hatte, richtig? Wissen Sie denn noch, welche Kleidung Sie selbst an dem Tag getragen haben?"

„Die hat ja gesagt, sie sei Polizistin, nur ihren Ausweis hat sie nicht gezeigt."

„Das sagten Sie bereits. Was hatten Sie denn an, an dem Abend und haben Sie die Sachen noch?"

„Was soll das jetzt?"

„Es geht Ihnen doch um das Fehlverhalten einer Polizeibeamtin, oder? Da sollten wir keinen Fehler machen. Vielleicht befinden sich auf Ihren Kleidungsstücken Spuren, die wir sichern können, verstehen Sie? Oder auf den Kleidern Ihres Freundes."

„Ich kann morgen die Sachen mitbringen, wenn Mama die Sachen nicht schon gewaschen hat. War voller Blut, das Zeug."

„Wenn das so ist, brauchen Sie wegen der Sachen schon mal nicht wiederkommen. War die Frau denn groß oder klein? Hatte sie schwarze oder blonde Haare? An irgendwas können Sie sich doch bestimmt erinnern, oder?"

„Die hatte schwarze Haare, und die waren zusammengebunden. Sah halt aus wie so eine Aischa, verstehen Sie?"

„Nein, verstehe ich nicht."

„Halt wie Türkinnen so aussehen. Dabei haben wir nichts gemacht. Wir wollten doch keine Waffe ziehen oder so was. Wir haben ja gar keine, und da haut die uns in Nullkommanichts um, und keiner weiß warum. Oh, das reimt sich. Mein Freund liegt im Krankenhaus. Der hat 'ne Gehirnerschütterung und 'ne ordentliche Narbe am Kopf."

„Das habe ich notiert. Wenn Sie nichts weiter hinzuzufügen haben, wären wir fertig und Sie können dann gehen."

„Muss ich nicht noch was unterschreiben?" Johann Funke zögerte einen Augenblick, um sich eine Antwort zu konstruieren. „Nein. Das ist ja jetzt alles im PC erfasst. Elektronisches Formular, das braucht keine Unterschrift. Wir haben ja Ihre Personalien aufgenommen. Das geht jetzt automatisch seinen Gang. Ich muss Sie darauf hinweisen, dass Sie bei so einer Anschuldigung verpflichtet sind, die absolute Wahrheit zu sagen. Das kann sonst für Sie unangenehme Folgen haben, auch wenn Sie versehentlich eine Falschaussage gemacht haben. Möchten Sie sich das vielleicht noch mal in Ruhe draußen überlegen?"

„Ich brauche nichts zu überlegen. Mein Freund kann das bezeugen."

„Das sagten Sie bereits. Sie hören dann von uns."

„Muss mein Freund auch noch eine Anzeige machen?"

„Nein, nein. Sie haben ja schon die Aussage gemacht. Ihr Freund soll sich mal erholen."

Johann Funke kam hinter seinem Bildschirm hervor. Er reichte dem Mann nicht die Hand, sondern hielt unmissverständlich die Tür auf und zupfte sich am Ohr, als der Mann durch die Tür verschwunden war. Er überlegte, ob er die Anzeige verschwinden lassen sollte, dann musste er lachen. Eine Frau von 1,63 Meter Größe und vielleicht 55 Kilogramm gegen diesen Zwei-Meter-Mann von mindestens 95 Kilogramm. Er glaubte die Geschichte für keine fünf Cent. „Soll Rob sagen, wie wir damit umgehen", sagte er vor sich hin und druckte ein Exemplar der Anzeige aus.

***

Es war 09:44 Uhr. Rob Hansen hatte noch eine Stunde, um die Sitzung vorzubereiten. Der Druck war gestiegen. Viktor und der Staatsanwalt forderten Ergebnisse, und er brauchte einen Durchbruch, damit dieser Fall nicht genauso im Sande verlief wie der Fall Manuela Berghausen ein Jahr zuvor. Gute zwei Wochen waren vergangen, und sie hatten nichts als ein Mordwerkzeug, unbekannte DNA und verschiedene Hypothesen. Das war wenig für diesen Zeitraum, und es sah nicht danach aus, dass es noch mehr werden könnte, wenn hier nicht der liebe Gott ein Zeichen geben würde.

Aber das, was seine Arbeit zurzeit in besonderer Weise erträglich machte und ihm zugleich seine kriminalistische Schärfe raubte, war Stefanie Tannenberg. Seit er das Datum ihres Rendezvous hatte, fieberte er dem Tag entgegen. Sein Magen tat ihm manchmal weh, und er aß eindeutig zu wenig. Er verstand weder sein Leid, noch warum er sich so einsam fühlte, wenn er das Bild von Stefanie, das er sich aus der Datenbank ausgedruckt hatte, aus seinem Geldbeutel hervorzog.

Er grüßte seine Kollegin Vaitmar, die ihre Tür offen stehen hatte und an diesem Morgen schlecht aussah. Das beklemmende Gefühl, dass hier alle Einzelkämpfer seien, nahm er mit in sein Büro. Hansen sah einen Zettel auf seiner Tastatur liegen. Er nahm ihn in die Hand und las. *Hallo Rob, wir haben es vergrößert. Eher enttäuschend. Hab es dir gemailt. Gruß Jens.* Dahinter hatte er eine Sonne gemalt, die ihn angrinste. Es war eine Woche her, dass er Jens Fischer damit beauftragt hatte. Rob wurde nervös. Vielleicht ging es ja hier weiter. Er schaltete den Rechner an, hob den Hörer ab und wählte Jens in der KTU an. Jens meldete sich in seiner ruhigen Art.

„Hallo, Jens, Rob hier."

„Ich weiß."

„Was hast du?"

„Ich habe es dir geschickt. Hast du es dir angesehen?"

„Noch nicht. Mein Rechner fährt gerade hoch." Rob fragte den Leiter der Spurensicherung, wie es ihm gehe und die beiden machten Small Talk, bis Rob die Mails abgerufen hatte.

„Also, da steht, Ich habe was gefunden, da sollten wir mal drüber reden. Leider kaum zu erkennen. Schau den Anhang durch. Okay, da sind ein paar Bilder."

„Ja, ich habe ein paar Ausschnitte vergrößert, hast du sie aufgemacht?

„Damit kann ich gar nichts anfangen, Jens. Ist total unscharf. Nur grün und viereckig."

„In Ordnung. Scroll es etwas kleiner. Ich mein das Rädchen an der Maus. Dreh dran."

„Bin ja nicht blöd."

„Gut zu wissen, Rob." Auf dem Bildschirm erschien jetzt eine grüne Form, die sich deutlicher vom Hintergrund abzeichnete, aber dennoch nicht erkennbar war.

„Interessant. Und was sagt uns das?"

„Das bleibt deiner Fantasie überlassen. Ich könnte dir empfehlen, es vielleicht mal mit der berühmten Technik *Malen mit Zahlen* zu probieren."

„Du hast keine Zahlen draufgemacht, Jens."

„Jetzt wo du's sagst, sehe ich es auch. Man kann ein digitales Bild ja nur so gut machen, wie es Pixel hat, verstehst du? Aber ich habe es mal bearbeitet. Mach die anderen Bilder auch mal auf."

„Was ist das jetzt? Scheiße, ich glaube mein Bildschirm ist kaputt. Nur noch schwarz-weiß."

„Nein, nix ist kaputt. Das soll so sein. Wie ist der Hintergrund?"

„Schwarz."

„Das andere ist besser. Ich habe eine Art Negativ gemacht. Konzentrier dich einfach mal auf die Struktur, beziehungsweise auf die Form."

„Ein Blatt, Jens?"

„Nein, Blatt passt nicht. Ich habe mit meinen Kollegen schon rumgerätselt."

„Und? Zu welchem Ergebnis seid ihr gekommen?"

„Das passt zwar nicht in die Gegend des Stadtwalds, aber auf die Gefahr hin, dass du mich für bescheuert hältst, es könnte ganz einfach ein Spielzeug, ein Figürchen sein."

„Ein Figürchen? Jens, du warst auch mal geistreicher."

„Ja, schau dir doch die Form genau an. Kennst du diese Figürchen von... wie heißen die noch? ...aus Hartgummi. Davon gibt's Tiger, Bären, Pferde, Giraffen und so weiter. Ich mein, ist schon was länger her bei mir."

„Ach du Scheiße!", rief Rob in den Hörer und blickte in Richtung seines Figürchens auf dem Schreibtisch. Aber an der Stelle des Figürchens sah er in der Verlängerung an der Wand unter der Fensterbank die Tegenaria domestica. Groß wie ein Zwei-Euro-Stück, und sie schaute ihn an wie ein Auge mit acht hässlich geformten Wimpern.

***

Inzwischen hatte man Kommissarin Vaitmar die Übersetzungen gebracht. Es handelte sich um türkische Kaufverträge, Baupläne und Kontoauszüge, sowie handschriftliche Notizen. Die Drogenfahndung konnte mit dem Namen Murat Kekillic etwas anfangen, weil er vor Jahren in Drogengeschäfte verwickelt war. Das war nicht viel, aber interessant. Bei der Hausdurchsuchung des Mordopfers waren ihr unter einem Haufen Rechnungen und Papiere mehrere polnische Arztabrechnungen aufgefallen, die sie befremdeten. Sie las gerade das Wort *Hymen*, als sie plötzlich ein lautes Aufstöhnen aus dem Büro von Hansen hörte. Der Schreck ließ sie aufspringen. Sie lief zu seinem Büro, riss die Tür auf und sah, wie er an seinem Schreibtisch sitzend, sich mit beiden Händen an ihm festklammerte und zum Fenster hinaus starrte. Sein Blick hatte etwas Irres. Sein Gesicht war aschfahl. Liviana schossen Gedanken wie Herzinfarkt und Schlaganfall durch den Kopf.

„Was ist mit Ihnen, soll ich einen Arzt rufen?" Sie sah sich hektisch um und hörte dann seine leise Stimme.

„Machen Sie bitte die Tür zu, Vaitmar." Ihr wurde seltsam konfus im Kopf, sie tat aber, was er verlangte.

„Soll ich nicht besser Hilfe holen, Hansen?"

„Nein! Machen Sie das bloß nicht. Es reicht, wenn Sie das hier mitkriegen", widersprach er unerwartet defensiv. Liviana schloss die Tür.

„Und jetzt?"

„Hören Sie, Vait, Sie müssen mir jetzt helfen." Vaitmar ging auf ihn zu und fasste ihn, nur um irgendetwas zu tun, ratlos am Arm.

„Nein, nein. So nicht. Hör mir jetzt mal genau zu." Liviana konnte seinen starren Blick nicht einordnen. Sie fragte sich, wo er die ganze Zeit hinstarrte und versuchte, seinem Blick zu folgen, der sich ihres Erachtens in den grauen Wolken hinter der Fensterscheibe verlor. Hansen hatte nicht einmal mehr eine Topfpflanze auf der Fensterbank stehen, woran sich sein Blick hätte festhalten können.

„Ich habe immer gehofft, dass mir diese Peinlichkeit erspart bleiben würde, aber jetzt hast du mich voll erwischt."

„Bitte, was?"

„Phobie. Wissen Sie, was das ist?"

„Ja, natürlich. Übertriebene Angst, zum Beispiel vor Mäusen, Schlangen oder in Straßenbahnen und so", antwortete Liviana und schaute in die Ecken des Raumes.

„Und ich habe das vor ... Scheiße!", quälte sich seine Stimme durch sein Schicksal, „... vor Spinnen."

„Was ist?", bemerkte Liviana kurz, „Wo ist das Problem?", fragte sie rhetorisch und suchte den Auslöser seiner Angst. Als sie erneut seinem starren Blick folgte, sah sie das schwarze Tier unter der Fensterbank sitzen.

Vaitmar bewegte sich, eine Indianerin beim Anschleichen an den Feind imitierend, Richtung Fensterbank.

„Agatha, deine letzte Stunde hat geschlagen."

„Warte! So geht das nicht!" Hansens Worte stoppten Vaitmars Angriff. Sie zuckte zusammen und sah verwirrt zwischen ihm und der Spinne hin und her.

„Lass mich erst raus hier, und hau sie nicht platt in meinem Büro, bloß das nicht, bitte! Du musst sie nach unten vor die Tür bringen und dort laufen lassen. Aber so, dass ich sie sehe. Sonst habe ich keine Ruhe, Vait."

Kommissarin Vaitmar schaute ihn ungläubig an und unterdrückte ihren Impuls, ihm den Vogel zu zeigen.

„Das ist nicht dein Ernst, oder?" Hansen sah sie nur flehend an und blieb ihr eine Antwort schuldig.

„Sie meinen das wirklich ernst?"

„Bitte!", hauchte er.

„Ach, du grüne Neune. Ich werd nicht mehr. Soll ich das Vieh in die Hosentasche stecken oder mit geschlossenen Händen vor der Brust durch das ganze Präsidium tragen?"

„Bitte, Vait. Ich geh jetzt und du wartest, bis ich aus dem Büro bin." Rob stand langsam auf, als wolle er keine Fliege im Raum erschrecken und ging in einem großen Bogen zur Tür. Als er draußen war, wandte sich Liviana erneut der Spinne zu.

„Ich fasse es nicht. Der hat einen Schatten, Agatha. Hast du das gehört? Ich soll dich jetzt hier raustragen. Na, anderseits, jetzt kenne ich dich inzwischen schon so lange, dass ich dir auch keinen Schuh mehr vor den Schädel hauen kann. Hast du ein Schwein, Spinne, und ich einen durchgeknallten Kollegen."

Sie griff die Spinne mit einer Hand, spürte das Kribbeln in der Handinnenfläche und deckte die andere Hand darüber. Als sie eilig auf den Flur trat, stieß sie mit Kriminaldirektor Victor Bosch zusammen. Dabei fiel ihr die Spinne aus den Händen.

„Vait! Hoppla, ganz schön temperamentvoll heute Morgen, was? Wo ist Rob? Wir haben doch gleich eine Sitzung, oder? Ich werde mich verspäten. Wann war die Sitzung noch?" bombardierte Victor Bosch sie mit Fragen und sah gemeinsam mit Liviana Vaitmar auf die am Boden sitzende Spinne, die sich nicht rührte. Victor hob das Bein und setzte zum Tritt an.

„Nein, Victor!" Sofort schirmte Liviana die Spinne vor Victor ab, als sichere sie einen Tatort und griff erneut zu, wobei es ihr erst nach dem dritten Versuch gelang, das nun in Bewegung geratene Tier wieder einzufangen. Liviana spürte die Blicke des Kriminaldirektors im Rücken, der das Schauspiel schweigend betrachtete.

„Ja, Victor ...", stammelte Liviana, „... solche Spinnen haben ja auch irgendwie eine Seele, oder? Ich bringe sie schnell raus." Im Weggehen rief sie: „Die Sitzung ist um halb elf und Rob kommt gleich, er hat schon was von sich hören lassen."

Victor Bosch fasste sich mit der Hand an die Stirn.

Liviana drückte mit der Schulter die Flügeltür des Haupteingangs auf und sah Hansen draußen an der kleinen Grasnarbe stehen. Sie ging zu ihm und setzte die Spinne ins Gras. Anschließend schaute sie Hansen wütend an.

„Draußen haben wir beide genug Platz", sagte er kleinlaut mit Blick auf das Tier. „Danke, Vait."

„Junge, Junge, da hatte Agatha ja besseren Personenschutz als Lady Diana. Dafür habe ich einen gut, Hansen. Aber einen richtig dicken!"

„Ja, danke", flüsterte Rob und reichte ihr ein Tempotaschentuch. „Wisch dir einmal durch die Hände." Liviana tat es kommentarlos, als könnte sie nichts mehr erschüttern. Dann fasste sie das Taschentuch mit spitzen Fingern und versenkte es theatralisch in einem nahestehenden Papierkorb, nicht ohne im Vorübergehen eine Handbewegung in Hansens Richtung zu machen, als wolle sie ihm eine Spinne zuwerfen.

„Huhhh!!" stieß sie dabei aus und lachte, als er zusammenzuckte. „Komm, lass uns rauf gehen! Die Sitzung ruft", sagte er matt.

Köln, 10:30 Uhr

Sie saßen im großen Konferenzraum. Kriminaldirektor Victor Bosch war noch nicht zugegen. Hauptkommissar Hansen eröffnete die Sitzung mit knappen Worten.

„Wir sollten chronologisch vorgehen. Mit den Opfern zuerst. Was haben wir?" Da keiner wusste, wer beginnen sollte, entstand ein Moment der Stille, in der man eine Münze auf den Boden fallen hörte. Johann Funke rückte seinen Stuhl und bückte sich unter den Tisch. Alle Blicke folgten seiner Bewegung, als Liviana Vaitmar das Wort ergriff.

„Ich habe mir die Sache von 1997 angeschaut, die du mir auf den Tisch gelegt hast. Wäre chronologisch das Erste, was die Saitenmorde betrifft. Willst du, oder soll ich?"

„Okay, fang du an", stimmte Hansen zu. Die Tür ging auf, und im gleichen Augenblick hörte man erneut das Klimpern einer Münze auf dem Boden. Das Team schaute zur Tür und dann zu Johann Funke. Victor Bosch kam rein, Johann Funke bekam einen roten Kopf und bückte sich erneut.

„Du scheinst zu viel davon zu haben, John Player. Soll ich dir meine Kontonummer geben?", fragte Vaitmar leise, und das Lachen der Kollegen lockerte die steife Atmosphäre auf.

„Na, jetzt wo Victor da ist, können wir ja ins Detail gehen", versuchte Hansen die Sitzung wieder an sich zu reißen.

„Lasst euch nicht stören, ich sehe, ihr habt gerade die richtige Arbeitsatmosphäre gefunden", meinte der Kriminaldirektor und lächelte freundlich in die Runde. „Man kann ja auch nicht immer nur schaffen, man muss ja auch mal Spaß haben, oder? Aber gut jetzt." Damit übergab er Rob wieder die Leitung der Sitzung. Der Beamer wurde angeschaltet und die digitalen Fotos der Opfer erschienen nacheinander an der Wand. Einige Fotos aus der Ermittlungsakte von 1997 hatte Jens Fischer ebenfalls eingescannt und ebenfalls an die Wand gebeamt.

„Okay, wir schauen uns die Mordopfer zuerst an. Kommissarin Vaitmar berichtet von dem Mord '97. Dann gehen wir zu den Opfern von 2005 und 2006. Und Leute, wir müssen hier heute weiter kommen. Also konzentrieren Sie sich! Vait, bitte ..." Sie hörten die Berichte von Vaitmar und Hansen, während Charlotte Kobalt die wichtigsten neuen Fakten zu den bereits notierten Informationen auf der Moderationstafel hinzufügte.

1) Jessica Ölbrand: 26 Jahre. Tatort: eigene Wohnung. Tatzeit: 29. Juli 1997, um ca. 22:45 Uhr während einer „Drogenfete". Tatwerkzeug: Gitarrensaite h, aus Stahl. Rauschbedingte Affekthandlung. Täter: Dirk Bachhoff, geboren 14.07.1968, wurde Stunden später gefasst. Eindeutige Beweislage und Geständnis. Rechtskräftig verurteilt am 14.10.1997 zu 10 Jahren Haft mit Auflage einer Drogentherapie. Wegen guter Führung am 18. April 2005 auf Bewährung entlassen.

2.) Manuela Berghausen: 27 Jahre. Tatort: Stadtwald. Tatzeit: 22.Juli 2005, um ca. 18:30 Uhr. Tatwerkzeug: Gitarrensaite h, Nylon. Täter: unbekannt.

3.) Kim Ross: 29 Jahre. Tatort: Rautenstrauch-Joest-Kanal. Tatzeit: 29. Juli 2006, um ca. 00:00 Uhr. Tatwerkzeug: Gitarrensaite h, Nylon. Eineiige Zwillingsschwester: Viola Ross. Täter: unbekannt.

„Ja und dann gibt es da noch den vierten Toten, Acartürk Demirtas, 59 Jahre…"

„Wir werden uns mit dem Türkenmord in der Simrockstraße in einer gesonderten Sitzung beschäftigen, Vait. Das macht hier jetzt wenig Sinn", entgegnete Hansen.

„Ich möchte aber langsam auch mal etwas über diesen Fall hören, Rob", intonierte der Kriminaldirektor, „Wir könnten ihn wenigstens mal notieren, damit man mal weiß, mit wem man es hier zu tun hat."

„Ja, diesen Fall hat Vait übernommen. Sie kann uns im Anschluss darüber berichten." Noch bevor Victor Bosch sich weiter äußern konnte, übergab der Hauptkommissar dem Leiter der Spurensicherung Jens Fischer das Wort. Dieser erklärte die Besonderheiten und Unterschiede der Drosselmerkmale bei den jeweiligen Mordopfern. Die größte Übereinstimmung ergab sich bei den letzten beiden Opfern. Der Täter sei hier in gleicher Weise vorgegangen und habe auch das gleiche Mordwerkzeug benutzt. Während es sich bei dem Mord von 1997 doch eher um eine Kurzschlusshandlung des Täters Bachhoff gehandelt habe, seien die Morde von 2005 und 2006 eindeutig vorbereitet worden, zumindest was die Tatwaffen betreffe.

„Was uns nicht zu der Annahme verleiten sollte, dass es sich damit um unterschiedliche Täter handeln muss. Im Gegenteil. Während wir bei Manuela Berghausen erfolglos in der Musikszene gesucht haben, finden wir bei Bachhoff als Musiker endlich auch mal einen Sinn in dieser verdammten Gitarrensaite", bekräftigte Kommissarin Vaitmar ihre Ansicht. Hansen nahm die Aussage zum Anlass, zu den Verdächtigen überzuleiten.

Kommissarin Kobalt warf als ersten Florian Hagen in die Diskussion. IT-Student, 24 Jahre alt und der Geliebte von Kim Ross.

„Für die Tatzeit hatte er kein Alibi, dafür aber viele Motive. Eifersucht, Enttäuschung, unerwiderte Liebe. Nach seiner psychischen Konstitution zu urteilen ist er eher ein ängstlicher Typ, dem man diesen Mord trotz seines Körperbaus nicht wirklich zutrauen will. Aber wir haben ja kein Täterprofil", endete Charlotte Kobalt ihren knappen Bericht und wackelte mit dem Kugelschreiber zwischen Zeige- und Mittelfinger.

„Was ist mit Konto, Handy, und so weiter?"

„Sollte ich mich darum kümmern? Das war mir ..."

„Danke, Frau Kobalt. Wir kümmern uns drum", antwortete Hansen.

„Vait, was hast du?"

„Wir sehen die Fakten von Dirk Bachhoff ja schon auf dem Flipchart. Er hat den Mord an Jessica Ölbrand gestanden und dafür acht Jahre von zehn in Aachen abgesessen. Der Rest wurde zur Bewährung ausgesetzt. Seit April 2005 ist er auf freiem Fuß. Seine Bewährung geht bis 2010. Bachhoff wurde in Köln geboren und ist in Köln-Vingst aufgewachsen. Und da ist er auch wieder hingezogen. Sozialadel verpflichtet, wenn man so will ..." Die Kollegen lachten, und Rob Hansen rollte die Augen und schüttelte leicht den Kopf gegen diese Formen der Spöttelei.

„Er kannte Kim und Viola Ross von mehreren Discobesuchen, weshalb Viola auch sein Gesicht gut beschreiben konnte. Wir lassen seine Wohnung beschatten, was aber auch noch nicht zu einem Erfolg geführt hat." Als sie endete, hörte man erneut das Klirren einer Münze auf dem Boden.

„Funke! Noch einmal, und du fliegst raus!", fuhr Rob ihn an. Funke saß mit hochrotem Kopf wie angewurzelt auf seinem Stuhl. Die Atmosphäre wurde frostig.

„Vait, hast du deinen Bericht abgeschlossen?"

„Wie ihr alle wisst, haben wir Bachhoff inzwischen zur Fahndung ausgeschrieben. Der Zugriff vor einer Woche in seiner Wohnung war erfolglos. Demnach wusste er Bescheid und ist untergetaucht. Sein Bewährungshelfer, namens Peter Jakob, war damals Sozialarbeiter im Aachener Knast und ist 2003 zur Bewährungshilfe nach Köln gewechselt. Er hat Bachhoff einen Job im Gerüstbau besorgt. Die Firma hat uns einen Kollegen genannt, mit dem Bachhoff oft auf Montage war. Bachhoffs Kollege, ein gewisser Hans Beuler, selbst vorbestraft, wusste auch nicht, wo sich Bachhoff derzeit aufhält. Das Motiv für den Mord ist derzeit auch unklar. Viola Ross beschreibt ihn als einen Narzissten, den die Schwestern öfter abgewimmelt haben. Vielleicht lässt Mann sich das ja nicht so gern gefallen und muss sie nicht nur mundtot sondern gleich mausetot machen. Okay, das war's."

„Danke, ich mache weiter", übernahm Hansen.

„Die Zwillingsschwester Viola Ross hat auch kein Alibi für die Tatzeit. Sie scheint so ziemlich das Gegenteil von ihrer Schwester Kim zu sein. Tatmotive gibt es mehrere, beginnend in ihrer Vergangenheit. Rache, Neid, Habgier, Eifersucht. Viola macht kleine Zugeständnisse, streitet aber im Prinzip alles ab. Wir müssen sie erneut vorladen. Was ist mit der Telefonnummer, die sie dir gegeben hat, Vait? Ist es Bachhoffs Nummer? Und was sagen die Verbindungsnachweise?"

„Wollte ich mich heute Morgen drum kümmern. Bin ich leider nicht zu gekommen."

„Warum nicht?!", schimpfte Hansen gereizt. „Es ist inzwischen eine Woche her. Das hätte heute hier auf dem Tisch liegen müssen. Wir haben doch nicht alle Zeit der Welt!"

„Hallo?!", rief Vaitmar wütend zurück. „Ich hatte heute Morgen die Zeugenvernehmung von Agatha Spünnülü. Die mit dem kribbeligen Händedruck. Du hast sie ja schon kennengelernt, Rob, huhh?" endete Liviana und setzte abrupt ein Grinsen auf. Rob schaute peinlich berührt, und Kriminaldirektor Victor Bosch kniff die Augen zusammen und beobachtete Vaitmar. Die anderen Kollegen schauten fragend in die Runde.

„Alles klar", lenkte Hansen schnell ein. „Du kümmerst dich nachher darum."

„Selbstverständlich", antwortete Liviana Vaitmar mit ebenfalls zusammengekniffenen Augen. Rob fing an, die Arbeit zu verteilen. Plötzlich stand Jens Fischer auf.

„Ich muss etwas sagen ...", begann er und setzte sich daraufhin sofort wieder. Er führte seine Pfeife an den Mund und schaute Kommissarin Kobalt an. Dabei sog er die Luft durch die kalte Pfeife.

„Und?", fragte Rob.

„Ich habe gerade die letzten Ergebnisse der DNA-Vergleiche bekommen. Ich kann eine weitere unbekannte DNA aus der Wohnung von Manuela Berghausen jetzt zuordnen." Jens machte eine kurze nachdenkliche Pause und setzte erneut an, „Das erinnert mich an was. Ich habe mal ..."
„Und wie ist das Ergebnis, Jens?" unterbrach ihn Hansen schroff.
„Sie gehört Kim Ross."
Als sich die Sitzung auflöste, gingen Fischer und Vaitmar auf Hansen zu.
„Was war los heute Morgen, Rob. Du hast das Gespräch einfach abgewürgt", sprach Jens Fischer ihn an.
„Ja, tut mir leid. Ich hatte plötzlich einen Krampf in der Wade. Zu viel gelaufen, zu wenig Magnesium, verstehst du? Ich muss dich aber noch kurz sprechen."
„Jederzeit zu Diensten."
„Meinst du, wir finden ein paar Fingerabdrücke auf so einem Schleichfigürchen?", fragte er und nickte Vaitmar zu.
„Ist das dein Ernst?"
„Ja. Kann man das hinkriegen?"
„Kommt auf die Oberfläche an, und wie viele Leute das Ding schon in den Händen hatten. Ich denke, das kannst du getrost vergessen."
„Wenn es aber extra zu dem Zweck gekauft worden ist, um es neben die Opfer zu platzieren, dann sind nicht so viele Abdrücke darauf, denke ich."
„Wovon redet ihr?", fragte Liviana, die diesem Gespräch nicht folgen konnte.
„Bliebe noch die Oberfläche."
„Hallo? Ist das jetzt wieder ein Gespräch unter Männern?", fragte sie mit künstlich abgesenkter Stimme.
„Am Tatort von Manuela Berghausen lag wahrscheinlich ein Figürchen auf Schulterhöhe und im Abstand von zirka 80 Zentimetern. Bei Kim Ross habe ich auch ein Chamäleonfigürchen

gefunden. Allerdings 13 Tage später", setzte Rob Liviana in Kenntnis.

„Das Figürchen beim Opfer Berghausen hat die Spurensicherung übersehen, und jetzt wurde mein Chamäleonfigürchen geklaut."

„Ah ja?", kommentierte Liviana ungläubig. „Das ist irgendwie blöd, wenn einem das Spielzeug geklaut wird, nicht wahr? Aber Mama hat bestimmt noch ein anderes für dich."

Jens Fischer musste auflachen und blies den Rauch aus Nase und Mund.

„Die Menschen sind so furchtbar weit voneinander; und die, welche einander lieb haben, sind oft am weitesten. Sie werfen sich all das Ihrige zu und fangen es nicht, …"

„Ja, danke, Jens …", unterbrach Hansen genervt, „… also, was glaubst du?"

„Rainer Maria Rilke."

„Jens, bitte."

„… und es bleibt zwischen ihnen liegen irgendwo
und türmt sich auf
und hindert sie endlich noch,
einander zu sehen
und aufeinander zuzugehen", zitierte Fischer und fügte hinzu, er mache jeden Blödsinn, solange es der Wahrheitsfindung diene.

„Gut, wir versuchen es, sobald ich das Spielzeug gefunden habe."

„Ich muss mit dir über unseren Türkenmord reden, Rob", warf Liviana ein.

„Ja gut. Lass uns in dein Büro gehen! Tschüss, Jens."

„Dito." Auf dem Weg in Vaitmars Büro unterbrach er plötzlich ihren Redefluss.

„Die Putzfrau! Der kleine Junge von der Putzfrau. Wer sollte sich sonst für dieses Chamäleonfigürchen interessieren? Ich muss noch mal telefonieren, Vait. Wir reden nachher weiter."

„Aha", antwortete Liviana und stand plötzlich allein im Flur.

***

Innerhalb von drei Minuten hatte Hauptkommissar Hansen den Namen und die Adresse der Reinigungsfirma ausfindig gemacht, die für das Präsidium zuständig war. Sie nannten ihm bereitwillig Namen und Adresse der Reinigungskraft, die bei ihm auf der Etage die Räumlichkeiten säuberte. Er stand von seinem Schreibtisch auf und ging in das Büro seiner Kollegin.

„Liviana, ich fahre jetzt in die Keupstraße und nehme Funke mit."

Liviana schwieg und schaute genervt auf ihre Akte, die vor ihr auf dem Schreibtisch lag.

„Was hast du?", fragte er noch im Türrahmen stehend.

„Verrate nicht zu viel von dem, was du tust. Ich könnte mich sonst noch informiert fühlen!", antwortete sie barsch.

„Es geht noch mal um das Chamäleonfigürchen", antwortete Hansen verlegen. „Ich habe die Putzfrau ausfindig gemacht. Da fahre ich jetzt hin."

„Das hört sich ja vielversprechend an. Ich dachte, wir reden über den Türkenmord?"

„Gleich, wenn ich wiederkomme, versprochen."

„Aber Zeit zu viel hast du keine?" Sie lehnte sich zurück, verschränkte die Hände hinter ihrem Kopf und schaute ihn mit leicht zusammengekniffenen Augen an. Durch ihr T-Shirt zeichneten sich ihre Brustwarzen ab. Stefanie Tannenberg tauchte plötzlich vor seinem inneren Auge auf. *Noch fünf Tage bis zum Rendezvous,* dachte Rob gedankenverloren, ohne den Blick von Livianas Brüsten abzuwenden.

„Soll ich sie rausholen, he?", fragte Liviana provokativ. Rob schlug sich mit der flachen Hand vor die Stirn, und das Blut schoss ihm in den Kopf.

„Es tut mir leid. Das war keine Absicht. Ich war ..."

„Lass gut sein ...", winkte sie ab.

„Ich habe gerade an jemand anderen ..."

„Ach? Meinst du die blonde Schönheit von neulich? Die Körperverletzung mit Widerstand gegen die Staatsgewalt? Die heißt doch Stefanie, soweit ich das erinnere."

„Woher weißt du das?", erschrak Rob und wurde gleich darauf wütend.

„Keine Angst! Ich spioniere dir nicht nach, falls du das denkst. Du bist neulich nur etwas nachlässig gewesen."

„Wieso?", fragte er und trat etwas näher auf sie zu.

„ Ich hatte dir bereits am Samstag vor einer Woche schon mal die ersten Facts zum Türkenmord auf den Tisch gelegt, zu denen du dich ja bis heute konsequent nicht äußern willst. Und da strahlte mich doch dann diese Schönheit an, rein digital, meine ich. Wenn du samstags schon hier aufläufst, solltest du wenigstens nachher den Rechner wieder runterfahren. Ist das deine Flamme, oder spionierst du ihr nach?"

„Ach ..." Er brach mitten im Satz ab und vermied jeglichen Augenkontakt mit Liviana. Beide schwiegen, und die Atmosphäre in ihrem Büro verdichtete sich plötzlich, ebenso der Abstand zwischen ihnen. Liviana kam hinter ihrem Schreibtisch hervor.

„Rob ...", begann Liviana leise, „... ich bin auch verliebt." Er schwieg.

„Sie heißt Rose", offenbarte sie ihm, und er versuchte, seine Irritation zu verbergen.

„Ich habe gar nicht gewusst, dass du anders gepolt bist", stolperten seine Worte unsicher aber dennoch einfühlsam heraus.

„Ich weiß es auch nicht genau."

„So?"

„Außerdem ...", begann sie erneut, „... musste ich mich am letzten Samstag gegen zwei verdammte Nazis zur Wehr setzen. Sie sahen hinterher nicht gut aus." Kaum hatte sie es gesagt, begann sie unbeherrscht zu weinen.

„Ich hatte solche Angst!", brach es aus ihr hervor. Rob nahm sie in seine Arme und fühlte den zarten Körper, von dem er genau wusste, dass er sich in Windeseile zu einer schlagkräftigen

Maschine wandeln konnte. Jetzt zuckten und zitterten ihre Schultern in seinen Armen, und ihr Kopf suchte Schutz an seinem Körper. Ihr Haar roch faszinierend. Sie weinte an seiner Brust und grub sich mit ihren Fingernägeln in sein Jackett. Er hielt sie fest umschlungen, ohne zu wissen, was er in diesem Moment eigentlich tun sollte. Er streichelte zaghaft ihren Rücken, in der Hoffnung, dass es sie trösten könnte und begann zu erzählen.

„Bevor ich Kommissar wurde, war ich beim SEK. Mein letzter Einsatz war bei einem Banküberfall mit Geiselnahme in einer Kreissparkasse. Ich war jung und unerfahren dazu. Der Befehl zum Stürmen kam, und von da an lief alles schief. Es wurde von allen Seiten wild geschossen, und ich bin in die falsche Richtung gelaufen. Als ich endlich zur Truppe aufschließen konnte, stand ich vor dem Nebeneingang der Filiale, aus dem plötzlich eine maskierte Person herausgelaufen kam und sich die Maske vom Kopf riss. Sie zielte mit ihrer Waffe auf mein Gesicht. Es dauerte den Bruchteil einer Sekunde, als sich unsere Blicke trafen und ich schoss. Ich schoss einfach. Die Frau fiel wie ein Sack Mehl zu Boden. Sie hieß Regina Kaspers und war 27 Jahre alt, als ich sie tötete. Ich habe mich seinerzeit zur Polizei nach Dortmund versetzen lassen und bin jahrelang an ihr Grab gegangen."

Livianas Kopf lehnte die Zeit über an seiner Brust. Ihr Weinen verstummte.

„Danke", flüsterte sie und hob den Kopf. Sie nahm sein Gesicht in ihre Hände, schloss ihre Augen und zog ihn langsam zu ihrem leicht geöffneten Mund. Rob legte sanft Zeige- und Mittelfinger auf ihre Lippen.

„Wir sollten das nicht tun", flüsterte er und wich langsam zurück. „Es liegt eine Anzeige gegen dich vor", bemerkte er, als Liviana sich von ihm löste.

„Wie? Du weißt es schon längst?", fragte sie und schaute ihn verwirrt an.

„Nein. Jetzt weiß ich es. Joh hat heute Morgen eine Anzeige von einem der beiden Skinheads entgegengenommen."
„Oh, Gott?!"
„Wir kriegen das schon irgendwie hin, Vait."
„Hast du schon mit Victor gesprochen?"
„Nein."

Rob Hansen fand Johann Funke in der Eingangshalle an der Rezeption. Neben ihm stand Ballwitz. Er bedeutete Funke, dass sie einen Wagen bräuchten und er dabei sofort an ihn gedacht habe.

„Er meint damit, ich soll dein Auto nehmen, Ballwitz." Dieser rollte die Augen, zog die Autoschlüssel aus der Tasche und warf sie Funke zu.

Du bist das Arschloch!?... dachte Rob, *...Stefanie hätte dir auch eins mit der Bratpfanne überziehen sollen.* Als er an den beiden vorüberzog, warf er Ballwitz einen vernichtenden Blick zu. Dann verließen Hansen und Funke das Präsidium.

„Ohne Blaulicht. Keupstraße, zu einer Familie namens Kekillic."

„Klein-Istanbul? Was machen wir da?"

„Ein Chamäleonfigürchen beschlagnahmen und die Familie zu Fingerabdrücken ins Präsidium einladen."

„Ein Chamäleonfigürchen beschlagnahmen? Warum nicht? Ich dachte schon, du wolltest mich zu einem gehobenen Döneressen einladen oder mir eine neue Frisur spendieren, schön mit Kopfmassage und so", gab Funke zur Antwort.

Um diese frühe Mittagszeit ging es in der sonst so lebhaften Straße noch ruhig zu. Kommissaranwärter Funke parkte den Wagen neben dem Bürgersteig. Sie passierten eine kleine Gruppe Männer, die palavernd neben einem Haushaltsgeschäft stand, in dessen Schaufenster ein buntes Teeservice und viel Plastikware prangten. Kurz nach dem türkischen Café mit den kunstvoll aufgeschichteten Pyramiden aus kleinen ölhaltigen Gebäckstücken in der Auslage, aus denen der pure Zucker herauszutriefen schien, erreichten sie das Haus. Hansen sah auf die zahlreichen Klingelschilder. Auf zweien stand der Name Kekillic.

„Fifty-fifty, dass wir die richtige Familie antreffen", spaßte Hansen, dann drückte er auf den unteren Klingelknopf. Der Summer ging, und eine Frauenstimme rief etwas auf Türkisch. Hansen und Funke trippelten durch den schmalen Treppenaufgang nach oben. Im zweiten Stock stand die Frau, die er aus dem Präsidium kannte. Sie trug ein anderes Kopftuch, und neben ihr stand der Junge, der ihre Hand hielt und am Daumen lutschte.

„Guten Tag, Frau Kekillic", sagte Hansen und hielt ihr den Dienstausweis und die rechte Hand hin. Sie erwiderte seinen Handschlag zögernd und mit kaum spürbarem Druck.

„Das ist mein Kollege Funke. Wir haben ein paar einfache Fragen an Sie. Dürfen wir reinkommen?" Rob hörte eine Männerstimme aus der Wohnung rufen. Frau Kekillic antwortete in ihrer Landessprache.

„Ah, ich höre, Ihr Mann ist auch da. Das ist gut", kommentierte Hansen die für ihn unverständliche Unterhaltung. Sie trat zurück und winkte die beiden herein, dabei ging sie mit ihrem Sohn voraus. In der beengten Küche bot sie den Männern an, auf zwei schlichten, mit rotem Kunststoff bezogenen Stühlen, Platz zu nehmen.

„Tee? Ganz frisch", bot Frau Kekillic den Polizisten an. Beide nickten stumm, weil es ihnen der Anstand gebot. Johann Funke sehnte sich allerdings nach einer Tasse Kaffee, der ihm die letzte Nacht vertrieb, wie einem Fisch den Sandstrand. Während Frau Kekillic ihnen den Tee in zwei kleine Gläser schüttete, kam ihr Mann und stellte sich in den Türrahmen zur Küche. Er stand in Unterhemd und Trainingshose vor ihnen und schien gerade aus dem Bett zu kommen.

„Hat Nachtschicht die Woche", entschuldigte sich Frau Kekillic für dessen Erscheinungsbild und schob den Polizisten den heißen Tee und ein Schälchen mit Zucker entgegen.

„Sie haben mich vielleicht neulich im Präsidium gesehen, Frau Kekillic."

„Ja, ich kenne Sie. Sie arbeiten immer lange, lange in Zimmer. Sie haben oft noch Licht, wenn ich gehe. Kann ich Ihr Büro nicht sauber machen. Mache ich dann nächstes Mal."

„Ja, wir haben viel zu tun."

„Oh, aber Sie haben besonders viel zu tun. Wenn ich komme, sind Kollegen immer schon weg. Nur Sie und Ihre Frau arbeiten noch."

„Deine Frau, Rob?", warf Johann Funke glucksend ein.

„Sie meinen bestimmt meine Kollegin Vaitmar, Frau Kekillic."

„Die Frau mit die ganz lange Haare. Schöne Haare, schöne Frau. Türkisch Frau?"

„Nein, keine Türkin."

„Italienerin, halb", ergänzte Funke. Hansen schaute Funke streng an. Er mochte es nicht, wenn man aus dem Nähkästchen über Kollegen plauderte. Herr Kekillic war, inzwischen mit einem T-Shirt bekleidet, wieder auf seinen Platz im Türrahmen zurückgekehrt. Er fragte mürrisch etwas auf Türkisch, und seine Frau zischte ihm etwas entgegen. Regungslos fixierte Johann den Mann und entdeckte einen gelblichen Flecken auf dessen Hemd. Er dachte sofort an Currysauce.

„Frau Kekillic. Sie putzen regelmäßig auf dieser Etage?"

„Nur die Zimmer, ist nicht gut genug?"

„Nein, nein, alles bestens ..." winkte Hansen ab.

„Flur macht der Wagen. Ich putze morgen noch besser bei Ihnen. Aber Sie sind immer da. Wann soll ich putzen?"

„Frau Kekillic, Sie putzen prima. Ich will mich nicht bei Ihnen beschweren. Ich habe eine andere Frage an Sie. Bitte verzeihen Sie mir das, aber ich muss Sie das fragen. Ich hatte auf meinem Schreibtisch ein kleines Chamäleonfigürchen stehen. Nicht, dass ich da persönlich daran hänge, aber dieses Figürchen ist leider von großer Bedeutung geworden. Das war ein Kinderspielzeug auf meinem Schreibtisch, Frau Kekillic. Bei uns auf dem Präsidium gibt es keine Kinder, die mit so einem Spielzeug gerne spielen würden. Könnte es sein, dass vielleicht Ihr Sohn ...?"

Frau Kekillic warf die Stirn in Falten, drehte ihre Hand und schaute verständnislos mit leichtem Kopfschütteln.

„Kinderspielzeug, so groß." Rob hielt Maß mit Daumen und Zeigefinger. „Hat Ihr Sohn vielleicht das Figürchen ...? Es ist wichtig, Frau Kekillic."

„Ah! ...", merkte sie auf, „Hat auf Ihrem Schreibtisch gestanden, stimmt? Ich habe Ahmet viele Male gesagt, er soll Finger weglassen." Dann rief sie durch die Wohnung.

„Ahmet! ..." Der darauffolgende Satz ertönte in türkischer Sprache, und Hansen und Funke sahen eine Szenerie entstehen, auf deren weiteren Verlauf sie nicht vorbereitet waren.

Frau Kekillic schimpfte mit dem Jungen, der zunächst davonlief und kurz darauf mit hochrotem Kopf und weinend wieder in der Küche erschien. Er stellte das Figürchen auf den Esstisch. Rob schaute auf den aufgerollten Schwanz des Tieres und erkannte an dem fehlenden Schwanzstück, dass es wirklich sein gesuchtes Chamäleon sein konnte. Frau Kekillic brach plötzlich in eine Litanei von Entschuldigungen aus, im Wechsel mit lautem Geschimpfe, das sie an ihren Sohn richtete. Dann sprang sie von ihrem Stuhl auf, packte den Jungen am linken Oberarm und schlug ihn ein paar Mal auf seinen Hintern. Als sie ihn los ließ, hielt der Vater den Jungen an den Haaren fest und sprach auf ihn ein. Hansen und Funke verstanden kein Wort, sie wollten aber nicht darüber nachdenken, was den Jungen erwartete, sobald sie wieder weg waren. Der Junge verschwand heulend aus der Küche, und Frau Kekillic entschuldigte sich erneut bei den Polizisten. Sie habe dem Jungen schon tausend Mal gesagt, er solle die Sachen in den Büros nicht anfassen. Aber sie könne ihn doch nicht allein zuhause lassen, wenn der Vater Nachtschicht habe und sie abends putzen müsse. Sie habe nicht mitbekommen, dass der Junge es eingesteckt habe, aber er sei ja auch noch ein Kind. Während sie lamentierte, erklärte Rob, dass Kinder eben Kinder seien, und er habe das Figürchen ja nun wieder, und alles sei halb so wild. Aber er brauche die Fingerabdrücke der Erwachsenen. Zu diesem Zwecke bitte er sie und ihren Mann, mit aufs Präsidium zu begleiten.

„Es ist gut, sagen Sie? Warum die Fingerabdrücke?", fragte Frau Kekillic nervös.

„Reine Routine. Wir werden Sie selbstverständlich anschließend wieder nach Hause fahren. Wenn Sie das bitte auch Ihrem Mann sagen würden."

Frau Kekillic sprach auf Türkisch zu ihrem Mann, der heftige Widerworte zu geben schien. Dann verschwand er in einem anderen Raum.

„Zieht sich an", erklärte Frau Kekillic.

Johann sah hinter ihm her und blickte dann aus dem Fenster. Plötzlich entdeckte er aus dem Augenwinkel, wie Herr Kekillic die Wohnungstür aufriss und davon stürzte. Ohne nachzudenken stürmte Funke hinterher. Er übersprang im Treppenhaus mehrere Stufen, riss die Haustür auf und stieß mit einem Mann zusammen, der auf seinen Hintern fiel. Funke sah Kekillic die Flucht auf der Keupstraße fortsetzten, indem dieser ein großes Eis aus Pappmaschee umrannte, das vor einem Eiscafé auf dem Bürgersteig postiert war. Der Flüchtige geriet dabei ins Straucheln, bevor er rechts in die Holweider Straße, einer kleinen Einbahnstraße, abzweigte. Funke kämpfte sich durch die hupenden und quer verkeilten Autos, die mit einstimmendem Männergetöse versuchten, Ordnung in das beengte Verkehrschaos zu bringen Johs plötzlich aufkeimender Jähzorn verringerte zügig den Abstand zu dem flüchtigen Mann. Dieser bog vor der Schule in den kleinen Verbindungsweg zur gut befahrenen Bergisch Gladbacher Straße ein. Genau zwischen Genovevabad und dem Hochhaus, in dem sich früher die Polizeidienststelle von Köln-Mülheim befand und jetzt eine Hilfseinrichtung für Drogenabhängige untergebracht war, wagte Funke den Sprung, um dem Flüchtigen in die Hacke zu treten.

Hauptkommissar Hansen hatte sich vor der Wohnungstür der Kekillics positioniert wie ein Pit Bull Terrier, dem man die Stimmbänder zum Kläffen entnommen hatte und der mit großer Mühe versuchte, die inzwischen aus dem Haus und von der Straße zusammengelaufenen Menschen, der Wohnung zu verweisen. Frau Kekillic stand aufgelöst und weinend in der Küche.

„Frau Kekillic, wissen Sie, was das zu bedeuten hat?", fragte Hansen in das Klagen und Weinen von Frau Kekillic, die jede weitere Frage kopfschüttelnd beantwortete. Sein Handy klingelte.

„Ich habe ihn. Wir sitzen im Auto. Die Stimmung ist nicht gut hier im Auto und auch nicht auf der Straße. Besser du kommst sofort."

„Okay, ich komme", erwiderte er kurz und drückte die rote Taste seines Handys.

„Frau Kekillic, tut mir leid - ich muss. Wir nehmen ihren Mann mit. Kommen Sie bitte nach, sobald Ihnen das möglich ist. Wir werden Fragen haben. Auf Wiedersehen."

Hauptkommissar Hansen drängelte sich durch die Menge, um an die Beifahrertür zu gelangen. Er wimmelte die Fragen ab und stieg nach hinten zu Kekillic in den Wagen.

„Ich habe mit Vaitmar telefoniert", sagte Johann Funke. „Sie fragt, ob wir verrückt sind. Ich habe die Frage mal offen gelassen, da ich nicht weiß, was hier läuft. Wir sollen ihn aber mitbringen, warum weiß ich auch nicht."

„Okay, hauen wir ab hier. Alles Weitere im Präsidium. Auf geht's."

Funke gab Gas.

Köln, 14:13 Uhr

Sie standen vor dem Einwegspiegel und schauten in den Verhörraum. Herr Kekillic wurde gerade hineingeführt. Er schritt erhobenen Hauptes, mit heruntergezogenen Mundwinkeln und in Handschellen vor dem Verhörtisch. Er hatte glattes, schwarz gescheiteltes Haar, einen schwarzen Schnäuzer und auffällig buschige Augenbrauen. Seine Kleidung bestand aus einem gemusterten T-Shirt und einer schwarzen Hose. Ein Beamter entledigte ihm seiner Handschellen, die er sich aufgrund seiner aufbrausenden Art, gegen sich erzwungen hatte.

„Ihr habt die Observation der Drogenfahndung massiv gefährdet mit eurer eigenmächtigen Verfolgung", erregte sich Kommissarin Vaitmar.

„Und jetzt haben wir hier den Kekillic sitzen, der eigentlich zur Drogenfahndung müsste."

„Er ist uns abgehauen. Was hätten wir machen sollen?", entgegnete Rob Hansen.

„Soll ich uns Kaffee holen?", fragte Joh ausweichend.

„Gute Idee. Wo kriegst du den eigentlich her? Der kommt nicht aus dem Automaten, das schmeckt man", bemerkte Hansen.

„Och, die Sekretärin vom Chef ist nett. Die Thermoskanne habe ich."

„Victors Sekretärin? Eva Schmidt?"

„Jupp, oder wie Vait so schön sagt, *Unser Schmidtchen, das Schnittchen.*" Vaitmar schenkte Hansen ihr breitestes Grinsen.

„Ich glaube, unser Joh wird noch dick Karriere bei uns machen, was meinst du, Vait?" Johann Funke ging, ohne einen Kommentar abzuwarten.

„Bevor ich der Drogenfahndung Bescheid gebe, werde ich Kekillic erst mal einschüchtern, dann sehen wir weiter. Ich geh jetzt rein", antwortete Vaitmar.

„Ich habe seine Frau hierher bestellt."

„Warum?"

„Sie spricht besser Deutsch als er. Der scheint unserer Sprache ja nicht mächtig zu sein."

„Du glaubst, der spricht kein Deutsch? Der ist hier aufgewachsen, jünger als ich, deutsche Schule und so weiter. Wenn der kein Deutsch spricht, dann nur, weil man ihm die Zunge abgeschnitten hat", ereiferte sich Liviana.

„Scheibenkleister, es hat mich auch schon gewundert, dass seine Frau so gut spricht. Häufig ist das ja umgekehrt."

„Mein Gott, Hansen, wann hast du das letzte Mal mit einer Türkin geredet? Hier läuft schon die dritte bis vierte Generation durch Köln. Für die meisten Türken ist die Türkei nur noch ein Urlaubsort", antwortete Vaitmar süffisant. Dann öffnete sie die Tür, ging auf Kekillic zu und reichte ihm die Hand. Er blieb sitzen und legte seine Hand demonstrativ auf den Tisch. Hansen sah durch den Spiegel, wie Vaitmar das Mikrofon einschaltete und sich Kekillic gegenüber hinsetzte.

„Herr Kekillic, Sie wissen, weshalb Sie hier sind? Wir wissen, dass Sie jedes Wort hier verstehen, weshalb Sie Ihren Ausländerbonus in der Tasche behalten dürfen. Sie heißen Murat Kekillic, sind geboren am 25. Juli 1976 in Köln und wohnen in der Keupstraße. Verheiratet, keine Kinder. Stimmt das soweit?"

„Nein."

„Nein?"

„Nein."

„Geht das etwas zweisilbiger? Oder haben Sie die Absicht, über Nacht und ohne Abendessen zu bleiben und morgen früh um 6:00 Uhr, vor dem Frühstück, hier wieder mit mir zu sitzen?" Er zog seine Augenbrauen hoch und sah sie fragend an. Vaitmar mochte Männer mit buschigen Augenbrauen und Oberlippenbart nicht. Sie machten sie schnell aggressiv und Kekillic trug neben einigen Schrammen einen Naturpelz auf den Armen, was Vaitmar in diesem Ausmaß unästhetisch fand.

„Ich heiße Mahmut, geboren am 12.05.1974 und habe einen Sohn. Und ich weiß nicht, warum ich hier sitze."

Liviana Vaitmar sprang auf und bedeutete mit ihrer Hand, dass er sitzen bleiben solle.

„Warten Sie hier!", befahl sie und verließ ohne weiteren Kommentar mit schnellen Schritten das Vernehmungszimmer.

„Hallo! Das ist der Bruder!", rief sie hinter der Trennscheibe, „Was soll ich mit dem Bruder?! Hast du dir eigentlich mal einen Blick in die Akte erlaubt? Du schleppst den Bruder an und vermasselst die ganze Vorarbeit der Drogenfahndung! Die wohnen doch alle in einem Haus, Mann! Aber es geht genau um den anderen. Da sag ich jetzt aber mal, tolle Arbeit, Mann!" entledigte sie sich von ihrem Ärger.

„Tut mir leid, Vait, ich habe mir die Akte noch nicht ansehen können. Ich hätte das besser tun sollen."

„Hallo!", schrie sie sich erneut in Rage, schlug die Akte im Vorraum auf den kleinen Tisch und stampfte mit einem Fuß auf den Boden.

„Weißt du eigentlich, was das für Leute sind, die Kekillics? Der sieht in seinen tristen Klamotten zwar aus wie ein Prolet, aber die ganze Sippe hat in Kuşadası Grundstücke und Immobilien. Diesen Besitz wird noch nicht einmal die 3. Generation durch die Wasserpfeife ziehen können. Und weißt du, wie die sich das alles zugelegt haben?"

Funke kam mit einem Tablett herein. Darauf standen drei Tassen, eine Thermoskanne, Milch, Zucker und ein Schälchen mit Keksen.

„Sssoooo", säuselte er, „Eine Tass Kaff und was für die Nerven, mit Gruß vom *Schnittchen*. Bedient euch!", endete er und erkannte erst jetzt die angespannte Lage. Hansen goss zwei Kaffee ein und nahm sich Milch. Vaitmar fuhr sich mit der Hand durch die Haare, eine Geste, die Hansen trotz seiner Anspannung sehr erotisch fand. Dann reichte er ihr die Tasse mit der Bemerkung, „Schwarz, stimmt, oder?"

„Ja", gab sie zur Antwort, und ihre Wut schien wie weggeblasen.

„Wie passt das zusammen, so eine schlichte Mietswohnung und so viel Reichtum an den Füßen?"

„Was weiß ich? Vielleicht haben die Brüder was ausgefressen, und der alte Kekillic sagt *Ich habe keine Söhne mehr* und verwehrt ihnen das Stück vom Kuchen. Oder es ist eine Art Tarnung.

Wir müssen ihn laufen lassen", gab Vaitmar zurück. Hansen kaute an seinem Keks.
„Nein, noch nicht. Wir werden etwas finden. Er ist uns weggelaufen. Das macht man nicht, wenn man nichts auf dem Kerbholz hat. Außerdem brauche ich seine Fingerabdrücke."
Sie schauten durch den Einwegspiegel und sahen Kekillic ärgerlich hin- und herblicken.
Von hinten könnten die Gegensätze der beiden nicht größer sein, dachte Funke. Vaitmar, zierlich, mit ihren schwarzen glänzenden Haaren, die bis auf die Hüften herabfielen, daneben Hansen mehr als einen Kopf größer mit den leisen Anzeichen einer Glatze und einem dunkelblauen T-Shirt, darauf ein paar Schuppen.
„Wusstest du, dass der Kekillic-Clan und der Demirtas-Clan eine Hassliebe verbindet?"
„Woher?"
„Ach stimmt, dich interessiert dieser Fall ja nicht einmal sekundär."
„Liviana, bitte."
„Die Demirtas hatten Interesse an einigen Grundstücken beziehungsweise Immobilien in Kuşadası. Aber die Kekillics waren schneller. Sie haben den Behörden mit Hilfe von Verkaufsabsprachen und Schmiergeldzahlungen die Entscheidungen etwas erleichtert. Finanziert über die Nebeneinkünfte ihres kleinen Drogen-Import-Export-Handels. Schlecht für die Demirtas. Die müssen Hassfalten wie Reifenspuren im Gesicht haben. Das sind alles Filetstücke mitten im touristischen Kuşadası. Da schießen jetzt die Clubs nur so aus dem Boden. Die Demirtas hatten Wind von den Schmiergeldzahlungen bekommen. Ihnen wurden sämtliche Vereinbarungen, Baupläne, Katasterauszüge, oder wie das bei denen auch immer heißt, zugespielt. Selbst notarielle Kaufverträge und Kontoauszüge der Kekillics hatte der alte Demirtas. Und ratet mal, woher ich die Beweise dafür habe, nebst 500 Gramm Gras?" Die Männer schauten sie fragend an und Liviana genoss es, ihrer Ermittlungsarbeit etwas Dramatik zu verleihen.

„Aus dem Schließfach vom Hauptbahnhof zu Köln. Den dazugehörigen Schlüssel hatte unser heldenhafter und geschickter Acartürk Demirtas."

„Eigentlich ein echtes Mordmotiv", meinte Funke.

„Allerdings!"

„Aber eigentlich doch eher ein Motiv für die Demirtas, den Kekillics ans Leder zu gehen, schließlich hatten sie doch keine reale Chance. Warum aber umgekehrt", wandte Hansen ein.

„Richtig! ...", entgegnete Liviana, „...wegen ein paar Dokumentenkopien und 500 Gramm Gras schießt ein Kekillic wahrscheinlich nicht einfach den Platzhirsch vom Feld. Nein, das regelt man dort doch anders. Man nennt den Preis für die Heirat!"

Kapitel 2

Dienstag, 15. August bis Samstag, 26. August

Dienstag, 15. August

Köln, 08:40 Uhr

„Heiliger Gransack! Schnell trifft die Kugel den Hirsch! Du hast den Mann wegen eines Kinderspielzeugs die ganze Nacht festgehalten?" erkundigte sich der Kriminaldirektor aufgebracht.

„Nicht wegen des Chamäleonfigürchens. Weil er irgendwie mit dem Mord an Acartürk Demirtas zu tun hat", gab Kommissarin Vaitmar dem Hauptkommissar Schützenhilfe.

„Die Ausgangslage ist beschissen, aber sein Anwalt steht derzeit auf der A3 bei Frankfurt im Stau. Das ist unsere Chance, Victor", ergänzte sie.

„Wir haben ihm und seiner Frau wegen des Figürchens nur Fingerabdrücke abgenommen", setzte Rob nach.

„Bei der geschilderten Sachlage ist weder das Eine noch das Andere zu vertreten, das wisst ihr", erregte sich Bosch und ließ sich in seinen Ledersessel fallen. Hansen schmiegte sein Kinn in die rechte Hand und schaute in die Ecken des Büros, als suche er eine Fliege an der Wand. Vaitmar, angesteckt von seinem Verhalten, versuchte, seinem Blick zu folgen. Die Spannung, die durch seine umherschweifenden Blicke entstand, übertrug sich auf sie. *Das ist ja merkwürdig anstrengend. Ich würde mich ja dauernd verfolgt fühlen, wenn ich das tun müsste,* dachte sie.

„Ist was?", fragte Bosch in einem Tonfall, als wolle er das Wort *Kinder* noch anfügen. Dabei schaute er sich kurz im Raum um.

„Nein, nichts. Ich...", verschluckte Rob die restlichen Worte, als die Tür aufging und Eva Schmidt, Victors Sekretärin, mit einem Tablett hereinkam. Als sie Rob ausgemacht hatte, trat sie zwischen ihn und Victor und stellte das Tablett ab. Blitzschnell zupfte sie Rob an seinem Ohrläppchen und nahm die Kanne vom Tablett.

„Man sollte bei warmem Wetter immer etwas Warmes trinken, das löscht den Durst. Ich habe mir erlaubt ..."

„Danke, Eva, danke", unterbrach der Kriminaldirektor sie.

„Und gegen den ganz kleinen Hunger ...", ließ sie den Satz offen und stellte ein Schälchen Kekse auf den Tisch.

„Ja, danke, Eva. Danke."

„Sie sehen heute wieder bezaubernd aus, Liviana. Sie sollten Ihr Haar öfter offen tragen. Es steht Ihnen ausgezeichnet."

„Danke, Eva, danke", wiederholte Bosch. Liviana lächelte Eva Schmidt an. Die Sekretärin lächelte zurück und schaute zu Rob, der kaum merklich den erhobenen Zeigefinger hin und her wackeln ließ und mit dem linken Auge zwinkerte. Als Eva die Zwischentür von außen schloss, hatte sich der Sturm gelegt.

„Wir brauchen zwei Stunden, Victor. Dann lassen wir ihn laufen. Zwei Stunden", bedeutete Hansen.

„Und wir befragen seine Frau. Die erscheint uns kooperativer. Das könnte eigentlich Charlotte Kobalt machen", ergänzte Vaitmar.

„Sie hat Fähigkeiten, nicht wahr? Das ist jetzt mal effizient gedacht. Aber was hat die arme Ehefrau überhaupt damit zu tun?"

„Frauen wissen manchmal mehr als sie vorgeben und häufig auch die Dinge, die zwischen den Welten liegen", antwortete Vaitmar schnell und wusste, dass sie trotz ihrer wackeligen Argumentation überzeugte.

„Und wir brauchen einen Durchsuchungsbefehl für die Kekillics in der Keupstraße, für beide", forderte Rob.

„Also, Leute, das geht jetzt aber wirklich zu weit. Ihr könnt doch nicht einfach so wild in der Gegend herum ermitteln und überall unsere Mannschaft wahllos einfliegen lassen! Wir müssen auch mit dem Geld der Steuerzahler verantwortungsvoll umgehen. Das geht auf gar keinen Fall, Rob", endete Bosch.

„Zwei Stunden, Victor."

„Also ...", begann er, und dann rutschte es ihm doch heraus, „... gut, Kinder, zwei Stunden. An die Arbeit."

Sie verließen das Büro des Kriminaldirektors, und Rob konnte sich einen Kommentar auf dem Flur nicht verkneifen.

„Er ist alt geworden."

„Nein. Er ist einfach zu dick", antwortete die Kommissarin.

Aus der Ferne sahen sie, wie Funke ihnen entgegenkam. Er fuchtelte mit seinen Händen herum, und dann bückte er sich, um etwas aufzuheben.

„Denkst du auch, was ich denke?"

„Der Münzsack?"

„Genau."

„Ich suche euch schon überall", rief er ihnen entgegen. „Frau Kekillic ist jetzt da. Wo soll sie hin? Und ihr Mann sitzt bereits wieder im Verhörraum. Allerdings kurz vor der Explosion."

„Das ist gut, die Zeit läuft. Wir gehen direkt zum Verhörraum. Sag der Kobold, sie soll dorthin kommen", wies Rob ihn an.

„Kobalt, Rob!", zischte Liviana ihn an. „Sie heißt Charlotte Kobalt. Wenn du ihr nicht langsam mal eine Chance gibst, wirst du bald eine zweite Feindin haben. Das hat sie nicht verdient, Rob."

„Sag ich doch."

„Blödmann!"

„Hey! Ich bin dein Chef."

„Blöd-Chef-Mann."

Sie standen zu viert vor dem Einwegspiegel des Verhörraums. Kommissarin Kobalt hämmerte mit dem Kugelschreiber auf ihrem rechten Handrücken herum. Hauptkommissar Hansen aß einen Keks, und Kommissarin Vaitmar standen die Schweißtropfen auf der Stirn.

„Was ist, Vait?"

„Nichts", log sie. Victor hatte nichts verlauten lassen, Hansen nichts angesprochen, aber über ihr hing die Anzeige der Nazis wie ein Damoklesschwert. Es hatte sie überraschend eingeholt, wie sie öfter Dinge plötzlich einholen. Einschläge wie diese gehörten zu ihrem Leben wie ihre Periode. Mit ihrer Periode konnte sie problemlos leben. Mit den unvorhersehbar über sie hereinbrechenden Ereignissen und Erinnerungen kaum. Sie raubten ihr manchmal die Besinnung. Sie dachte an Heroin und an Waltraud, während ihre Zuversicht schwand. Sie sah schweigend und starr in das Verhörzimmer und wischte sich schnell eine Träne aus dem Gesicht. Wie gern hätte sie in diesem Augenblick die Wärme des Heroins in ihrem Körper gefühlt, die glücklich machende Woge erlebt, die all ihre schmerzlichen Gefühle und Gedanken davonspülte! Dabei verschränkte sie die Arme vor ihrer Brust, als wolle sie sich selbst irgendwie zusammenhalten.

„Kann ich dir helfen?", fragte Charlotte Kobalt.

„Lassen Sie Vaitmar einfach mal Luft holen, Frau Kobalt. Vait hatte Sie doch gebeten, Frau Kekillic zu verhören, oder?" Hansen schaute die Kommissarin streng an.

„Ich habe verstanden, Herr Hansen. Liviana …?" setzte Charlotte Kobalt erneut an. Kommissarin Vaitmar schwieg.

„Wir machen das hier schon", intervenierte Hansen erneut, und Kommissarin Kobalt verließ wutschnaubend den Vorraum. Aus dem Augenwinkel sah Hansen die unruhigen Finger Funkes. Rob hielt den Impuls zurück, Johanns Hand zerquetschen zu wollen und legte stattdessen seine eigene Hand auf Livianas Schulter. Die Kommissarin wehrte sich nicht.

„Wir kriegen das hin, Vait. Ich werde mit Victor reden, wenn wir hier fertig sind."

„Nein! Ich werde selbst mit ihm reden. Ich habe mir die Suppe eingebrockt, und ich werde sie selbst auslöffeln."

„Lass mich doch einfach mit ihm reden. Ich kann nachvollziehen, wie es dir ergangen ist. Ich habe Abstand zu der Sache und kann es mit mehr fachlicher Distanz darstellen. Victor wird das verstehen."

„Nein! Das machst du nicht. Victor wird den Teufel tun. Der kennt mich seit 13 Jahren. Victor will nichts aus fachlicher Distanz hören. Der wird es mir bis zu seiner Rente krumm nehmen, wenn ich dich vorschicke. Ich bin für ihn so was wie eine Tochter. Du kennst Victor nicht." Sie schwiegen und schauten gemeinsam in den Verhörraum.

„Ich habe mir gestern noch mal die Akte angesehen", unterbrach Vaitmar die Stille. „Ich hatte gestern doch etwas von Hassliebe gesagt, nicht wahr? Ich habe bis vor einer halben Stunde eigentlich selbst nicht verstanden, wovon ich da geredet habe. Bei der Durchsuchung der Wohnung und der Büroräume von Acartürk Demirtas gibt es unter anderem eine polnische Arztrechnung bezüglich einer Operation in Höhe von 2500,- Euro. Dabei geht es um das Einsetzen eines neuen Hymen."

„Huch?!"

„Ja, der heldenhafte und geschickte Demirtas hat ein künstliches Jungfernhäutchen bekommen. Jetzt frag ich dich, wofür braucht ein Platzhirsch einen Hymen?"

„Gute Frage, möchte noch jemand Kaffee?" machte Funke sich bemerkbar.

„Nein danke, ich bin schon völlig vollgepumpt von dem Zeug", antwortete Liviana und fuhr fort, „Es steht aber kein anderer Name auf der Rechnung. Dazu kommen zwei Nachbehandlungen. Alle Rechnungen sind auf den Platzhirsch ausgestellt. Ein polnischer Arzt hat dem Acartürk Demirtas ein Jungfernhäutchen über seine Heiligkeit gezogen, um seine Unschuld zu beweisen." Vaitmar kam wieder in Form.

„Aber mal ernsthaft. Was hat ein reicher türkischer Geschäftsmann mit einem polnischen Arzt und einem Jungfernhäutchen zu tun? Joh, geh zu Charlotte und sag ihr, sie soll Frau Kekillic nach all ihren Verwandten befragen. Alles. Wer, wann, wen geheiratet hat oder heiraten soll. Jungfernhäutchen sind schließlich türkische Aktien! Da läuft doch ganz was anderes", wandte sich Liviana in neuer Frische dem Einwegspiegel zu.

„Jupp. Bin schon weg", nahm Johann Funke den Befehl entgegen und verschwand.

„Es heißt das Hymen", räusperte sich Hansen.

„Was?"

„Na, du sagtest, Demirtas habe *einen* neuen Hymen bekommen. Also männlicher Artikel. Aber es heißt das Hymen, wie das Jungfernhäutchen. Natürlich nicht für den alten Demirtas."

„Quatsch, es heißt *der* Hymen."

„Das Hymen, bestimmt."

„Ich persönlich fände es auch richtig, wenn das Symbol unschuldiger reiner Weiblichkeit nicht auch noch einen männlichen Artikel vorangestellt bekäme, aber leider wollen die Männer überall ihre Finger drin haben ..."

„Vait!" entrüstete sich Rob.

„Was? ... Nicht was du jetzt wieder denkst! Es heißt der Hymen. Wir gehen da jetzt zusammen rein", beschloss Vaitmar, band sich mit entschlossenen Bewegungen ihre Haare zu einem Dutt und öffnete schwungvoll die Tür zum Verhörraum.

Kommissarin Vaitmar setzte sich Kekillic gegenüber, und Hansen stellte sich mit einem kleinen Abstand links neben sie und verschränkte die Arme vor der Brust. Kommissarin Vaitmar schaltete das Mikrofon ein.

„Dienstag, 15. August 2006, 09:10 Uhr. Anwesend sind Mahmut Kekillic, Hauptkommissar Hansen und Kommissarin Vaitmar. Herr Kekillic, Sie hatten jetzt die ganze Nacht Zeit, in Ruhe nachzudenken. Haben Sie es sich inzwischen überlegt und möchten Sie eine Aussage machen?", eröffnete Liviana das Verhör. Mahmut Kekillic schwieg.

„Sie müssen sich schon verbal äußern, die Bandaufnahme versteht kein Schweigen. In welchem Verhältnis stehen Sie zu der Familie Demirtas?" Der Türke schwieg.

„Dass Ihre Familie einen regen Austausch mit den Demirtas pflegt, wissen wir inzwischen. Uns interessiert im Augenblick mehr Ihr persönliches Verhältnis zu Herrn Acartürk Demirtas", fuhr Vait fort.

„Ohne Anwalt sage ich gar nichts."

„Ihr Anwalt ist unterwegs. Das ist Ihnen bereits mitgeteilt worden. Er steht in der Nähe von Frankfurt im Stau. So lange sind Sie bei uns hier gut aufgehoben. Wenn Sie Frankfurter Anwälte bevorzugen, müssen Sie Verzögerungen halt in Kauf nehmen. Also, gibt es eine Person, die Sie besonders schätzen oder die Ihnen missfällt?" fragte Vaitmar gelassen, während Hansen ihm starr ins Gesicht sah. Er nahm die aufkommende Nervosität des Mannes wahr. Der Türke schwieg.

„Ihre Frau ist übrigens auch hier. Wir befragen sie zurzeit in einem anderen Raum. Vielleicht kann sie Ihnen ja bei Ihren Erinnerungen etwas Unterstützung bieten."

„Das dürfen Sie nicht. Sie haben kein Recht dazu, meine Frau zu vernehmen. Ich habe es nicht erlaubt", wurde er plötzlich laut und stand auf.

„Setzen Sie sich, Herr Kekillic!", befahl Hansen entschieden und trat einen Schritt auf ihn zu.

„Wir vernehmen Ihre Frau nicht, wir befragen sie und das dürfen wir. Und um es Ihnen mal ganz deutlich zu sagen, wir müssen das sogar tun, denn wir sind von der Mordkommission und nicht vom Bauamt. In Deutschland fragen wir auch nicht den Ehemann um Erlaubnis, auch wenn die Ehefrau erst 16 Jahre alt sein sollte. Sie werden mit der Heirat einer Minderjährigen ja nicht automatisch zum Erziehungsberechtigten, Herr Kekillic", konterte Vaitmar.

„Meine Frau ist keine 16 Jahre."

„Nein, sie ist volljährig und nach deutschem Gesetz voll geschäftsfähig. Wir wissen das, wissen Sie das auch?" Die Tür ging auf, und Funke kam herein. Die drei Polizisten stellten sich in eine Ecke des Raumes. Während Funke ihnen etwas zuflüsterte, wandte Rob seinen Blick von dem sitzenden Mann nicht ab.

„Frau Kekillic hat gesagt, es gab eine Heirat in Ankara zwischen den Kekillics und den Demirtas. Die Tochter heißt Neşe Kekillic, geborene Demirtas, 18 Jahre. Die beiden Frauen haben sich bei den zwei, drei Kurzaufenthalten in Deutschland kennengelernt und auf Anhieb gut verstanden. Bald darauf sei Neşe verheiratet worden und lebe jetzt in Ankara."

Vaitmar ging zu der Akte, blätterte herum, zog einen Zettel hervor und ging zu den Männern zurück. Flüsternd beauftragte sie Funke, die Arztrechnung Charlotte Kobalt zu geben und sie herausfinden zu lassen, ob Neşe sich in dem Zeitraum, in der diese OP gemacht wurde, in Deutschland aufgehalten hatte. Vielleicht habe Neşe über die Operationen mit ihr gesprochen.

„Jupp", bestätigte Johann Funke den Auftrag. Dann setzte sich Vaitmar wieder Kekillic gegenüber, und Hansen lehnte sich seitlich neben ihr an die Wand.

„Ihre Frau kann sich besser erinnern als Sie, Herr Kekillic. Sie ist sehr kommunikativ, wenn Sie verstehen, was ich meine", führte Liviana das Verhör fort.

„Das wird alles ein Nachspiel haben, ich schwöre bei Allah."

„Ihren Umgang mit Allah mal beiseite gelassen, wie geht's Ihrer Schwägerin in Ankara?"

Kekillic sprang auf und brüllte etwas auf Türkisch. Dabei schlug er mit der Faust auf den Tisch. Hansen bewegte sich auf ihn zu. Vaitmar atmete tief durch und konterte,

„Setzen Sie sich, Herr Kekillic. Sie sind doch ein Mann mit Ehre und Stolz, oder?", wurde sie laut und fühlte sich durch die Reaktion des türkischen Mannes in ihrer Hypothese bestätigt.

„Die Kekillics sind doch alle gut erzogene, aufrichtige Leute, die erwarten, dass man genauso ehrlich mit ihnen umgeht, nicht wahr?"

„Ich möchte jetzt gehen."

„Und die Heirat eines Ihrer Brüder in Ankara war ja auch eine Investition in die Zukunft, nicht wahr? Wie hoch war der Preis für die Braut? Ein, zwei Hotels oder ein unbebautes Grundstück in Kuşadası? Hat das der heldenhafte und geschickte Acartürk Demirtas gefordert für die Herausgabe der Unterlagen?"

Mahmut Kekillic stand der Zorn ins Gesicht geschrieben und sprang erneut auf. Vaitmar hatte den Nerv getroffen. Der Türke schimpfte und marschierte zur Tür. Hansen versperrte ihm den Weg.

„Sie werden sich wieder hinsetzen und sich wie ein anständiger Mann benehmen, Herr Kekillic", versuchte der Hauptkommissar ihn zu beruhigen.

„Beim Tod meiner Mutter, was Sie hier veranstalten, werden Sie bitter bereuen!"

„War das eine Drohung?", fragte Liviana.

„Fassen Sie es auf, wie Sie wollen!"

„Da hat der alte Demirtas den Baba Kekillic ja ganz schön in der Hand gehabt, nicht wahr? Da ist so eine Heirat noch das kleinere Übel, oder?"

„Sie haben ja keine Ahnung von unserer Kultur."

„Kultur? Ja, da haben Sie wohl Recht. Ich kenne hauptsächlich die Kultur des 20-sten und 21-sten Jahrhunderts. Und die heißt globale, geschlechtergerechte Demokratisierung aller Lebensbereiche, falls Sie mit dem Begriff *geschlechtergerecht* etwas anfangen können. Da besteht in Ländern mit Zwangsheirat ja noch erheblicher Entwicklungsbedarf." Rob Hansen vernahm mit Erstaunen Livianas Kurzvortrag, und Kekillic schaute Hansen fragend in die Augen. Vaitmars Handy klingelte. Sie nahm an.

„Vait? Joh hier."

„Und?"

„Sie war in der Zeit hier in Köln, zirka drei Wochen. Und auch in dem Zeitraum der Nachbehandlungen. Aber Frau Kekillic weiß nichts von einer Jungfernhäutchen-Operation."

„Kein Wunder! Gute Arbeit, Joh, richte es Charlotte aus." Dann wandte sie sich wieder an Kekillic.

„Herr Kekillic, es ist eine Freude, mit Ihrer Frau zusammenzuarbeiten. Sie schöpft aus einer reichhaltigen Erinnerung, auch was Ihre Schwägerin betrifft. Da scheinen Sie ja von erheblichen Erinnerungslücken geplagt zu sein …"

Kekillic ballte die Hände zu Fäusten, zitterte um die Mundwinkel und schwieg. Es kostete ihn sichtlich große Anstrengung, auf dem Stuhl sitzen zu bleiben. Vaitmar flüsterte Hansen die Neuigkeiten im Telegrammstil zu.

„Eine Heirat ist schon ein außergewöhnlich wichtiger Vertrag, nicht wahr, Herr Kekillic. Da muss alles stimmen, oder? Schließlich fusionieren nicht nur Tochter und Sohn zweier großer und traditionsreicher Familien, sondern auch zwei große Unternehmen mit hohem Ansehen jenseits des Bosporus, wenn ich das richtig verstehe. Eine Fusion auf Ehre und Gewissen, oder? Da darf kein Schandfleck einen Schatten werfen. Aber was macht man in Ihren Kreisen, Herr Kekillic, wenn auf dem Bettlaken der jungfräuliche Beweis fehlt? Hühnerblut?"

Mahmut Kekillic quasselte zornig in seiner Muttersprache.

„Herr Kekillic, Sie bringen hier niemanden um", antwortete Vaitmar ruhig, und der türkische Mann wie auch Hansen waren bass erstaunt.

„Ich hab halt meine türkischen Vokabeln gelernt, für alle Fälle." Dann befreite sich die Kommissarin von jeder Art der Ironie und sprach in lauten ernsten Worten.

„Wussten Sie, Herr Kekillic, dass manche Frauen ohne Jungfernhäutchen geboren werden? Vielleicht war das auch bei Neşe, geborene Demirtas, so?"

„Nein!", brach es unverhofft aus Kekillic heraus.

„Nein? Wissen Sie das nicht, oder wollen Sie sagen, dass es bei Neşe nicht so war?" Der Türke schwieg.

„Wissen Sie denn, wie viele Mädchen allein durch Masturbation ihr Häutchen verlieren, auch wenn das den jungen Frauen bei Ihnen nicht erlaubt ist?"

„Sie beschmutzen unsere Traditionen, Sie ..."

„Und noch etwas, Herr Kekillic. In Wirklichkeit haben über die Hälfte der Frauen bei ihrem ersten Geschlechtsverkehr gar keine Blutungen! Das Jungfernhäutchen wird bei vielen Frauen durch Geschlechtsverkehr gar nicht beschädigt. Bei manchen Frauen muss es auch aufgeschnitten werden, damit sie einen schmerzfreien Geschlechtsverkehr haben können. Bei wieder anderen Frauen reißt manchmal das Hymen auch schon durch körperliche Betätigungen wie Radfahren, Gymnastik oder durch Stürze. Verstehen Sie das, Herr Kekillic? Die Gründe für die Blutungen nach dem Geschlechtsverkehr liegen meistens in den Verletzungen im Genitalbereich, und das war zu einer Zeit, wo sehr junge Mädchen mit erwachsenen Männern zwangsverheiratet wurden!", endete Vaitmar und holte tief Luft. Herr Kekillic sprang erneut auf und schrie, dass er sofort seinen Anwalt sprechen wolle. Bei seinen Schritten zur Tür stellte sich Hansen ihm erneut mit verschränkten Armen in den Weg. Der Mann fuhr sich mit den Händen über sein Haupt. Hansen bedeutete ihm, wieder Platz zu nehmen und zeigte ihm schweigend seine Handschellen. Kekillic setzte sich und schaute nervös im Raum umher.

„Wir wissen, dass Neşe Kekillic, geborene Demirtas, ein künstliches Jungfernhäutchen eingesetzt bekommen hat. Hat der alte Demirtas Gnade vor Recht ergehen lassen? Hat Acartürk Demirtas seine Tochter nicht umbringen können, um die Ehre zu retten? Warum nicht? Aus Liebe zur Tochter vielleicht? Herr Kekillic, wenn dem so wäre und Herr Demirtas aus Liebe zu seiner Tochter diesen Blödsinn der Ehrenrettung fallen lässt, dann kann ich nur sagen, Hut ab vor dem Mann! Da hat er ja eine gute Lösung gefunden. Wann wussten Ihr Vater und Sie davon? Hat Ihr Vater danach beschlossen, dass Sie in Deutschland die Ehre wiederherstellen sollen, wenn es der alte Demirtas schon nicht tut?"

„Ja!", brüllte Kekillic Vaitmar an.

„Was ja? Sie sollten die Ehre wiederherstellen?"

„Nein! Sie haben unsere Ehre beschmutzt. Davon verstehen Sie nichts. Wir haben es rausgefunden, ja."

„Wissen Sie, wie wir Ihren Ehrenmord hier in Deutschland nach dem Strafgesetzbuch nennen? Ein Verbrechen aus niederen Beweggründen!" schrie sie ihn an und betonte dabei das Wort *niederen*.

„Ich habe ihn nicht umgebracht!"

„Da hat Sie ja der alte Demirtas mit Schande überzogen und nach allen Regeln der Habgier über den Tisch gezogen, nicht wahr! Kein Wunder, dass er dafür sterben musste!"

„Nein ...", brüllte Kekillic zurück. Die Tür ging auf, und Victor Bosch und ein weiterer Mann traten herein.

„Entschuldigt, Leute, aber der Anwalt von Herrn Kekillic ist jetzt da", verkündete Victor Bosch.

„Herr Kekillic, ich nehme Sie vorläufig fest wegen des Verdachtes des Mordes an Acartürk Demirtas. Sie können sich jetzt mit Ihrem Anwalt besprechen", endete Vaitmar ruhig, stand auf und ging hinaus.

Vor dem Einwegspiegel beobachteten sie Kekse knabbernd den wild gestikulierenden Mahmut Kekillic, als Kriminaldirektor Bosch sich zu ihnen stellte.

„Hätte jemand auch noch einen Keks für mich?", fragte Victor Bosch, und Funke reichte ihm das Schälchen. „Möchten Sie auch noch einen Kaffee, Herr Kriminaldirektor?"

„Nein danke, mein Junge ...", antwortete der Victor Bosch gedankenversunken, „... der Magen."

„Victor, heißt es *der* oder *das* Hymen?", fragte Liviana unvermittelt und zwinkerte mit dem Auge. Victor Bosch baute sich aristokratisch staunend, mit hoch gezogenen Augenbrauen vor Liviana auf.

„Es heißt *die* Hünen, und das sind Riesen. Aber was haben jetzt die Hünen mit Herrn Kekillic zu tun? Der ist ja nun weder ein Riese noch ein Zwerg, und für die Märchenstunde ist es ja noch zu früh, meine Herrschaften."

„Sie meint Hymen, Victor. Das Hymen mit Ypsilon und Em", wandte Rob ein.

„Was soll das jetzt wieder sein? Eine Tasche für ein Jagdgewehr, oder was?"

„So was Ähnliches, Victor. Ein Jungfernhäutchen", antwortete Liviana.

„Heiliger Gransack! Haben wir nichts Wichtigeres zu tun als uns mit so was zu beschäftigen? Kommt in mein Büro."
„Jetzt?"
„In zehn Minuten, oder hat jemand Urlaub?"

Sie wusste nicht, wie sie zu der Ehre kam, dass Staatsanwalt Mirkow sie persönlich in ihrem Büro aufgesucht hatte, aber diese Ehre war ihr nicht sonderlich angenehm.
„… im Gegenteil. Wir brauchen dringend einen Haftbefehl …", versuchte Vaitmar dem Staatsanwalt die Sachlage begreiflich zu machen, „… und wir brauchen einen Durchsuchungsbefehl, Herr Mirkow."
Für Staatsanwalt Mirkow hörte sich die Geschichte weit hergeholt an. Die Beweise der polnischen Arztrechnungen seien alles andere als erdrückend. Man wisse doch nicht explizit, für wen diese Operation bestimmt sei und das mit den Motiven von Ehre und Stolz wäre ja auch sehr fraglich. Er werde sich hüten, unter diesen Voraussetzungen ein Verfahren anzustrengen, wo das Beweismittel nur aus einem Jungfernhäutchen bestehe…
„Nein, aber …", unterbrach ihn Vaitmar.
„Beweise, Frau Kommissarin, wir brauchen Beweise und Motive! Wir leben hier immer noch in einem Rechtsstaat! Im Zweifel für den Angeklagten, das müsste Ihnen doch in Fleisch und Blut übergegangen sein."
„Herr Staatsanwalt …", hob Liviana verärgert an, „… dann nehme ich das jetzt mal einen Moment ganz genau, was Sie hier sagen, Herr Mirkow. Ich bin drei Jahre älter als Sie, aber ich diene diesem Staat mindestens fünf Jahre länger als Sie und das auch noch gern. Ich glaube nicht, dass Sie mir eine Lektion erteilen müssen! Und das Motiv habe ich Ihnen bereits genannt, auch wenn Sie das nicht glauben möchten", äußerte sich Vaitmar energisch und stand von ihrem Schreibtisch auf, auf dem Staatsanwalt Mirkow seine Aktenmappe platzieren wollte.

„Eine Hausdurchsuchung wird uns die Beweise liefern, Herr Mirkow. Wir werden die Waffe finden. Es muss nur schnell gehen, dann haben wir die Beweise. Ich wette mit Ihnen."

Sie kämmte mit den Fingern ihr Haar nach hinten. Staatsanwalt Mirkow ließ seine Zunge blitzartig herausschnellen und zog sie unverrichteter Dinge wieder ein. *Wie ein Chamäleon. Mirkow, unser Chamäleonfigürchen,* dachte die Kommissarin, dabei rutschte ihr ein kurzes Lachen heraus.

„Frau Vaitmar, ich hoffe, ich habe mich nicht im Zimmer geirrt, und das hier ist kein Wettbüro. Und wie bitte darf ich Ihr Lachen verstehen? Machen Sie hier Witze, oder nehmen Sie mich auf den Arm?", fragte Staatsanwalt Mirkow und züngelte erneut, während er gleichzeitig mit seiner rechten Hand seine Scheitelfrisur in Form zog.

„Nein, entschuldigen Sie, Herr Mirkow. Ich wollte Sie nicht kompromittieren. Ich ..."

Die Tür ging auf, und Hansen trat in ihr Büro. Als er den Staatsanwalt sah, wollte er wieder umkehren, aber Liviana deutete ihm mit einer Handbewegung an, das er bleiben solle.

„Wir müssen um 11:00 Uhr in die Besprechung, und wir haben noch einiges vorher zu klären, Vait. Hast du den Haftbefehl?"

„Herr Mirkow möchte noch einige Fragen diesbezüglich klären."

„Was gibt es da noch zu klären, Herr Mirkow. Eile ist geboten. Wir haben keine Zeit zu verlieren, sonst verlieren wir unseren einzigen Verdächtigen in dieser Sache. Handeln ist geboten, handeln."

„Herr Hansen! Haben Sie ..."

„Was ist mit dem Durchsuchungsbefehl?", unterbrach ihn Rob schroff.

„Wir sprechen gerade darüber, Rob."

„Herr Mirkow, die Lage brennt. Die Bagage hat mit ihren Anwälten aufgerüstet ...", erhöhte Rob den Druck auf den Staatsanwalt.

„Und wenn wir jetzt nicht handeln, setzen die Anwälte Mahmut Kekillic und seine Frau mit einer Flasche Schampus in den Flieger nach Ankara, sehr zur Freude von Baba Kekillic, dem Vater des Verbrechens", ergänzte Liviana.

„Wieso sind Sie sich hier alle so sicher, dass es um einen verdammten Ehrenmord geht?"

„Herr Staatsanwalt, kommen Sie mit Kriminaldirektor Bosch zur Sitzung, und bringen Sie die nötigen Papiere mit! Vait, wir müssen jetzt."

Mirkow schaute abwechselnd zu Vaitmar und Hansen, nahm wortlos seine Kladde vom Schreibtisch und zwängte sich an Hansen vorbei.

„Und jetzt?", fragte Vaitmar.

„Jetzt fängt er hoffentlich an zu arbeiten. Warum hast du heute Morgen nicht Victor und mir von deiner These über den Ehrenmord erzählt? Wir hätten mit Victor viel schneller einen Durchsuchungsbefehl bekommen", fragte Rob bei Liviana nach.

„Glaubst du? Ich kenne Victor auch schon ein paar Jahre, Rob. Du hast ihn mit deinem Chamäleonfigürchen schon kräftig strapaziert, und wenn ich dann noch mit einem Jungfernhäutchen gekommen wäre? Wir hätten weder Haftbefehl noch Durchsuchungsbeschluss sondern einen Polizeipsychologen an die Hand bekommen."

Beide fingen an zu lachen und strahlten sich mit feuchten Augen an. Sie lachten über sich, über Victor und den Staatsanwalt und jedes Wort und jede Geste, die sie sich zuwarfen, entfachte einen neuen Lachanfall.

Köln, 21:16 Uhr

Sie sah ihn an und schwieg. Seine Haut war weiß und weich. Armbehaarungen gefielen ihr, aber er gefiel ihr rasiert besser. So, wie er jetzt da lag, hatte er nichts Bedrohliches. Sie legte ihre linke Hand neben ihn und folgte dem Verlauf seiner Adern, als sie ein Glucksen unter ihrem Ohr vernahm. „Dein Magen grummelt, hast du Hunger?"

„Nein." Sanft legte sie ihre Hand auf ihn. Sie mochte die Zartheit dieser samtweichen Haut. Sie spürte die leisen Zuckungen unter ihrer Hand. Seine Atemzüge wiegten ihren Kopf in sanften wellenförmigen Bewegungen auf und ab. Sie rutschte mit ihrem Kopf näher an ihn heran. Es reizte sie, seine Eichel im nicht erigierten Zustand zu küssen. Doch mit seiner zunehmenden Steifheit wandelten sich ihre Gefühle. Der Impuls, der Erektion seines Penis mit einem trennenden Biss ein Ende zu bereiten, durchzuckte sie. Mit Frauen erlebte sie es anders. Dort kannte ihre Erregung bei dem Liebkosen der Rosenlippenblüten keine Grenzen. Alles wollte sie dann schmecken, riechen, küssen und bezüngeln. Das brachte sie wirklich in Wallung. Seit einigen Tagen bildete er die einzige Ausnahme in ihrem Leben. Das war keineswegs einfach oder störungsfrei, aber es war auch nicht grundlos. Sie fühlte, wie sich sein Penis unter ihrer Hand aufzubäumen begann. Sein Stöhnen begleitete ihre rhythmischen Handbewegungen. Dann setzte sie sich auf ihn.

Seine Blicke folgten ihr, als sie nackt in die Küche ging. Ihren Hintern, die Beine, ihren Rücken. Er fand es unbeschreiblich.

„Willst du auch einen Espresso und danach einen Wein? Oder lieber umgekehrt?"

„Ich mach es wie du."

„Zuerst die Geister wecken, bevor wir sie euphorisieren, würde ich sagen." Sie kam mit einem Tablett zurück. Darauf zwei kleine Espressotassen, zwei gut gefüllte Rotweingläser, eine

Schale mit unterschiedlichem Salzgebäck und Schokolade. Sie bediente ihn und dann stieg sie wieder zu ihm ins Bett.

„Ich habe meine Bewacher schon länger nicht mehr gesehen. Vorhin, als ich nochmal aus dem Fenster geschaut habe, auch nicht. Hast du welche gesehen, als du gekommen bist?"

„Nein, und ich war vorsichtig."

„Die Zivilen waren sonst immer so schön auffällig unauffällig. Ich glaube, die Polizei hat sie abgezogen. Trotzdem denke ich, es wäre besser, dass wir uns hier vorläufig nicht mehr treffen."

„Warum?"

„Was hast du ihnen erzählt, Flo?"

„Nichts. Nichts von Bedeutung. Die wissen nichts von dir und mir."

„Sie haben mich gefragt, ob ich dich kenne. Ich habe nein gesagt. Und du?"

„Ich habe Ihnen gesagt, dass Kim mein Ein und Alles war. Ich muss so überzeugend gewesen sein, dass sie mich noch nicht mal nach dir gefragt haben."

„Flo, ich kann das nicht mehr. Wir müssen das hier beenden."

„Was ist jetzt schon wieder?"

„Seit Kim tot ist, ist alles anders. Nichts ist mehr, wie es war. Auch mit uns ist alles anders. Ich liebe dich nicht, oder nicht mehr. Ich weiß es nicht." Sie trank ihren Espresso auf und stellte die Tasse auf das Tablett. Dann schob sie sich ein Stück Schokolade in den Mund.

„Was redest du da, Viola? Mit uns, das ist doch was ganz Großes. Da kannst du doch nicht einfach sagen, das war's jetzt." Er reichte ihr seine Tasse und stellte sie zu der anderen auf das Tablett. Dann nahm sie das Weinglas und reichte es ihm.

„Doch, kann ich. Was soll das, etwas ganz Großes!? Aus welchem Film hast du das denn?"

„Viola! Ich liebe dich, und du liebst mich doch auch, ich weiß das. Ich habe das immer bei Kim gesucht, aber erst als ich dich getroffen habe, habe ich es gefunden."

„Du weißt schon mal gar nicht, ob ich dich liebe", entgegnete Viola mit leicht aggressivem Unterton. Sie nahm das Weinglas und nippte daran.

„Jetzt werde nicht komisch, meine Süße. Ich weiß, das war alles etwas viel für dich, aber auch für mich, Viola. Es geht auch wieder aufwärts." Flo trank einen kräftigen Schluck Wein.

„Ach, für dich war es auch zu viel? Was war denn viel? Mit den Zwillingsbräuten ficken, oder was? Das war doch sensationell", schimpfte sie plötzlich und stieg aus dem Bett. Sie griff nach ihrem Tanga und zog sich ein T-Shirt über. Dann schnappte sie ihr Weinglas und verschwand im Wohnzimmer. Florian Hagen fehlten die Worte. Diese Heftigkeit kannte er von ihr bisher nicht. Nachdem er sich ebenfalls etwas übergezogen hatte, folgte er ihr und sah sie rauchend in ihrem Sessel sitzen.

„Geh jetzt! Ich will allein sein", befahl Viola und drückte ihre Zigarette in dem Aschenbecher aus.

„Glaubst du, mir ist das alles egal, oder was?"

„Aber das habe ich alles nicht gewollt, Flo! Sie sollte doch nicht sterben!" rief sie und brach in Tränen aus. Dann griff sie sich erneut eine Zigarette aus der Schachtel, zündete sie an und zog kräftig daran. Flo wollte sie berühren, aber Viola wich energisch zurück.

„Glaubst du etwa, ich wollte das?", fragte Flo und stand verunsichert an ihrer Seite.

„Ich weiß nicht, was ich glauben soll. Aber du bist der einzige, der sie zuletzt gesehen hatte."

„Was soll das heißen? Glaubst du, ich habe Kim umgebracht, oder was?"

„Ich weiß es nicht. Von dir aus hat sie den Nachhauseweg angetreten. Du hast gewusst, wo wir wohnen. Du hättest sie verfolgen können. Du hättest auch vorauseilen können, als du gesehen hast, dass sie sich noch bei den Kölner Lichtern aufhält. Und du kennst den Park, und du weißt, dass sie dort langgeht.

Wer sonst?", gab Viola ihre Gedanken preis und schaute ihn unter Tränen an.

„Hallo?! Hast du sie noch alle?! Drehst du jetzt ganz durch?!" Florian Hagen stellte sich ihr gegenüber an die Wand. Er kochte vor Wut und trank sein Glas Wein in einem Zug.

„Wer sollte denn sonst noch ein Interesse daran haben, Kim umzubringen?" Viola erhob sich aus ihrem Sessel und stellte sich vor ihre Balkontür. Sie blickte in das Dunkel des Hinterhofs, der von den Lichtern der gegenüberliegenden Wohnungen schummrig erhellt wurde. In diesem Moment wurde ihr klar, dass sie ihn hasste. Ein Licht erlosch, und der Hof ließ nur noch seine Ränder erkennen.

„Ja, gute Frage, Viola. Wer hatte sonst noch Grund, deine Schwester kalt zu machen?"

„Red nicht so von ihr!", brüllte sie ihn an.

„Wer sonst? Wenn nicht ich, he?", fauchte er zurück.

„Wer?"

„Du vielleicht?"

„Raus! Raus, du Arsch!"

Mittwoch, 16. August

Köln, 09:43 Uhr

Johann Funke und Horst Ballwitz standen an der Information im Foyer des Präsidiums, als drei Männer in schwarzen Anzügen, zwei von ihnen mit Aktenkoffern ausgerüstet, zu ihnen traten. Dem kleineren Mann in der Mitte sah man seine südländische Abstammung an. Einer der beiden größeren Männer fragte in einem fehlerfreien Deutsch nach dem Kommissar, der den

Fall Kekillic bearbeite und ließ sein goldenes Feuerzeug in seine Anzugtasche gleiten.

„Hauptkommissar Hansen?", fragte Ballwitz und sah fragend zu Johann Funke herüber.

„Nein Horst, Kommissarin Vaitmar", antwortete Funke und bat die drei, mit ihm zu kommen. Er setzte sie in einen der Besprechungsräume und bat sie, einen kleinen Moment zu warten, damit er die zuständige Kommissarin holen könne. Noch bevor er klopfen konnte, öffnete sich ihre Bürotür und Vaitmar stand im Rahmen, während Joh sich gerade zum Boden bückte.

„Wirkt die Erdanziehung heute besonders kräftig, oder übst du noch den aufrechten Gang?", flachste Vaitmar.

„Jupp. Könnte man glatt meinen, was?" Als er hochkam, schaute Vaitmar reflexartig auf sein Ohr.

„Darf ich mal?", fragte sie, ohne eine Antwort abzuwarten und nahm sein Ohrläppchen zwischen Daumen und Zeigefinger und streichelte es sanft. Funke ließ es geschehen.

„Mensch, Joh, fühlt sich richtig gut an und das ganz ohne den Einsatz meiner Heilkräfte."

„Jupp."

„Ich hoffe, du hattest keine andere Ärztin für diesen schweren Fall - außer deiner Frau, versteht sich." Liviana spürte ihre sinnentleerte Redeblume, weil Gefühle dieser Art derzeit für sie mit dem Gesicht von Rose verbunden waren.

„Nein, ausschließlich Selbstheilungskräfte. Meine Frau ist auf Familienbesuch in Spanien."

„Oh! Strohwitwer? Wenn da nicht mal jemand nach dem Rechten schauen muss", begann sie mit ihm zu schäkern.

„Du würdest dich da gegebenenfalls anbieten?", stieg Joh auf ihren Flirt ein.

„Wenn's dem weiteren Heilungsprozess dient."

„Sischer dat. Nur der Ordnung zu Liebe. Wie wäre es mit heute Abend?"

„Oh, das tut mir leid...", ruderte Liviana zurück, „...Heute geht's nicht. 18:00 Uhr Schießen, dann nach Hause umziehen,

19:30 Uhr bis 22:00 Uhr Karate. Danach Kölsch trinken mit Sensei Lee."

„Mit wem?"

„Meister Lee. Ist sozusagen die Vorbereitung auf meine fünfte Dan-Prüfung."

„Danach kann dich wohl keiner mehr ungeschoren anfassen, was?", bemerkte Joh, und Liviana stockte der Atem.

„Mich kann schon jetzt keiner mehr ungeschoren anfassen, das hast du doch brühwarm mitbekommen. Warum sagst du so etwas?"

„Entschuldige, Vait. Das war keine Absicht. Ich hatte die Sache mit diesen Intelligenzallergikern völlig verdrängt."

„Ist gut. Halt einfach deinen vorlauten Mund, bis ich es geklärt habe. Weshalb scharwenzelst du überhaupt hier rum?"

„Im Besprechungsraum sitzen drei Leute, die wollen zu dir. Ich sage nur *Kekillic Senior* - mit zwei Anwälten im Gepäck."

„Aha?"

„Darf ich mit?"

„Ja, aber ohne deinen Münzsack, verstanden?"

„Jupp. Kannst du mir vielleicht zwanzig Euro leihen, bis morgen?" hakte Joh nach.

Vaitmar schüttelte zielsicher dem kleinsten der drei Männer die Hand, der es nicht versäumte aufzustehen und dessen Beispiel die anderen folgten. Nachdem sie sich vorgestellt hatten, setzten sie sich wieder an den Tisch, der für gut sechs Leute Platz bot. Keiner der Anwesenden wollte etwas zu trinken, und als einer der Anwälte zu sprechen begann, stoppte ihn der ältere Türke mit einer leichten Handbewegung.

„Was kann ich für Sie tun, Herr Kekillic?", eröffnete Kommissarin Vaitmar das Gespräch.

„Ich möchte meinen Sohn sehen", antwortete er in einem leicht gebrochenen Deutsch.

„Tut mir leid, er ist noch in Untersuchungshaft. Sein Anwalt darf ihn sehen."

„Er ist unschuldig."

„Das behaupten Sie, Herr Kekillic. Wir stecken Menschen nicht einfach so in Untersuchungshaft. Wir haben Grund zu der Annahme, dass Ihr Sohn nicht so unschuldig ist, wie Sie hier behaupten."

„Er ist ein guter Junge. Er hat nichts verbrochen."

„Vorsätzliche Tötung bezeichnen wir schon als ein Verbrechen", deutete Vaitmar an und ärgerte sich, dass sie ihr Haar nicht zusammengebunden hatte.

„Ich war es", verkündete der alte Herr Kekillic. Seine Anwälte belehrten ihn, dass er sich nicht selbst belasten solle. Vaitmar kniff die Augen zusammen und lehnte sich zurück.

„Ah ja? Sie waren es. Und was, wenn ich fragen darf?"

„Ich habe Acartürk Demirtas erschossen."

„Sie sind gut informiert worden, nicht wahr? Und jetzt möchten Sie gern Ihren Sohn mitnehmen, stimmt's?"

„Ja, er ist unschuldig. Ich hab mir gleich gedacht, dass Sie mich verstehen werden. Kommen Sie diesseits oder jenseits vom Bosporus?"

„Köln-Lindenthal, jenseits von *Klein Istanbul*." Die Anwälte erklärten auf Türkisch, dass Vaitmar damit die Keupstraße in Köln-Mülheim meine, wo auch sein Sohn wohne. Herr Kekillic zischte seine Anwälte an und bemerkte auf Deutsch, dass auch er wisse, was mit *Klein Istanbul* gemeint sei. Sein Gesichtsausdruck verfinsterte sich.

„Sie haben Herrn Demirtas zuhause aufgesucht, nicht wahr? Und als er in der Sache Kuşadası nicht einlenken wollte, da haben Sie abgedrückt, oder?"

„Nein, ich habe ihn auf der Straße erschossen", antwortete Baba Kekillic offensiv.

„Es ist Sache der Polizei, Ihnen nachzuweisen, wie es geschehen ist …", insistierte einer der Anwälte, „Sie sollten sich hier nicht unnötigerweise selbst belasten, Herr Kekillic."

„Ich muss Ihrem Anwalt zustimmen", pflichtete die Kommissarin ironisch seinem Anwalt bei. „Sie sagen also, Sie haben ihn auf offener Straße erschossen. Wie ist das Ganze denn abgelaufen?"

„Ich bin die Straße entlang gefahren, und als ich auf seiner Höhe war, habe ich ihn erschossen."

„Ja, so könnte es gewesen sein. Woher wussten Sie denn, dass er dort auf der Straße rumläuft? Und wie häufig haben Sie geschossen?"

Herr Kekillic machte eine Handbewegung und schüttelte kaum sichtbar den Kopf.

„Haben Sie die Frage nicht verstanden, oder wollen Sie sich vielleicht doch erst einmal mit Ihren Anwälten beraten, Herr Kekillic", wurde Liviana energisch. Die Rechtsanwälte wandten sich Herrn Kekillic zu und berieten sich mit ihm in seiner Landessprache.

„Also? Wie oft haben Sie geschossen? Einmal, zweimal?"

„Ich weiß nicht. Einmal, zweimal, ja vielleicht. Vielleicht einmal, zweimal."

„Sie schauen mich so an, als sollte ich Ihnen sagen, wie oft Sie geschossen haben, Herr Kekillic."

Mit einer Handbewegung bedeutete er seinen Anwälten zu schweigen.

„Ich glaube, es war zweimal. Ich war nervös. Ich habe nicht nachgedacht. Ich habe nur schnell geschossen. Ich zähle doch nicht die Schüsse."

„Vielleicht fragen Sie nochmal Ihren Sohn, der könnte es doch genauer wissen, wie häufig Sie geschossen haben. Und aus welchem Wagenfenster heraus haben Sie denn geschossen? Beifahrerseite oder Fahrerseite? Vielleicht weiß auch das Ihr Sohn besser? Der hat doch bestimmt den Wagen gelenkt, oder?" Vaitmar änderte die Gesprächsführung in eine konfrontative Richtung.

"Mein Sohn ist unschuldig."

„Sie können aber auch noch mal die Zeitungen durchgehen, da wurde auch einiges zu diesem Mord berichtet. Aber hören Sie langsam auf, mir Märchen aus Tausend und Einer Nacht zu erzählen, Herr Kekillic!" Es folgte ein reger Wortwechsel unter den Männern, dem Liviana gelassen mit vor der Brust verschränkten Armen zuhörte. Bevor die Männer sich einig wurden, unterbrach Vaitmar sie.

„Ich gehe davon aus, Herr Kekillic, dass ich Sie jetzt in Haft nehme und Ihren Sohn laufen lassen soll, oder?"

„Mein Sohn ist unschuldig. Ich habe Demirtas umgebracht. Er hat unsere Ehre beschmutzt. Das macht man nicht mit einem Kekillic."

„Und wenn Ihr Sohn frei ist, fliegt er bestimmt nach Ankara, richtig?"

„Wie meinen Sie?"

„Wenn Sie Ihren Sohn außer Landes gebracht haben, werden Ihre Anwälte ausrichten lassen, dass Sie Ihre Aussage zurückziehen und dass Sie sich nicht mehr erinnern können. Dann ist Ihr Geständnis einen Dreck Wert. Und weil wir Ihnen definitiv nicht nachweisen können, dass Sie Herrn Demirtas ermordet haben, gehen alle fein nach Hause, nicht wahr, Herr Kekillic!"

„Ich stehe auf mein Wort", donnerte Herr Kekillic.

„Das glaube ich allerdings auch", bestätigte Liviana den kleinen grammatikalischen Fehler des alten Herrn.

„Ich möchte den Kommissar sprechen, der für meinen Sohn zuständig ist. Nicht seine Sekretärin", prustete er und schaute Johann Funke an, als ob dieser nun aufzuspringen habe, um die gewünschte Person herbeizuordern. Kommissarin Vaitmar atmete tief durch und setzte sich aufrecht hin.

„Herr Kekillic, wir sind hier nicht auf dem Basar in Kuşadası! Sie werden hier mit mir vorlieb nehmen müssen, weil ich die Kommissarin bin, die den Fall Kekillic bearbeitet, auch wenn das nicht in Ihr Weltbild passt!" Die Anwälte tuschelten ihm in die Ohren. Als er anhob zu antworten, setzte Vaitmar nach.

„Aber natürlich waren Sie es, der Acartürk Demirtas umgebracht hat. Schließlich stinkt der Fisch vom Kopfe her."

„Ich verstehe nicht ..."

„Sie haben Ihren Sohn beauftragt, Demirtas zu erschießen! Und Ihr Sohn tut, was Baba ihm befehligt. Wir werden es Ihnen nur nicht beweisen können."

"Mein Junge ist ein guter Junge!", rief er und ließ die einzelnen Glieder seiner Gebetskette zwischen die Finger gleiten.

„Ja, aus Ihrer Sicht ist Ihr Junge ein guter Junge. Herr Kekillic, bringen Sie mir stichfeste Beweise, dass Sie Demirtas ermordet haben und ich werde Sie einbuchten. Bis dahin wird Ihr Sohn in der Zelle schmoren. Und ich hoffe, es wird mächtig an Ihren Nerven zehren. Wie geht Ihre Frau damit um, dass der Sohn im Gefängnis sitzt?"

Der Mann schimpfte auf Türkisch, und seine Anwälte diskutierten, als er aufsprang und zum Gehen ansetzte. *Der Apfel fällt nicht weit vom Stamm. Unbeherrschte Leute, die Kekillics*, dachte Vaitmar.

„Aber eins interessiert mich dann doch, Herr Kekillic ...", hob Vaitmar an und schwieg für den Moment, bis er sich noch einmal zu ihr umdrehte.

„Acartürk Demirtas hatte Kopien Ihrer gesamten Geschäftsabwicklung, oder wie soll man das nennen, in einem Schließfach in Köln deponiert. Er hätte Sie richtig auffliegen lassen können. Erpressung, Anzeigen wegen Bestechungen, Korruptionsverfahren, die ganze Palette. Sie wären dann mit Ihren Projekten in Kuşadası wohl richtig baden gegangen. Ein Schlag, der auch die Kekillics in die Knie zwingt, aber das schien Ihnen keine Kugel wert zu sein, oder?" Der alte Kekillic lächelte und trat an den Tisch, hinter dem Vaitmar sitzen geblieben war.

„Ein Kekillic geht nur zum Beten auf die Knie." Dabei drehte er seine Gebetskette in der Hand.

„Und Sie lassen Baba Demirtas wegen eines Jungfernhäutchens umbringen."

„Davon verstehen Sie nichts", antwortete er ruhig, und Vaitmar lehnte sich zurück und faltete die Hände ineinander.
„Das sagen die Männer gern, nicht wahr?"

Freitag, 18. August

Köln, 15:31 Uhr

„Hallo Sveda, ist der Meister schon abkömmlich?", fragte Rob Hansen die liebreizende Mitarbeiterin des Psychologen. Egal, wie Rob aufgelegt war, wenn er Sveda sah, änderte sich seine Stimmung zum Positiven. Das hing eindeutig mit diesem aufgeschlossenen Wesen zusammen und der ersten Begegnung vor der Rezeption mit ihr, die er in bleibender Erinnerung behielt. Er hatte sich vorgestellt und die genaue Uhrzeit seines Termins genannt.
„Robert Hansen, und welche Kasse darf ich notieren?"
„Rob, nicht Robert. Für Robert hat das Geld nicht gereicht."
Svedlana lachte aus einem markanten, aber hübschen Gesicht, mit braunen Augen, die sich an ihren Außenseiten nach oben verjüngten. Die Wangenknochen traten leicht hervor. Der Mund war ein unauffälliger, rot glänzender Pinselstrich, der beim Lachen akkurate weiße Zähne umrahmte.
„Und in welcher Krankenkasse sind Sie, Herr Hansen?"
„Keine, ich zahle bar. Wie heißen Sie, bitte?
„Svedlana Strazyczny", sagte sie ganz selbstverständlich.
„Svedlana St ..., wie?"
„Strazyczny. Svedlana Strazyczny."
„Svedlana Stra..."

„Sveda, Herr Hansen. Die meisten nennen mich einfach Sveda. Spätestens nach der dritten Wiederholung fange ich selbst an zu stottern". Dabei lachte sie herzlich.

„Sveda. Dann machen wir das wohl besser auch so."

„Ich bitte darum, Herr Hansen. Es ist polnisch."

„Woher wussten Sie, dass ich das jetzt fragen wollte?"

„Weibliche Intuition ...", neckte sie ihn, „... oder weil beinahe alle danach fragen?"

Thomas Aschmann trat aus seinem Büro heraus und reichte Rob die Hand. Mit seinem Willkommen schenkte er sich einen Kaffee ein und fragte Hansen, ob er auch einen wolle. Rob lehnte dankend ab.

„Dann lass uns anfangen", sagte der Psychologe und beide gingen in das Behandlungszimmer. Rob tastete mit den Augen alle Ecken ab und nahm das Kissen vom Sessel. Nachdem er kurz über die Sitzfläche gewischt hatte, setzte er sich und klemmte das Kissen zwischen sich und die Armlehne.

„Und, wie läuft's auf der Arbeit?"

„Der Mord an dem Türken ist aufgeklärt. Vaitmar hat sehr gute Arbeit geleistet. Wir haben die Drogenfahndung für eine Großrazzia in der Keupstraße gewinnen können, weil wir wirklich nichts in der Hand hatten, außer Vermutungen. Die Fahndung hat uns die Ergebnisse gebracht, die wir erhofft hatten. Es wurden Drogen und Waffen beschlagnahmt, darunter eine Beretta 92. Unser Spurensicherer konnte einzelne Hautpartikel zwischen Stangenmagazin und Griffstück über eine DNA-Analyse bestimmen. Sie stammen eindeutig von unserem Verdächtigten. Er muss sich beim Aufladen des Magazins irgendwie die Haut eingeklemmt haben. Das Geständnis seines Vaters wurde natürlich von ihm widerrufen. Vaitmar wusste, dass der Alte der Drahtzieher der vorsätzlichen Tötung war. Sie meint, der Alte wird seinem Sohn ein Angebot machen, was ihm seinen Knastaufenthalt erleichtern sollte."

„Na, das ist doch dann ein sehr guter Erfolg und zudem in so kurzer Zeit, wie mir scheint. Beim letzten Termin hast du von diesem Mordfall noch gar nichts erzählt.

„Ja, das ist ein toller Erfolg für Vaitmar."

„Nur für die Kommissarin?"

„Ja, natürlich!"

„Allein und ohne Unterstützung von Kollegen?"

„Nein, nicht ganz ohne Unterstützung. Aber ich habe mich wohl in der Sache nicht gerade vorbildlich benommen."

„Höre ich da so etwas wie eine Selbstanklage?"

„Nein. Ja. Ach egal. Der Fall ist gelöst, und beim nächsten Mal wird alles besser. Die aktuellen Ermittlungen geraten indes ins Stocken. Mir fehlt der Durchbruch. Meistens brauche ich nur ein Zeichen oder so was, und dann geht es auf einmal los. Dann bin ich raus aus der Sackgasse. Mein Gott, ich hatte schon Fälle, da habe ich nicht mehr dran geglaubt, dass ich je zu einem Ergebnis kommen würde, und dann kam plötzlich irgendetwas hinein ins Geschehen, und alles löste sich auf.

„Arbeitest du allein an deinen Fällen?"

„Nein, das weißt du doch."

„Eben." Der Psychologe stützte seinen Kopf.

„Was meinst du damit?"

„Na ja, wir arbeiten in Systemen, und wir leben in Systemen. Egal, wo wir uns bewegen, wir bewegen uns immer in einem System der Zugehörigkeit. Die Familie ist naturgemäß das stärkste System, dem wir nicht entrinnen können. Wir können nur nach ihren Gesetzen handeln oder verlieren unsere Zugehörigkeit, wenn wir uns widersetzen.

„Was will uns der Meister damit sagen?", fragte Rob, verschränkte die Arme hinter seinem Kopf und lehnte sich weit zurück in die Lehne seines Sessels. Er schaute auf das Fischgrätenmuster des Pakets, und ein diffuses Gefühl breitete sich in ihm aus.

***

Die Severinstraße im Süden Kölns hatte sich durch das Theater im Vringsveedel von Trude Herr sowie durch die Veranstaltung *Dä längste Desch vun Kölle* einen Namen gemacht.

Schräg gegenüber dem ehemaligen Theater, in dem sich seit einiger Zeit ein Kino befand, hatte sich vor Jahren ein kleiner Buchladen, der sich *Bücherwurm* nannte, angesiedelt. Der veraltete und geschwungene Schriftzug aus Neonröhren wurde damals von einer Firma aus Duisburg zu Testzwecken und für wenig Geld installiert.

Es war 15:39 Uhr. Viola Ross trug eine schlichte schwarze Bluse und eine schwarze Stoffhose. An der Bluse war ein weißes Namensschild befestigt. Sie hatte den bisherigen Tag in der Buchhandlung gut überstanden. Es war ihr erster Arbeitstag seit dem Tod ihrer Schwester. Sie hatte sich vorgenommen, bis halb sieben zu arbeiten, um ihren Tagen wieder eine Struktur zu geben. Froh, wieder unter Menschen und Büchern zu sein, hatte sie nicht herausfinden können, worauf sie sich mehr freute. Als Kim noch lebte, waren es immer die Neuerscheinungen, auf die sie sich stürzte. Jetzt, wo sie sich wie amputiert fühlte, suchte sie etwas, was ihr half, den Phantomschmerz zu überwinden. Träumend hielt sie ein Buch in der Hand und strich zärtlich darüber. Ihre Kolleginnen erschienen ihr irgendwie anders, obwohl sich diese bestimmt nicht wirklich geändert hatten. Ihre Chefin hatte Viola alle möglichen Freiheiten eingeräumt und ihr Unterstützung bei der Arbeit als auch im Privaten angeboten. Sie gehörte zu den toleranten Personen, die mit Verständnis für menschliche Schwächen dennoch Prioritäten setzte. *„Wir wollen Bücher verkaufen, meine Damen. Am Ende zählt die Kundin. Ich will keine Klagen hören"*, waren ihre mahnenden Worte, die Viola schon mehr als einmal zur Kenntnis nehmen durfte. Früher war der Bücherwurm ein feministischer Buchladen gewesen.

Einige Kundinnen und Kunden befanden sich im Laden, die nicht den Anschein machten, als bedürften sie der Hilfe. Viola Ross saß hinter der Theke und durchforstete die anstehenden Aufträge. Sie dachte an Florian Hagen, den sie nach dem Rauswurf aus ihrer Wohnung nicht mehr gesehen hatte. In den letzten zwei Tagen hatte er sie so häufig angerufen, dass sie kurz davor war, ihr Handy an die Wand zu werfen. Als sie ihm gedroht hatte, sich eine neue Nummer zu besorgen, hatte er seine Anrufe eingeschränkt. Sie hatte ihm strikt untersagt, sie während der Arbeitszeiten anzurufen. Sie brauchte Zeit und Raum für sich, und Florian Hagen war für sie mehr eine Plage als ein Trost geworden.

Sie beobachtete die Kunden, die mit ihren Fingern in den Regalen die Buchrücken abtasteten, um die Büchertische kreisten oder einzelne Seiten der Bücher überflogen, um sie dann wieder zur Seite zu legen. Das Stöbern der Kunden in Büchern war für Viola wie Balsam für ihre Seele. Sie fühlte sich mit allem hier so verbunden, dass sie sich vornahm, künftig den Menschen mit besonderer Aufmerksamkeit zu begegnen. Keiner der Kunden schien sie jedoch momentan zu brauchen und so warf sie einen Blick in das Büchermagazin und informierte sich über die aktuellen Neuerscheinungen, Rezensionen und Rankings.

„Haben Sie Bücher über Edelsteine und deren Bedeutung?", fragte eine Männerstimme direkt vor ihr.

„Haben Sie mich aber jetzt erschreckt! Ich habe Sie gar nicht kommen sehen, Entschuldigung", gab Viola zur Antwort. Ihr fiel sofort sein vorgezogener Unterkiefer auf. Ein langer und dünner Mann, der sich seine Haare offensichtlich blond gefärbt hatte.

„Ja, haben wir, aber ehrlich gesagt, die Auswahl ist nicht sehr groß. Warten Sie, ich zeig Ihnen, wo sie stehen."

„Warum soll ich warten, Sie können mir die Auswahl doch auch direkt zeigen", antwortete der Mann. Viola schaute ihn irritiert an und stand auf.

„Das ist so eine Redewendung. Wenn Sie mir bitte folgen möchten."

„Und warum sagen Sie dann, dass ich warten soll? Ich warte nicht gern und habe es zudem nicht nötig."

„Ach, vergessen Sie einfach, was ich gesagt habe. Die Bücher sind dort hinten nicht wirklich leicht zu finden und wie gesagt, bei uns wird das nicht häufig nachgefragt."

„Das haben Sie vorhin nicht gesagt. Sie haben gesagt, die Auswahl ist nicht sehr groß." Viola wunderte sich über die ungeduldige und unfreundliche Reaktion des Mannes. Sie bekam das Gefühl, jeden Satz zweimal umdrehen zu müssen, bevor sie ihm antwortete. Frederik van Olson ging hinter ihr her, und als beide das Regal erreicht hatten, stand er nahe neben ihr. Sie wich einen kleinen Schritt zur Seite und zeigte die Buchreihe mit der Edelsteinliteratur.

„Interessieren Sie sich auch für Edelsteine und Kristalle?", fragte er, als sie sich wieder zurückziehen wollte.

„Ich interessiere mich für Bücher, sonst würde ich hier wohl nicht arbeiten", rutschte es ihr etwas forsch heraus.

„Entschuldigung, aber deswegen brauchen Sie mich ja nicht gleich anzupampen, oder? Ich habe schließlich nur höflich fragen wollen, aber Sie scheinen ja den Umgang mit Kunden noch lernen zu müssen."

„Wissen Sie, ich kann eigentlich gut mit Kunden umgehen ..."

„Eigentlich."

„Ja, eigentlich, aber ..."

„Aber Sie wollen mir jetzt nicht ein Gespräch aufzwingen, oder? Ich bin wegen der Bücher gekommen und nicht wegen eines Small–Talk–Kurses."

Kritik setzte Viola derzeit zu wie Salz einer Wunde. Sie fühlte sich wie ein rohes Ei und sah sich kaum imstande, Probleme kämpferisch zu lösen.

„Entschuldigung, schauen Sie sich in Ruhe um. Ich werde wieder kommen, wenn ..."

„Sie wollen mich nicht beraten?"

„Bitte? Doch sicher berate ich Sie, mein Herr", erwiderte sie.

„Ich bin nicht ihr Herr."

Viola machte auf dem Absatz kehrt und stürmte wütend in Richtung Theke. Sie wusste nicht, was sie diesem Mann getan hatte und verstand nicht, was da zwischen ihnen ablief. Daher wollte sie eine Kollegin bitten, sich dieses Typen anzunehmen. Die Kollegin willigte ohne Nachfragen ein und ging zu Frederik van Olson, der vor dem Regal zu warten schien.

„Kann ich Ihnen weiterhelfen?"

„Nein, danke. Ich werde schon bedient, vielen Dank. Ihre Kollegin macht das sehr gut. Sie wird bestimmt gleich wieder kommen." Damit wurde die Kollegin stehen gelassen. Sie wartete noch einen Augenblick und trat dann den Rückzug an.

„Der Mann geht davon aus, dass du ihn noch weiter bedienst, Viola. Was ist mit dem? Er ist doch ganz freundlich."

„Der ist krank …", flüsterte Viola, „… der will was von mir, irgendwas."

„Viola – was soll der von dir wollen? Vielleicht eine Beratung zu einem Buch? Oder eine kleine Entscheidungshilfe? Das wollen doch die meisten hier. Dafür sind wir ja schließlich da. Am Ende zählt der Kunde, wir wollen schließlich Bücher verkaufen, oder?", zitierte sie leicht ironisch die Chefin. „Vielleicht ist es doch noch ein bisschen zu früh für dich, he? Bleib doch einfach noch zwei Tage zu Hause, und Montag sieht alles schon ganz anders aus", entgegnete die Kollegin wohlwollend.

„Ich habe verstanden. Ich bin hier die Kranke, stimmt's? Okay, ich mach das mit dem Kerl zu Ende, vielen Dank", antwortete Viola barsch und gekränkt.

„So war das doch nicht gemeint."

„Nein, aber gedacht. Außerdem sagt die Chefin, *am Ende zählt die Kundin, dass ich keine Klagen höre.* Immer richtig zitieren, Kollegin."

Viola war bereits auf dem Weg zum Bücherregal mit den Edelsteinen, wo sich Frederik van Olson derweil mit einem Buch beschäftigte. Heimlich beäugte er unter den zusammengezogenen Augenbrauen das Näherkommen der Bedienung. Viola blieb es nicht verborgen. *Irgendwas hat der Arsch mit mir!*, dachte sie und wollte nicht, dass er ihr zu nahe trat, weshalb sie die Distanz zu ihm vergrößerte.

„Sie sind fündig geworden?", erkundigte sie sich gekünstelt freundlich, dabei hielt sie sich am Ende des Regals fest, um den Laden im Blick zu behalten.

„Sie haben wirklich nicht die größte Auswahl an Büchern hier, dafür aber anscheinend an Personal. Man hat ja kaum Gelegenheit, in Ruhe in einem Buch nachschlagen zu können", dabei grinste er sie breit an.

Die Worte stachen ihr in den Magen, was sie wie angewurzelt stehen ließ. Am liebsten hätte sie ihm entgegengebrüllt: „Entweder Sie haben eine Prothese in Ihrer Fresse, oder Ihre Zähne haben dieses Maul nicht verdient." Viola konnte nicht verstehen, wie man mit solch einem vorgeschoben Unterkiefer überhaupt kauen konnte. Mit seinem Mondsichelgesicht und dem unüberhörbaren Lispeln wirkte er auf sie einfach grotesk. Immer noch starrte sie in den Raum hinein und suchte nach einer Antwort.

„Kennen Sie den?", fuhr der Mann plötzlich fort, „... Sagt die Mutter, sie habe mal eine Krähe trauern sehen, als eine andere überfahren worden sei. Fragt der Sohn, was hat die denn dann gemacht? Sagt der Vater, die hat sich schwarz angezogen." Frederik van Olson triumphierte in einem Gelächter, während Viola plötzlich erschrak, weil sie den Mann in der Buchhandlung sah, von dem die Polizei das Phantombild hatte erstellen lassen. Ihre Angst pulsierte im Hals. Ihre Augen suchten ihre Kolleginnen. Dann bemerkte sie, dass auch Bachhoff sie gesehen hatte.

***

„Lasst uns mal die Aufmerksamkeit auf dein Privatleben lenken, Rob. Du hast doch ein Privatleben, oder?", drang der Psychologe auf ihn ein. Rob dachte an Stefanie, und dass sie sich morgen sehen würden. Er schwieg darüber. Er dachte an seine Schwester und die Vorwürfe, die sie ihm bei fast jedem Telefonat machte.

„Marga hat mich heute angerufen", sagte Rob und beugte sich vor. Seine Blicke scannten erneut den Raum. Thomas Aschmann induzierte auf seine ruhige Art eine Trance. Rob lehnte sich langsam zurück und ließ es geschehen. Kaum hörbar plätscherte die tiefe Stimme von Aschmann dahin und führte Rob mehr und mehr zu seiner Innenwelt. Er sah sich über eine Wiese laufen, die vor einem Haus endete, das sein Elternhaus sein musste aber völlig anders aussah. Die Tür öffnete sich, und er schwebte die Treppe hinauf zu den Kinderzimmern. Dort saß Marga auf seinem Kinderbett. Robi saß neben ihr. Es war Abend, und das Deckenlicht in seinem Zimmer war an. Es war Zeit für die Kinder, ins Bett zu gehen. Er hörte das Lachen und Albern der Kinder, wie sie es oft getan hatten, bevor jedes in sein eigenes Zimmer und unter die eigene Decke verschwand.

„Du bist auch selber schuld. Ich habe dir auch nicht gesagt, dass du Nana den Kopf abreißen sollst", drang Margas Stimme in sein Ohr.

„Aber deswegen brauchst du nicht gleich mit dem Besen hauen. Weißt du, wie weh das tut, wenn du so einen Besen auf den Kopf kriegst?"

„Es war ja nicht der Besen, es war ja nur der Stil. Ich hab ja auch nicht so viel Mist gebaut wie du. Außerdem hat uns Papa ja schon genug ausgeschimpft. Und ein bisschen leid hat es mir auch getan."

„Davon hab ich aber nichts gemerkt, Marga."

„Ich weiß. Deswegen will ich dir auch was schenken. Mama hat Nana ja wieder gut gesund gemacht."

„Was willst du mir denn schenken?"

„Hier, ist nur was Kleines, aber du musst ganz vorsichtig sein." Marga stand von dem Bett auf und hielt ihm ein Schächtelchen hin, verpackt in rotes Weihnachtspapier mit goldenen Sternchen und verziert mit einer goldenen Schleife. Seine Augen leuchteten und Robi dachte, dass Marga eigentlich doch ganz lieb war.

„Das ist ja ein richtiges Geschenk!"

„Was tut man nicht alles für seinen kleinen Bruder." Robi beseitigte das Band und riss ungeduldig an dem Papier.

„Nicht so wild, Robi. Sonst geht es noch kaputt."

„Was ist es denn?", fragte er neugierig, als er den Rest des Papiers abzog.

„Schau rein, dann weißt du es."

Robi nahm den Deckel des weißen Pappschächtelchens ab. Er schaute hinein und es traf ihn wie Abertausende von Nadelstichen am ganzen Körper. Bis in jede Zelle bohrten sie sich und ließen ihn erstarren. Er rang nach Luft. Fett und schwarz wie Pech saß sie auf Watte und starrte ihn breitbeinig an. Dann huschte die Spinne hinaus auf das Bett und Robi sprang schreiend auf den Boden.

Langsam flog die Szenerie davon und er schwebte die Treppe hinunter und aus dem Haus. Mit der grünen Landschaft und dem Verschwinden des Hauses wurde die ruhige und tiefe Stimme Aschmanns wieder deutlich hörbar.

„...Und dann atmest du dreimal tief ein und aus und kehrst in diesen Raum zurück. Strecke deine Arme und Beine aus und warte noch einen Augenblick, bevor du die Augen öffnest." Dann war es still.

„Ich habe eine Spinnenphobie, Tom."

„Ich weiß."

„Woher weißt du das? Ich habe dir das nicht erzählt."

„Stimmt. Ich weiß es seit der ersten Sitzung. Du bist zur Tür rein gekommen, hast alle Ecken des Raumes fixiert, das Kissen vom Sessel angehoben und nachdem du Platz genommen hast, haben deine Augen systematisch den Raum abgetastet. Das sprach für ein phobisches Verhalten. Dass es die Spinne ist, liegt nahe. Eine häufig vorkommende Phobie. Mäuse würdest du auch nicht im Sessel und an der Wand suchen."

„Sie behindert mich in meinem Leben."

„So? Du meinst, die Spinne macht dir das Leben schwer? Na ja, ein bisschen, oder?"

„Nicht nur ein bisschen." Rob Hansen erzählte von dem Ereignis in seinem Büro und welchen Aufwand er seiner Kollegin zugemutet hatte. Thomas Aschmann lachte herzhaft und erzählte von einer Klientin, die ihn gefragt hatte, ob er seinen Arbeitsraum vorher saugen könne, bevor sie den Raum betreten würde.

„Ich habe das selbstverständlich nicht gemacht. Stattdessen haben wir das Problem mit einem klassischen Desensibilisierungsverfahren gelöst. Inzwischen fragt sie mich, wenn sie kommt, ob sie die Vogelspinne noch mal auf die Hand legen dürfe, es würde so schön kribbeln. Also, Rob, man kann ganz einfach was dagegen tun. Die Desensibilisierung ist ein sehr erfolgreiches Verfahren. Das können wir machen. Dann kommt meine Mrs. Phobika auch mal wieder zum Einsatz."

„Netter Name für so ein Tier. Man weiß sofort, wo man dran ist."

„Wir können sie auch mit Vornamen ansprechen. Rebekka. Wenn du erst mal mit ihr vertraut geworden bist, ist das ja auch angemessen. Wir können nächste Woche damit beginnen."

„Oh, Scheibenkleister! Das ist jetzt ein bisschen schnell."

„Nun ja, ich wollte dir nächste Woche nicht direkt Mrs. Phobika vorstellen. Wir beginnen ganz harmlos."

„Harmlos", echote Rob. „Was kann denn daran harmlos sein?" Er wollte es gar nicht wissen.

„Ich überleg es mir in Ruhe", antworte er kleinmütig.

„Mach das." Aschmann stand auf und streckte Hansen die Hand entgegen. „Klingt doch gleich ganz anders", sagte Aschmann, als Hansen die Tür öffnete.

„Was?"

„Scheibenkleister."

***

Ihrem inneren Impuls folgend, drehte sie sich aus ihrer kurzen Lähmung und lief Richtung Personalraum. Dort sah sie sich hastig um, verschwand auf der Toilette und verriegelte die Tür.

Mit zittrigen Händen zog sie ihr Handy hervor und suchte die Nummer von Liviana Vaitmar, die sie abgespeichert hatte und drückte die Wahltaste. Sie hatte Glück.

„Kommissarin Vaitmar. Guten Tag?"

„Liviana, er ist hier. Sie müssen mir helfen", flüsterte Viola.

„Mit wem spreche ich?"

„Hier ist Viola Ross. Liviana, der Schizotyp ist hier im Buchladen. Ich habe Angst."

„Viola? Ich verstehe Sie kaum, die Verbindung ist sehr schlecht. Wo sind Sie?"

„In der Severinstraße, Buchhandlung *Bücherwurm*. Bitte kommen Sie schnell."

„Bleiben Sie, wo Sie sind, wir sind gleich da!", hörte Viola, als kurz darauf die Personaltür geöffnet wurde. Sie verstummte und verhielt sich mucksmäuschenstill. Sie hörte nichts, hoffte aber, dass es ihre Kollegin war. Plötzlich raschelte es. Dann hörte sie die Tür ins Schloss fallen. Viola lief der Achselschweiß. Nichts war mehr zu hören. Langsam begann sie, sich über ihr Verhalten zu ärgern. *Vielleicht wollte dieser Bachhoff einfach nur ein Buch kaufen, dachte sie. Quatsch, der wird ja gesucht. Aber dann geht der doch nicht am helllichten Tag in eine Buchhandlung!? Würde der sich überhaupt hier hereinwagen? Das müssten doch meine Kolleginnen bemerkt haben, oder?*

„Du bist eine hysterische Kuh. Das hier ist nicht Ruanda, Viola", flüsterte sie in die Stille hinein und atmete langsam auf. *Außerdem wird der doch nicht in der Buchhandlung, vor all den Leuten, durchdrehen. Genau genommen wäre ich sogar in der Buchhandlung noch sicherer als auf der Toilette hier,* beurteilte sie in Gedanken ihre Lage und bereute schon, dass sie gleich die Polizei gerufen hatte. Sie schloss die Tür auf. Plötzlich donnerte ihr die Tür zurück an den Kopf und Viola flog an den Spülkasten des WCs. Bachhoff stand mit drohendem Gesicht vor ihr. Bevor sie schreien konnte, boxte Bachhoff ihr seine Hand ins Gesicht. Ihr Kopf schlug gegen die Kachelwand, und sie fiel auf die Kloschüssel. Es dröhnte in ihrem Kopf.

„Halt's Maul, Fotze, und hör zu! Ich sage das hier nur einmal." Er zog sie aus der Toilette heraus und stemmte sie gegen die Wand, indem er ihr mit seiner großen Hand den Hals und den Kiefer zusammenpresste. Viola rang nach Luft und glaubte, sein harter Griff würde ihr den Unterkiefer brechen.

„Du wirst den Bullen sagen, dass ich unschuldig bin. Sie sollen sich einen anderen als Mörder suchen. Du sagst ihnen, dass ich damit nichts zu tun habe. Euch ficken, ja, aber umbringen? Schwachsinn. Lass dir was einfallen, wie du mich da aus der Scheiße rausholst! Du hast mir das mit dem Phantombild eingebrockt, und du wirst das auslöffeln! Und denk dran, ich weiß, wo du wohnst und Erfahrung mit dem Töten habe ich auch! Für diese Scheiße werde ich ganz bestimmt keinen Knast absitzen und schon gar nicht ohne Grund. Hast du mich verstanden?", drohte er im Flüsterton und Viola nickte kaum sichtbar, während sie ihn mit aufgerissenen Augen anstarrte.

„Lass dir das eine Warnung sein! Wenn ich wieder kommen muss, siehst du richtig beschissen aus, Puppe." Er züngelte vor ihrem Gesicht, und dann leckte er ihr über die Lippen. Als er ihren Kopf losließ, spürte sie einen Schlag in der Magengrube. Sie japste nach Luft und brach gekrümmt vor der Toilette zusammen. Bevor sie das Bewusstsein verlor, hörte sie das Martinshorn des herannahenden Polizeiwagens.

Köln, 20:00 Uhr

Die Stimmung konnte nicht besser sein. Doch am meisten freute sie sich, als sie die Frau, in die sie sich verliebt hatte, auf der Terrasse erspähte. Liviana Vaitmar sprach mit Frederik van Olson. In ihrem schlichten, aber hautengen roten Kleid und ihren lang zurückfallenden Haaren, wirkte sie elektrisierend. Am liebsten wäre Rose mit ihr allein gewesen und hätte sie mit einem Frühstück geweckt. Auch wenn sie sich zusammenreißen musste wegen der Kinder, wegen ihres Mannes, wegen ihrer Eltern und all den anderen, die ihre Leidenschaft nicht kannten und die glaubten, dass sie ein glückliches Familienleben führte.

Die Kinder liefen mit einem Kranz Kölsch und einem Tablett Sekt und Orangensaft zwischen den Gästen herum und schwatzten ihnen Getränke auf. Rose befürchtete, sie hätten sich zum Ziel gesetzt, in Rekordzeit die Ware an die Festgesellschaft zu bringen. Ihr Mann sprach angeregt mit ihren Eltern und ihrer Tante, während alle einen Teller mit Leckereien vom Büfett vor sich auf dem Tisch stehen hatten und aßen. Ihr Mann sprach in der Regel über Politik, Steuern oder seine Urlaubspläne. Ihre Eltern kamen nie weiter als bis zum Bodensee. Rose nutzte den Moment, sich Liviana und Frederik zu nähern.

„Und wie finanzieren Sie Ihre Urlaubsreisen, wenn ich fragen darf?", hörte sie Liviana fragen.

„Na ja. Mit Geld. Ich bin Schuhverkäufer", witzelte Frederik van Olson.

„Was sind Sie? Schuhverkäufer?" Durch sein Lispeln entstand eine Situationskomik, die Liviana spontan zum Lachen brachte. Er schien sich dessen bewusst zu sein und erwiderte ihr Lachen.

„Nun, genauer gesagt, bin ich Abteilungsleiter beim Schuhhaus Dallmann in der Schildergasse. Da ist dann auch mal ein Urlaub drin."

Liviana bemerkte einen Blick von ihm, der sie irritierte.

„Und was machen Sie so, wenn ich das dann mal fragen darf?", nahm Frederik van Olson den Gesprächsfaden schnell wieder auf. Liviana warf Rose einen verführerischen Blick zu und schenkte ihr ein Lächeln, bevor sie sich wieder Frederik van Olson zuwendete.

„Ich arbeite im Sozialamt. Akten, Akten, Akten. Ziemlich langweilig. Ein Job, bei dem man für einen Urlaub nach Ägypten zu den Pyramiden lange stricken muss."

„Na, ihr beiden. Wie ich sehe, habt ihr euch schon bekannt gemacht", mischte sich Rose in das Gespräch ein. „Hast du Liviana wieder von Ägypten erzählt, Frederik?"

„Sie hat es zum ersten Mal von mir gehört, Rose." Rose warf ihr ein Lächeln zu. Liviana fühlte, wie sie rot im Gesicht wurde.

„Warst du denn schon mal in Ägypten, Rose?", erkundigte sich Liviana bei ihr.

„Hat dir Frederik nicht erzählt, dass wir uns dort kennengelernt haben? Hast du das Wesentliche etwa verschwiegen, Frederik?"

„Oh, Rose! Wie konnte ich! Asche auf mein Haupt." Die drei lachten, und langsam fühlte sich Liviana sicherer in ihrer Rolle.

„Woher kennt ihr euch eigentlich?", fragte Frederik, der dabei sein Jackett von der Schulter nahm und es mit der rechten Hand abtastete. Liviana fiel eine Tätowierung an seinem rechten Oberarm auf, die wegen des schwarzen T-Shirts nur zur Hälfte zu erkennen war. Ein buntes Tattoo mit viel Grün und zwei Beinen. Sie dachte unweigerlich an ein Drachentattoo.

„Schönes Tattoo, da an Ihrem Arm. Was ist es?"

„Ach, das? Eine Jugendsünde." Im gleichen Atemzug zog er sich das Jackett über und fand gleich darauf seine Zigarettenschachtel. Liviana bemerkte das Muskelspiel seines vorgeschobenen Kiefers, als er sich seine Zigarette anzündete. Rose entspannte die Situation mit Bravour, als sie erst Liviana ein Lächeln schenkte und dann Frederik antwortete.

„Wir haben uns auf dem Konzert von Anastacia in der Köln-Arena kennengelernt. Da habe ich sie gefragt, ob sie auf meine Geburtstagsfeier kommt."

„Mama, möchtest du auch noch etwas trinken, oder ihr da?", durchdrangen die Kinderstimmen das Gespräch und berichteten Rose von ihren Erfolgen, den Leuten ihre Getränke verkauft zu haben.

„Was macht ihr? Ihr verkauft die Sachen?" Während Rose mit ihren Kindern sprach, fragte Frederik van Olson: „Kennen Sie den? Warum dürfen Blondinen keine Mittagspause machen? - Weil sie danach wieder frisch angelernt werden müssen." Er lachte verhalten.

„Sie sind ja ein richtiger Spaßvogel, was?", befand Liviana, die seinen Scherz maßlos daneben fand. „Kennen Sie den? Warum sind Blondinenwitze immer so kurz? - Damit ihr Männer sie auch versteht." Damit drehte sie sich zu Rose und deren Kindern.

„Sie liebt den Amethyst, schon gesehen?", flüsterte van Olson ihr zu, als er seine Zigarette in einem schwarzen Aschenbecher ausdrückte und sich ans Büfett empfahl. Liviana durchzuckte seine Bemerkung über den Edelstein. Sie hatte die Amethystdruse im Wohnzimmer gesehen. Daneben hatte ein Buch mit dem Titel *Die Steinheilkunde* gelegen. Liviana wurde mit einem Mal klar, dass sie diesen Mann absolut nicht leiden konnte.

„Kinder, das ist meine Fete, und da sollen die Leute nichts bezahlen, nur mit Luftgeld, verstanden! Versprecht ihr mir das?"

„Och, Mama ...", quengelten sie, „... sei doch nicht so. Papa hat uns das aber erlaubt."

„Papa? Das ist aber meine Geburtstagsfete, und ich will das nicht. Also, kein richtiges Geld und Schluss. Außerdem könnt ihr auch mal eine Pause machen. Da sind ja auch noch andere Kinder, die wollen bestimmt ..." Rose konnte den Satz nicht mehr beenden, da waren ihre Kinder schon mit den Tabletts im Wohnzimmer verschwunden. Rose und Liviana standen allein auf der Terrasse und sahen sich schweigend in die Augen. Das Gefühl des ersten Kusses stellte sich bei Liviana wieder ein.

„Dass du gekommen bist, ist mein schönstes Geburtstagsgeschenk", säuselte Rose ihr leise ins Ohr. Liviana wurde rot und fasste in die kleine Seitentasche ihres Kleides. Sie holte ein kleines Tütchen hervor, mit einem darauf geklebten türkisen Schleifchen. Kleiner als die Innenfläche von Roses Hand, in die sie es legte.

„Aber das ist eigentlich mein Geschenk an dich, nur ein paar Zentimeter kleiner als ich", gab Liviana zur Antwort. Rose öffnete es, indem sie den Inhalt in ihre Hand schüttete. Eine feingliedrige silberne Halskette türmte sich zu einem kleinen Häufchen. Als Rose die Kette zwischen Daumen und Zeigefinger pendeln ließ, lag der Anhänger in ihrer Hand. Ein silbernes Blatt, an dessen Ursprung eine eingefasste Blüte aus einem Amethyst funkelte. Rose war sichtlich gerührt. Die Halskette passte genau zu den Schmuckstücken an Ohren und Finger. Bevor Liviana etwas sagen konnte, gab ihr Rose zärtlich einen Kuss. Eine Hitzewelle durchzog Liviana.

„Ach, hier steckst du, meine Rose", rief ein Mann beim Herannahen. Beide schreckten auf, gingen auf Abstand und Rose fummelte verlegen an sich herum, als habe sie etwas an ihrer Kleidung gerade zu rücken. Liviana sah in die Augen des alten Mannes, der ihr mit festem Blick begegnete.

„Schöne Frau, könnten Sie meine Tochter für einen Augenblick entbehren?", fragte er und wandte sich seiner Tochter zu.

„Ich würde gerne einen Tanz mit dir wagen. Würdest du deinem alten Vater die Ehre erweisen?"

„Ach, Paps, du entwickelst dich ja doch noch zu einem richtigen Charmeur. Dann lass uns tanzen!" Rose zwinkerte Liviana zu, als sie sich bei ihrem Vater einhakte. Liviana blieb noch eine Weile draußen stehen, nur um festzustellen, dass es frisch geworden war und sie einen Mordshunger hatte.

Als ein neues Lied begann, wurde Herr Rosendahl von seinem Schwiegersohn abgeklatscht, Rose kannte die Standarttänze und ließ sich gut führen. Liviana hoffte, nicht aufgefordert zu werden. Es war lange her, dass man ihr irgendeinen Tanz abverlangt hatte und so drängte sie sich dicht an die Wand, hinter den Rücken von Herrn Rosendahl, dem Vater von Rose. Sie wollte für einen Augenblick die Geburtstagsgesellschaft beobachten und anschließend zum Büffet gehen. Herr Rosendahl führte eine Unterhaltung mit seiner Frau, die er so nicht begonnen hätte, wäre ihm Livianas Nähe bewusst gewesen.

„Hat sie dir schon mal gesagt, dass sie andersrum ist?"

„Wer ist was?", fragte Frau Rosendahl ihren Mann.

„Deine Tochter? Ist sie andersrum?"

„Was redest du denn da, Ernst? Was heißt andersrum? Sie hat den Kopf am richtigen Platz. Jetzt nörgle nicht an ihrem Geburtstag auch noch an ihr rum", echauffierte sich die Mutter von Rose.

„Hannelore, sie hat gerade eine Frau geküsst. So richtig, verstehst du?"

„Lass gut sein! Hast du schon wieder zu viel getrunken? Sie gibt doch den ganzen Tag schon Küsschen hier und da. Das macht man heute so. Sie steht schließlich im Mittelpunkt, Ernst. Was du dir da mal wieder zusammenphantasierst."

„Hast du die Frau in dem roten Kleid gesehen? Ich meine die Kleine, die mit den schwarzen Haaren?" Frau Rosendahl sah über die Schulter ihres Mannes hinweg direkt in Livianas Gesicht.

„Sieht ja gut aus, das Flittchen. Die brauchte wohl eher mal so einen richtigen Kerl, der sie so richtig...". Frau Rosendahl lief rot an, stieß ihrem Mann ihren Ellbogen in die Seite und ermahnte ihn zischend zu schweigen.

„Was sollen die Leute denken! Unsere Tochter ist glücklich verheiratet, und jetzt wechseln wir das Thema."

Die Bemerkung brannte wie Feuer, und ihre Gedanken rasten, während Liviana in die Kochküche lief, wo zwei Männer an der Arbeitsplatte lehnten.

„Das Büffet steht nebenan im Esszimmer", sprach der Größere von den beiden. Er zog die Nase hoch und leckte an den Fingern seiner rechten Hand. Mit der anderen Hand schob er etwas hinter seinen Rücken. Der Kleinere zwängte seine Hand in seine Hosentasche.

„Was ist, Schnalle? Du solltest nicht stören, wenn sich zwei Männer unterhalten."

Liviana drehte sich um und überlegte beim Gehen, woher sie das Gesicht kannte, und ob sie da gerade wirklich ein Tütchen verschwinden gesehen hatte. Dann fiel ihr der Name wieder ein. Christoph Plage, der Mann, der seinem Namen alle Ehre machte. Als sie damals noch bei der Drogenfahndung gearbeitet hatte, war Christoph Plage kein Unbekannter für die Polizei gewesen. Es schien lange Zeit ruhig um ihn geworden zu sein. *Zu ru-*

hig, anscheinend, dachte Liviana, stand vor der Garderobe und suchte ihre Lederjacke. Inzwischen war sie auf alles und jeden sauer, mit dem sie es in den letzten Augenblicken zu tun gehabt hatte. Dann warf sie sich in die Lederjacke und marschierte zurück zur Arbeitsküche.

„Also, Christoph Plage, ihr habt jetzt genau zwei Möglichkeiten", fuhr sie die beiden an, den gezückten Dienstausweis wie ein Schutzschild vor sich tragend.

„Ihr packt jetzt das ganze Zeug hier auf die Arbeitsplatte ..."

Plage schaute sie verwirrt an und hob zu sprechen an. Der Kleinere versuchte, sich an Vaitmar vorbei zu drängeln. Rose stand plötzlich im Türrahmen und musste mit ansehen, wie Liviana dem Flüchtigen ihre Hand zwischen Daumen und Zeigefinger in den Hals rammte. Er fiel sofort nach hinten und röchelte. Seine Hände versuchten, die Luftröhre zu weiten.

„Liviana, was ist los?", rief Rose.

„Mach die Tür zu", befahl Liviana, während Christoph Plage sich nicht vom Fleck rührte.

„Liviana, bist du wahnsinnig geworden?", schrie Rose ängstlich im Flüsterton und schloss die Tür.

„Nein, im Dienst!", konterte die Kommissarin energisch, den Blick nicht von den Männern abwendend.

„Seid froh, dass ich die Wumme in der Jacke lasse. Rose zuliebe, schließlich sind wir hier ihre Gäste", wandte sie sich mit kalter Wut an die Männer. Rose lehnte sich gegen die Tür, in der Hoffnung, dass keiner der anderen Gäste herein wollte, und der Spuk hier schnellstens vorüberging.

„Also, Jungs, jetzt zum Mitschreiben. Die erste Möglichkeit, ihr legt das ganze Zeug jetzt auf die Arbeitsplatte. Ich werde es im Klo vernichten, für euch ist die Party hier zu Ende, und wir vergessen das Ganze. Wir wollen doch den Geburtstag von Rose nicht versauen, oder? Und sag diesem Weichei da auf dem Boden, er soll aufhören zu röcheln und seine Taschen leeren", endete Vaitmar abwartend, was jetzt passierte.

„Und die zweite Möglichkeit?", fragte Plage in einem ausgesprochen ruhigen Ton.

„Ich lasse die Drogenfahndung anrücken, die kennen Sie ja noch ganz gut, Herr Plage. Die beschlagnahmen nicht nur die Ware hier, sondern werden auch Ihre Wohnung auseinandernehmen und ebenso die von dem Weichei da unten. Gefahr im Verzug. Sie kommen bei der Menge erst einmal in PG und gut ist, Herr Plage."

„Es ärgert mich irgendwie, dass ich dich gar nicht kenne", sagte der Mann.

„Das geht soweit in Ordnung, ansonsten sind wir nicht per Du, Herr Plage. Also, was ist jetzt?"

„Ich nehme die erste Möglichkeit."

„Dann mal los!" Christoph Plage holte das Tütchen mit dem Kokain hinter seinem Rücken hervor. Der andere schob seine Hand in seine Jackentasche. Liviana bedeutete ihm, langsam zu machen und bluffte, dass sie ihm sonst die Acht anlegen würde. Er legte einen verschlossenen Plastikbeutel neben das angebrochene Päckchen.

„Plage, kommen Sie, den anderen Beutel auch noch!" Liviana wurde streng und wedelte mit vier Fingern, als wolle sie ihn näher zu sich heranwinken. Plage zog aus seiner Weste einen weiteren verschlossenen Beutel hervor.

„Okay, Jungs, ihr könnt abhauen. Und, Plage - denk dran ..."

„Ist gut! Ihre Ansage war deutlich genug, Klugscheißerin. Ich bin dann mal weg, Tschö, Rose." Rose öffnete schweigend die Tür, und Liviana steckte die zwei verschlossenen Päckchen in ihre Lederjacke.

„Schlaues Köpfchen, Plage, und vergiss deinen Röchelbruder hier nicht."

„Leck mich." Der kleine Mann hatte sich ebenfalls schweigend mit einem Kopfnicken von Rose verabschiedet und zottelte hinter Christoph Plage her.

„Liviana?", fragte Rose schüchtern. Vaitmar ging mit dem angebrochenen Päckchen Kokain wortlos an Rose vorbei. Auf der

Toilette schüttete sie das Kokain ins WC. Sie öffnete eins der beiden Tütchen und schüttete es ebenfalls hinein.

„Bin ich bescheuert? Was mache ich hier?", fragte sie sich laut, drückte die Spülung und ließ den Deckel fallen. Für sie war die Party gelaufen. Sie schloss die WC-Tür auf und ging Richtung Haustür. *Irgendwas läuft immer schief, wenn ich mit Rose zusammenkomme. Was ist das für ein Omen?*, grübelte sie und öffnete die Haustür. Als sie noch einmal einen Blick in die Wohnung zurückwarf, sah sie Rose mit einer Hand vor dem Mund in der Küchentür stehen und auch Frederik van Olson, der mittlerweile neben ihr aufgetaucht war, gaffte sie merkwürdig an. Dann zog sie die Haustür ins Schloss. Es war 21:10 Uhr und Liviana hatte Kohldampf bis unter die Achseln und keinen Appetit.

Samstag 19. August

Frankfurt, 10:12 Uhr

Margarete Westerkamp räumte den Frühstückstisch ab. Sie hatte mit ihrer Tochter allein gefrühstückt. Ihr Mann war bereits am frühen Morgen zum Golfspielen gefahren, was er an den Wochenenden zur Regel werden ließ. In letzter Zeit häufte es sich, dass er seinem Sport nicht nur samstags, sondern auch sonntags nachging. Inzwischen bedrückte es sie mehr, als sie geglaubt hatte. Derzeit besaß sie aber nicht die nötige Souveränität, um mit ihm darüber zu reden. Sie hatte Angst vor einer Wahrheit, die, einmal ausgesprochen, vielleicht mehr zerstören könnte, als sie ertragen wollte. In klaren Momenten ahnte sie, dass ihre Stillhaltestrategie das Problem auch nicht überdauern würde.

„Mach's gut, Mom. Ich bin weg", rief Tochter Julia auf dem Weg zur Haustür.

„Wann kommst du denn heute wieder? Denk dran, morgen geht die Schule wieder los. Du solltest dich eigentlich ein bisschen drauf vorbereiten, nicht?"

„Hallo!?", rief ihre Tochter, „Vielleicht haben wir heute Samstag, und die Ferien gehen noch eine Woche, schon vergessen?"

„Sei nicht so frech, Julia."

„Ich bin nicht frech, du bist vergesslich", rief Julia und zog die Haustür zu. Margarete Westerkamp ließ das Frühstücksbrett und die Butter für ihren Sohn auf dem Esstisch liegen. Ihr Sohn Tobias lag noch im Bett, und vor zwölf würde er nicht aufstehen. Das störte sie nicht, denn mit ihm hatte Margarete keine Probleme. Ihr Junge steckte sie mit seinen achtzehn Jahren leistungsmäßig jetzt schon in die Tasche, wie er sagte und hatte dabei gar nicht so Unrecht. Das betraf allerdings weitgehend nur die naturwissenschaftlichen Fächer. Der Vormittag gehörte also ihr allein, aber sie machte sich andere Sorgen. Jetzt hatte sie schon seit über einer Woche nichts mehr von ihrem Vater gehört. Telefonisch hatte sie ihn nicht erreicht. Ihr Bruder hatte sie auch nicht zurückgerufen.

„Die familiären Verhältnisse scheinen ihm ja restlos am Allerwertesten vorbei zu gehen", schimpfte Margarete und öffnete die Schranktür unter der Spüle, wo eine angebrochene Rotweinflasche vom Vortag stand. Sie holte ein Wasserglas hervor und goss es halb voll. Mit Glas und Telefon ging sie hinaus auf die Terrasse, setzte sich in einen ihrer Teakholz-Gartenstühle und drückte die Kurzwahltaste für die Telefonnummer ihres Vaters. Nach dem ersten Schluck und dem achten Klingelzeichen legte sie auf. Sie drückte die zweite Kurzwahltaste für die Nummer ihres Bruders. Der Anrufbeantworter sprang an. Sie sprach ihm, wie so oft, eine Nachricht auf den AB. Seine Handynummer hatte er ihr nicht gegeben, mit der Begründung, es sei ein Diensthandy. Sie fand das damals schon eine blöde Ausrede, und heute ärgerte sie sich ein weiteres Mal darüber, dass er so schlecht zu erreichen war. Ihre Freundin Klara kam ihr in den Sinn. *Sie könnte doch mal kurz bei Vater vorbeischauen,* dachte sie, leerte ihr Glas und ging in die Küche, um ihr Adressbuch zu holen und sich nachzuschenken. Wieder auf der Terrasse angekommen, setzte sie sich erneut und wählte Klaras Nummer.

„Hallo?"

„Hallo, Klara? Marga hier."

„Marga! Das ist aber eine Überraschung. Schön, dass du mal wieder was von dir hören lässt. Wie geht es dir und deiner Familie? Alle wohlauf?"

„Ja, danke, Klara. Die Kinder haben Ferien, daher liegt Tobias noch faul im Bett. Julia ist bei einer Freundin. Du weißt ja, wie die Kinder sind."

„Da sagst du was. Was bei deinen Kindern die Schule ist, ist bei meiner Tochter der Kindergarten, würd ich sagen."

„Wie alt ist sie jetzt?"

„Fünf Jahre, aber sie kann manchmal schon richtig nervig sein. Was macht dein Mann?"

„Oliver?! Der ist heute früh schon zum Golf mit seinen Bankerkollegen. Das Kapital vermehrt sich, während die Herrschaften eine ruhige Kugel schieben", brachte sie ihre politische Haltung an die Frau, nicht ohne Unterstützung ihres badischen Spätburgunders.

„Ach, Marga, immer noch bei den Grünen?"

„Ja sicher, Politik ist schließlich keine Modeveranstaltung, wie Germany's Next Topmodel von dieser Heidi weiß ich wer. Aber jetzt sag mal, wie geht's dir und deinem Mann?", wollte Margarete wissen.

„Wir haben eine schlimme Woche hinter uns. Christians Mutter ist ganz plötzlich verstorben. Die ganze Verwandtschaft stand uns auf den Füßen. Du weißt ja, die kommen alle aus der Ecke von Hannover, und da mussten wir dann auch hin. Und dann noch die Beerdigung. Christian ist ja Einzelkind. Er hat es ja nicht so mit dem ganzen Wirbel... Ach Gott, das muss ich dir gerade mal erzählen ...", stolperten Klaras Worte in die Sprechmuschel. Während Marga ihrer Sandkastenfreundin zuhörte, ging sie in die Küche, um ein weiteres Mal ihr Glas nachzufüllen.

„Tante Kathi ist letzte Woche hier auf offener Straße zusammengebrochen. Ach Gott, ich konnte sie noch gar nicht besuchen im Krankenhaus." Klara Mertens erzählte in allen Einzelheiten von dem Geschehen, und Margarete wollte wissen, was Tante Kathi denn zugestoßen sei.

„Sie liegt hier im Walburga-Krankenhaus. Die Sanitäter tippten auf Herzinfarkt. Netter Mann, der Sanitäter, würd ich sagen. Wir mussten uns ja um die Beerdigung meiner Schwiegermutter kümmern und waren daher die ganze Woche nicht hier. Ich kann dir sagen, furchtbare Woche", endete Klara, und Marga stand vor ihrem Garten und stierte in ihr leeres Rotweinglas.

„Marga? - Bist du noch dran?", fragte Klara am anderen Ende der Leitung.

„Ich bin schockiert, meine Güte. Sie hat doch niemanden mehr. Wir müssen sie wenigstens mal im Krankenhaus besuchen. Ich kümmere mich darum. Ich werde da gleich mal anrufen und nachhören. Du hast ja im Augenblick genug um die Ohren. Aber sag mal was anderes, könntest du mir vielleicht einen kleinen Gefallen tun?"

Klara tat Marga selbstverständlich einen Gefallen, soweit er in ihren Möglichkeiten lag. Und so fragte Margarete Westerkamp, ob Klara mal kurz bei ihrem Vater anklingeln könne, wenn sie an seinem Haus vorbeikäme, damit er sie mal zurückrufe.

„Ich bekomme ihn seit Tagen nicht ans Telefon und mache mir schon ein bisschen Sorgen. Er ist ja auch nicht mehr der Jüngste", unterstrich sie ihr Anliegen.

„Kein Problem, ich komme eh gleich an eurem Haus vorbei. Was macht eigentlich dein charmanter Bruder? Den habe ich ja mehr als eine Ewigkeit nicht gesehen, würd ich sagen."

„Ach, der ist ja mit seinem Beruf verheiratet. Familie ist für den anscheinend ein Fremdwort. Ich habe ihn vor einer Woche auf Vater angesetzt. Meinst du, der meldet sich mal und sagt, was los ist? Nada!"

„Ach, Marga. Wäre doch mal wieder schön, wenn wir uns alle noch mal sehen könnten, würd ich sagen."

„Du meinst Rob, du und ich? Oh, Klara, ich weiß nicht, ob das eine gute Idee ist. Du kennst ihn ja."

Klara kannte ihn und meinte, dass die Geschwister doch langsam mal erwachsen sein dürften und das Kriegsbeil begraben sollten. Sie würde auch etwas Leckeres kochen und danach könne man sich doch bei einem Glas Wein ein wenig erzählen. Margarete kam dem Gedanken mit einem *schauen wir mal* entgegen und kündigte sich schon mal auf einen Sprung bei Klara an, wenn sie bei Vater vorbeigeschaut habe. Dann erinnerte sie Klara daran, bei Vater zu klingeln, und Klara wollte eiligst informiert werden, wenn sie was Neues von Tante Kathi herausbekommen habe.

Marga stellte das Telefon in die Station und spürte die Wirkung des Alkohols anfluten. *Ich muss jetzt mal ein bisschen langsamer machen*, dachte sie und gönnte sich einen letzten Schluck. Mittags würde sie sich hinlegen, und danach würde sie wieder fit sein für die Veranstaltung im Bürgerhaus. Sie ging in ihr Arbeitszimmer und fuhr den PC hoch, um die Telefonnummer des Krankenhauses online zu suchen.

Meschede, 10:34 Uhr

Klara Mertens stellte die Spülmaschine an und packte einen Korb mit Leckereien für den traditionellen Spielesamstag. Lena spielte mit ihrem müden Vater im Wohnzimmer Memory.

„So!", rief Klara, „Wenn ihr etwas Warmes essen wollt, es steht noch Lasagne von gestern im Kühlschrank. Du brauchst sie nur in den Backofen schieben und auf 150° Umluft eine halbe Stunde aufwärmen. Hast du gehört, mein Göttergatte?"

„Ja, Schatz, danke."

„Mama? Krieg ich denn jetzt die Barbie? Die mit dem rosa Kleid?"

„Lass uns morgen darüber sprechen, meine Süße. Ich bin jetzt weg!", rief sie, hakte den Korb unter den Arm und zog die Haustür hinter sich zu.

Zu ihrer Freundin Hedwig war es nicht weit. Einmal im Monat trafen sich die vier Frauen zu einem kinder- und männerfreien Samstag, der mit einem Prosecco und einem vormittäglichen Kartenspiel begann. Narin war als Jüngste dazu gestoßen. Ihre gefüllten Weinblattröllchen, ihre Antipasti und ihre mit Schafskäse gefüllten Hackbällchen waren für alle ein kulinarischer Hochgenuss. Beschwingt und voller Vorfreude machte Klara sich auf den Weg zu ihren Freundinnen, nicht ohne bei Margas Vater vorbei sehen zu wollen. Auf halbem Weg vernahm sie ein leises Summen, ein monotones Brummen, das sich wie fernes Motorengedröhn anhörte. Ein paar hartnäckige Fliegen, die ihr um den Kopf flogen, stimmten in das Geräusch ein. Sie schlug nach ihnen. Plötzlich erkannte sie die Ursache des Geräuschs und blieb ruckartig stehen. Sie traute ihren Augen nicht, als sie einige Meter vor dem Elternhaus ihrer Freundin Marga eine schwarze Wolke am Fenster der Gästetoilette gleich neben der Haustür erblickte. Was sich hier vor ihren Augen abspielte, hatte sie so noch nie vorher gesehen. Klara kannte die Gegebenheiten des Hauses in- und auswendig. Als Kind war sie in diesem Haus ein- und ausgegangen, so wie Marga bei ihnen. Ein unangenehmer Geruch stieg ihr in die Nase. Sie kannte den Geruch. Ihr wurde unheimlich. Sie überwand sich, näher an die Tür heranzugehen und rief nach Margas Vater. Nichts rührte sich. Sie schlug sich mit beiden Händen die Fliegen aus dem Gesicht und traute sich kaum einzuatmen, so beißend erschien ihr jetzt der Geruch. Sie lief zurück auf die andere Straßenseite und stellte sich an Tante Kathis Hauswand neben das Küchenfenster. Spontan zog sie ihr Handy hervor, um die Notrufnummer zu wählen.

„Rettungsleitstelle Meschede, mein Name ist Bert Breitner. Wie kann ich Ihnen helfen?"

„Hallo, entschuldigen Sie bitte, aber ich weiß nicht, wie ich Ihnen das sagen soll! Hier sind überall Fliegen."

„Ja, hallo?! Ich höre Sie. Nennen Sie bitte deutlich Ihren Namen, Ihren Standort und Ihr Anliegen."

„Es stinkt nach toter Katze, und ein riesiger Fliegenschwarm schwirrt vor dem Toilettenfenster. Vielleicht liegt da auch irgendwo ... , es stinkt fürchterlich."

„Was sagen Sie? Für Tiere ist das Veterinäramt zuständig. Sie haben hier den Rettungsdienst angerufen."

„Hier ist ein riesiger Fliegenschwarm vor dem Haus! Die fliegen zum Klofenster rein und raus! Das müssen Tausende sein, würd ich sagen. Was soll ich denn jetzt machen, bitte?"

„Beruhigen Sie sich, Frau ..., wie ist Ihr Name?"

„Klara Mertens!"

„Frau Mertens, beruhigen Sie sich. Was sagen Sie da mit den Fliegen? Können Sie bitte etwas genauere Angaben machen? Wo befinden Sie sich und was sehen Sie da?" Klara Mertens bemerkte, dass der Mann jetzt einen anderen Tonfall angenommen hatte. Sie beschrieb ihm erneut den riesigen Fliegenschwarm und den Verwesungsgeruch, den sie wahrnahm.

„Und was ist mit dem toten Tier?", fragte der Bedienstete in der Leitung.

„Ich sehe kein totes Tier. Ich sehe nur Fliegen", antwortete Klara Mertens noch nach Fassung ringend. Der Rettungsbedienstete teilte Frau Mertens mit, dass er jemanden rausschicken werde und sie vor Ort warten solle, bis der Rettungsdienst eingetroffen sei. Er wiederholte Adresse, Standort und Telefonnummer, und Klara bestätigte die Angaben.

„Die Kollegen werden Ihnen vor Ort sagen, wie es weitergeht." Damit wurde das Gespräch beendet. Klara legte das Handy in den Korb und lehnte sich an die Hauswand. Ihr Blick verharrte auf dem Fenster gegenüber. Aus der Distanz klang das monotone Summen der Fliegen wie eine leise Drohung.

„Mein Gott!..." In ihrem Kopf baute sich eine Vorstellung auf, die sie nicht auszusprechen wagte.

„Sollte am Ende ...?" Sie stellte ihren Korb neben sich auf den Bürgersteig und hörte im selben Moment auch schon ein Martinshorn herannahen. Der Rettungswagen hielt ein paar Meter vor ihr. Ein junger Mann sprang heraus und ging zielstrebig auf sie zu.

„Haben Sie angerufen?", fragte er Klara Mertens.

„Ja."

„Wo ist der Patient?"

„Patient?", fragte Klara Mertens und zeigte dabei etwas kraftlos auf das gegenüberliegende Haus.

„Im Haus?", fragte der Sanitäter, als er das Schwirren der Fliegen an dem Fenster entdeckte.

„Oh! Was haben wir denn hier?", fragte er überrascht und rief seinen Kollegen herbei. Klara konnte die Unterhaltung der beiden Männer nicht nachvollziehen und sah, wie der erste Mann zur Haustür rannte, klingelte und mit den Händen die Fliegen zu vertreiben suchte. Dann rannte er zurück zu Klara Mertens.

„Wir müssen die Polizei rufen", meinte der Sanitäter. Klara Mertens sah ihn verständnislos an. Nachdem er seinem Kollegen die Order erteilt hatte, unterhielt er sich mit ihr, bis die Polizei eintraf.

„Ich muss Arthur noch Bescheid geben. Er soll seine Tochter anrufen", teilte sie dem Sanitäter mit.

„Das wird die Polizei zu entscheiden haben, Frau Mertens." Sie wurde schneeweiß im Gesicht. Klara wurde belehrt, dass nur die Polizei in das Haus eindringen dürfe.

Inzwischen hatten sich die ersten Anwohner auf den Bürgersteigen versammelt. Einige ältere Menschen lehnten auf den Fensterbänken. Wieder andere liefen auf der Straße hin und her. Die Menschen unterhielten sich mit verhaltenen Stimmen. Ein Polizeiwagen bog in den Buchenweg ein. Klara Mertens lehnte noch immer an der Hauswand und schaute dem Treiben zu. Ihr war schlecht. Zwei Uniformierte liefen hektisch um das Haus herum. Andere begannen damit, die Straße abzusperren und ein weiterer telefonierte. Ein Beamter kam zielstrebig auf sie zu und fragte, ob sie einen Schlüssel von diesem Haus besäße. Als sie ihm erzählte, dass Katharina Folgerreith wohl einen Ersatzschlüssel haben könnte, diese jedoch selbst im Krankenhaus sei, gab der Beamte einem Kollegen ein Zeichen. Der Kollege, der um das Haus gegangen war, schlug ein Seitenfenster ein und stieg hinein. Kurz darauf öffnete sich die Haustür und ein gewaltiger Schwarm Fliegen flog heraus. Der Polizist übergab sich im angrenzenden Blumenbeet.

Klara Mertens zitterten die Knie. Ein weiterer Streifenwagen traf am Ort des Geschehens ein. Neugierige Anwohner versammelten sich an der Absperrung und hielten sich Taschentücher vor Nase und Mund. Die Fliegen, der Gestank, die Aufregung der Menschen und niemand, der Klara Mertens darüber informierte, was sie längst schon ahnte, machte sie wütend. Wie von fremder Hand gezogen marschierte sie über die Straße auf die offene Haustür zu. Einer der Polizisten versuchte, sie am Arm zurückzuhalten. Sie schlug mit voller Wucht ihren Unterarm in sein Gesicht und gelangte blitzschnell zur offenen Haustür, wo sie einen Blick ins Innere des Hauses werfen konnte. Das Grauen fraß sich schnell wie ein Blitz in ihre Seele. Zwei Beamte ergriffen wenig zimperlich ihre Arme.

Arme Tante Kathi, dachte Klara, bevor sie zusammenbrach.

Köln, 10:55 Uhr

„Warum muss ich unbedingt mitkommen! Ich hatte gestern einen miesen Abend, einen Haufen Ärger und habe miserabel geschlafen. Das kannst du doch genauso gut allein machen", wehrte sich die Kommissarin noch auf dem Weg zur Tür. Hansen begründete es mit höherer Kooperationsbereitschaft, wenn Vaitmar zugegen sei. Er bot ihr stattdessen an, dass Vaitmar sie auch allein verhören könne.

„Soweit kommt das noch...", empörte sich Vaitmar, „...Wo müssen wir hin?"

„Zum Empfang und fragen, wo sie liegt", antwortete ihr der Hauptkommissar in einem besonders ruhigen Ton, als wolle er jede Aufregung vermeiden. Liviana stolperte in schnellen Schritten zum Empfang. Die Theke bremste ihren Schwung.

„Ich bin Kommissarin Vaitmar, und das ist mein Kollege Hauptkommissar Hansen", wandte sie sich an das Rezeptionspersonal.

„Wo finden wir Viola Ross? Sie ist gestern hier eingeliefert worden." Die Kommissarin knotete ihre Haare zusammen, wobei sich ihre Stimmung zusehends verschlechterte. Man gab ihnen die Auskunft, dass Frau Ross auf der Inneren Abteilung im ersten Stock, Zimmer 105 liegen würde und wies auf den Aufzug ein paar Meter weiter. Als sich seine Türen öffneten, traten beide ein und Hansen drückte auf den Knopf für den ersten Stock. Die Lifttüren schlossen sich, und der Aufzug setzte sich in Bewegung. Plötzlich ruckelte es kurz, dann blieb der Aufzug stehen. Die Notbeleuchtung ging an, und es wurde still.

„Was ist jetzt schon wieder? Ich kriege heute noch die Krise!", fluchte Liviana.

„Hast du Platzangst, oder so was?", fragte Rob.

„Nein! Wochenende! Und das in einem Aufzug. Mist! Das kannst du mir überhaupt nicht bezahlen, Junge."

„Na, wenn ich's eh nicht bezahlen kann, dann lass ich es eben."

„Ich hasse Dich! Du bist ein richtiger ..."

„Ich weiß, hab ich schon öfter gehört, aber zu viel davon vergiftet die Atmosphäre in diesem schönen Aufzug hier." Hansen fingerte erfolglos an allen möglichen Schaltern herum. Auch die Hallo-Rufe brachten keine Resonanz.

„Hast du Angst im Aufzug?", fragte Liviana zurück.

„Nein, das wird schon gleich. Bestimmt nur ein kurzer Stromausfall. Sicherung rein und gut ist. Was war los gestern?", fragte Rob. Liviana erzählte von Roses Geburtstagsfeier. Sie erzählte von dem lispelnden Frederik van Olson, dem sie den Bären von der Sozialamtsmitarbeiterin aufgebunden hatte. Von Rose auf der Terrasse und dass ihr Vater sie beim Küssen erwischt hatte. Sie erzählte auch von den beiden Männern und deren Kokain. Sie ertappte sich dabei, wie sie das Päckchen verschwieg, das sie nicht ins Klo gespült hatte und erinnerte sich daran, dass sie es immer noch zuhause in ihrer Lederjacke hatte. Rob hörte zu, während er sie im Schein der Notbeleuchtung betrachtete. Ihre dunkle Hose erschien ihm pechschwarz, und ihre rote Bluse trug sie mehr als gewagt offen. Zusammen mit ihrer bräunlichen Hautfarbe erhielt Liviana in diesem Licht eine exotische Ausstrahlung. Er spürte den Impuls, ihre Brüste zu fassen. Sah, wie er ihr plötzlich die Bluse herunterriss und Liviana ihm in den Schritt fasste. Er konnte ihren Worten nicht ganz folgen. *Fick mich,* glaubte er ihre erregte Stimme zu hören, und sie stand nackt vor ihm. Er atmete schwer, und Gefühle von gewaltiger Begierde, Angst, Wut und Hass trieben an die Oberfläche. Er hörte sie stöhnen und rufen, und sein Puls raste. Das schummrige Licht, die Enge des Raumes, alles musste jetzt schnell geschehen, und dann sah er, wie eine Spinne sich an einem Faden herunterließ. Er schrie laut auf, aber hörte keinen Ton. Dann sah er eine zweite Spinne auf dem Boden krabbeln, und eine dritte hielt sich an einer Stockwerktaste fest. Sein Herz raste, und es rauschte in seinen Ohren. Lichtblitze erhellten den Raum, und mit einem Ruck trieb der Aufzug nach oben. Rob fühlte seinen Magen absacken und hörte Livianas Stimme.

„Was ist los mit dir?" Die Aufzugtür öffnete sich und Liviana zog ihn auf den Flur des ersten Stockwerkes. Geistesgegenwärtig sah sie einen Wasserspender und füllte einen Becher, den er wortlos trank.

„Du siehst elend aus. Kreislauf?"

Er hielt ihr den Becher hin, und sie füllte ihn erneut auf. Er sah sie vor sich stehen, mit geschlossener roter Bluse und unbeschädigt. Ihr Haar war nicht zerzaust, und auch er hatte die Hosen an. Langsam erwachte er aus diesem Alptraum und konnte wieder tief durchatmen.

„Geht's wieder?", fragte Liviana mit einem leisen Kichern.

„Ja, danke. Ich glaube, ich erzähle dir besser nicht, was da gerade passiert ist."

„Na, ich würde mal auf Platzangst tippen."

„Ich hatte in meinem Leben noch nie Platzangst."

„Was sonst?"

„Wenn ich das wüsste..." Er freute sich, dass nichts passiert war und dachte an Stefanie Tannenberg, mit er für diesen Abend verabredet war und dass er vorübergehend vielleicht besser Aufzüge meiden sollte.

Liviana klopfte leise an Zimmertür 105 und öffnete sie. Eine ältere Frau schlief in ihrem Bett. Hinter ihr am Fenster stand ein weiteres Bett, in dem Viola Ross lag. Sie traten leise an ihr Krankenbett. Viola trug einen Verband um den Kopf, unter dem ihre schwarze Haarkrause herausschaute. Ihre linke Wange war geschwollen und unter dem Auge violett verfärbt. Sie trug einen beigefarbenen Seidenschlafanzug. Eine Krankenschwester beschäftigte sich mit einem Tropf, der neben Violas Bett stand.

„Den brauchen Sie jetzt nicht mehr, Frau Ross. Ab jetzt wird wieder schön feste gekaut." Viola nickte, und die Krankenschwester verabschiedete sich, während sie den Tropf vor sich her durch die Tür schob.

„Hallo, Frau Ross, wie geht es Ihnen?", fragte Kommissarin Vaitmar. „Es tut mir leid, was Ihnen widerfahren ist."

„Danke, Frau Vaitmar, ich könnte mir einen schöneren Ort unseres Wiedersehens vorstellen."

„Guten Morgen, Frau Ross", schaltete sich Hauptkommissar Hansen ein und streckte ihr seine Hand entgegen.

„Ich hoffe, es geht Ihnen inzwischen besser, und Sie haben den Schock einigermaßen überwunden."

„Danke, Herr Hauptkommissar."

„Hansen, Hauptkommissar Hansen", erwiderte Rob im Flüsterton.

„Wie Sie meinen, Herr Hansen", entgegnete sie ihm und wandte sich wieder Kommissarin Vaitmar zu.

„Die Frau hier neben mir hört nichts...", klärte sie die Anwesenden auf, „... Man hat sie von der HNO hier zwischengeparkt. Die Ärzte meinen, ich hätte eine Gehirnerschütterung und haben mir empfohlen, meinen Magen langsam wieder zu belasten. Der Chefarzt riet mir, mich im Anschluss an den stationären Aufenthalt, bei einem Psychiater vorzustellen. Er meinte, solche Gewalterfahrungen würden bei Menschen häufig eine große psychische Belastung zur Folge haben."

„Vielleicht ist das eine ganz gute Idee, Frau Ross", antwortete Liviana Vaitmar und zog sich einen Stuhl heran.

„Ich bin doch nicht irre, oder glauben Sie das? Diese Seelenklempner stopfen einen doch nur mit Pillen voll und fragen dann, wie es einem geht. Da kommst du zielstrebig von der Schockbehandlung zur Tablettenabhängigkeit. Nein, danke."

Liviana enthielt sich ihres Kommentars.

„Ich würde mir den Rat der Ärzte gut überlegen, Frau Ross", bemerkte Hansen daraufhin.

„Ah ja? Dann tun Sie das doch, Herr Hansen", fuhr Viola Ross ihm über den Mund und sah wütend aus dem Fenster.

„Er ist uns leider entwischt. Wir sind zu spät in der Buchhandlung angekommen. Aber wir werden ihn kriegen", riss Kommissarin Vaitmar das Gespräch an sich.

„Dann hoffe ich mal, das passiert bald. Ich möchte nicht dauernd in Angst leben."

Liviana Vaitmar rückte den Stuhl noch etwas näher heran. Hauptkommissar Hansen hatte sich ans Fußende des Bettes gestellt und schaute auf Violas Hände, die ein Taschentuch festhielten und auf der weißen Bettdecke ruhten.

„Wollen Sie Anzeige erstatten, Viola?", fragte die Kommissarin.

„Nein."

„Das sollten Sie aber tun", gab Vaitmar ihr den Rat.

„Warum?"

„Weil Sie sich dann weniger ohnmächtig fühlen werden."

„Glauben Sie?"

„Ja, weiß ich", entgegnete Liviana ihr.

„Ach, schon erlebt, oder was?", konterte Viola plötzlich energisch.

„Ja, schon erlebt, Frau Ross. Aber auch unabhängig von einer Anzeige werden wir der Angelegenheit nachgehen."

Er hat sie mit ein, zwei Schlägen gefügig gemacht, und jetzt soll sie nicht gegen ihn aussagen. Ich schlage ihm die Kehle in den Hals, wenn ich ihn erwische, dachte Liviana. Viola Ross wirkte hilflos und Liviana spürte, dass sie ihr mehr helfen wollte, als es für eine Polizistin angemessen erschien.

„Viola, Sie hatten mich angerufen und mir gesagt, dass Bachhoff in der Buchhandlung sei. Wie ging es dann weiter?", fing Liviana an, in die Details einzusteigen. Viola schaute aus dem Fenster und schwieg.

„Außer Ihnen hat niemand in der Buchhandlung Bachhoff wahrgenommen. Er scheint genügend Zeit gehabt zu haben, den Laden unauffällig zu verlassen, bevor wir eintrafen. Keine Personenbeschreibung. Keine Ihrer Kolleginnen hat mitbekommen, was in dem Personalraum passiert ist. Das ist unglaublich", endete Vaitmar und warf einen Blick zu Hansen, der schweigend dastand und sich nicht anmerken ließ, was er dachte.

„Ihr habt doch schon genug gegen ihn in der Hand. Außerdem werdet ihr bestimmt DNA oder Fingerabdrücke von meinen Klamotten genommen haben, während ich hier die Nacht, betäubt von den Tabletten, geschlafen habe."

„Viola, wo denken Sie hin?", fragte Liviana überrascht, „Wir können doch nicht einfach an Ihrer Kleidung rummachen. Dafür benötigen wir eine Genehmigung ..."

„Sie kennen diese Frau, nicht wahr?!", ertönte die kratzende tiefe Stimme von Hauptkommissar Hansen. Er legte Viola Ross das Foto von Manuela Berghausen auf die Decke. Es war ein Bild vom Tatort. Viola zuckte mit den Augen. Vaitmar, irritiert über diesen Schwenk, deutete Hansen mit einer Handbewegung an, ihn einen Kopf kürzer machen zu wollen.

„Sie können wohl nie Ruhe geben? Sie haben mich schon mal danach gefragt."

„Stimmt. Ich hatte Sie schon mal danach gefragt, Frau Ross. Da haben Sie uns die Antwort gegeben, Sie würden Manuela Berghausen nicht kennen", belehrte Hansen sie. Er befahl ihr, sich das Foto noch einmal genau anzusehen und sich genau zu überlegen, was sie ihm jetzt sagen wolle.

„Lassen Sie mich doch einfach in Ruhe!", schimpfte Viola Ross leise.

„Das ist keine Antwort auf meine Frage. Sie kennen Manuela Berghausen", entgegnete Hansen ihr erneut und schaute sie regungslos an. Nach einem Moment des Schweigens fuhr er fort.

„Wir haben DNA-Spuren von Ihrer Schwester in der Wohnung des Mordopfers Berghausen gefunden. Die DNA von eineiigen Zwillingen ist aber identisch. Damit gibt es jetzt eine weitere Option, nicht wahr? Haben Sie Manuela Berghausen persönlich kennengelernt?"

„Ja", antwortete Viola mit zurückgenommener Stimme.

„Ja?", hakte Liviana überrascht nach.

„Ja."

„Wo und wie haben Sie Manuela Berghausen kennengelernt?", fragte Hansen.

Viola Ross schwieg.

„Frau Ross, fangen Sie endlich an, mit uns zu kooperieren! Ihre Schwester ist tot! Bachhoff bedroht Sie! Sie werden zusammengeschlagen! Dann gibt es da Ihre vorherige Falschaussage bezüglich Manuela Berghausen! Das sieht nicht gut für Sie aus! Sagen Sie uns langsam mal die Wahrheit", forderte Hansen sie in einem barschen Ton auf.

Viola hielt sich die Hände vors Gesicht. Die Tür öffnete sich, und die Krankenschwester kam herein. Sie forderte die Polizisten auf zu gehen, weil die Patientin noch Ruhe brauche. Auch das Intervenieren von Hauptkommissar Hansen führte nicht zum erhofften Erfolg. Erst als Viola Ross darum bat, noch etwas sagen zu dürfen, lenkte die Krankenschwester ein und gewährte noch weitere fünf Minuten.

„Er kommt wieder, wenn ich das nicht aus der Welt schaffe ...", begann Viola Ross.

„Was?"

„Er wird mich fertig machen, hat er gesagt. Er weiß, wo ich wohne. Er weiß, wo ich arbeite. Er hat gesagt, er gehe nicht mehr grundlos in den Knast. Mir ist schlecht."

„Okay, wir werden einen Polizisten hier abstellen. Und Sie sollten eine Anzeige machen. Bachhoff hat Bewährung. Man wird sie zurücknehmen, und er kommt hinter Gitter", beendete Hansen das Gespräch und ging zur Tür.

„Da war noch etwas in der Buchhandlung. Ich weiß nicht, ob das wichtig ist."

„Schießen Sie los!", forderte Liviana Frau Ross auf und legte ihre linke Hand auf Violas Arm. Hansen trat noch einmal zu ihnen heran.

„Bevor ich Bachhoff gesehen hatte, bediente ich einen Kunden. Einen blöden Kerl, der ein Buch über Edelsteine kaufen wollte. Der wollte mich irgendwie fertigmachen, ich weiß auch nicht warum."

Vaitmar forderte Viola Ross auf, ihnen ein Beispiel zu geben und den Mann zu beschreiben. Als Viola ihn beschrieb, blitzte der Kommissarin ein Gedanke durch den Kopf.

„Hat er gelispelt?"

„Ja, woher wissen Sie das?", fragte Viola staunend, und auch Rob war irritiert.

„Und er hat mir einen blöden Witz erzählt, worüber ich hier noch einige Zeit nachgedacht habe."

„Erzählen Sie uns den Witz", forderte sie Hansen auf.

„Die Mutter sagt zu ihrem Sohn, sie habe mal eine Krähe trauern sehen, als eine andere überfahren worden sei. Fragt der Sohn, was hat die denn dann gemacht? Die hat sich schwarz angezogen."

„Doofer Witz", antwortete Hansen.

„Frederik van Olson. Es passt auf Frederik van Olson", dachte Liviana laut und sah dabei zu Hansen hinüber.

„Ich habe mich gefragt, wie dieser Kerl dazu kommt, mir einen Witz über Trauer zu erzählen? Das hat der mir doch nicht einfach angesehen. Das haben mir ja noch nicht mal einige unserer Stammkunden angesehen", fügte Viola hinzu.

„Was glauben Sie?", fragte Liviana.

„Der muss gewusst haben, dass meine Schwester tot ist. Was anderes fällt mir dazu nicht ein", äußerte Viola ihre Vermutung. Nachdem sich Liviana noch einmal die Situation in der Buchhandlung erzählen ließ, war sie davon überzeugt, dass es sich bei dem Mann um Frederik van Olson handelte.

„Viola, wir werden der Sache nachgehen, und Sie sollten wirklich eine Anzeige machen", bekräftige Liviana erneut ihre Auffassung. Viola machte eine kleine Handbewegung, die andeutete, dass sich Liviana zu ihr herunterbeugen sollte. Die Kommissarin folgte dem Wunsch.

„Danke, Liviana, ich würde gern mit dir essen gehen", flüsterte Viola. Vaitmar errötete.

Sie gingen den Flur entlang in Richtung Aufzug. Liviana machte ihrem Ärger Luft.

„Warum weiß ich nichts von der DNA? Was ist denn das für eine Art von Teamwork? Oder ist das deine besondere Art, Späße zu machen?"

„Ich habe gestern Abend von Jens das Ergebnis bekommen. So gegen halb acht. Du hast deine Mailbox nicht abgehört, sonst wüsstest du es." Sie standen vor dem Aufzug, und Liviana drückte die Abwärtstaste.

„Wir müssen Ihre Fingerabdrücke haben. Die Fingerabdrücke bei eineiigen Zwillingen unterscheiden sich. Damit können wir beweisen, wer von beiden bei Manuela Berghausen war."

„Wir können sie aber auch einfach auf dem Präsidium verhören. Außerdem hat sie doch eh schon zugegeben, dass sie Manuela Berghausen kennt."

„Damit gehört sie doch immer deutlicher zu dem engeren Kreis der Verdächtigen, Liviana."

„Weil sie Manuela Berghausen kennt?"

„Frau Ross hat bisher nicht gesagt, dass sie bei dem Opfer gewesen ist. Sie hat uns nur gesagt, dass sie die Berghausen kennt. Viola Ross ist die erste Person in diesem Fall, von der wir jetzt wissen, dass sie Kontakt zu beiden Mordopfern, Berghausen und Ihre Schwester, hatte."

„Und du denkst, sie hat beide auf dem Gewissen?"

„Viola ist eine durchtrainierte Person, wie dir bestimmt auch aufgefallen ist. Sie ist also kräftemäßig in der Lage, jemanden zu erdrosseln, und sie hat gute Mordmotive, was Ihre Schwester betrifft. Wir werden also herausfinden, ob es auch eines gegenüber Manuela Berghausen gab, oder?", fragte Hansen.

„Ich glaub irgendwie nicht, dass sie ihre eigene Schwester umgebracht hat. Sie macht mir ..."

„Vait, auch wenn du es nicht wahr haben willst", unterbrach Hansen seine Kollegin, „nur weil du dich immer besser mit ihr verstehst ..."

„Hallo? Was soll denn das jetzt? Was unterstellst du mir da?", unterbrach ihrerseits jetzt Vaitmar ihren Vorgesetzten, trat einen Schritt zur Seite und stemmte ihre Arme in die Hüften.

„Ich mag ja im Allgemeinen einen Schaden haben, aber meine Wahrnehmung funktioniert immer noch ganz gut", antwortete der Hauptkommissar. Livianas Augen durchbohrten ihn. Dann tat sie so, als würde sie ihm etwas zuwerfen und öffnete im Flug die Hand.

„Huh!", stieß sie hervor und Hansen zuckte zusammen. Liviana lachte, und der Aufzug öffnete seine Türen.

„Ich glaube, ich nehme heute besser mal die Treppe", entschied Hansen und Vaitmar folgte ihm.

Auf dem Weg zum Auto fragte Hansen, wer Frederik van Olson sei. Liviana erzählte, woher sie diesen Mann kannte und schloss dabei den Wagen auf. Sie stiegen ein und legten die Sicherheitsgurte um.

„Ein schräger Vogel, dieser Olson. Wenn er Viola Ross kennt, dann kannte er auch Kim. Wir müssen ihn verhören", folgerte Vaitmar.

„Vielleicht, aber ich glaube eher, dass Viola Ross uns einen Köder auswirft, um von sich abzulenken. Du hast ihn ja bereits geschluckt."

„Hey!", rief Vaitmar und boxte ihm in die Rippen.

„Au!", stieß Hansen aus, und Vaitmar ließ den Motor an. Sie bogen in die Kartäusergasse, als Vaitmar sich hektisch hinter dem Steuer herumdrehte.

„War das gerade nicht Florian Hagen?"

„Wo?", antwortete Rob und suchte ihn in den Blick zu nehmen.

„Hinter uns. Ist gerade in den Jakobsweg eingebogen. Soll ich zurückfahren?"

„Habe ich nicht gesehen. Nein, der wird Ross besuchen."

„Du sagst das, als wüsstest du das alles schon längst."

„Nein, aber ich habe den beiden sowieso nicht geglaubt, dass sie sich nicht kennen."

„Und was läuft da jetzt?", fragte Liviana und fuhr auf den Pyramidenpfeiler der Severinsbrücke zu.

„Was würde wohl passieren, wenn mal eins dieser Stahlseile reißt? Mit was für einer Wucht fliegt das ..."

„Rob! Halt den Mund!", fuhr Liviana ihm zwischen seine Bemerkung und klemmte sich eine Haarsträhne hinter ihr Ohr. „So was kann ja nur von dir kommen. Ich will heute noch heil nach Hause kommen. Für dich gilt ab jetzt, nicht während der Fahrt mit dem Fahrer zu sprechen."

„Fahrerin, bitte."

„Blödmann."

„Ich bin dein Chef."

„Ach!"

Meschede, 11:27 Uhr

Theodor Bruns hielt seine Enkelin Sofie in der Hocke, damit sie Pipi machen konnte. Er hatte ein paar Tage Urlaub und nutzte gemeinsam mit seiner Frau den Tag für einen Spaziergang am Hennesee. Das Enkelkind fuhr mit Stolz ihr Janosch-Tiger-Fahrrad, ohne Stützräder. Die Mutter wollte ihre Sofie nach dem Mittagessen abholen. Meistens blieb sie dann noch bis zum Kaffeetrinken. Heute fielen Kaffee und Kuchen aus, da die Eheleute Bruns nach dem Mittagessen aufbrechen wollten, um nach Maastricht zu fahren. In Maastricht hatten sie sich vor 34 Jahren kennengelernt und ein Jahr später ihren Hochzeitstag verlebt. 32 Hochzeitstage wurden es in Maastricht, und immer noch flammte dort ihre Liebe von neuem auf. Wenn auch aus dem Sturm nun eine frische Prise, und aus dem Drang eine tiefe Verbundenheit geworden war, die sich seltener im Bett erneuern musste. Das Hotel, in dem sie einchecken wollten, bot neben einer preiswerten Übernachtung, auch günstige Aufpreise für Wellnessangebote.

Den Anruf erhielt Bruns um 11:29 Uhr. Wenn sein Handy klingelte, schaute er reflexartig auf die Uhr. Berta, seine Frau, hielt sich die Hände vor die Brust und hörte die Antworten ihres Mannes.

„Wie heißt der Mann? ... Im Buchenweg? ... Oh, nein, das auch noch ...Wo ist die Frau? ... Gut ... Eigentlich wäre ich schon in Maastricht", antwortete er in sein Handy, während er zu seiner Frau herüber sah. Berta wusste, dass Maastricht soeben geplatzt war.

„Der alte Hansen ist tot", informierte er seine Frau, neben dem Telefongespräch.

„Nein! Ihr wartet, bis ich eingetroffen bin." Damit beendete er das Telefonat.

„Der Vater von Rob?"

„Ja, er wurde ermordet."

„Ach du meine Güte! Gott hab ihn selig", sagte sie nachdenklich. Theodor Bruns verschwieg die weiteren Informationen, die er am Telefon erhalten hatte und schlug ihr vor, nach Hause zu fahren. Seine Frau sah ihn traurig an. Ein Blick, von dem er wusste, dass sie unter seinem Beruf litt und ihn immer wieder zu der Bemerkung veranlasste, dass er nicht anders könne.

„Ich weiß, Theo", antwortete sie jedes Mal darauf. Sofie wollte ein Eis. Ihre Großmutter willigte ein und bat ihren Mann, sie an der Fußgängerzone aussteigen zu lassen. Bruns gab seinem Enkelkind einen Kuss und anschließend seiner Frau.

Wie lange soll ich ihr dieses Leben noch zumuten?, dachte der Kommissar und legte den Gang ein. Nach einer Viertelstunde bog er in den Buchenweg ein. Er parkte am Straßenrand und machte den Motor aus. Ein Polizist kam auf den Wagen zu. Bruns blieb hinter dem Steuer sitzen. Am liebsten wäre er nicht ausgestiegen. *Das wird das Finale meiner Laufbahn. Nach diesem Fall werde ich mich in den Innendienst versetzen lassen,* überlegte er und klammerte sich an seinem Steuer fest. Der Polizist öffnete die Beifahrertür und belehrte ihn, hier nicht stehen bleiben zu dürfen.

„Kommissar Bruns...", antwortete Theodor etwas ungehalten, „...machen Sie die Tür zu." Dann atmete er tief durch, dabei löste er seine Hände vom Steuer und bekam langsam wieder Hoffnung, dass er auch diese Situation meistern würde. Er stieg aus, und einige Kollegen traten ihm entgegen und gaben einen Sachstandsbericht. Bruns unterwies seine Mitarbeiter.

„Also, Leute, zuerst einmal absolutes Schweigen gegenüber der Presse! Keiner gibt hier auch nur ansatzweise eine Information raus. Schicken Sie jede Journaille zum Teufel! Das hier ist ein besonderer Fall, verstanden? Wo ist Hahnhausen?"

„Im Haus, bei der Leiche", antwortete ein Polizist.

„Gut. Hier stinkt es fürchterlich", kommentierte Kommissar Bruns den Geruch und ließ sich von seinen Mitarbeitern zum Tatort begleiten. Er schlug die Fliegen aus seinem Gesicht und kam zur Haustür. Kommissar Hahnhausen sah ihn und hielt ihn am Arm fest, als wolle er ihn abhalten, dort hineinzuschauen.

„Hallo, Theo, das sieht echt beschissen da drin aus. Kaum auszuhalten der Gestank."

„Hahnhausen, willst du mir jetzt etwa den Anblick ersparen?" fragte Theodor rhetorisch. Der Tote lag eineinhalb Meter vor der Eingangstür. Der Verwesungsprozess der Leiche war weit fortgeschritten. Die Fliegen machten Bruns aggressiv. Die Augenhöhlen des Opfers waren ausgehöhlt. Das weiche Gewebe völlig zerfressen. Die Kollegen der Spurensicherung hatten Hals und Brustkorb freigelegt, um detailliertere Bestimmungen vornehmen zu können. Bruns nahm das schwarz getrocknete Blut an Hals, Kleidung und auf dem Boden wahr. Der Brustkorb der Leiche schien sich leicht zu bewegen. Willi Hahnhausen, sein erster Mann, reichte ihm Menthol, und Kommissar Theodor Bruns schmierte es sich unter die Nase.

„Hallo, Laszlo. Was ist das? Was kannst du uns sagen?", fragte Bruns.

„Hallo, Theo! Wie geht's? Was macht die Familie?", antwortete der Rechtsmediziner.

„Ich sollte mit meiner Frau heute in Maastricht sein. Also, was ist mit dem Brustkorb des Mannes?"

„Der lebt. Vorsicht, hier!", rief Laszlo Bergheim. „Da sind Schuhabdrücke im Blut. Tretet mir um Gottes willen da nicht rein ..." Bruns und sein Kollege blieben stehen und schauten auf den Toten.

„Was heißt hier *der lebt*, Laszlo?"

„Maden, Theo. Unter dem Torso arbeiten die Maden. Das schauen wir uns nicht vor Ort an. Nach dem Entwicklungszustand der meisten Maden hier muss der Tote bereits seit zirka einer Woche hier liegen."

„Weißt du, wer da liegt, Laszlo?"

„Sollte ich?"

„Ja."

„Und?"

„Der Vater von Kollege Hansen."

„Oh, Backe, arme Socke. Ist der noch in Köln?"

„Ja."

Bruns wurde von dem Rechtsmediziner über weitere Details in Kenntnis gesetzt. Der Tote sei mit einer Nylonschnur gewürgt worden. Das Werkzeug, dem Anschein nach Marke Eigenbau, habe seinen Zweck erfüllt. Andererseits scheine dies, nach Auffassung des Rechtsmediziners, nicht die eigentliche Todesursache zu sein, da bei dem Toten zu viel Blut ausgetreten sei. Das Opfer habe eine Schnittwunde am Hals, welche eventuell von einem Messer herrühre. Genauere Angaben wolle der Rechtsmediziner Laszlo Bergheim aber erst nach der Obduktion bekanntgeben.

Bruns trommelte seine Leute zusammen und versammelte sich mit ihnen auf der anderen Straßenseite des Hauses, um dem Gewimmel der Fliegen zu entkommen.

„Also ...", begann Bruns, „... fürs Erste wissen wir, das Mordopfer heißt Arthur Hansen, wurde erdrosselt oder mit einem Messer umgebracht. Die Leiche liegt seit ungefähr einer Woche hier..."

„Neben dem Mörder muss wenigstens noch eine weitere Personen im Haus gewesen sein, wegen der Schuhabdrücke", warf Kommissar Hahnhausen ein.

„Und jetzt bekommt die Geschichte noch einen ganz besonderen Schliff. - Der Tode hier ist der Vater von Hauptkommissar Rob Hansen, Mordkommission Köln. Daher rede ich jetzt mal Tacheles. Wenn Hansen heute davon Wind bekommen sollte, steht er uns umgehend auf den Füßen. Ich will damit sagen, er wird laufend versuchen, in unsere Ermittlungen einzugreifen. Das hier ist aber unser Job, und ich möchte, dass unsere Ermittlungsarbeit nicht unnötig verkompliziert wird. Sind wir uns da einig?", fragte Bruns in die Runde.

„Aber er muss doch Bescheid wissen, Theo", hakte Hahnhausen nach.

„Das werde ich übernehmen, aber nicht jetzt sofort. Willi, du organisierst dir, wenn wir hier fertig sind, ein paar Leute und fragst jeden hier in der Straße, ob sie was gehört oder gesehen haben. Ansonsten gilt: Schweigen! Und nichts an die Presse."

„Bruns!", rief plötzlich Laszlo Bergheim. „Das solltest du dir ansehen!"

Bruns ging zum Tatort zurück.

„Was gibt's?"

„Hier ...", der Rechtsmediziner deutete mit dem Zeigefinger auf den Boden, „... ich habe mir diesen Schuhabdruck hier im Blut genauer angesehen. Es ist ein Frauenschuh. Schau dir mal die Form an ... und hier kann man den Abdruck noch besser sehen. Das hier ...", er zeigte auf einen anderen Abdruck am Rand der Blutlache, „...das ist ein Absatz. Eindeutig ein Frauenschuh."

„Was sagt uns das?", wollte Bruns wissen.

„Das heißt, dass eine Frau zum Todeszeitpunkt oder kurz danach hier am Tatort war", beantwortete Laszlo seine Frage.

„Horrido! Eine Frau? Soll ich annehmen, dass eine Frau das hier gemacht hat?"

Kommissar Hahnhausen berichtete Bruns, dass man die Haustür verschlossen vorgefunden habe. Jemand müsse sich also mit einem Zweitschlüssel Zugang verschafft haben, da es keine Einbruchspuren gab, bis auf die eines Kollegen, der das Seitenfenster des Hauses eingeschlagen habe.

„Ein bisschen merkwürdig ist das hier schon", kommentierte Kommissar Bruns die Lage. Es könne sich einerseits der Mörder selbst mit einem Schlüssel Zugang zum Haus verschafft haben, andererseits könne aber auch eine Frau den Leichnam entdeckt haben. Oder die Polizei hätte es hier mit einer weiblichen Tatverdächtigen zu tun. Letzteres erschien ihm, aufgrund der Deliktform, völlig abwegig. Viel eher bedachte er die Möglichkeit, dass die Frau eine Bekannte des Toten gewesen sei, die einen Reserveschlüssel habe und nach dem Rechten sehen wolle. Warum sie aber die Tür anschließend verriegelte und nicht die Polizei verständigte, darauf konnte er sich keinen Reim bilden.

„Es werden ja nicht so viele einen Schlüssel von dem Haus haben …", warf Kollege Hahnhausen ein. Ich glaube auch nicht, dass der Mörder selbst einen Schlüssel hatte. Da würde er sich ja so verdächtig machen, dass er auch direkt zur Polizei gehen könnte."

„Hat diese Frau Mertens einen Schlüssel?", wollte Kommissar Bruns wissen, weil er dabei an so eine Art Nachbarschaftshilfe dachte.

„Nein, die hat den Rettungsdienst alarmiert. Allerdings hat sie sich vorhin den Toten angesehen und ist daraufhin zusammengebrochen. Sie liegt im hiesigen Krankenhaus".

„Meine Güte", stöhnte Kommissar Bruns und schüttelte bedächtig den Kopf.

„Rob hat eine Schwester. Vielleicht ist sie hier gewesen", dachte Bruns laut nach.

„Und bringt ihren Vater um? Warum?", hakte sein Kollege nach.

„Nein. Vielleicht wollte sie nach ihrem Vater sehen. Er war schließlich schon ein alter Mann. Dann sieht sie das Grauen und schließt, völlig unter Schock, einfach die Tür ab, weil sie das nicht begreift, was sie da gesehen hat", assoziierte Theodor Bruns.

„Und lässt ihren Vater eine Woche lang in dem Flur liegen? Nein, solange kann man doch gar nicht neben den Schuhen stehen, oder? Sie hätte sich gemeldet. Zumindest bei Rob", widersprach Willi Hahnhausen, Bruns' engster Mitarbeiter.

„Ich glaube, du hast Recht, aber wir müssen diese Frau finden. Vielleicht kann sie uns weiterhelfen."

Der Pathologe kam aus dem Haus und gesellte sich zu ihnen. Bruns fragte, ob er inzwischen auch Abdrücke von einem Männerschuh gefunden habe, was dieser verneinte. Die Herren verabschiedeten sich voneinander und Kommissar Theodor Bruns stieg in seinen Wagen. *Ich sollte in Maastricht sein*, dachte er, als er sich mit beiden Händen am Steuer festhielt und kurz darauf den Motor startete.

Köln, 14:33 Uhr

Rob Hansen saß stinksauer in der Linie 9, Richtung Uni-Kliniken. Das würde heute sein zweiter Krankenbesuch in einem Krankenhaus sein. Der Anruf seiner Schwester hatte ihn wieder auf Touren gebracht. Wieder hatte sie ihm vorgeworfen, dass ihm die Familie gleichgültig sei und er sich um nichts kümmere. Er hasste ihren Tonfall, das Lallen und ihre ständigen Versuche, ihm Schuldgefühle einzuflößen. *Muss es deinem Vater erst richtig dreckig gehen, bevor du dich bemüßigt fühlst, ihm zu helfen? Wie willst du überhaupt wissen, wie es ihm geht, wenn du nie anrufst? Ihm könnte etwas passiert sein. Kümmert dich das gar nicht? Aber ja, ich vergaß! Du hast ja eine Schwester, die sich um alles kümmert, nicht wahr?* Er hörte ihre Sätze in seinem Kopf nachklingen. Noch mehr hasste er sich selbst dafür, dass er nach all den Jahren immer noch empfänglich für ihre Vorwürfe war.

Ein junger Mann mit einem Plastikbecher und einer Obdachlosenzeitung blieb an seinem Sitz stehen und fragte, ob er eine Zeitung kaufe oder eine kleine Spende habe. Hansen zischte ihn an, und der Mann ging gelassen weiter, um den nächsten Fahrgast genau dasselbe zu fragen.

„Ach übrigens, Tante Kathi liegt im Krankenhaus", hörte er seine Schwester sagen. *Wenn es Schuld-Abos zu verteilen gäbe, bekäme ich ein ganzes Paket davon,* dachte Hansen. Als er dann noch ironischerweise behauptet hatte, er hätte keine Tante Kathi in der Verwandtschaft, hatte Marga richtig aufgedrehte.

„Für den Hauptkommissar noch mal zum Mitschneiden! Frau Katharina Folgereith. Ihres Zeichens Wahlmutter von Herrn Hansen und zudem Liebling der guten Frau. Sie wissen das gegebenenfalls noch?" Er wusste es noch. Allerdings musste sie ihn daran erinnern, und auch darüber ärgerte er sich. Margas Schilderungen zum Krankenhausaufenthalt warfen bei Rob ein paar Fragen auf, weshalb er sich selbst ein Bild vor Ort machen wollte. Wenn es Blut irgendwo gab, dann musste es auch eine Wunde geben, und dann fanden die Ärzte sie auch in einem Krankenhaus. Noch

schlimmer als den zweiten Krankenbesuch fand er die Vorstellung, sich mit seiner Schwester treffen zu müssen, um mit ihr über *die Zukunft ihres Vaters* zu sprechen, wie sie es genannt hatte. Auch dieses Versprechen hatte sie ihm abgerungen. Mit diesen Gedanken verließ er die Straßenbahn an der Haltestelle zur Uni-Klinik.

***

Monique Lacombe betrachtete das schlafende Gesicht der alten Frau, die tags zuvor in die Uniklinik eingeliefert worden war. Monique hielt ihre rechte Hand und streichelte leicht die Oberseite mit den vielen kleinen Altersflecken. Sie kannte inzwischen nahezu alle Fältchen und Furchen, die Augen, Nase und Mund charakterisierten. Auch die zwei kleineren Narben an der Stirn hatte sie entdeckt. All das, was das fast leblos anmutende Gesicht von Mémé zeichnete, erzählte von harter Arbeit und von Güte. Auch wenn diese Frau weder sprach noch die Augen öffnete, Monique erinnerte die Dame an ihre eigene Großmutter, die am Küchentisch sitzend gestorben war.

"Mémé, comment tu pouvais me faire ça? Simplement, d'un moment à l'autre, selon la devise, je m'en vais donc." („Oma, wie konntest du mir das antun? Einfach von jetzt auf gleich, nach dem Motto, ich bin dann mal weg.") sprach sie mit der alten Frau.

Die Hilflosigkeit alter Menschen zog Monique an wie ein Magnet. Sie stellte sich häufig vor, was so ein Mensch alles erlebt haben musste. Den Krieg, die Trümmer. Eine Welt ohne Computer und ohne Handys und kaum Autos. Eine Welt mit alten rauschenden Radios und Schwarz-Weiß-Fernsehern. Und jetzt lebte genau derselbe Mensch in dieser Medienwelt mit ihren virtuellen Räumen. Sie war neugierig darauf, was diese Frau zu erzählen hatte, wenn sie dann endlich die Augen öffnen würde.

"Und Sie, Madame? Was ist Ihnen passiert, Oma? Darf ich Oma sagen? Warum liegen Sie hier im Koma?" *Sie ist bestimmt eine Oma. Aber warum kommt keiner der Verwandten sie besuchen? Das ist schrecklich,* dachte Monique. Die Klinik hatte ihr gesagt, man habe keine Verwandten ausfindig machen können. Monique konnte es nicht glauben. In ihrer Vorstellung gab es immer jemand, der zu einem Menschen gehörte.

Oma ist ihnen egal geworden, das ist die Wahrheit, dachte sie, als plötzlich ein kurzes, aber hartes Klopften an der Tür ihre Gedanken durchbrachen. Bevor sie darauf antworten konnte, betrat ein großer Mann den Raum.

Er schaute blitzschnell durch den Raum. Als sich ihre Blicke kreuzten, durchzuckte Angst Moniques Körper. Der Mann wechselte seinen Blick auf das Krankenbett.

„Wer sind Sie, und was machen Sie hier?", fragte er Monique in leicht hektischem Tonfall. Dabei sah er sich erneut in dem Zimmer um.

„Ich heiße Monika und arbeite hier. Und Sie?"

„Monika? Und wie weiter?"

„Und Sie?"

„Rob Hansen. Hauptkommissar. Wie heißen Sie weiter?", fragte Rob, als er sich dem Bett näherte und Katharina Folgerreith ins Gesicht schaute.

„Lacombe. Ich heiße Monique Lacombe."

„Oh, Französin? Wie geht es der alten Dame hier?"

„Oui, sie sagt nichts. Sie liegt im Koma. Ihr Zustand ist stabil, sagen die Ärzte. Aber keiner besucht sie. Sie sind der erste Besucher", erwiderte sie leise, als hätte sie Angst, die alte Dame aufzuwecken.

„Warum haben Sie Monika gesagt, wenn Sie Monique mit Vornamen heißen?", fragte Rob und bemerkte erst jetzt, wie jung sein Gegenüber war. Er schätze sie auf nicht mal zwanzig Jahre.

„Ist mein Name auf Deutsch, oder? Ich spreche ja auch deutsch, und ich nehme an, recht gut."

„Ausgezeichnet."

„Ich habe einen französischen Vater und eine deutsche Mutter. Aber Sie dürfen natürlich Monique sagen." Ihr wurde warm im Gesicht.

„Du bist keine Krankenschwester, oder Monique?"

Monique verneinte es und erklärte, dass sie hier ein freiwilliges soziales Jahr mache. Dabei verfolgte sie sein Umherlaufen im Raum. Er öffnete die Schränke und fragte Monique dabei, was man in so einem freiwilligen sozialen Jahr mache.

„Mémé das Händchen halten und so was ..." antworte sie ein wenig lasch. Seine Art und Weise, sich dieses Raumes zu bemächtigen, schüchterte Monique ein.

„Wie alt bist du?"

„Neunzehn?"

„Ich darf du sagen?"

„Warum nicht?"

„Weil du erwachsen bist."

„Egal."

Rob wollte von ihr wissen, wann die alte Dame aufwachen würde und hatte zwischenzeitlich einen Blick auf die Toilette geworfen. Monique berichtete ihm, dass die Frau in einem richtigen Koma liege, dass es lange dauern könne oder sie plötzlich erwache.

„Wo sind ihre Kleider?", fragte Rob unvermittelt und zog die Schubladen am Nachtschränkchen auf. Sein Gesicht hatte sich in einen grimmigen Ausdruck verwandelt, der Monique Lacombe zugleich faszinierte und beängstigte.

„Krass nicht? Ich weiß es nicht, Herr Kommissar. Mir ist das auch aufgefallen. Man kann doch der alten Dame nicht einfach ihre Kleidung wegnehmen. Aber jetzt sind Sie ja da und können ihr beim nächsten Mal Wäsche mitbringen. Ist sie Ihre Mutter?"

„Nein, hast du ihre Wunden gesehen, Monique?"

„Wunde?"

„Die Frau soll geblutet haben, dann muss es auch irgendwo eine Wunde geben."

„Nein, Mémé hat keine Wunde. Ich habe sie mit einer Krankenschwester gewaschen. Sie hat keine Wunde", antwortete das junge Geschöpf.

„Rob."

„Bitte?", fragte Monique irritiert. *Jetzt schaut er zur Abwechslung mal was netter. Ist der cool!*, dachte sie.

„Sag einfach Rob zu mir. Bist du öfter bei ihr?"

Monique erzählte, dass sie seit Einlieferung jeden Tag bei der alten Dame sei. Sie verbringe ein paar Stunden vor ihrem Bett und rede mit ihr, weil sie ein bisschen wie ihre eigene Oma aussähe. Rob beugte sich über die alte Frau im Bett.

„Hat sie noch nichts gesagt? Gar nichts?", hakte er noch mal nach.

„Non 'err Kommissär", witzelte Monique mit einem französischen Akzent, um ihre Schüchternheit zu überspielen. „Mémé wacht nicht mal eben auf und geht dann wieder ins Koma."

„Ja, du hast Recht", lächelte er zurück. *Dunkelblondes, lang gewelltes Haar mit Highlights, braune Augen, leuchtend weiße Zähne. Was für eine Mischung! Der Herrgott hat es gut mit ihr gemeint,* dachte Rob.

„Wieso bist du hier in Köln, Monique?", fragte er sie weiter aus und behauptete, dass es doch in Frankreich viel schöner, die Menschen lebendiger und das Land sonniger sei. Er malte ihre Heimat in leuchtenden Farben und stellte sich die Provence vor. Er stellte sich vor, wie er draußen, an die Wand eines kleinen Cafés gelehnt, sitzen würde. Auf dem kleinen Cafétischchen vor ihm stände ein riesiger Café au lait, ein Glas Wasser, in dem die Morgensonne glitzerte, duftendes, frisch abgebrochenes Baguette, ein Stück Käse und frech umherflatternde Spatzen, die versuchten, die Baguettekrümel aufzupicken. Aus dem Innenraum der Bar drang leise eine französische Melodie an seine Ohren. Der Duft von Rosmarin wehte ihn an, und ein Mann rief ihm aus seinem heruntergekurbelten Wagenfenster im Vorbeifahren ein fröhliches *Bonjour* entgegen.

„Oh, ich weiß nicht...", antwortete sie ihm, „...Da, wo ich herkomme, ist es reichlich verschlafen. Ich habe einen sehr schnuckeligen Jungen über einen Schüleraustausch kennengelernt. Jetzt wohne ich bei ihm und seiner Familie und mache ein freiwilliges soziales Jahr hier. Es gefällt mir gut in Ihrem Köln, Herr Kommissar. Ich werde vielleicht studieren, in Ihrem *Cologne*."

„So, so. Und welche Richtung?"

„Medizin oder Psychologie."

„Da braucht man aber ein gutes Zeugnis, oder?"

„Oui. Ich habe mein baccalauréat mit 1,3 geschafft. Nur weil ich in Geschichte eine totale Niete bin. Ich hasse Geschichte!"

„Monique, würdest du mit mir zusammenarbeiten?", fragte er sie plötzlich.

„Wie meinen Sie das? So als Kommissarin? Ich glaube, das kann ich nicht."

„Nein, nicht direkt als Kommissarin, aber so ähnlich. Ich muss wissen, wenn Katharina Folgerreith aufwacht. Wenn sie etwas sagt. Sobald sie ansprechbar ist und vor allem, was sie sagt, auch wenn sie nur so daher redet. Außerdem könntest du vielleicht mit ihr sprechen. Ihr irgendetwas erzählen. Vielleicht hört sie es und wird plötzlich wach."

„Ja, so was habe ich mal in einem Fernsehbericht gesehen. Aber die haben dort gesagt, dass die Personen möglichst viel aus ihrer Vergangenheit erzählt bekommen sollen, das würde sie vielleicht zurückholen. Keine Ahnung. Aber ich weiß nichts über die Dame."

„Du weißt bestimmt schon, wie sie heißt: Katharina Folgerreith. Wir haben sie immer Tante Kathi genannt."

„Darf ich Oma Kathi sagen?"

„Oma Kathi? Das ist gut. Sie wird heute bestimmt auch Oma Kathi genannt. Ich sehe schon, du machst das. Und ab jetzt hat Oma Kathi erste Priorität, verstanden, Kollegin?"

„Jawohl, Herr Kommissar."

„Sag einfach Rob", entgegnete Hansen. Die Tür ging auf, und eine Schwester trat in das Krankenzimmer. Kaum dass sie Rob Hansen erblickte, erkundigte sie sich nach seinem Verwandtschaftsgrad, jedoch in einem gereizten Ton. Rob wies sich aus und forderte die Schwester auf, den zuständigen Arzt zu holen. Es dauerte keine fünf Minuten, da stand der Stationsarzt vor ihm. Rob ging mit ihm in das Arztzimmer und fragte nach Gesundheitszustand, Kleidung und den Umständen, unter denen die Patientin in Köln eingeliefert worden war. Er erfuhr, dass Katharina Folgerreith einen Herzinfarkt erlitten hatte. Das Hospital in Meschede habe eine Weiterbehandlung aufgrund der bestehenden Grunderkrankung abgelehnt und sie in diese Klinik überstellt.

„Wir haben sie von oben bis unten untersucht, konnten aber keine äußere Verletzung feststellen", beantwortete der Arzt die Frage des Hauptkommissars. In der Handakte sei auch nichts von äußeren Wunden vermerkt. Die Patientin sei anscheinend auf dem Asphalt liegend aufgefunden worden, so der Bericht."

Rob ließ sich die notwendigen Daten geben und den Namen des behandelnden Arztes aus Meschede. Dann verabschiedete er sich von dem Arzt und setzte sich mit Monique Lacombe auf den Krankenhausflur und erzählte von Katharina Folgerreith. Von einem langen Leben bei den Gostel-Werken in Meschede, von ihrem Sohn Oli, mit dem er gespielt hatte und der im Alter von 8 Jahren an Leukämie gestorben war. Ihm fiel auf, dass er sich kaum an das Gesicht des Jungen erinnern konnte und wusste auch nicht, ob er je als Kind in dieser Straße gespielt hatte. Er erinnerte sich an Tante Kathi, die ihm aus dem Küchenfenster Bonbons herausgereicht hatte. Monique war eine interessierte Zuhörerin und fragte ständig nach. Aber er blieb ihr beinahe alle Antworten schuldig, was ihn maßlos ärgerte.

Als sie sich voneinander verabschiedeten, wusste er weit mehr von Monique als sie von Katharina Folgerreith. Dennoch war er froh, mit ihr geredet zu haben. Er wusste kaum etwas über diese Generation. Wie sie redeten, wie sie dachten, welche politischen Sichtweisen sie hatten. Er wusste, dass er weit weg von der heutigen Jugend war, und da bildeten die Kinder seiner Schwester keine Ausnahmen. Umso erfreulicher fand er es, wie aufgeschlossen Monique ihm begegnete. Er unterdrückte den Impuls, sie in den Arm zu nehmen und ihr Haar zu küssen, stattdessen reichte er ihr die Hand, bedankte sich bei ihr und gab ihr seine Handynummer.

Sie könnte meine Tochter sein, wenn ich es klüger angestellt hätte, dachte er auf dem Weg zum Aufzug. Dann drehte er sich noch einmal um. Der Flur war leer, der Aufzug öffnete gerade seine Türen. Er dachte an sein Rendezvous mit Stefanie, was ihm vorkam, als wäre es das erste in seinem Leben. Es machte ihm Angst, und er entschied sich für die Treppe.

Köln, 19:30 Uhr

Stefanie Tannenberg saß in einem Café gegenüber dem *La Lanterne*, in dem sie sich mit Rob Hansen für 20:00 Uhr verabredet hatte. Die Uhr zeigte 19:30 Uhr, und sie nippte an ihrem Kaffee, beobachtete die Straße und telefonierte dabei mit ihrer besten Freundin Mandy. Sie unterhielten sich darüber, dass Rob Hansen schon lange keine Frau mehr zum Essen eingeladen hatte. Mandy meinte, dass Stefanie bei dieser Einladung ja nicht viel falsch machen könne, da ihr der Mann nach Stefanies Beschreibung schon etwas sonderbar vorkäme.

„Ich weiß...", erwiderte Stefanie, „...aber wie er mir dabei in die Augen geschaut hat. Diese Augen, Mandy."

„Ja meine Süße, aber pass auf, dass du ihm nicht auf den Leim gehst. Nachher ist das noch so ein Verrückter, oder womöglich noch dieser Frauenmörder, der zurzeit da draußen rumläuft. Du scheinst ja eine große Anziehungskraft auf so schräge Typen auszuüben, oder haben die den schon gefasst?", endete Mandy ihr Stakkato.

„Mandy! Du machst mir Angst. Der sieht nicht aus wie ein Mörder", widersetzte sich Stefanie den Ausführungen.

„Wie sieht denn ein Mörder aus, Steffi?"

„Ach, egal! Oh Gott, oh Gott! Mandy, da kommt er. Wir haben mal gerade fünf nach halb, und er geht schon ins *Lanterne*."

„Na und? Du bist doch auch schon da. Geh aber bloß nicht auch schon rein! Das kommt gar nicht gut an", belehrte Mandy ihre langjährige Freundin.

„Heiß ich Rob Hansen, oder was? Ich bin total aufgeregt, Mandy."

„Ist doch schön, Süße. Geh nicht sofort mit ihm ins Bett, hörst du? Für One-Night-Stands bist du zu schade, claro?"

„Mandy! Er kommt wieder raus. Der geht wieder. Das ist wohl das Letzte!"

„Mach mal langsam, Süße. Vielleicht holt er sich noch Zigaretten oder eine Zeitung, um cool zu wirken."

„Zigaretten kriegst du in der Kneipe. Außerdem raucht er nicht."

„Woher willst du das wissen?"

„Er riecht nicht nach Rauch."

„Okay, ich vergaß. Du bleibst jetzt da bis kurz vor acht sitzen. Wenn er bis 20:00 Uhr nicht wiedergekommen ist, gehst du rein und fragst den Kellner nach der Reservierung. Wenn der keine Ahnung hat, dann mach ich deinen Rob so was von lang, dass der die nächsten 150 Jahre keine Frau mehr zu einem – wie war das noch? – richtigen Essen einlädt."

Stefanie hielt mit der linken Hand ihr Handy am Ohr und nahm einen Schluck, als sie plötzlich Rob Hansen sah und den Kaffee vor Lachen ausprustete. Die Tischdecke war besprenkelt, und ihre Bluse hatte auch Kaffee abbekommen. Sie hörte Mandy durch das Handy rufen, war aber damit beschäftigt, die Flecken wegzuwischen.

„Oh Gott, oh Gott! Ich habe hier alles bekleckert!", rief sie in ihr Handy, „Und auch auf meine Bluse. Mist! Er ist wieder da!", lachte sie in das Handy.

„Er hat drei rote Rosen gekauft, Mandy! Mist. Ich muss das hier irgendwie rauswaschen." Mandy lachte so laut in Stefanies Ohr, dass sie ihr Handy in die andere Hand wechselte und sich im Ohr juckte.

„Das nenn ich jetzt mal Volltreffer! Der Mann scheint wirklich seit 10 Jahren keine Frau mehr eingeladen zu haben! Die riechen bestimmt nach Vater, Mutter, Kind."

„Du meine Güte, sei still."

„Was macht der Typ überhaupt?"

„Beruflich, oder privat?"

„Schatz! Beruflich."

„Keine Ahnung. Er meint, es käme ihm manchmal was dazwischen, da habe ich ihm gesagt, dass er keine Frau ungestraft versetzt."

„Gut so, Süße. Sei vorsichtig und viel Spaß!"

„Du bist ein Schatz, Mandy. Ich muss mir jetzt die Kaffeeflecken aus der Bluse waschen. Bis morgen."

***

Rob fragte den Kellner nach einer Vase für die Rosen und schaute dezent in alle Richtungen, in der Hoffnung, dass kein anderer Gast ihn gehört hatte. Er fühlte sich nicht nur in seinem Anzug unwohl, sondern in seiner ganzen Haut. Er überlegte, wann er überhaupt das letzte Mal einen Anzug getragen hatte. Es musste am Grab seiner Mutter gewesen sein, was er für keine gelungene Assoziation hielt. Er zog das Jackett aus und krempelte die Hemdsärmel hoch. *Ich bin doch nicht auf einer Beerdigung! Hey, Junge, du hast dich total unpassend angezogen,* dachte er und löste den Schlips, um sich Luft zu verschaffen.

Im Restaurant saßen junge Männer, leger und locker in T-Shirts und ohne Schlips, die mit ihren Frauen oder Freunden lachten. Einige trugen einfache Jeans, aber alles in allem waren sie geschmackvoll gekleidet. Ihm fiel ein braun gebrannter schwarzhaariger Jüngling auf, der mit seiner Freundin in einer Ecke an einem Zweiertisch saß. Dieser trug sogar eine kurze Hose. Rob beäugte die Beine und Arme des jungen Mannes. *Wenn ich deine Figur und deine Haut hätte, würde ich mich das vielleicht auch trauen,* dachte er und wurde neidisch. Er suchte nach schönen Erinnerungen aus seiner frühen Jugendzeit, konnte aber bis auf eine merkwürdige Szene nichts finden. Er beobachtete den jungen Mann in der kurzen Hose, der mit seinem Mädchen schäkerte. Sie schienen sich noch nicht lange zu kennen, denn seine Berührungen waren verhalten. Er schien ein guter Erzähler zu sein, der diese junge Frau mit Leichtigkeit zum Lachen brachte. Sie antwortete wenig und schien ihn mit ihren Augen zu fesseln. Er verführte sie mit seinen Worten und sinnlichen Berührungen. Wie zufällig legte er seine Hand auf ihre Schulter und ließ sie dann an ihrem Arm heruntergleiten. Als sie lachte, zupfte er ihr etwas aus ihrem Haar und glitt mit seinem Handrücken an ihrer Wange entlang. Sie verstand die Berührung wohl als Aufforderung und nahm seine Hand. Sie lächelten sich an, und er nahm ihre Hand in seine. Er küsste ihre Handinnenfläche, ohne seinen Blick abzuwenden. Rob sog die Szene in sich auf und ihm wurde heiß. Die Hand des Jungen lag zärtlich an ihrer Wange und führte den Kopf des Mädchens langsam an seinen heran.

„Ist hier noch frei, junger Mann?", fragte die Frauenstimme. Rob schreckte auf und schaute Stefanie an. Er wurde geblendet von ihrem Lächeln und ihrem glänzenden Haar. Hastig stand er auf.

„Oh, sicher, Entschuldigung. Kommen Sie, setzen Sie sich ..." stolperten ihm die Worte heraus. Sie beachtete seine dargebotene Hand nicht und hielt ihm stattdessen dezent eine Wange hin. Rob ging um den Tisch herum und wusste die Geste erst nach kurzem Zögern richtig zu deuten, indem er ihr Begrüßungsküchen auf rechte und linke Wange gab.

Ich wusste es, Hugo Boss, dachte sie und ließ sie sich auf dem Stuhl nieder. *Hoffentlich sieht er die Kaffeespritzer nicht. Ist er gerade von einer Konferenz gekommen mit seinen hochgekrempelten Ärmeln? Was macht so ein Mann?* dachte sie und lächelte ihn an.

„Hugo Boss. Gute Wahl. Ein Mann mit Stil. Nett, die Rosen hier", heiterte sie die Stimmung auf.

„Sie riechen aber weit betörender."

„Die Rosen?"

„Nein, nein. Sie natürlich. Ich meine Ihren Duft", entgegnete er ihr und hoffte, dass sie das als gelungenes Kompliment auffassen würde.

„Danke. Sie sind charmant", bestätigte sie seine Hoffnung. Sie trug ihr blondes Haar offen und die türkise Bluse unterstützte ihren Teint perfekt. Ein plötzlich herbeieilender Kellner legte nach der Begrüßung die Speisekarte vor ihnen hin und fragte nach den Getränken. Stefanie bestellte sich ein Kölsch und Rob brachte nur ein *ich auch* hervor, bevor er sich endgültig an seinen Worten verschluckte. Er bemerkte aus dem Augenwinkel den jungen Mann in kurzen Hosen, der sein Mädchen ein weiteres Mal küsste, während er im selben Moment befürchtete, dass es für ihn eine Reise von Robinsons Insel in die Zivilisation werden würde. Er rieb seine Handflächen unauffällig aneinander, um den Schweiß zu trocknen.

„Wir könnten uns auch erst unterhalten, bevor wir etwas essen", warf Stefanie fröhlich ein und musste plötzlich lachen.

„Entschuldigung, ich bin da wirklich nicht so gut drin..."

„Ich vergaß, Sie machen das ja nicht so häufig."

„Um ehrlich zu sein, ich sehe Sie an, und mein Kopf ist leer", wandte Rob ein.

„Oh - interessantes Kompliment."

„Nein! So war das nicht gemeint, Stefanie. Ich wollte damit nur sagen ..."

„Woher wissen Sie meinen Vornamen?", ging sie überrascht dazwischen. Rob wollte sagen, dass es für einen Polizisten ein Leichtes sei, Namen und Anschrift zu eruieren, hütete sich aber im letzten Moment.

„*Hier bedient Sie Frau Stefanie Tannenberg*", erinnerte er sie lächelnd an das Namensschild, das sie in der Videothek verwendete. Stefanie berührte mit dem Zeigefinger ihre Nasenspitze. Der Kellner kam mit dem Kölsch und fragte, ob sie schon gewählt hätten. Beide verneinten es und baten ihn, später wiederzukommen. Dann stießen sie die Kölschstangen aneinander, wie es in Köln Tradition war.

„Gute Beobachtungsgabe haben Sie", nahm Stefanie den Faden wieder auf.

„Das gehört …", *zu meinem Beruf,* wollte er sagen, unterdrückte aber schnell den restlichen Teil des Satzes.

„Ich meine, das gehört sich doch, den Namen zu behalten, oder?"

„Nicht unbedingt", antwortete sie und schlug neckisch mit ihren Wimpern auf und ab.

Rob spürte Hitze in seinem Kopf aufsteigen. Sein Hals war trocken. Er wollte etwas sagen, wusste aber nicht was und glaubte seine Stimmbänder würden krächzen, wenn er jetzt antwortete. Er fuhr sich mit der Hand über den Mund. Er sah den jungen Mann, der sich sein Kölsch von seiner Freundin lachend einflößen ließ. Rob fieberte nach Worten.

„Hallo?! Jemand zu Hause?", hörte er ihre Stimme wie ein frühlingshaftes Gezwitscher in seinen Ohren."

„Oh ja, Stefanie, ich möchte dir sagen … ich meine Sie … ich …"

„Ja?"

„Ich habe den Faden verloren. Es tut mir leid", endete er.

„Und ich dachte, Sie wollten mir einfach was Nettes sagen. Eine Frau hört das manchmal gern."

„Stefanie, ich möchte Ihnen sagen …"

Sie sah ihn nach Worten ringen und er tat ihr plötzlich leid.

„Vielleicht sollten wir erst einmal wählen, was wir essen wollen, bevor wir weiter reden, oder?", sagte Stefanie und blätterte in der Speisekarte. Der Schweiß trieb Rob auf die Stirn und auch sein Rücken fühlte sich nass an. Er sah auf ihren gesenkten Kopf und dann glitt sein Blick auf den Ausschnitt ihrer Bluse. Entlang ihres Dekolletés warf sich der Stoff in kleine Falten und Rob fragte sich, ob ihr die Bluse zu weit war. Er versuchte, sich irgendwie normal zu verhalten. Während sie in die Speisekarte vertieft zu sein schien, starrte er immer noch auf ihre Bluse und entdeckte plötzlich ein paar kleine Flecken darauf. *Wie kann das sein? Expertin in Verhaltensregeln und dann mit Flecken zum Rendez-*

vous erscheinen? Diese kleine Ungereimtheit half ihm, seine Sprachlosigkeit zu überwinden.

„Ich weiß nicht, wie ich es sagen soll, aber ich finde Sie bezaubernd, und ich habe Kopfkino, wenn ich Sie sehe, verstehen Sie das?"

Stefanie sah ihn fassungslos an. Sie hatte noch nie jemanden getroffen, dessen Augen wie Smaragde leuchteten. Sie wollte plötzlich sein Gesicht festhalten und in seine Augen schauen. Sie wollte ihn riechen und noch ein bisschen mehr. Ihre Gedanken erregten sie.

„Haben Sie schon gewählt?", fragte der Kellner, der wie aus dem Nichts hervor kam.

Stefanie bestellte gebratene Garnelen. Zu spät fiel ihr ein, dass sie später nach Knoblauch riechen würde. Als Hauptgericht nahm sie Casareccia mit frischen Tomaten und Büffel-Mozzarella. Rob bestellte als Vorspeise Vitello Tonnato, obwohl er nicht mehr genau wusste, was das war. Als Hauptspeise entschied er sich für Heilbuttfilet mit Butter und Salbei. Er hatte keine Ahnung, wie Heilbutt schmeckte, dachte aber, dass Salbei sicher etwas für ihr feines Näschen war. Sie einigten sich auf eine Flasche Montepulciano.

Sie stießen an, und die verstockte erste halbe Stunde ihres Beisammenseins, verwandelte sich in eine Unterhaltung, die jetzt wie von selbst lief. Stefanie erzählte ihm, woher sie kam, von ihren Freunden und wohin sie gern in Urlaub wollte und Rob verstand es, geschickt seinen Beruf zu umschiffen. Er lieh sich von Liviana den Verwaltungsangestellten beim Sozialamt aus, und sie hatte es mit den Worten, *Das muss ja aufregend sein*, abgetan, was ihm ganz recht war. Er erzählte ihr, dass er gern mal wieder in der Provence Urlaub machen würde und merkte, wie ihn die Lebenslust ergriff.

„Aber wie kommt eine Frau wie Sie dazu, in einer Videothek zu arbeiten?"

„Na ja, ich wollte mal einen netten Mann kennenlernen", flirtete sie, „aber sagen wir mal so, wie komme ich da wieder raus und finde etwas, was besser zu mir passt?"

Eigentlich fand sie den Job gar nicht so schlecht. Schlecht fand sie nur die Bezahlung. Dann erzählte sie von ihrem Chef, ein Mann mit Manieren, ein echter Gentleman, der nur eine Macke habe, und die hieß Outdoorpaket.

„Bitte?", fragte Rob irritiert.

„Ja, er hat da so einen Durchlaufposten mit rotem Klebeband, der nicht im Laden geöffnet wird. Das bleibt da in der Regel nicht länger als ein, zwei Tage und dann nimmt der Chef es persönlich mit. Er nennt es Outdoorpaket. Da müssen wir die Finger von lassen. Da kennt er keinen Spaß."

„Und was denken Sie, ist da drin?"

„Ich weiß nicht. Nichts Gutes, oder? Wenn man so ein Geheimnis daraus macht. Vielleicht Raubkopien von den neusten Kinofilmen, die erst noch auf den Markt kommen. In diesem Laden ziehen die Sachen, die nicht gut sind, eh am besten."

Inzwischen war jeder Tisch besetzt und dort, wo vorhin noch der junge Mann sein Mädchen küsste, saßen jetzt zwei gestylte Männer.

Der Wein löste ihre Zungen. Beide hatten ihre Gerichte aufgegessen, und gemeinsam hatten sie noch einen dünnen Mandelkuchen verdrückt. Mit aufgestützten Ellenbogen hielt er ihre linke Hand in seinen Händen und küsste sie. Sie schwiegen. Sie legte eine Hand auf seine Wange. Er hielt ihren Arm, und sie näherte sich seinem Gesicht. Er roch ihren Duft, Vanille war dabei. Ihre Lippen berührten seine Augenlider. Er streichelte ihr den Oberarm. Sie legte ihre Lippen auf seine, sanft und elektrisierend. Dann trafen sich ihre Zungen. Als sich ihre Lippen lösten, wusste Stefanie nicht, ob sie liebestrunken oder angetrunken vom Wein war. Und sie wusste auch nicht, ob es die erste oder schon die zweite Flasche war. Sie fühlte sich unendlich kraftvoll, atmete tief ein und spürte, dass er mehr als eine Versuchung wert war. Die mahnenden Worte Mandys verhallten dahin.

Lieber Gott, lass es doch einmal einfach sein!, dachte sie und fragte sich, ob sie vielleicht zu viel erzählt hatte. Besonders die Stalkergeschichte fand sie jetzt viel zu früh erzählt.

„War denn eigentlich der Stalker auch dieser Drogendealer?", fragte Rob. Stefanies Gesichtsausdruck wandelte sich schlagartig. Kritische Falten zeichneten sich auf ihrer Stirn, und sie kniff die Augen zusammen.

„Wie kommst du auf Drogendealer?", fragte sie ihn und grübelte darüber nach, ob sie ihm auch davon schon erzählt hatte. Rob zögerte deutlich zu lange, während er sich hilfesuchend umschaute.

„Du hattest es doch vorhin...", begann er und Stefanie unterbrach ihn schroff, weil sie plötzlich genau wusste, dass sie ihm nichts davon erzählt hatte.

„Habe ich nicht, Rob. Ich habe dir gar nichts über diese Drogengeschichten erzählt!"

Die euphorische Stimmung wich einem herannahenden Gewitter. Stefanie fühlte sich verraten.

„Was geht hier ab? Was ist das hier für eine Veranstaltung? Woher weißt du das von diesem Arschloch?", fragte sie ungestüm. Ihr Kopf brummte, und sie legte sich vor Entsetzen ihre Hand auf den Mund. Ihr wurde schlecht, und sie suchte hastig einen Punkt, den sie fixieren konnte. Sie fühlte sich mit einem Mal verfolgt. Als sie seine Hand an ihrem Arm fühlte, brach sich die Gewalt ihre Bahn.

Alles verdunkelte sich vor ihren Augen. Sie hörte das dröhnende Schlagen an der Tür. Ein Schloss zerbrach. Kaum dass sie den donnernden Lärm vernommen hatte, standen nachts um vier Uhr brüllende Polizisten mit Schlagstöcken in ihrem Schlafzimmer. Sie lag noch nackt im Bett, als die Männer sie an ihren Beinen packten. Bevor sie begreifen konnte, was vor sich ging, sah sie den Schlagstock, der im Gesicht von Sebastian Wittloh landete, ihrem damaligen Freund. Blut spritzte und Sebastian fiel zu Boden. Da schlug sie vor Angst um sich. Sie wusste bis heute nicht, wie sie an den Polizisten vorbei in die Küche kam. Aber sie konnte sich noch erinnern, wie sie den ersten Polizisten, der hinterherkam, die Pfanne ins Gesicht geschlagen hatte. Sie wollte von all dem nichts mehr wissen, aber jetzt hatte es sie durch die Hintertür wieder eingeholt.

„Du bist ein Scheiß-Bulle, oder?! Du wolltest mich nur aushorchen! Und ich habe gedacht ..." Sie sprang auf und schlug Rob ins Gesicht.

„Du spionierst mir nach! Du glaubst, ich bin im Drogengeschäft?! Du Armleuchter!" Sie wartete nicht auf Antwort, und Rob versuchte, ihre Hände unter Kontrolle zu bekommen. Sie schnappte sich ihre Handtasche und rannte aus dem Lokal.

Rob sank wie betäubt auf seinem Stuhl zusammen. Irgendwann weckte der Kellner ihn aus seiner Lethargie und fragte, ob er noch einen Wunsch habe. Für ihn klang die freundlich gemeinte Frage wie Hohn.

„Zahlen, bitte", erwiderte er matt.

Montag 21. August

Köln, 16:35 Uhr

Hauptkommissar Hansen erhob sich aus seinem Bürostuhl, nachdem er den PC heruntergefahren und den Schreibtisch abgeschlossen hatte. Sein Weg führte in Livianas Büro. Er teilte ihr mit, dass er für heute Schluss machen werde. Liviana wünschte ihm einen schönen Feierabend, nicht ohne ihm zu sagen, dass sie noch schießen und sich anschließend mit Rose treffen werde. Dabei fragte sie ihn, wann er eigentlich zuletzt seine Hausaufgaben gemacht habe. Rob bekundete, dass es schon eine

Weile her sei, was Liviana dazu verleitete, ihn zu den Pflichtübungen einzuladen. Rob sagte ihr unverbindlich zu und druckste im Türrahmen vor sich hin.

„Was ist? Sag schon, bevor du hier über deine eigenen Füße stolperst", bemerkte Liviana trocken.

„Hast du inzwischen mit Victor gesprochen?", fragte Rob.

„Nein, du etwa?" Liviana hatte es jeden Tag aufs Neue verdrängt. Andererseits hatte die Zeit dafür gesorgt, sie heimlich zu beruhigen. Schließlich war schon eine ganze Woche vergangen, und nichts war passiert. Die Anzeige der Skins hing zwar wie ein Damoklesschwert über ihr, anscheinend aber recht stabil.

„Nein, ich habe die Anzeige aus dem Verkehr gezogen. Aber ich kann die nicht ewig zurückhalten. Wir haben hier auch noch ein paar Vorschriften, Vait."

„Ich weiß, ich werde mit Victor sprechen, versprochen."

„Wann?", fragte Rob, trat in ihr Büro und lehnte die Tür an.

„Warum machst du jetzt plötzlich so einen Druck?! Die ganze Woche hast du keinen Stress gemacht, und ausgerechnet heute spielst du hier den Zampano. Willst du mir den Abend mit Rose verderben?"

„Ich will dir keinen Abend verderben. Ich finde, du nutzt meine Toleranz allzu sehr aus. Warum hast du nicht längst mit Victor gesprochen? Die Sache ist doch kein Wein, der Zeit zum Reifen braucht. Wir stehen langsam mit dem Rücken an der Wand, wenn du so weiter machst. Victor zeigt uns doch jetzt schon den Vogel, wenn er Wind davon bekommt."

„Was willst Du? Es wird doch nicht dein Disziplinarverfahren. Du hast doch nichts zu befürchten. Machst du jetzt auf Weichei, oder was?"

„Kannst du auch mal anders als immer nur mit Vollgas vor die Wand?!"

„Nein!"

„Noch habe ich die Dinge hier in unserem Team zu verantworten", zog sich Rob auf seinen Status zurück.

"Habe verstanden!"

„Liviana! Victor faltet mich genauso zusammen. Hast du vor, künftig wieder Streife zu fahren und Verkehrssünder an den Straßenrand zu winken?"

„Ich habe verstanden, Chef", entgegnete Liviana mit einer deutlichen Betonung auf dem letzten Wort ihres Satzes.

„Du wirst mir jetzt sagen, wann du zu ihm gehst!"

„Morgen! Ich gehe Morgen hin. Okay? Morgen, Chef!" antwortete sie gereizt und stemmte ihre Hände in die Hüften.

„Gut." Er blieb stehen und schaute sich verunsichert in den Ecken des Raumes um. Ihm lag etwas auf dem Herzen, das er jetzt nicht mehr anzubringen wusste. Liviana sah ihn verstohlen an und ließ dann ebenfalls ihre Blicke unsicher umherschweifen.

„Ist noch was?" polterte sie heraus. „Soll ich dir etwa wieder eine Agatha entsorgen? Bin inzwischen Fachkraft. Findet auch Victor. Vielleicht werde ich ja auch strafversetzt in den Kölner Zoo und darf der Vogelspinne im Terrarium Fliegen, Würmer und Maden auf silbernen Tellerchen servieren."

„Ich habe mein Rendezvous total vermasselt", platzte es plötzlich aus ihm heraus.

„Ach, da hängt der Hammer!", antwortete sie immer noch gereizt, aber mit einem mitfühlenden Unterton. Er erzählte ihr von dem Samstagabend, dem Essen, seiner Unterhaltung mit Stefanie und seinem Fauxpas, der dem Beisammensein ein jähes Ende beschert hatte. Liviana hörte aufmerksam zu.

„Junge, Junge. Da hat dir deine Ermittlungsarbeit aber eine richtige Falle gestellt. Wie kannst du auch nur so deppert sein? Eine Frau will begehrt und nicht gejagt werden, Rob. Sie will verführt und nicht überführt werden. Das sind doch ganz verschiedene Dinge. Das läuft nicht nach dem Prinzip, dass eine Regel für alles passt", belehrte sie ihn.

„Was mach ich jetzt?", fragte er, schaute auf den Boden und steckte die Hände in die Hosentaschen.

„Sag mal? Es hat dich richtig erwischt, was?" Als Rob die Worte hörte, zog er die Hände wieder aus den Taschen und rieb sich langsam über sein Gesicht.

„Sie hat deine Telefonnummer?", hörte Liviana nach.

„Ja."

„Lass sie in Ruhe, Rob. Wenn sie dich wiedersehen will, ruft sie an. Gib ihr Zeit!"

„Sie wird nicht anrufen. Ich konnte mich noch nicht einmal entschuldigen, Vait. Sie wird mich zur Hölle schicken."

„Da bist du ja anscheinend schon angekommen. Und du meinst, wenn du weiter in ihrem Leben herumschnüffelst, wird sie dich wie ihren rettenden Prinzen feiern?"

„Nein. Ich will ihr nur sagen, dass es mir leid tut und dass ..."

Er geriet ins Stocken. Seine Berührtheit war ihm peinlich.

„Und was?"

Rob machte auf dem Absatz kehrt, riss die Tür auf und lief hinaus. Liviana sah, wie er im Flur um die nächste Ecke verschwand.

Die Linie 4 der Kölner-Verkehrs-Betriebe sollte ihn zum Wiener Platz bringen. Er saß in einer älteren Bahn, deren rote Plastiksitze noch in Vierergruppen angeordnet waren. Ihm gegenüber saß eine Mutter, die ein Taschentuch mit ihrer Zunge anfeuchtete und damit ihrem Kind über den schokoladenverschmierten Mund wischte. Neben ihm saß ein Mädchen, das mit seinem Handy spielte. Aus ihren In-Ear-Hörern zischelte laut Rap-Musik. Das Kind schaute gebannt auf das Mädchen und ließ die Bemühungen ihrer Mutter klaglos über sich ergehen. Plötzlich vernahm er aus der Ferne eine andere Musik, die zunehmend lauter wurde. Hansen hörte den Klang eines Schifferklaviers.

Er war wütend auf sich selbst. Er hatte sich Liviana gegenüber verhalten wie ein pubertierender Junge, der versuchte, einer Frau unter den Rock zu schauen und dann davon rannte. Andererseits wollte er nicht aufgeben und warten, bis Stefanie sich ihm für immer entzog, noch bevor es überhaupt begonnen hatte. Er wollte diese Frau unbedingt haben. Jetzt erkannte er die Melodie des Schifferklaviers. *My Bonnie is over the ocean.* Dann kam ein Sinti oder Roma mit seinem Instrument an ihnen vorbei, und Rob überlegte, wie lange er dieses Lied schon kannte. *Bestimmt schon drei Leben,* dachte er. Er hasste sich dafür, dass dieser Song eine melancholische Seite in ihm zum Schwingen brachte. Am liebsten hätte er dem Musiker Handschellen angelegt, damit es ein jähes Ende nahm. So schnell der Musikant gekommen war, so schnell zog er auch weiter. Als Rob aufstand und eine 180-Grad-Drehung machte, um an der nächsten Haltestelle auszusteigen, wäre er fast mit einem kleineren Mann zusammengestoßen. Rob sah den Plastikbecher in dessen Hand und wusste, dass es der Kollege von *Bonnie* war, der nun Geld für die musikalische Darbietung in der Bahn sammelte. Rob schob sich links an ihm vorbei und stieg aus, ohne etwas in den Becher geworfen zu haben. Als sich die Tür der Bahn wieder schloss, hatte er die Gleise schon überquert und stand an den Stufen, die hinunter zum Wiener Platz führten. Auf dem architektonischen Schandfleck trieben sich Tag und Nacht ein paar Junkies und Alkoholiker herum, um sich gegenseitig ihre Sucht vorzuwerfen, oder eine andere Außenseitergruppe zu finden, auf der sie herumhacken konnten.

Der quer über der Straße angebrachte Slogan *Frankfurter Straße Ihr Einkaufsziel* strahlte ihn mit seinen großen Lettern an und hatte ihm schon öfter im wahrsten Sinne des Wortes heimgeleuchtet. Seit über einem Jahr war dies sein Heimweg, und inzwischen konnte er dem hier herrschenden bunten und lauten Treiben etwas abgewinnen.

Er sah auf die Uhr und schloss die Haustür auf. Es war noch nicht so spät, dass Frau Elstergrein schon schlafen würde. Und doch hoffte er, ihr nicht im Treppenhaus begegnen zu müssen. Ihr zu entkommen war nicht einfach, da sie im Hausflur auf der Lauer zu liegen schien, um jeden beim Eintreten in die heiligen Hallen sofort an die Hausordnung zu erinnern, unabhängig davon, ob man gegen sie verstoßen hatte oder nicht. Rob hatte Glück und erreichte unbehelligt seine Wohnung. Nachdem er die Tür hinter sich abgeschlossen hatte, scannte er kurz Flur und Decke und stellte dann die ausgezogenen Schuhe in das kleine Schuhregal. Danach inspizierte er die weiteren Räume. Er wanderte mit seinen Blicken über Wände und Ecken und zog im Bad den Vorhang zur Seite. Die schlimmste Vorstellung für ihn war, dass sie plötzlich hinter dem Badevorhang in der Wanne hervorkrabbeln könnte oder ihn fett und schwarz aus der weißen Badewanne angrinsen würde. Oft hatte er sich das Szenario ausgemalt und dabei die Hoffnung gehabt, in der Lage zu sein, mit heißem Wasser dafür zu sorgen, dass die fette Spinne zusammengerollt und verendet durch den Ausguss gespült wurde. Aber die Vorstellung, dass sie nach ein paar Sekunden ihre behaarten Beine wieder aus dem Ausguss streckte und dabei noch gewachsen zu sein schien, machte seinen Mut laufend zunichte und führte ihn jedes Mal in irrationale Fantasien.

Erst als ihm alle Räume sicher erschienen, konnte er entspannen. Er ging in die Küche, öffnete den Kühlschrank und nahm einen Tetrapack Apfelsaft heraus. In einem Glas mischte er den Saft mit Mineralwasser und trank es in einem Zug leer. Im Wohnzimmer sah er wie jeden Abend kurz auf das Display seines Telefons. Fünf Anrufe zeigte der AB an.

„Das kann nicht sein. Jetzt ist das Scheißteil auch noch kaputt", schimpfte er vor sich hin. So viele Anrufe hatte er nur damals gehabt, als er zwei Wochen in Frankreich Urlaub gemacht hatte. Jetzt waren es fünf Anrufe an einem Tag. Er drückte die Abhörtaste und ging erneut in die Küche, um sich eine weitere Schorle zuzubereiten.

„Wo bist du, Rob! Ruf mich sofort zurück, wenn du da bist. Egal wann!"

Rob erkannte die aufgeregte Stimme seiner Schwester und bekam die Wut wegen ihres harschen Tons. Der AB kündete den zweiten Anruf an.

„Was machst du? Warum rufst du nicht an? Es ist dringend. Warum hast du mir nicht deine Handynummer gegeben?!"

Rob bemerkte den Belag auf ihrer Stimme. Irgendetwas schien nicht in Ordnung zu sein.

„Du Arsch! Ruf mich zurück! Unser Vater, Rob ..." Ein Lallen hatte sich eingeschlichen, und sie hatte mitten im Satz aufgelegt. Rob hasste es, wenn sie getrunken hatte und ihre betrunkene Litanei brachte ihn in Rage. *Sie hat doch alles, was man haben will*, dachte er und meinte nicht nur den Reichtum, in dem sie lebte. Sie hatte zwei wohlgeratene Kinder, einen liebenswerten Mann, der für sie beinahe alles tun würde. Sie hatte ihre Politik. Sie gehörte zu den Neureichen, die es sich leisten konnten, links oder grün zu sein. Aber jammern brauchte sie seiner Meinung nach nicht. Und erst recht nicht so viel trinken, was nicht nur ihm auffiel. Dann fiel ihm ein, dass er seinen Vater nicht wie versprochen angerufen hatte.

„Und dafür machst du so einen Aufriss?", schimpfte er und hörte den vierten Anruf ab.

„Rob! Ruf doch endlich an. Ich kann nicht mehr. Unser Vater, Rob! Unser Vater, bitte Rob. Es ist alles so schrecklich." Rob schaute sich um. Er riss ein Buch aus dem Regal und pfefferte es gegen die Wand.

„Was soll das, du Zicke! Hast du es wieder geschafft?!", brüllte er und konnte seinen Zorn kaum bändigen.

„Hör auf zu saufen, Frau, und lass mich in Ruhe. Vater wird auch froh sein, wenn er dein Genörgel nicht hören muss!", rief er in seine Wohnung hinein und griff erneut nach der Apfelschorle.

„Rob, bitte, bitte, bitte. Es ist so schrecklich. Papa ist ... Das gibt es doch nicht. Dass du selbst jetzt noch nicht einmal drangehst. Du bist das größte ... nein. Ich will nicht streiten. Bitte. Vater ist was Schreckliches passiert. Ruf an, ich muss mit dir reden! Mist. Du bist so gemein! Oh Gott! Womit habe ich das alles verdient?" Rob drückte die Stopptaste des Anrufbeantworters. Er kannte genügend alkoholisierte Zustände seiner Schwester, von liebenswert angeheitert bis aggressiv und vulgär. Aber diesmal schien es ihm, als sei sie wirklich verzweifelt.

Er stand vor seinem Wohnzimmerfenster mit Blick auf die Frankfurter Straße. Die Wohnung lag hoch genug, um keine

Fenstergardinen aufhängen zu müssen. Er hasste Fenster mit Gardinen, die in Bögen herabhingen und in deren freigegebener Mitte der obligatorische Kaktus stand. Rob ging erneut in die Küche und öffnete den Kühlschrank. Er hatte Lust auf ein Bier. Aber es stand keine Flasche darin.

„Weißt du, Schwester? Dir gegenüber habe ich dieselbe hoffnungslose Empfindung, wie sie sonst Ehefrauen ihren Ehemännern gegenüber haben. Einfach kaum zu ertragen", sprudelten seine Worte in den offenen Kühlschrank. Kalt kam es zurück, wie die Antwort seiner Schwester, wenn er sie bat, etwas gegen ihr Trinken zu unternehmen. Er holte sich das angebrochene Gurkenglas heraus, fischte sich mit den Fingern eine Gurke heraus und biss hinein. Sie war so sauer wie sein derzeitiges Leben.

Stefanie schoss ihm in den Kopf und damit die Bilder des verpatzten Rendezvous.

„Da hast du Arsch mal eine Frau gefunden, die dich küsst, dass du fliegst, und dann musst du diese Scheiße machen, Junge! Willst du eigentlich nie glücklich werden?", fluchte er umher.

„Ich muss sie wiedersehen!", war seine Antwort darauf, und er bekam eine maßlose Wut auf sich und griff erneut nach dem Gurkenglas. Beinahe wäre er seinem Impuls gefolgt und hätte das Glas gegen die Wand geschleudert. Stattdessen knallte er es zurück auf die Arbeitsplatte. Das Gurkenwasser spritzte samt feinen Dillschnipseln in alle Richtungen. Er ging ins Wohnzimmer, griff nach dem Telefon und wählte die Nummer in Frankfurt.

„Westerkamp", meldete sich eine Stimme.

„Hier ist Rob, Tobias?"

„Ja, hi Onkel Rob! Wie geht's dir? Ey, das ist ja wohl total krass, oder? Hier ist der Bär los. Mama ist total fertig wegen Opa Arthur. Was ist denn da Sache, Onkelchen?"

„Ich weiß leider gar nicht, was los ist, Tobias. Was ist denn los?"

„Wie jetzt?"

„Gib mir doch mal deine Mutter."

„Du weißt nicht, dass Opa Arthur tot ist?"

„Was!?", stieß Rob aus. Er hörte, wie Tobias in den Raum hinein rief, dass Rob mit Marga sprechen wolle.

„Sie kommt gleich, Onkel Rob."

„Opa ist tot?", fragte Rob nach und ließ seinen Neffen die Ereignisse erzählen. Rob erfuhr, dass zwei Polizisten bei ihnen gewesen waren und Marga seitdem zu trinken begonnen hatte.

„Wo ist deine Mutter?"

„Gute Frage, nächste Frage."

„Gib mir mal Oliver."

„Papa ist immer noch nicht da. Der ist bestimmt wieder bei seiner Banker-Lady."

„Tobias!"

„Was denn? Meinst du, er könnte das wirklich verheimlichen? Dass der mit dieser Golfschnalle rummacht, weiß vielleicht Mama nicht, weil sie dauernd blau ist, aber deswegen sind wir ja nicht blind. Aber erzähl ihr das nicht, sonst bin ich nachher noch schuld, dass sie trinkt."

„Meinst du nicht, dass du da etwas übertreibst?"

„Nein, und du hast das echt nicht von Opa gewusst? Du arbeitest doch bei der Polizei."

„Das ist eine verdammt gute Frage, Tobias. Dass ich nicht informiert wurde, das verstehe ich erst recht nicht. Da ist aber noch nicht das letzte Wort gesprochen", sagte Rob eher nachdenklich vor sich hin.

„Kommt deine Mutter noch?"

„Ich glaube eher nicht, Onkel Rob. Die wird irgendwo ihren Rausch ausschlafen."

„Ist das immer noch so schlimm, Tobias?"

„Was soll's? Ich hau eh bald ab."

„Du kannst ja mal nach Köln kommen, Tobias. Schöne Stadt, und wohnen kannst du so lange bei mir. Sag mal, weißt du, wie Opa gestorben ist?"

„Die Polizei hat gesagt, er sei ermordet worden. Habe ich selbst gehört."
„Was?! Ermordet?!", rief Rob fassungslos in den Hörer.
„Schrei mich nicht so an! Kann ich ja nichts dafür."
„Entschuldige, Tobias. Die haben gesagt, Opa ist ermordet worden? Wie?"
„Das haben sie nicht gesagt. Kann ich nicht mal so ein Praktikum bei dir machen? Ich mein, bei so einem Fall dabei sein und so. Das fände ich cool."
„Am besten gleich bei diesem hier, oder?"
„Ey, ja Mann, cool. Ich würde dir helfen, das Arschloch zu schnappen."
„Das denk ich mir, aber Tobias, da ist Dortmund zuständig. Und dann hätten wir noch das Problem der Befangenheit. Sohn und Enkel sind da ein bisschen zu nah dran. Da dürfen wir dann nicht ermitteln. Die werden uns allerhöchstens Fragen, wo wir zur Tatzeit waren."
„Echt? Meinst du von wegen Alibi und so?"
„Ja ..."
„Wir waren alle im Urlaub. Wir sind ja erst am Wochenende zurückgekommen."
„Dann habt ihr ja ein Alibi. Aber ich bin nicht der ermittelnde Kommissar. Das ist Bruns, Kommissar Bruns, und der kann was von mir hören."
„Cool."

Köln, 18:17 Uhr

Es war ein Tag, der die Menschen glücklich machte. Der Himmel war strahlend blau und die Luft klar, wie es um diese Jahreszeit selten vorkam in der Stadt. Die Cafés hatten ihre Glastüren geöffnet und Tische und Stühle auf die große Konsummeile mit dem Namen Schildergasse gestellt, die alles andere als eine Gasse war. Obwohl es Montag war, flanierten viele

Menschen, mit Plastiktaschen bepackt, durch die Fußgängerzone. Rose hatte sich bei Liviana untergehakt, und so bummelten beide an den Schaufenstern entlang. Sie zeigte Liviana Kleider und Hüte, Schmuck und Schuhe, die ihr gefielen und die sie gern einmal tragen würde. Liviana zeigte ihr mehr die Frauen und Männer, die ihnen auf der Schildergasse entgegenkamen und die sie schick gekleidet fand. Sie tuschelten und lachten, gaben sich Küsschen und zogen manch einen Blick auf sich, weil sie eine Kraft miteinander ausstrahlten, die verführerisch ankam.

„Schau mal, die da. Nettes Design, das Kleid. Vielleicht etwas zu hochgeschlossen und für die Jahreszeit ein bisschen zu warm, oder?", bemerkte Liviana und deutete mit dem Kopf auf eine Frau in islamischer Frauenkleidung. Rose erschrak über diesen Kommentar und hielt sich die Hand vor den Mund. Jedoch war die Stimmung der beiden Frauen so ausgelassen und sorgenfrei, dass auch Rose einlenkend kichern musste.

„Das ist eine Çarşaf, Liviana. Die Lady ist halt andersgläubig. Du kannst aber echt direkt sein."

„Na und? Stell dir vor, die ziehen in ihren schwarzen Roben in Scharen durch die Schildergasse. Da kommt richtig Stimmung auf, oder? Das als Kostüm beim Rosenmontagszug wirkt schon bedrohlich. Ist eher was für den Geisterzug. Außerdem fragt mich ja auch keiner, wie ich das finde? Vermummte Frauen, schwarz wie die Nacht. Ich finde es nämlich einfach schrecklich, fremd und frauenfeindlich. Was ist das für ein mieser Glauben, der die Frauen so in Tücher wickelt?"

„Liviana!", entrüste sich Rose, „Du regst dich doch nicht wirklich so auf, oder?"

„Und dann der Blödsinn mit ihren 72 Jungfrauen. Da warte ich als Jungfrau da oben auf den einen und schmachte eine Ewigkeit, und dann kommt da nur so ein zerfetztes Männerspektakel an? Würdest du mit jemand Sex haben wollen, der sich und unschuldige Frauen und Kinder aus lauter Selbsthass und Verblendung in die Luft gejagt hat? "

„Ich würde mit keinem Mann mehr…"

„Außerdem ...", überging Liviana Roses Antwort, „... was passiert, wenn die Jungfrauen inzwischen keine Jungfrauen mehr sind, weil sie vielleicht bei der Warterei untereinander schon Spaß hatten? Das muss man doch mal weiterdenken. Werden die dann von den Gotteskriegern auch in die Luft gejagt? Und wohin kommen die dann?", redete Liviana sich immer mehr in Rage.

„Das Paradies scheint nicht für Frauen gemacht. Ich würde als Jungfrau Reißaus nehmen, weil die klugen Männer eh auf der Erde bleiben und nicht in ein Paradies eingehen wollen, das sozusagen ein Heim für traumatisierte Pflegefälle ist, die von 72 ehrenamtlichen, nekrophilen Jungfrauen betreut werden. Da braucht man eine Menge Gelassenheit, um diesen Unsinn zu ertragen. Als hätten wir nicht schon genug mit der unbefleckten Empfängnis zu tun ..."

„Liviana, bitte ..."

„Bei den Katholiken sind die Frauen doch auch nur zweite Wahl. Die dürfen auch nur um die Altäre herumschleichen. Warum braucht man im 21. Jahrhundert noch so altertümliche Vorstellungen? Und von sexueller Aufklärung hat unser unfehlbarer Gottesmann so viel Ahnung wie ein Blinder von der Farbenlehre."

„Ach Gott, ach Gott. Sie hörten die Predigt der Hohen Priesterin Liviana. Das hast du ja jetzt alles sehr ausgewogen dargestellt. Außerdem, unterschätz die Mafiosi nicht, die sind in der Regel alle katholisch und bestens informiert über die Gnaden der Beichte", kommentierte Rose die Ausführungen von Liviana ironisch. „Bitte, mein Schatz, verdirb uns nicht den schönen Tag."

„Obwohl – wenn ich es mir recht überlege, Rose ...", beruhigte Liviana sich wieder, „... wenn ich dich in so einen schwarzen Umhang einpacken würde, bräuchte ich meine Konkurrenz nicht mehr zu fürchten. Hat auch was Beruhigendes, oder?"

„Boh!", rief Rose aus und schlug Liviana auf den Oberarm.

„Und dein Mann würde dich auch nicht finden. Ich könnte genüsslich mit meinem Geheimnis spazierengehen", lachte Liviana. Rose bekam einen roten Kopf und wurde ernst.

„Willst du allein weitergehen, oder was?"

„Andererseits – ich sähe nie deine schönen Haare im Wind fliegen, die Grübchen, wenn du lächelst, deine lebendige Mimik, wenn du dich ärgerst ..." sie pausierte eine Sekunde, „... und auch nicht deine Titten."

Rose boxte ihr zum zweiten Mal auf den Arm.

„Du kannst aber auch die kleinste Romantik kaputt shreddern."

„Wieso? Wegen deiner wirklich aufreizenden Titten?", flüsterte Liviana ihr ins Ohr. Rose musste lachen und küsste sie auf die Wange.

„Wie nennen dich deine engsten Freundinnen?", wechselte Rose das Thema.

„Eng sind nur meine Mutter und Waltraud. Mama ist keine Freundin und Waltraud meine Kindergärtnerin und Wahlmutter. Waltraud weiß alles von mir, noch mehr als Mama. Beide sagen Livi."

„Livi? Schön!"

„Liviana heißt soviel wie die *Siegerin*. Und dann bin ich auch noch die *Schützerin*."

„Wie meinst du das?"

„Mein zweiter Name ist Alessa und heißt die *Schützerin*. Und? Ich bin Bulle geworden."

„Liviana Alessa Vaitmar." Rose sprach es weich und andächtig aus. Die Worte durchzuckten Liviana, und sie gab Rose einen ausgiebigen Kuss.

Klatschender Beifall ließ sie ihren Kuss beenden und lenkte ihre Blicke in Richtung der Quelle des bescheidenen Applauses. Zwei junge Männer grinsten sie an und hoben ihre Daumen hoch. Dann gaben auch sie sich einen flüchtigen Kuss. Liviana und Rose kicherten, und Rose hob ihrerseits anerkennend den Daumen. Danach gingen sie weiter. Auf Nachfragen von Rose erzählte Liviana von ihrer italienischen Mutter und ihrem deutschen Vater.

„Meine Livi", flüsterte Rose ihr ins Ohr.

Als sie am Schuhhaus Dallmann vorbeigingen, klingelte Livianas Handy. Sie hoffte, dass es nicht dienstlich war, doch als sie auf das Display sah, beruhigte sie sich.

„Es ist meine Mutter. Wenn man vom Teufel spricht ..." Sie nahm an. „ Mama! Ist was passiert?" Ihre Mutter wollte sich nach ihrem Befinden erkundigen und nachhören, was es mit der Anzeige von diesen Skinheads gegeben hatte.

„Jetzt nicht, Mama. Aber wird schon."

„Soll ich nicht doch mal mit deinem Vater reden?", hörte auch Rose den Satz der Mutter.

„Mama! Kein Wort! Wenn du das tust, schneide ich mir die Zunge ab!" Der Wortwechsel endete rasch und Liviana verstaute ihr Handy in ihrer Jeans.

„Ich könnte sie ...", sagte Liviana und Rose fingerte ihr lachend und feixend am Ohr herum. „Wäre schade um deine schöne Zunge", neckte sie Rose. Liviana schüttelte den Kopf, und ihre Laune verbesserte sich schlagartig. Sie blieben vor dem Schaufenster des Schuhgeschäftes stehen und schauten hinein. Rose zeigte ihr ein paar Buffalo Ballerinas in Rot mit Schleife. Liviana zeigte auf die silberfarbenen Pumps.

„Ist was für dich, da kannst du mich dann auch mal auf gleicher Höhe küssen", spielte Rose auf ihre Länge an.

„Pah! Die zwei Zentimeter."

„Na? - eher drei. Sollen wir reingehen?", fragte Rose und Liviana schaute auf den Namen des Schuhhauses. Ihr fiel plötzlich ein, dass sie den Namen schon einmal in einem anderen Zusammenhang gehört hatte. Als sie Rose fragen wollte, erinnerte sie sich wieder.

„Hey Rose, hier arbeitet doch dein merkwürdiger Geschäftsführer Friedrich van Olson, oder?"

„Er ist nicht mein Geschäftsführer", korrigierte Rose. „Er ist ein Freund von Christian."

„Wir könnten uns persönlich von Herrn van Olson bedienen lassen. Der Geschäftsführer hilft meiner feinen Rose in den Schuh."

„Ach, lass doch, Livi ..."

Sie gingen hinein und probierten die unterschiedlichsten Modelle an. Dabei schritten sie wie Models auf dem Laufsteg, lachten und alberten herum. Selbst vor den ausgefallen Schuhen machten sie keinen Halt, und einige Verkäuferinnen schauten neidvoll amüsiert zu ihnen herüber.

„Ich weiß nicht, Livi ..."

Liviana entdeckte eine Verkäuferin am anderen Ende des Regals und ging zielstrebig auf sie zu.

„Entschuldigung, wären Sie so freundlich und würden den Geschäftsführer, Herrn Frederik van Olson, kommen lassen?" Die Verkäuferin schaute irritiert.

„Sind Sie nicht zufrieden? Kann ich Ihnen vielleicht weiterhelfen?"

„Nein, nein, alles bestens. Meine Freundin und ich kennen Herrn van Olson persönlich."

„Wie heißt der Herr?"

„Frederik van Olson."

„Ich muss mal nachhören. Wenn Sie sich bitte einen Moment gedulden würden." Die Verkäuferin wandte sich der Theke zu und telefonierte.

„Eigentlich müsste sie ihren Vorgesetzten doch kennen, oder?", kommentierte Vaitmar ins Leere hinein und sah Rose herannahen.

„Die Schnalle kennt ihren eigenen Boss nicht, meine Güte!"

„Ach komm, Livi, lass uns gehen. Ist doch nicht so wichtig", drängte Rose. Liviana schoss die Beschreibung von Viola Ross in den Kopf und den Witz, den sie ihr von ihm erzählt hatte. *Den Blondinenwitz auf der Geburtstagsfeier hat der doch eindeutig auf Rose gemünzt. Es gibt ja tausende gestörte Männer in Köln, aber nicht alle erzählen so gezielt blöde Witze.*

„Ich gehe jetzt. Ich habe keine Lust mehr darauf", meinte Rose, und beide sahen die Verkäuferin kommen.

„Also hören Sie bitte, Frau Grabbe hat wirklich viel zu tun. Sie bittet Sie um Nachsicht. Sie ist momentan unabkömmlich und kann derzeit nicht persönlich mit Ihnen sprechen, aber sie lässt ausrichten, dass ein Herr Olson hier nicht arbeitet. Wenn es Ihnen nichts ausmacht, können wir Ihnen gern weiter helfen. Worum geht es denn?"

Liviana wurde ärgerlich, und Roses Versuche, sie zum Einlenken zu bewegen, stachelten sie noch mehr an.

„Frederik van Olson ist hier nicht Geschäftsführer? Dann möchte ich sofort mit dieser Frau Grabbe sprechen." Sie griff in ihre Handtasche, zog ihre Dienstmarke hervor und hielt sie der Frau nahe vor ihr Gesicht.

„Ich denke, Ihre Frau Grabbe wird Zeit für mich haben, was meinen Sie?"

„Livi, bitte! Was machst du denn jetzt schon wieder? Lass uns gehen!"

„Kommen Sie bitte, dass hätten Sie mir auch anders mitteilen können, nicht wahr?!" Die Verkäuferin telefonierte erneut an der Theke und informierte die beiden Frauen, dass die Geschäftsführerin jeden Moment kommen werde.

„Bis du jetzt plötzlich wieder dienstlich hier?", flüsterte Rose ärgerlich.

„Psst - später", flüsterte Liviana zurück, als sie eine kleine Frau zielstrebig auf sich zukommen sah.

„Guten Abend, Anneliese Grabbe. Ich bin die Filialleiterin. Was kann ich für Sie tun?"

Liviana schaute die energisch wirkende Frau an und zeigte erneut ihre Dienstmarke. Etwas an ihr erinnerte Liviana an Charlotte Kobalt. Es waren nicht die Haare, die trug Charlotte Kobalt wesentlich kürzer.

„Kommissarin Vaitmar, entschuldigen Sie, Frau Grabbe, aber wir ermitteln in einem Mordfall, der uns unter anderem in ihr Schuhgeschäft führt."

„Bitte?!", empörte sich die Frau.

„Nichts Schlimmes, reine Routine, aber wir müssen allen Hinweisen nachgehen. Ich wollte eigentlich den Geschäftsführer, Herrn Frederik van Olson, sprechen."

„Das tut mir leid, aber einen solchen Herrn haben wir nicht in unserer Filiale. Das muss ein Irrtum sein. Ich bin hier die Geschäftsführerin, wenn Sie so wollen."

„Ich geh jetzt, Livi", zischelte Rose.

„Wollen Sie damit sagen, dass ein Herr Frederik van Olson nicht in dieser Filiale arbeitet?"

„Ja. Er arbeitet hier nicht und hat auch noch nie hier gearbeitet, Frau Kommissarin. Ich leite diese Filiale seit nunmehr sieben Jahren und kann Ihnen versichern, dass dieser Herr hier noch nie im Gespräch war." Liviana schaute Rose fragend an, die ihr mit den Lippen ein stummes *Arschloch* entgegnete, aber trotzdem neben Livi stehen blieb und gleich darauf Frau Grabbe ins Visier nahm.

„Ich müsste mich schon arg täuschen, wenn mir so ein markanter Name entfallen wäre. Sehen Sie, wir haben hier auch kaum männliche Kollegen, und ich bin unter anderem auch für das Personal zuständig. Selbst unter den Aushilfen ist mir dieser Name nicht geläufig. Ist er norwegischer Herkunft?"

„Ist er Norweger, Rose?", leitete Liviana die Frage weiter. Rose warf ihr einen bösen Blick zu.

„Ich glaube Niederländer, aber sicher bin ich nicht."

„Kann ich Ihnen sonst noch irgendwie weiterhelfen?"

„Ich glaube, das ist nicht nötig, Frau Grabbe. Ich danke Ihnen für ihr kooperatives Entgegenkommen. Wir wollen dann auch nicht weiter stören. Vielen Dank noch mal und auf Wiedersehen."

„Auf Wiedersehen, die Damen, aber falls Sie sich noch umsehen wollen, wir haben heute bis zwanzig Uhr geöffnet und eine Aktionswoche. Preisreduzierte Ware für die Damen bis 50%."

„Vielen Dank", entgegnete Liviana und folgte Rose zum Ausgang. Vor der Tür schaute Rose Liviana wütend an.

„Ich dachte, wir hätten uns zum Shoppen verabredet. Ich habe echt gedacht, du wolltest mit mir zusammensein! Stattdessen hast du mich nur für deine Ermittlungen benutzt?! Warum? Macht dir das Spaß?! Auf meinem Geburtstag hast du auch so eine Nummer hingelegt! Willst du mich fertig machen, oder was? Was hab ich dir getan, dass du mich überall bloßstellst? Was bin ich für dich? Was willst du mir eigentlich beweisen? Livi!" Rose schüttelte den Kopf, und einige Passanten drehten sich nach ihnen um. Liviana wollte sie festhalten, aber Rose wehrte sie entschieden ab.

„Es tut mir leid, Rose. Es tut mir wirklich leid. Bitte! Das wollte ich nicht."

„Warum tust du es dann?!"

„Ich bin auch nur wegen dir hier. Da ist was schief gelaufen. Es tut mir leid."

„Warum hast du nicht aufgehört? Ich habe dich angebettelt, und du hast immer weitergemacht!" Liviana druckste herum. Sie konnte nicht einfach etwas über die laufenden Ermittlungen erzählen, wusste sich aber auch keinen anderen Rat.

„Wenn wir hier nicht vor dem Schuhhaus gestanden hätten, wäre ich wohl nicht darauf gekommen nachzufragen. Ich glaube, Frederik van Olson hat etwas mit unserem Fall zu tun. Was genau, das ist noch nicht raus." Dann erzählte sie Rose, was die Ermittlungen bei Viola Ross im Krankenhaus ergeben hatten.

„Ich bin deswegen da gerade so reingerutscht. Wir Bullen können auch nicht einfach sagen, Bier ist Bier, und Schnaps ist Schnaps. Ich bin immer im Dienst, wenn was läuft. Wo wohnt dieser Frederik van Olson?"

„Boh! Das kann ja heiter werden, Livi. Ich weiß nicht, wo er wohnt."

„Du weißt nicht, wo er wohnt?"

„Nein." Liviana schaute in die Menschenmenge.

„Auf deiner Geburtstagsfeier am Freitag ging es überhaupt nicht um Frederik van Olson, das weißt du genau. Der hat zwar einen richtig beschissenen Witz gemacht, der auf dich gemünzt war, aber da ging es um deine Kokserjungs. Was hast du denn mit solchen Jungs wie Christoph Plage zu tun? Der hat ein Vorstrafenregister, das füllt drei Din-A-4-Seiten. Hast du etwa auch was mit Koks zu tun?"

„Livi, komm mal runter! Du kannst ganz schön eklig sein! Das Zeug kannst du mir hinterherwerfen, das interessiert mich für keine fünf Cent. Ich hänge an meinem Leben und meinen Kindern. Christoph wohnt in der Nachbarschaft. Er ist eigentlich ganz nett. Hat sich vor ein paar Jahren zwei Straßen weiter ein Haus gekauft. Mein Mann geht öfter mit ihm ins Fitnessstudio. Er hat mir immer zu meinem Geburtstag eine Kleinigkeit geschenkt, da habe ich ihn natürlich auch eingeladen. Ansonsten habe ich nicht viel mit ihm zu tun und dass der kokst, wusste ich schon mal gar nicht." Sie gingen nebeneinander, und Liviana bemerkte den traurigen Blick von Rose, der sich auf das Pflaster der Konsummeile heftete.

„Es tut mir leid, wirklich."

„Ist schon gut, Blödnuss", frotzelte Rose und zog ihren Tabak hervor. Sie holte eine fertig gedrehte Zigarette heraus und zündete sie an.

„Es ist wirklich komisch mit Frederik...", überlegte Rose laut und zog an ihrer Zigarette.

„Hör mal? Das riecht hier total nach Gras. Rauchst du hier etwa einen Stick?"

„Nein, eine Graszigarette. Willst du auch mal ziehen?" Liviana schaute sich rechts und links um, als suche sie die Hüter des Gesetzes in Uniform.

„Du bringst mich noch in Teufelsküche, Süße!"

„Wenn es dort so süß ist, wie du im Augenblick aussiehst, dann komm ich mit!", strahlte Rose sie an.

„Oh, lieber Gott, schnapp die Mafia und beschütze die Kleinen. Gib schon her!"

Dienstag, 22. August

Meschede, 07:45 Uhr

Er fuhr allein und mit 180 Stundenkilometern, wenn es die Verkehrsdichte auf der A 1 Richtung Hagen erlaubte. Schwerte – Wickede - Arnsberg, die Strecke kannte er aus seiner Dortmunder Zeit. Wenn es eng wurde, was auf der A1 praktisch immer der Fall war, schaltete er das Martinshorn ein. Er raste weiter, auch als er die Autobahn längst verlassen hatte. Das Blaulicht blinkte unaufhörlich durch die Ortschaften, wenn er auch das Martinshorn häufig ausschaltete. Rote Ampeln stellten ebenso wenig ein Hindernis dar wie das Überholen von Traktoren auf den schmalen Landstraßen.

Er hatte Bruns noch am Abend, als er vom Tod seines Vaters erfahren hatte, zuhause angerufen und sich heftig mit ihm gestritten. Sie hatten vereinbart, sich am nächsten Tag vor seinem elterlichen Haus zu treffen. Rob wollte sich selbst ein Bild vom Tatort machen, auch wenn der Fall nicht in seine Zuständigkeit fiel.

Für die 155 Kilometer brauchte man normalerweise eineinhalb Stunden, da sich die Strecke in weiten Teilen über Land zog. Rob hielt nach 50 Minuten vor seinem Elternhaus in Meschede an. Bruns stand vor der offenen Haustür und kam ihm entgegen.

„Hallo, Rob."

„Hallo, Theo. Was haben wir?", begann Rob.

„Herzliches Beileid, Rob", sagte Theodor Bruns und hielt ihm seine Hand entgegen. Rob nahm sie und fühlte den vertrauten Händedruck. Bruns Hand war warm und von der ständigen Gartenarbeit, für die er eine Vorliebe hatte, rau und kräftig.

„Es tut mir unendlich leid, was hier passiert ist."

„Ja, schon gut. Ich will die Fakten, Theo."

„Er liegt in der Pathologie. Das ist eine riesige Sauerei gewesen, Rob."

„Wann, wo, wie? Was weißt du zum Todeszeitpunkt?" Sie gingen zum Eingang. Rob roch den Verwesungsgeruch.

„Wir sind hier noch nicht ganz fertig, aber du kannst dich - außer hier vorne - überall umsehen. Der Täter schien kein Interesse an den Habseligkeiten deines Vaters zu haben. Wir haben bisher nichts Verdächtiges gefunden, das auf einen Raubmord hinweist. Wenn dir etwas auffällt, Rob, sind wir für jeden Hinweis dankbar."

Rob trat an die Absperrung des Tatortes. Die eingetrocknete Blutlache war deutlich zu sehen. Aus den gezeichneten Umrissen erahnte er, wie sein Vater gelegen haben musste.

„Erklär mir das, Bruns. Sieht merkwürdig aus."

„Auf dem Rücken. Die Unterschenkel im rechten Winkel weggeklappt. Nach einer erster Rekonstruktion hat er gekniet und ist dann nach hinten über seine Waden gefallen."

„Von den Knien an aufrecht? Und dann rückwärts gefallen? Merkwürdig."

„Ja, ein bisschen schon. Wir gehen davon aus, dass der Täter nachgeholfen hat." Trotz der ungewöhnlichen Begebenheit drängte sich Rob langsam die Atmosphäre seines früheren Zuhauses auf. Die gestickten Blumenbilder im Flur, die sein Vater nie gemocht, seine Mutter aber geliebt hatte, hingen noch an ihrem Platz. Auch das kleine Wandregal gab es noch, an dem die Schlüssel an kleinen Haken hingen und über dem der Spiegel für den letzten Blick vor dem Verlassen des Hauses montiert war. Es hatte sich in den Jahren, in denen er nicht mehr hier gewesen war, nichts verändert. Mit jeder Minute fühlte sich Rob mehr in die erdrückende Hoffnungslosigkeit hineingezogen, die der Verwesungsgeruch noch unterstrich.

„Rob, bitte denk daran, es ist dein Vater, nicht dein Fall", sagte Kommissar Bruns in ruhigem und mitfühlendem Ton. Beide schauten auf die Blutlache und die Markierung.

„Warum sagst du mir das, Theo?"

„Lass uns unsere Arbeit machen, und ich informiere dich zeitnah über die Entwicklung." Rob ballte die Hand zur Faust.

„Das hier ist Meschede, nicht Köln. Eine Nachbarin, Klara Mertens, hat uns informiert. Es wundert mich, dass nicht schon früher jemand Alarm geschlagen hat, bei dem Geruch und der Menge an Fliegen." Bruns berichtete ihm vom Zustand der Leiche, deren Verwesung aufgrund der sommerlichen Temperaturen schnell vorangeschritten war.

„Das Blut, Bruns. Was hat das mit dem Blut hier auf sich? Und warum wirft man ihn nach hinten? Wo stand der Täter? Hinter oder vor seinem Opfer?"

„Laszlo will sich erst nach der Obduktion der Leiche genauer festlegen. Der Zustand der Leiche lasse keine schnellen Schlüsse zu." Kommissar Bruns kratzte sich mit drei Fingern andächtig auf seiner Glatze. Es schien ein Ausdruck von Konzentration zu sein und weniger die Reaktion auf einen Juckreiz. Dann gab er die Vermutung des Pathologen weiter, dass der Täter ihn wahrscheinlich von hinten – sein Opfer vor ihm kniend - erdrosselt und anschließend mit dem Messer die Kehle durchtrennt habe. Es könne Zufall sein, dass sein Opfer auf den Rücken gefallen sei.

„Rob, überlass es einfach uns. Wir kriegen den Kerl."

„Theo, einfach alles. Zeitnah hast du gesagt. Also, bitte! War das alles?"

Bruns rollte die Augen.

„Warten wir erst die Obduktion ab. Er wurde mit einer Nylonschnur um seinen Hals gefunden, die aber nicht die Todesursache war, soviel konnte uns Laszlo schon sagen. Warum er das Opfer zuerst erdrosselte und dann die Kehle durchtrennte, ist unklar. Außerdem schien dem Täter daran gelegen zu sein, dass wir das Drosselwerkzeug zur Kenntnis nehmen, weil er es am Tatort zurückgelassen hat. Das Messer haben wir nicht gefunden. Soll sich einer einen Reim darauf machen", endete Bruns.

„Hat Laszlo die Nylonschnur schon analysiert?"

„Das ist Massenware, Rob. Was gibt es da zu analysieren? Die bekommst du am Meter."

„Er soll sie analysieren. Ich will einen Bericht ...", erhitzte sich Rob.

„Rob!", fuhr ihm Bruns in die Parade, der ansonsten bekannt für sein ruhiges Gemüt war. Rob merkte, dass er sich im Ton vergriffen hatte und entschuldigte sich dafür.

„Deswegen gibt es den Begriff der Befangenheit, oder?", bemerkte Bruns, der zu seinem Gleichgewicht zurückgefunden hatte.

„Du bekommst die Ergebnisse, sobald wir sie haben. Zeitnah."

Rob informierte Theodor Bruns über die zwei Kölner Fälle, bei denen die Opfer mit einer Gitarrensaite h erdrosselt wurden. Bruns hatte davon gehört, und Rob deutete einen Zusammenhang an.

„Wir sollten es einfach mitdenken, Theo. Habt ihr ein Chamäleonfigürchen aus Hartgummi in der Nähe des Opfers gefunden?"

„Was! ..." fragte Bruns ungläubig, „... willst du mich auf die Schüppe nehmen?"

„Nein, ich verfolge eine Spur, in dem ein Chamäleonfigürchen vielleicht eine Rolle spielt. Es könnte so eine Art Markenzeichen des Täters sein. Ich weiß leider noch nichts Genaues."

Kommissar Bruns verneinte die Frage und willigte ein, bei der Spurensicherung noch einmal diesbezüglich nachzufragen.

„Was habt ihr sonst noch?", fragte Rob und machte einen Bogen um den eingetrockneten Blutfleck herum, damit er weiter ins Innere des Hauses gelangte.

„Wir sind dabei, die Habseligkeiten deines Vaters zu sichten ..." Bruns brach den Satz ab. „Wenn du hier jetzt Nachforschungen anstellen willst, Rob, brauchen wir deine Fingerabdrücke und deine DNA, denk dran."

Rob fuhr herum. Er sah sich plötzlich zu einem Verdächtigen gemacht und wollte aufbrausen. Doch Bruns fuhr ihm dazwischen. Er sagte, dass sie die Spurensicherung wegen eines Tötungsdeliktes in Schwerte vorübergehend abziehen mussten und daher später hier nicht noch mehr offene Fragen brauchen würden.

„Du weißt ja, wo wir sie hinterlegt haben. Das LKA wird sie dir bereitwillig zur Verfügung stellen."

„Das habe ich bereits veranlasst, danke. Ich wollte nur, dass du es nachvollziehen kannst."

Rob zog ein grimmiges Gesicht und erinnerte sich dann daran, dass er die wirklich gute Kriminalarbeit von Bruns gelernt hatte, und dazu gehörte seine Weitsicht. Dass Bruns es dennoch nicht weiter als bis zum Kommissar gebracht hatte, schien Ausdruck seiner besonderen Intelligenz zu sein, denn Karriere wollte Bruns nie wirklich machen.

„Warum hast du zuerst meine Schwester informiert und dazu noch mit zwei Tagen Verspätung?"

„Wir haben die Identifizierung der Leiche über die Zähne bestimmen lassen müssen. Das hat etwas gedauert. Wir konnten bei dem Zustand der Leiche doch nicht mit Gewissheit sagen, dass es sich um deinen Vater handelte. Und den Anblick hätte ich mir auch gern erspart."

„Ich glaub dir kein Wort, Theo."

„Stimmt. Ich wollte dich nicht hier haben, damit ich in Ruhe meine Arbeit machen konnte. Du weißt ja, wie du bist, oder?"

„Ich weiß."

„Danke für deine Kooperation, Rob. An manchen Tagen ist das ein richtig beschissener Job. Es tut mir aufrichtig leid. So was hast du nicht verdient, mein Freund."

„So was hat kein Mensch verdient. Ich möchte hier noch ein bisschen allein sein", äußerte sich Rob in einem verhaltenen Tonfall.

„Wenn du nicht vergisst, dir ein paar Handschuhe überzuziehen, Herr Hauptkommissar."

Sie verabschiedeten sich, und Rob ging die Treppe zu den oberen Räumen hinauf. Er betrat das elterliche Schlafzimmer. Es fühlte sich an, als hätte er seine Eltern gerade kommen hören und spüre sie jetzt in seinem Rücken. Sein Vater hatte die Ordnung seiner Frau übernommen. Das Bett war gemacht. Die braun gemusterte Tagesdecke mit den goldenen Fransen hatte der alte Herr auch darüber gelegt. Danach ging Rob in das Arbeitszimmer seines Vaters. Auch hier standen die Dinge an ihrem Platz. Manche schon seit Jahren, wie der Locher und der Halter mit Füller und Kugelschreiber. *Damit man jederzeit die Welt aufgeräumt verlassen kann. Mein Gott, Vater,* dachte Rob und schaute sich die Fotos auf dem Schreibtisch und an der Wand an. Sein Vater in einem Anzug. Daneben der Großvater in seiner Uniform. Die Schwarz-Weiss-Fotos lösten bei Rob eine eigentümliche Stimmung aus. Stolz auf diese Generationen fühlte er nicht.

Rob ging zurück auf den Flur und blickte automatisch auf die Speicherklappe. Der Dachboden war die Büßerkammer seiner Kindheit gewesen, erinnerte er sich dunkel. Sein Vater hatte ihn dort einmal drei Stunden eingesperrt, weil er in dem kleinen Lebensmittelladen, den es schon lange nicht mehr gab, eine Tüte Gummibärchen geklaut hatte. Riesige Spinnennetze hingen von den Balken herab. Das einzige Licht kam damals wie heute durch ein rundes Bullauge, das ebenfalls mit einem Spinnennetz überzogen war. In der Mitte saß die Spinne, die er drei Stunden lang anstarren musste und von der er hoffte, dass sie sich nicht bewegen würde. Er hatte vergebens gewartet und gebetet, dass seine Mutter ihn vom Speicher befreien würde. Doch die einzige Entschädigung, die er für die Strafe bekommen hatte, war eine Tüte Gummibärchen von der Ladenbesitzerin, nachdem sie von seinem Aufenthalt auf dem Dachboden erfahren hatte.

Ein Polizeisiegel versiegelte die Speicherklappe, was dafür sprach, dass man dort noch nicht fertig war. Rob durchtrennte das Siegel mit seinem Taschenmesser, öffnete die Klappe und ließ die Leiter herunter. Auch der Speicher war wie immer. Alte verstaubte Spinnennetze hingen herunter. Sein Blick glitt sofort zu dem Bullauge, das für ihn damals der Inbegriff väterlicher Folter wurde. Keine Spinne saß darin, noch nicht mal ein Spinnennetz hing darin. Trotzdem gruselte es ihn. Nachdem er das Licht angemacht hatte, öffnete er vorsichtig mehrere zugestaubte Kartons. Er fand alte Puppen und anderes Spielzeug. In einem anderen fand er Gardinen, Stoffreste und Garnzeug, von denen ein leicht verschimmelter Geruch ausging. Er war froh, Handschuhe zu tragen. Die letzten beiden Kartons, die er öffnete, enthielten vergilbte Bücher wie Doktor Schiwago und Anna Karenina.

Rob beschloss, die beiden Kartons, deren Inhalt er seiner Mutter zuordnete, mitzunehmen. Er wollte sie Marga geben. Er selbst traute sich nicht, in die Privatsphäre seiner Mutter ungefragt einzudringen. Dabei war ihm klar, dass er sie niemals mehr fragen konnte. Nachdem er die Kartons im Auto verstaut hatte, zog er die Haustüre hinter sich zu. Er war froh, sich der bedrückenden Stimmung seines Elternhauses wieder entziehen zu können. Die Rückfahrt dauerte eineinhalb Stunden.

Köln, 11:23 Uhr

„Kann es sein, dass du heute Morgen noch keine Dusche gesehen hast, Joh?" fragte Liviana ihn geradeheraus.

„Ich musste diese Nacht mit zwei Bürosesseln vorlieb nehmen. Da konnte ich mich heute Morgen nicht wirklich frisch machen", äußerte er sich und ließ eine Münze zu Boden fallen.

„Aha? Hat unser Praktikant Überstunden machen müssen?"

„Nein, eine ungehaltene Gattin zu Hause. Ich denke, ich gehe uns mal bei Schnittchen einen Kaffee holen. Unterwegs komm ich bestimmt an einem Waschbecken vorbei. Kannst du mir zehn Euro leihen? Bin heute ein bisschen knapp."

„Hast du deine Wanne nicht voller Münzgeld wie der legendäre Dagobert Duck?"

„Eher nicht." Liviana zog ihr Portemonnaie.

„Vielleicht fragst du Mama Eva, ob sie noch eine Möglichkeit sieht, dir waschecht unter die Arme zu greifen", sagte die Kommissarin gut gelaunt und gab ihm den Geldschein.

Funke steckte den Schein in die Hosentasche und verließ den Vorraum des Verhörzimmers. Liviana schaute zu Rob hinüber, der blicklos in den Einwegspiegel starrte. Er wirkte an diesem Morgen sehr verschlossen, weshalb sie sich schweigend neben ihn stellte. Liviana hörte in der Stille nur Robs schweres Atmen und das Pulsieren ihres eigenen Blutes. Es kam ihr wie eine Ewigkeit vor, wie sie beide vor dem Einwegspiegel schwiegen.

„Was ist?", durchbrach sie die trügerische Stille.

„Mein Vater ist tot", antwortete er knapp.

„Was!", rutschte es Liviana impulsiv heraus.

„Ermordet", war seine Antwort.

Schockiert schaute sie auf sein Profil und bemerkte das Zucken seiner Kaumuskulatur. Sie wollte etwas tun, aber die spärliche Information lähmte ihre Reaktion. Sie wollte ihn anfassen, umarmen, doch seine Starrheit verunsicherte sie so, dass sie nicht wusste, was bei Rob richtig oder falsch war, und so tat sie gar nichts.

„Ermordet? Wie kann das ..."

„Mit einem Messer. Aber eine Nylonschnur hing auch um seinen Hals", antwortete Rob, blickte ihr kurz in die Augen und starrte wieder in den Spiegel. Sie legte ihre Hand auf seinen Rücken.

„Woher ...?"

„Kollege Bruns hat mir den Stand der Ermittlungen heute Morgen vor Ort erzählt, deshalb bin ich erst jetzt hier."

„Komm, erzähl", flüsterte Liviana einladend und streichelte über seinen Rücken.

„Den Hals aufgeschlitzt. Einem 79-jährigen Mann", begann er vorwurfsvoll mit zittriger Stimme.

„Er muss eine Woche wie ein Stück vergammeltes Fleisch im Flur gelegen haben." Plötzlich schlug Rob seine Faust neben der Scheibe an die Wand und Liviana sprang einen Schritt zur Seite.

„Das Arschloch musste ihn richtig abschlachten. Der hatte ein Interesse daran, dass meinem Vater so richtig der Lebenssaft ausläuft!", kommentierte er das Ereignis leise in die Einwegscheibe hinein. Liviana kämpfte plötzlich mit den Tränen und wedelte mit der freien Hand sinnlos herum.

Die Tür ging auf, und Joh kam mit einem Tablett herein. Liviana bedeutete ihm zu schweigen und das Tablett einfach abzustellen. Sie war eine gute Zuhörerin. Für seinen sparsamen Gefühlsausdruck hatte sie jedoch kein Rezept. Und das war für sie auch das, was ihn manchmal zu einem Übermenschen werden ließ, mit dem sie sich häufig glaubte, messen zu müssen.

Joh reichte beiden schweigend eine Tasse, die sie wie zwei Roboter entgegennahmen.

„Die Nylonschnur spielte keine Rolle bei der Todesursache. Aber warum er überhaupt versucht hat, ihn zu erdrosseln, weiß keiner. Das Messer war entscheidend. Allerdings hat er die Nylonschnur am Tatort gelassen und sie dem alten Mann um den Hals gelegt. Das Messer hat die Spurensicherung nicht gefunden", endete Rob ruhig.

„Wie bei unseren Frauen hier?"

„Eher symbolisch. Bruns meint, der Täter wollte nur auf die Nylonschnur aufmerksam machen. Ich werde die Fotos noch sehen."

„Rob, du musst das doch nicht alles mitmachen. Du ..."

„Was soll ich denn machen?! Zusehen?! Warten?! Grübeln?!", brüllte er. „Ich kann überhaupt nicht anders als weitermachen! Ich kriege die Raserei, wenn ich nicht ermitteln kann. Ich habe eigentlich in meinem Leben immer nur ermittelt, Liviana. Das ist das, was mich aufrecht hält, um es mal ganz einfach auf den Punkt zu bringen."

„Schon gut, schon gut. Ich verstehe dich."

„Gar nichts verstehst du, aber lass uns diesen Fall lösen! Es gibt Parallelen …"

„Rob, das geht nicht. Meschede ist Meschede, und Köln ist Köln."

Rob erzählte von den bisherigen Ergebnissen der Ermittlungen in Meschede. Er habe Bruns aufgefordert, das Nylon auf eine Gitarrensaite untersuchen lassen.

„Ich wette mit dir, es wird die Saite h sein. Ich hab das im Gefühl. Wir jagen hier in Köln umher und stochern nur in heißer Asche rum. Derweil bringt ein Fantast, ein Spinner, ein Wahnsinniger irgendwo in Nordrhein Westfalen Menschen um. Aachen, Köln, Meschede!"

„Rob, hast du nicht den Eindruck, dass du vielleicht etwas überlastet bist?"

„Siehst du das denn nicht?!"

„Doch! …", wurde Liviana jetzt auch unbeherrscht. „Aachen ist neun Jahre her. Aber es waren alles Frauen und Pi mal Daumen im gleichen Alter. Meschede ist ein alter Mann, oder? Ein Messer hat der Täter bisher noch nicht verwendet. Das passt alles nicht! Lass deinen Bruns das ermitteln. Sie zog ihr Gummi vom Handgelenk und band ihr offenes Haar zusammen.

„Wir laufen die ganze Zeit hinter den falschen Leuten her, Liviana!"

„Wir machen einfach unsere Arbeit, Rob!"

„Ich sage dir, es hat irgendwas mit diesem Scheiß-Chamäleonfigürchen zu tun. Du musst mir helfen, Vait."

„Ich fass es nicht. Es wird ja immer skurriler hier. Ein Chamäleonfigürchen und ein durchgeknallter Bulle." Liviana bereute die harten Worte sofort.

„Tut mir leid, Rob. Das wollte ich nicht."

„Was machen eigentlich deine Skinheads?"

„Pah! Danke für die Retourkutsche! Du kannst ein richtiges ... aber frag nicht nach Sonnenschein!"

„Tut mir auch leid." Die Tür öffnete sich und Joh kam mit einem Teller Kekse herein.

„Wo kommst du denn jetzt plötzlich schon wieder her, Joh?", wollte Liviana wissen. Joh meinte, er hätte die beiden lieber allein gelassen und in seiner dreijährigen Ehe schon gelernt, Türen leise auf- und zuzumachen. Rob erzählte von weiteren Spuren, die noch ausgewertet wurden. Unter anderem der Abdruck eines Frauenschuhs.

„Wenn der Fall etwas mit unserem hier zu tun hat, haben wir möglicherweise eine erste wirkliche Spur."

„Hat dein Bruns denn die Zeugin schon verhört?"

„Nein, wir müssen sie erst noch finden."

„Bruns muss sie finden. Kooperation, nicht feindliche Übernahme, Rob."

„Bruns, ja danke für diesen wesentlichen Hinweis."

***

Es war schon etwas spät für die Fahrt nach Frankfurt, aber Rob hatte Marga versprochen, mit ihr die vergangenen Geschehnisse aufzuarbeiten und über die baldige Beerdigung zu sprechen. Seine Schwester hatte mit Klara Mertens entschieden, dass die Beisetzung des Vaters im kleinen Kreis stattfinden sollte. *Mord wirft zu viele Fragen auf, die wir nicht beantworten können und wollen,* hatte Marga ihm am Telefon gesagt, und Rob hatte ihr sein Einverständnis signalisiert. Ihn interessierte an dem ganzen Geschehen einzig und allein, wer der Mörder seines Vaters war. Er wollte ihm in seine gottlose kranke Seele blicken. Er wollte wissen, wie er aussah, wie alt er war, in welcher Verbindung er zu seinem Vater stand. Er fragte sich, ob es überhaupt einen Grund geben konnte, einen so alten Mann ins Jenseits zu befördern. Es war ein rhetorischer Gedanke, denn Rob wusste, dass es immer Motive gab. Andererseits fiel es ihm schwer, Gründe bei seinem Vater zu finden, die ein Motiv ergaben. Aber besonders fiel ihm auf, wie wenig er seinen Vater kannte. Er fragte sich, wer der Mann war, den er seinen Vater nannte. Er kannte ihn, weil er einen Teil seines Lebens mit ihm verbracht hatte. Rob konnte sich nicht erinnern, ob sein Vater je mit ihm gespielt hatte. Die persönliche Geschichte seines Vaters, seine Biografie, hatte bis jetzt keine Bedeutung für ihn gehabt. Sein Vater hatte nie über sein Leben geredet. Er wusste so gut wie nichts über ihn. Als Junge hatte Rob mehr Angst als Neugier gehabt, das konnte er noch heute fühlen. Soweit er sich erinnern konnte, hatte Rob seinen Vater nie etwas gefragt.

Rob hielt die Hände fest am Steuer und trat auf das Gaspedal. Er starrte auf die graue Fahrbahn, hinter der sich ein ebenso grauer Himmel abzeichnete. Wut machte sich in ihm breit. Er fühlte sich nicht nur seiner Jugend sondern auch seiner Kindheit beraubt. *Hat der Mörder seinen Aktionsradius erweitert, oder ist es nur ein Trittbrettfahrer? Ist es ein Irrer, der einfach wahllos zuschlägt, oder stehen seine Taten in einem größeren Zusammenhang? Eigentlich spricht nur das Stückchen Nylon eine gemeinsame Sprache, oder es ist erst der Anfang von Gemeinsamkeiten. Man muss alles denken, sonst kommt man dem Täter nicht näher,* dachte Hansen und parkte sein Auto vor dem Haus seiner Schwester. Er holte eine kleine Reisetasche für die Nacht und die zwei Kartons der Mutter für Marga aus dem Kofferraum.

***

Es hatte sie den ganzen Tag nicht mehr in Ruhe gelassen. Obwohl sie schon zuhause war und eigentlich ihre Wahlmutter Waltraud besuchen wollte, hatte er sich immer wieder in ihre Gedanken gemischt. Sie zog sich ihre Ledermontur an und wählte Waltrauds Nummer.

„Hallo, Waltraud. Ich muss dir leider absagen."

„Warum, meine Liebe? Geht es dir nicht gut?"

„Doch, mir geht's gut, mach dir keine Sorgen, alles paletti."

„Livi, du stellst mir doch nichts an, oder? Seit der Sache am Samstag habe ich ehrlich gesagt ein bisschen Angst um dich."

„Waltraud, bitte! Ich bin dir dankbar dafür, das weißt du, aber es wird schon werden, bestimmt. Aber heute muss ich einfach etwas anderes klären."

„Mit Rose?"

„Nein."

„Läuft es mit euch beiden?"

„Sie ist eine tolle Frau, und für mich ist das alles neu. Ich weiß nicht, wo mir der Kopf steht."

„Willst du nicht doch lieber kommen, und wir reden darüber."

„Heute nicht. Ich habe etwas anderes zu erledigen."

„Ich höre schon, du wirst es mir nicht sagen. Mach keine Dummheiten! Ich liebe dich."

„Danke, ich dich auch. Bis dann."

Liviana griff nach ihrem Helm und verließ die Wohnung. Ihre Gilera Saturno hatte sie im Hof geparkt. Liviana überlegte, warum sie Waltraud nicht erzählt hatte, was sie vorhatte. Irgendwie erschien ihr der Zeitpunkt dafür nicht richtig, aber eine wirkliche Begründung fand sie für ihr Verhalten nicht. Etwas hatte sich geändert nach dem Zusammenstoß mit den Skinheads. Und es hatte Auswirkungen, die auch Waltraud betreffen. Nur erklären konnte sie sich das nicht. Waltraud hatte sie in dieser Nacht vor größerem Schaden bewahrt, und sie hatte ein Ohr und Zeit für sie gehabt. Vielleicht war es genau das, was es langsam schwer machte. *Ich habe eigentlich immer von ihr profitiert. Wann habe ich ihr eigentlich mal etwas zurückgegeben? Sie hat mir immer geholfen. Wann werde ich mal erwachsen genug, um meinen Kram allein zu regeln? Brauche ich immer jemanden, der mein Leben ordnet? Ich habe nie etwas gegeben, nie geholfen. Sie hat nie meine Hilfe benötigt. Ich halte einfach nur die Hand auf. Das ist überhaupt kein bisschen gerecht,* dachte sie und bog auf den Parkplatz des Präsidiums in Kalk ein.

Im Büro fuhr sie ihren Rechner hoch und loggte sich in die Datenbank POLAS ein. Sie gab den Namen Frederik van Olson ein. Es gab keinen Eintrag zu diesem Namen. Sie loggte sich aus und öffnete das Melderegister. Dort fand sie einen Eintrag. *Fre-*

derik van Olson, geboren 18.03.1967 in Köln. Staatsangehörigkeit deutsch, ledig.

Als sie las, dass er mit Zweitwohnsitz in der Schenkendorfstraße gemeldet war, wurde sie stutzig.

Erstwohnsitz in Den Haag? Das ist ja nicht gerade ein Stadtteil von Köln, mein Freund! In Köln geboren und nach Den Haag übergesiedelt und mit Zweitwohnsitz wieder in Köln gelandet? Was bist du für ein Ganove? Da stellt sich doch sofort die Frage: Warum? Wohnst du noch bei Mama in Holland, oder was?"

Liviana schaute auf die Uhr. Es war 17:41 Uhr, das Standesamt hatte bis 18:00 Uhr geöffnet. Sie wollte mehr über ihn herausfinden, und das fing wohl bei den Eltern an. Sie griff zum Telefon und wählte die Nummer von Marie Wispert. Marie Wispert war eine frühere Schulkameradin gewesen, die jetzt Sachbearbeiterin auf dem Standesamt war und sich zudem unkompliziert auskunftsfreudig gab. Nach dem kleinem Vorgeplänkel, wie es so geht und Livianas mündlicher Versicherung, dass eine offizielle Anfrage der Kripo per Fax unterwegs sei, erhielt sie vorab das, was sie wissen wollte.

„Jan van Olson ist am 18.04.1945 in Middelburg geboren. Aber ich sehe gerade, der ist schon am 07.11.1983 gestorben. Ist nicht alt geworden, der Gute."

„Keine 40 Jahre. Woran ist der wohl gestorben?"

„38 Jahre, um genau zu sein. Glaubst du, wir würden hier auch noch die Todesursache aufnehmen? Das interessiert uns doch gar nicht, hier vom Standesamt."

„Nein, ist klar. Das war mehr eine Frage an mich selbst. Und die Mutter?"

„Edith van Olson, geborene Jäger. 23.10.1947 geboren, Köln. Ist auch schon gestorben. 24.07.1984.

„Ein Jahr später als ihr Mann. Was war da los?"

„Tja, aber sie wurde nur 37 Jahre alt. Ansonsten haben die am 22.11.1966 geheiratet."

„Ach, da hatte Edith ja schon einen dicken Bauch."

„Richtig, vier Monate später kommt der Bub. Liviana, willst du nicht noch mal mit zum Bowling gehen?"

„Geht ihr noch regelmäßig?"

„Nein, aber so drei bis vier Mal im Jahr."

„Wenn ich mal mehr Zeit habe. Im Augenblick geht gar nichts. Grüß deinen Mann."

„Aber du weißt schon, dass der beim letzten Mal auf dich abgefahren ist, oder?"

„Keine Gefahr, Marie."

„So? Wie heißt denn der Glückliche?"

„Erzähl ich dir ein andermal in Ruhe. Jetzt hab ich es eilig. Danke dir, mach's gut und Tschö."

„Dito."

Liviana fuhr den Rechner runter und zog sich ihre Lederjacke an. Als sie das Präsidium verließ, schwitzte sie bereits in ihrer Motorradkluft. Kein Lüftchen regte sich. Der Abend war wolkenlos, und eigentlich wollte sie lieber ein Bier trinken. Stattdessen setzte sie sich ihren Helm auf und schwang sich auf ihre Gilera. Sie startete den Motor und war in drei Minuten auf der Zoobrücke. Sie brauchte weitere vier Minuten, um in der Schenkendorfstraße anzukommen. Eine reine Wohngegend mit Mehrfamilienhäusern. Liviana stand vor der Haustür und sah zweimal vier Klingelschilder. In der ersten Reihe oben las sie F.v. Olson. Sie fragte sich, was er für dunkle Beweggründe hatte, die ihn dazu bewogen, sich als Geschäftsführer auszugeben und dann in so einer schlichten Gegend zu wohnen. Sie klingelte. Als sie zum dritten Klingeln ansetzte, öffnete sich die Haustür, und ein junges Pärchen kam heraus.

„Ach, entschuldigen Sie, können Sie mir vielleicht sagen, ob der Herr im oberen Stock da ist? Ich bin mit ihm verabredet."

„Wen meinen Sie denn? Es gibt hier zwei Herren", antwortete die Frau.

„Frederik van Olson." Liviana zeigte auf die Klingel.

„Ach der. Ja, der wohnt genau über uns. Aber den haben wir schon ewig nicht mehr gesehen, oder Stefan?"

„Kann mir gar nicht vorstellen, dass der noch hier wohnt."
„Ich glaube, Anfang April war der mal kurz da", ergänzte die Frau.
„Oh? Das ist jetzt aber dumm. Wissen Sie, ich bin eine Schulkameradin, und wir haben uns übers Internet wieder gefunden. Aber wenn der solange nicht mehr da war, muss doch sein Briefkasten überlaufen, oder? Ich mein…" Das Pärchen schaute sich und anschließend Liviana irritiert an.

„Ich meine mal so ganz praktisch gedacht", versuchte sie die Verwunderung des Pärchens zu entkräften. Der junge Mann öffnete die Tür und zeigte auf die Briefkästen an der Wand.

„Der sieht immer gleich aus. Da landet noch nicht mal Werbung. Steht ja auch fett drauf: Keine Reklame einwerfen. Sie können es ja oben an seiner Wohnungstür probieren."

„Danke, das ist sehr nett von Ihnen. Ich bin nämlich extra von Osnabrück angereist. Wäre blöd, wenn ich ihn jetzt nicht treffe."

„Wenn das mal gut geht! Sie können ja warten, aber ehrlich gesagt, ich glaube, da sitzen Sie morgen früh noch vor der Tür. Vielleicht sollten Sie …"

„Danke schön. Ich werde mal kurz oben probieren, und sonst muss ich ihn noch mal irgendwie anrufen. Hab mein Handy zuhause liegen lassen. Scheint irgendwie nicht mein Tag zu sein."

„Wir wollen dann mal. Viel Erfolg noch."

„Danke, und Ihnen einen schönen Abend." Liviana ging die Treppen hoch. Sie ölte aus allen Poren. Nachdem sie zweimal geklingelt hatte, inspizierte sie das Schloss. Es war ein Sicherheitsschloss einer Schließanlage. Also ein Schlüssel für Haustür und Wohnung. Zu kompliziert für ihre bescheidenen Fähigkeiten mit dem Dietrich zu hantieren. Inzwischen war ihr in ihrem Lederanzug so heiß, dass sie lieber alle weiteren Bemühungen gegen eine Dusche tauschen wollte. Als sie auf ihrem Motorrad saß, holte sie ihr Handy hervor und wählte.

„Hallo, meine Süße, meinst du, wir können uns irgendwie treffen?"

„Hey, Livi. Am liebsten sofort, aber meine Jüngste hat die Sommergrippe. Die liegt im Bett und fiebert."

„Und wenn ich vorbeikomme?"

„Mein Mann läuft hier irgendwo rum, das geht gar nicht."

„Kann der nicht auf die Kinder aufpassen?"

„Wenn sie gesund wären, ja. Aber so krank überlasse ich ihm Amanda ungern. Es geht heute nicht. Schade!"

„Ja. Sag mal, hast du die Telefonnummer von diesem Frederik van Olson?"

„Ich weiß nicht. Kann sein, dass der mir mal seine Nummer gegeben hat. Ich hab den noch nie angerufen. Warum willst du den anrufen?"

„Ich will nur die Nummer."

„Ich habe hier eine Handynummer in meinem Handy. Was willst du denn mit seiner Nummer, wenn du nicht anrufen willst?"

„Sehen, wen er alles so anruft. Das bleibt aber unter uns, Rose. Ist nämlich Ermittlungsarbeit. Bist du etwa eifersüchtig?"

„Noch nicht. Soll ich das werden?"

„Wegen diesem *van Leckmich*?"

„So schlimm ist er nun auch wieder nicht. Hab dir die Nummer gerade gesimst. Außerdem sieht er auch ganz nett aus."

„Erstens müsste der sich den Unterkiefer kürzer sägen lassen und zweitens würde ich den noch nicht mal meinen Keller mit der Zahnbürste fegen lassen."

„Livi! So was sagt man nicht!"

„Aber ich könnte mal deine Hilfe in dieser Angelegenheit gebrauchen."

„Jetzt bin ich aber mal gespannt."

„Ich habe seine Wohnung gefunden. Er wohnt in Nippes in einem Mehrfamilienhaus. Nichts Besonderes für einen Aufschneider von Geschäftsführer. Die Nachbarn haben ihn seit Ewigkeiten dort nicht mehr gesehen. Also, so komme ich nicht an ihn heran, und für eine Vorladung reichen die Ergebnisse nicht aus. Ich müsste ihn einfach mal zufällig erwischen. Sozusagen absichtlich zufällig, wenn du verstehst, was ich meine."

„Nein, ich verstehe gar nicht, was du willst. Ich liebe deine Direktheit, aber im Augenblick verwirrst du mich."

„Also, dann mal direkt. Ich würde gern, dass du ein Treffen mit ihm arrangierst, wo ich dabei bin. Er weiß doch noch nicht, dass ich ein Bulle bin, oder?"

„Wenn du ihm das nicht gesagt hast, ich habe noch keinen Grund gehabt, ihm das zu sagen. Aber das gefällt mir gar nicht. Soll ich ihn in eine Falle locken, damit du ihn vor meinen Augen verhören kannst, so in etwa?"

„Ich will nur mit ihm reden. Wir machen einfach einen Abend zu dritt und reden mit ihm, mehr nicht."

„Mehr nicht? Da habe ich ja schon Erfahrung sammeln dürfen, was bei dir *mehr nicht* heißen kann."

„Süße, wirklich. Ich habe nichts gegen ihn in der Hand, außer Merkwürdigkeiten. Die sind aber nicht strafbar. Wusstest du, dass er seinen Hauptwohnsitz in Den Haag hat?"

„Nein, wusste ich nicht."

„Hier in Nippes hat er nur seinen zweiten Wohnsitz. Aber er ist in Köln geboren. Schon merkwürdig, oder?"

„Ja, umgekehrt könnte ich es eher verstehen."

„Machst du es? Arrangierst du ein Treffen?"

„Oh, meine Kleine jammert. Ich muss Schluss machen."

„Ja oder Nein?"

„Ja, ich ruf dich nachher noch mal an."

„Okay, tu das. Bis dahin." Liviana drückte die Austaste, und ihre Stimmung sank plötzlich in den Keller. Sie fühlte sich allein. Sie wäre gern bei Rose gewesen. Allein ihre Stimme hatte sie beflügelt. Sie wäre gern mal mit ihr und den Kindern spazierengegangen. Die Kinder hatten sie auf der Geburtstagsfeier sehr angerührt. Sie waren mit ihren langen blonden Haaren wie zwei Engel durch die Menge gezogen.

„Bullshit, ich will auch Kinder!", fluchte sie und fuhr los. Sie gab Gas in Richtung Ehrenfeld. Als sie die A57 erreichte, holte sie aus ihrer Gilera Saturno alles raus, was in ihr steckte. Der Rausch konkurrierte mit dem Gegenwind. Sie konnte kaum noch ihre Hände am Gas halten. Sie prüfte, ob sie sich am Anschlag des Gashahns befand. Autos hupten. Sie schnitt in gefährlichen Überholmanövern brave Bürger, die sich an die Vorschriften hielten. Sie suchte die Mauer, gegen die sie mit Vollgas fahren konnte. Sie fand eine Baustelle und einen VW-Transit vor ihr, dessen Bremslichter aufleuchteten. Ein LKW zu ihrer Rechten blinkte links und scherte auf ihre Spur. Ihre Maschine strauchelte. Sie steuerte auf den VW-Transit zu, der ihr plötzlich wie eine Mauer vorkam und näherte sich der Leitplanke, zu der sie der LKW trieb. Dann drehte sie den Gashahn bis zum Anschlag auf, um die tödliche Lücke zwischen Transit und LKW zu durchstoßen.

Donnerstag, 24. August

Köln, 10:02 Uhr

Er hatte sich drei Kliniken ausgesucht. Berlin, Dortmund, Düsseldorf. Köln kam schon aufgrund seines Lebensschwerpunktes nicht für eine Laserbehandlung in Frage. Die Behandlung sollte im Winter stattfinden. Im Frühling wollte er wieder kurzärmelige T-Shirts tragen. Bis dahin sollte seine angegriffene Haut genug Zeit bekommen haben, sich zu regenerieren. Er wusste, dass die Prozedur länger dauerte. Häufig war es keine so einfache Behandlung, die mit Laser durchgeführt werden konnte. Gerade Grün und Gelb waren Farben, die bei dem Laserverfahren besonders schwierig zu beseitigen waren. Daneben zählte aber auch die Art und Tiefe des Pigmenteintrags. *Egal wie ...,* dachte Frederik van Olson, *... das Ding muss absolut sauber runter,* *und wenn es eine Hauttransplantation kostet.* Eigentlich zog er eine Laserbehandlung in den USA vor, da dort nach seinen Recherchen wesentlich bessere Ergebnisse zu erwarten waren als in Deutschland. Andererseits mochte er die Amerikaner generell nicht, obwohl er noch nie dort gewesen war.

Er strich über seinen 31 Kilogramm schweren Bergkristall, den er neben der Dachterrassentür stehen hatte. Die zweiflügelige Tür gab den Blick über Köln frei und zeigte links neben dem Kölner Dom, den Colonius-Fernsehturm. Frederik van Olson ging in die Küche seiner großzügig geschnittenen Penthouse-Wohnung. Er goss sich einen grünen Tee auf, wartete knappe drei Minuten und siebte den Tee in eine Kanne. Mit einer gefüllten Trinkschale schritt er zurück zu seinem Bergkristall und sah gedankenverloren durch die Glastür. Er stellte seine Teeschale vorübergehend neben einer angebrochenen Schachtel Zigaretten auf dem nahestehenden Mahagonisekretär ab, angelte sich eine Zigarette, zündete sie an und trat rauchend auf die Dachterrasse.

Die Geburtstagsfeier von Rose lag inzwischen fast eine Woche zurück, und Frederik van Olson überlegte wieder einmal, was er dort gesehen hatte. Heftig zog er an seiner Zigarette. Rose erinnerte ihn immer ein bisschen an Julia Roberts. Die Schauspielerin faszinierte ihn, aber Rose war im Gegensatz zu dem Superstar für ihn erreichbar. Er stellte sich Rose oft in seiner Wohnung vor, wie sie mit einem weißen Kleid und barfuß herumlief. Zuerst würde er sie zum Essen ausführen. *Vielleicht französisch? Le Moissonier? Vintage? La Société, klein, fein, intim? Wasserturm – La Vision, luxuriös. Nein, wenn, dann die ganz große Nummer. Vendôme. Lerbach. Besser geht's nicht. Einer Julia angemessen.* Später würden sie in seine Wohnung zurückkehren und bei einem guten Glas Rotwein den Abend ausklingen lassen. Rose würde sich auf sein Wasserbett setzen und ihn verführerisch anschauen. Er würde sich vor sie knien und ihr ganz langsam die high heels ausziehen. Sie würde ihm den Kopf streicheln und liebevolle Worte flüstern. Er würde seinen Kopf in ihren Schoß legen und ihren Geruch in sich aufsaugen. Sie würde seufzen und leicht ihre Schenkel öffnen. In ihrem Schoß würde er alles vergessen. Er würde ganz in ihrem Geruch und dem Streicheln ihrer Hände aufgehen.

Plötzlich sah er diese neue Freundin von Rose wieder vor sich. Eine unverschämt gut aussehende Frau in ihrem roten Kleid und den schwarzen langen Haaren, die Rose etwas in die Hand gelegt hatte. Rose hatte sie daraufhin geküsst. *Wie peinlich berührt die Damen reagierten, als der alte Herr die Terrasse betreten hatte.*

„Mit deinem Mann nehme ich es allemal auf. Aber was soll das mit dieser Schlampe, Rose?", fragte er laut vor sich hin, tat einen kräftigen Zug und steckte die Zigarette dann in den Topf eines Geldbaumes, den er auf einem hölzernen Blumenhocker an der geschützten Außenwandseite der Dachterrasse platziert hatte. Er goss sich eine neue Schale grünen Tee ein und stellte sich an seinen Bergkristall. Versonnen fuhr er sich mit der Hand über den tätowierten Oberarm und führte mit der anderen die Teeschale zu seinem Mund.

„Was soll das mit dieser Hexe, Rose?"

Köln, 10:46 Uhr

Rob beobachtete in dem Schaufenster der Videothek einen jungen Mann und aß sein Fischbrötchen. Er hatte kurzgeschnittenes dunkles Haar und redete mit einer Frau.

Lass sie in Ruhe. Sie hat deine Telefonnummer. Wenn sie dich wiedersehen will, ruft sie an. Gib ihr Zeit, klangen Livianas Worte in seinen Ohren. Rob hasste den Mann in der Videothek allein schon dafür, dass er, anstatt Stefanie, heute im Laden stand. Ihm kam die Idee, ihre Adresse dort zu erfragen, und so ging er zielstrebig in die Videothek. Er verweilte an dem Regal mit den Kindervideos, um Zeit zu gewinnen.

„Kann ich Ihnen helfen?", fragte die Bedienung hinter der Theke.

„Ich sehe mich noch um", gab Rob zur Antwort, und seine Blicke wanderten zwischen Videoregal und Theke hin und her. Der junge Mann räumte einige Videos und DVDs in ein Regal. Zeitweilig verschwand er in einen Hinterraum neben der Theke. Hauptkommissar Hansen warf einen Blick in den Raum, als die Tür mit der Aufschrift *privat* weit offen stand. Es war eher eine Rumpelkammer mit kleiner Küchenzeile und einer weiteren Tür, auf der WC stand. Rob ging an die Theke, von der aus er einen anderen Ausschnitt des Raumes inspizieren konnte. Neben einer Aluminiumleiter stand ein verschlossenes Paket mit einem roten Klebeband. Er zog die Augenbrauen hoch, und im selben Moment betrat der junge Mann wieder den Raum.

„Sind Sie fündig geworden?"

„Leider nein. Sagen Sie, hier arbeitet doch Frau Tannenberg. Wann kommt sie denn das nächste Mal wieder?"

„Stefanie? Das kann ich Ihnen nicht sagen."

„Hansen, mein Name. Ich bin ein alter Freund von ihr und möchte ihr etwas geben, ich sollte es ihr kurz reinreichen. Ich komme nicht so häufig nach Köln, verstehen Sie? Wann wird sie wohl das nächste Mal wieder hier sein?"

„Oh, das tut mir leid, aber Stefanie arbeitet nicht mehr hier …"

„Nicht mehr? Das hat sie mir gar nicht gesagt. Seit wann arbeitet sie denn nicht mehr hier?", fragte Rob und sah eine weitere Möglichkeit schwinden.

„Anfang der Woche. Sehr kurzfristig hat sie sich entschieden."

„Schade, könnten Sie mir eventuell ihre aktuelle Adresse in Köln geben, ich habe sie verlegt. Dann bringe ich es ihr schnell vorbei. Wie gesagt, ich bin nur auf einem Sprung in Köln."

Der Mann schaute Rob grinsend an.

„Sie können es ja hier abgeben. Ich werde meinen Chef fragen, ob er es Stefanie zuschickt. Das macht der bestimmt."

Dann bückte er sich und kramte einen Stapel CDs hinter der Theke hervor, die er in die Rumpelkammer trug. Rob wartete, bis der Mann erneut erschien. Das aalglatte Verhalten des Verkäufers regte den Polizisten auf. Er schaute auf das Thekenschild. *Hier bedient Sie Herr Matthias Brandt.*

„Kann ich sonst noch was für Sie tun?", fragte Herr Brandt, als er wieder auftauchte.

„Ja! Sie werden jetzt ganz einfach in ihren Unterlagen schauen, wo Frau Stefanie Tannenberg wohnt oder mir eine Telefonnummer geben, bevor ich unangenehm werden muss, verstanden?" Rob wusste, dass er zu weit gegangen war. *Aber lieber so, als mir noch eine Sekunde lang diese Schleimbacke anzuhören,* dachte er und zog seinen Dienstausweis hervor.

„Ich bin beeindruckt ...", argwöhnte sein Gegenüber. „... und wie soll ich das machen? Personalangelegenheiten sind reine Chefsache. Ich werde ihn anrufen, dann können Sie das mit ihm klären." Er nahm das schnurlose Telefon und drückte eine Taste. Rob riss ihm das Telefon aus der Hand und drückte die rote Taste. Noch bevor sich der junge Herr Brandt echauffieren konnte, befahl Rob ihm, den Mund zu halten.

„Polizeieinsatz. Gefahr im Verzug. Sie werden ab jetzt nur noch meinen Anweisungen folgen. Haben Sie mich verstanden?" Er schaute streng in das verschreckte Gesicht der Bedienung.

„Ich muss aber den Chef informieren, Herr ..."

„Sie müssen tun, was ich Ihnen sage. Als erstes schließen Sie den Laden und geben mir Ihr Handy."

„Bitte?"

„Stehen Sie auf der Leitung? Laden schließen, Handy her!" Herr Brandt holte den Schlüssel hinter der Theke hervor und ging zur Tür. Rob hielt ihn am Arm fest.

„Ihr Handy."

„Ich habe kein Handy."

„Geben Sie mir den Schlüssel, und stellen Sie sich vor die Theke, damit ich Sie sehen kann."

„Sie sind gar kein Bulle, nicht? Sie wollen Geld? Bedienen Sie sich. Ich werde nichts tun."

„Ich bin Hauptkommissar Hansen", antwortete Rob und schloss die Videothek ab. Als er sich umdrehte, sah er den Mann in der Rumpelkammer verschwinden. Rob stürmte hinterher und trat mit seinem Schuh gegen die Tür, die krachend aufsprang. Der Mann hantierte mit einem Handy und starrte ihn mit weit aufgerissenen Augen an. Rob sprang auf ihn zu und hieb ihm das Handy aus der Hand. Dann packte er ihn am Hals und drückte ihn gegen die Aluleiter.

„Sie machen jetzt nur noch, was ich Ihnen sage! Wie begriffsstutzig sind Sie eigentlich?!", schnauzte er ihn an und drückte gleichzeitig fester zu.

„Wir werden jetzt in aller Ruhe hier aus der Kammer gehen, verstanden?" Herr Brandt nickte verängstigt, soweit Robs Klammergriff es zuließ. Er bugsierte ihn zurück in den Laden. Ein Mann stand vor der verschlossenen Eingangstür. Rob zog Herrn Brandt an das Regal mit den Kindervideos, legte ihm Handschellen um das rechte Handgelenk und befestigte die andere Seite an dem Regal. Dann schloss er die Ladentür auf.

„Tut mir leid, wir haben heute geschlossen. Inventur, wenn Sie verstehen."

„Ehm, kann isch net grad noch en Vidio …?"

„Leider nein." Dann verschloss Rob die Tür und schaute Herrn Brandt an.

„Dürfen Sie das eigentlich?"

„Wie gesagt, Gefahr im Verzug, Herr Brandt. Lassen Sie das mal meine Sorge sein."

„Was ist denn hier so gefährlich? Ich mache doch nichts, und wir sind doch nur ein Videoladen. Sie werden hier die Adresse von Stefanie nicht finden. Alle Personalia erledigt Herbert außerhalb."

Rob ging in die Rumpelkammer und schob den Karton mit dem roten Band in die Videothek.

„Das dürfen Sie nicht. Das Paket ist nicht für uns. Das ist ein Durchlaufposten, der ungeöffnet weitergeleitet wird."

„Wissen Sie, was darin ist?", fragte Rob und wurde erneut belehrt, dass Herr Brandt das Paket nicht öffnen durfte. *Wenn es sich bei diesem Paket um einen Karton Gummibärchen handelt, habe ich gleich ein echtes Problem,* dachte Rob und riss den Karton auf. Videos, DVDs und CDs lagen darin und Herr Brandt wandte ein, dass er seinen Job loswerde, wenn sein Chef das hier mitkriegen würde. Matthias Brandt bestand darauf, dass Rob seinen Chef anrufen solle. Rob nahm einige handbeschriftete CDs heraus.

„Sind das etwa alles Rohlinge?", rief er in den Raum. *Da hast du dich in was reingeritten!* dachte er und suchte nach einer Lösung für sein unakzeptables Vorgehen. Er fragte Brandt nach einem DVD-Player.

„Hören Sie, ich bin meinen Job los, aber das scheint Sie ja gar nicht zu interessieren", antwortete dieser auf die Frage, und Hansen tat es mit der Bemerkung *ich auch,* ab. Es gab ein Abspielgerät, das in einem kleinen Wandschrank gleich neben der Theke eingelassen war. Rob löste die Handschellen und befahl Herrn Brandt, keine unnötigen Probleme zu machen. Der Bildschirm war klein, aber Rob wollte hier kein Kinovergnügen erleben. Er ließ den jungen Mann eine DVD einlegen. Es dauerte nicht lang, da zeigten sich die ersten Bilder. Ein weiterer Mann klopfte an die Eingangstür, und das Telefon klingelte. Brandt wurde nervös und bewegte sich Richtung Telefon.

„Lass das Telefon in Ruhe! Ich erledige die Tür", kommandierte Rob knapp. Als er den Einwand von Herrn Brandt zur Kenntnis nahm, gestattete er das Telefonat mit dem Hinweis, kein falsches Wort zu sagen.

„Hallo, Herbert ... nein, alles ruhig", hörte Rob ihn sagen, während er selbst den türkischen Mitbürger an der Tür abwimmelte. Dann eilte er an die Theke zurück.

„Ich wollte jetzt noch die letzten fünf Positionen austauschen ... Ja sicher, ist liegen geblieben, weil Stefanie so schnell weg ist. ... Och! Hat sie nicht gesagt? Ist ja nicht gerade ihre Art, oder? ... Ja, mach ich. Kundschaft, Chef. Wenn sonst nichts mehr ist,

... Okay, Pfüati, Herbert." Er drückte die Austaste und schaute zuerst zum Hauptkommissar und dann auf das Video.

„Was ist das denn?!", rief er plötzlich empört aus." Herr Brandt wollte den Player ausstellen, als Rob ihn barsch ermahnte, das Gerät angeschaltet zu lassen.

„Scheiße, damit verdient dein Chef das richtige Geld, oder glaubst du, dass dieser öde Laden hier so viel abwirft, dass man sich dafür einen einzigen Angestellten leisten kann?" Dann forderte Rob auf, eine weitere DVD einzulegen. Rob hatte genug gesehen.

„Ich werde jetzt die Sitte holen, und die räumen hier richtig auf. Wenn Du hier mit dem Schlamassel nichts zu tun hast, geht das gut für dich aus. Wenn doch, bewahre Gott ..." Rob zog sein Handy hervor und wählte Heinrich Kaulachs Nummer.

„Hallo Heinrich, Rob hier. ... Dem Goldfisch geht es gut. ... Videothek Merowinger Straße, sagt dir das was? ... Sollte es aber. Kinderpornografie. Rück mit deiner Mannschaft an. ... Ja, jetzt gleich. Wie lang braucht ihr? ... Das ist zu schnell. Gebt mir ein bisschen Zeit, und ich liefere dir den Haifisch dazu ... Okay."

Als er das Gespräch beendet hatte und die Sitte unterwegs wusste, fragte er Matthias Brandt, wo der Chef wohne. Herr Brandt wusste nicht, wo der Chef wohnte, meinte aber, es könne nicht so weit weg sein, weil er schon einmal recht schnell hier gewesen sei, als er ihn brauchte.

„Okay, du wirst ihn jetzt anrufen und ihm irgendetwas von diesem Paket erzählen."

„Was mach ich?!" Rob sah, dass der junge Mann am ganzen Körper zitterte.

„Also, Herr Brandt. Sie haben das ja bis hierher sehr gut gemacht. Jetzt werden Sie nur noch eine Sache machen. Sie rufen Ihren Chef an und erzählen ihm eine Geschichte von diesem Paket hier!"

„Herr Hauptkommissar, das wird er gar nicht gut finden und sofort hier auf der Matte stehen."

„Genau das soll er auch, mein Junge." Brandt fiel die Kinnlade runter, und seine Hände fuchtelten zittrig an sich selbst herum. Hansen instruierte Herrn Brandt und versuchte ihn mit den Worten *wird schon schief gehen*, zu beruhigen.

„Ich verstehe, aber ich glaube, ich kann das nicht, Herr …"

„Los jetzt, wir dürfen keine Zeit verlieren! …" brüllte Hansen den jungen Mann an, „… und stellen Sie das Telefon auf laut." Brandt zitterte noch immer, tat aber dann doch, was ihm befohlen wurde.

„Hallo, Herbert. Hier ist noch mal Matthias. Chef, mir ist da ein kleines Malheur passiert."

„Ich höre."

„Mir ist das Outdoorpaket hingefallen. Der ganze Karton liegt aufgerissen im Laden. Ein paar DVDs scheint es auch erwischt zu haben, fürchte ich."

„Was? Ich habe dir doch gesagt, das Outdoorpaket ist tabu! Wie kommst du dazu …"

„Soll ich ein paar DVDs testen, ob man sie noch abspielen kann?", fragte Herr Brandt und nickte Rob zu. Die Frage tat die gewünschte Wirkung.

„Herr Brandt, Sie verschwinden jetzt besser drüben in die Metzgerei und warten dort, bis hier alles vorüber ist, klar?!"

„Muss das sein? Ich bin Vegetarier."

„Erklären Sie das der Metzgerei. Sie warten dort, verstanden! Wir werden Fragen haben, wenn wir hier fertig sind. Raus jetzt! Und kein Wort zu niemandem."

Matthias Brandt flüchtete aus der Videothek und hastete genauso schnell in die Metzgerei.

Ein schwarzes Audi-Cabrio bog in die Maria-Hilf-Straße und parkte verkehrswidrig direkt vor der Videothek. Ein schmalbrüstiger Mann in schwarzen Hosen und ebenso schwarzem T-Shirt stieg schwungvoll aus dem Wagen und eilte zielstrebig auf den Eingang der Videothek zu.

***

„Vielleicht mal etwas Urbanes? Ich zeig Ihnen da mal was. Dieser Duft besticht durch einen reinen, klaren Akkord. Eine ungewöhnliche metallische Note." Sie besprühte einen Duftstreifen.

„Wenn Sie mal bitte riechen wollen? Ich denke dann immer an männliche Körper, glänzend wie Stahl. Oder an Großstadtabenteuer. Es geht um den Flair, mit dem Sie sich umgeben, es kann nicht jeder Duft ein Duft für Sie sein. Voraussetzung ist schon, dass Sie ihn mögen." Dabei lächelte Stefanie Tannenberg den Mann an, der ihr mit seinem Scheitel bis zum Kinn reichte. Ein zierlicher Mann mit Glatze und dazu Raucher, dessen Geruch ihr in der Nase biss.

„Meinen Sie wirklich? Es riecht ... irgendwie ... streng."

„Finden Sie? Dann pirschen wir uns langsam an Ihren Geruchssinn heran. Der Duft sollte ja nicht nur Ihrer Frau gefallen, sondern auch Ihnen, wenn Sie ihn schon an sich tragen, nicht wahr? Stefanie reichte ihm ein weiteres Duftstäbchen von Jean Paul Gaultier, Le Male.

„Eine einzigartige Note. Ein Duft für den modernen Mann. Ein bisschen eigenwillig, holzig-würzig, mit Lavendel."

„Und da ist Lavendel drin? Man riecht das ja gar nicht so direkt raus, oder?"

Stefanie erkannte, dass dies eine Aufgabe wurde, bei der sie mit einigen Schalen Kaffeebohnen arbeiten und ein neues Päckchen Duftstreifen aufreißen musste. *Am Ende reibt er sich mit 4711 ein und sagt, dass er noch überlegen muss oder mit seiner Frau wiederkommen will.*

„Nur ein Hauch Lavendel, damit es nicht aufdringlich wirkt. Zu drastische Düfte mögen die Frauen auch nicht. Ein bisschen Lavendel erinnert an die Provence, zu viel Lavendel an Weichspüler. Sie gehen gern aus? Konzerte? Theater? Zum Tanzen?"

„Meine Frau ist da die treibende Kraft."

„Schön, das hört man öfter. Hier habe ich auch noch etwas Schönes. Sie griff nach dem Tester von Cerruti 1881, pour Homme.

„Ein unwiderstehlicher Duft mit einer maskulinen Ausstrahlung. Sehr klassisch-traditionell. Für kleinere und größere Anlässe. Wenn Sie mal riechen möchten. Aber vielleicht schnuppern Sie erst mal an den Kaffeebohnen hier, sonst riechen Sie gleich gar nichts mehr ..." Sie reichte ihm ein Schälchen mit den Bohnen, worüber er sich erfreulich äußerte. Sie beäugte verstohlen den Anzug des zierlichen Mannes und fand, dass der fast das Alter seiner Frisur erreicht hatte. *Diesen Mann muss man vom Grundriss her ganz neu aufbauen, sonst zerbricht jeder Duft an Aussehen und Tabakgestank. Der arme Kerl kann doch kein Bvlgari pour Homme von dem Gestank einer frisch geteerten Straßendecke unterscheiden.*

„... also, um ehrlich zu sein, ich weiß nicht so recht ..."

„Hier habe ich etwas, das könnte Sie faszinieren. Bitte überzeugen Sie sich." Sie besprühte ein neues Duftstäbchen.

„Hugo Boss, Bottled. Selbstbewusst, sinnlich und gefühlvoll. Ein Duft, der ehrlich ist und Erfolg mal etwas anders definiert als über Muskelpakete. Und Sie möchten doch auch das Klassische behalten, nicht wahr?"

„Ja sicher", antwortete der Mann folgsam.

„Diesen Duft können Sie zu jeder Gelegenheit auftragen und er ist zudem sparsam zu verwenden. Daran haben Sie nicht nur lange Freude, sondern Sie bleiben sich dabei auch treu, wenn Sie den Duft mögen." Während sie ihm das Stäbchen reichte, bestäubte sie ihren Handrücken und roch selbst daran. Der Geruch ließ die Erinnerung an die smaragdgrünen Augen von Rob aufsteigen. Seinen Kuss und ihre Hände auf seinen Wangen, sein Lachen, alles wurde wieder lebendig. Von der Heftigkeit ihrer Gefühle überrascht, zweifelte sie plötzlich an der Richtigkeit ihrer Reaktion. *Aber wie kann er nur hinter mir herschnüffeln. So lasse ich nicht mit mir umgehen. Andererseits, was hat er schon herausgefunden? Alte Kamellen, die ich ihm irgendwann schon selbst erzählt hätte. Aber die Sozialamtsnummer war richtig fies. Warum hat er nicht gleich gesagt, dass er ein Bulle ist? Und wie hätte ich darauf reagiert? Die Ohrfeige hat er jedenfalls verdient!* Plötzlich musste sie lachen.

„... und es ist sein Geruch", sagte sie vor sich hin.

„Entschuldigung? Wie meinen Sie?"
„Dieser Geruch. Nicht wahr? Er ist edel wie ein Smaragd, oder?"
„Ich glaube, Sie haben Recht, junge Frau. Sehr überzeugend, der Geruch."
„Ich habe mich auch sofort in ihn verliebt."
„Ich nehme dieses Parfüm, bitte."
„Sie haben wirklich eine gute Wahl getroffen", bestärkte Stefanie den Mann und ging mit der Ware zur Kasse. *Ich werde dich zur Rede stellen. Danach werden wir weitersehen.* Und mit diesem Gedanken gab sie dem Kunden sein Wechselgeld und das Täschchen mit dem Parfüm.

Mit einem Handzeichen bedeutete sie der Kollegin, dass sie kurz telefonieren wolle und stürzte aus der Parfümerie, bog links zum Ausgang des Hauptbahnhofs ab und zog auf dem Bahnhofsvorplatz bei strahlendem Sonnenschein ihr Handy hervor.

***

„Ich kann Ihnen leider nicht sagen, wo Ihr Mitarbeiter abgeblieben ist. Er hat mir gesagt, er würde sofort wiederkommen. Könnten Sie mir gegebenenfalls weiterhelfen? Ich suche ..."
„Die Videothek ist geschlossen. Verschwinden Sie!", antwortete der Mann entschlossen und nahm keine weitere Notiz von Hansen. Rob hörte, wie dieser Herbert vor sich hin fluchte und dabei zum zweiten Mal in die Kammer marschierte. Diesen Moment nutzte Rob, um die Eingangstür abzuschließen. Er wollte verhindern, dass ihm der Kerl entwischte, noch bevor die Einsatzwagen kamen. Außerdem wollte er nicht, dass unschuldige Menschen in dieser belebten Straße gefährdet wurden. Er erinnerte sich gerade daran, dass seine Waffe in der Schreibtischschublade in seinem Büro lag, als sein Handy klingelte. Rob zog es aus seiner Jeans, las *unbekannt* auf dem Display und drückte den Anruf weg.

„Sie sind ja immer noch hier. Haben Sie Tomaten auf den Ohren? Ich sagte ‚raus hier'!". Herbert stellte den offenen Karton auf die Theke. „Los jetzt!", rief er und drehte sich zu Rob um.

„Ich würde ja gern, aber Sie haben leider schon abgeschlossen", entgegnete Rob ruhig. Der Ladenbesitzer ging auf die Eingangstür zu und zog daran. Dann rüttelte er an der Tür und schaute Hansen verwirrt an.

„Irgendwas läuft hier verdammt schief", äußerte er und ging zurück in Richtung Theke. Dann drehte er sich um und stellte seinen rechten Schuh auf das Stehregal in der Mitte des Raumes und stützte einen Ellenbogen auf den Oberschenkel.

„Verdammt schief. Wissen Sie, ich habe nämlich meinen Schlüssel zuhause vergessen, weil ich es eilig hatte, und jetzt stehe ich hier mit Ihnen in der Videothek vor verschlossener Tür. Was würden Sie an meiner Stelle denken?", fragte Herbert in einem sehr ruhigen, aber dennoch bedrohlichen Ton. Wer sind Sie?!", fuhr er Rob an und zog seine Waffe aus dem Wadenholster. Dann sahen beide das Blaulicht des Martinshorns blinken.

„Hauptkommissar Hansen, Mordkommission", sagte er und fragte sich, ob der Anrufer vorhin Stefanie war. *Dann habe ich gerade meine einzige Chance versenkt.*

***

„... wenn er es so will, das kann er haben, bitte schön! Ich lasse mich doch nicht einfach aus der Leitung werfen!"

„Richtig so, meine Süße. Du bist zu schade für so einen Tölpel."

„Aber vielleicht war er auch in einem Einsatz und konnte nicht sprechen. Sieht man ja öfter im Fernsehen."

„Stefanie, das hier ist doch kein Fernsehen. Und außerdem, Bella, der ist doch krank, wenn er direkt in der Sünderdatei nachschaut und dir hinterher spioniert. Macht man so was, wenn man eine Frau kennenlernen will?" Stefanie gab ihrer Freundin Recht, nicht ohne zu bemerken, dass sie nach dem missratenen Rendezvous selbst spioniert hatte.

„Ich habe im Internet gegoogelt und einiges über ihn gefunden. Wusstest du, dass Rob früher bei der Dortmunder Polizei war?"

„Natürlich nicht", antwortete Mandy wahrheitsgemäß. Stefanie erzählte ihr von mehreren Zeitungsartikeln, die sie im Netz gefunden hatte. Es gab im Dortmunder Kurier vom 22. April 2002 einen Artikel, den sie ihr erzählen musste.

„Das ist wirklich ein Knaller. Es gab in Dortmund einen Großeinsatz, wo Rob einen Al Qaida Mann gefasst hat. Total krasses Foto. Da kommt Rob aus der Haustür eines Wohnblocks und hat diesen Al Qaida Mann an seinem langen Bart gepackt. Rob hält ihn so gebückt, dass es aussieht, als würde er eine Ziege am Bart festhalten. Der Typ hatte aber auch einen langen Bart. Und mit der anderen Hand hält Rob dem Typen einen Finger auf den Hinterkopf. Sieht ein bisschen aus wie eine öffentliche Hinrichtung. Da kann einem das Gruseln kommen. Musst du dir mal anschauen. Irgendwie ist Rob da nicht gut bei weggekommen. Kann einem auch ein bisschen leid tun."

„Wie du das sagst, Liebes. Du bist noch nicht so richtig fertig mit ihm, stimmt's?" Es stimmte. Stefanie entschuldigte Rob damit, dass auch sie ihm nachspioniert hatte, nur dass er die besseren Möglichkeiten hatte. Mandy meinte, dass Stefanie mit ihren Möglichkeiten aber auch schon eine Menge über ihn herausgefunden habe. Beide mussten darüber lachen.

„Hör mal, Mandy, ich muss Schluss machen. Die Kolleginnen werden sonst noch sauer auf mich, und ich arbeite ja noch auf Probe hier. Ich will keinen Stress kriegen. Danke für dein offenes Ohr. Du bist die Beste."

„Für dich immer, meine Süße. Wir sehen uns heute Abend."

Stefanie Tannenberg besah sich im Glas der Bahnhofsfassade ihre Frisur und rückte ihr Outfit zurecht. Sie freute sich sehr, wieder einmal einen Abend mit Mandy verbringen zu können. Mandy hatte ihr durch so manche Krise geholfen. Sie war ihr stabiler Pfeiler im Leben. Mandy hatte diese ganze Sache mit dem Polizeieinsatz, dem Stalker und der Gerichtsverhandlung mit ihr durchgestanden und ihr Halt gegeben.

Als sie in die Parfümerie zurückkehrte, begab sie sich hinter die Theke. Sie war plötzlich so aufgewühlt. Sie war froh, die Stelle in dieser Parfümerie bekommen zu haben. Es war noch keine feste Stelle, aber wenn sie die Probezeit überstand, konnte noch mehr daraus werden. Wenn sie so weitermachte, würde das auch kein Problem sein, denn ihre Chefin lobte ihr Händchen für die Kunden und ihre Nase für die Düfte. Stefanie hatte nach langer Zeit mal wieder das Gefühl, dass etwas Positives ins Rollen kam. Wenn sie es hier in der Parfümerie im Hauptbahnhof schaffen würde, dann würde ihr Leben eine wirklich gute Wende nehmen, denn ein sicherer Arbeitsplatz konnte das hier ohne Frage werden. Sie blätterte in dem Katalog über die neusten Trends und den dazu passenden Düften. *Muss ich erst 39 Jahre alt werden, um zu kapieren, dass ich aus meiner Nase Geld machen kann?,* fragte sie sich, und sie ließ ihren Blick umherschweifen. Es war derzeit ruhig im Geschäft. Die wenigen Kunden, die sich hier aufhielten, wurden bereits bedient. Sie träumte von ihrer eigenen Parfümerie. Dabei erinnerte sie sich an so viele Freunde und Bekannte, die sie mit ihrer Nase beraten hatte. Einige hatten sie gefragt, warum sie das nicht professionell machen würde. Damals hatte sie es immer abgelehnt, und heute wusste sie nicht mehr warum.

„Hallo, Steffi, wie schön, dich wiederzusehen!", hörte sie plötzlich eine allzu bekannte Männerstimme. Der Schrecken fuhr ihr in die Glieder, als sie aufblickte und ihn vor sich stehen sah.

„Gehen wir, Lady, oder soll ich hier in dem Laden für dich aufräumen?"

***

Ein Polizeibeamter hielt seinen Arm und schützte mit einer Hand seinen Kopf, damit er sich beim Einsteigen nicht am Türrahmen des Polizeiwagens verletzte. Die Hände waren vor dem

Bauch mit Handschellen fixiert. Auf der Merowinger Straße hatte sich eine Traube von Menschen versammelt und der Verkehr staute sich nach einer Seite bis zum Chlodwigplatz, nach der anderen weit bis auf die Roland- und Volksgartenstraße zurück. Hauptkommissar Hansen saß mit Hauptkommissar Heinrich Kaulach vom Kriminalkommissariat für Sexualdelikte in einem Streifenwagen.

„Das hätte so was von ins Auge gehen können, Rob. Du hast doch nicht mehr alle Tassen im Schrank, unbewaffnet eine solche Aktion zu starten. Wie lebensmüde muss man sein, um das hinzubekommen?"

„Na ja, ich hänge schon an meinem Leben. Das habe ich heute noch mal gemerkt."

„Wie hast du den dazu bewegen können, dass er dir die Knarre gab?"

„Ich habe ihm gesagt, Herbert, Sie können mich erschießen. Sicher. Dann haben Sie einen Bullen umgelegt. Aber entweder Sie werden gleich hier von den nervösen Jungs da draußen erschossen, oder Sie kommen in die Hölle."

„Und da hat er gesagt, danke für die Info, dann gebe ich Ihnen lieber die Waffe, oder was?"

„Ich habe ihm gesagt, die Knackis kommen prima damit zurecht, dass Sie einen Bullen erschossen haben, aber als Kinderficker im Knast werden Sie keine Ruhe mehr finden. Bei denen herrschen bekanntlich ganz eigene Gesetze. Meine Kollegen werden für Sie den idealen Knast und den geeigneten Zellenbewohner finden. Danach wollen Sie sich unbedingt aufhängen."

„Das hast du gesagt?", fragte Heinrich ungläubig und Rob erzählte ihm, das er dem Mann geraten habe, Hintermänner und Vertriebssysteme bekannt zu geben, um im Gegenzug eine Kronzeugenregelung zu bekommen oder kürzere Haftzeit zu erhalten. Außerdem wolle er, Rob, die versuchte Geiselnahme hier vergessen.

„Er wollte mir seine Waffe von Anfang an aushändigen, hat sie nur versehentlich mit dem Lauf auf mich gerichtet. So oder so ähnlich wird es jedenfalls in meinem Bericht stehen."

„Glaubst du etwa den Mist, den du hier verzapfst, Rob", fragte Heinrich Kaulach trocken und legte kopfschüttelnd die Stirn in seine Hand.

„Du nicht?"

„Um hier heute einmal etwas Gescheites in die Erdatmosphäre zu streuen: Ich habe was für dich. Die Adresse von deinem Goldfisch. War nicht ganz einfach zu bekommen. Sie ist bei einer Freundin untergekommen, wo sie sich nicht angemeldet hat." Heinrich fummelte in seiner Hosentasche, bis er einen zerknüllten Zettel hervorzog.

„Übrigens, hier ganz in der Nähe, in der Severinstraße."

„Danke, Heinrich. Ich wusste, dass ich mich auf dich verlassen kann."

„Und was läuft da zurzeit bei deinem Goldfisch?"

„Das BKA hat die Ermittlung inzwischen allein übernommen und jede weitere Einmischung untersagt. Plötzlich heißt das Einmischung. Sie soll angeblich als Spionin Unterlagen aus dem Bundesministerium entwendet haben. Mir scheint das alles nicht ganz geheuer. Hast du was in Rodenkirchen rausgefunden?"

„Nein, wie du schon gesagt hast, keiner will was davon gehört haben."

„Heinrich, geh nie zum BKA, es sei denn, du willst dich unglücklich machen."

„Ich glaube, du laberst nur Blödsinn, Rob. Komm, lass uns hören, was die Spurensicherung in der Videothek sagt."

„Nein, lass mal. Du kommst bestimmt auch ohne mich zurecht. Ich muss mir mal die Füße vertreten und allein sein."

„Ah, so? Spaziergang in der Südstadt? Meine Empfehlung - Severinstraße, nett zum Bummeln und freundliche blonde Leute dort. Du willst doch bestimmt bummeln?"

„Eigentlich eine gute Idee. Ach, übrigens, da in der Metzgerei wartet ein gewisser Herr Matthias Brandt, die Bedienung aus der

Videothek, auf seine Befreiung. Er ist Vegetarier. Mach's gut, Heinrich. Die Einzelheiten fürs Protokoll besprechen wir später."

Rob ließ Heinrich mit seiner Frage allein im Auto zurück. Die Merowingerstraße war wieder passierbar und die Polizei hatte inzwischen die Straße freigegeben. Die meisten Streifenwagen waren bereits abgezogen, und Heinrich ging mit einem weiteren Kollegen in die Metzgerei. Rob trat den Weg in Richtung Chlodwigplatz an.

Vor dem Severinstor blieb er einen Moment stehen und fragte sich, wie viele Menschen wohl in der Vergangenheit beim Fall des Gitters durchbohrt worden waren. Dann schritt er bedächtig an dem farbenfrohen Gemüsestand und den obdachlosen Männern aus der Annostraße vorbei durch das historische Tor, das auf die Severinstraße führte. Er schaute sich die Geschäfte an und dachte daran, sich einen neuen Rasierapparat zu kaufen. Im Schaufenster des Bücherwurms war eine Wallanderreihe ausgestellt und er überlegte, wann er den letzten Krimi gelesen hatte. Er wusste auch nicht, warum er überhaupt Krimis las, die ihm so weit weg von der Realität vorkamen und deren Wahrheitsgehalt für ihn beinahe gegen Null gingen. Als er aufblickte, sah er sie. In ihrem türkisenen Outfit, mit ihrem offenen Haar und ihrem aufrechten Gang, war sie für ihn unverwechselbar geworden. Dann sah er den Mann, der sich bei ihr untergehakt hatte. Rob stellte sich mit dem Gesicht zur Buchhandlung und tat, als interessiere er sich für die Schaufensterauslage. Aus dem Augenwinkel verfolgte er ihr Näherkommen. Er war wütend. *Kaum hat sie mich abgelegt, da hat sie schon einen anderen?!*, dachte er und wusste nicht, was ihn an diesem Pärchen irritierte. Als sie nahe genug waren, erkannte er die Irritation. Der Mann hatte sich nicht eingehakt, sondern hielt ihren Arm fest umschlossen. Als sie 20 Meter von ihm entfernt waren, blieben sie stehen. Stefanie riss ihren Arm los.

„Du tust mir weh. Wir sind da. Und jetzt?" Sie kramte in ihrer schwarzen Tasche.

„Schließ doch einfach auf, Steffi. Wir sprechen ganz in Ruhe, in deiner Wohnung, meine Liebe."

„Für dich nur noch Stefanie und damit das ein für alle Mal klar ist, ich bin nicht mehr *deine Liebe*. Es hat sich ausgeliebt. Wann verstehst du das endlich?"

„Wann etwas zu Ende ist, sage ich dir schon, und jetzt halt deinen süßen Mund und schließ endlich die Tür auf! Wenn du wütend bist, bist du unwiderstehlich."

Als Rob sah, wie Stefanie den Schlüssel ins Türschloss stecken wollte, rannte er mit riesigen Schritten auf sie zu. Dabei erkannte er das Gesicht von Sebastian Wittloh, dem Drogendealer, dessen Akte der Hauptkommissar mehr als flüchtig studiert hatte. Rob stellte sich zu Stefanie an die Wand und fixierte Wittloh.

„Hallo, Stefanie …", sagte er. Stefanies Augen weiteten sich bei seinem Anblick vor Schreck und Freude.

„… schön dich zu sehen."

„Was soll das, wer ist dieser Schnösel, Steffi."

„Das ist …"

„Ach, Herr Wittloh, der Mann, der sich nicht an die einstweilige Verfügung hält, was? 150 Meter Abstand. Dafür sind Sie aber verdammt nah dran, oder dachten Sie, es wären Millimeter gemeint?"

„Ist das dein neuer Stecher, der hier so eine dicke Lippe riskiert?", posaunte Wittloh, „diese Frau gehört mir, Junge. Lass uns reingehen, Steffi." Stefanie öffnete verwirrt und mechanisch die Tür. Rob versperrte mit seinem Arm den Zugang.

„Da haben Sie was falsch verstanden, Herr Wittloh. Ihr Auftritt endet hier!" Der Stalker packte Hansen am Kragen. Der wiederum bog Wittloh blitzschnell den Arm auf den Rücken und rammte ihn gegen die Fassade des Hauses. Wittloh fest im Griff, näherte Rob sich dem Ohr des Angreifers.

„Hör zu, du kleines Arschloch. Ich sag dir das nur einmal. Wir regeln das jetzt hier außergerichtlich und endgültig", zischte Hansen dem Mann drohend ins Ohr. „Ich bin Hauptkommissar Hansen, Mordkommission. Diese Frau steht unter meinem persönlichen Schutz. Du wirst sie nie wieder belästigen. Wenn ich nur noch ein einziges Mal mitbekomme, dass du ihr zu nahe getreten bist, werde ich dir persönlich eine Kugel exakt zwischen die Augen platzieren."

„Rob! - bitte hör auf", mischte sich Stefanie ein.

„Hast du das bis hierher verstanden?" Wittloh nickte kaum erkennbar.

„Weißt du, ich war früher beim SEK. Da lernt man richtig gut schießen, und da hat man eine Menge guter Freunde. Sind wir uns einig?" Rob zog den Arm ein Stück fester an, um eine Antwort zu erzwingen. Sebastian Wittloh verzog schmerzerfüllt sein Gesicht und nickte.

„Ich will es klar und deutlich hören, Wittloh! Du wirst die Frau nie wieder sehen, und wenn du dafür die Stadt verlassen musst, geht das in dein dummes Spatzenhirn?"

„Ja, Mann. Lass los!", winselte Wittloh. Hansen ließ ihn los und Wittloh rannte auf die andere Straßenseite. Als er sich nach ein paar Metern umschaute, deutete Rob mit der rechten Hand einen Revolver an, mit dem er ihn erschießen würde. Rob und Stefanie sahen ihm nach, bis er an der St. Johann Baptist Kirche verschwand.

„Mit was für Männern habe ich es eigentlich immer zu tun? Einer schlimmer als der andere!", schimpfte Stefanie und fuhr sich durch ihr Haar.

„Wieso? Ich habe dir weder gesagt, du sollst den Mund halten, noch habe ich dir den Arm verdreht."

„Das ist aber auch schon alles!", entgegnete sie. Rob lehnte an der Hauswand. Sie stand ihm gegenüber. Sie sahen sich an. Sie berührten sich nicht.

„Nach meinen Einsätzen überfällt mich immer eine so unbezwingbare Lust auf einen starken Kaffee", sagte er, ohne den Blick von ihr abzuwenden.

„Gut! Einen starken Kaffee und eine glitzernde Heldenmedaille für den Herrn Kommissar. Und danach mache ich dich fertig", drohte sie ihm und schloss die Tür ein zweites Mal auf.

„Hauptkommissar Hansen, bitte", korrigierte er sie. „Das ist wirklich ein guter Neuanfang", bekräftigte Rob.
„Du stinkst nach Fisch, Hauptkommissar."

Frankfurt, 12:32 Uhr

„Ja, wir haben Ihren Vater dem Beerdigungsunternehmen, das Sie beauftragt haben, übergeben."
„Gut, ich dachte schon, ich müsste alles noch auf die Schnelle rückgängig machen. Obwohl die Beisetzung nur in ganz kleinem Kreis stattfinden soll. Vater wollte nie, dass man um ihn ein großes Aufsehen macht. Selbst an seinen Geburtstagen hielt er sich mit Feiern zurück, wissen Sie?"
„Manche Menschen sind so. Das muss man akzeptieren, nicht wahr?"
„Wissen Sie, an und für sich konnte er ein sehr geselliger Mensch sein, besaß Humor und Witz, aber er konnte sich nicht feiern lassen. Im Mittelpunkt zu stehen, war nichts für ihn. Ich glaube, er meinte immer, dass er das nicht wert sei. Na, was erzähle ich Ihnen das alles? Sie haben bestimmt andere Sorgen als sich mein Leid anzuhören." Ihre Stimme klang wieder fester und unsentimental. Margarete Westerkamps bot Kommissar Bruns einen Kaffee, Wasser oder einen Cognac an. Bruns sagte bei einem Kaffee niemals Nein.
„Sie werden es mir verzeihen, wenn ich mir einen kleinen Cognac dazu gönne, die ganze Aufregung der letzten Tage, verstehen Sie? Man kommt ja kaum noch zur Ruhe."
Bruns konnte sie sehr gut verstehen. Er saß auf ihrem Sofa im Wohnzimmer und bekräftigte, dass es für sie derzeit schlimme Zeiten sein müssten. Leider würden ihn seine beruflichen Gründe zwingen, ihr noch ein paar Fragen stellen zu müssen.
„Nehmen Sie Milch und Zucker, Herr Bruns?"
„Milch ja, Zucker nein. Danke."

„Und Sie möchten wirklich keinen kleinen Cognac dazu?" Er verneinte ein weiteres Mal, was er kurz darauf bereute, als er Margarete Westerkamp mit einer angebrochenen Flasche Château Montifaud, 10 years old, zurückkommen sah. *In Limonenfässern gereift, ein Gaumenwunder,* dachte er und sah zu, wie Frau Westerkamp sich schweigend einschänkte und ein weiteres Cognacglas auf den Wohnzimmertisch stellte.

„Falls Sie es sich noch anders überlegen", sagte sie und setzte sich auf ihren Sessel, links neben ihn. Kommissar Bruns fragte, wann sie zuletzt ihren Vater gesehen habe. Ob sie von Leuten wüsste, die ihrem Vater nicht wohl gesonnen seien und wo sie selbst zur Tatzeit gewesen sei. Er fragte sie nach ihrem Kontakt zu Rob, und wie häufig dieser seinen Vater in der letzten Zeit besucht habe. Die Antworten, die er bekam, waren unbefriedigend und so, wie er erwartet hatte. Sie war zur Tatzeit im Urlaub gewesen. Sie habe ihren Vater in größeren Abständen besucht, da sie hier in der Region politisch aktiv sei und wenig Zeit habe. Sie wisse nichts von eventuellen Feinden, und Rob habe wohl eine Ewigkeit nicht mehr beim Vater vorbeigeschaut.

„Und Sie sind in der letzten Zeit nicht noch mal in Ihrem Elternhaus gewesen und haben sich dort umgesehen, Frau Westerkamp?"

„Darf man das denn jetzt wieder, Herr Bruns?"

„Nun, die Untersuchungen sind inzwischen abgeschlossen. Wir haben nur noch den Speicher versiegelt, aber Sie mussten nicht zufällig dort etwas nachsehen?"

„Nein, warum?", fragte Margarete Westerkamp und beugte sich neugierig nach vorn. Sie hielt ihre Kaffeetasse mit beiden Händen. Bruns konnte ein leichtes Zittern erkennen. Dann trank sie in kleinen Schlucken und setzte die Tasse wieder ab. Danach gönnte sie sich einen Schluck Cognac.

„Nun ja, wir haben Schuhabdrücke auf dem Speicher gefunden, und es müssen zwei Kartons dort oben gestanden haben, die jetzt nicht mehr dort stehen. Man sieht das an den unverstaubten Stellen und dem viereckigen Dreckrand, den sie hinterlassen haben, verstehen Sie?"

„Ich bin seit meinem Auszug nicht mehr auf diesem Speicher gewesen. Da sind Erinnerungen, die ich lieber ruhen lassen will", beantwortete sie seine Frage energisch. Für Bruns zu energisch, weshalb es ihm vorkam, als hätte er gerade nur die halbe Wahrheit gehört. Er sprach sie deshalb gezielt auf das Siegel an der Speicherklappe an.

„Herr Bruns! Wo denken Sie hin?! Ich habe noch nie etwas Ungesetzliches getan. Und ich werde in meinem Alter bestimmt nicht mehr damit anfangen!", entrüstete sich Margarete und bekam rote Flecken am Hals und im Gesicht. Sie griff nach dem Cognacglas und leerte es in einem Zug. Bruns überlegte, ob er sich nicht doch einen kleinen genehmigen sollte.

„Bedienen Sie sich, er schmeckt ausgezeichnet, Herr Bruns." Dann nahm sie die Flasche in die Hand und nickte fragend in seine Richtung, während sie den Flaschenhals über das leere Cognacglas platzierte. Als er nickte, schenkte sie beiden nacheinander ein. Sie stießen an und begannen eine Unterhaltung, die eine weitere Stunde in Anspruch nahm. Bruns erfuhr einiges über die familiären Zusammenhänge, über Katharina Folgerreith und ihre Freundin Klara Mertens. Als sich Kommissar Bruns verabschiedete und den Heimweg antrat, wusste er, dass Margarete Westerkamp ein Alkoholproblem hatte, und der Weg nach Frankfurt sich nur wegen des ausgezeichneten Montifaud gelohnt hatte.

Freitag, 25. August

Köln, 09:15 Uhr

Rob inspizierte mit wachen Augen den Verhörraum durch die Einwegscheibe. *Am schnellsten kommen sie ins Erdgeschoss. Im ersten oder zweiten Stock findet man sie schon weniger. Würden wir Menschen acht Extremitäten haben, würden wir vor uns selbst davonlaufen*, dachte er, während sein Blick auf der schwarz gekleideten Frau ruhte, die wie versteinert an dem kargen Tisch des Verhörraums saß. Ihre Bluse wurde vorn mit einem sportlichen Knoten zusammengehalten und gewährte einen großzügigen Einblick. Trotz ihrer Attraktivität strahlte sie eine Kälte aus, die Rob hinter dem Einwegspiegel einen Schauer über den Rücken laufen ließ.

„Sie ist jetzt schon geladen, nur weil sie erneut herkommen musste", bemerkte Kommissarin Vaitmar.

„Oder weil ich sie zum Erkennungsdienst geschickt habe, um Fingerabdrücke abnehmen zu lassen. Ich werde jetzt da reingehen, und du schaust zu. Danach reden wir."

„Warum machen wir das nicht zusammen?", wollte Liviana wissen.

„Was Viola Ross betrifft, tickt bei dir ja inzwischen alles anders." entgegnete er ihr mit einem Lächeln im Gesicht.

„Was soll das, Rob?!", echauffierte sich Liviana verdächtig schnell.

„Das weißt du selbst am besten", antwortete Rob ungerührt. Er spürte, dass Liviana eine Diskussion mit ihm anfangen wollte, zu der er jedoch nicht aufgelegt war. Er ermahnte seine Kollegin, dass sie Viola Ross gegenüber zurückhaltender sein solle, da sie nicht nur Opfer sei, sondern auch unter Verdacht stehe. Er beantwortete ihre Erwiderungen mit Schweigen und Schulterzucken, ließ aber dennoch nicht mit sich verhandeln. Dann öffnete er den Verhörraum, trat vor Viola Ross an den Tisch und reichte die Hand.

„Ich sehe, Sie sind beim Erkennungsdienst gewesen. Ich hoffe, Sie mussten nicht allzu lange warten. Guten Tag, Frau Ross."

„Herr Hauptkommissar." Sie reichte ihm die Hand, stand aber nicht auf.

„Hansen. Hauptkommissar Hansen, so viel Zeit muss sein. Ich sage ja auch nicht Frau Buchhändlerin zu Ihnen."

„Schaut Ihre nette Kollegin hinter dem Spiegel zu?", erkundigte sich die Buchhändlerin bei dem Hauptkommissar. Hansen ignorierte ihre Bemerkung und schaltete das Mikrofon ein.

„Freitag, 25. August, 09:17 Uhr. Anwesend: Frau Viola Ross und Hauptkommissar Hansen. Frau Ross, Sie haben in der letzten Zeit wirklich viel durchgemacht, aber wir haben dennoch ein paar Fragen. Das ist auch in Ihrem Interesse."

„Ach ja?"

„Ihre Schwester stand kurz vor ihrem Abschluss als Grafikdesignerin und war anscheinend schon recht erfolgreich in ihrer Branche. Wir haben Ihre Kontobewegungen und die ihrer Schwester überprüft. Es waren schon erhebliche Unterschiede zwischen Ihren Vermögenswerten festzustellen."

„Ich weiß das, Herr Hansen. Ich bin dennoch mit meinem Geld zufrieden und besonders mit meinem Job und für die Miete reicht es auch", antwortete Viola Ross in ihrer kühlen Art.

„Ratenzahlungen stehen auch keine mehr aus, nicht wahr?"

„Richtig."

„Im Gegensatz zu Ihrer Schwester haben Sie Ihr Studium abgebrochen. Warum?"

„Pah! Geht das jetzt schon wieder los? Ich hatte keine Lust mehr, das habe ich Ihnen doch schon mehrmals gesagt", entgegnete sie und wandte sich von Hansen ab.

„Gut, lassen wir es dabei! Sie kennen Florian Hagen?"

„Das hatten wir doch auch schon."

„Das ist nicht die Antwort auf meine Frage."

„Nein."

„Doch." Hauptkommissar Hansen schaute gespannt in ihr Gesicht und sah, wie sie nach Worten suchte.

„Das wäre mir neu", wandte sie ein und drehte ihren Kopf zu Hansen.

„Er hat Sie im Severinsklösterchen besucht, nachdem wir gegangen sind. Seit wann kennen Sie ihn nun wirklich?"

„Erst seit Kims Tod", antwortete sie mit einem Blick, der Rob nicht zu erkennen gab, ob sie die Wahrheit sprach. Viola erzählte, dass Florian Hagen sie einmal zuhause aufgesucht habe. Die Adresse habe er wohl von Kims Internetseite, wo man eine Anschrift in dem Impressum hinterlegen muss. Kim sei manchmal ganz schön naiv. Sie, Viola, hätte sich da eine andere Anschrift ausgedacht.

„Er hat Sie also zu Hause besucht und auch am Krankenbett", betonte Hansen.

„Ich sehe Kim halt sehr ähnlich, das hat ihm wohl gefallen, nehme ich an. Schließlich hat er mir gebeichtet, dass er in Kim verliebt war. Was kann ich dafür?"

„Wie häufig hat er Sie zuhause besucht?"

„Einmal."

„Okay, lassen wir es vorläufig dabei bewenden, Frau Ross." Hauptkommissar Hansen ging auf Konfrontationskurs. Er meinte, dass Viola es gar nicht leicht mit Kim gehabt habe, auch wenn sie das der Polizei gern glauben machen wollte. Überall, wo Viola Ross sich mit ihrer Schwester hinbegab, hätte Viola betroffen zur Kenntnis nehmen müssen, dass Kim die Nummer eins gewesen sei. Kim, die Erfolgreiche. Kim, die sich hauptsächlich um sich selbst kümmerte. Kim, die Beziehungen haben konnte, wie sie wollte und es durchaus zu genießen verstand.

„Das konnte ich auch, wollte ich aber nie!", fuhr Viola dazwischen.

Kim sei einfach die Gefragtere, die Bessere, die Beliebtere gewesen. Sie habe sich mit jedermann arrangieren können. Eine Lebefrau und Frohnatur. Und Sie, Viola? Sie habe dabei doch nur ein nettes Anhängsel abgegeben. Langweilig und griesgrämig bei den gemeinsamen Auftritten, wo auch immer. Interessant nur dadurch, weil sie die Zwillingsschwester gewesen sei.

Aus diesem Grund habe sich Viola zurückgezogen. Weil sie es nicht mehr ertragen konnte, dass sich alles um Kim drehte und sie nur als eine schlechte Kopie ihrer Schwester wahrgenommen worden sei. Kim habe keine Ambitionen gehabt, das irgendwie zu ändern.

Vielleicht habe sie, Viola, aber Kim auch wirklich geliebt und hätte bald begreifen müssen, dass Kim ihre Liebe nicht so erwiderte, wie sie es sich gewünscht habe. Vielleicht wollte sie Kim gar nicht mit so vielen Menschen teilen und Kim am liebsten für sich behalten. Mit ihr in dieser schönen Wohnung leben. Vielleicht habe sie ihre Schwester so sehr geliebt, wie andere ihre Partner lieben würden.

„Sie haben sie doch nicht alle!", blaffte Frau Ross Hauptkommissar Hansen an und ballte ihre Hände zu Fäusten, die sie auf den Tisch legte.

„Und dann auch noch das mit Ihrem Arm. Es hat Sie nicht in Ruhe gelassen, selbst wenn Sie wollten. Irgendwann hat Sie doch immer jemand darauf angesprochen, obwohl Sie ihn gut verstecken und zu tarnen wissen. Es hat an Ihnen genagt und gefressen und Ihnen Ihre leidvolle Kindheit jeden Tag aufs Neue vor Augen geführt. Sie konnten im Gegensatz zu Ihrer Schwester keinen Schlussstrich ziehen. Ja, Ihre Schwester hatte gut lachen und Sie nur das Weinen!", endete Hansen abrupt.

Kommissarin Vaitmar musterte Viola Ross durch den Spiegel und kam nicht umhin, sie zu bemitleiden. Sie konnte sich des Gefühls nicht erwehren, dass es Hansen Freude bereitete, diese Frau so zu demütigen. Andererseits wusste sie, dass ein solches Vorgehen Grundlage polizeilicher Verhörtechnik war. Viola stand plötzlich auf und schrie den Hauptkommissar an.

„Sie spinnen ja. Das ist nicht wahr. Ich würde Kim nie etwas antun …"

„Sie haben die besten Motive, weshalb Menschen einen Mord begehen, Frau Ross. Neid, Eifersucht, Rache, Habgier!"

„Und Sie haben nicht mehr alle Tassen im Schrank!", kreischte Viola Ross zurück und knallte ihre Fäuste auf den Tisch.

„Sagen Sie uns, wie es gewesen ist, Frau Ross."

„Ich sage gar nichts mehr. Nichts mehr! Lassen Sie mich in Ruhe! Ich will nach Hause!"

„Sie warten hier." Hauptkommissar Hansen stand auf und verließ den Raum. Er stellte sich zu seiner Kollegin und beobachte Viola durch den Einwegspiegel. Viola Ross hatte wieder Platz genommen und stützte ihre Ellbogen auf die Tischplatte. Ihr Gesicht hielt sie in ihren Händen vergraben und weinte.

„Sie war kurz davor, alles zuzugeben, Rob. Warum hast du aufgehört?"

„Ich, der Böse und du, die Gute. Du gehst jetzt rein. Nimm Kaffee mit und von mir aus auch Kekse."

„Aha? Ich dachte, ich sei befangen! Und jetzt soll ich mit ihr Kaffee trinken und Kekse essen?"

„Okay, ohne Kekse. Hat die KTU sich schon gemeldet?"

„Nein."

„Ich ruf Jens an."

Meschede, 09:18 Uhr

Es sollte ja eine Beisetzung im engen Familienkreis werden. Das so wenige gekommen waren, irritierte Margarete Westerkamp und Klara Mertens aber doch. Andererseits hatten die beiden Frauen nur die üblichen Anzeigen geschaltet. Margarete wusste auch nicht, wen sie persönlich von dem Tod ihres Vaters in Kenntnis hätte setzen sollen. Tante Kathi wäre auch ohne Mitteilung gekommen. Vielleicht wären ihr noch ein paar Leute eingefallen, die man hätte informieren müssen. Aber Tante Kathi lag im Krankenhaus. Ansonsten hatte ihr Vater die meisten ihm nahestehenden Personen überlebt, und Marga kannte die noch Lebenden nicht einmal. So standen beide Frauen wie

Schwestern nebeneinander vor dem Sarg, den die vier Träger langsam hinabließen.

Marga Westerkamp entdeckte Kommissar Bruns, der in einem gebührenden Abstand zu der kargen Trauergemeinde stand und nickte ihm zu. Den angemessenen Worten, die der Pastor fand, konnte Marga nicht folgen, weil ihre Gefühle und Gedanken sie immer wieder ablenkten. Sie weinte still und tränenlos, dann war sie wütend und gleich darauf hoffnungslos. Weder ihr Mann noch die Kinder nahmen an der Beerdigung teil. Die Kinder hatten den Kontakt zu ihrem Großvater weitgehend verloren, als die Großmutter verstorben war. Ihr Mann hatte mehr und mehr den Kontakt zu ihr verloren, weshalb er es abgelehnt hatte, hier zu erscheinen. Das war für sie nicht einmal das Schlimmste. Viel schlimmer fand sie es, dass selbst Rob der Trauerfeier ferngeblieben war. Dieser Umstand machte sie regelrecht verrückt. Ihr war kalt, und sie wusste nicht, woher die Kälte in dieser Jahreszeit kommen konnte, wenn nicht von der kaum zu ertragenden Verantwortungslosigkeit ihres Bruders, der es selbst jetzt nicht für nötig befand, seinem Vater ein bisschen Dankbarkeit zu zollen. Sie war nicht altmodisch, aber sein Verhalten fand sie unglaublich gleichgültig und ungerecht.

„Wo bleibt denn Rob eigentlich …?", flüsterte Klara Mertens, „… die Trauerfeier ist so gut wie vorbei, und er ist immer noch nicht hier."

„Ich weiß es nicht. Ich kann ihn ja jetzt nicht anrufen, Klara", wisperte Marga zurück und sah einen Mann in größerer Distanz ihnen schräg gegenüberstehen. Er trug ein schwarzes Jackett. Marga glaubte, dass dieser Mann die Trauernden beobachtete und nicht zur Trauergemeinde dazugehörte. Sie stupste Klara an.

„Kennst du den Mann da hinten? Der da, mit schwarzem Jackett und Sonnenbrille? Wer ist das?", fragte sie flüsternd. Klara blickte unter ihrem gesenkten Kopf nach vorn.

„Kenne ich nicht."

„Nicht von hier?"

„Keine Ahnung."
„Warum beobachtet der uns?"
„Vielleicht ein Bekannter deines Vaters."
„Zu jung dafür. Vielleicht sein Mörder?"
„Marga!", zischte Klara entrüstet, aber laut genug, sodass der Pastor einen Moment seinen Redefluss unterbrach und Klara Mertens fragend ansah. Klara schüttelte den Kopf, um anzudeuten, dass er fortfahren solle. Marga sah zu Bruns hinüber. Dann machte sie eine Kopfbewegung in Richtung des unbekannten Beobachters und erkannte, dass Bruns die Bewegung zu deuten wusste und seine Blickrichtung änderte. Der Unbekannte schien ebenfalls die Zeichen richtig gedeutet zu haben und entfernte sich im Laufschritt zum Ausgang des Friedhofs. Bruns nahm zielstrebig die Verfolgung auf. Aber um die Trauerfeier nicht zu stören, tat er dies zuerst einmal etwas verhalten. Marga bemerkte keine weiteren Beamten und sah, wie der Flüchtige um die Friedhofsmauer verschwand. Jetzt erhöhte Bruns ebenfalls sein Lauftempo, aber Marga bezweifelte, dass seine behäbigen Schritte die Verfolgung wirklich aufnehmen konnten. Die Rede endete, Marga warf ihren Strauß Blumen auf den Sarg und Klara tat es ihr nach. Die beiden Frauen traten zur Seite und ließen die wenigen Personen an sich vorbeiziehen, die an der Trauerfeier teilgenommen hatten. Ein paar entfernte Bekannte kondolierten, der Pastor wechselte ein paar anteilnehmende Worte mit ihnen. Dann trat Marga mit Klara den Rückweg an.

„Es geschieht ihm nur recht!", raunte unverhofft eine ältere, verhärmte Dame vom Wegesrand den zwei Frauen zu. Die Freundinnen drehten ihre Köpfe nach der alten Dame um und Marga nickte verwirrt, weil ihr die nicht verständliche Form der Kondolation merkwürdigen erschien.

„In der Hölle soll er schmoren!", rief die alte Frau dann, und jetzt glaubte Marga die Worte richtig verstanden zu haben und setzte die Verfolgung an. Die Frau verschwand in einem Seitenweg des Friedhofs, und Klara hielt Marga am Ärmel fest.

„Was hat sie da gesagt, Klara?"

„Irgendetwas Blödes. Eine verbitterte alte Jungfer, lass sie!"

Sie verließen den Friedhof über den Haupteingang und sprachen über die Beerdigung. Beide fanden es befremdlich, dass kaum ein Nachbar erschienen war. Marga verfluchte ihren Bruder, der der Beerdigung fern geblieben war und kündigte in pathetischen Worten ein Nachspiel an. Dann regte sie sich erneut über diese alte Frau auf, die angesichts des Todes diesen feindseligen Kommentar abgegeben hatte. Andererseits gab ihr diese Frau damit auch Nahrung für neuere Überlegungen. Aus ihrer Sicht konnte der Mord an ihrem Vater nur in der Vergangenheit begründet liegen. Die alte Dame schien ihr das auf merkwürdige Art und Weise zu bestätigen. Eine Vergangenheit, die Marga nicht kannte. Laut Kommissar Bruns wurde Raubmord definitiv ausgeschlossen. Was blieb da noch?

Marga sprach mit Klara die Merkwürdigkeiten ihres Vaters an. Sie erinnerte sich an seinen Zorn, seine Strenge und wie pedantisch er sein konnte. Wie er ihre Mutter vor den Kopf stoßen konnte und Rechenschaft für das Verhalten anderer einforderte. Er konnte auch herzlich sein, aber die Erinnerungen begrenzten sich auf einen kleinen Ausschnitt ihrer Kindheit. Je älter sie und ihr Bruder wurden, desto mehr hatte ihr Vater nur noch Vernunft walten lassen. Marga konnte sich nicht einmal mehr daran erinnern, ob er ihre Mutter je geküsst oder sie in den Arm genommen hatte. Klara kommentierte das Verhältnis zu Katharina Folgerreith als eine Freundschaft der besonderen Art.

„Aus heutiger Sicht, denke ich, stand dein Vater Tante Kathi näher als deiner Mutter, würde ich sagen."

„Findest du?"

„Nicht, dass er deiner Mutter fremdgegangen ist, aber die ganze Art." Klara erzählte von den heimlichen Beobachtungen, wie sie als Kinder die beiden vor Tante Kathis Küchenfenster belauscht hatten. Und bald kam es auch Marga so vor, dass ihr Vater nur eine Ausnahme in seinem Leben geduldet hatte, und die hieß Katharina Folgerreith.

Marga erinnerte sich an die Kartons, die ihr Rob gebracht hatte und schwor sich, akribisch darin nach Hinweisen zu forschen. Sie wollte sich auf die Suche nach der Vergangenheit ihres Vaters machen. Sie wollte die städtischen Archive und im Internet die Archive der Mescheder Tageszeitungen durchkämmen. Ein ungutes Gefühl ließ sie plötzlich nicht mehr zur Ruhe kommen.

„Klara, das war die Rache an einem Mann, der Böses angerichtet hat, glaub mir!"

„Wie kommst du denn darauf, Marga? Wir haben gerade deinen Vater beerdigt. Er liegt noch nicht ganz unter der Erde, da redest du so was."

Marga griff in ihre Handtasche und holte ihren Flachmann hervor. Sie schraubte den Verschluss auf und trank, ohne sich um ihre Umgebung zu scheren. Klara schaute sie mitleidsvoll von der Seite an, während sie beide weitergingen.

„Gib mir auch einen Schluck!", sagte Klara.

„Er ist ein richtig fieser Möpp", bemerkte Margarete Westerkamp und hielt Klara den Flachmann hin.

„Dein Vater?!", fragte sie erschrocken und trank. Es brannte ihr wie Feuer im Hals. Die Tränen schossen ihr in die Augen und in ihrer Nase kribbelte es wie Nadelstiche.

„Heureka! Der hat's aber in sich, würd ich sagen."

„ Ja, der hat schon ein paar Umdrehungen. Er ist der Beste, den wir zu Hause haben. Das heißt – hatten. Jetzt ist er gleich hin. Rob meinte ich. Wieso ist er nicht zur Beerdigung gekommen? Ein Arschloch unter dem Herrn, oder?"

„Ach Marga, sei nicht so streng heute. Wir wissen doch nicht, warum er nicht gekommen ist. Weißt du noch damals ... Rob, Du und ich?", kicherte Klara und schaute Marga fragend an.

„Es gab wirklich heiße Zeiten bei uns früher", gab Marga kichernd zur Antwort und leerte den Flachmann.

„Wir werden uns jetzt etwas Gutes zu essen gönnen. Ich habe etwas Leckeres gekocht und danach, meine Liebe, werden wir uns einen anzwitschern, und die Kerle können uns mal kreuzweise."

Köln, 09:21 Uhr

Liviana knotete ihr Haar zusammen und rückte ihre Kleidung zurecht, dann trat sie mit zwei Tassen Kaffee in den Verhörraum. Rob schloss hinter ihr die Tür. Viola hatte ihre Arme vor der Brust gekreuzt und hielt sich mit den Händen die Oberarme. Sie starrte gegen die Wand und machte auf Liviana den Eindruck, als wollte sie so Feinde und Kälte von sich abwehren.

„Hallo, Viola", stieg Liviana leise in das Verhör ein.

„Ich möchte jetzt gehen", antwortete Viola und wandte betont langsam den Kopf in Richtung Kommissarin. Diese stellte die zwei Tassen auf den Tisch und setzte sich gegenüber von Viola Ross.

„Ich fürchte, wir können Sie noch nicht entlassen. Er ist noch heiß", sagte Liviana und deutete mit dem Zeigefinger auf die Tassen.

„Danke, Liviana!"

Viola hielt sich an der Tasse fest, während die Kommissarin sich vorbeugte und Viola zuflüsterte.

„Wenn wir das hinter uns haben, werde ich mit Ihnen essen gehen. Aber solange werden wir alles daran setzen, dass Ihrer Schwester Gerechtigkeit widerfährt, und Sie werden uns dabei helfen. Einverstanden, Viola?"

Die Frau warf ihr einen müden Blick zu, dann schaltete Kommissarin Vaitmar das Mikrofon ein.

„Freitag, 25.August 2006, 09:22 Uhr. Fortsetzung des Verhörs. Anwesende, Viola Ross und Kommissarin Vaitmar. Viola, wir haben die Fingerabdrücke ausgewertet. Es hat sich bestätigt, was Sie uns mitgeteilt haben. Sie kannten Manuela Berghausen nicht nur sondern waren auch in ihrer Wohnung."

„Ich weiß."

„Okay, wie gut kannten Sie Frau Berghausen?"

„Wir sind eine Zeit zusammen gewesen." Liviana versetzte die Äußerung einen leichten Stich.

„Sie waren befreundet?"

„Wir gingen miteinander. Sie war meine Frau, wenn Sie so wollen. Es ging ein halbes Jahr." Viola schaute Liviana in die Augen und drehte dann ihren Kopf wie in Zeitlupe seitlich zur Wand. Kommissarin Vaitmar starrte auf den Schalter des Mikrofons. Dann hob sie den Kopf.

„Wie haben Sie sich kennengelernt?"

„Bei einem Schwulen-Lauftreff."

„Sie laufen?"

„Ist das verboten?"

„Nein, Viola. Also, Sie haben sich bei einem Schwulen-Lauftreff kennengelernt. Wie darf ich mir das vorstellen?"

„Wie denn schon? Der Lauftreff startete jeden Samstag um 15:00 Uhr. Ich bin eines schönen Samstags hin, und da stand Manuela da in ihrem Laufdress, und ich hab mir gesagt, die will ich kennenlernen. Und das hab ich dann auch. Wir sind dann öfter in der Woche gelaufen."

„Sind Sie verschiedene Strecken gelaufen?"

„Sicher. Manuela war Marathonläuferin. Sie hatte zig verschiedene Strecken."

„Sind Sie auch schon mal mit ihr durch den Stadtwald gelaufen?"

„Das war Manuelas tägliche Trainingsstrecke. Ich bin oft mit ihr dort gelaufen."

„Sie kennen die Strecke gut?"

„Mensch, Liviana! Was soll das? Natürlich kenn ich die Strecke gut. Ich kenne beinahe jede Pfütze der Strecke. Wenn ich mit Manuela rausgehen wollte, spazieren oder so, dann hat sie sich die Laufklamotten und Laufschuhe angezogen. Das verstand sie unter ‚Rausgehen'. Sie konnte gar nicht spazierengehen. Sie konnte nur laufen, sie war immer auf der Flucht. So kam es mir zumindest vor. Also bin ich mit ihr gelaufen. Danach haben wir dann gemeinsam geduscht." Dabei schaute sie Liviana mit halb geöffneten Augen und einem Lächeln an, das Livianas Puls schneller schlagen ließ. Erst jetzt fielen ihr die rosa bemalten Lippen auf und Liviana fand, dass es ihr extrem gut stand. Sie stand auf und lehnte sich am anderen Ende des Raumes an die Wand.

„Wie kam es zum Ende Ihrer Beziehung?"

„Ich habe Schluss gemacht." Liviana hörte das leise Zittern in Violas Stimme.

„Du hast Schluss gemacht?", fragte Liviana plötzlich so persönlich, dass es beide irritierte.

„Wie jetzt?"

„Entschuldigen Sie bitte. Sie haben Schluss gemacht?"

„Ja, ich habe Schluss gemacht. Ist ja wohl nicht verboten."

Rob schaute nervös in den Verhörraum. Er fragte sich, was mit Vaitmar los war. Ihm schien, dass Viola Ross ihr den Blick völlig vernebelte und war versucht einzugreifen. Johann Funke fand, dass ihre Kollegin das doch sehr gut mache.

„Ich meinte aber nicht, dass sie Viola Ross gleich zu ihrer Freundin machen sollte, Joh."

„Macht sie das? Hör ich gar nicht."

„Sei mal still!", zischte Rob und schaute gespannt durch das Einwegglas.

„Viola, ich weiß nicht warum, aber irgendwie habe ich das Gefühl, dass nicht Sie, sondern Frau Berghausen die Beziehung beendet hat. Kann das nicht eher sein? Und dass Ihnen das nicht gefallen hat, was ja nur menschlich ist. Kein Mensch möchte einfach verlassen werden."

„Schon erlebt?"

„Wer nicht? Das tut richtig weh. Da fahren die Gefühle mit dir Achterbahn. Da ist man verzweifelt, zornig, hilflos, ohnmächtig, wütend, die ganze Palette. Man könnte den anderen vergiften, erwürgen, erstechen, und dann will man ihn wieder bei sich haben, festhalten, lieben. Manchen bleibt nur eine unermessliche Wut."

„Und Sie wollen mir jetzt gerade genau diese Wut unterschieben, nicht wahr? Blödsinn. Aber Sie haben Recht. Manuela hat mit mir Schluss gemacht. Ich habe echt Glück mit meinen Beziehungen. Und jetzt soll ich Manuela umgebracht haben? Mein Gott, so einfältig könnt ihr doch nicht wirklich sein, oder?"

„Sehen Sie, Viola, bei der Ermordung von Manuela Berghausen war Geschicklichkeit vielleicht die bessere Wahl als Stärke. Um Manuela Berghausen die Sauerstoffzufuhr zum Gehirn zu blockieren, brauchte es nur so viel Kraft, die eine Frau ihres Formates problemlos aufbringen kann. Praktisch brauchte nur ein trainierter Läufer oder eine Läuferin Manuela Berghausen während des Laufes von hinten eine Schlinge um den Hals werfen. Das könnte innerhalb von einer halben Sekunde geschehen, verstehen Sie? Den Rest erledigte die Nylonschnur. Zudem wog Manuela Berghausen nicht viel, ein Fliegengewicht sozusagen. Sie in ein Gebüsch zu zerren, wäre auch für Sie, Viola, nicht das Problem. Und dann stellen Sie sich bitte mal vor, diese Frau greift zu einem Mordinstrument, das klassischerweise einem Mann zugeordnet wird. Welche Frau würde so etwas tun?"

„Sie werden es mir bestimmt jetzt sagen."

„Zum Beispiel eine Frau, die kräftig und schnell genug ist, die gedemütigt wurde, die ihrem Zorn Taten folgen lässt und die belesen genug ist, um uns in die Irre zu führen. Und da könnte man doch auch durchaus auf Sie kommen, oder?"

„Sie haben sie ja nicht alle."

„Das sieht nicht gut für Sie aus, wirklich nicht. Wissen Sie, bei ihrem Versuch, möglichst wenig zu sagen, haben Sie sich in immer mehr Unstimmigkeiten verstrickt und uns dabei ihre Motive geliefert. Verlassen werden ist eines der stärksten Motive, Frau Ross. Aber deswegen darf niemand das Gesetz selbst in die Hand nehmen. Möchten Sie nicht ein Geständnis ablegen und endlich zur Ruhe kommen?"

„War's das jetzt, Frau Kommissarin? Mehr als überbordende Fantasien und Vermutungen haben Sie gegen mich nicht in der Hand?", entgegnete Viola provozierend gelassen. Liviana trank von ihrem Kaffee, der inzwischen lauwarm geworden war.

„Hatte Ihre Schwester eigentlich eine Lebensversicherung abgeschlossen? Wir haben bei der Durchsuchung keine gefunden."

„Wir haben eine Hausratversicherung. Unser Leben kann man nicht versichern, wie Sie an meiner Schwester sehen können."

„Viola, ich frage Sie jetzt noch einmal. Haben Sie Manuela Berghausen am Donnerstag, den 21. Juli 2005 im Stadtwald getötet? Und haben Sie Ihre Schwester, Kim Ross, am Samstag, den 29. Juli kurz vor Mitternacht am Rautenstrauch-Joest-Kanal umgebracht?"

Köln, 14:30 Uhr

Kriminaldirektor Victor Bosch legte den Hörer bedächtig auf die Station. Fassungslos lehnte er sich weit in seinem ledernen Bürostuhl zurück, um in einer Hosentasche nervös nach seinem Taschentuch zu fummeln. Der Schweiß stand ihm auf der Stirn.

„Hei...li...ger Gransack! Schnell trifft die Kugel den Hirsch. Sind denn hier alle verrückt?", konstatierte er laut vor sich hin und fand endlich, was er suchte, um sich die feuchte Stirn zu wischen. Er dachte fünf Minuten lang darüber nach, was er da gerade gehört hatte, dann nahm er erneut den Hörer in die Hand. Als Hauptkommissar Rob Hansen sich in der Leitung meldete, zitierte er ihn im Befehlston in sein Büro. Seine Schläfen pochten, und kaum eine Minute später klopfte es an seiner Tür.

„Komm rein!", rief er.

„Du willst mich sprechen, Victor?", fragte Rob, der den gereizten Tonfall seines Chefs bereits registriert hatte.

„Das sagte ich bereits, oder? Mach die Tür zu und setz dich."

Rob sah in das mürrisch verschwitzte Gesicht des Kriminaldirektors, der sich hinter seinem Schreibtisch erhob und mit der rechten Hand auf die lederne Sitzgruppe deutete.

„Sag mal, sind hier eigentlich alle verrückt?", bahnte Victor Bosch das Gespräch an. Er informierte Rob in Zornesröte, dass er gerade das Justizministerium NRW am anderen Ende der Telefonleitung hatte. Rob hob blitzschnell das rote Kissen an, streifte damit über den Sessel und klemmte es neben sich an die Armlehne, als er sich setzte.

„Das Justizministerium?", hakte Rob nach und wusste nicht, was er mit dem Justizministerium zu tun hatte. Sein Kontakt endete in der Regel beim LKA, weshalb ihm das Ministerium recht bedeutungslos erschien, außer dass sie laufend mit neuen Gesetzesänderungen kamen, die seine Arbeit mehr behinderten als von Nutzen erschienen. Daher war seine Meinung über dieses Ministerium auch eher schlecht als recht.

„Das Justizministerium, genau. Und ich bin nicht gut gelaunt, wie du wohl inzwischen schon bemerkt haben wirst!"

„Tut mir leid, Victor, aber ich kann nicht folgen." *Er hat noch mehr zugenommen. Wo soll das noch hinführen?*, sinnierte Rob. Victor Bosch ließ sich in seinen Sessel fallen. Danach setzte er Rob von dem Inhalt des Telefonats in Kenntnis. Das Justizministerium habe Auskunft über zwei Skinheads erhalten, die in Köln eine Anzeige gegen eine Polizistin erstattet hätten. Dabei sei es um schwere Körperverletzung gegangen. Er, Bosch, habe dem Ministerium mitgeteilt, dass Körperverletzung nicht in ihr Ressort falle. Der Kriminaldirektor machte eine rhetorische Pause.

„Victor, ich …"

„Du lässt mich jetzt ausreden! Das Justizministerium in Düsseldorf hat mich weiter unterrichtet, dass unsere verehrte Kollegin Vaitmar eine gewichtige Rolle in diesem Zusammenhang spielen würde …"

„Victor, es tut mir leid. Ich wollte …"

„Du redest erst, wenn du dran bist, bevor ich mich ganz vergesse!", entgegnete Kriminaldirektor Victor Bosch mit hochrotem Kopf. Dabei wedelte er mit erhobenem Zeigefinger neben seinem Gesicht. Rob hatte ihn noch nie so erregt gesehen, noch kannte er eine so patzige Ausdrucksweise an ihm.

„Sie wollten Einzelheiten von dem brisanten Fall, wie sie das nannten. Ich wusste gar nicht, dass wir einen brisanten Fall mit zwei Skinheads bearbeiten, Rob! Und außerdem dachte ich immer noch, dass ich bei brisanten Fällen informiert werde!"

„Ich …"

„Ich bin noch nicht fertig!", bäumte sich Victor Bosch in seinem Sessel auf und stütze seinen mächtigen Oberkörper mit Händen und Bauch auf seine Oberschenkel.

„Das Justizministerium hat mich aufgefordert, umgehend sämtliche Unterlagen an das Landeskriminalamt weiterzuleiten. Dieser Mann ist ein ganz hohes Tier im Ministerium. So einer frisst einen Übergewichtigen wie mich, als Frikadelle zum Frühstück. Dort werden Karrieren entschieden! Habe ich mich verständlich ausgedrückt?!"

„Hast du …"

„Und wieso weiß das Justizministerium mehr als ich von diesem so genannten brisanten Fall in meinem Kommissariat, Rob?"

„Victor, es tut mir leid. Ich hätte es dir schon längst sagen sollen, aber …"

„Willst du eigentlich, dass unsere Abteilung…"

„Ich verstehe gar nicht, was das Ministerium …"

„Was habt ihr da eigentlich ohne mein Wissen veranstaltet?! Binnen drei Tagen soll der Vorgang beim LKA vorliegen und wenn ich es persönlich und zu Fuß nach Düsseldorf bringen müsse. Und du weißt, was das für einen Kölner bedeutet!?" Der Kriminaldirektor warf sich zurück gegen die Lehne und wischte sich mit seinem Taschentuch den Mund. Langsam verlor die rote Farbe in seinem Gesicht an Leuchtkraft.

„Victor, ich habe bisher nicht die Zeit gefunden, dir davon zu berichten …", begann Rob kleinlaut.

„Du redest dich hier gerade um Kopf und Kragen. Überlege dir genau, was du mir hier erzählst, bevor ich mich noch dazu entschließe, dich auf den nächstbesten Streifenwagen zu setzen. Vait werde ich mir noch ganz persönlich vornehmen."

„Das geht auf meine Kappe, Victor. Ich habe Vait gesagt, dass ich mit dir reden werde. Es ist mein Team, und ich trage dafür die Verantwortung."

„Und? Warum hast du mich nicht informiert?"

„Ich hatte zu viel um die Ohren. Es tut mir leid!"

„Hör auf zu jammern! Wir haben alle viel zu tun! Warum muss ich den Vorfall von Düsseldorf erfahren?"

„Mein Vater wurde heute beerdigt, und ich war nicht dort."

Es klopfte an der Zwischentür, und im gleichen Moment kam die Sekretärin des Kriminaldirektors mit einem Tablett Kaffee und Keksen herein.

„Ich dachte, ich bring Kaffee und wollte Sie daran erinnern, dass Sie gleich noch die Ausschusssitzung haben", sagte sie und beugte ihren Oberkörper zwischen die beiden Männer. Ihr Ausschnitt gewährte eine üppige Einsicht mit deutlich beruhigender Wirkung. Dabei stellte sie das Schälchen mit den Keksen mitten auf das Tischchen und schenkte Kaffee aus. Das verschmitzte Lächeln sah nur Rob, und er beantwortete es mit einem Augenzwinkern.

„Was denn jetzt? Ich meine, jetzt nicht, Eva", warf Victor ein.

„Ich sollte Sie erinnern", unterstrich die Sekretärin und schritt auf leisen Sohlen in ihr Büro.

„Das tut mir leid, mit deinem Vater."

Beide Männer nahmen es zum Anlass, über die Vorkommnisse der letzten Tage zu sprechen und kamen dann ausführlich auf Kollegin Vaitmar zurück. Rob setzte seinen Chef detailliert über die Geschehnisse in Kenntnis. Er nahm auch das Fehlverhalten von Johann Funke auf sich, der die Anzeige nicht hatte unterschreiben lassen. Je mehr Victor Bosch mit den Einzelheiten vertraut gemacht wurde, desto mehr schlug er die Hände über dem Kopf zusammen. Rob musste mit ansehen, wie Victor sich händeringend vornüber beugte, nur um sich gleich wieder zurückfallen zu lassen. Bosch wischte sich ständig mit dem Stofftaschentuch über Handflächen und Stirn. Nachdem er sich die Nase abgewischt hatte, faltete er das Tuch und stopfte es in seine Hosentasche, indem er sich ein weiteres Mal nach hinten zurücklehnte. Der Kriminaldirektor zeichnete ein Schreckensszenario von der internen Ermittlung, der vernichtenden Presse und dem Fegefeuer, durch das sie alle gehen müssten. Das fing bei Staatsanwalt Mirkow an und endete in einem Redeschwall über Vaitmar.

„Mit einer vorübergehenden Suspendierung kann ich leben. Viel mehr macht mir ihr Zustand Sorgen. Erst das mit dem Heroin und jetzt die Sache vor zehn Tagen. Stell dir vor, sie hat selbst aus heiterem Himmel um ihre Suspendierung gebeten. Heiliger Gransack! Jetzt weiß ich überhaupt erst warum! Und dann treffe ich sie noch am selben Tag auf dem Flur, kurz vor der Sitzung …", tönte Victor mit einer kurzen Pause, um die Spannung zu erhöhen.

„Ja?"

„Ich frage sie noch, wo du bist und sehe da eine Spinne auf dem Boden sitzen und will drauf treten …" Victor musste lachen, noch bevor er den Satz zu Ende sprechen konnte. Alles an ihm wippte und vibrierte im Rhythmus der Lacher, während er sich mit beiden Händen auf die Oberschenkel klopfte.

„Sie hat das Viech vor mir abgeschirmt. Ein beeindruckender Einsatz, kann ich dir sagen, wenn es nicht so traurig gewesen wäre. Sie hat das Vieh gefangen, um es draußen lebend auszusetzen und hat dabei was von - *die haben doch auch eine Seele* – gefaselt. Ja, sage mal - ist unsere Vait jetzt unter die Naturschützer gegangen oder total verrückt?"

„Ich würde das nicht überbewerten, Victor. Wir haben manchmal harte Tage. Da möchte jeder Mal einfach etwas Positives tun." Victor schaute ihn mit zugekniffenen Augen an.

„Ihr scheint euch ja langsam zu verstehen, was?"

Rob hob den Kopf.

„Was meinst du mit dem Heroin, Victor?"

„Ach – lass uns nicht alte Kamelle aufwärmen, aber es bleibt unter uns, Rob …" Der Kriminaldirektor griff erneut nach seinem Taschentuch und fuhr damit über seine Handinnenflächen.

Er berichtete den Sachverhalt und steckte das Tuch in die Hosentasche.

„Vait wäre doch niemals in den Polizeidienst aufgenommen worden, wenn das bekannt gewesen wäre", hakte Rob nach.

„Das Problem wurde wesentlich später bekannt, wobei ich sagen darf, dass ich wieder mal als letzter davon erfuhr. Genau genommen erst vor zwei Jahren. Ich sage dir nur eins – Düsseldorf. Heiliger Gransack! Was von dort herüber weht, trägt den Teufel im Gebet."

„Rilke?"

„Ach! Was weiß ich?"

„Sie ist eine gute Polizistin, Victor."

„Wem sagst du das? Wann bekomme ich die Unterlagen von dem ganzen Schlamassel?"

„Jetzt sofort."

„Gut. Dann lass uns hier nicht länger wertvolle Steuergelder verschleudern. Wir müssen schließlich auch das Große und Ganze im Auge behalten."

Samstag, 26. August

Frankfurt, 18:56 Uhr

Anna Karenina, Madame Bovary, Effi Briest, Krieg und Frieden, alle in braunen kunstledernen Einbänden mit ähnlich goldenen Verzierungen. Dann fiel ihr Blick auf zerlesene Groschenromane, ein paar alte Krimis und Poesiealben.

Als Kind hatte sie diese Groschenromane im Wohnzimmer und auf der Ablage unter dem Couchtisch liegen sehen. Auf der Frisierkommode und dem Nachtschränkchen ihrer Mutter hatten ebenfalls aufeinander gestapelte Hefte oder aufgeschlagene

Romane gelegen. Selbst in einem kleinen Zeitungsständer auf der Toilette hatte sie diese Heftchen gehortet. Margarete fand gebundene Liebesromane und Taschenbücher sowie kleine Döschen und ein Sortiment Koch- und Backrezepte, fein säuberlich aus Illustriertenzeitschriften herausgetrennt und in Hefter sortiert. Je länger Margarete Westerkamp den Karton inspizierte, desto mehr Erinnerungen stiegen in ihr auf.

Sie hielt ein Bordeauxglas in die Höhe. *Mama, wie sentimental du doch sein konntest. Du hast sie ja verschlungen, deine Groschenromane. Du warst eine belesene Frau, du hast alles verschlungen, vom Kitsch bis zur sogenannten gehobenen Literatur.* Marga trank einen Schluck nichts sagenden Dornfelder aus 2005, saß dabei auf ihrem Wollteppich und schaute aus der offenen Terrassentür auf ein Blumenbeet, das von der Abendsonne angestrahlt wurde.

Als sie erneut in den Karton spähte, entdeckte sie die Tagebücher unter einem dunkelbraunen Holzschmuckkästchen. Sie wollte eines herausheben, als sie feststellen musste, dass es drei Tagebücher waren, die mit einem Klebeband rundherum zusammengeklebt waren. Marga dachte sofort an ihren Vater, der die Bücher seiner Frau auf eine solche Art und Weise verpackt hatte, um sie nach ihrem Tod in den Kartons aufzubewahren. *Lieblos, aber verschlossen. Er hat bestimmt noch nicht einmal hineingeschaut,* dachte sie und bekam im selben Moment Hemmungen, ihrer Neugier zu folgen. Marga legte das Tagebuchpäckchen in ihren Schoß und strich mit einer Hand zärtlich darüber.

Bücher übten auf Margarete Westerkamp dieselbe magische Anziehungskraft aus wie auf ihre Mutter. Jetzt saß sie da und spürte eine aufsteigende Spannung. Sie überkam das Gefühl, etwas Verbotenes zu tun. Sie leerte den Rest des Glases, stand auf und holte sich eine kleine Schere und die Weinflasche vom Sekretär und platzierte sich erneut neben den Kartons. Sie schenkte sich das Glas dreiviertel voll, legte die Tagebücher wieder auf ihren Schoß und öffnete mit der Schere das Klebeband an der offenen Seite der Bücher. Dann schlug sie den Buchdeckel auf und fand auf der ersten Seite zwei Jahreszahlen, die von einem Bindestrich zusammengehalten wurden. Margarete sah sich auch die anderen Bücher an und stellte fest, dass die Zeiträume, die darin angezeigt wurden, unterschiedlich groß waren. Mal waren es drei Jahre, mal fünf.

In Gedanken entschuldigte sie sich bei ihrer Mutter dafür, dass sie dabei war, in ihre intimsten Geheimnisse einzudringen. Sie trank sich Mut an, um die mahnenden Vorbehalte beiseite zu fegen.

Es klopfte an der Tür. Marga schlug erschreckt das Tagebuch zu, während gleichzeitig die Tür aufging. Ihre Tochter trat ein, ohne auf ein Herein zu warten.

„Mama, ich bin bei Christin", sagte sie und schaute ihre Mutter aus stark geröteten Augen an.

„Was, jetzt noch? Wie spät ist es denn, und wie siehst du überhaupt aus?"

„Wie soll ich schon aussehen? So wie du es nicht leiden kannst, oder? Christin hat ein paar Mädels eingeladen."

„Was ist mit deinen Augen? Die sind knallrot. Bist du krank? Oder hast du etwa jetzt auch schon mit dem Kiffen angefangen wie dein Bruder?"

„Ach, Mama! Und wenn schon, das ist ja auch nicht dein erstes Glas Wein heute, oder?"

„Das ist ja wohl was völlig anderes ...", wurde Margarete lauter. „... kiffst du, Julia?!"

„Es kiffen doch alle, Mama. Und gesünder als Alkohol ist es allemal. Gras ist Natur. Du brauchst keine Angst haben, ich nehme keine Chemie. Aber jetzt muss ich, Mama, und mach mir jetzt keine Szene."

„Was hast du denn für Sprüche drauf. Mach mir keine Szene! Sind wir hier im Kino?!", ereiferte sich Marga.

„Och, Mama! Mach's gut, ich penne bei Christin. Bin morgen Vormittag wieder da." Und damit verließ Julia das Zimmer.

„Du schläfst bei Christin? Das haben wir aber gar nicht besprochen!"

„Doch ..." rief Julia noch zurück, „... mit Papa!" Dann schloss sie die Tür.

„Und das Kiffen auch?!", rief Margarete sarkastisch hinter ihr her, ohne auf eine Antwort zu hoffen. Sie fühlte wieder einmal, dass ihr auch Julia langsam entglitt, und das stürzte sie einen Moment lang in tiefe Verzweiflung, die alles überschattete.

„Waren wir auch so, Mama? Die Kinder machen, was sie wollen, und Oliver ist jede freie Minute beim Tennis oder Golf. Und bestimmt trifft er diese Tennisschnepfe - wie heißt das Biest noch?", brabbelte sie vor sich hin und leerte hastig das Glas in einem Zug. *Ob er die schon flach gelegt hat?*, dachte sie, erschrak über ihre gedankliche Wortwahl und füllte ihr Glas erneut auf.

„Es wird wohl eine lange Nacht mit dir, Mama ...", schwatzte sie dahin, „... und dafür wird dieses Fläschchen wohl nicht reichen." Sie blätterte eine Seite nach der anderen um und überflog sie. Dabei fiel ihr auf, dass die meisten Eintragungen mit *Lieber Gott* begannen. Schließlich blieb sie an einer Eintragung hängen.

Meschede, 07.04.1963
Lieber Gott,
wir waren doch Kinder. Mutter hatte uns eingebläut, wir sollten auf der Straße nicht laut rumschreien. Und wir sollten immer schön Heil Hitler antworten, wenn wir gegrüßt würden. Es sei sonst nicht gut für Vater und Mutter. Wir hatten uns daran gehalten. Wie alt waren wir? Sieben Jahre? Acht Jahre? Ich weiß es nicht mehr genau. Aber wir waren Kinder. Damals liefen sie schon durch die Stadt. Männer in Uniformen und manche trugen das SS-Zeichen darauf. Ich hatte damals eigentlich immer Angst. Die meisten Kinder hatten Angst. Nur unser Klassenclown, Arthur, nicht. Deshalb hatte ich auch irgendwie Angst um ihn.

Er war ein frecher Junge. Ich glaube, er war der frechste Junge auf der Schule. Aber die meisten Kinder und auch die Lehrerinnen hatten ihn gern. Er hatte als Kind schon einen Witz, mit dem er die Herzen der Erwachsenen und später auch der Mädchen eroberte. Schlau war er, mein Arthur. So musste ich mich doch zwangsläufig in ihn verlieben, wie viele andere Mädchen auch. Und das schon zu einer Zeit, als ich noch nichts von der Liebe verstand. Ich wollte immer mit ihm spielen, später passten ihm die Mädchenspiele nicht mehr. Seilhüpfen war eben nichts für richtige Jungs. Arthur war auch der erste Junge in der Klasse, der den Hitlergruß stolz und mit ausgestrecktem Arm und voller Leidenschaft rief. Vielleicht hätte ich da schon etwas merken müssen. Aber wir waren noch Kinder.

Später lief Arthur immer auf den Straßen herum. Er hatte einfach keine Angst. Heute glaube ich, weil er immer auf der sicheren Seite stand. Als sie durch die Straßen marschierten, da lief er am Rand mit ihnen mit. Er war noch ein Pimpf und wollte zur HJ. Da hätte ich schon sehen müssen, welcher Geist in ihm wehte. Da wusste ich aber bereits, was Liebe ist, zumindest glaubte ich es zu wissen, und Liebe macht bekanntlich blind.

Andererseits – ich war doch gar nicht anders. Ich wollte damals in den Bund Deutscher Mädchen. Mein Vater hatte damit gedroht, mir den Hintern zu versohlen und gesagt, dass er so etwas in seinem Haus nie wieder hören wolle.

Arthur erzählte Geschichten, wenn wir nach der Schule heimgingen. Geschichten von unseren starken Männern, von den gewonnenen Kriegen und von den Menschen, die nicht das 1000-jährige Reich begründen sollten.

Wir dachten, Juden, Zigeuner und Kommunisten seien richtig böse Menschen, und man müsste sie gefangen nehmen. Mein Vater hatte mich beschimpft, mir verdeutlicht, dass ich so nicht denken dürfe. Wir kannten einige jüdische Nachbarn. Warum auch Behinderte böse sein sollten, habe ich damals nicht verstanden. Wir hatten ja unseren Nachbarn Felix. Er konnte nicht deutlich sprechen, und er hatte Kinderlähmung. Aber er war lieb und eigentlich immer fröhlich, obwohl er häufig Schmerzen hatte. Er gehörte auch zu uns, und ich habe gern mit ihm gespielt.

Alle dachten so. Die Nachbarn, Arthur, Debora und - ich glaube - auch Mutter. Sie hat sich immer mit Vater gestritten. Vielleicht aber auch, weil er manchmal so laut war, wenn er wütend über Hitler schimpfte.

Damals war ich auch eifersüchtig auf Arthur und die Mädchen, mit denen er redete. Aber eigentlich sprach er mit mir viel mehr als mit allen anderen. Später sprach er nur noch mit seinen Kameraden aus der HJ. Es war Krieg. Es ist so lange her, und doch holen mich die Erinnerungen jetzt wieder ein ...

Marga stiegen die Tränen in die Augen, die sie zu ertränken suchte. Sie hörte mit jedem geschriebenen Wort die Stimme ihrer Mutter. Diese Stimme klang in den letzten Monaten vor ihrem Tod, hauchdünn und dennoch liebevoll. Marga stand auf und ging zu ihrer Stereoanlage, um Vivaldi – Vier Jahreszeiten – aufzulegen. Sie stellte das Volumen auf sieben, eine Lautstärke, bei der sie kein Telefon mehr hören konnte und drückte die Play-Taste.

Sie schlenderte zurück zum Teppich. Sinnierend und leicht sentimental trank sie den Rest Rotwein aus der Flasche und entschied sich, im Keller nach einem angemessenen Wein zu suchen.

Köln, 19:04 Uhr

Sie hatte eine Menge eingekauft und schleppte ihre zwei Plastiktüten aus dem Supermarkt am Zülpicher Platz zu ihrer Gilera Saturno. Nachdem sie alles in den Seitentaschen verstaut hatte, startete sie ihre Maschine und fuhr den halben Kilometer die Zülpicher Straße entlang. Ihre Wohnung lag im dritten Stock. Von oben hatte sie einen Blick auf die Straßenbahn, die Autos und viele Kneipen, die sich entlang der Zülpicher Straße zogen und für nächtliche Unruhe sorgten. Ihr Schlafzimmerfenster gab den Blick in einen unaufgeräumten Hinterhof frei, wo Müllsäcke an den Tonnen lehnten. Sie konnte mit offenem Fenster schlafen, was ihr ein großes Bedürfnis war. Geschlossene Fenster ängstigten sie ein wenig, weil sie glaubte, dass die Nacht sie unbemerkt zu ersticken drohte. Sie liebte es, unter ihrer Bettdecke zu liegen, eingekuschelt bis zum Mund und eine leise Brise um die Nase geweht zu bekommen. Heute, das wusste sie, würde vielleicht alles anders laufen, und sie würde es in Kauf nehmen, bei geschlossenem Fenster schlafen zu müssen, wenn es nicht anders ginge, was sie nicht hoffte.

Ihre Wohnung hatte hohe Decken, ein Altbau mit modernen Doppelglasfenstern. Küche und Wohnzimmer lagen zur Straße hin, weshalb sie dort die Fenster meistens geschlossen hielt. Wenn auf der anderen Straßenseite die ersten Lichter in den Wohnungen angingen, zog Liviana Vaitmar ihre Vorhänge zu.

Sie stellte die Taschen auf die Stühle in der Küche und leerte den Inhalt ihrer Lederjacke auf den Tisch. Der Beutel Kokain, den sie seit einigen Tagen in ihrer Jacke völlig vergessen hatte, kam zum Vorschein. Sie schaute das weiße Pulver an, leckte spontan die Fingerkuppe ihres kleinen Fingers, wie sie es früher oft getan hatte. In Gedanken suchte sie nach einem 20-Euro-Schein, um ihn wie ein Röhrchen aufzurollen. Dann nahm sie einen Stuhl und stellte sich darauf, öffnete eine der roten Hängeschranktüren und verstaute das Päckchen hinter Stoffservietten in einem bayrischen Maßkrug mit Deckel, der zwischen anderen alten Souveniren stand. Sie ließ die Schranktür zufallen, stieg vom Stuhl hinab und packte die beiden Tüten aus.

Heute wollte sie keine Experimente machen, weshalb sie für eines ihrer Standardrezepte eingekauft hatte. Alles sollte gelingen. Sie ging in ihr Schlafzimmer und hängte fünf Kleider zur Anprobe raus. Mit jedem einzelnen Stück besah sie sich im großen Wandspiegel, in dem sich auch ihr altes Futonbett widerspiegelte. Liviana entschied sich für das rote Kleid mit den hauchdünnen Trägern. Ihr Lieblingskleid, in dem sie sich sicher fühlte und von dem sie wusste, wie verführerisch sie darin wirkte. Heute wollte sie nichts dem Zufall überlassen. Sie hängte das Kleid auf einem Bügel an den Schrank, zog sich T-Shirt und Trainingshose an und legte im Wohnzimmer eine Bon-Jovi-CD in ihren CD-Player. Die Musik beschallte die ganze Wohnung und Liviana begann, im Rhythmus der Musik aufzuräumen.

Sie fühlte ihre Power, ihre Freude, und alles mischte sich mit einem Hauch von Erotik. Am liebsten hätte sie sich selbst befriedigt, aber heute wollte sie das lieber jemand anderem überlassen. Allerdings hatte sie lange nicht mehr so angeregt Gemüse geputzt und geschnitten, Salat gewaschen, Putenfleisch klein geschnitten, mit Lust Saucen abgeschmeckt und lauthals mit Bon Jovi gesungen. Sie stellte die Pfanne auf den Herd und fuhr sich mit der rechten Hand in ihren Schlüpfer. Es heizte sie an wie eine Vorspeise, aber den Hauptgang wollte sie mit Rose erleben. Für 20:00 Uhr waren sie verabredet, da musste sie sich beeilen, wenn sie nicht beim Klingeln unter der Dusche stehen wollte.

Frankfurt, 19:43 Uhr

Marga betrat ihr Zimmer mit einem entkorkten Barolo Castello Riserva, Jahrgang 1999. Ein Wein mit elegantem, vielschichtigem Bukett aus Heidelbeeren, Kirschen und Brombeeren. Ganz klar ein Wein für besondere Anlässe, und einen solchen glaubte Marga heute gefunden zu haben. Sie legte sich wieder auf ihren Wollteppich und lauschte den Klängen, die sie wie eine warme Decke umhüllten. So ließ sie sich treiben und gab sich ihrer Sehnsucht nach einem anderen Leben hin. Plötzlich weinte sie um ihren Vater, um ihre Mutter und darüber, wie schrecklich sie alle umgekommen waren. Mord und Krebs. Sie legte sich auf die Seite und zog ihre Beine an. Ihre Arme verschränkte sie vor der Brust, und so lag sie da und weinte um ihre Kinder, die Drogen nahmen, um ihren Mann, der sich eine andere nahm und um ihr eigenes verpfuschtes Leben.

Es kam ihr vor, als habe sie eine Ewigkeit so dagelegen, dabei waren kaum mehr als zehn Minuten vergangen. Sie schaute auf den Deckel eines anderen Tagebuchs. Die Aufzeichnungen ihrer Mutter schafften eine innige Nähe, die ihr Angst machten und sie zugleich das zweite Tagebuch öffnen ließ.

Meschede, 24.07.1973 01:45h

Lieber Gott,
Es war wunderschön. Sie sind alle gekommen, bis auf Walter und Dagmar. Na ja, das kann man ja verstehen, wenn er so krank ist. Da wäre ich auch bei meinem Mann geblieben. Wir haben so schön gefeiert, und ich wurde beschenkt, wie ich es nicht erwartet hatte. Ich musste ein bisschen weinen. Vielleicht habe ich auch zu tief ins Glas geschaut. Es war so schön und Arthur ist ein toller Gastgeber und ein liebevoller Mann. Er hat alle gut unterhalten, und immer suchte er meine Nähe - wie damals. Er gab mir seinen speziellen Kuss ins Ohr. Anfangs habe ich das gar nicht gemocht. Er geht mit der Zuge rein. Kurz. Sehr gewöhnungsbedürftig. Ich habe mich daran gewöhnt. Es jagt mir einen kleinen Schauer über den Rücken.
05:22
Er schläft. Das hätte er mir nicht sagen sollen. Jetzt tut es unendlich weh. Warum hat er es nicht für sich behalten? Wie soll ich damit leben? Arthur, hast du es gesagt, damit du wieder ruhig schlafen kannst und ich darüber wachen soll?! Wer bist du, Arthur, dass du mir an meinem vierzigsten Geburtstag solche Grausamkeiten erzählen musst. Du solltest es besser mit ins Grab nehmen, nicht ich!...

Marga ernüchterte mit jedem Satz, den sie weiter las. Sie ging ins Badezimmer, drehte den Kaltwasserhahn auf, sog Wasser, das wie ein Bach durch ihre Hände floss. Dann drückte sie das kalte Nass in ihr Gesicht. Sie wollte verstehen, was ihre Mutter zu sagen hatte. Dann ging sie in ihr Zimmer zurück.

„Nur noch ein halbes Gläschen", beschwichtigte sie sich selbst und füllte die zweite Hälfte mit Wasser auf.

Ich weiß nicht, ob ich es aufschreiben darf? Ich hoffe, ich werde dieses Tagebuch rechtzeitig vernichten, damit es nie gelesen wird. Es bringt nur Schande über uns. Aber jetzt muss ich schreiben, um festzuhalten, was ich nicht glauben kann.

Wir lagen im Bett. Arthur hat mich noch einmal geliebt. Plötzlich hat er zu erzählen angefangen. Aus heiterem Himmel und ohne dass ich ihn gefragt habe. Er sei in der SS gewesen. Später, als der Krieg fast vorbei war. Aber das wusste ich ja schon. In der Hitlerjugend haben sie es gelernt. Viele

Jungen haben es so gemacht, und auch er habe sie verraten. Juden, die sich versteckt hatten. Damals habe er doch nicht verstanden, was es für Folgen haben würde, meinte Arthur. Er war sich doch der gemeinsamen Sache so sicher gewesen. Die Herrmanns, die Ludgers, Familie Eibner.

Die Familie Melzer, die den Antiquitätenladen unten im Dorf hatten. Vater und Herr Melzer haben sich wie die Kesselflicker gestritten. Aber sie wurden sich immer einig, und gegen die Nazis waren beide sowieso. Vater hat die Familie zu jedem Fest eingeladen. Sie hatten zwei Töchter, Eva und Isolde. Ich hatte sie sehr gern. Später habe ich gehört, dass Isolde und ihre Eltern mitgenommen wurden. Eva soll durchgekommen sein. Angeblich haben die Sozialisten sie gerettet. Ihren Aufenthalt haben wir nie erfahren. Und auch Felix haben sie mitgenommen. Er hat geweint, als sie ihn von den Eltern wegnahmen. Wir alle haben entsetzlich geweint. Das war alles unfassbar, weil wir ja auch nichts tun konnten. Sie hätten uns doch auf offener Straße erschossen.

Ich habe Arthur erst gar nicht geglaubt, was er mir da heute Nacht gesagt hat. Aber jetzt, wo all die Bilder plötzlich wieder da sind, jetzt lässt es mir keine Ruhe mehr. Es fängt an, mich von innen aufzufressen wie mein Krebs...

Marga krampfte sich der Magen zusammen. Sie hatte das Gefühl, dass ihr gerade etwas richtig Böses widerfahren war.

Köln, 19:56 Uhr

Sie öffnete ihre Haare und legte ein Goldkettchen an. Unter ihrem sommerlichen roten Kleid konnte sie ihre schwarzen Dessous erkennen. Ihr Parfüm roch erfrischend und mild. Sie fand, dass sie gut aussah, und sie war so aufgeregt wie vor ihrer Abschlussprüfung. Sie hatte das Bett frisch bezogen.

Rose konnte jeden Moment schellen. Alles war pünktlich fertig, das Essen konnte serviert werden. Zwei lange rote Kerzen standen in gebürsteten Edelstahlständern und flackerten auf dem Esstisch. Das Dressing stand in einem Kännchen neben dem Salat, und ein roter Cabernet Sauvignon atmete bereits seit einer Stunde. Liviana hatte ein paar kleine Rosenblüten in Wasserschälchen auf dem Tisch platziert, rote Servietten lagen unter dem Besteck auf einem blank polierten Holztisch, und zwei ihrer großen Rotweingläser funkelten neben schlichten Wassergläsern. Sekt und Sektgläser hatte Liviana auf der Arbeitsplatte der Einbauküche platziert, um beim ersten Klingeln die Gläser zur Begrüßung zu füllen, während Rose den Weg in den dritten Stock erklimmen musste. Die Küche war mit Teelichtern und kleineren roten Kerzen ausgeleuchtet, und Liviana spürte langsam ihren Hunger. Als es endlich klingelte, legte sie ihre Hand auf den Bauch und atmete tief ein und aus, um sich zu beruhigen. Sie drückte den Summer, ihr Herz sprang vor Freude, und sie eilte in die Küche zurück, um den Sekt einzuschenken. Mit den vollen Gläsern in der Hand wartete sie an der Wohnungstür. Dann kam Rose, die nach den letzten zwei Stufen, wie eine Elfe vor ihr im Türrahmen stand. Sie trug ein sonnenblumengelbes Kleid und funkelte Liviana mit ihren braunen Augen an. Rose schloss die Tür hinter ihnen und trat dicht an Liviana heran, sagte leise Hallo und gab Liviana einen langen Kuss.

Ihre Lippen lösten sich, sie stießen mit den Sektgläsern an. Liviana führte Rose stolz durch alle Räume, zeigte ihr ein Foto ihrer Eltern, ihre handgroße Muschel mit dem schwarzen Sand von Gomera und legte eine meditative Musik auf. Während sie redeten und tranken, berührten sie sich an Schulter und Haar, an Wangen und Armen. Dann führte Liviana Rose in die große Wohn-Essküche. Rose bewunderte das Tischarrangement und nahm Platz.

„So etwas hat noch nie jemand für mich gemacht", flüsterte sie vor Rührung.

Sie aßen, tranken, lachten und küssten sich. Der Abend wurde schöner, als Liviana es sich vorzustellen vermochte und ihre Verliebtheit kreiste ängstlich-aufgeregte Bahnen um Rose.

Rose lehnte satt an der Lehne ihres Korbstuhls, holte einen fertig gedrehten Joint aus ihrer kleinen Handtasche und hielt ihn Liviana mit verführerischem Lächeln unter die Nase.

„Würde es dir viel ausmachen, keinen zu rauchen?", fragte Liviana mit einem leisen Unterton der Enttäuschung.

„Es macht mir gar nichts aus. Ich dachte nur ...", entgegnete Rose verhalten.

„Danke", erfreute sich Liviana an dieser Bemerkung und stand auf, um das übrig gebliebene Essen auf die Arbeitsplatte zu stellen. Rose half ihr. Liviana drehte sich um, und da standen beide plötzlich dicht voreinander. Sie sahen sich in die Augen. Liviana lehnte sich an die Arbeitsplatte, und Rose legte sanft die Hände auf ihre Wangen. Dann näherten sich ihre Lippen, und Liviana schloss die Augen. Sie fühlte die leichten, zärtlichen Küsse auf ihren Augen, auf Nase und Wangen und Lippen. Ganz sanft, fast wie ein Hauch, berührten die Lippen sie und wanderten vom Gesicht zum Hals und zurück zu ihrem Mund. Sie fühlte die Zunge, wie sie sanft ihre Lippen öffnete und sich dann mit ihrer Zunge vereinte. Rose zog mit dem kleinen Finger die Träger ihres Kleides von den Schultern. Liviana legte ihren Kopf in den Nacken und gab sich den Liebkosungen hin. Ihre Hände suchten Halt an der Arbeitsplatte. Rose küsste ihren Hals, öffnete den Reißverschluss entlang der Wirbelsäule und küsste Livianas Brüste, als das Kleid zu Boden fiel. Dann nahm Liviana Rose an die Hand und ging mit ihr ins Schlafzimmer. Auch Roses Kleid fiel zu Boden. Sie lagen nackt auf dem Bett, und Liviana züngelte an Roses Brustwarze, bevor ihre Lippen sie umschlossen. Sie hörte Rose stöhnen, was ihre Leidenschaft entflammte. Liviana gierte nach Zärtlichkeit, als Rose sich erhob und Liviana am ganzen Körper zu küssen begann. Es gab nichts, was diesen Liebestaumel unterbrach. Kein falsches Wort, kein schmerzliches Zucken. Die Leidenschaft, mit der Rose sie zu entzünden wusste, ließ sie wild atmen. Wie eine tosende Meeresbrandung überflutete sie ihr Orgasmus. Sie zog Rose fest an sich heran, küsste die verschwitzte salzige Haut, umklammerte Rose und wollte sterben, um mit ihr diesen Glücksmoment nie mehr davonziehen zu lassen.

Erschöpft lagen beide auf der Seite und schauten sich an. Rose fielen die Augen zu, dann öffnete sie sie wieder und lächelte. Liviana erforschte entspannt ihr Gesicht. Sie zeichnete mit ihren Blicken die Nase bis zu den Augenbrauen nach. Die Wimpern und die Lachfältchen um die Augen. Dann zog sie streichelnd mit dem Zeigefinger die Linie ihres Mundes nach. Rose öffnete die Augen und formte ihren Mund zu einem Kuss und biss blitzschnell in Livianas Finger. Beide lachten.

Liviana erzählte, wie unbefangen sie den Sex mit ihr erlebt hatte und wie anders als mit Männern. Sie erzählte von Männern, die keine Zeit hatten. Von Männern, die glaubten, dass sie es schnell und gewaltvoll brauchte.

„Bei dir ist alles anders, Rose. Ich bin so glücklich."

„Ich auch", antwortete Rose ernst. Liviana sah einen Schatten über ihr Gesicht huschen.

„Was ist, Rose? Hab ich zu viel geredet? Hätte ich das mit den Männern nicht sagen dürfen? Ich wollte dich nicht vergleichen oder dir damit wehtun, Rose. Nein, bitte, sei nicht böse. Ich bin so durcheinander, und ich bin wohl verliebt, glaube ich."

„Das ist schön. Ich höre dir gerne zu, meine Livi. Du erzählst einfach so gerade heraus, das gefällt mir. Und deine Stimme klingt wie Salsamusik für mich. Du lässt mich schweben."

„Was ist?", fragte Liviana und stützte sich auf ihren Ellbogen. Rose legte sich auf den Rücken, die Hände hinter dem Kopf verschränkt und starrte gegen die Decke.

„Christian, mein Mann ..."

„Ja?"

„Seine Firma will ihren Standort komplett nach Stuttgart verlegen."

„Und?", fragte Liviana erwartungsvoll und zog ihre Knie zum Bauch.

„Er will mit der Firma dorthin ziehen. Und wir sollen mit."

„Was?!" Liviana schreckte auf und fühlte sich plötzlich in ihrer Nacktheit kühl und unangenehm. Sie suchte nach ihrem T-Shirt.

Rose lehnte sich aufrecht an das Kopfende des Bettes und griff nach einem zweiten Kissen.

„Du gehst nach Stuttgart?!"

„Bitte, Livi – ich weiß nicht, was ich tun soll, aber ich kann meine Kinder doch nicht allein ..." Rose presste die Lippen zusammen und das Kissen auf ihren Bauch. Liviana sprang aus dem Bett und in ihrem Kopf surrten die Gedanken wild umher. Statt der Worte, ergriff sie die Rotweinflasche und schaute Rose in hitzigem Zorn an. Die Angst verlassen zu werden, überflutete sie völlig unerwartet. Sie warf die die Rotweinflasche zu Boden, zog ihr T-Shirt und ihr Höschen an und taumelte. Sie wollte etwas kaputt schlagen, etwas sagen, Rose wehtun. Sie wollte Rose anschreien oder schlagen. Sie glaubte vor Wut ersticken zu müssen.

„Bitte ...", sagte Rose, „... ich habe mich doch noch gar nicht entschieden! Ich werde nur nicht die Kinder allein lassen."

Liviana trank aus der Flasche und knallte sie auf den Boden.

„Du hast dich entschieden! Ich habe es sofort in deinen Augen gesehen! Du gehst mit ihm und den Kindern. Du wusstest es schon, als du zu mir gekommen bist, oder?! Und dann hast du mal schnell mit mir geschlafen, was?! Das wolltest du noch schnell mitnehmen, oder? Mama Mia!"

„Livi! Werde nicht ungerecht. Das ist nicht wahr. Mach nicht alles kaputt, bitte!"

„Ich?! Du sagst doch, *Ich bin dann mal weg!* Mit deinem Arschloch?!" Liviana trat gegen die Weinflasche und schaute sich Hilfe suchend in ihrer Wohnung um.

„Livi! Ich rede von den Kindern! Mein Mann ist mir egal. Ich liebe meine Kinder, und ich liebe dich!" Rose hielt Kissen und Decke wie ein Schutzschild vor ihren Körper gepresst. Liviana zog sich ihre Trainingshose an und marschierte in die Küche. Sie zog den Stuhl an die Arbeitsplatte und riss den Hängeschrank auf.

„Scheiß Stuttgart! Arschloch!", brüllte sie.

Rose hörte, wie etwas auf dem Boden zerbrach und sprang vom Bett auf. Sie schlich ängstlich Richtung Küche. Ihre Beine zitterten unkontrolliert mit jedem Schritt, dem sie der unheilvollen Erwartung näher kam. Sie glaubte, Liviana mit einem Messer im Türrahmen der Küche stehen zu sehen, sobald sie dort erscheine. Sie fürchtete Livianas unbändige Wut, die sie bereits auf ihrem Geburtstag kennenlernen musste. So trat sie in rasender Angst in den Türrahmen der Küche und sah Liviana an der Arbeitsplatte stehen. Sie steckte ein Röhrchen in ihre Nase. Eine weiße Linie aus Pulver lag auf dem Brettchen, das sich der Nase näherte.

„Livi! Bitte nicht!", rief Rose im Flüsterton. Die Stille im Raum dröhnte in ihren Ohren.

Kapitel 3

Sonntag, 27. August bis Samstag, 09. September

Sonntag, 27. August

Köln, 13:30 Uhr

Er war durchgeschwitzt, als er vom Laufen zurückkam und die Haustür öffnete. Als er den Fuß auf den ersten Treppenabsatz stellte, hörte er ihre durchdringende Stimme, die ihn aus dem Hinterhalt zu erstechen drohte.

„Herr Hansen, Sie haben gestern die Zeitung in die schwarze Mülltonne geworfen. Sie gehört aber in die blaue Tonne."

„Entschuldigen Sie, Frau Elstergrein, da hab ich wohl aus lauter Eile ..."

„Die blaue Tonne ist für Zeitungen. Schwarz ist für Restmüll", ereiferte sich Frau Elstergrein, stellte sich vor die Treppenstufen und hielt sich am Geländer fest.

„Danke für die Belehrung. Restmüll kommt in die graue Tonne."

„In die schwarze Tonne, Herr Hansen. Außerdem wischen Sie den Flur nicht bis zur zweiten Etage. Aber jeder muss eine Etage putzen."

„Ja, das weiß ich. In der Regel halte ich mich daran. Manchmal ..."

„In der Regel genügt aber nicht, Herr Hansen, hier muss jeder seinen Pflichten nachkommen. Ich bin eine alte Frau und halte mich auch daran. Und die Zeitung kommt in die blaue Tonne. Das ist hier ein ordentliches Haus, Herr Hansen."

„Den Verdacht habe ich auch. Frau ..."

„Bitte?! Wenn Sie sich nicht an die Hausregeln halten wollen, dann muss ich die Hausverwaltung ..."

„Nicht nötig, Frau Elstergrein, Sie haben doch vollkommen recht. Da brauchen wir doch nicht die Hausverwaltung zu belästigen. Ich denke beim nächsten Mal dran. Versprochen."

„Aber Sie sollten ..."

„Ja, Frau Elstergrein, aber jetzt muss ich leider."

Damit ließ er die alte Frau, die er in Gedanken Elster nannte, im Flur stehen und sprintete das Treppenhaus hoch bis in den dritten Stock. Er durchschritt die Wohnung mit seinem scannenden Blick. Bevor er den Badevorhang zurückzog, überfiel ihn immer dasselbe Gefühl. Er glaubte, dass er das Schicksal herausforderte, indem er die Handlung jedes Mal aufs Neue vollzog. *Irgendwann wird sie mich dort erwarten und unerbittlich über mich lachen. Scheiße! Und ich schaffe es noch nicht mal mehr bis zur Armatur.* Als er unter der Dusche stand, quälte ihn die Vorstellung, wie er je Stefanie davon erzählen sollte, ohne sich lächerlich zu machen. Er hatte schon so viel über Menschen mit Phobien gehört und gelesen. Von Frauen, die ihre Männer das Haus durchsuchen ließen, bevor sie es betraten. Von Ehepartnern, die das Kleidungsstück verbrennen mussten, wenn eine Spinne darüber gelaufen war. Von Männern, die sich duschen mussten, um alle Spuren abzuspülen, die das Tier auf seinen Wegen angeblich hinterließ. Von Phobikern, die nicht in der Wohnung übernachten konnten, wenn die Spinne sich irgendwo verkrochen hatte. Rob hoffte, dass seine Phobie noch im Bereich des Erträglichen lag, aber er glaubte auch, dass er seinen Mitmenschen schon Einiges zumutete. Und je mehr er darüber nachdachte, desto mehr erhöhte sich seine Angst vor dem Moment, in dem Stefanie es erfahren würde. Noch schlimmer fand er die Vorstellung, dass sie ihn hautnah in seiner phobischen Starre und dem ungleichen Zweikampf erleben würde, der da hieß, *hier ist nur Platz für einen von uns.*

Das Telefon klingelte und riss ihn aus seinem Gedankenkarussell. Rob hoffte auf die Stimme seines Glücks und sprang aus der Wanne, warf sich den Bademantel über und erreichte das Telefon noch, bevor der AB ansprang.

„Hansen!", meldete er sich mit erwartungsfroher Stimme.

„Hallo, Rob, dir scheint es ja gut zu gehen. Ich wollte, das könnte ich auch von mir sagen."

„Hallo, Marga! Was gibt's?", fragte er und hatte schon an ihrem ersten Satz erkannt, dass sie getrunken hatte. Er schaute auf die Uhr, es war gerade mal kurz vor zwei Uhr nachmittags.

„Ich habe die Tagebücher unserer Mutter gelesen. Nicht alle, aber den größten Teil. Sie ist eine wunderbare Frau gewesen, Rob. Wir hatten eine gute Mutter, im Gegensatz zu unserem Vater…"

„Was meinst du damit?"

„Unser Vater war ein richtiger Nazi, wie er im Buche steht. Mutter hat ihn in ihren Tagebüchern immer noch in Schutz genommen. Aber genauer gesagt hat sie ihre ganze Generation in Schutz genommen. In einer ihrer Aufzeichnungen konnte sie dann aber doch nicht mehr…" Marga machte eine Pause, und Rob setzte sich mit einem Glas Leitungswasser in der Hand aufs Bett. Er hörte sie schluchzen, und er forderte sie auf, mehr zu erzählen. Marga erzählte von der jüdischen Familie Melzer, die wie viele andere deportiert worden war und von der Tochter, die mit dem Leben davongekommen war, weil die Sozialisten sie nach Köln brachten. Sie erzählte von Felix, dem behinderten Jungen, mit dem ihre Mutter als Kind gespielt hatte und dessen Leben in der Gaskammer endete. Sie erzählte, dass der Vater zwölf oder dreizehn Jahre alt gewesen sein musste, als er die Juden, die sich vor der Deportation versteckten, an die Nazis verraten hatte.

„Was machen wir damit, Rob?"

„Was sollen wir damit machen? Das ist Vergangenheit, die ändert keiner mehr. Für wen könnte das heute bedeutsam sein, Marga?"

„Für die Polizei?"

„Warum?"

„Vielleicht, weil man unseren Vater getötet hat, Herr Hauptkommissar?!"

„Hauptkommissar Hansen, so viel Zeit muss sein", antwortete er reflexartig und provokativ zugleich.

„Was soll das jetzt?", hakte Marga nach. Rob erzählte ihr von den zwei Frauen in Köln, die wie ihr Vater mit einer Gitarrensaite h erdrosselt worden waren. Vom Mordwerkzeug mit dem Anglerknoten an den Holzstücken der Nylonschnüre. Wenn das Motiv in der Nazizeit liegen sollte, wüsste er nicht, was das mit den zwei jungen Frauen zu tun haben sollte.

„Was haben denn jetzt die Frauen mit unserem Vater zu tun? Mich interessieren die nicht. Außerdem, wer von uns beiden ist denn hier der Kriminalist? Klär du das verflixt nochmal auf! Ich möchte endlich wieder schlafen können. Oder willst du, dass ich auch noch daran zugrunde gehe?!"

„Marga, rede keinen Blödsinn! Dich bringt nur einer ins Grab. Der heißt Bruder Alkohol und nicht Bruder Rob. Außerdem fördert der Alkohol nicht deinen Schlaf, wenn ich dir das mal sagen darf ...!", fauchte er in den Hörer.

„Du bist ein richtiges Arschloch, wusstest du das?"

„Hab ich schon öfter gehört."

„Pass auf, dass man dir nicht irgendwann die Pest an den Hals wünscht!"

Die Verbindung wurde unterbrochen. Er sah auf das stumme Telefon und hielt den Impuls zurück, es an die Wand zu werfen. Stattdessen wählte er ihre Nummer.

„Hallo, mein Schatz!", meldete sich Stefanie.

„Hallo, Süße, ich würde jetzt gern zu dir kommen. Was sagst du?"

„Ich würde das ziemlich gut finden."

„Dann bis gleich."

Dienstag, 29. August

Meschede, 10:31 Uhr

Er hatte den Mercedes mit Leverkusener Kennzeichen im Lanfertsweg, unterhalb des Buchenwegs, abgestellt und suchte das Haus, aus dessen Fenster die alte Dame ihn beobachtet hatte.

Die Straße scheint ja immer menschenleer zu sein, Ann. Gut für uns. Diese Frau wird sich mir nicht bei der Wiederherstellung von Gerechtigkeit in den Weg stellen. Sag nicht, dass ich falsch denke, Ann! Du hast dich aus dem Staub gemacht! Du hast dein Recht zu urteilen verwirkt, Ann!

Er stand vor dem Haus und las den Namen auf dessen Klingelschild: *Folgerreith*. Ob es der Name der alten Frau war, wusste er nicht, aber er musste handeln, wenn er sich nicht verdächtig verhalten wollte. Er klingelte und wartete. Er klingelte ein weiteres Mal. *Halb elf ist doch eine gute Zeit, oder nicht, Ann?*, dachte er und trat zwei Schritte zurück auf die Straße, um die Fenster der Hausfront zu beobachten. Kein Fenster öffnete sich, keine Bewegung hinter einer Gardine. Er bemerkte ein paar Häuser weiter eine Frau mit Einkaufstaschen in den Händen. Sie schaute zu ihm herüber, dann schloss sie ihre Haustür auf und verschwand in dem Haus. Er überlegte, was er tun sollte, wenn diese Folgerreith nun nicht da sein sollte und drückte die Klingel ein letztes Mal.

„Die Zeit drängt. Was sagst du, Ann?"

Frau Mertens stand in der Küche vor dem Kühlschrank und verstaute gerade die Lebensmittel, als die Türglocke ging. Sie öffnete die Haustür und sah einen Mann in einem grau melierten Anzug vor sich stehen. Darunter trug er ein hellblaues Hemd und eine völlig unpassende, quer gestreifte Krawatte in Ampelfarben. Seine schreckliche Hornbrille entstellte sein Gesicht noch mehr als sein Oberlippenbart. Ansonsten machte der

Mann einen gepflegten Eindruck auf sie. Er hielt ihr kurz einen Ausweis hin.

„Entschuldigen Sie bitte die Störung - Frau Mertens?"

„Ja."

„Ich bin von der Gothaer Versicherung und habe drüben bei Frau Folgerreith geklingelt, aber sie scheint leider nicht da zu sein. Es geht um eine auszahlungsreife Lebensversicherung. Könnten Sie mir vielleicht sagen, wann Frau Folgerreith wohl möglicherweise anzutreffen ist?"

„Ach, du meine Güte, das ist aber jetzt eine Ironie des Schicksals, würd ich sagen. Eine Lebensversicherung?"

„Entschuldigung, wie meinen Sie das?"

„Ach, Sie können das ja nicht wissen. Frau Folgerreith erlitt kürzlich leider einen Herzinfarkt. Sie ist in einer Kölner Klinik, und jetzt kommen Sie mit einer Lebensversicherung. Ein bisschen makaber, oder nicht?"

„Das tut mir ausgesprochen leid", versuchte er, seine Anteilnahme zu auszudrücken und erkundigte sich gleich darauf, in welcher Klinik Frau Folgerreith denn liege. Frau Mertens gab ihm bereitwillig Auskunft. Mit einem *Entschuldigen Sie bitte nochmal die Störung*, verabschiedete sich der Mann eilig, und Klara Mertens schloss nachdenklich die Haustür. Sie ging ins Wohnzimmer, indem ihr Mann auf dem Sofa lag und ausgiebig die Tageszeitung las.

„Da war gerade ein Mann von der Gothaer Versicherung und wollte Tante Kathi ihre Lebensversicherung auszahlen."

„Wie bitte?"

„Ein Mann von der Gothaer Versicherung."

„Quatsch."

„Warum Quatsch? Natürlich war der von der Lebensversicherung."

Christian Mertens schaute von seiner Zeitung auf.

„Liebes, eine Versicherung geht nicht mit Bargeld spazieren. Die schreiben deine Tante Kathi an und gut ist."

„Vielleicht hat er das ja schon getan und keine Antwort erhalten", überlegte Frau Mertens laut.

„Mag sein. Ich glaube eher, der wollte der alten Dame noch eine Versicherung oder einen Bausparvertrag aufschwatzen. Mit Auszahlungen lassen die sich garantiert Zeit."

„Ach, Christian, was soll Tante Kathi denn mit einem Bausparvertrag?"

„Zahlen. Immer fleißig zahlen, sonst nichts, Liebes."

„Meinst du? So alten Menschen verkauft man doch keinen Bausparvertrag mehr."

„Dann eben eine Pflegegeldversicherung, was weiß ich? Das war garantiert ein Vertreter. Schon gut, dass sie nicht da war."

„Ich hab ihm gesagt, dass sie in Köln liegt."

„Ja, und? Meinst du, der fährt nach Köln, um im Krankenhaus mit deinem Tantchen irgendeinen Vertrag abzuschließen? Vertreter haben ihre Reviere. Mein Schatz, der klingelt bestimmt längst schon woanders und erzählt eine neue Geschichte."

„Der hat mir aber nichts verkaufen wollen sondern nur nach Tante Kathi gefragt."

„Ja, Liebes, ist ja gut. Er hat sie ja nicht angetroffen, und alles ist prima. Außerdem ...", er stand vom Sofa auf, ging auf sie zu und nahm sie in die Arme.

„... jetzt, wo Lena im Kindergarten ist und ich gerade mal zu Hause bin, da könnten wir es uns doch ein bisschen..."

„Chris..." sagte sie noch, als er sie küsste.

Köln, 14:02 Uhr

Hauptkommissar Hansen hatte für 14:30 Uhr eine Sitzung anberaumt. Er trank mit seinem Dortmunder Kollegen, Kommissar Bruns, Kaffee in seinem Büro. Theodor Bruns hatte Rob gebeten, mit ihm unter vier Augen sprechen zu dürfen. Bevor er zu seinem eigentlichen Anliegen kam, setzte er Hansen über die letzten Untersuchungsergebnisse in Kenntnis, die ihm der Pathologe Laszlo Bergheim morgens telefonisch durchgegeben hatte.

„Laszlo bestätigte, dass der Tod deines Vaters durch die Verletzung mit dem Messer herbeigeführt wurde."

„Theo, das Opfer heißt Arthur Hansen und ist dein Fall. Dass er mein Vater war, wollen wir in diesem Zusammenhang nicht überstrapazieren."

„Sicher, Rob. Ich wollte dir nicht zu nahe treten. Mit der Nylonschnur hat er angefangen, das Opfer zu erdrosseln", wechselte Bruns zurück in einen sachlichen Ton. Der Tod sei aber durch den Schnitt mit dem Messer herbeigeführt worden. Es sei für beide keine neue Erkenntnis, aber nunmehr forensisch zementiert. Bruns fiel der Dreitagebart auf, der Hansen zierte. Seine Haare hatten einen Sommerschnitt erfahren, was ihn um Jahre jünger aussehen ließ. Rob saß lässig auf seinem Bürostuhl, mit übereinandergeschlagenen Beinen und Trekkingsandalen an den strumpflosen Füßen. Eine Hand baumelte locker herunter und spielte mit einem Kugelschreiber. Die Trekkinghose war beigefarben. Ansonsten trug er ein einfaches schwarzes T-Shirt, und eine Sonnenbrille hing eingehakt daran vor seiner Brust.

Er wirkt wie ein Safari-Tourist, der sich die letzten Tipps für seinen ersten Urwald-Tripp einholt, dachte Bruns und kam dabei nicht umhin, Gefallen an Robs neuem Outfit zu finden. Er hatte ihn noch nie in so einem gelösten Zustand gesehen, was ihn auf der anderen Seite misstrauisch werden ließ. Er fragte sich, ob Hansen neuerdings vielleicht unter einem Antidepressiva stand. *Grund dafür gäbe es ja genug, und Mord setzt dem Tod eine ganz besondere Maske auf,* dachte Bruns.

„Rob, ich mache mir, ehrlich gesagt, etwas Sorgen. Wie geht's dir?"

Hauptkommissar Hansen musste schallend lachen und setzte sich aufrecht hin.

„Ach Theo, immer noch der Alte. Zuerst mal hören, wie´s so geht, oder?"

„Wie sollte ich anders?"

„Mir geht es richtig gut, Theo. Ich bin glücklich wie schon lange nicht mehr in meinem Leben. Ich kann mich kaum auf die Arbeit konzentrieren und laufe manchmal völlig euphorisch durch diese heiligen Hallen hier. Ich sollte eigentlich traurig sein wegen meines Vaters, aber ich bin glücklich. Ich habe eine Frau kennengelernt. Ich bin verliebt. Ich bin so verliebt, dass es schon weh tut."

„Du bist verliebt?", fragte Bruns eher sinnierend nach.

„Ja, Theo. Ein Blick in eine Videothek und einen Stalker in die Flucht schlagen, genügte. Sie heißt Stefanie."

Theodor Bruns schaute Hansen ungläubig an. Er hatte alles andere erwartet als diese Neuigkeit.

„Und wenn ich irgendwann von Wolke sieben fallen sollte, werde ich noch Zeit genug haben, um am Grab meines Alten ein Lichtlein anzuzünden. Also, Theo, was wolltest du mir sagen? Ich bin belastbar."

„Dann erst mal Glückwunsch. Der Täter schien auf Nummer sicher gehen zu wollen, deswegen das Messer. Vielleicht ist er gestört worden und hatte es eilig, die Angelegenheit zu Ende zu bringen. Der Schnitt könnte von einem Jagdmesser oder einem ähnlichen Objekt stammen. Wir haben die Tatwaffe immer noch nicht gefunden.

„Warum Jagdmesser?", fragte Hauptkommissar Hansen.

„Frag mich was Leichteres", sagte Bruns. „Es steht in Laszlos Bericht, ich habe eine Kopie mitgebracht. Ansonsten suchen wir natürlich die Tatwaffe."

„Was ist mit der Nylonschnur?", wollte Rob wissen und setzte sich aufrecht hin.

„Wie du vermutet hast. Man kann sie einer Gitarrensaite zuordnen."

„Welche Saite?"

„Saite h."

„Wie ist die Schnur an den Hölzern verbunden?"

„Laszlo sagt, es sei ein Knoten, den im allgemeinen Angler verwenden."

„Ich habe es mir gedacht. Die Fälle gehören irgendwie zusammen", dachte Rob laut und rieb sich mit einer flachen Hand den Oberschenkel.

„Oder da ist einer, der will, dass wir das denken ...", legte Bruns seine Bedenken in die Waagschale. Rob unterstrich seine These mit der Bemerkung, dass sie bisher nichts über die Beschaffenheit des Mordwerkzeugs nach außen gegeben hätten und auch nicht, dass ein Anglerknoten verwendet worden sei.

„Die Morde gehören alle irgendwie zusammen. Die Frage ist nur, wie?", überlegte Rob laut.

„Aber da gibt es noch etwas Anderes...", leitete Bruns ein, „...Die Sache ist, um es einigermaßen neutral zu formulieren, heikel."

„Willst du es jetzt spannend machen oder mich schonen?"

„Wir haben die persönlichen Dinge von Arthur Hansen soweit durchgearbeitet. Es fehlen uns nur noch die zwei Kartons, die auf dem Speicher standen. Ich gehe davon aus, sie bleiben in der Familie, oder? Du weißt aber schon, dass du uns Beweismaterial vorenthältst?"

„Tut mir leid, Theo, es sind Sachen von meiner Mutter. Ich glaube nicht, dass die bei der Aufklärung dieses Falles eine Rolle spielen."

„Das solltest du uns entscheiden lassen. Sie sollten unverzüglich wieder auftauchen, Rob. Ich möchte nicht ungemütlich werden." Rob erzählte Kommissar Bruns, dass die Kartons in Frankfurt bei seiner Schwester ständen und er sie in den kommenden zwei Tagen zurückbringen würde.

„Ich lasse sie abholen, Rob."

„Wie du willst."

„Wir haben bei den Sachen deines Vaters ein paar Fotos gefunden." Bruns starrte ausweichend in die Kaffeetasse, die er mit beiden Händen in seinem Schoß hielt.

„Und?"

„Fotos von Knaben."

„Was soll das heißen, Theo?"

„Es sind Fotos von Jungen in einem Alter von schätzungsweise sechs bis zwölf Jahren, die in einem Schuhkarton lagen. Dein ...", Bruns unterbrach sich selbst, „... es sind alte Fotos. Wir wissen nicht, was das zu bedeuten hat." Er reichte Rob ein Bündel mit Fotos, die er aus seiner Jacke zog.

„Erkennst du jemanden darauf?"

Rob nahm den Packen Fotos entgegen und warf sich gegen die Rückenlehne seines Stuhls. Er schaute sich ein Bild nach dem anderen an, und ihn überfiel eine Schwere, die ihn tief in seinen Sessel drückte. Er bemerkte, wie sich seine Gedanken davonschlichen und er sich kaum noch konzentrieren konnte.

„Rob? Erkennst du jemanden auf den Fotos?"

„Nein. Warum hat er solche Fotos aufbewahrt?"

„Könnte deine Schwester vielleicht etwas mit den Fotos anfangen?"

„Ich weiß es nicht." Rob betrachtete erneut die Bilder. Es waren ungefähr dreißig Stück, und auf jedem sah er einen anderen Jungen, der ihn freundlich lächelnd anblickte.

„Was meinst du, Theo? Mein Vater, ein ...", er brach seinen Satz ab und fuhr sich nervös mit der Hand durchs Gesicht.

„Ich weiß es nicht, Rob. Wir müssen in alle Richtungen ermitteln. Wenn dein Vater eine solche Neigung gehabt haben sollte, könnte darin ja vielleicht ein Motiv liegen, oder?" Die beiden Männer schwiegen, während Rob sich erneut ein paar Bilder anschaute.

„Ein Kinderficker?", flüsterte Rob vor sich hin und schüttelte verständnislos den Kopf.

„Rob, bitte! Das wissen wir ja noch nicht. Selbst wenn wir es annehmen müssten, die meisten Männer wollen das nicht wirklich. Die leiden darunter. Es ist eine Krankheit."

„Theo, sei ruhig, bevor ich hier auf den Boden kotze", stammelte Rob. „Was glaubst du, was mit den Kindern ist? Die leiden ein Leben lang darunter, und ihr Leben dauert länger als das eines alten perversen Lüstlings!"

„Tut mir leid, Rob."

„Für die Kinder tut es mir leid, wenn das alles hier nicht eine ganz andere Erklärung hat." Rob gab Kommissar Bruns die Bilder zurück.

„Willst du wirklich meine Schwester deswegen befragen?"

„Komme ich darum herum?"

„Das ist eine mächtig bittere Pille, die meine Schwester und ich da zu schlucken haben. Gestern ein Nazi und heute das hier."

„Wie kommunizieren wir das in der heutigen Sitzung?", wollte Bruns wissen.

Plötzlich dachte Rob an Stefanie. Er sah sie mit zwei Gläsern Rotwein in den Händen vor sich stehen und sich ihr Haar mit einer entzückend eleganten Kopfbewegung über die Schulter werfen. Das Blei wich aus seinem Körper, und er bekam Hunger auf ein Fischbrötchen.

„Ich werde das sagen."

Sie hatten schon Platz genommen. Kommissaranwärter Johann Funke wippte auf seinem Stuhl und ließ ein Zweieurostück zu Boden fallen.

„Na, Joh, übst du schon für deinen Rausschmiss?", witzelte Kommissarin Vaitmar.

„Nein, ich dachte, ich übe noch schnell, bevor der Häuptling erscheint."

„Wovon reden die Herrschaften, und warum sehe ich den Hauptkommissar nicht?", richtete Staatsanwalt Mirkow die Frage an Kriminaldirektor Bosch.

„Das ist nur Geplänkel, nicht der Rede wert. Bei uns geht es zeitweise auch mal fröhlich zu, was ja bekanntermaßen zur sogenannten Psychohygiene beiträgt. Habe ich mich da verständlich ausgedrückt? Herr Hansen ist auf dem Weg hierher."

„Haben Sie die Zeitung gelesen?"

„Ja, nicht erfreulich. Ich werde das mit Hansen klären."

„Ich gehe davon aus, dass Sie mich unverzüglich in Kenntnis setzen. Macht Hansen hier eigentlich, was er will?"

„Herr Mirkow, hier macht keiner, was er will. Es sei denn, ich sage es ihm."

„Dann ist es ja gut."

„Meinst du, du könntest mir bis morgen zehn Euro leihen, Vait? Hab meinen Geldbeutel vergessen", flüsterte Johann Funke der Kommissarin zu.

„Das hatten wir doch erst letzte Woche, und bisher heißt es immer noch: Wiedersehen macht Freude, mein Freund."

„Dann bekommst du morgen zwanzig zurück, Ehrenwort." Liviana blitzte ihn mit zusammengekniffenen Augen an und zog dann doch ihre Geldbörse heraus.

„Ich hoffe, du lässt das nicht zur Gewohnheit werden."

„Nein, morgen, versprochen", antwortete Joh kleinlaut.

Die Tür öffnete sich, und Hauptkommissar Hansen kam mit Kommissar Bruns herein. Hansen bedeutete Bruns, sich neben ihn zu setzen. Jens Fischer, der Leiter der Spurensicherung, reichte Bruns die Hand und stellte sich vor. Hauptkommissar Hansen eröffnete die Sitzung.

„Oh, neues Outfit, neuer Haarschnitt, Herr Hansen", bemerkte Liviana zur allgemeinen Erheiterung. „Macht dich gleich zehn Jahre jünger."

Hansen lächelte etwas verlegen vor sich hin und ging kommentarlos zur Tagesordnung über. Er stellte den Dortmunder Kollegen, Kommissar Bruns, vor, der im Fall Arthur Hansen in Meschede ermittelte und wies auf einige Parallelen zu den Kölner Fällen hin. Er erklärte, dass er die Synergieeffekte nutzen wolle, weshalb er Kommissar Bruns gebeten habe, an dieser Sitzung teilzunehmen.

Staatsanwalt Mirkow flüsterte dem Kriminaldirektor fragend zu, ob man in dem Fall nicht auf Befangenheit von Hauptkommissar Hansen erkennen müsse. Victor Bosch verneinte entschieden mit der Begründung, dass der Fall Hansen ja schließlich in der Zuständigkeit der Dortmunder Mordkommission liege.

„Das haben dann aber Sie zu verantworten, Herr Bosch", raunzte Mirkow sein Befremden dem Kriminaldirektor zu.

Kommissar Bruns stellte die Ermittlungsergebnisse im Mordfall Arthur Hansen vor. Den Verdacht auf eine eventuelle pädophile Vergangenheit des Mordopfers verschwieg er. Der Kriminalist Jens Fischer hatte sich zu den Untersuchungsergebnissen aus Meschede bereits ein Bild machen können, da sein Kollege aus Dortmund ihm den Untersuchungsbericht zugemailt hatte. Fischer listete die Fakten auf. Das Drosselwerkzeug hatte dieselbe Bauart wie bei den Kölner Fällen. Nylonschnur, die Gitarrensaite h, der Knoten ein Universal-Anglerknoten, Rundhölzer aus dem gleichen Material wie in Köln. Die Übereinstimmungen in allen drei Fällen seien so hoch, dass ein Zufall oder ein Trittbrettfahrer auszuschließen sei. Alles deute auf denselben Täter hin.

„Andererseits gibt es auch große Unterschiede zwischen den Mordfällen Köln und Meschede. Da haben wir den Tatort. In Köln geschahen die Morde draußen, in Meschede im Haus. Dann haben wir in Meschede das Messer als eigentliches Mordinstrument und dann noch Alter und Geschlecht der Opfer." Bevor Jens Fischer anhob, Rilke zum Besten zu geben, unterbrach Hauptkommissar Hansen ihn.

„Steht in dem Bericht etwas über ein Chamäleonfigürchen?" Die Frage trug zur allgemeinen Belustigung bei.

„Nein, kein Figürchen. Ich habe bei Laszlo auch telefonisch nachgefragt. Kein Figürchen", antwortete Jens in genau dem ernsten Ton, wie er zuvor berichtet hatte. Rob leitete die Sitzung zum Erstaunen Victors und Livianas sehr souverän und fragte Jens Fischer, ob er seinen Bericht abgeschlossen habe.

„*Nur der Weise übt sich in Geduld*", antwortete Jens und schaute Kommissar Bruns an.

„Ihr Kollege Laszlo und ich haben die Blutspuren an den Kleidungsstücken von Frau Folgerreith mit dem Blut des Ermordeten verglichen. Es ist identisch. Außerdem stimmt der Schuhabdruck im Hause Hansen mit dem linken Schuh von

Frau Folgerreith überein. Die Dame war also definitiv im Haus des Ermordeten. Es gibt nicht viele Möglichkeiten, wie Blut an das Kleid kommen konnte. Wir haben das mal zu rekonstruieren versucht. Die alte Dame muss versucht haben, das Opfer unter den Achseln oder an einem Arm anzuheben. Das erklärt auch die merkwürdige Lage, in der sich der Tote danach befand. Aber diese Frau war so krank, die hätte normalerweise nicht mal zehn Kilogramm bewegen können, wie mir der Stationsarzt der Universitätsklinik mitteilte."

„Liegt sie eigentlich noch im Koma?", wollte Rob wissen und erinnerte sich, dass er Katharina Folgerreith und Monique Lacombe schon längst wieder hatte besuchen wollen. Vor knapp einer Woche hatte er Monique telefonisch mitgeteilt, sie solle ihre Bemühungen rund um Frau Folgerreith einstellen. Monique hatte ihm in einem naiv kindlichen Ton erklärt, sie wolle die alte Dame aus dem Koma erwecken. Daraufhin hatte er ihr streng verboten, sich noch weiter um die Dame zu kümmern. Nachdem er die Nachricht vom Tod seines Vaters erhalten hatte, sah er intuitiv auch Katharina Folgerreith gefährdet. Eine Begründung für seine Vermutung hatte er noch nicht, aber ihm reichte es, dass sich die beiden kannten und Tante Kathi nun im Krankenhaus lag. Die Möglichkeit, dass der Täter auch dieser Frau etwas antun könne, erschien ihm plausibel, und damit stieg auch das Risiko für Monique, wenn sie sich in ihrer Nähe aufhielt. Er hatte die Station darum gebeten, die junge Frau nicht mehr dort einzusetzen.

„Ich habe gestern mit dem zuständigen Arzt telefoniert. Frau Folgerreith liegt weiter im Koma. Ihr Zustand ist ansonsten stabil", antwortete Kommissarin Kobalt.

„Sie haben dort angerufen?"

„Ja, Herr Hansen, Sie haben mich schließlich darum gebeten", beantwortete Kommissarin Kobalt seine Nachfrage und tackerte mit ihrem Kugelschreiber.

„Okay. Victor, wir brauchen einen Beamten, der das Zimmer bewacht. Frau Kobalt, rufen Sie in der Klinik an, und veranlassen Sie, dass uns die Station alle Veränderungen sofort mitteilt. Wenn die alte Dame verlegt werden soll, dann immer nur mit einem Wachposten vor der Tür."

Kurz darauf kamen sie auf den Ermittlungsstand in Köln zu sprechen. Jens Fischer fasste die jüngsten DNA-Analysen zusammen, dessen Ergebnisse Rob nicht erhellend fand.

„Mal einfach gesagt, Jens, wir haben viel, was nicht zusammen passt und wenig, was Sinn macht, aber dafür hat der Täter am Tatort keine Spuren hinterlassen, oder?"

„So kann man das gegebenenfalls auch zusammenfassen", bemerkte Jens Fischer und zog an seiner kalten Pfeife.

„Nur bei Viola Ross haben wir wirklich alles. DNA, Fingerabdruck, Motive, fehlendes Alibi und die Körperbeschaffenheit, um solch eine Tat zu begehen."

Daraufhin meldete sich Kommissarin Vaitmar zu Wort.

„Na, jetzt mal halblang! Wir haben immer noch Bachhoff. Er hat Jessica Ölbrand beinahe auf dieselbe Art und Weise getötet, wenn auch mit einer Stahlsaite. Sie war 26 Jahr alt, er selbst damals 29. Heute ist Bachhoff 38 Jahre alt, aber seine Zielgruppe scheint doch noch dieselbe zu sein. Kim und Viola Ross waren 29 Jahre alt, als Bachhoff sie kennenlernte. Manuela Berghausen war 26 Jahre. Ob er sie kannte, wissen wir nicht. Bei dem Mord an Jessica Ölbrand handelte es sich nicht um eine geplante, sondern um eine Affekthandlung, was den zurzeit flüchtigen Bachhoff als Täter doch nicht ausschließt. Im Gegenteil. Er wurde im April 2005 aus dem Knast entlassen. Im Juli 2005 wird Manuela Berghausen ermordet. Ein Jahr später Kim Ross. Alle Frauen waren attraktiv, und vielleicht kann dieser geisteskranke Bachhoff einfach ein bestimmtes Alter bei Frauen nicht überschreiten, weil er sonst keinen mehr hochkriegt, womit wir ein Motiv hätten." Damit beendete Vaitmar ihren Monolog.

„Vait! Bitte nicht in diesem unqualifizierten Ton", ermahnte der Kriminaldirektor die Kommissarin. Staatsanwalt Mirkow wollte wissen, ob Vaitmar Beweise vorzulegen habe und zog sich den Scheitel glatt.

„Nein, noch nicht. Wir wissen, wie brutal Bachhoff ist, was er bei Viola Ross erst kürzlich unter Beweis gestellt hat. Für mich steht Bachhoff ganz oben auf der Liste der Tatverdächtigen", beendete Liviana ihre Bewertungen. Die Frage, was Bachhoff möglicherweise mit dem Mord in Meschede zu tun haben könne, blieb offen.

„Wie weit sind Sie mit Florian Hagen, Frau Kobold?", fragte Rob Hansen.

„Kobalt, Herr Hansen. Ich heiße immer noch Kobalt! Ich sage ja auch nicht Herr Hannes zu Ihnen, oder?" Liviana lächelte triumphierend.

„Was ist jetzt schon wieder?", entgegnete Hauptkommissar Hansen und schaute sie irritiert an. Victor Bosch tippte ihn am Arm und beugte sich seitlich zu ihm. Hansen beugte sich ihm entgegen.

„Ich habe mir das jetzt lange genug angehört, Rob. Du wirst das auf der Stelle sein lassen. Das nennt man Mobbing. Ich werde dir eine Abmahnung geben, wenn ich das hier noch mal hören muss. Haben wir uns da verstanden?", flüsterte der Kriminaldirektor.

„Wie du meinst, Victor", brummelte Hansen leise zurück, räusperte sich und sprach dann laut weiter.

„Entschuldigen Sie, Frau Kobalt, es war nicht richtig."

„Ich nehme das zur Kenntnis, Herr Hansen. Zu Florian Hagen haben Sie mir in der letzten Besprechung gesagt, dass Sie das übernehmen, damit war ich dann raus aus der Sache." Sie schaute Hansen gradlinig an und tippelte mit ihrem Kugelschreiber auf ihrem rechten Zeigefinger.

„Hab ich das? Ich denke, wir haben vereinbart, dass Sie an Hagen dranbleiben."

„Sie haben gesagt: Danke, Frau Kobalt, wir kümmern uns drum."

„Aha?!" Hansen war überzeugt, dass er ihr einen ganz anderen Auftrag erteilt hatte, konnte sich aber jetzt spontan nicht so genau erinnern. Sie trugen die Ermittlungsergebnisse der vorletzten Woche zusammen. Florian Hagen, IT-Student, 24 Jahre alt, sportlicher Typ, unauffällige Kontobewegungen und Telefonverbindungen. Zur Tatzeit kein Alibi. Eindeutige Motive. Die Wohnung des Opfers Kim Ross war ihm bekannt. Da man inzwischen wusste, dass Hagen auch Viola Ross kannte, wollte Hauptkommissar Hansen ihn erneut im Präsidium vernehmen. Einen Zusammenhang zu Manuela Berghausen und Arthur Hansen konnte bisher nicht hergestellt werden.

„Wir sollten auch noch über Frederik van Olson sprechen", warf Vaitmar ein und erinnerte an die Begebenheit in der Buchhandlung, die Viola Ross beschrieben hatte. Sie erzählte auch, was ihre Nachforschungen im Schuhhaus Dallmann erbracht hatten.

„Frederik van Olson hat eine Zweitwohnung in Köln, in der er aber nicht wohnt und seinen Hauptwohnsitz in Den Haag."

„Den Haag?"

„Den Haag."

„Ist ja nicht gerade um die Ecke", kommentierte Rob.

„Gut orientiert, Herr Kollege. Ansonsten ist Herr van Olson sauber. Keine Vorstrafen, nichts." Vaitmar gab weiter zu bedenken, dass Frederik van Olson gegebenenfalls Viola Ross kannte. Die Polizei solle ihn offiziell vernehmen und die Telefonverbindungen der letzten Wochen eruieren.

„Ich bitte Sie, wer kennt den Namen Ross nicht? Inzwischen singen ihn die Spatzen von den Dächern", äußerte Staatsanwalt Mirkow sich mit einem Lächeln und schien Beifall erheischen zu wollen.

„Ich habe inzwischen bestimmt 25 Mal dort angerufen. Keine Chance...", überging die Kommissarin die peinliche Situation, „...aber es kommt noch besser. Er hat keinen Festnetzanschluss, und sein Handy ist in den Niederlanden angemeldet. Ich glaube, er wohnt irgendwo in Köln und will seinen Aufenthalt unbedingt verheimlichen."

Rob hatte lange genug gewartet. Er drehte sich zu Kommissar Bruns um, der gelassen die Runde beobachtete. Anerkennend legte Bruns Hansen eine Hand auf den Rücken und nickte leicht, als wisse er genau, wie sich Rob in diesem Augenblick fühlte. Die kleine Geste ermutigte Rob, auch die restlichen Informationen preiszugeben.

„Kommissar Bruns hat mir heute Morgen noch eine Information mitgeteilt, die eventuell eine wichtige Rolle bei der Motivlage des Täters spielen könnte. Die bisherigen Ermittlungen bezüglich Arthur Hansen lassen vermuten, dass er pädophile Neigungen hatte." Rob blieben die Worte im Hals stecken. Er empfand das Schweigen der Kolleginnen und Kollegen wie einen Schuldspruch.

„Wenn ich das mal ergänzen darf ...", mischte sich Bruns in die Stille ein, „Wir haben Material gefunden, das den Schluss zulassen könnte, aber wir sind nicht sicher. Bruns berichtete mit knappen Worten über die Ergebnisse und endete mit der Bemerkung, dass Pädophilie ja eine Krankheit sei. Vaitmar wollte wissen, welche Arbeitshypothese die Kollegen aus diesen Informationen ableiten würden.

Sein Kopf wurde ihm augenblicklich schwer und müde, so dass er keinen Gedanken festhalten konnte. Rob starrte auf einen der Konferenztische und flüchtete in seinen Gedanken zu Stefanie. Ihr Bild vor seinem inneren Auge lud ihn auf wie ein Akku. Er gewann den Kampf gegen die bleierne Schwere, zog sich näher an den Tisch heran und setzte sich aufrecht hin. Er forderte die Kolleginnen und Kollegen auf, sich die sexuellen Neigungen der Opfer einmal genauer anzusehen. Manuela Berghausen sei, folge man der Aussage von Viola Ross, lesbisch gewesen. Kim Ross sei nach bisherigen Erkenntnissen eindeutig heterosexuell, wobei man ihre sexuellen Kontakte als freizügig und nicht an langfristigen Beziehungen orientiert bezeichnen könne. Würde man Arthur Hansen Pädophilie unterstellen, so könne man in einem ersten Schritt festhalten, dass alle sexuellen Präferenzen der Opfer von der klassischen Norm abweichen.

„Hallo?! Was wird das jetzt?", warf Liviana Vaitmar empört ein, „Willst du jetzt Promiskuität und Homosexualität mit Pädophilie in einen Topf werfen? Das geht jetzt aber gar nicht!"

„Ich wollte andeuten,..."

„Du willst andeuten, dass gleichgeschlechtliche Orientierung oder sexuelles Verhalten jenseits der Monogamie krank ist!" schnaubte Liviana mit hochrotem Kopf. Kommissarin Kobalt unterstützte Vaitmar tatkräftig mit ihrem Kugelschreiber. Kommissaranwärter Funke wackelte auf seinem Stuhl vor und zurück, während eine hitzige Debatte über die geschlechtliche Orientierung zu entstehen drohte. Kommissar Bruns, der sich bisher jeglichen Kommentars enthalten hatte, hob den Finger. Es war wohl der Gastbonus, der die hitzigen Gemüter zum Einlenken bewog.

„Ich glaube, die These von Rob wird verständlicher, wenn wir die Geschehnisse aus der Perspektive des Täters zu betrachten versuchen. Angenommen, wir hätten es hier mit einem selbstgerechten Moralisten zu tun, der abweichende sexuelle Neigungen oder Verhaltensweisen unnatürlich, unanständig oder verwerflich findet und sich dadurch gezwungen fühlt, dies zu bestrafen. Dann bekommen die Morde ein Motiv, das alle verbindet, wenn ich da richtig liege." Das Raunzen und Gebrumme der Runde versiegte, und Bruns führte die These noch weiter aus. Vielleicht müsse man von einem gottesgläubigen Fanatiker ausgehen, der sich dazu berufen fühle, im Namen Gottes alle mit dem Tod zu bestrafen, die Sexualität als Selbstzweck praktizieren und damit über den Zweck der Fortpflanzung hinaus gehen würden.

„Das würde auch erklären, warum die Frauen nicht vergewaltigt wurden und es sich auch nicht um Raubmord handelt", ergänzte Rob. Alle schwiegen. Staatsanwalt Mirkow zog unnötigerweise seinen Scheitel glatt, und das Tackern des Kugelschreibers von Kommissarin Kobalt wirkte wie eine Zeitbombe. Liviana entschärfte sie, indem sie ihre Hand darauf legte.

„Es wäre nicht das erste Mal, dass jemand aus krankhafter Überzeugung tötet", unterbrach Kommissarin Kobalt die eindringliche Stille. Die Luft war raus, und sie besprachen kurz das weitere Vorgehen, bevor Rob die Sitzung auflöste.

„Was hat so ein irrer Moralist mit einem Chamäleonfigürchen zu tun?", richtete Hansen die Frage an Bruns, als er die Tür öffnete.

„Na, Herr Bosch, immer noch so sicher, dass Hansen am Ball bleiben soll?", fragte der Staatsanwalt den Kriminaldirektor mit heimlicher Schadenfreude, als sie gemeinsam die Sitzung verließen. Victor Bosch verstand nicht, was Mirkow nun schon wieder hatte, wedelte mit der Hand, als wolle er eine lästige Fliege vertreiben und legte schnaufend eine für ihn ungewohnt rasche Gangart ein, um sich zu entfernen.

Mittwoch, 30. August

Meschede, 09:57 Uhr

Kommissar Bruns parkte sein Auto am Straßenrand. Er stieg etwas behäbig aus dem Wagen und musste noch ein paar Schritte gehen, bevor er das freistehende Haus erreichte. Es gab nur eine Klingel neben der Haustür, über der ein Tonschild mit drei Entchen hing. Darunter stand eingraviert: *Hier wohnen Christian, Klara und Lena Mertens.* Kommissar Bruns hatte schon viele solche Namensschilder gesehen. Er musste unweigerlich an sein Enkelkind Sofie denken, das ihm und seiner Frau am Hennesee stolz ihr Können auf dem Fahrrad vorgeführt hatte. Dabei klingelte er. Als sich nichts tat, ärgerte er sich, weil er sich nicht telefonisch angemeldet hatte. Plötzlich öffnete sich die Tür. Vor ihm stand Frau Mertens, ungeschminkt, mit zerzausten Haaren, im weißen Saunamantel und in rosa Hausschlappen.

„Herr Kommissar?!"

„Frau Mertens, entschuldigen Sie bitte die Störung. Ich wollte Sie nicht aus …"

„Nicht weiter schlimm, Herr …". Sie wandte ihren Kopf ins Hausinnere und rief:

„Es ist der Kommissar, Schatz! …"

„Bruns", ergänzte er kleinlaut. Frau Mertens entschuldigte sich für ihr äußeres Erscheinungsbild und fragte, was sie für den Kommissar tun könne. Bruns entgegnete ihr, dass er nur noch ein paar Fragen habe und ihr keine Umstände machen wolle.

„Kommen Sie rein, Herr Kommissar", sagte Klara und bedeutete ihm mit der Hand, dass er eintreten solle. Sie führte Bruns in die Küche, wo eine Kanne Kaffee in der Kaffeemaschine darauf wartete, getrunken zu werden.

„Kaffee?"

„Gern, haben Sie vielen Dank", antwortete Theodor Bruns und während er sich an den Tisch setzte, stellte Klara Mertens Tassen, Milch und Zucker darauf und schenkte Kaffee aus. Bruns begann sein Verhör erneut mit Samstag, dem 19. August, dem Tag, an dem Arthur Hansen Tod in seiner Wohnung aufgefunden wurde. Er fragte nach jedem Detail, an das sich Klara Mertens erinnern konnte und hoffte, dass ihr darüber noch etwas einfiel, was sie bisher noch nicht mitgeteilt hatte. Das Ergebnis war enttäuschend.

„Sie kommen doch bestimmt öfter an Hansens Haus vorbei, oder? Haben Sie vielleicht mal jemand Unbekannten dort am Haus gesehen? Manchmal kehren die Täter an den Tatort zurück, wenn Sie verstehen, was ich meine."

„Nein, da war niemand, soweit ich das mitbekommen habe, würd ich sagen. Ich schaue aber auch nicht den ganzen Tag dorthin", antwortete sie und schaute nachdenklich an die Wand, wo ein Fotokalender hing.

„Ist Ihnen denn in der letzten Zeit sonst irgendetwas aufgefallen?", fragte Bruns und trank ein Schluck Kaffee, während er Frau Mertens dabei fixierte.

Plötzlich fiel ihr die Situation tags zuvor wieder ein.

„Ich weiß ja nicht, ob das von Bedeutung ist, aber gestern war hier ein Versicherungsmann für Katharina Folgerreith, der ihr eine Lebensversicherung auszahlen wollte...", begann sie.

„Ein Versicherungsmann für Frau Folgerreith?", hakte Bruns ungläubig nach und kratzte sich mit drei Fingern auf seiner Glatze. Frau Mertens erzählte ihm daraufhin die Begebenheit an der Haustür.

„Wann war das, Frau Mertens und wie sah der Mann aus?", fragte er mit gesteigertem Interesse.

„Hab ich was falsch gemacht, Herr Kommissar?", fragte sie ängstlich.

„Nein, Frau Mertens, Sie haben alles richtig gemacht. Aber wann war das genau?"

„So zwischen 10:30 Uhr und 11:00 Uhr, würd ich sagen. Ich habe noch zu meinem Mann gesagt ..."

„Wie sah der Mann aus, Frau Mertens? Was für ein Auto hatte er?", unterbrach Bruns sie.

„Auto? Ich habe kein Auto gesehen. Nachdem er gehört hatte, dass Frau Folgerreith im Krankenhaus in Köln liegt, hat er sich bedankt und ist gegangen." Dann beschrieb sie das Aussehen des Mannes. Die Beschreibung erinnerte Bruns an den Mann, der auf der Beerdigung von Arthur Hansen weggelaufen war.

„Erinnern Sie sich vielleicht noch an irgendetwas? Hat er mit Akzent gesprochen? Wie alt würden Sie ihn schätzen? Hat er sich vielleicht ausgewiesen? Haben Sie einen Namen lesen können?", bestürmte Kommissar Bruns sie mit Fragen.

„Er hat da so eine Plastikkarte von der Gothaer Versicherung vorgezeigt. Wissen Sie, die so ähnlich aussehen wie die Versicherungskarten der Krankenkassen. Den Namen habe ich nicht lesen können. Das ging mir etwas zu schnell. Im Augenblick fällt mir nichts weiter ein, würde ich sagen."

„Gut, Frau Mertens. Wir müssen von diesem Mann ein Phantombild erstellen. Dazu brauchen wir Ihre Hilfe. Unsere Kollegen in Dortmund machen das mit Ihnen an einem Computer. Sie müssen mich leider jetzt begleiten."

„Jetzt?!", entrüstete sich Klara.

„Ich fürchte, ja. Es könnte sein, dass Sie uns damit einen ganz entscheidenden Hinweis geben können."

„Warten Sie einen Moment, ich muss mir nur etwas anderes anziehen", entgegnete Frau Mertens und verließ die Küche.

Köln, 13:53 Uhr

Er stand am Wiener Platz und biss in sein Fischbrötchen, als es klingelte. Mit der Serviette fischte er in einer Jackettasche nach dem Handy. Kaum dass er es herausgeholt hatte, fiel ihm sein Brötchen auf die Pflastersteine. Die Brötchenhälften klafften auseinander und Fisch, Zwiebel und Mayonnaise verteilten sich auf Steine und Fugen. Ein Hund kam angelaufen und schnupperte daran. Bevor er zulangte, rief ihn seine Besitzerin in einem ordinären Kölsch zurück.

„Scheiße!", sprach Rob in sein Handy.

„Das muss mein Chef sein", ertönte es am anderen Ende der Leitung.

„Hallo, Vait, mir ist mein Fischbrötchen runtergefallen!"

„Wo bist du?"

„Am Wiener Platz. Ich wollte auf die Schnelle was essen. Ich muss gleich weg. Was gibt's?"

„Wo willst du hin?"

„Was gibt's, Vait? Du willst doch jetzt keinen Small Talk mit mir machen, oder?"

„Du verstockter Esel, kannst du noch nicht mal zugeben, dass du dich mit Stefanie triffst?"

„Doch kann ich, aber ich treffe mich nicht mit ihr. Also, was ist?"

„Victor fragt, wo du bleibst. Florian Hagen sitzt im Verhörraum. Er will, dass du mit Charlotte Kobalt das Verhör führst, damit sie noch was lernt. Ein innovativer Vorgang, Kapazitäten bündeln oder so ähnlich", berichtete Vaitmar.

„Das ist ja völliger Blödsinn. Erst protegiert Victor sein Nesthäkchen, und dann will er sie an ihren Mobber ausliefern?"

„Soll ich ihm das so sagen?"

„Nein, sag ihm, du bist besser dafür geeignet, und ich hab noch was Privates zu erledigen. Mach's gut!" Er unterbrach den Kontakt und trat gegen die Brötchenhälften vor seinem Fuß.

***

Sie drückte auf die Mikrofontaste.

„Mittwoch, der 30. August, 14:04 Uhr. Anwesend: Florian Hagen, Kommissarin Vaitmar und Kommissarin Kobalt. Herr Hagen wir haben noch einige Frage an Sie, weshalb wir Sie noch einmal zu uns bitten mussten. Wir zeichnen dieses Gespräch auf. Ich muss Sie bitten, laut und deutlich zu antworten."

Florian Hagen fixierte Vaitmar mit großen Augen, während er seine Sonnenbrille auf den Kopf schob. Liviana spürte sofort, dass er von ihrer Erscheinung fasziniert war.

„Ich weiß nicht, was Sie noch von mir wollen. Ich habe Ihnen bereits alles gesagt."

„Sie sagten, Sie seien in der Mordnacht, nachdem Kim Ross gegangen war, ins Bett gegangen."

„Nein, sagte ich nicht. Ich sagte, dass Kim ins Bett wollte, weil sie früh raus musste wegen der Ausstellung."

„Und Sie? Was haben Sie an dem noch jungen und fröhlichen Abend gemacht?"

„Was alle gemacht haben. Ich bin raus und habe mit Leuten geredet, getrunken, das Feuerwerk angesehen und am Ende war ich so besoffen, dass ich nicht mehr weiß, wann und wie ich ins Bett gekommen bin. Habe ich alles schon einmal erzählt."

„Sie haben sich also köstlich amüsiert an jenem Abend."

„Ja."

„Gibt's vielleicht jemanden, der das bezeugen könnte?"

„Tausende oder keiner..."

Liviana wurde nervös. Die Fragen schienen ihr nicht zielführend genug, und sie wollte keine wertvolle Zeit verlieren, in der sich Florian Hagen seine Antworten in Ruhe zurechtlegen konnte. Sie legte ihre Hand auf die Schulter von Charlotte Kobalt und schaute sie kurz an.

„Herr Hagen, das ist mir jetzt einfach zu großmäulig, wie Sie hier antworten, wenn Sie verstehen, was ich meine", stieg Liviana aggressiv ein.

„Verstehe ich nicht."

„Dachte ich mir. Die Sache ist die: Laut Ihren Angaben hat Kim Ross Ihre Wohnung gegen 22:15 Uhr verlassen. Seit dieser Zeit laufen Sie ohne Alibi draußen herum. Haben Sie sich das Feuerwerk bis zu Ende angeschaut?"

„Weiß ich nicht mehr."

„Herr Hagen, Sie werden doch noch wissen, ob es irgendwann aufgehört hat zu böllern, oder?!"

„Ja, ich glaube ja."

„Das Feuerwerk begann um 23:30 Uhr und dauerte eine halbe Stunde. Demnach waren Sie auch noch um 23:47 Uhr unterwegs. Zu dieser Zeit endete das Telefonat von Kim Ross mit ihrer Freundin. Kurz darauf wurde sie ermordet. Wo genau waren Sie in der Zeit von 23:47 Uhr bis circa 0:10 Uhr?

„Gesoffen oder geschlafen. Ich weiß es nicht mehr."

„Das hatten wir bereits! Vorhin haben Sie gesagt, Sie haben das Feuerwerk bis zum Ende gesehen. Sie sollten die Sache hier langsam ernst nehmen, Herr Hagen. Sie sind dringend tatverdächtig und haben bisher für die Mordzeit kein Alibi. Sie hatten genügend Zeit, Kim zu beobachten und ihr auf dem Heimweg zu folgen, um sie dann in der Nähe des Rautenstrauch-Joest-Kanals zwischen 23:47 Uhr und 0:10 Uhr zu ermorden. Das ist Ihre Ausgangslage, Herr Hagen."

„Ich habe Kim doch nicht ermordet! Sie ticken ja nicht ganz …"

„Hüten Sie Ihre Zunge, Herr Hagen, und überlegen Sie sich genau, was Sie jetzt sagen!", schrie ihn Kommissarin Kobalt plötzlich mit sehr hoher Stimme an. Liviana hatte den Impuls, sich den Zeigefinger ins Ohr zu stecken.

„Auch wenn Sie das dauernd wiederholen, Herr Hagen, das allein verschafft Ihnen leider noch kein Alibi und entkräftet auch nicht Ihr Motiv!", legte Liviana ruhig nach.

„Was für ein Motiv?", fragte Hagen mit zittriger Stimme.

„Ich stell hier die Fragen, Herr Hagen." Liviana schaute in sein markantes und gut aussehendes Gesicht. Sie konnte auch jetzt noch nicht wirklich glauben, dass er etwas mit dem Mord zu tun hatte. Aber seine ganze Art, mit ihnen umzugehen, zeigte Liviana, dass er irgendetwas zu verbergen hatte.

„Kim Ross hat sich doch aus Ihnen nicht wirklich was gemacht. Sie waren doch nur ein – sagen wir mal - Joy Toy unter vielen. Kim wollte Spaß, und Sie gaukeln uns hier das Märchen von der großen Liebe vor!" Sie beugte sich vor und wartete einen Moment, den Blick auf ihn gerichtet. Seine Pupillen hatten die Größe einer Euromünze.

„Sie hat mich geliebt, ebenso sehr wie ich sie." Er drehte seinen Kopf in Richtung Wand.

„Sehen Sie mich an, wenn ich mit Ihnen rede, Herr Hagen. Kim hat Sie nicht geliebt, und das war ein Problem für Sie. Nicht geliebt zu werden von jemand, den man liebt, das ist mehr als schmerzlich, nicht wahr?! Da liegt es doch nahe zu sagen, *Wenn ich nicht, dann aber auch kein anderer,* oder Herr Hagen?"

Florian Hagen nahm die Brille vom Kopf und riss die Augen weit auf.

„Was wollen Sie mir jetzt schon wieder unterstellen?", fragte er, und Liviana bemerkte seine zittrige Hand, mit der er die Brille hielt.

„Wie konnten Sie das aushalten, immer mit dem Gefühl zu leben, dass irgendwann ein anderer Ihnen den Platz streitig machen würde?". Liviana bemerkte, wie er zu zappeln begann.

„Ich bin kein Traumtänzer, Frau Kommissarin. Man muss immer damit rechnen, verlassen zu werden. Deswegen bring ich doch niemanden um."

„Schon mal was von Frustrationsintoleranz gehört, Herr Hagen? Sie haben uns richtig verarscht!" Liviana wartete wieder. Florian Hagen blickte unsicher zwischen den Kommissarinnen hin und her. Er konnte das Zittern seiner Hände nicht kontrollieren und versteckte sie unter dem Tisch.

„Bei dem letzten Verhör haben Sie meiner Kollegin hier den Schwachsinn von einer Frau mit zwei Gesichtern, also so eine Dr.Jekyll-und-Mr.Hyde-Story, oder so eine Doppelte-Lottchen-Geschichte weismachen wollen. Das haben Sie nur ein einziges Mal mit uns gemacht! Sie kannten Viola Ross schon zu Lebzeiten Kims! Wie lange kennen Sie Viola wirklich?"

„Woher ... ich meine, wie meinen Sie das mit der Schwester?"

„Jetzt reicht's aber! Fangen Sie nicht wieder so an und spielen den Ahnungslosen. Wir haben Sie gesehen, Mann!"

„Also haben doch noch Bullen vor der Tür gestanden? Daher wissen Sie das, oder?" Liviana irritierte seine Antwort, und sie schaute zu Charlotte. *Er war bei ihr zu Hause,* dachte Vaitmar, was ihr einen unerwarteten Stich versetzte und sie einen Moment die Tischplatte anstarren ließ, um sich wieder zu fangen.

„Tja. Wir sind überall, wenn es sein muss", pokerte sie. „Und? Haben Sie bei Viola Trost gefunden?"

„Was hat Ihnen Viola erzählt?"

„Haben Sie mit ihr geschlafen, Mann?!", schoss ihr plötzlich die Frage ungewollt heftig heraus.

„Sie wissen es, oder? Sie wissen längst alles. Viola hat Ihnen alles erzählt, oder? Was hat sie Ihnen erzählt? Ich sag nichts mehr."

„Mensch, Hagen, retten Sie langsam mal Ihren eigenen Arsch. Wir wollen eigentlich nur noch Ihre Version der Dinge hören", fabulierte die Kommissarin ins Blaue hinein. Charlotte Kobalt drehte den Kopf zu ihr herum, und bevor sie auch nur eine Frage stellen oder offensichtliche Verwunderung demonstrieren konnte, trat Liviana ihr unter dem Tisch ans Bein.

„Okay, okay! Ich habe mit ihr geschlafen, zufrieden?! Was geht Sie das eigentlich an?"

„Sie haben mit Kim und Viola geschlafen?!" Liviana verstand ihre eigene Reaktion darauf nicht und hatte große Lust, ihre Reaktion mit einem Schlag zwischen die Augen von Florian Hangen zu entkräften.

„Sie wollen Kim mit Viola hintergangen haben? Viola ist lesbisch! Warum sollte sie mit Ihnen geschlafen haben?"

„Lesbisch? Wer verzapft denn so einen Scheiß? Wir lieben uns. Okay, wir haben uns gestritten, aber deswegen wird Viola doch nicht gleich lesbisch!", rief Florian Hagen gereizt.

„Was erzählen Sie uns jetzt wieder? Bei der ersten Vernehmung haben Sie uns noch erklärt, Sie seien in Kim verliebt. Jetzt ist es auf einmal Viola? Wechseln Sie Ihre Liebschaften genauso schnell wie Ihre Unterhosen, oder gaukeln Sie uns hier nur ein neues Szenario vor, um uns Sand in die Augen zu streuen?! Wusste Kim von Ihrem Tête-à-Tête mit Viola?!" Die Kommissarin sprang auf, während sie ihre Arme auf den Tisch stützte und sich vorbeugte. Sie funkelte Hagen wütend an. Er versuchte vergebens, ihrem Blick standzuhalten. Dann setzte sie sich wieder neben ihre Kollegin, verschränkte die Arme vor ihrer Brust und wartete schweigsam und mit einem Blick, der Florian Hagen auf seinem Stuhl festnagelte.

Kommissarin Kobalt holte Luft. Liviana trat sie nochmals gegen ihr Bein, bevor sie etwas sagen konnte. Charlotte trat zurück. Florian Hagen wurde von den visuellen Fesseln Livianas immer noch nicht freigegeben.

„Wir wollten Kim eine Lektion erteilen", setzte er leise an.

„Was wollten Sie? Ihr eine Lektion erteilen?", wiederholte Kommissarin Vaitmar ruhig.

„Ja. Kim sollte mal sehen, wie das ist, wenn man so verletzt wird. Sie konnte ihre Leichtigkeit doch nur leben, weil ihr die Gefühle anderer, auch die Schwester, egal waren. Viola war allerdings auch nicht ohne. Die war ziemlich neidisch auf den Erfolg von Kim. Die Klamotten, die Kim trug, die Reisen, die sie machte. Die ganze Einrichtung hat ja Kim finanziert. Und für Viola ist dieser ganze Firlefanz unglaublich wichtig. Kriegt aber selber nichts auf die Kette. Kim hat alle nur benutzt. Mich, Viola, jeden, der für ihre Karriere wichtig war. Die hat sich durchgefickt und sich einen Dreck um den Scherbenhaufen gekümmert, den sie hinterlassen hat. Und da hat Viola beschlossen, es ihr einmal richtig zu zeigen. Sie hat mich überredet, dass wir das zusammen durchziehen. Ich war blind vor Liebe, verstehen Sie das?"

„Kim sollte mit dem Leben dafür bezahlen?", fragte Vaitmar ungläubig nach und beugte sich ein wenig nach vorn.

„Quatsch! Wir wollten ihr eins auswischen. Sie sollte auch mal leiden, wie wir unter ihr gelitten haben. Das geht ja wohl schlecht, wenn man tot ist, oder?"

„Warum haben Sie Kim dann umgebracht?"

„Ich habe sie nicht umgebracht. Sie war ja schon tot, bevor Violas Plan in die Tat umgesetzt werden konnte."

„Was war das für ein Plan?"

„Viola wollte, dass wir am Sonntagmorgen zusammen auf die Vernissage gehen. Dabei wollten wir auffällig reden, lachen, halt Spaß haben und uns vor allen Leuten küssen und so. Kim sollte aus allen Wolken fallen, weil sie bisher nichts von unserer Liebe wusste. Sie sollte eine peinliche Szene hinlegen, aber irgendjemand hat unseren Plan radikal durchkreuzt."

„Mein Gott, was für ein bescheuerter Plan! Sie sagen, Viola hat diesen Plan entworfen?", antwortete Liviana Vaitmar und legte sich eine Haarsträhne hinter ihr linkes Ohr.

„Ja, sie hat mich irgendwann mit ihrem Besuch überrascht und mich gleich am selben Abend verführt. Dann haben wir uns noch ein paar Mal bei mir getroffen, und dann hat sie mich in ihren Plan eingeweiht. Ich wollte das anfangs gar nicht, aber Viola war eben ganz anders als Kim. Viel zärtlicher, romantischer. Sie war aufrichtig und bescheiden und an einer echten Beziehung interessiert. Irgendwie habe ich mich in sie verliebt und mich bereit erklärt mitzumachen."

„So, so. Verstehe ich das richtig? Sie erzählen uns gerade, dass Sie ein zweites Mal ausgenutzt worden sind? Diesmal von Viola?"

„Ja, wenn Sie es unbedingt so sehen wollen."

„Wieder nur das arme Opfer? Sie vögeln am Abend vorher Kim Ross, die sie am nächsten Morgen maßlos untergehen lassen wollten? Sie wollen uns hier weismachen, dass Sie das Opfer und nicht der Täter sind, Herr Hagen?! Glauben Sie eigentlich, dass ich eine Intelligenzallergikerin bin! Für wie blond halten Sie mich eigentlich?!"

„Wie meinen Sie das, ich ..."

„Ich denke, Sie waren mit Ihrem hinterhältigen Vorhaben schlicht überfordert. Bei Ihrem Gefühlschaos ist Ihnen eine Sicherung durchgebrannt, und Sie haben beschlossen, Kim so richtig fertig zu machen! Deswegen sind Sie Kim Ross an diesem Abend auch gefolgt und als Sie gesehen haben, dass sich Kim noch auf ein Kölsch amüsierte, da haben Sie beschlossen, am Rautenstrauch-Joest-Kanal auf sie zu warten. Sie wussten ja, welchen Weg Kim nach Hause nimmt. Wirklich ein guter Zeitpunkt, Herr Hagen. Die ganze Stadt ist am Rhein auf den Beinen. Wen interessiert da schon ein verlassener Park, oder? Die Kölner Lichter kamen Ihrem Vorhaben bestens zupass, nicht wahr? Aber warum haben Sie Kim Ross mit einer Gitarrensaite erdrosselt?"

„Sie spinnen ja völlig."

„Erfahrungen damit hatten Sie ja schon bei Manuela Berghausen gesammelt, nicht wahr?"

„Wer ist Manuela Berghausen, verfluchte Scheiße! Was für ein Film geht denn hier ab? Ich will jetzt einen Rechtsanwalt. Mir reicht es."

„Ihr erstes Opfer. Sie sind doch auch Jogger, oder?", fuhr Vaitmar ungerührt fort.

„Ich verstehe nichts mehr, und ich sage auch nichts mehr."

„Gut! Dann werde ich Ihnen jetzt die Möglichkeit geben, eine Nacht darüber ganz in Ruhe nachzudenken. Ich nehme Sie vorläufig fest wegen des dringenden Tatverdachts, Kim Ross ermordet zu haben."

„Was?! Das dürfen Sie nicht. Fragen Sie lieber Viola, schließlich hat sie mich auch eiskalt abserviert."

„Werden wir tun, Herr Hagen. Und das mit Manuela Berghausen kriegen wir auch noch raus. Ansonsten glauben Sie gar nicht, was ich alles darf."

***

Thomas Aschmann las in einem Aufsatz zur körperlichen und sexuellen Gewalt an Jungen. *Obwohl von der Fachwelt inzwischen zu Notiz genommen, ist körperliche und vor allem sexuelle Gewalt gegen Jungen noch immer ein Tabu,* dachte der Psychologe. Er wusste, dass beim männlichen Geschlecht die statistischen Erhebungen mehr als lückenhaft waren und im Bereich des sexuellen Missbrauchs von einer hohen Dunkelziffer auszugehen war. *Was gibt es schon für adäquate Lösungsansätze für Betroffene, die ihre Gefühle kaum zur Sprache bringen können?*

Der Psychologe las, dass bis zu 30% aller sexuellen Gewalttaten an Jungen im Durchschnittsalter von 10 bis 12 Jahren verübt wurden. Einige dieser traumatisierten Jungen behandelte er in seiner Praxis, nachdem sie Männer geworden und gut über 40 Jahre alt waren.

„Der größte Teil der Täter entstammt dem außerfamiliären Nahbereich", las er laut. *Freunde der Familie, Verwandte, Personen aus Freizeit und Schule,* ergänzte er in Gedanken. Nur 20% der Täter entstammen dem engeren Familienkreis und von den Müttern, die ihre Söhne über Jahre hinweg missbrauchten, beim Baden, beim vermeintlichen Kuscheln, als Partnerersatz und für andere subtile Varianten, oft auf den ersten Blick nicht zu erkennen ..., wusste man im Allgemeinen doch kaum etwas. *Und wenn doch ...? Das will keiner wissen,* dachte er und suchte in dem Aufsatz nach etwas, das seine Hypothese bezüglich seines nächsten Patienten bestätigen oder ad absurdum führen konnte.

Als Rob Hansen pünktlich den Therapieraum betrat, fiel Thomas Aschmann die angespannte Schweigsamkeit auf, die der Patient ihm entgegenbrachte.

„Wie läuft es auf der Arbeit?", fragte der Psychologe um eine kommunikative Atmosphäre aufzubauen. Rob saß in seinem Sessel und schaute schweigend auf das Fischgrätenmuster des Parketts. Er schien Thomas Aschmann nicht gehört zu haben oder wollte nicht antworten. Der Psychologe betrachtete den Hauptkommissar, der ihm im Augenblick um Jahre gealtert erschien. Da Rob Hansen nicht den Anschein machte, als wolle er etwas sagen, lehnte sich Thomas Aschmann zurück in seinen Sessel und leitete eine Trance-Induktionen ein. Es dauerte nicht lange, bis bei seinem Patienten die Grenzen zwischen Zeit und Raum verschwammen. Langsam kamen die unbewussten Erlebnisse zum Vorschein, die Aschmann an den Körperreaktionen seines Klienten erkannte und als Quelle der Kreativität nutzte. Es entwickelte sich eine Szenerie, die er vor seinem inneren Auge entstehen sah und die durch die wenigen Worte und körperlichen Reaktionen seines Klienten genährt wurden.

Er musste zirka zehn Jahre alt gewesen sein, als seine Schwester zu ihm ins Bett krabbelte. Er fühlte ihren Schoß an seinem Po und ihre kleinen Brüste an seinem Rücken.

Es ist schön, befand der Junge. Ihre Hand kitzelte seine linke Brustwarze. Er tat so, als schliefe er noch. Es wurde sehr warm unter der Bettdecke.

Fühl mal, mein Kleiner, hatte sie geflüstert und seine Hand zwischen ihre Schenkel gelegt.

Streichle mich mal da, hatte sie ihm gesagt, während ihre Hand seinen Po und dann seinen Penis berührte.

„Schau die Erinnerungen an wie durch ein offenes Fenster", intonierte der Psychologe mit ruhiger Stimme. „Lass sie kommen und gehen."

Es kitzelt. Hör auf, hatte der kleine Junge gesagt. *Du musst hier reiben,* hatte sie ihm befohlen.

Wie ist das, hatte sie ihn gefragt. *Ich will nicht,* hatte er ihr geantwortet.

Der Psychologe ahnte das Geschehen, das an die Oberfläche trieb. Er schaffte den Raum, in dem sich die riesige Speicherkammer des Unbewussten mit all der Lebenserfahrung und der unerschöpflichen Quelle der Erinnerungen entfalten konnte.

Ich hab schon mal gesehen, wie die Großen es machen, hatte sie ihm gesagt. *Ich will ni*cht, hatte der Junge geantwortet. *Leg dich auf den Rücken, wir ziehen dir alles aus,* hatte sie ihm befohlen.

Aschmann sah die Hautreaktionen seines Patienten. Er sah das aschfahle Gesicht. Mit geschlossenen Augen stammelte er leise Worte, verwaschen und hilflos.

Ist doch nichts dabei, hatte sie ihm gesagt. *Mir ist schlecht,* hatte er geantwortet. *Ja, so ist es schön,* hatte sie bekräftigt. Auf der Stirn des Patienten bildeten sich Schweißperlen.

„Nimm dir so viel Zeit, wie du brauchst. Lass es kommen und gehen, so wie das Treiben der Wellen am Strand. Dann nimm das Gute, und lass all das andere zurück. Schau dich noch einmal um, und verlasse den Ort, den Raum und die Zeit."

Der Psychologe verhalf seinem Klienten hinaus aus der Trance in die Gegenwart und in den Behandlungsraum, wo er in seinem Sessel saß und sich langsam zu strecken begann. Thomas Aschmann schwieg.

„Meine Schwester ...", sagte Rob.

„Was ist mit deiner Schwester?", fragte Aschmann leise.

„Sie hat mich benutzt. Sie hat mich immer benutzt, wie und wann sie wollte, und ich konnte mich nicht wehren." Sie sprachen eine Weile über seine Schwester, und je mehr Thomas Aschmann nachfragte, umso mehr traten die Erinnerungen ins Bewusstsein seines Klienten, der es mal wütend, mal zweifelnd und unter Tränen beschrieb.

„Ihr wart jung, ihr hattet euch gern. Ihr habt zusammen gespielt, gezankt, getobt, gegessen, gebadet, in einem Bett geschlafen. Ihr habt zusammen über eure Eltern geredet und um deren Gunst gestritten. Ihr wart halt Schwester und Bruder. Und dann erwachte plötzlich die sexuelle Lust, und sie hat es mit dir ausprobiert. Es war spannend und ihr wart unerfahren. Könnte es nicht wie Kirschenklauen gewesen sein? Wie Fallen stellen und Klingelmännchen spielen, Regenwürmer zerteilen und Frösche küssen oder aufblasen? Doktorspiele vielleicht?"

„Nein!", antwortete sein Klient.

„Kinder sind häufig ohne Erbarmen, und die Erinnerungen an die Kindheit sind häufig trügerisch. Das Bewusstsein bewertet, das Unbewusste speichert nur die Erfahrung. Es bewertet nichts."

Die Vehemenz, mit der sein Klient an der Schuld seiner Schwester festhielt, machte den Psychologen skeptisch.

„Manchmal muss man rechts oder links neben das Ereignis schauen, um die eigentliche Wahrheit zu finden. Oder man muss noch weiter zurückgehen, was meinst du?"

„Sie hat sich immer alles genommen, was sie wollte."

„Sie war nur zwei Jahre älter."

„Sie war mir immer zwei Jahre voraus, so ist das, Tom!"

Thomas Aschmann sah seinen Klienten wütend schnauben. Seine Haut wirkte ausgetrocknet. *Das ist nicht das passende Gefühl. Da muss es um was anderes gehen,* dachte der Psychologe.

„Wenn ein Publikum eine geschmeidige Akrobatin sieht, die sich mit einer Schlange verrenkt, heißt das nicht, dass sich zwei Schlangen verrenken. Aber wie schnell erscheint dem Publikum diese Frau als Schlange?"

„Du sprichst in Rätseln. Ich hasse das!"

„Noch deutlicher gesagt, erzeugt diese Frau auf faszinierende Art und Weise unsere Angst vor dem Unbekannten. Den tierischen Anteil in uns. Nein, mehr noch - dem Nichtmenschlichen. Daher sollten wir lernen, dahinter zu schauen, um die kindliche Mystik zu entschlüsseln. Dadurch nehmen wir uns die Angst."

„Ich weiß nicht, wovon du sprichst."

„Das heißt aber nicht, dass wir die Angst vor der Schlange damit in den Griff kriegen. Das ist eine andere Methode. Die Angst vor der Frau aber schon."

„Bist du jetzt fertig? Was soll ich damit jetzt machen? Kannst du mir das aufschreiben?"

„Lass es einfach wirken. Du hast etwas gelernt."

„Was?"

„Du hast hier kein einziges Mal *Scheiße* gesagt, obwohl du Grund genug dazu hattest, oder?" Aschmann lächelte.

„Ja."

Rob stand auf und schaute den Psychologen skeptisch an. Dann lachte er, wenn auch irgendwie beschämt, während ihm Thomas Aschmann auf die Schulter klopfte, die Tür öffnete und sich von ihm verabschiedete.

***

Er schaltete sein Handy ein, schlenderte über die Rolandstraße und bog dann links in die Merowinger Straße ein. Auf der Höhe der Metzgerei sah er zur Videothek hinüber. In deren Fenster stand in großen Buchstaben der Hinweis *Zu vermieten*. Darunter war die Telefonnummer einer Immobilienfirma zu lesen. Nachdem er sich ein Fischbrötchen in der Metzgerei gekauft hatte, ging er zur Videothek hinüber und sah durch die Fenster hinein. Die Räumlichkeit war leer und besenrein sauber. Selbst die Theke hatte man abgebaut. Nichts deutete mehr darauf hin, dass es sich bei diesem Ladenlokal einmal um eine Videothek gehandelt hatte. Er zuckte zusammen, als sein Handy klingelte und hielt sein Fischbrötchen fest in seiner Hand. Mit der anderen holte er das Handy aus der Jackettasche. Auf dem Display, leuchteten ihm vier Buchstaben entgegen: *V a i t*.

„Hallo, Vait, was gibt's?"

„Mann! Warum schaltest du dein Handy aus? Ich versuche, dich seit gut einer Stunde zu erreichen! Hörst du keine Mailbox mehr ab?! Victor hat erhöhten Blutdruck. Der läuft hier mit hochrotem Kopf durch die Gänge, und kein Mensch kann ihm sagen, wo du dich rumtreibst! Wo bist du?"

„Tut mir leid. Ich bin in der Südstadt, musste was erledigen. Was gibt's?"

„Hallo?! Ich kann mir hier den wutschnaubenden Direktor anhören und muss aufpassen, dass er nicht vor meinen Augen platzt, und du flanierst seit Stunden unerreichbar in der Südstadt herum?!"

„Entschuldige, aber jetzt bin ich ja dran. Also was gibt's?", überging Rob ihre letzte Bemerkung.

„Hast du im Lotto gewonnen? Brauchst du nicht mehr arbeiten?! Oder kannst du jetzt machen, was du willst? Wir haben Mittwoch, das ist ein Arbeitstag, soweit ich mich erinnere!"

„Okay, ich nehme Urlaub. Es ging nicht anders."

„Urlaub?! Glaubst du, Victor gibt dir Urlaub? Vorher schmilzt der Nordpol, und dann haben wir alle auf ewig Urlaub in der Kölner Bucht!"

„Komm runter, Vait. Was ist los?"

„Viola Ross ist verschwunden, verdammte Hacke!"

„Verschwunden?!"

„Wir wollten sie nach der Vernehmung von Florian Hagen erneut verhören, weil Hagen sie schwer belastet hat. Dazu aber später. Zuhause lief nur der AB, und unter ihrer Handynummer haben wir sie nicht erreichen können. Ob sie vielleicht den Anbieter gewechselt hat, oder womöglich gar nicht mehr mobil zu erreichen ist, wissen wir nicht. Ich habe Funke zum Buchladen geschickt. Der ist übrigens auch in der Südstadt. Du hättest uns also echt Arbeit abnehmen können..."

„Die Dinge laufen manchmal anders als gewollt..."

„Viola ist nicht auf der Arbeit erschienen. Die Chefin des Buchladens meint, dass sie so was noch nie gemacht hat. Viola sei immer sehr zuverlässig und melde sich in der Regel bereits, wenn sie sich nur zehn Minuten verspäten würde."

„Und jetzt?"

„Wir haben zwischenzeitlich ihre Wohnung öffnen lassen, aber bisher keine Hinweis gefunden, wo sie sich zurzeit aufhalten könnte. Der Kühlschrank ist voll. Nichts in ihrer Wohnung deutet auf eine geplante Abreise hin."

„Was denkst du?", fragte Rob einsilbig.

„Ich weiß nicht, was ich denken soll. Entweder sie ist Hals über Kopf abgehauen, weil sie Wind davon bekommen hat, dass Florian Hagen sie belastet hat, dann könnte unser Mörder doch eine Frau sein oder wenigstens eine Komplizin haben. Oder wir finden sie bald mit einer Schnur um den Hals."

„Ich bin in zwanzig Minuten im Büro."

„Wir sind in Violas Wohnung, Rob. Ich habe die Spurensicherung noch einmal anrücken lassen. Staatsanwalt Mirkow hat uns grünes Licht gegeben. Wir werden die Wohnung hier bis auf die letzte Kellerassel auseinandernehmen. Gnade ihr Gott, wenn wir was finden! Ich schick dir Funke vorbei. Wo bist du?"

„Chlodwigplatz."

„Warte Ecke Merowinger Straße auf ihn."

Er steckte das Handy in die Tasche zurück und befingerte einen weiteren Gegenstand. Er holte ihn hervor und betrachtete das Chamäleonfigürchen mit dem abgebrochen Schwanz. Als die Straßenbahn hielt, sah er dem hektischen Ein- und Aussteigen der Leute zu.

„Manchmal ist Autofahren einfach schöner."

Donnerstag, 31. August

Köln, 11:34 Uhr

Liviana drückte auf den Messingknopf. Aus der Ferne hörten sie ein vornehmes *Ding Dong*, während Rob hinter ihr stand und die Fenster des Hauses beobachtete.

„Scheint keiner da zu sein", kommentierte die Kommissarin die Situation. Nachdem sie eher hoffnungslos ein weiteres Mal den Klingelknopf drückte, öffnete sich schnell die Tür. Vor ihnen stand eine Frau in Schürze, mit weiß beschmierten Händen. Ein weißes Tuch bändigte ihr Haar und mit dem sauberen Handrücken versuchte Frau Clausen, sich die Nase zu reiben. Hauptkommissar Hansen war beeindruckt von der vornehmen Attraktivität, die sie trotz ihrer Aufmachung ausstrahlte.

„Guten Tag, Frau Clausen, das ist Hauptkommissar Hansen, und mich kennen Sie vielleicht noch. Kommissarin Vaitmar", stellte Liviana sie beide vor.

„Ja?"

„Wir würden gerne mit Ihrem Mann sprechen. Ist er da?"

„Entschuldigen Sie die Aufmachung, aber ich bin gerade im Atelier. Dort höre ich das Klingeln oft nicht. Warten Sie schon länger?"

„Kein Problem. Ist Ihr Mann da?", hakte Vaitmar nach.

„Sicher, er wird wohl im Garten sein, sonst hätte er Ihnen längst geöffnet. Kommen Sie rein, ich werde ihn rufen." Frau Clausen führte die Kriminalpolizei durch den großzügigen Eingangsbereich ins Wohnzimmer. Die großen Schiebetüren der Terrasse standen offen. Der Raum wurde von einem schwarzen Flügel dominiert, der so ausgerichtet war, dass man während des Spielens in den Garten sehen konnte. Frau Clausen ging auf die Terrasse und rief nach ihrem Mann. Vaitmar und Hansen schauten sich einen Moment neugierig um.

„Meine Güte, ich hätte nicht gedacht, dass die Galerie so viel abwirft", kommentierte Rob seine Eindrücke. Liviana stand am Flügel und es reizte sie, den Deckel der Klaviatur zu öffnen und einen Ton anzustimmen.

„Guten Tag die Herrschaften", begrüßte Volker Clausen die beiden jovial, als er über die Terrasse hereintrat.

„Ein Erbstück der Familie meiner Frau. Sie spielt hervorragend." Herr Clausen streifte kurz den Deckel des Flügels mit seiner Hand und reichte sie danach Vaitmar zum Gruß. Ansonsten sah er nicht danach aus, als ob er sich im Garten engagiert hätte, sondern eher, als habe er die Zeit draußen in Ruhe genossen. Die Sonnenbrille hakte im Ausschnitt seines gemusterten Hemdes, das über seiner hellen Leinenhose hing. Er schüttelte auch Hansen die Hand und bat den Besuch, Platz zu nehmen. Rob und Liviana versanken in den Polstern einer orientalisch anmutenden Couchgarnitur. Frau Clausen erschien, immer noch in farbbetupfter Schürze, aber mit sauberen Händen und fragte, ob man etwas trinken wolle. Die Espressomaschine müsse noch aufheizen, aber Wasser sei bei dem Wetter ja auch eine wohltuende Alternative. Sie stellte einen Flaschenkühler mit einer Flasche San Pellegrino und Gläser auf den Tisch, entschuldigte sich und verschwand wieder in die Küche.

„Machen Sie sich keine Umstände, es wird nicht lange dauern", versuchte Hansen ihr Engagement zu bremsen.

„Könnten wir Sie wohl für einen Augenblick allein sprechen?", wandte sich Vaitmar an Clausen.

„Es geht um ihr Verhältnis zu Kim Ross."

„Ich habe keine Geheimnisse vor meiner Frau", entgegnete Clausen und schien überrascht vom Anliegen der Kommissarin.

„Aha? Wenn das so ist, wie gut kannten Sie Frau Ross?", begann Liviana vorsichtig.

„Das habe ich Ihnen doch schon beim ersten Mal gesagt, Frau Kommissarin. Wir standen in geschäftlichen Beziehungen miteinander. Kim ist … war eine innovative und sehr kreative

Künstlerin. Was sie machte, fanden meine Frau und ich inspirierend. Deswegen haben wir sie in unsere Galerie geholt."

„Sie kannten Frau Ross also rein geschäftlich?"

„Ja, warum fragen Sie?" Frau Clausen betrat mit einem Tablett das Wohnzimmer. Sie schaute fragend zu ihrem Mann und den Kriminalbeamten.

„Wir haben gestern im Haus des Mordopfers eine weitere Hausdurchsuchung durchgeführt. In dem Zusammenhang sind wir auf ein noch nicht so lang ausrangiertes Notebook von Kim Ross gestoßen. Die KTU hat die defekte Festplatte des Laptops durchforstet und konnte einige E-Mails wiederherstellen. Darunter gab es auch einen interessanten elektronischen Schriftwechsel zwischen Ihnen und Kim Ross."

„Natürlich, wir haben oft über E-Mail kommuniziert. Das Zeitalter des Papiers ist ja wohl vorbei, oder? In meinem Beruf bleibt das absolut nicht aus, dass man sich mal eine SMS oder E-Mails schickt."

„Wir haben die für uns interessanten Mails ausgedruckt. Wenn Sie mal lesen möchten?" Liviana reichte ihm drei bedruckte Din-A-4-Seiten. Volker Clausen warf einen kurzen Blick darauf und stand auf. Schweigend drehte er den Kopf zur Terrassentür und kratzte sich mit der anderen Hand im Haar.

„Dürfte ich auch erfahren, worüber die Herrschaften hier reden?", fragte Frau Clausen und schaute sich fragend nach allen Personen um.

„Ach ...", erwiderte Clausen kopfschüttelnd.

„Wir interpretieren das so, als handele es sich bei den Mails um eine Art Beziehungsklärung, die den geschäftlichen Teil eindeutig zu überschreiten scheint, oder haben wir da was falsch verstanden?", insistierte Vaitmar.

„Volker? Was soll das heißen? Was meint die Kommissarin?" Das Schweigen verdichtete die Luft im Wohnzimmer, die von der schwülen Wetterlage, die die Terrassentür hereinließ, nicht verbessert wurde. Jeder in Köln erwartete zu dieser Stunde, dass ein heftiges Gewitter für Erlösung sorgen würde. Schwarze

Wolken schoben sich wie eine Lawine über jedes Stück freien Himmels. Herr Clausen hüllte sich in Schweigen.

„Kann das sein, Herr Clausen, dass Sie eine sexuelle Beziehung zu Kim Ross hatten?", fragte Hauptkommissar Hansen direkt.

„Volker?!", entrüstete sich Frau Clausen.

„Das war nicht so, wie Sie das jetzt hier darstellen wollen."

„Wie war es denn, Herr Clausen? Klären Sie uns auf! Ihr E-Mail-Verkehr mit Kim Ross lässt so einiges vermuten. Wie dürfen wir das denn verstehen?", hakte Kommissarin Vaitmar nach.

„Volker?! Würdest du mir jetzt mal bitte erklären ...?!", fragte Frau Clausen energisch. Dabei setzte sie sich kerzengerade hin und faltete die Hände in ihrem Schoß. Ihre verkrampfte Haltung ließ die Anspannung erkennen, unter der sie stand. Rob konnte sich nicht erwehren, sie bei all ihrer Entrüstung absolut erotisch zu finden. Ihre aristokratische Gefasstheit in einem Moment, in dem ihre Ehe gerade auf ihre Belastbarkeit überprüft wurde, faszinierte ihn.

„Frau Clausen, wollen Sie uns gerade vormachen, dass Sie davon nichts gewusst haben?", fragte er und hätte gern das Tuch von ihrem Kopf genommen, um ihre Haarpracht darunter in Gänze zu betrachten.

„Bitte?! Wovon?"

„Herr Clausen, haben Sie nicht soeben gesagt, dass Sie keine Geheimnisse vor Ihrer Frau haben?", setzte Liviana nach.

„Ich möchte, dass Sie jetzt gehen. Ich will mit meiner Frau allein sein", antwortete Volker Clausen.

„Volker?!"

„Sabine, bitte. Es ist nicht so, wie du denkst!"

„Mein Gott! Wie denk ich denn?!", fuhr Frau Clausen ihren Mann an, „Das ist ja ein Satz wie aus einer Rosamunde-Pilcher-Verfilmung. *Es ist nicht so, wie du denkst*, ha! Ich habe dir bisher immer mehr Stil zugetraut."

„Sie werden uns jetzt und hier eine Antwort geben, oder Sie kommen mit aufs Präsidium", warf Kommissarin Vaitmar ein. Frau Clausen stand auf und ging zwei Schritte auf ihren Mann zu. Dann schlug sie ihm mit der flachen Hand ins Gesicht und verließ erhobenen Hauptes mit einer wie einstudiert wirkenden Kehrtwendung den Raum.

„Frau Clausen, wir müssen uns auch noch mit Ihnen unterhalten", rief ihr Hauptkommissar Hansen hinterher.

„Sabine! Ich kann das alles erklären! Das ändert doch nichts an unserer Beziehung!", rief Volker Clausen hinter seiner Frau her und wandte sich dann an Vaitmar.

„Macht Ihnen das Spaß, in den Angelegenheiten anderer Leute herumzuwühlen? Geht Ihnen da einer ab, wenn Sie sehen, was Sie damit anrichten?!"

„Herr Clausen ...", antwortete Kommissarin Vaitmar seelenruhig und lehnte sich zurück, „... Wir wollten Sie unter vier Augen sprechen. Da biegen Sie sich jetzt aber Ihre Schuldigen schön zurecht. Wären Sie vielleicht jetzt so freundlich und würden uns wahrheitsgemäß und lückenlos unsere Fragen beantworten, oder sollen wir Sie jetzt aufs Präsidium mitnehmen?"

„Was wollen Sie denn noch wissen?"

„In einer Ihrer E-Mails schreiben Sie, dass Sie Zeit brauchen, um es Ihrer Frau zu erklären. Was meinten Sie damit?"

„Ach das! Ich bitte Sie, das ist doch alles längst vorbei und völlig uninteressant."

„Na ja, Ihre Mail trägt das Datum vom Mittwoch, dem 26. Juli. Gerade mal zwei Monate her. Aus unserer Sicht ist das jetzt nicht gerade ein großer zeitlicher Abstand, Herr Clausen", kommentierte Hansen.

Clausen steckte eine Hand in die Hosentasche. Sein Blick rotierte hastig und ziellos im Wohnzimmer herum. Eine Antwort blieb er schuldig.

„In einer anderen E-Mail schreiben Sie, *Ich warne dich, meiner Frau je etwas davon zu sagen ...* Wie dürfen wir diese Drohung verstehen?"

„Mein Gott! Sie nehmen das aber alles sehr ernst, was?! Das müssen Sie doch nicht eins zu eins übersetzen. So was sagt man schon mal im Eifer des Gefechts."

„Aber jetzt ist Kim Ross in dem Gefecht umgekommen, Herr Clausen. Es dürfte Ihnen doch wohl einleuchten, dass Sie uns damit nicht gerade wie ein Unschuldslamm vorkommen, um mal deutlicher zu werden."

„Was soll das denn? Sie verschwenden nur Ihre Zeit mit mir, falls Sie den Mörder von Kim hier suchen sollten."

„Womit wollte Sie Frau Ross erpressen?"

„Erpressen?! Was stricken Sie sich denn da zusammen, Frau Kommissarin?"

„Wir machen nur unsere Arbeit, Herr Clausen, das Stricken überlassen wir anderen, und Sie sollten einfach unsere Fragen beantworten", äußerte Rob sich streng.

„Ja, wir hatten was miteinander. Um genau zu sein, ich hatte mich eine Zeit lang in Kim verliebt ..."

„Sie waren verliebt?", fragte Rob. Volker Clausen drehte seinen Kopf weg und schaute in den Garten hinaus, als er antwortete.

„Eine kleine Liaison."

„Was denn nun, Herr Clausen? Eine große Liebe oder eine kleine Liaison?"

Frau Clausen kam mit einem Glas Rotwein in der Hand aus der Küche zurück. Hansen nutzte den Moment.

„Entschuldigen Sie, Frau Clausen, dürfte ich vielleicht mal ihre Toilette benutzen?"

„Sicher. Die erste Tür rechts, nicht zu verfehlen." Hansen folgte der angezeigten Richtung und ging in den Flur. Er sah das Schild Gäste-WC und dachte, dass er sich das jetzt auch hätte sparen können. Er ging trotzdem hinein und sah sich um. Wie zu erwarten fand er weder eine Bürste noch einen Kamm. Kein Haar, das irgendwo zwischen Spülbecken und Boden vergessen worden war. In dem kleinen Kosmetik-Treteimer befand sich eine ungenutzte Mülltüte. Keine Watte, kein Papierschnipsel, keine aufgebrauchte Toilettenrolle drin. Aus dem kleinen Fenster konnte man direkt auf die Straße sehen. Rob drückte die Spülung, ging hinaus und setzte sich wieder neben Vaitmar.

„... Nein, so einfach war das nicht", hörte er gerade die Antwort von Volker Clausen.

„Sie meinen also, dass Kim all die schönen Stunden einfach über Bord werfen wollte? Das konnten Sie sich doch nicht wirklich gefallen lassen, oder?"

„Ich werde jetzt gar nichts mehr sagen. Wenn Sie noch etwas wissen wollen, laden Sie mich vor. Wenn Sie jetzt nicht gehen, werde ich meinen Anwalt anrufen. Außerdem möchte ich Sie daran erinnern, dass ich ein Alibi für die Mordnacht habe, was Sie sicherlich überprüft haben."

„Ich habe wohl noch nichts Demütigenderes ertragen müssen", echauffierte sich Frau Clausen. Sie hatte inzwischen die Schürze abgelegt und stand in einem weißen T-Shirt und grauer Jogginghose an den Flügel gelehnt. Auch dieses Outfit betone ihre elegante Erscheinung. Eine Hand hatte sie schützend auf ihren Bauch gelegt, die andere stütze sich auf dem Flügel ab und hielt gleichzeitig das Glas. Ihr weißes Kopftuch verdeckte immer noch ihr Haar. Frau Clausen verzauberte Rob mit dieser Art der Sinnlichkeit, ohne dass sie es ahnte oder er es sich anmerken ließ.

„Ich erkenne dich nicht wieder, Volker!"

„Sabine! Die Herrschaften hier wollen uns doch nur gegeneinander aufbringen! Ich hätte es dir sowieso bald gesagt. Es kann sich doch jeder Mal vergucken, das haben wir uns doch auch immer gesagt, Sabine."

„Ja, aber da waren wir fünfundzwanzig. Inzwischen bin ich erwachsen geworden, was man von dir anscheinend nicht annehmen darf."

„Sabine, ich bitte dich."

„Meinst du, ich glaube an die Ehe als einen ewigen Jungbrunnen? Oh nein! Ich glaube, mit der Heirat haben wir unsere Jugend beendet, und du bist ein richtiger Idiot, Volker!" Während die beiden ihren Disput auslebten, flüsterte Rob Liviana zu, sie solle versuchen, durch einen Vorwand in das Bad der Clausens zu gelangen. Frau Clausen nippte an ihrem Glas und stellte es dann auf einen Glasuntersatz, der auf dem Flügel lag. Liviana schaute den Eheleuten zu und beschloss, niemals so werden zu wollen wie diese beiden. *Es gibt wohl nichts Verlogeneres als eine Hetero-Ehe,* dachte sie und hörte die sonore Stimme Hansens.

„Wir verstehen ja, dass Sie noch Klärungsbedarf miteinander haben, aber auch wir würden gern noch ein paar Fragen stellen. Danach können Sie …"

„Wir möchten jetzt in Ruhe gelassen werden …" fuhr Volker Clausen dazwischen.

„Welche Materialien verwenden Sie bei Ihren Skulpturen, Frau Clausen?", fragte Rob spontan das Thema wechselnd.

„Was tut das zur Sache? Ich kann da jetzt nicht wirklich folgen. Speckstein und Ton, je nachdem. Warum?", antwortete Frau Clausen dementsprechend irritiert.

„Wie groß sind denn Ihre Skulpturen?", fragte Rob Hansen.

„Was soll das?", fauchte Herr Clausen reichlich geladen.

„Halt den Mund, Volker! Halt einfach deinen Mund! Ich kann Ihnen ein paar Stücke zeigen. Kommen Sie – gehen wir in mein Atelier."

Liviana schaute Rob fragend an. Er beabsichtigte nicht, eine Erklärung abzugeben, und der Weg durch die Küche befremdete auch ihn. Frau Clausen öffnete eine eher unscheinbare Tür, die am anderen Ende der Küche lag und die plötzlich einen Blick in ihr Atelier frei gab. Der Raum der sich dahinter bot, war alles andere als bescheiden. Er strahlte hell, auch bei dem bedrückenden Licht eines herannahenden Gewitters. Man konnte durch zwei riesige Fenster im Dach direkt in den Himmel sehen. Die Wände waren großflächig von Glasscheiben durchbrochen, die den Blick in einen anderen Teil des Gartens frei gaben.

Frau Clausen erzählte, dass dies früher mal ein kleiner Stall gewesen sei. Man hielt hier Federvieh und sogar Schweine oder Ziegen. Nach dem Krieg habe man vielen Familien Grund und

Boden zur Verfügung gestellt und zur Selbstversorgung geraten. Später hätten die Nachbarn in der Straße hier überall angebaut. Sie beide seien hier wohl die letzten in der Straße gewesen, die einiges umgebaut hätten.

„Ich bin beeindruckt", sagte Rob, und Liviana war drauf und dran, ihm in die Rippen zu stoßen. Erst jetzt erschlossen sich ihnen die Skulpturen in weiß und grau. Frau Clausen verstand ihr Handwerk. Sie hatte eine präzise Gabe für Formen und Proportionen. Sie verband auf künstlerische Art und Weise Geist und Körper. Ihre Skulpturen nahmen die Kommissarin gefangen. Sie sah einen Adler, der auf der Schulter einer nackten Frau saß. Er bohrte sich mit seinen groben Krallen in das Fleisch der Frau, und seine Kopfstellung ließ erahnen, dass er mit seinem Schnabel ihren Mund küssen wollte. Eine filigrane Figur, die einem bei genauerer Betrachtung einen Schauer über den Rücken laufen ließ. Dabei bedeckte die Frau ihre Brüste mit beiden Händen. Liviana war von der kraftvollen Skulptur, die auf imposante Weise knapp am Kitsch vorbeirutschte, geblendet.

„Wie teuer ist die Skulptur?", polterte es spontan aus ihr heraus. Rob blickte sie böse an.

„Sie ist ja noch nicht fertig. Aber sie wird wohl nicht in Ihrem Budget liegen, Frau Kommissarin."

„Würde mich dennoch interessieren", blieb Liviana hartnäckig.

„Ich habe noch keinen Preis."

„Das würde mich schon sehr interessieren", erklärte Vaitmar mit Nachdruck.

„Ich bitte Sie", entgegnete Frau Clausen etwas missfällig.

„Ich Sie auch. Ich habe lange nicht mehr so etwas Gutes gesehen", eiferte sich Vaitmar.

„Vait!", zischte Rob im Flüsterton.

„Lassen Sie, Herr Hansen, das soll Kunst doch bewirken. Gefühle erwecken, Ausdruck in Form und Farbe, und wenn man davon hingerissen ist, dann ist doch erreicht, was der Künstler beabsichtigt hat. Es freut mich, wenn es Ihnen gefällt."

„Nennen Sie doch mal eine Hausnummer", hakte Liviana nach.

„Um die 8.000 Euro werden es wohl werden, falls ich sie überhaupt verkaufen will."

„Alle Achtung! Ich bin beeindruckt."

„Ich kann sie ja nicht einfach verschenken, Frau Kommissarin."

„Das ist nachvollziehbar, Frau Clausen ..." Vaitmar löste mit einem unbewussten Griff ihren Knoten und ließ ihre Haare herabfallen. Sabine Clausen musterte plötzlich Livianas ganze Erscheinung.

„Dürfte ich Sie vielleicht fotografieren? Ich habe eine einfache Digitalkamera, und es dauert nur einen Moment, bitte."

„Bitte? Das geht wirklich nicht, Frau Clausen", antwortete Liviana überrascht.

„Schade, es würde ganz schnell gehen. Ich mache öfter Fotos von Personen. Sie dienen als Grundlage einiger meiner Skulpturen. Und ich habe gerade eine Figur entstehen sehen."

„Ich bin im Dienst, das geht nicht."

„Ich gebe Ihnen eine Karte von mir." Frau Clausen öffnete das Türchen eines kleinen Wandschranks gleich neben der Eingangstür des Ateliers und nahm ein Schächtelchen heraus. Darin lagen mehr als zwei Dutzend Visitenkarten, von denen sie eine Liviana gab, die sie schnell in ihre Gesäßtasche steckte.

„Dürfte ich Sie vielleicht auch um etwas bitten, Frau Clausen? Es ist mir jetzt etwas peinlich, aber wäre es vielleicht möglich, dass Sie mir - sozusagen von Frau zu Frau -, aushelfen könnten? Sie wissen schon ..."

„Kommen Sie, ich zeige Ihnen, wo Sie alles finden können", sagte Frau Clausen und führte Vaitmar aus dem Atelier.

„Danach werden Sie gehen, Herr Kommissar", bemerkte Herr Clausen, der ihnen ins Atelier gefolgt war.

„Hauptkommissar Hansen, Herr Clausen. Ich sage ja auch nicht Herr Galerist zu Ihnen."

„Meinetwegen."

„Herr Clausen, Sie haben uns bisher noch nichts zu Ihrer Entlastung erzählt." Frau Clausen betrat das Atelier mit ihrem Glas Rotwein und lehnte sich an ihre Werkbank, um dem Gespräch zu lauschen.

„Wenn wir jetzt gehen, müssen wir Sie vorläufig festnehmen wegen des dringenden Tatverdachtes, Kim Ross ermordet zu haben, Herr Clausen. Sie müssen dann damit rechnen, 48 Stunden in Polizeigewahrsam zu bleiben. Die Alternative ist, Sie beantworten uns hier und jetzt einfach unsere Fragen, und Sie können sich anschließend in Ruhe besprechen", erläuterte der Hauptkommissar seine Sicht der Dinge in gelassenem Ton.

„Sie können ihn ruhig mitnehmen!", äußerte sich Frau Clausen in kühlem Ton.

„Sabine!", zischte ihr Mann ungehalten.

Einfacher hätte Kommissarin Vaitmar es nicht haben können. Es gab zwei Waschbecken, eines für die Dame, das andere für den Herrn. *Hier verirren sich keine Spuren im falschen Waschbecken*, dachte sie und griff nach dem Kamm, der kein Haar hinterlassen hatte. Fündig wurde sie an einer Shampooflasche und an den Füßen eines Badregals neben dem Herrenwaschbecken. Sie zog ein Tütchen hervor und steckte die Haare hinein. Dann verschloss sie das Tütchen und zog ein weiteres aus ihrer Hosentasche. Das Frauenhaar in der Bürste war leicht auszumachen, und das Tütchen damit gut gefüllt. Liviana steckte es in die andere Hosentasche und schaute für einen Moment aus dem Fenster in den Garten. Dort befand sich ein kleines Gewächshaus, dessen Tür weit offen stand und an deren Bügel ein offenes Vorhängeschloss hing. Sie sah das grüne Buschwerk und fragte sich, warum man heute schon Tomaten einbruchsicher verschließen musste. Dann drückte sie die Klospülung und öffnete einen Tampon. Die Plastikhülle warf sie in den Mülleimer und den Tampon steckte sie zu dem Tütchen mit den Haaren von Frau Clausen. Sie wusch sich die Hände, verließ das Bad und trat im Atelier zu Frau Clausen an die Werkbank.

„Haben Sie gefunden, was Sie suchten?", witzelte Volker Clausen ironisch. Liviana setzte ein breites Grinsen auf. *Wenn du wüsstest, du Luftpumpe,* dachte sie und schwieg dazu.

„Nun ja, Frau Clausen, Sie können bestimmt einiges an Gewicht bewegen, oder?" hörte auch Liviana Rob fragen.

„Bevor ich Hilfe hole, muss schon einiges an Gewicht zusammenkommen. Da habe auch ich meinen Stolz."

„Verstehe. Es benötigt weitaus weniger Kraft, jemanden zu erdrosseln, und Eifersucht ist immer ein starkes Motiv für einen Mord in der Geschichte der Menschheit gewesen."

„Was wollen Sie damit sagen, Herr ..."

„Die Sachlage hat sich mit der Wiederherstellung der E-Mails erheblich geändert. Wir müssen einige Zeugen nochmals vernehmen. Manchmal platzen Alibis im Nachhinein. Sie haben von dem Verhältnis Ihres Mannes und Frau Ross wirklich nichts gewusst?"

„Dass er den Frauen hinterherstiert, ist ja nicht zu übersehen. Wir hatten die Vereinbarung, Appetit holen darf man sich draußen, aber gegessen wird zu Hause. Und er weiß genau, was auf dem Spiel steht." Frau Clausen sah ihren Mann herausfordernd an, nahm ihr Weinglas und leerte es in einem Zug.

„Sabine bitte. Wir wollen hier doch nicht ..."

„Was steht denn auf dem Spiel?", warf Hansen blitzschnell ein.

„Was glauben Sie, wem das alles hier gehört? Das Haus? Die Galerie?"

„Sabine!"

„Jetzt hör endlich auf mit deinem *Sabine*! Ich kann es nicht mehr hören! Außerdem weiß ich, wie ich heiße!", erwiderte sie höhnisch. „Alles gehört mir. Ich habe das Kapital in die Galerie gesteckt ..."

„Du?! Dass ich nicht lache! Dein Vater, Sabine! Alles kommt doch von deinen Eltern! Du hast in deinem Leben doch keinen Finger krumm machen müssen! Du erntest doch nur, was deine Eltern einst gesät haben."

„Aber zu deinem Nachteil war es auch nicht gerade, Herr Volker Clausen! Du lebst doch wie die Made im Speck!"

„Jetzt wirst du aber richtig fies!"

„Ich kann es mir auch leisten!", fuhr Frau Clausen ihn an und stieß dabei mit dem Ellenbogen ihr Glas von der Werkbank. Die anderen Anwesenden sahen es auf dem Boden zerschellen, während Frau Clausen hinaus in die Küche ging, ohne weiter Notiz von den Scherben zu nehmen.

„Haben Sie jetzt endlich, was Sie wollen?!", schimpfte Volker Clausen, dem die Zornesröte im Gesicht stand.

„Nein, haben wir nicht. Wir wollen wissen, wie das zwischen Ihnen und Kim Ross angefangen hat, wie lang Ihre Affäre dauerte und warum es zu Ende ging?", fragte Liviana Vaitmar und stützte sich hinterrücks mit beiden Händen auf der Werkbank ab.

„Lassen Sie uns ins Wohnzimmer zurückgehen. Dieser Ort ist das Reich meiner Frau, ich verweile ungern allein hier." Er ging voraus und erzählte, dass er sich damals eine Ausstellung des Fachbereichs Grafik und Design der Fachhochschule Köln angesehen hatte. Da seien ihm Kims Arbeiten aufgefallen. Später sei ihm Kim aufgefallen, wie sie engagiert mit ihren Studienkollegen und den Besuchern redete. Er habe sie angesprochen, und so sei das alles ins Rollen gekommen. Seine Frau habe ihre Arbeiten auch geschätzt und ihm vorgeschlagen, sie in die Galerie zu holen. Kim hatte, gemeinsam mit anderen Künstlern, mehrere Ausstellungen in der Galerie gehabt. Ihre Arbeiten verkauften sich zu soliden Preisen. An einem Ausstellungsabend habe man gemeinsam getrunken, Kim habe ihn angemacht, und anschließend sei es zwischen ihnen in der Galerie zum Geschlechtsverkehr gekommen.

Frau Clausen erschien mit einem neuen Glas Wein und stellte sich in den Durchgang zum Wohnzimmer. Volker Clausen hatte ihr den Rücken zugewandt und schaute zur Terrasse heraus, nicht wissend, dass seine Frau bereits zuhörte.

„Das ging dann noch ein paar Mal so, und dann habe ich mich in sie verliebt und wollte mehr. Doch Kim hat mir ziemlich deutlich zu verstehen gegeben, dass sie nicht an einer festen Beziehung mit mir interessiert war. Ich war damals zu einer Menge bereit, aber ich war auch total geblendet von ihr."

„Ich glaube das jetzt alles nicht", mischte sich Sabine Clausen ein, und ihr Mann drehte sich erschrocken um.

„Was hast du gedacht? Mir den Laufpass geben und mit dem Flittchen auf und davon? Oder womöglich die Galerie mit ihr übernehmen? Meinst du, du hättest auch nur eine Staubflocke von der Galerie bekommen?! Wer bist du, dass du glaubst, ich würde stillhalten? Meinst du, ich hätte nicht mitbekommen, wie du dich in ihrer Nähe aufgeplustert hast wie ein liebestoller Pfau?!" Es war nicht zu überhören, dass ihr der Wein dazu verhalf, die Zunge zu lockern.

„Vorhin haben Sie noch gesagt, dass Sie von alldem nichts gewusst haben, Frau Clausen", bemerkte Hansen.

„So etwas kann einem doch nicht verborgen bleiben. Frauen haben dafür ein Gespür."

„Sie wussten von dem Verhältnis zwischen Frau Ross und Ihrem Mann?"

„Ich habe es geahnt. Sein Verhalten sprach Bände."

„Und Sie haben nichts gesagt?"

„Nein, weil ich mir nicht sicher war. Und ich wollte ihm eine Chance geben."

„Sie hätten aber Ihren Mann damit schon konfrontieren können, oder?", warf Vaitmar ein.

„Was hätte das gebracht? Abstreitereien und Lügengeschichten. Männer streiten doch sowieso alles ab und verharmlosen, bis wir Frauen geneigt sind, es zu glauben. Außerdem hätte er dann in Zukunft nur besser aufgepasst. Wenn ich einen Beweis gefunden hätte, dann hätte er die Koffer packen können." Dann ging sie ein paar Schritte in Richtung Küche und drehte sich plötzlich um.

„Morgen bist du draußen!", schleuderte sie ihrem Mann die Worte mit frostiger Stimme entgegen und verschwand endgültig. Volker Clausen hob an, etwas zu sagen, winkte dann aber mit einer abfälligen Handbewegung ab.

„Sie halten sich für weitere Fragen zur Verfügung und verlassen die Stadt nicht", befahl Hauptkommissar Hansen. „Dasselbe gilt für Ihre Frau."

„Wissen Sie, was Sie mich mal können?"

„Verschonen Sie uns mit vulgären Äußerungen, bevor wir es uns anders überlegen und Sie doch mitnehmen. Nachdem Ihre Frau Sie gerade rausgeworfen hat, besteht Fluchtgefahr", antwortete Hansen.

„Bemühen Sie sich nicht, wir finden allein raus", meinte Vaitmar und stand auf.

„Sie melden sich bitte morgen früh um 10:00 Uhr bei uns, und teilen uns Ihren Aufenthaltsort mit."

„Sie können mich mal ..."

Samstag, 02. September

Köln, 14:55 Uhr

Rose fiel es mit Schrecken ein, als sie den schwarzen BMW vor ihrem Haus im Aschenbrödelweg in Köln-Dellbrück vorfahren sah. Sie hatte die Einladung vor über einer Woche ausgesprochen, aber seit nunmehr sieben Tagen war für sie eine Welt zusammengebrochen. Sie fühlte sich miserabel und hatte nichts vorbereitet. Die letzten Tage fühlte sie sich krank vor Sehnsucht und Wut. Ihre Gefühlslage, vor ihrem Mann zu verbergen, kostete sie übermäßige Kraft. Es gab nichts mehr, was sie glaubte, noch festhalten zu können und was ihr keinen Stich versetzte. Ihr Leben stand vor einem Scheideweg, vor dessen Gabelung sie sich nur zwischen Pest und Cholera entscheiden konnte. Liebend gern wäre sie für ihre Kinder an der Pest gestorben. Liebend gern für Liviana an Cholera.

Sie war ihrem Mann dankbar, dass er mit den Kindern zu seinen Eltern gefahren war und ihnen noch eine Überraschung versprochen hatte. Sie rechnete nicht vor 18.00 Uhr mit Ihnen, und so wollte sie eigentlich die drei Stunden für sich nutzen. Stattdessen klingelte Frederik van Olson an ihrer Tür. Frederik hielt Eingepacktes vom Bäcker in der Hand, als sie ihm mechanisch die Tür öffnete. Das Backwerk verringerte ihre Sorge, keine gute Gastgeberin zu sein. Sie begrüßte ihn mit einem aufgesetzten Lächeln und bat ihn, im Wohnzimmer Platz zu nehmen.

In der Küche setzte sie Kaffee in der Maschine auf und hielt sich anschließend an der Arbeitsplatte fest. Sobald Freunde in ihrer Umgebung waren, konnte sie sich kaum noch unter Kontrolle halten und war dem Weinen nahe. Das Treffen beruhte auf der Vereinbarung mit Livi. Liviana hatte es gewollt, und Rose hatte es wie versprochen bei sich zu Hause arrangiert. Jetzt erinnerte sie sich auch wieder, weshalb ihr Mann mit den Kindern zu ihren Großeltern gefahren war. Rose selbst hatte auf diesem Treffen bestanden. Das warf bei ihrem Mann einige Fragen auf, zumal Frederik van Olson eher ein Freund von ihm war als von ihr. Rose konnte ihn damals nur mit einigen Ausreden und Lügen dafür gewinnen, sie mit Frederik und Liviana allein zu Hause zu lassen. Sie wunderte sich, dass ihr Mann sie heute nicht daran erinnert hatte.

Sie schaute durch das Küchenfenster auf die Straße. Sie war von ihren Gefühlen so überwältigt, dass sie nicht wahrnahm, was sich da draußen abspielte. Wut und Trauer türmten sich in ihr auf, weil Liviana sie auch jetzt allein gelassen hatte.

Der Kaffee war fertig. Sie hatte sich die ganze Zeit mit Frederik unterhalten und bemerkte im Geheimen, dass sie nichts von dieser Unterhaltung mitbekommen hatte. Sie kam mit dem Kaffeetablett ins Wohnzimmer und sah Frederik breitbeinig auf der Couch sitzen. Er hatte die Kuchenstücke ausgepackt, und

Rose schenkte Kaffee ein. Mit dem Tortenheber verteilte sie die Kuchenstücke auf die Teller, dann setzte sie sich in den Sessel gegenüber Frederik. Ihr Magen revoltierte. Mehr als eine Scheibe Brot hatte sie den Tag über nicht heruntergekommen. So ging das schon seit Tagen. Nur ihre Kinder vermochten es zu verhindern, dass sie vor Kummer verrückt wurde, während ihr Mann von Mal zu Mal aggressiver reagierte, weil sie ihn anschwieg.

Frederik schlürfte seinen Kaffee. Rose hoffte auf irgendeine Art der Ablenkung, aber das Treffen erinnerte sie einmal mehr an Liviana. Frederik wusste von alledem nichts, und Rose hoffte auf eine Art Stippvisite von ihm. Sie schaute in den Garten. Leichter Nieselregen fiel. Rose bemerkte, wie Frederik unruhig auf seine Armbanduhr sah. Sie selbst warf ebenfalls einen verstohlenen Blick auf die Uhr. Es war 15.07 Uhr.

„Hast du es eilig, Frederik? Du schaust so auf die Uhr."

„Nein, ich hab Zeit, Rose. Vielleicht werde ich später noch was unternehmen, aber jetzt habe ich nur Zeit für dich."

„Oh", sagte sie knapp.

„Wir könnten doch nach dem Kuchen an den Höhenfelder See fahren und spazieren gehen", lispelte Frederik mit einem Lächeln. Sie warf erneut einen Blick auf ihre Terrasse. Über die Terrakottafliesen schlich Ticks, die fuchsige Katze des Nachbarn, mit einem Tier im Maul. Rose konnte nicht erkennen, ob Vogel oder Maus, glaubte aber, dass es ein Vogel war. Sie verzog das Gesicht.

„Es nieselt, Frederik. Ich möchte eigentlich nicht raus. Mir geht's heute auch nicht so besonders."

„Och, schade. Soll ich dich was aufpäppeln? Ich könnte dir ein Liedchen auf der Gitarre vorspielen, oder ich entführ dich ins Kino. Du wählst den Film aus. Ich schau mir alles mit dir an, ganz egal was, Rose." Er nahm seinen Kuchenteller mit dem Stück Erdbeertorte in die Hand, um ihn unter sein Kinn zu führen. Rose lehnte auch das Kinoangebot ab. Für sie kam mit

Frederik keine Atmosphäre auf, bei der sich ihre Stimmung ändern konnte.

Immer wieder liefen die Bilder wie ein Film ab, in dem sie Liviana in der Küche stehen sah, mit der Linie Kokain vor der Nase. Sie hatte sie angefleht, aber Liviana hatte nicht auf sie gehört. Sie zog vor ihren Augen das Koks, schmiss das Brettchen in die Spüle und stürmte wortlos an ihr vorbei. Sie zog Jeans und Bluse an und warf sich ihre Jeansjacke über die Schulter. Die letzten Worte, die Livi an diesem Abend noch zu ihr sagte, brannten bis heute in ihrer Brust. „Zieh die Tür zu, wenn du gehst", damit war sie durch die Wohnungstür verschwunden. Den Beutel Kokain hatte sie auf dem Herd liegen lassen. Seit diesem Abend hatte Rose nichts mehr von ihr gehört und gesehen. Ihre Anrufe hatte Livi nicht entgegengenommen, und auf keine ihrer SMS hatte sie geantwortet. Mehrmals hatte Rose vor ihrer Haustür gestanden und geklingelt und musste unverrichteter Dinge wieder gehen. Die schweigsame Härte, mit der sich Liviana ihr entzog, fraß sie von innen her auf. Noch nie zuvor hatte ihr ein Mensch so wehgetan wie Liviana.

Rose schaute auf die grobporige, aber gepflegte Männerhand von Frederik van Olson, die sich an dem Tortenstückchen auf seinem Teller zu schaffen machte. Als käme sie nie ganz aus ihrem Traum heraus, wandelte sich die Hand in Livianas einfühlsame Frauenhand, die ihre Wangen streichelten. Sie sah Livis Augen, in denen sie sich verlieren wollte. Sie sah Livianas Gesicht, das sie in ihren Händen halten und zärtlich mit Küssen bedecken wollte.

„Was hast du, Rose? Es ist wegen deinem Mann, nicht wahr? Ich habe das schon damals in Ägypten bemerkt. Es läuft nicht mehr gut zwischen euch."

„Ach Frederik, es hat nichts mit Christian zu tun. Ich fühle mich nicht gut." Rose sah auf seinen Oberarm und das Tattoo, das halb unter dem T-Shirt hervorblickte.

„Was soll das eigentlich für ein Tier sein, dein Tattoo? Ein Leguan oder eine Eidechse? Wollte ich dich schon in Ägypten gefragt haben", lenkte sie vom Thema ab.

„Ein Chamäleon." Frederik van Olson hob den Ärmel hoch, damit Rose es richtig sehen konnte.

„Eine Jugendsünde, aber ich stehe auf Chamäleons. Dennoch werde ich es diesen Winter wegmachen lassen."

„Warum? Sieht doch eigentlich ganz schön aus."

„Ich werde mir ein Terrarium zulegen, und dann hole ich mir zwei Chamäleons. Aber auf dem Arm ist die Zeit abgelaufen."

„Wenn du meinst."

„Ihr habt doch Stress, du und Christian, oder? Ich sehe das doch, Rose."

„Nein, es ist nicht wegen Christian."

„Vielleicht solltest du mal ganz neue Wege gehen."

„Was meinst du damit?", fragte Rose und stand auf, öffnete die Terrassentür und atmete die schwüle Luft.

„Na ja, ich glaube, ihr zwei lebt so nebeneinander her. Rose, du weißt, ich verehre dich. Heutzutage wird jede dritte Ehe geschieden. Es ist einfach die Zeit."

„Was soll das jetzt bedeuten, Frederik?"

„Heute schließt keiner mehr den Bund fürs Leben. Bestenfalls noch für die Steuer. Vielleicht brauchst du einfach mal eine Abwechslung in deinem Leben. Einen Mann, der dir etwas anderes bieten kann als dieses Familienleben."

„Ich will nicht darüber reden, Frederik." Er stand auf und stellte sich rechts neben sie. Rose fand ihn attraktiv, wenn auch sein hervorstehender Unterkiefer seiner Attraktivität einen kleinen Makel verlieh. Dieser Bruch machte jedoch auch einen gewissen Reiz aus. Zuweilen hatte seine Gegenwart etwas Leichtes, das sie anzog. Andererseits gab es da etwas, das sie nicht fassen konnte. Sie konnte es nur mit dem Gefühl beschreiben, dass er ihr zu sehr in ihre Aura trat. Dann schnürte es ihr den Atem ab. Und mit dem, was Liviana über ihn rausbekommen hatte, wurde er für sie unheimlich.

„Rose, du weißt, du kannst mir alles erzählen. Ich habe immer ein offenes Ohr für dich." Er legte seine linke Hand um ihre Hüfte. Rose drehte sich heraus.

„Ich will nicht, Frederik. Ich möchte eigentlich nur meine Ruhe haben."

„Stell dir vor, du nimmst dir einfach ein paar Tage Urlaub von der Familie. Wir fahren nach Holland. Ich miete uns ein Segelboot, und wir segeln hinaus. Weit aufs Meer hinaus. Du liegst in der Sonne auf Deck, bei einem Drink, und ich steuere uns über die Wellen. Einfach relaxen, entspannen und die Weite des Meeres bei Sonnenuntergang genießen. Du und ich. Geld spielt keine Rolle, Rose."

Rose ahnte langsam, auf was Frederik van Olson abzielte. Plötzlich ängstigte sie sich, weiter mit ihm allein in diesem Haus zu sein. Sie stand neben dem Sofa und schaute Frederik an.

„Machst du mir gerade ein Angebot, Frederik?"

„Dein Mann ist ein viel beschäftigter Ingenieur. Der wird alles für seine Firma tun. Aber was tut er noch für dich, Rose?", lispelte er und trat zwei Schritte auf sie zu, „... und an deiner Stelle wäre ich auch maßlos enttäuscht. Ich versteh dich, Rose."

Sie erinnerte sich an Ägypten, wo Frederik freundlich und entgegenkommend gewesen war. Sie hatten viel miteinander gelacht, und besonders Christian fand, dass er ein netter Reisebegleiter war. Nicht aufdringlich, und er hing nicht an ihnen wie eine Klette. Im Gegenteil. Christian hatte öfter den Kontakt zu ihm gesucht, und Rose hatte sich gefreut, wenn sie die beiden Männer manchmal herumalbern sah wie pubertierende Jungen. Ihr Mann war seit Jahren nicht mehr so ausgelassen gewesen, und das kam auch ihr zugute. Neben den ersehnten Möglichkeiten, Dinge allein tun zu können wie am Strand zu liegen und Bücher zu lesen oder beim Meeresrauschen zu träumen, kümmerte sich Christian, wenn er mit ihr allein war, liebevoll und feinfühlig um sie, wie sie es lange nicht mehr erlebt hatte. Es war eine Reise, bei der alle auf ihre Kosten kamen und jeder auf seine Weise, glaubte Rose. Und Frederik van Olson gehörte zu diesem Urlaub beinahe so wie sonst die Kinder, die bei ihren Großeltern geblieben waren. Später hatten sie bei sich zu Hause einen ägyptischen Urlaubsabend gemacht, bei dem Christian orientalische Musik auflegte und Rose orientalisches Essen servierte. Den Wein, einen Ilula Pinotage aus Algerien hatte Frederik beigesteuert. Dabei schauten sie sich Urlaubsbilder an. Frederik hatte die meisten und zudem die besten Fotos geschossen. Bilder von Rose und Christian auf dem Kamel, vor den Pyramiden und in Restaurants. Bilder von ihr am Strand, zwischen Palmen, neben Kakteen. Damals war ihr aufgefallen, dass Frederik sie weit häufiger abgelichtet hatte, als es ihr im Nachhinein lieb war. Er hatte Schnappschüsse von ihr gemacht, die ihr zu intim erschienen. Aber er hatte auch ein Lieblingsbild von ihr geschossen. Es zeigte sie in weißen Stoff gehüllt, am Strand sitzend, die Arme um die Beine geschlungen und ihr Blick aufs Meer gerichtet. Ihre schönsten Gedanken hatte er mit diesem Erinnerungsfoto festgehalten.

„Ich bin nicht enttäuscht, was meinen Mann betrifft, Frederik. Er liebt mich, und er würde mehr für mich tun, als mir lieb ist."

„Wenn du Zeit brauchst - ich habe mehr Zeit als alle Kölner zusammen", unterbrach er Rose.

„Ich brauche Zeit, ja. Zeit für mich, Frederik."

„Probier es aus, Rose. Du wirst sehen, ich habe dir mehr zu bieten als dein Gatte dir je bieten kann."

„Ich brauche aber nicht noch einen Mann." Sie schaute ihm ängstlich in die Augen und hoffte, dass er es nicht merken würde. Frederik stand unmittelbar vor ihr und griff mit seinen Händen ihre Oberarme. Rose wollte sich entziehen und spürte, dass seine Hände ihre Arme nicht frei gaben.

„Du machst mir Angst, Frederik."

„Auch du brauchst einen Mann, der dich verwöhnt und dich beschenkt, Rose. Ich habe schon immer große Stücke auf dich gehalten, und vielleicht sollten wir es jetzt ausprobieren." Frederik van Olson zog sie zu sich heran. Rose tat der Arm weh durch den Druck, den Frederik mit seinen Händen ausübte. Er beugte sich zu ihr herunter, und Rose drehte ihren Kopf zur Seite.

„Nicht, Frederik...", flüsterte sie, „...Du tust mir weh. Lass uns den Nachmittag wie zwei vernünftige Menschen beschließen."

Frederik hob den Kopf und schaute auf ihr Haar. Er löste den Griff, und Rose trat hinter die Couch. Frederik drehte sich zu ihr um und ließ sich in den Sessel fallen.

„Was hast du gegen mich, Rose? Ich vergöttere dich mehr als es dein Mann je tun wird."

„Ich will nicht vergöttert werden. Da steht man auf einem Sockel, auf dem viel zu wenig Platz ist, und man steht allein. Und ich habe auch nicht gewusst, was du für mich empfindest. Ich weiß eigentlich ziemlich wenig über dich, Frederik. Und das, was ich weiß, stimmt mich nachdenklich."

„Aber wieso, Rose? Wir kennen uns doch schon so lange. Wir waren im Urlaub zusammen. Für mich bist du immer da, Rose, weil ich ständig an dich denke."

„Ja, wir haben uns im Urlaub kennengelernt. Deswegen kennen wir uns aber doch nicht. Ich weiß zum Beispiel noch nicht einmal, wo du wohnst. Und das nach so langer Zeit. Ist doch komisch. Ich weiß nicht, was du genau machst. Nur, dass Geld für dich keine Rolle spielt. Und warum hast du gesagt, du bist Leiter einer Schuhhausfiliale? Das stimmt doch gar nicht."

„Oh, sieh an! So gleichgültig scheine ich dir ja doch nicht zu sein. Immerhin schnüffelst du hinter mir her. Das freut mich, Rose. Ich musste doch irgendwas sagen. Ich kann ja schlecht sagen, dass ich Millionär von Beruf bin, oder? Da hat man dann plötzlich unheimlich viele Freunde. Und in Sachen Liebe weißt du dann nicht mehr, ob du um deiner selbst willen oder wegen deines Geldes geliebt wirst. War also eine reine Notlüge. Aber wo hat die liebe Rose ihr hübsches Näschen hineingesteckt? Woher weißt du das mit der Schuhhausfiliale? Ich habe es dir jedenfalls nicht erzählt."

„Stimmt, hast du nicht. Wir haben es rausgefunden."

„Wer ist wir?"

„Meine Freundin und ich. Wir waren shoppen und sind in diesem Schuhladen gewesen, um dich zu sprechen."

„Welche Freundin? Etwa diese schwarzhaarige Lesbentussi, die dich auf deinem Geburtstag abgeknutscht hat?"

„Bitte?!"

„Ich habe euch gesehen, Rose, auf der Terrasse. Bevor dein Vater kam. Sprang einem ja förmlich ins Auge. Was will die Tussi von dir, Rose? Lass dich nicht einfangen von so einer. Die hat dir nichts zu bieten."

„Erstens ist die Lesbentussi meine Freundin und keine Tussi. Zweitens lasse ich mich von keinem einfangen, wenn ich es nicht will, und drittens glaube ich, ist es besser, wenn du jetzt gehst." Erstaunt über ihren energischen Ton stand er von dem Sessel auf. Sie sah in ein feindseliges Gesicht, als er an ihr vorbeizog. An der Wohnzimmertür zum Flur drehte er sich um.

„Du bist doch nicht lesbisch, Rose? Tu mir das nicht an. Du wirst es bereuen."

„Was werde ich bereuen?"

„Alles. Ich lasse mich nicht einfach rausschmeißen."

„Nichts werde ich bereuen, Frederik. Lass uns ein anderes Mal vernünftig reden."

Frederik van Olson schaute sie wutschnaubend an und schüttelte dann ungläubig den Kopf. Er kramte in seinem Jackett und zog den Autoschlüssel hervor.

„Kennst du den? Alles hat Grenzen, nur die Dummheit ist unendlich." Dann öffnete er die Tür und verschwand. Durch das Fenster sah Rose seinen schwarzen BMW davonbrausen.

Sie holte ihr kleines Messingdöschen aus dem Nähkästchen neben der Couch und den Tabakbeutel aus der Tischschublade. Auf dem Sofa sitzend drehte sie sich einen Joint und trat dann hinaus auf die Terrasse. Sie zündete ihn an, zog den Rauch tief ein und wartete einige Sekunden, bis sie ihn wieder herauspustete. Der Nieselregen legte sich auf ihr Gesicht. Sie dachte an Liviana, und die Tränen schienen nicht enden zu wollen. Dann holte sie ihr Handy aus der Tasche ihres Sommerkleids hervor, wählte Livianas Nummer und wartete. Sie zählte acht Freizeichen, bevor ihr das Besetztzeichen wie ein fortwährendes Türenzuschlagen in den Ohren donnerte.

Köln, 19:04 Uhr

Als er aus dem Aufzug ausstieg, hatte er bereits einen weißen Kittel an. Ein Kugelschreiber, den er aus seinem Jackett entnommen hatte, steckte in der Brusttasche. Ein Namensschild zum Anstecken gab es nicht. Die Patientin lag auf Station 4, wie ihm die Person an der Rezeption nach einem schweißtreibenden Wortwechsel endlich mitgeteilt hatte. Durch die Stationstür sah er einen Polizeibeamten in Uniform auf dem Flur sitzen.

„Das gefällt mir nicht", murmelte er vor sich hin. Zu Polizisten hatte er schon seit seiner Jugend ein gespaltenes Verhältnis. Uniformen weckten in ihm Bilder von Naziaufmärschen, von denen seine Mutter ihm erzählt hatte.

Sagen sie, es ist ein Schaden in Millionenhöhe entstanden und hat ein paar Menschenleben gefordert? Oder umgekehrt? – Nein umgekehrt. Erst Menschenleben, dann Schadensmeldung. Aber womit kann der Zuhörer heute mehr anfangen?, dachte er. „Mit Geld. Geld regiert die Welt", flüsterte er vor sich hin. *Nur wer die Größe und den Geist besitzt, sich dem entgegenzustellen, kann ermessen, was es heißt, für Wahrheit und Gerechtigkeit in der Welt zu kämpfen, Ann.*

Er warf erneut einen Blick durch die Tür und zog seine Einweghandschuhe über. Die Hornbrille schien ihm nach seinem letzten Besuch bei der Dame in Meschede zu gefährlich. Sein äußeres Auftreten sollte entschieden anders wirken, weshalb er eine blonde Herrenperücke trug und eine neue Brille aufsetzte. Nichts sollte an das Erscheinungsbild von Meschede erinnern. Mit diesem neuen Aussehen wähnte er sich in Sicherheit und öffnete die Stationstür. Der Beamte saß etwas zusammengesunken auf seinem Stuhl und blickte teilnahmslos vor sich hin.

Mit festen Schritten ging er den Flur entlang und sah sich beiläufig die Zimmernummern an. Der Polizist war nun auf ihn aufmerksam geworden. *417, 418, 419.* Er näherte sich dem Beamten und nahm an, dass er genau vor dem Zimmer saß, in das er hinein musste. Der Polizist bewachte das Zimmer mit der Nummer 423. *Du musst bestimmend und forsch auftreten. Ein Arzt mit wenig Zeit. Frag nichts, und sei von oben herab. Du bist der Chef hier. Du musst hier ohne Wenn und Aber durch. Eindeutig, entschieden, souverän!*

„Guten Tag", er steckte demonstrativ seine Hand in den Kittel, „Dr. Kleinschmidt."

Der Polizist warf einen kurzen Blick auf das Bild in seinem Schoß, dann stand er auf.

Ich hatte Recht, dachte er, als er sein Phantombild erkannte. *Hoffentlich erfüllt mein heutiger Aufzug seinen Zweck, was sagst du, Ann?*

„Polizeiobermeister Horst Nagel."

„Gut, Herr Nagel. Ich hoffe, es haben sich bisher hier keine Auffälligkeiten ergeben?"

„Nein, Herr Doktor."

„Das freut mich. Hören Sie, Herr Nagel, die Rezeption lässt mitteilen, dass für Sie eine Nachricht hinterlegt worden ist. Ihr Vorgesetzter bittet Sie, die Nachricht persönlich und umgehend entgegenzunehmen." Der Polizeibeamte zog irritiert seine Hand zurück, die er zum Gruß ausgestreckt hatte.

„Komisch, ich hab doch Funk und Handy ..."

„Hören Sie, ich kenne mich mit Ihren Gepflogenheiten nicht aus, aber Sie dürfen hier auf Station nicht mit Ihrem Handy telefonieren oder Ihr Funkgerät benutzen! Hat man Ihnen das nicht mitgeteilt? Unsere elektronischen Geräte sind hochsensibel und sehr störungsanfällig. Sie wissen anscheinend gar nicht, was Sie damit anrichten können, wenn Sie hier einfach rumtelefonieren, oder?! Schalten Sie bitte Ihre Geräte auf der Stelle ab, falls Sie das noch nicht getan haben."

„Entschuldigen Sie bitte, Herr Doktor, aber das wusste ich wirklich nicht. Das hat mir hier aber auch noch niemand so klar und deutlich ... Ich dachte, das gäb's nur im Fernsehen ..."

„Ich werde mich jetzt mit der Patientin befassen. Wenn Sie die Gelegenheit nutzen wollen, Ihre Information abzuholen? Die Patientin ist bei mir in sicheren Händen, davon dürfen Sie ausgehen".

„Ja sicher. Und entschuldigen Sie noch mal...", antwortete der Beamte eingeschüchtert. „Dann werde ich mal zur Rezeption gehen."

„Ich bleibe so lange bei der Patientin, bis Sie wieder zurück sind."

"Vielen Dank, Herr Doktor."

Er legte die Hand auf die Türklinke und sah, wie sich langsam die Stationstür hinter dem Polizisten schloss, als eine Krankenschwester diesen ansprach. Er zog seine Hand von der Klinke zurück.

„Los...", flüsterte er wartend, „...macht euch in den Aufzug!"

***

„Ich verstehe nicht, warum ich nichts für ihn empfinden kann. Eigentlich müsste ich traurig sein, oder?"

„Ich weiß es nicht. Mein Paps ist noch quietschfidel. Obwohl, ganz so fidel ist er auch wieder nicht. Hat auch schon einen Herzinfarkt hinter sich. Aber anscheinend daraus gelernt. Ich würde ihn sehr vermissen, wenn er nicht mehr da wäre."

„Was macht dein Vater?", fragte Rob wissbegierig. Er wollte so viel von ihr wissen. Wie sie aufgewachsen war, wie ihr Verhältnis zu ihren Eltern war, ob sie gerne zur Schule gegangen war, ob sie gern schwimmen ging, wovor sie als Kind am meisten Angst gehabt hatte, ihre Träume, Sehnsüchte, Lieblingsurlaubsländer und ihren größten Kummer. Alles eben, aber er musste sich bremsen, damit er sie nicht ausfragte wie ein Polizist bei einem Verhör. Und den größten Fehler, den er bereits gemacht hatte, wollte er auf keinen Fall wiederholen. Einiges hatte er auch ohne Worte herausgefunden. Stefanie war eine passionierte Rückenschläferin, die sich schnell von seiner Schulter wegdrehte, während er noch aufgewühlt dalag und bewundernd festgestellt hatte, wie zufrieden sie schlief. Er fühlte die Wärme, die ihr Körper ausstrahlte und hörte ihre undeutlichen Worte, die sie im Schlaf ab und zu murmelte. Obwohl sein Hunger nach körperlicher Nähe und Zärtlichkeit gesättigt wurde, versetzte ihn das Ausmaß seiner Bedürftigkeit häufig in eine leichte Panik.

„Beruflich, oder wenn er mal frei hat?", fragte sie mit einer kleinen Spitze, die in seine Richtung zielte. Rob schreckte aus seinem Wachtraum auf.

„Ich habe natürlich beruflich gedacht", nahm er den Faden wieder auf.

„Er ist Bauunternehmer."

„Im Bergischen?"

„Früher. Jetzt nicht mehr. Er hat vor langer Zeit schon seine Firma nach Köln verlegt. Auf dem Land musst du das richtige Parteibuch haben, sonst wirst du dort nichts, meint mein Vater."

„Ist ja im Prinzip überall so", antwortete Rob, legte das Messer mit der Spitze auf den Tellerrand und nahm sein Weinglas.

„Keine Ahnung", antworte Stefanie, „das interessiert mich auch nicht wirklich." Sie stießen mit einem würzigen Gran Reserva an.

„Ich bin öfter schon im Bergischen Land gewesen. Ich brauche manchmal das Grün und den Wald. Laufen, ohne einem Menschen zu begegnen. Manchmal rieche ich die Erde, lege mich ins Gras und atme einfach tief durch."

Stefanie erzählte ihm, wie sie dort aufgewachsen war, und Rob sog gierig jede ihrer Erinnerungen auf, als wären es seine eigenen.

„Wenn mein Paps seine Firma nicht nach Köln verlegt hätte, würde ich wahrscheinlich bis heute den Kölner Dom nur von der Postkarte kennen."

„Das wäre schlecht, denn dann hätte ich dich nicht kennengelernt."

Stefanie lächelte und schaute ihn mit verführerischem Augenaufschlag an.

„Ich liebe Köln. Es ist leicht und fröhlich. Hier gibt es Rock am Ring, Kabarett, Konzerte, Theater, Christopher-Street-Day. Hier sind die Menschen angenehm bekloppt und herzlich. Und wenn sie dir den Weg erklären, hast du danach Köln gesehen und dein Ziel vergessen. Der Kölner ist stolz auf sich und im Umgang mit seinen Fehlern tolerant." Sie lachten und Rob beugte sich zu ihr herüber. Sie roch sein Eau de Toilette von Hugo Boss und gluckste leise in sich hinein. Als er sie sanft auf den Mund küsste, öffnete sie leicht ihre Lippen.

„Bist du etwa schon beim Nachtisch angekommen?", fragte Stefanie, als sich ihre Lippen lösten.

„Ich wollte nur mal ein bisschen naschen", flüsterte er, als sei es verboten. Sie aßen, und Rob schaute in die Flamme einer Kerze. Er dachte an seine Heimat und suchte nach Erinnerungen aus seiner Kindheit. Er sah seine Schwester und die Schachtel mit der Spinne. Er wollte sich an etwas Schönes aus seiner Kindheit erinnern. Aber alles war leer. Nur eine Erinnerung tauchte vor ihm auf, als er um die zwölf Jahre alt gewesen sein musste. Es war Sommer und er allein im Wald. Querfeldein war er gelaufen. Verschwitzt und außer Atem hatte er sich mitten im Wald an einen Baum gelehnt. Noch schnaufend sah er sich wieder und wieder um, soweit der Kopf sich drehen ließ. Noch während seine Augen die Umgebung absuchten, öffnete er seine Hose und begann aufgeregt und ängstlich zu masturbieren. Es musste schnell gehen. Erleichtert und beschämt zog er den Reißverschluss zu und lief heimwärts.

„Sie ist einfach bedrückend eng, das ist alles."

„Was?", fragte Rob, der aus seiner Erinnerung aufgeschreckt wurde.

„Du hast mich gefragt, ob ich was gegen die Dorfidylle habe, und ich habe gesagt, sie ist einfach bedrückend eng."

„Hab ich das?"

„Klopf, klopf, klopf. Jemand zu Hause?", bekräftigte sie ihre Frage mit dem Tippen ihres Zeigefingers auf seinen Handrücken.

„Entschuldige, ich war wirklich ganz woanders."

„Wo warst du denn?"

Rob glaubte, dass er bei diesem schönen Abendessen seine Erinnerung besser für sich behalten sollte. Er fragte sich, warum er sich so häufig an diese eine Szene erinnerte und warum es ihm damals schon so vorkam, als sei er auf der Flucht. Er legte Messer und Gabel auf den Teller und erhob sein Glas. Das Klingen der Gläser klang leise nach, bevor es an den Lippen verstummte. Ihre Frage hatte er geschickt umschifft, und so erzählte Stefanie weiter von ihrer Jugend und dem Gerede der Nachbarn. Ihre Kindheit auf dem Land hatte sie noch als frei erlebt. Sie erzählte, wie man sich die Mäuler zerriss, wenn Ehen zerbrachen und man Schuldige suchte. Vom sonntäglichen Kirchgang, der eher einem Lauf auf dem Catwalk glich, als einer Suche nach innerer Einkehr. Die langen Predigten, die sich alle gleich anhörten und eine unendliche Langeweile in ihr erzeugten. Die nicht vorhandenen Sünden, die sie dem Priester in seinem dunklen Verschlag einmal monatlich beichten sollte. Der Gang zur Kommunion, der in ihr immer das Gefühl weckte, ein schlechter Mensch zu sein, weil sie dabei nicht innig betete, sondern nur daran dachte, dass die Hostie nicht an ihrem Gaumen kleben bleibe durfte, schließlich war es der Fleisch gewordene Herr.

Plötzlich erinnerte sich Rob an seine Mutter, die ihn einmal als kleinen Jungen in die Kirche mitgenommen hatte. Außer ihnen beiden war kein weiterer Mensch dort gewesen. Sie waren an den Heiligenstatuen entlanggegangen, und seine Mutter hatte ihm deren Geschichten, Wunder und gute Taten erzählt. Später hatte sie ihn lange in ihren Armen gehalten und leise geweint. Nicht wegen der Heiligenfiguren, sondern wegen seines Vaters, wie Rob heute zu wissen glaubte.

„Und deswegen ist Mandy auch mit 16 Jahren das erste Mal abgehauen."

„Wer ist Mandy?", fragte Rob. Stefanie sah ihn böse an.

„Hallo?! Warum bist du hier, wenn du nicht hier bist?", fragte sie gereizt.

„Es tut mir leid, Steffi. Ich habe mich das erste Mal seit langem an ein Stück eigene Kindheit erinnert. Ich glaube, ich war vier Jahre alt, oder so."

„Warum sagst du denn nicht, wenn du nicht mehr zuhören willst?"

„Nein, nein. Ich will zuhören. Du hast so lebendig erzählt, da ist was wach geworden in mir, und irgendwie ist es plötzlich heller in mir. Du bist wie ein Lichtschalter ..."

„Oh danke! Wieder eines deiner ergreifenden Komplimente?"

„Nein bitte, versteh mich nicht falsch, ..."

„Dann sag es doch ganz einfach so, dass ich es richtig verstehe", forderte sie ihn auf und schenkte zuerst sich und dann ihm einen weiteren Schluck Wein ein. Auf ihren Lippen lag ein kaum merkliches Lächeln.

„Ich bin kein Poet, ich meine, du bringst Licht in mein Dunkel. Einfach weil du redest und ich mich plötzlich erinnere. So irgendwie. Und wer ist Mandy?"

Seine Unbeholfenheit rührte sie ebenso wie seine völlig verkorkste Art, Komplimente zu machen.

„Meine beste Freundin. Wir kennen uns schon seit der Grundschule ...", begann sie und schob ihm mit ihrer Gabel ein Stück Filet in den Mund.

„Sie ist schon mit 16 Jahren nach Köln abgehauen, weil sie den Druck nicht mehr ausgehalten hat. Mädchenwohngruppe, Polizei, Elternhaus, Straße, Polizei, Mädchenwohngruppe - das Übliche eben, was man mit sogenannten Ausreißern macht. Irgendwann hat sie dann einen schwulen Freund gefunden, der sie in seine Wohnung aufgenommen hat. Bis vor vier Monaten haben die beiden noch hier in der Wohnung gewohnt."

„In dieser Wohnung?"

„Ja. Vielleicht kann ich sie in absehbarer Zeit übernehmen. Allerdings ist sie viel zu teuer für mich allein."
„Und all die Sachen hier?"
„Auch Mandys. Sie hat ihren Heilpraktiker gemacht und ist in die Praxis ihres Svens mit eingestiegen. Er ist Krankengymnast und arbeitet schon seit acht Jahren selbstständig. Jetzt haben sie alternative Medizin, Massage, Kinesiologie und Reiki mit im Programm. Läuft prima die Praxis, und jetzt ist Mandy im vierten Monat schwanger."
„Ach?!"
„Was siehst du mich so an, Rob?"
„Willst du auch Kinder?"

***

Monique hatte das Bettzeug aufgeschüttelt und das Kissen unter dem Kopf der Patientin zurechtgelegt. Längst war ihr der Gesprächsstoff ausgegangen, als sie nun am Bett der alten Dame saß.

„Mémé, ich will dir doch nur einmal in die Augen sehen", flüsterte sie. Monique hatte sich fest vorgenommen, diese Frau irgendwie zurückzuholen, und wenn es die einzige Aufgabe war, die sie sich für ihr freiwilliges soziales Jahr noch vorgenommen hatte. Stunde um Stunde hatte sie bei der alten Frau gesessen und ihr etwas erzählt, sie gestreichelt, ihr verstohlene Küsschen gegeben oder ihr etwas vorgesungen. Sie hatte sich heimlich über die Anweisung hinweggesetzt, die ihr Hauptkommissar Hansen telefonisch gegeben hatte. Den Polizeibeamten zu bezirzen, hatte keine Mühe gemacht. Er schien das Herz am richtigen Fleck zu haben, trotz aller Sicherheitsbedenken, die er ihr gegenüber geäußert hatte. Monique hatte seine Argumente damit entkräftet, dass sie gemeinsam der Patientin doch mehr Sicherheit bieten konnten als ein Polizist allein vor der Tür. Monique war traurig.

„Mémé, mein David hat seine ehemalige Freundin wiedergesehen, das hat mir eine Freundin von uns gesteckt. Und sie haben sich geküsst. Was soll ich jetzt machen, Mémé? Soll ich ihm den Laufpass geben? Das kann ich nicht. Ich liebe ihn doch. Ich kann nicht einfach Schluss machen. Aber verzeihen kann ich ihm das auch nicht einfach. Was denkt der denn, wer ich bin? Was sagst du dazu, Mémé?"

Sie streichelte das Gesicht von Katharina Folgerreith, als plötzlich die Tür aufging. Monique schreckte auf. Ein Mann im Kittel trat ein und schloss die Tür. Er steuerte auf das Krankenbett der alten Dame zu. Monique kannte einige Ärzte hier, aber längst nicht alle. Neben den Ärzten, die hier täglich Visite machten, kamen zwischendurch ganze Gruppen von medizinischem Personal an das Bett, um über die Besonderheit des Krankheitsbildes dieser Patientin zu diskutieren. Irgendetwas irritierte Monique, als sie dem Arzt in die Augen sah.

„Guten Abend, wer sind Sie?", fragte der Mann mit einem Räuspern.

„Ich heiße Monika und mache das freiwillige soziale Jahr hier", antwortete sie gehorsam. Dann wusste sie plötzlich, was sie irritierte. *Hat der sich die Augenbrauen angemalt? Die sind viel zu dunkel,* dachte sie und setzte sich aufrecht auf ihren Stuhl.

„Freiwilliges soziales Jahr ...mh, mh", wiederholte der Mann, „Ich bin Dr. Kleinschmidt." Er hielt ihr die Hand zum Gruß entgegen. Sie erwiderte den Händedruck und fühlte den Einweghandschuh, den der Arzt trug. Für gewöhnlich trugen weder Arzt noch Krankenschwester bei der Visite Handschuhe, es sei denn, es gab etwas zu tun. Außerdem hatte sie nur bei einigen wenigen und meist sehr jungen Ärzten erlebt, dass sie ihr die Hand gaben. Die meisten beachteten sie nicht mehr, wenn sie sich vorgestellt hatte.

„Wie geht es unserer Patientin?", fragte er. Als er sich zu ihr herüberlehnte, fiel ihm die Brille auf das Bett. Monique schaute den Arzt an. Seine Augen hatten etwas Wirres. Sein Blick bohrte sich in ihren Magen, dass ihr schlecht wurde.

„Wie immer...", stolperten ihre Worte heraus, „...Sie hat noch nichts gesagt."

Monique folgte seiner Bewegung, als er sich die Brille wieder aufsetzte. Dann erkannte sie ihren Irrtum. *Es sind nicht die Augenbrauen,* dachte sie, *Der Kerl trägt eine Perücke!* Plötzlich geschah alles völlig unerwartet. Sie hörte das Donnern im Kopf und ein Knacken in der Nase. Tränen schossen ihr in die Augen und verwässerten ihren Blick. Aus ihrer Nase strömte Blut. Ihr Mund füllte sich mit derselben eisenhaltigen Masse. Hart griff seine Hand in ihr Haar. Ihr Kopf wurde herumgerissen, sie wollte schreien, sah stattdessen nur einen warmen Blutschwall aus ihrem Mund schießen, und dann spürte sie einen schmerzenden Aufprall am Kopf und stürzte in die Dunkelheit.

***

„Du brichst mir noch alle Rippen!", beschwerte sich Rob lachend.

„Darauf kann ich leider keine Rücksicht nehmen", entgegnete sie ihm und beugte sich langsam zu ihm herunter. Ihre Haare fielen ihm ins Gesicht. Er roch daran. Sie hielt ihm seine Arme fest und wartete genussvoll. Als er sie so sah, traf ihn das Glück wie ein Hammerschlag.

„Ich liebe dich, Steffi."

„Werd' nicht albern", antwortete sie und Rob stutzte ernüchtert. „Du gehörst zu dem erlesenen Kreis, der Steffi sagen darf", betonte sie, „Dein Name ist irgendwie doof. Viel zu kurz. Was kann man daraus machen? Ro? Rb? Robrob oder Robi?"

„Robi hört sich an wie der Name einer Seerobbe aus irgendso einer Sonntagsserie", antwortete er.

Sie lachten, und Stefanie nahm einen Schluck. Dann stellte sie das Glas auf den Tisch und beugte sich erneut über ihn. Als sich ihre Lippen berührten, ließ sie den Wein in seinen Mund fließen.

„Wie Milch und Honig für Erwachsene", sagte Rob, während Stefanie einen Knopf an ihrer Bluse öffnete. Sie blickte ihn herausfordernd an und legte ihre Hände auf seine Brust. Durch sein T-Shirt hindurch fühlte sie seine Brustwarzen. Dann nahm sie seine Hand und führte sie an den zweiten Knopf ihrer Bluse. Kaum merklich bewegte sie ihre Lenden und fixierte ihn dabei, während er ihr langsam einen Knopf nach dem anderen öffnete. Er streifte die Bluse von ihren Schultern und küsste ihre Brüste durch den Stoff ihres BHs. Sie warf den Kopf in den Nacken, als der BH fiel und seine Lippen ihren Nippel berührten. Sie öffnete den Reißverschluss seiner Hose und fuhr mit ihrer Hand hinein. Das Klingeln seines Handys hatte eine ernüchternde Wirkung. Sie schauten sich an.

„Jetzt nicht!", forderte Stefanie und legte sich auf Rob, um ihn zu küssen. Es klingelte ein weiteres Mal.

„Bitte, Steffi", flüsterte er mit rauer Stimme. Stefanie entließ ihn aus seiner Gefangenschaft. Rob suchte das Ding in seinem Jackett, während er sich dabei aufrecht hinsetzte.

„Hansen", räusperte er sich.

„Victor hier. Du bist schlecht zu erreichen", posaunte der Kriminaldirektor.

„Ich bin doch dran!", erwiderte Rob und überlegte, wie er die Masse dieser Person in einem Wasserbecken versenken konnte.

„Wir haben einen weiteren Mord. Uniklinik. Wann kannst du dort sein?"

„Wenn ich sofort ein Taxi kriege, in einer Viertelstunde."

„Taxi? Heiliger Gransack! Um diese Zeit? Setzt dich in dein Auto und gib Gas, Rob."

„Ich habe mein Auto nicht hier und zudem Alkohol getrunken. Weiß man schon, wer der Tote ist?"

„Katharina Folgerreith", entgegnete der Kriminaldirektor wie aus der Pistole geschossen.

Die Nachricht versetzte Rob in Sprachlosigkeit. Katharina Folgerreith war für ihn kein Name, sondern ein Gefühl, das ihm augenblicklich die Tränen in die Augen schießen ließ.

„Ist Vaitmar noch in Amsterdam?", fragte Rob in der Hoffnung, dass Victor Bosch seine Stimme nicht zu deuten wusste.

„Bis einschließlich morgen. Ich schicke dir Funke", antwortete er mit kriminalistischem Eifer.

„Severinstraße, Nähe Buchladen, ich stehe draußen. Bis gleich", gab Rob die Koordinaten seines Standpunktes bekannt und drückte seinen Chef aus der Leitung. Schweigend sahen sich Rob und Stefanie an. Er bekam plötzlich Angst, sie zu verlieren.

„Ich ..."

„Krass! Das ist echt gewöhnungsbedürftig, mein Armer."

***

Sie kamen durch die Glastüre, wo ihnen das rege Treiben von Ärzten, Krankenschwestern und der Spurensicherung entgegenwirbelte. Johann Funke steckte seine Münze in die Hosentasche. Hauptkommissar Hansen sah mitten im Gewühl Kriminaldirektor Bosch mit einem Mann im weißen Kittel reden. Rob erkundigte sich kurz nach der Sachlage und sah sich dann die Leiche ansah. Er bat die Leute, den Raum zu verlassen, um mit der Toten allein sein zu können.

Er las die gleichen Drosselmerkmale ab, wie er sie bei den anderen Frauen vorgefunden hatte. Der Täter hatte sein Tötungswerkzeug um ihren Hals gelegt. Es lag kein Schrecken in ihrem Gesicht, was ihn beruhigte. Sie lag auf dem Bett wie unberührt, aber dennoch tot. Der Geschmack ihrer Bonbons lag auf seiner Zunge. Ihre Hand berührte seine Wange. Er hatte ihre Hand nie bewusst wahrgenommen, umso deutlicher fühlte er sie sanft auf seinem Kopf liegend, um ihn zu trösten.

An der Wand bemerkte er Blutspritzer, die Victor nicht erwähnt hatte. Er riss die Tür auf, trat auf den Flur und rief nach Victor, der mit weiteren Personen sprach.

„Was sind das für Blutspritzer an der Wand? Warum sagt mir das niemand?!" Ein Arzt drehte sich zu ihm um.

„Sie sind wer?"

„Hauptkommissar Hansen."

„Doktor Rehbeck, Stationsarzt." Rob erinnerte sich, dass er ihn schon während seines ersten Besuches auf dieser Station gesehen hatte.

„Das Blut gehört unserer Monique Lacombe, die FSJ-Praktikantin. Hatten Sie nicht hier die Verantwortung für die Sicherheit der Patientin?"

„Monique?! Was ist mit ihr?"

„Schweres Schädel-Hirn-Trauma. Es besteht die Gefahr intracerebraler Blutungen. Wir haben sie vorübergehend in einen künstlichen Tiefschlaf versetzen müssen. Nach weiteren Untersuchungen können wir Genaueres zu ihrem Zustand sagen."

„Wie konnte das passieren? Ich hatte angeordnet, dass Monique die alte Dame nicht mehr aufsuchen sollte. Wie konnte das überhaupt alles hier passieren?! Das Zimmer sollte doch bewacht sein. Scheiße!", brüllte er über den Flur.

„Hansen! Wir sind in einem Krankenhaus, beruhige dich", raunte ihm Victor zu.

„Wir können nicht unser Personal den ganzen Tag kontrollieren. Das brauchen wir in der Regel auch nicht. Außerdem haben Sie es ja schon selbst gesagt, das Zimmer sollte bewacht sein. Ich frage mich, warum Frau Lacombe Zugang zu diesem Zimmer bekommen hat", entgegnete Doktor Rehbeck. Hauptkommissar Hansen sah sich um und fand einen uniformierten Polizisten auf einem Stuhl sitzen, dem man den Puls zu messen schien. Er wollte gerade auf ihn zustürzen, als eine Hand ihn mit festem Griff am Arm zurückhielt.

„Du wirst diesen Polizisten nicht zusammenfalten, Rob! Der ist fix und fertig. Haben wir uns da verstanden? Wir werden jetzt unsere Aufgabe hier so gut wie möglich erledigen und das mit allem Sachverstand. Ich übernehme den Polizisten. Also ran an die Arbeit!", befahl Victor Bosch. Rob bekam langsam wieder Boden unter den Füßen.

„Manchmal ist es wie ein ewig wütendes Zerren und Reißen", sagte Rob, drehte sich zu Doktor Rehbeck um und fragte, ob er Monique sehen könne. Der Arzt belehrte ihn nochmals über den Zustand der Patientin, räumte aber ein, dass ein paar Minuten drin seien, wenn er sich ruhig verhalten würde.

Nach einer Stunde saß er vor ihrem Krankenbett und hatte seine Hand auf ihre gelegt. Sie hatte Verbände an Nase und Kopf und bewegte sich nicht. Ein Wirrwarr aus Schläuchen und Kabeln verbanden Mund, Nase, Hände und Brust mit einem Tropf und medizinischen Überwachungsgeräten. Auf einem Monitor erschien ihre gleichmäßige Herzfrequenz, was ihn beruhigte.

„Es tut mir so leid, Monique", flüsterte er. Ihm liefen Schweißtropfen die Stirn hinunter.

„Wenn ich den erwische, ich werde ihm jeden Finger einzeln brechen. Werde bloß wieder gesund, Monique." Dann stand er leise auf, streichelte ihr zärtlich über die Wange und schloss leise die Türe hinter sich.

Sonntag, 03. September

Amsterdam, 16:45 Uhr

Sie wehrte im Zenkutsu-Dachi-Stand ihre erste Angreiferin ab und mit jeder weiteren Gegnerin erweiterte sie die Kata. Age-Uke, Mae-Geri, Yoko-Geri. Sie fühlte sich gut und leistungsstark. Es war das erste Mal, dass sie in einem Trainingscamp Kokain genommen hatte, aber es hatte durchschlagenden Erfolg. Ihr gelangen die Techniken, bei denen sie vorher immer Schwächen gezeigt hatte. Dynamisch und schnell vollführte sie ihre Kata, konzentrierte ihren Kampfgeist. Warm und leicht nahm ihr Körpergefühl sie mit. Sie beherrschte jede ihrer Angriffs- und Abwehrtechniken und stand in offensiver wie defensiver Schrittstellung mit hoher Stabilität. Sie konnte kraftvoll nach vorne kommen. Am besten gelangen ihr Techniken aus der Grundstellung des Zenkutsu-Dachi. Sie liebte diese offensive und vorwärtsorientierte Schrittstellung. Und als sie an dem sonntäglichen Freikampf, dem Kumite, teilnahm, zeigte sie auch ihren japanischen Sportsfreunden in Holland auf beeindruckende Weise, dass sie eine meditative Gefahr in diesem Kampfsport darstellen konnte. Als ihr nach dem Bestehen der Prüfung der fünfte schwarze Dan-Gürtel von Sensei Lee überreicht wurde, liefen ihr vor Glück und Stolz die Tränen. Sie fühlte sich in einem warmen Bad voller Anerkennung und aufrechter Sportsfreunde.

Im Duschraum standen viele Frauen unter den heiß brausenden Duschköpfen. Sie sah die nackten Körper, ihre kleinen, schweren, spitzen, runden, tanzenden Brüste, ihre tiefen und hohen, schmalen oder geraden Taillen. Ihre ausladenden, kleinen, weichen oder festen Hintern. *Was gäben die Männer für diesen Anblick, den ich hier in vollen Zügen genießen darf. Ach wie gut, dass niemand weiß ...,* dachte Liviana. Unter ihnen erblickte sie die Asiatin wieder, die beim Kumite ebenfalls eine beeindruckende Leistung gezeigt hatte. Sie schaute auffällig häufig und mit einem einladenden Augenaufschlag zu ihr herüber. Sie war zierlich gebaut, und ihren ohnehin makellosen Körper hatte sie wohl mit Bodyforming in ein regelrecht ästhetisches Kunstwerk verwandelt. Eine Körperrasur schien bei diesem hübschen Wesen zur täglichen Grundpflege zu gehören. Liviana schampoonierte ihre Haare und bemerkte aus den Augenwinkeln, wie die Blicke der Asiatin ihren Körper von den Füßen bis zum Kopf abtasteten. Liviana begann, sich mit dem Duschgel leicht und sinnlich einzuseifen. Sie ließ nur den Augenbereich aus, um auffordernde Blicke zu senden.

Die ersten Frauen gingen bereits. Liviana amtete tief ein und streckte dabei ihre Brüste nach vorne, während der Schaum wie eine Liebkosung langsam an ihnen hinabglitt. Die Asiatin beantwortete das sinnliche Spiel mit bescheidener Eleganz. Liviana führte ihre Hand zum Schritt. Sie kniff die Augen unter dem Strahl des Wassers auf einen Spalt zusammen. In ihrer heimlichen Erregung traf sie auf das Gesicht von Rose. Es traf sie mit voller Wucht, und die Spannung zerfiel wie ein Kartenhaus, als sie sich an den letzten Abend mit Rose erinnerte. Schluchzend setzte sie sich auf die Fliesen und legte die Stirn auf die Arme, die ihre Beine umschlossen. Das Wasser prasselte heiß über Kopf und Rücken.

Der Schmerz saß tief, zumal sie immer öfter glaubte, dass sie vorschnell und ungerecht reagiert hatte. *Fuck, Rose, du liebst ihn nicht, nein, nein, nein! Warum gehst du dann mit ihm?,* wütete es in ihr. Eine Frau fragte, ob sie ihr helfen könne, aber Liviana wies sie mit einer heftigen Handbewegung zurück. Es wurde ruhig im Duschraum. Man hörte nur das Plätschern des Wassers. Das Schlimmste an der Verzweiflung war, dass Liviana nicht wusste, wann sie aufhörte.

„You're a good girl. You must not be sad", sprach eine Stimme. „Your karate is very good. You're a powerful girl."

Liviana zügelte ihren Impuls, als sie neben sich die Asiatin auf den Fliesen sitzen sah.

„Its cold here, without water." Sie zeigte Liviana ein schüchternes Lächeln und strich ihr behutsam eine Haarsträhne hinters Ohr. Liviana rückte ein Stück und erzählte der Japanerin von Rose. Ihr Englisch war schlecht und das Deutsch der Asiatin auch. Die Japanerin verstand sie kaum, und Liviana gab bald auf, komplizierte Zusammenhänge auf Englisch erklären zu wollen.

Sie hieß Akira, erfuhr Liviana und holte ihre Gefühle langsam wieder in die Gegenwart. Akira legte ihre zierliche Hand auf Livianas Oberschenkel nahe der Leiste. Plötzlich flammte die Lust wieder auf, und sie fühlte, dass Akira genau was wollte. Und dann stellte sich heraus, dass Akira eine weit weniger schüchterne Frau war als ihr Blick vorgab. Sie zeigte ihr, was man unter der Dusche mit Duschgel, Händen und Zunge alles machen konnte, und als sie sich gegenseitig abtrockneten, kam Liviana ein weiteres Mal zum Orgasmus.

Akira erzählte Liviana, dass sie beruflich öfter in den Niederlanden sei. Irgendwas mit Computern, soviel hatte Liviana jedenfalls verstanden. Sie hatten sich ein paar Grachten angeschaut und saßen in einem Coffeeshop, wo sie Gras rauchten und Kakao tranken. Akira schien um nichts verlegen zu sein, als sie Liviana in den Rotlichtbezirk der niederländischen Metropole führte. Sie flanierten vor den halb nackten Fensterprostituierten, zu deren Kundschaft sie nicht zählten und betraten dann ein Lokal, dessen Besonderheit sich Liviana nur zögerlich erschloss. Hier wurde öffentlich auf einer Bühne Geschlechtsverkehr praktiziert.

„Do you like to go with me on this platform?", fragte die Asiatin mit ihrem schüchternen Lächeln. Liviana trieb es die Schamesröte ins Gesicht. Vehement wehrte sie den Vorschlag ab. Zugleich war sie fasziniert von Akiras unschuldiger Direktheit und dem Zauber des Sündenpfuhls. Als sie den Weg zu ihrem Hotel antraten, stellte Liviana fest, dass auch Akira in dem Hotel eingecheckt hatte, das auf der Liste des Karate-Events stand und zudem recht preiswert war. Akira sagte ihr, dass sie Liviana schon morgens beim Frühstück gesehen habe, und Liviana erinnerte sich plötzlich an diese schüchterne Frau, die ihr ganz leise zugelächelt hatte, als sie mit Brötchen, Ei und Aufschnitt drei Tische entfernt Platz genommen hatte.

Sie saßen auf einen Absacker an der hoteleigenen Bar und lachten über ihre Tour, über die Männer, die dann doch keinen hochbekamen, als sie auf der Bühne ihr bestes Stück zur Show stellen wollten. Sie sprachen über Meister Lee, den Akira aus Japan kannte und den beide wortreich bewunderten. Liviana hatte beim Streichholzziehen verloren. Sie entschieden dann aber doch, in ihrem Zimmer die Nacht zusammen zu verbringen. Liviana musste als erste aufstehen, um mit ihrem Motorrad nach Köln zurückzufahren. Sie hatte sich keinen Urlaub für den Montag genommen, was sie jetzt, wo sie Akira kennengelernt hatte, kräftig bereute.

Im Hotelbett genoss Liviana eine nie zuvor gekannte Ganzkörpermassage. Noch ganz erfüllt von den genossenen Freuden, sah sie Akira beim Schlafen zu. Ihr Handy klingelte. Akira zuckte und drehte sich um, wobei sie die Decke über ihre Ohren zog. Liviana suchte ihr Handy. Es klingelte erneut. Auf dem Display stand unbekannt. Sie zögerte. Beim dritten Klingeln, ging sie dran.

„Vaitmar", flüsterte sie.

„Liviana? Sind Sie dran?"

„Ja …"

„Ich bin's, Viola. Ich muss mit Ihnen reden, bitte!"

„Oh Gott, Viola, wo sind Sie?"

„Egal, ich muss mit Ihnen reden."

„Ich bin in Amsterdam, wir können uns nicht treffen. Wie soll das gehen?"

„Ich will mich nicht mit Ihnen treffen. Ich bin abgetaucht. Er stand wieder vor meiner Tür, Liviana."

„Wer?"

„Ich versteh Sie kaum! Die Verbindung ist schlecht." Liviana stand auf, ging ins Badezimmer und schloss die Tür.

„Besser jetzt?", fragte Liviana, indem sie lauter in das Mikro sprach.

„Ja. Bachhoff stand vor meiner Haustür. Ich habe ihn früh genug gesehen …" Viola Ross erzählte, dass sie am Dienstag, den 29. August, wegen der Neugestaltung des Ladens, länger arbeiten musste. Die Pläne dafür, hatte ihre Chefin an diesem Abend offengelegt. Als sie um 21:30 Uhr den Buchladen verlassen habe, sei sie auf direktem Weg nach Hause. Als sie in die Straße zu ihrer Wohnung einbog, habe sie Bachhoff an der Haustür stehen sehen.

„Ich bin total panisch geworden und zu einer Freundin nach Ehrenfeld gefahren. Ich habe mir ein paar Klamotten geliehen und bin dann weiter raus aus Köln."

„Viola, wo sind Sie denn jetzt?"

„Ich bin in Sicherheit. Sie sollten nur wissen, dass Ihre Bewachung einen Scheiß geklappt hat. Der hätte mich doch zerlegt, wenn ich zu Hause gewesen wäre."

„Warum haben Sie uns nicht sofort angerufen? Mensch, Viola, der steht auf unserer Liste ganz oben, und Sie lassen den einfach da stehen? Mist!"

„Ich hatte Angst. Ich konnte nicht richtig nachdenken. Ich dachte, ihr hättet ihn inzwischen. Das ist ja noch schlimmer, als ich erwartet habe."

„Das kann ich ja verstehen, aber dennoch müssen Sie uns vertrauen und mit uns zusammenarbeiten. Wir kriegen das Schwein, und wenn er der Mörder Ihrer Schwester ist, dann gnade ihm Gott! Aber Sie dürfen sich nicht noch mehr verdächtig machen, Viola."

„Warum sucht ihr mich? Ich habe doch meine Schwester nicht getötet, Liviana. Ich will nur meine Ruhe. Muss ich mich erst selbst umbringen, damit ich endlich meinen Frieden kriege?"

„Nein!", rief Liviana spontan in den Hörer. Es klopfte an der Badezimmertür. Liviana öffnete, und bevor Akira etwas sagen konnte, legte Liviana ihr zwei Finger auf die Lippen. Sie ging ohne ein Wort hinaus, setzte sich auf das Bett und redete mit Engelszungen. Sie glaubte, dass Viola wirklich Schluss mit ihrem Leben machen wollte.

„Auch wenn ich nur eine einfache Buchverkäufern bin, ich habe gelernt, für alles eine Lösung zu finden. Auch wenn es nicht immer die Beste ist. Aber jetzt habe ich Angst."

Die Klospülung ging, und der Lichtschein des kleinen Badezimmers erhellte für einen Moment das Zimmer. Akira ging ohne Worte in ihr Bett und zog die Decke hoch über ihr Gesicht.

Liviana nahm die drei Schritte, um sich im Bad auf den Toilettendeckel zu setzen und die Tür zu verschließen.

„Hallo?! Sind Sie noch da?"

„Ja. Viola, Sie müssen dringend im Präsidium erscheinen. Wir haben Sie zur Fahndung ausgeschrieben. Wir suchen Sie überall. Mensch, ich hatte Angst, dass ich Sie auch mit einer Schlinge um den Hals finden muss! Machen Sie so was nie wieder, Viola! Kommen Sie morgen ins Präsidium. Den Rest erledigen wir." Liviana wartete auf Antwort. Eine Stille entstand, die Liviana irritierte.

„Sind Sie noch da?"

„Ja."

Es klopfte ein weiteres Mal an der Tür, und im gleichen Moment stand Akira vor ihr.

„Liviana, you make me nervous. Please, come to bed.

"Liviana? Was ist? Ist noch jemand bei Ihnen?"

„Ich bin hier in so was wie einer Jugendherberge und sitze auf dem Klo. Ich muss Schluss machen, Viola. Hier müssen auch noch andere …"

"The night is too short to talk with another girl. Please, come!"

„Was sagen Sie, Liviana?"

„Bitte melden Sie sich!"

„Why do you talk so long? What happened?"

„Oh! all ok. My job is bullshit. I am a social worker, you know. But tonight you will be my famous highlight between the stars."

Sie legte sich zu Akira ins Bett. Die Nacht wurde länger als Akira geahnt hatte. Um 05:42 Uhr lag Liviana erschöpft und hellwach neben Akira und fasste den Entschluss, die Heimfahrt anzutreten.

Dienstag, 05. September

Köln, 09:30 Uhr

„Ich habe Ihnen gerade die offizielle Anfrage per Fax geschickt. Das Gespräch fand von Sonntag auf Montag statt. Genauer gesagt, Montagnacht, um zirka 02:30 Uhr ... Das kann doch jetzt nicht so schwer sein, die Nummer herauszufinden. Ich habe keine Zeit zu verlieren ... Was für ein Problem? ... Mein Gott, haben Sie denn das Fax nicht vorliegen? Wo verdammt noch mal faxt man denn bei Ihnen ein Fax hin? In den Keller, oder was? Und Sie arbeiten im 14. Stock, nehme ich an ... Hören Sie, ich brauche nur diese eine Telefonnummer ... Nein! Sie laufen jetzt bloß nicht weg! Sagen Sie mir die Nummer, und danach suchen Sie bitte das Fax! Die Nummer gehört einer Frau, die sich in Lebensgefahr befindet und mit so was spaßen wir nicht. Bitte!"

Liviana wartete keine weiteren 30 Sekunden, dann hatte sie die neue Handynummer von Viola Ross, mit der sie Liviana in Amsterdam angerufen hatte.

„Sie haben der Polizei einen großartigen Dienst erwiesen. Haben Sie vielen Dank." Liviana legte den Hörer auf und lehnte sich in ihrem Bürostuhl zurück. Die Worte der Sachbearbeiterin dieser Telefongesellschaft hallten ihr im Kopf auf merkwürdige Weise nach. *Ich kann nicht einfach Kundendaten weitergeben. Das kann mich meinen Job kosten.* Plötzlich schlug es wieder durch. Sie hatte Rob versprochen, dass sie Victor längst davon in Kenntnis setzen wollte und hatte es wieder erfolgreich verdrängt. *Warum mache ich das nicht? Habe ich so viel Angst?*, fragte sie in Gedanken, konnte sich aber keine Antwort geben. Sie fühlte sich wie ein Kind auf dem Weg zu seinem Vater, um einen bösen Streich zu gestehen. Wie ihr Vater auf Streiche reagiert hatte, daran erinnerte sie sich noch. Was Victor ihr sagen würde, wollte sie nicht hören. Sie liebte ihren Job und konnte jetzt nachempfinden, was

Rob gemeint hatte, als er davon sprach, dass sein Leben aus Ermittlungen bestand. Auch sie empfand es so und wusste nicht, was sie ohne ihre Arbeit mit ihrem Leben anfangen sollte. Unvermittelt kam ihr Amsterdam in den Sinn. *Du kannst ein Dojo aufmachen. Du bist Lehrerin. Das wäre doch eine Alterative. Du hast Kokain auf dem Camp genommen! Du hast vorher noch nie einen Kampf unter Kokain bestritten.* Sie bekam Angst, wieder in etwas hineinzugeraten, das sie nicht mehr kontrollieren konnte. Liviana trat hinter ihrem Schreibtisch hervor und stellte sich vor das Fenster ihres Büros. Sie starrte hinaus, ohne zu bemerken, was sie eigentlich dort sah. *Akira, bezaubernde Akira. Ich will dich wiedersehen. Sie hat bestimmt eine Frau, und ich war nur eine willkommene Abwechslung.* Ihr schoss Rose in den Kopf. *Wie oft habe ich dich abgewimmelt? Fünf-, zehn-, zwanzigmal? Was willst du, Livi?!* Sie fühlte sich wie ein Rambo, der auf Gedeih und Verderb alles um sich herum zunichte macht. *Ich habe mir eine Mauer erschaffen, die nichts und niemand mehr hineinlässt und bei der ich selbst die Ausgangstür nicht mehr finde.* Sie wusste nicht, wo und zu wem sie eigentlich gehörte. Sie glaubte zu wissen, wo sie nicht hingehörte, und das deprimierte sie. *So geht mein Leben sinnlos in die Brüche! So kann das alles nicht weitergehen.* Das Leben schien ihr plötzlich zu entgleiten. Ihr Puls schlug heftig. Sie rannte in ihrem Büro hin und her und suchte nach Lösungen, doch das einzige, was sie fand, war ihre wachsende Angst. Sie glaubte, das Damoklesschwert würde in Kürze herunterfallen und ihren Schädel spalten. Sie holte ihr Handy hervor, wählte die Nummer und rannte auf und ab. Sie sah den Boden verschwimmen.

„Rose Rosendahl". Liviana erschrak.

„Livi?! Bist du das?"

„Rose!" Liviana schossen die Tränen in die Augen, und ihr Hals schnürte sich zu. Sie drückte die Austaste und schaltete ihr Handy aus. Plötzlich stand sie wieder vor ihrem Bürofenster im dritten Stock und hatte nur noch einen Gedanken.

***

„Herr Mirkow, ich bitte Sie, wir tun wirklich alles Erdenkliche. Jetzt müssen Sie uns mal unsere Arbeit machen lassen. Sie sehen doch, dass die Ermittlungen inzwischen eine deutliche Wendung genommen haben. Die Fälle scheinen doch alle zusammenzugehören. Wir müssen jetzt das Große und Ganze im Auge behalten und können in dieser Situation Hauptkommissar Hansen unterkeinen Umständen wegen Befangenheit von dem Fall abziehen!" kämpfte sich Kriminaldirektor Bosch nicht nur mit Worten schwerfällig nach vorne. Staatsanwalt Mirkow verlor sich in dem Ledersessel und zupfte geschäftig einen imaginären Fussel von seiner Anzughose.

„Ich habe ja schon einiges mitmachen müssen, Herr Bosch. Aber jetzt ist das Fass voll. Der Mord an Katharina Folgerreith hätte verhindert werden können, und das geht auf die Kappe von Ihrem Hauptkommissar. So sehe ich das. Außerdem ist die Verdächtige Viola Ross untergetaucht. Der Personenschutz hat restlos versagt. Was soll eigentlich noch alles schief laufen? Das Fass ist am Überlaufen."

Kriminaldirektor Bosch riss die Augenbrauen hoch und schnaubte vor Wut.

„Heiliger Gransack! Hauptkommissar Hansen genießt mein vollstes Vertrauen. Ich neige nicht dazu, vorschnell meine Hand für jemanden ins Feuer zu legen. Aber für meinen ersten Ermittler würde ich das jederzeit tun."

„Wenn Sie sich da mal nicht die Finger verbrennen, Herr Bosch."

„Wissen Sie, Herr Staatsanwalt, ich habe schon über die Hälfte meines Lebens hinter mir und einiges an Lebenserfahrung gesammelt. Sie sollten langsam mal die Studienbücher zur Seite legen und bei uns Platz nehmen. Ich sage Ihnen das mal mit dem Recht des Älteren."

Staatsanwalt Mirkow fuhr sich mit der flachen Hand über den Scheitel und züngelte wie eine Schlange.

„Sie mögen ja das Recht des Älteren vertreten, ich vertrete Recht und Gesetz unseres Landes."

Der Kriminaldirektor tupfte sich mit seinem Taschentuch den Schweiß von der Stirn und faltete es drei Mal, bevor er es in die Hosentasche steckte.

„Denken Sie darüber, wie Sie wollen. Sind Sie heute bei der Besprechung um zehn Uhr dabei?"

„Nein, ich habe nachher einen Gerichtstermin. – Und Herr Bosch, auf Ihre Verantwortung!"

„Dann ist ja alles soweit besprochen", antwortete der Kriminaldirektor, hievte sich aus seinem Sessel und hielt dem Staatsanwalt die Tür auf.

***

Ihr Herz raste, und sie sog die Luft tief ein. Der Wind zog pfeifend um die Ecke und blies zum Büro hinein. Der Verkehrslärm der Kalker Hauptstraße brauste zu ihr herauf. Von irgendwoher dröhnte ein Presslufthammer. Sie sah Menschen mit Taschen bepackt, Fahrradfahrer, die versuchten, den Autos auszuweichen und schob einen Stuhl unter die Fensterbank. Dann stellte sie sich auf den Stuhl und anschließend auf den Fenstersims. Sie fühlte sich plötzlich erleichtert. *Ich muss keinen Brief hinterlassen. Jeder ist ersetzbar. Was habe ich schon abzuliefern? Ich weiß nicht einmal, was ich dir sagen kann, Rose! Ich bin so eine Versagerin auf der ganzen Linie! Ich habe dich fallen lassen, oder?* Sie hielt sich mit einer Hand am Rahmen des Fensters fest. Tränen ließen ihren Blick verschwimmen. Sie sah einen schmalen Streifen Straßenpflaster unter sich. Dort gingen noch nicht einmal Menschen entlang. Dort würde man nur zufällig hinsehen, wenn man das Fenster öffnete. Magisch zog es sie nach unten. *Mama, es tut mir leid. Für dich tut es mir leid, aber schlimmer als die Vergewaltigungen dieses Dreckskerls war euer Nichtwahrhabenwollen. Und ihr wart feige, allen voran Vater, der totale Ignorant. Ihr habt doch heute noch Zweifel daran, ob ich die Wahrheit gesagt habe. Was hat Papa noch gesagt? Ob ich nicht ein bisschen übertreiben würde? Oh ja, Papa, ich höre deine Worte noch heute, die mich damals fast umgebracht haben. Als Kind sieht man manchmal die Dinge etwas übersensibel, hast du gesagt. Du hast mir doch noch die Schuld für den Tod deines Bruders gegeben, auch wenn du es nie gesagt hast!*

Die Tür ging auf, Liviana erschrak.

„Bleib weg!", rief sie. Er sagte kein Wort, stürmte zum Fenster. Sie setzte zum Sprung an, er zog ihr die Beine weg. Sie fiel mit den Unterarmen auf die Fensterbank und dann zu Boden. Er zog sie hoch und schlug ihr mit der flachen Hand ins Gesicht. Sie fiel hin. Reflexartig wollte sie aufspringen. Er schlug ihr erneut ins Gesicht. Sie fiel wieder, verschränkte die Arme über ihren Kopf und zog die Knie an ihren Körper. Ihr Heulen weckte ihn aus diesem Horrorszenario. Erst jetzt verstand er, was er da gerade getan hatte und schlug sich mit der flachen Hand auf die Stirn. Er zitterte am ganzen Körper und schloss das Fenster, dann die Tür und lief schließlich vor Liviana nervös hin und her. Sie wimmerte leise.

Langsam öffnete sie die Arme. Ihre Wange brannte. Sie schaute ihn an.

„Bitte, sag nichts, bitte!", flehte sie ihn an.

„Mach das nie wieder! Mach das nie wieder! Mach das nie wieder!", brach es aus ihm heraus, wobei er das Laufen nicht einstellen konnte.

„Mir ist das Herz in die Hose gerutscht! Mach das nie wieder!"

„Okay, okay. Es geht schon wieder. Alles wieder im grünen Bereich, Joh." Sie wischte sich mit dem Ärmel durchs Gesicht. Er warf ihr eine Packung Taschentücher zu, die auf ihrem Schreibtisch lagen.

„Ich hab mich wieder gefangen. Es geht wieder, wirklich." Sie schnäuzte die Nase und wischte sich die Augen.

„Du hättest nicht gleich zweimal zuschlagen müssen."

„Komm mir jetzt noch so! Was sollte das?! Hast du sie noch alle?! Was ist das für ein Film, den du da fährst? Du hättest tot sein können!"

„Okay, Joh, nicht so laut und kein Wort zu irgendjemand, verstanden? Ich hab's ja wieder im Griff. Alles bestens. Lass uns

das hier einfach schnell vergessen! Danke dir, Joh – echt."
Langsam fühlte sie den Schmerz in ihren Unterarmen.

„Mir ist schlecht. Ich kann dich hier nicht allein lassen. Wir müssen zum Arzt. Du brauchst Hilfe, Vait."

„Ich bin wieder in Ordnung. Es war nur eine Kurzschlusshandlung. Die Sicherung ist wieder drin. Das Licht brennt wieder. Nichts passiert. Ich bitte dich nur, behalt es für dich, bitte." Liviana lehnte gegen die Wand und bemühte sich, mit zittrigen Händen ihr Haar zu einem Dutt zu binden.

„Du bist echt schwer zu ertragen", gab ihr Joh zurück, der inzwischen mit dem Hintern an ihrem Schreibtisch lehnte. Sein Zittern bekam er noch nicht in den Griff. Auch ihr zitterten die Knie, als sie aufstand.

„Fällt es sehr auf, mit der Wange? Vielleicht solltest du mir auch noch auf die andere hauen. Verdient hätte ich es ja."

„Jupp. Eigentlich sollte ich dir Bescheid geben, dass Rob sich ein paar Minuten verspätet und der Kriminaldirektor dich sprechen möchte. Es tut mir leid, Vait. Es ist total über mich gekommen."

„Ich danke dir, Joh." Dann nahm sie sein Gesicht in die Hände und drückte ihm einen Kuss auf den Mund.

„Ich gehe mich frisch machen."

Sie hatte sich ein paar Mal in die andere Wange gezwickt. *Wenigstens sehe ich jetzt gleichmäßig scheiße aus*, dachte sie und klopfte leise an Victors Tür.

„Ja, bitte?" Vaitmar öffnete die Tür und sah Victor hinter seinem Schreibtisch sitzen, der ihr über den Rand seiner Brille entgegensah.

„Gut, dass du kommst, Vait."

„Morgen, Victor."

„Du siehst angestrengt aus, Vait. Was ist los?"

Vaitmar zupfte an sich herum und legte sich eine Strähne hinter ihr Ohr.

„Bisschen Bluthochdruck vielleicht. Wenig geschlafen und viel trainiert am Wochenende. Dan-Prüfung bestanden."

„Und was ist das dann jetzt für ein Gürtel?"

„Der fünfte Dan, Farbe schwarz."

„Das freut mich." Victor fixierte sie skeptisch, ließ es aber dabei bewenden. Vaitmar trat zu ihm an den Tisch.

„Rob wird sich etwas verspäten. Er ist in die Uniklinik gefahren, um dieser Monique Lacombe das Phantombild aus Meschede zu zeigen. Die Ärzte haben ihm erlaubt, ein paar Minuten mit ihr zu reden. Der sieht ja verboten aus, nicht wahr?"

„Tja, ich bin auch skeptisch, ob uns das wirklich weiter helfen wird."

„Hat die KTU eigentlich schon Phantombilder mit diesem Polizisten und den Krankenschwestern in der Uniklinik gemacht?"

„Ich weiß es nicht, Victor. Ich kann nachhören."

„Nach der Beschreibung des Polizisten aus der Uniklinik trifft das Phantombild hier nicht zu. Soweit kann ich mich erinnern. Jedenfalls ist gesichert, dass wir nach einem Mann suchen müssen. Das ist wenig, aber immerhin."

„Eine magere Ausbeute, Victor. Ob der Mann hier etwas mit den Frauenmorden zu tun hat, ist ja noch völlig offen. Ich tendiere ja eher zu Bachhoff."

„Meinst du? Sollten wir das Phantombild an die Presse geben? Was meinst du, Vait?" Victor gab ihr ein Zeichen, sich zu setzen.

„Ich weiß nicht, ob wir uns damit einen Gefallen tun. Victor, ich muss mit dir reden."

„Aber irgendetwas müssen wir doch diesbezüglich unternehmen."

„Ja, weiter ermitteln. Victor, ich …"

„Ich weiß nicht, manchmal denke ich, ich bin zu alt für den Job."

„Ach was. Victor, ich muss dringend mit dir reden."

„Ja, ich auch. Nach der Sitzung, Vait. Lass uns nach der Sitzung reden." Er erhob sich, das Telefon klingelte, und Vaitmar verließ sein Büro.

***

Staatsanwalt Mirkow war nicht zugegen, was keiner der Anwesenden negativ kommentieren wollte. Auch Hauptkommissar Hansen und Kriminaldirektor Bosch waren noch nicht erschienen.

„Du siehst nicht gut aus, Liviana. Kann ich dir helfen? Hast du Fieber?", bestürmte Charlotte Kobalt Liviana leise mit Fragen.

„Danke, Charlotte. Ist wohl eher das Wetter", antwortete Liviana kurz angebunden und schaute verstohlen zu Johann Funke hinüber, dem gerade ein Geldstück auf den Tisch fiel.

„Hast du eigentlich mal gesehen, was Joh da immer mit dem Geldstück macht?", lenkte Liviana vom Thema ab und war ausnahmsweise dankbar für Funkes Münzübungen.

„Nein, außer dass es ihm dauernd runterfällt, nichts", gab Charlotte zur Antwort.

„Versuchst du aus einem Zwei-Euro-Stück den Zwanzig-Euro-Schein zu machen, den du mir noch schuldest, Joh?", warf Liviana ihm entgegen.

„So breit kann man den gar nicht kloppen, dass der zu einem Schein wird. Aber ich denk dran. Morgen, Vait, einverstanden? Bin was knapp heute, aber meine Chefin gibt mir heute Abend wieder Taschengeld."

„Aha? Gut, dass du eine Chefin hast, nicht?"

„Kann man so oder so sehen."

„Ach, sollte ich mich vielleicht direkt an deine Chefin wenden?"

„Besser nicht. Sie ist groß und stark und hat Zähne wie ein Tiger, sitzt im Käfig und lässt ihre Tatze auf dem Geldsäckel ruhen."

„Von wem redet der?", fragte Charlotte Kobalt und vergaß, mit ihrem Kugelschreiber zu trommeln.

„Von seiner Frau redet uns Joh."

„Was? Arsch!", bemerkte Charlotte Kobalt trocken und schien damit nicht weiter am Gespräch interessiert.

Die Tür ging auf, und der Kriminaldirektor kam herein. Er wischte sich mit seinem Taschentuch die Stirn und ließ es in seiner Hosentasche verschwinden. Dann setzte er sich.

„Tut mir leid. Die Verspätung, Leute. Aber ich hatte noch ein Telefonat mit Rob. Er ist noch im Krankenhaus bei diesem Mädchen, Monique Lacombe. Er sagt, es geht dem armen Ding schon wieder etwas besser, aber sie sieht noch fürchterlich aus. Das ist so ein junges, nettes Persönchen. Leute, wir müssen diesen Täter kriegen! Monique Lacombe hat Rob eine ganz andere Personenbeschreibung gegeben von dem Täter als uns lieb sein kann. Sie glaubt, dass der Täter eine blonde Perücke trug. Leider auch eine Brille, aber eine sehr unauffällige. Die Krankenschwestern der Uniklinik konnten auch nicht den Mann mit Hornbrille, Bart und so weiter bestätigen. Allerdings war deren Beschreibung sehr lückenhaft."

„Dann haben wir jetzt also zwei Täterbeschreibungen, oder anders gesagt so gut wie gar nichts Konkretes mehr. Das wird hier vielleicht ein Hauen und Stechen im Heu. Verflucht noch mal!", kommentierte Liviana.

„Wir tragen jetzt erstmal alles Neue zusammen. Jens, hat der Polizist das Phantombild mit dir gemacht?"

„Ja, hat er. Ich würde sagen, es geht in Richtung der Aussage von dieser Monique Lacombe." Jens Fischer hatte einige Kopien von dem Phantombild, die er verteilen ließ.

„Es ist, als würde im All eine Urkraft wieder die Mutter..."

„Jens!", rief ihm Vaitmar zu. „Fakten!"

„...aller Liebe, die sich verliert..."

„Rilke, wir wissen es!"

„Charmant wie immer, unsere Vait. Ich habe natürlich die beiden Phantombilder miteinander verglichen. Es gibt doch einiges an Übereinstimmungen. Ich habe versucht, die signifikanten Gesichtsmerkmale herauszuarbeiten, damit wir möglichst ein realistisches Bild von dem Verdächtigen bekommen. Aber bitte, meine Damen und Herren, auch diese Darstellung muss man mit der gebührenden Vorsicht genießen." Der Leiter der KTU reichte seine überarbeitete Variante der Phantombilder in die Runde, die sich jeder Polizist aufmerksam ansah.

„Sieht nicht nach Bachhoff aus", stellte Kommissarin Vaitmar fest.

„Nein...", antwortete der Kriminaldirektor, „...Wäre wohl auch zu einfach gewesen. Hast du noch was Jens, oder war es das?"

Jens Fischer zog an seiner kalten Pfeife und setzte an zu sprechen, als Vaitmar ihn unterbrach.

„Jens, nur die Fakten, bitte."

„Gut, ich habe mit Laszlo Bergheim vom KK Dortmund gesprochen. Wir haben keinerlei Übereinstimmungen der DNA-Proben gefunden. Es könnte natürlich möglich sein, dass sich unter den gefundenen DNA-Spuren auch die des Täters befindet, aber es gibt keine Spur, die Köln und Meschede zusammenführt. Wenn ich mir den Kommentar erlauben darf, entweder der Kerl ist ein Profi, oder er hat ein unglaubliches Schwein, dass wir ihn nicht über eine DNA identifizieren können. Wir haben außerdem die DNA-Analyse von Herrn und Frau Clausen auswerten können. Fehlanzeige, um es kurz zu machen."

„Ihr habt eine DNA-Analyse von den Clausens? Ihr hattet aber schon einen Beschluss dafür?", hakte Kriminaldirektor Bosch nach.

„Wir mussten schnell handeln, Victor. Frau Clausen wollte ihren Mann rauswerfen. Es bestand die Gefahr, dass er sich vom Acker macht ... Wenn wir uns das Material nicht auf der Stelle besorgt hätten ..."

„Redest du dich da gerade um Kopf und Kragen, Vait?"

„Es hat sich eine neue Beweislage ergeben, die es erforderlich machte. Ein ausrangierter Laptop von Kim Ross."

„Also kein Beschluss!", ging Victor Bosch sichtlich erbost dazwischen.

„Wir können auch mit einem Beschluss nichts mit der DNA anfangen, wie uns Jens gerade unterrichtet hat."

„Was hat das mit dem Laptop auf sich?", wollte der Kriminaldirektor wissen, und die Kommissarin berichtete über die gefundenen E-Mails und dem Besuch bei Clausens.

„Dann brachte mir dein Brief den sanften Segen...", hörten sie die sonore Stimme durch den Konferenzraum schweben.

„Mensch, Herr Fischer!", schrillte Kommissarin Kobalt, „so viel Rilke kann es doch gar nicht geben!", endete ihr Kommentar und im selben Augenblick setzte das Tackern ihres Kugelschreibers wieder ein.

„Leute! Lasst uns jetzt vernünftig diese Verbrechen klären. Wir stehen hier in der Verantwortung des Staates ... ach, ihr wisst schon, also Disziplin, Herrschaften!"

Kommissarin Kobalt schien sich gerade in Rage reden zu wollen, aber Liviana hielt sie am Arm zurück.

„Volker Clausen hatte schon so eine Art gemeinsamen Lebensplan mit Kim Ross entwickelt, von dem Kim Ross nichts wissen wollte und seine Frau Sabine anscheinend nichts wusste. Zudem sind die Alibis der beiden nicht wasserdicht." Vaitmar erläuterte, dass es sich bei Volker Clausen um eine Zeitspanne von mehr als einer Stunde handele, für die es zur fraglichen Zeit kein brauchbares Alibi gebe.

„Er wusste, wo Kim wohnt und bestimmt auch, wo sie sich an diesem Abend aufgehalten hat. Wenn man eifersüchtig ist, bekommt man doch alles raus, oder?"

„Das würde ich auch denken, wenn man sich mal eifersüchtige Männer anschaut", unterstützte Charlotte Kobalt ihre Kollegin. Das Rollen der Augen ihrer männlichen Kollegen war nicht zu übersehen. Vaitmar wechselte zu Frau Clausen.

„Der Bruder von Sabine Clausen hat das Alibi nur insoweit bestätigt, dass Frau Clausen gut die Hälfte der Zeit mit Kopfschmerzen bei ihm im Bett gelegen habe. Die anderen Anwesenden konnten dies mehr oder weniger bestätigen. Ihr Bruder hat sich die ganze Zeit um die Gäste gekümmert. Frau Clausen hätte also genauso gut die Wohnung verlassen können, was anscheinend auch nicht aufgefallen wäre. Wenn sie sich gegen Ende der Party dann wieder eingefunden hätte, wäre das für Frau Clausen ein gut arrangiertes Alibi, aber eben nicht lückenlos." Liviana erklärte ihren Kolleginnen und Kollegen die körperliche Konstitution von Frau Clausen und mit welchen Materialien sie in ihrem Atelier arbeitete.

Man beließ es vorerst dabei, und Kommissarin Kobalt wechselte zu Florian Hagen. Sie sei mit Liviana zu dem Schluss gekommen, dass es weiterhin offen sei, inwieweit Florian Hagen mit dem Mord zu tun habe. Hagen stelle es so dar, dass Viola Ross den Plan gehabt habe, ihre Schwester mit ihrem Verhältnis auf der Vernissage zu konfrontieren und er da mit hineingezogen worden sei.

„Er ist immer nur das Opfer, der arme Kerl. Man könnte auch sagen, er hat keine Eier in der Hose", kommentierte Liviana. Es mangele weder an seinen DNA-Spuren noch an Motiven. Einzig die Beweise würden fehlen, da sich an dem Mordwerkzeug ja keine Spuren befänden und ein sexueller Kontakt ja nicht strafbar sei.

„Für mich spielt Viola Ross im Gegensatz zu Hagen keine aktive Rolle in dem Mordgeschehen. Zwar ist es von ihrer Konstitution her kein Problem, einen solchen Mord zu begehen, aber das Mordwerkzeug ist doch kein Werkzeug einer Frau…"

„Das gilt dann aber auch für Sabine Clausen", warf Johann Funke ein.

„Sicher. Und dann gibt es diesen angeblichen Zusammenhang der Frauenmorde mit den Morden an Hansen und Folgerreith. Viola Ross hat für die Tatzeit im Fall Hansen ein wasserdichtes Alibi. Sie war bei einer Freundin in Lübeck. Das Alibi von Frau Clausen bezüglich Hansen und Folgerreith ist aber mehr als dünn. Sie war angeblich zu beiden Zeiten in ihrem Atelier."

Die Tür ging auf, und Hauptkommissar Hansen betrat das Besprechungszimmer. Sie begrüßten ihn, und er setzte sich neben Victor Bosch. Er schaute in die Runde und hörte Liviana reden. *Mein Gott, hat ihr jemand ins Gesicht geschlagen?*, dachte er und sah anschließend zu Charlotte Kobalt.

„Ich habe inzwischen die neue Handynummer von Viola Ross über die Telefongesellschaft bekommen. Hatte aber noch keine Zeit, sie anzurufen", endete Vaitmar abrupt.

Hauptkommissar Hansen berichtete über das Gespräch mit Monique Lacombe. Sie könne sich nur an die Perücke erinnern, weil sie nicht zu den Augenbrauen passte. Sie glaubt, er hat dunkle Augen. Er habe keinen Dialekt gesprochen, soweit sie das beurteilen konnte, und er habe Handschuhe getragen, was sie etwas verwundert habe. Man zeigte Rob das Phantombild, das Jens Fischer erstellt hatte. Der Hauptkommissar konnte mit diesem Bild nichts anfangen.

„Vielleicht sollten wir alle, die diese Person gesehen haben, gemeinsam ein Phantombild erstellen lassen", schlug der Leiter der KTU vor."

„Später, Jens. Zuerst müssen wir Monique Lacombe in ein anderes Krankenhaus verlegen und die Überwachung erhöhen", verkündete Hansen.

Kriminaldirektor Bosch zog sein Taschentuch hervor und wischte sich über den Mund.

„Erste Priorität gilt der Sicherheit der Person", meinte er.

„Wir sollten eine Profilerin hinzuziehen", sagte Rob spontan.

„Was? Warum?", fragte Victor irritiert.

„Wir sind eine Millionenstadt und haben es mit einem Irren zu tun."

„Und warum eine Frau?"

„Warum nicht?", antwortete Charlotte Kobalt für ihn.

Rob wusste auch nicht, warum er auf eine Frau kam. Blitzartig sah er Svedlana Strazyczny vor seinem inneren Auge.

***

Rob saß an seinem Schreibtisch und sortierte die Informationen und Schriftstücke, die sich vor ihm aufstapelten. Das Chamäleonfigürchen stand wieder an seinem Platz. Er suchte nach einem Gefühl, das ihn mit diesem Spielzeug verband. Für ihn war es das Symbol des Täters, das es zu entschlüsseln galt. Die Brutalität, mit der Monique Lacombe unschädlich gemacht wurde, um anschließend Katharina Folgerreith töten zu können, ging auf das Konto eines Mannes. *Warum verfolgte er Katharina Folgerreith bis Köln? Wen hatte sie gesehen? Wen hätte sie beschreiben können? Wahrscheinlich hat sie mehr gesehen als seine Maske und weil er das wusste, musste sie sterben. Der Mörder hat selbst die Brücke nach Köln geschlagen. Warum setzt er so viele Zeichen? Vier Gitarrensaiten. Hat es was mit Musik zu tun? Ein Opfer in Meschede, welches mein Vater ist. Drei Opfer in Köln, wo ich zuständig bin. Ist das eine weitere Verbindung zu mir? Er unterteilt sie in die einen, mit denen er ein Chamäleonfigürchen verbindet und die anderen, mit denen er eine Geschichte verbindet. Meine Geschichte? Bin ich wahnsinnig, oder will er mir etwas sagen? Hat er einen großen Fehler gemacht und bewegt sich auf mich zu? Stellt er sich mir langsam in den Weg? Sucht er die Befreiung von seinem Irrsinn, und ich soll sein Erlöser sein? Man muss alles denken.* Ihm schwirrte der Kopf.

Er lehnte sich in seinem Bürostuhl zurück und beschloss, dass kein Kollege an seinen Gedanken teilhaben sollte, weil er keinen Polizeipsychologen aufsuchen wollte. Er sah zum Fenster hinaus und kaute an dem Ende seines Kugelschreibers.

Unvermittelt sah er eine Szene mit seinem Vater aufflackern. Er saß auf seinem Rücken und ritt mit ihm durchs Wohnzimmer. Er lachte, und sein Vater imitierte das Wiehern eines Pferdes. Er schien um die sechs Jahre zu sein. So schnell sie gekommen war, so schnell verschwand die Szenerie, und Rob konnte sie nicht wieder hervorbringen. Es war ein spaßiges Erlebnis gewesen, das fühlte er jetzt noch, aber als er auf seine Hände starrte, sah er, dass sie zitterten.

Das Telefon klingelte. Rob nahm den Hörer ab und meldete sich mit vollständigem Namen, da er die Telefonnummer im

Display nicht kannte. Eine Frauenstimme antwortete ihm schüchtern.

„Guten Tag, Sie werden mich nicht kennen."

„Wenn Sie Ihren Namen nicht nennen, werden Sie in jedem Fall Recht behalten. Was kann ich denn für Sie tun?"

„Es ist mir etwas peinlich, aber ich möchte Sie um eine Auskunft bitten."

„Das muss Ihnen nicht peinlich sein. Die Polizei hat die Pflicht, Ratsuchenden Auskunft zu geben, solange es nicht etwaige Ermittlungen oder den Datenschutz betrifft", antwortete Rob.

„Ich habe eine Freundin, die ich seit mehreren Tagen versuche zu erreichen. Leider ist mir das bis heute nicht gelungen…"

„Ich verstehe leider nicht so recht. Kennen Sie denn ihre Adresse? Sie könnten hinfahren oder ihr vielleicht eine Nachricht schreiben, wenn Sie ihre Freundin telefonisch nicht erreichen können."

„Ich könnte sie ja erreichen, wenn sie wollte. Ich weiß nicht, ob sie noch meine Freundin ist."

Oh, was ist das jetzt? Womit bekomme ich es hier zu tun?, dachte der Hauptkommissar.

„Hören Sie, es tut mir leid, aber für solche Art Probleme bin ich leider nicht zuständig. Sie sollten sich vielleicht besser an jemand Professionellen wenden. Wer hat Ihnen denn meine Durchwahl gegeben, und wie heißen Sie denn?"

„Sie sind doch Hauptkommissar Rob Hansen, oder?"

Rob war irritiert. „Ja, das sagte ich zu Anfang bereits."

„Dann bin ich genau richtig. Bitte hören Sie mir einen Augenblick zu. Ich mache es auch kurz. Ich habe schon alles versucht, außer Türaufbrechen und so was. Sie geht nicht ans Telefon und öffnet nicht die Tür."

Rob hörte das drohende Unheil in ihrer Stimme.

„Also gut, was genau kann ich für Sie tun?"

„Ich mache mir Sorgen. Heute Morgen hat sie mich plötzlich angerufen. Sie hat nur einmal meinen Namen genannt und dann sofort wieder aufgelegt. Verstehen Sie?"

„Nicht wirklich, wenn ich ehrlich sein darf, Frau…"

Die Tür öffnete sich nach einem kurzen Anklopfen. Liviana kam herein und wollte gerade ansetzen zu sprechen, als sie Rob telefonieren sah. Rob bedeutete ihr, auf dem Stuhl in der Sitzecke Platz zu nehmen.

„Ich bin leider etwas aufgeregt. Als sie dann meinen Namen gesagt hat, hat es mich den ganzen Tag nicht mehr in Ruhe gelassen. Ich mache mir Sorgen, große Sorgen."

„Haben Sie denn daraufhin zurückgerufen?"

„Ja, aber sie ging nicht mehr ans Telefon."

„Aber unter den Umständen können Sie keine Vermisstenanzeige aufgeben, wenn Sie darauf hinauswollen. Und die Polizei kann auch nicht einfach dort hinfahren und die Tür aufbrechen. Es sei denn, sie glauben, die Person will sich umbringen. Glauben Sie das?"

„Ich weiß nicht, deswegen möchte ich Sie ja bitten, mir eine Auskunft zu geben."

„Entschuldigen Sie, Frau …, aber ich kann da nichts zu sagen. Ich arbeite hier in der Mordkommission. Ich bin kein Psychologe."

„Ich brauche keinen Psychologen. Ich brauche Ihre Verschwiegenheit, bevor ich Sie das fragen kann."

„Meine Verschwiegenheit? Jetzt verstehe ich Sie leider gar nicht mehr. Ich behandele selbstverständlich die Dinge verschwiegen." Liviana stand auf und deutete an, dass sie raus gehen wollte. Rob bedeutete ihr, sich wieder zu setzen.

„Es handelt sich um Ihre Kollegin Liviana Vaitmar. Haben Sie sie heute gesehen? Lebt sie? Ich bin Rose Rosendahl. Aber bitte …"

„Oh je, jetzt verstehe ich." Rob setzte sich aufrecht auf seinen Bürostuhl und schaute Liviana an.

„Da kann ich Sie beruhigen ..." Er hörte ein erleichtertes Schluchzen am anderen Ende der Leitung. Liviana deutete in Handzeichen die Frage an, was sie tun solle. Rob rieb sich die Nase und deutete Liviana seinerseits an sitzenzubleiben.

„Sie lebt?"

„Ja."

„Danke, bitte sagen Sie ihr nichts von meinem Anruf. Wann haben Sie sie gesehen?"

Rob starrte auf seinen Kugelschreiber. Er kam sich vor wie in einem surrealen Theaterstück. Am liebsten hätte er Liviana den Hörer gegeben.

„Ich kann Ihnen versichern, dass alles in Ordnung ist. Sie brauchen sich absolut keine Sorgen machen. Möchten Sie vielleicht ..." er stoppte mitten im Satz.

„Haben Sie Livi im Laufe des Tages gesehen?"

„Ja. Es ist nicht mal eine Sekunde her, wenn Sie verstehen, was ich meine."

„Gerade erst?"

„Noch immer."

„Oh, mein Gott. Sie ist bei Ihnen?"

„Sie sagen es."

„Bitte, sagen Sie ihr nichts. Ich danke Ihnen, vielen Dank. Entschuldigen Sie die Störung ..."

„Ich schlage Ihnen vor, mal abzuwarten. Lassen Sie die Person einfach mal ein bisschen zappeln. Irgendwann beißt sie doch wieder an. Eine Kollegin von mir hat mir das selbst mal geraten. Wenn es soweit ist, ruft er bestimmt wieder an. Er hat doch bestimmt Ihre Telefonnummer, oder?"

„Ja, hat sie. Das ist nicht leicht, einfach warten. Die Tage wollen ja gar nicht enden."

„Ich glaube, ich kann Sie verstehen. Aber ich denke, wir sollten von Seiten der Polizei da nichts weiter unternehmen."

„Danke, Herr Hansen, Sie wissen gar nicht, wie sehr Sie mir geholfen haben."

„Ich kann es mir vorstellen. Einen schönen Tag noch."

„Haben Sie vielen Dank."

Hansen legte auf und betrachtete Liviana. Er war wütend und sprachlos zugleich. *Am liebsten würde ich dir eine scheuern,* dachte er. Sein Blick schien ihr von seinen Gedanken etwas zu verraten.

„Was schaust du mich so an? Was war das für ein merkwürdiges Telefonat? Hast du neuerdings irgendwelche therapeutischen Ambitionen?"

„Ach was! Aber man kann ja eine verzweifelte Frau nicht einfach abwimmeln, auch wenn sie sich verwählt hat, oder?"

„Oh?! Herr Hansen entdeckt die Empathie? Alle Achtung!"

„Halt einfach deinen Mund, Vait."

„Oh, oh. Schlechte Laune? Worum ging's da eigentlich?"

„Ach! Eine Freundin hat ihr die Freundschaft gekündigt oder so ähnlich. Eine Idiotin, wenn du mich fragst."

„Freundin? Hast du nicht eben von einem Freund geredet?"

„Ja, ich meine Freund. Sie hat ihm die Freundschaft aufgekündigt."

„Ich dachte, er hat ihr die Freundschaft gekündigt. Wer ist denn jetzt das Arschloch?"

„Sie."

„Wieso? Weil er abgehauen ist, ist sie das Arschloch? Da macht ihr Männer es euch aber wieder einmal recht einfach …"

„Das war doch eine Frau am Telefon. Was hat das mit den Männern zu tun?"

„Die Schuldigen sind bei Männern immer die Frauen, was?!"

Rob fühlte sich plötzlich völlig in die Enge getrieben. Er griff nach seinem Kugelschreiber und ließ ihn auf die Tastatur fallen. Dann schob er sich mit seinem Bürostuhl zurück.

„Komm, belassen wir es dabei. Wir haben hier auch noch anderes zu tun", lenkte er ein.

„Das ist wieder typisch! Immer wenn es um die wichtigen Themen im Leben geht, kneift ihr Männer. Hast du keine Eier in der Hose? Kannst du nicht einmal Stellung beziehen?!"

„Hör auf, Vait!", brüllte Hansen und schlug mit der Faust auf den Tisch. „Warum bist du nur so verdammt hart? Was hab ich dir getan, he?!"

„Nichts, aber anscheinend die Frauen dir!" Liviana stand auf und fuhr sich mit der Hand durch ihre Haare. Dabei öffnete sich ein Knopf ihrer weißen Bluse und gewährte Rob einen zauberhaften Anblick. Er hasste sich für seine Gier, die ihn in jeden Ausschnitt schauen ließ. Seine Augen waren schneller als der Widerstand seiner Vernunft.

„Ich glaube langsam, ihr Männer habt so einen Haufen Mist in eurem Schädel, dass da keine Frau eine Chance hat."

„Komm mal runter von deinem Tripp! Ich sehe hier nur einen Mann und keine Fußballmannschaft! Außerdem war es eine Frau", raunte er ihr entgegen.

„Was meinst du?"

„Sie sprach ganz einfach von ihrer Freundin, um die sie sich Sorgen gemacht hat. Es ging nicht um einen Mann."

„Du hast doch am Telefon von einem *Freund* gesprochen. Du hast gesagt, wenn es soweit ist, ruft *er* bestimmt wieder an. Er habe doch bestimmt ihre Telefonnummer. Ich weiß doch, was ich gehört habe. Und soweit ich mich noch erinnere, habe *ich* dir das gesagt, mit dem Abwarten, als es um deine Stefanie ging, oder? Das waren doch meine Worte?"

„Ja, hast du. Aber es ging um eine Frau. Ich wollte nur verschwiegen bleiben."

„Verschwiegen? Ist doch keiner da, vor dem du verschwiegen sein musst, oder plötzlich doch?"

„Lass uns aufhören."

„Du hast mir doch angedeutet, ich solle hier bleiben. Ich wollte doch gehen. Und dann musst du plötzlich in Geheimsprache verfallen, oder was? Weil ich nichts verstehen soll, oder wie soll ich das jetzt verstehen?! Was ist das für eine blöde Nummer, die du da abziehst?"

„Nein, weil es um eine Frau ging, deswegen. Sie ist in diese Frau verliebt, und das ist irgendwie eine Katastrophe."

„Sie ist in eine Frau verliebt? Und ich darf das nicht wissen, weil ich ja gar keine Ahnung davon habe? Oder hast du jetzt plötzlich was gegen deine schwule Kollegin?! Mann, was hab ich denn hier für einen Kollegen?!" Liviana stampfte mit dem Fuß auf den Boden.

„Sie hat mich darum gebeten, nichts zu sagen. Und das hab ich getan. Sie wollte wissen, ob ihre Freundin noch lebt."

„Bitte?"

„Ja."

„Sie wollte wissen, ob die Freundin noch lebt, und du sagst ihr, sie brauche sich keine Sorgen machen? Hast du sie noch alle, oder bist du unter die Hellseher gegangen?!"

„Mein Gott! Ich kenne die Frau", antwortete er in einem ruhigen rauen Ton und sah Liviana ernsten Blickes an. Er lehnte sich in seinen Bürostuhl zurück und legte den Kugelschreiber ein zweites Mal hin. Liviana beruhigte sich langsam wieder und nahm Blickkontakt auf.

„Du kennst die Frau? Du kennst eine lesbische Frau? Wer soll das sein?"

Rob schwieg. Er hatte beschlossen, sich nicht weiter zu äußern. Liviana sah aus dem Fenster, als sie langsam begriff. Sie sah zu Rob herüber und legte eine Haarsträhne hinter ihr Ohr.

„Es war Rose?"

Rob schwieg.

„Ich habe sie heute kurz angerufen."

Er schaute sie weiter schweigend an.

„Ich habe mich nicht gut angehört am Telefon. Sie hat sich Sorgen gemacht?"

Rob schaute aus dem Fenster und dann wieder zu ihr.

„Sie hat dir alles erzählt?"

Rob schwieg.

„Hat sie schon öfter mit dir telefoniert?"

„Nein."

„Was hat sie gesagt, Rob?"

„Bring das verdammt noch mal in Ordnung! Ich will nicht noch so einen Anruf auf der Dienststelle."

„Was hat sie gewollt?"

„Dich, aber es war mein Telefon. So, gut jetzt. Im Übrigen weiß Victor inzwischen von der Geschichte mit den Skinheads." Rob stand hinter seinem Schreibtisch auf und ging auf Liviana zu, die mit offenem Mund dastand.

„Ich habe es ihm nicht gesagt. Du aber auch nicht, obwohl du es mir versprochen hast."

„Warum kommt immer alles auf einmal?"

„Weil du zu lange wartest. Das Justizministerium in Düsseldorf hat ihn angerufen. Die wollten innerhalb von drei Tagen alle Unterlagen zu dem brisanten Fall haben. Das ist aber auch schon über eine Woche her. Ich habe Victor die Anzeige gegeben."

„Brisanter Fall?"

„Ja, so hat das Ministerium die Angelegenheit wohl genannt. Das LKA soll sich darum kümmern."

„Das LKA? Was haben das LKA und das Ministerium damit zu tun? Das ist doch Sache vom KK 32."

„Irgendwie ist in dieser Sache rein gar nichts normal."

„Warum hat Victor mich nicht schon längst suspendiert, Rob?"

„Weil das der Polizeipräsident macht und wir dich nicht auf deinem Sofa zu Hause gebrauchen können. Aber du bist eine selten blöde Lesbenkuh, Kollegin. Außerdem siehst du aus, als hätte dich jemand verprügelt. Und knöpf deine Bluse wieder zu. Du scheinst dich momentan irgendwie in Auflösung zu befinden."

„Ich ..."

„Ich auch. Wenn ich dir Stefanie vorstelle, möchte ich auch Rose kennenlernen, auch wenn mich dein Privatleben nichts angeht."

Donnerstag, 07. September

Köln, 18:03 Uhr

Es waren nun schon fünf Tage verstrichen, und noch immer ließ ihm der Besuch bei Rose keine Ruhe. Die Schale mit dem grünen Tee stand auf dem Esstisch. „Kalt", sagte er und wollte nicht weiter in seiner Wohnung bleiben. Er zog sich eine Jeans, ein blaues, langärmeliges Cityhemd an und rollte die Ärmel nur so weit nach oben, dass die Chamäleontätowierung nicht zu sehen war. Dann schnappte er sich ein Jackett und verließ seine Wohnung.

„Was kann ihr dieser Kerl bieten? Nichts!", fluchte Frederik van Olson, als er in die Straßenbahn einstieg. Meistens amüsierte er sich in der Straßenbahn, nicht nur, weil er dann Alkohol trinken konnte, sondern weil er es liebte, anonym unter Menschen, sein Spiel spielen zu können. Er setzte sich auf den Sitz für Behinderte. Die Bahn fuhr Richtung Barbarossaplatz. Dort wollte er umsteigen und Richtung Friesenplatz weiterfahren. Eine Frau, die augenscheinlich unter einer leichten zerebralen Bewegungsstörung litt, betrat die Bahn und kam auf Frederik van Olson zu. Sie deutete ihm an, dort sitzen zu wollen.

„Haben Sie einen Behindertenausweis?", fragte Frederik van Olson die Frau, die sich an einer der Haltestangen festhielt und versuchte, sich zu artikulieren.

„Wenn Sie keinen Ausweis haben, brauche ich auch nicht Platz machen."

„Also, bitte!", empörte sich eine Frau, die auf der gegenüber liegenden Wagenseite saß. „Das ist ja unverschämt. Kommen Sie, nehmen Sie meinen Platz." Die Dame stand auf und half der Frau, sich zu setzen.

„Inzwischen gibt es so viele Schauspieler, die sich auf so eine Art und Weise einen Sitzplatz beschaffen wollen, da muss man einfach vorsichtig werden, nicht wahr?", grinste er die beiden Frauen an.

„Sie sollten sich schämen, mein Herr!", platzte es der hilfsbereiten Dame heraus.

„Ich bin nicht Ihr Herr, junge Frau, und fürs Schämen ist auf der Bahre noch Zeit genug." Dann stand er auf und stellte sich vor die Straßenbahntür.

„Mit Leuten wie Ihnen hätte man früher genau gewusst, wohin", provozierte er und sah sich genüsslich die entsetzten Gesichter der Frauen an, bevor sich die Türen öffneten.

„Das Leben ist geil, wenn die Sonne scheint", sagte er vor sich hin und wechselte die Straßenbahn. Er fuhr weiter zum Friesenplatz und flanierte die Friesenstraße entlang. Unbewusst blieb er vor dem Restaurant stehen, das er vor ein paar Jahren öfter besucht hatte. Eine alte Erwartung ließ ihn eintreten. Die Inneinrichtung war nicht wiederzuerkennen, aber die Terrasse nach hinten heraus gab es immer noch. Er suchte sich einen Platz und warf einen Blick auf die Gäste. Um diese Zeit waren die Tische kaum belegt. Ein Pärchen saß vor seinen leeren Tellern und Kölschgläsern. Die Frau erinnerte ihn an die Bedienung von damals. Ihre Haut war dunkelbraun und ihre Haare schwarz, aber die Locken fehlten. Allein ihre Hautfarbe ließ seine Erinnerungen aufblühen. Die Bedienung kam und fragte, was sie ihm bringen dürfe.

„Nicht den Nachtisch zuerst. Die Karte und ein Kölsch und genau in dieser Reihenfolge", antwortete er der jungen Frau und grinste ihr breit ins Gesicht.

„Bitte? Das hab ich jetzt nicht ganz verstanden. Sie möchten einen Nachtisch, die Karte und ein Kölsch, richtig?"

„Eben nicht. Ich möchte nicht den Nachtisch zuerst. Braucht man eigentlich fürs Kellnern Abitur? Noch mal zum Mitschreiben. Einfach die Karte und ein Kölsch."

„Na, da haben Sie es ja dann doch noch hinbekommen. Wenn Sie einen Job als Kellner suchen, fragen Sie mal unseren Chef, ob der auch Männer ohne Abitur einstellt. Ich persönlich studiere Kunstgeschichte. Einmal Karte und ein Kölsch", antwortete die Kellnerin, klemmte sich ihre blonde Haarsträhne hinter ihr Ohr und ging. Frederik van Olson ärgerte sich. Er hatte es nicht subtil genug angefangen. Die dunkelhäutige Frau stand auf, hängte ihre Handtasche über die Schulter und schien die Toilette aufsuchen zu wollen. Frederik van Olson erinnerte sich an die beiden Studentinnen, die hier früher bedient hatten. Ein bis zweimal in der Woche waren die beiden die Attraktion des Restaurants gewesen. In den gewaltigen Lockenköpfen der Zwillinge steckten eine rote und eine grüne Schleife, was sie unterscheiden sollte. Ansonsten gleiche Hose, gleiche Bluse. Frederik erinnerte sich, dass die Gäste nie genau wussten, wer von den beiden sie gerade bediente, und das wuchs sich bald zu einem Ratespiel aus, weil die Zwillinge auch noch ihre Schleifen tauschten. Doch die eigentliche Attraktion bestand darin, dass die Schwestern an manchen Abenden auch Gedichte und Kurzgeschichten vortrugen und diese mit der Akustikgitarre untermalten.

Die Bedienung kam und brachte das Kölsch und eine Karte.

„Ein Kölsch und die Karte, bitte schön."

„Kennen Sie den? Warum haben es Blondinen so schwer mit dem Heiraten?"

„Ach? Mal ein Blondinenwitz? Ist ja ganz was Neues."

„Weil Sex nicht der einzige Grund ist", lachte er sie an.

„Kennen Sie den? Warum gibt es Männer? - Schon mal einen Vibrator gesehen, der Rasen mähen kann?", antwortete sie und ging drei Tische weiter, um eine Bestellung aufzunehmen. Frederik van Olson ärgerte sich über die Schlagfertigkeit der jungen Frau, aber noch mehr darüber, dass sie sich noch nicht einmal umgedreht hatte, um seine Reaktion abzulesen. *Die will wohl so eine Ignorierschiene fahren, oder was? Warte! Mit dir habe ich gerade erst angefangen.* Dann überlegte er, worüber er eigentlich nachgedacht hatte, und ihm kamen wieder die Zwillinge in den Kopf. Er trank das Kölsch in einem Zug aus, hielt es in die Luft und schnippte daran mit dem Finger. Die Bedienung drehte sich um und nickte. *Irgendwann hab ich den Arm der einen gesehen, und dann wurde es langweilig,* erinnerte er sich, als die Bedienung ihm das Glas Kölsch auf den Tisch stellte.

„Schon gewählt?"

„Wieso? Hab ich gesagt, dass ich wählen wollte? Ich wollte die Karte."

„Ich kann Ihnen auch noch ein Telefonbuch bringen, wenn Sie noch etwas anderes lesen möchten", sagte die junge Frau in herablassendem Ton und ging. Frederik van Olson wurde immer wütender. Irgendwie hatte sie ihm die Stimmung versaut. Er fand, dass sich die Situation in eine völlig falsche Richtung entwickelte. Er trank das Kölsch aus und legte einen Fünfeuroschein auf den Tisch. Als er sie kommen sah, stand er auf und ging ihr entgegen.

„Auch du hast mal Feierabend, und dann komm ich", flüsterte er ihr in gereiztem Ton zu, als er auf gleicher Höhe an ihr vorbei ging. Ohne sich umzudrehen, verließ er das Restaurant.

Köln, 18:30 Uhr

„Warum kannst du nicht allein zu ihr gehen, ich habe gleich Karate. Es ist halb sieben! Mann!"

„Es ist besser, wenn wir zusammen hingehen."

„Du hättest ja auch unser Fünkchen mitnehmen können. Da hättest du das Taxi inklusive, und du könntest dem Praktikanten mal richtige Polizeiarbeit zeigen."

„Diese Frau verwirrt mich zu leicht, und das Taxi habe ich doch auch jetzt schon, oder?"

„Na toll! Mich verwirrt sie auch. Außerdem hast du gesagt, ich bin eh zu nah dran, und sie ist lesbisch dazu. Und du?"

„Ich bin nicht lesbisch."

„Idiot. Bist du etwa plötzlich auch zu nah dran?"

„Darum geht's ja nicht. Wenn ich irritiert werde, bekomme ich zu wenig mit. Besser wir machen das zusammen, Vait."

„Ach? Was irritiert denn da? Wer kommt denn da in Bewegung, wenn es nicht der Kopf ist?"

„Was meinst du damit?"

„Ich habe gehört, Männer können besser gucken als denken."

„Ja, ja, der ist aber jetzt ganz alt, Vait."

„Warum hast du den Termin so spät gemacht? Und warum nicht im Präsidium?"

„Weil sie nach ihrem Auftauchen heute den ersten Tag wieder gearbeitet hat."

„Weil sie gearbeitet hat?! Und was bitte schön, tun wir, oder zumindest ich?"

„Arbeiten."

„Ich fass es nicht. Ich habe 65 Überstunden! Hast du heute schon mal deinen Tages-IQ gemessen?"

„Meinen Tages-IQ? Was soll das sein? Ich kann dir meinen Body–Maß–Index sagen."

„Vergiss es. Wenn du wüsstest", Liviana brach ihren Satz ab.

„Was?"

„Nichts. Ich habe das hier nicht gewollt, du klingelst."

Der Summer ertönte. Rob drückte die Tür auf, und beide gingen hinauf in den ersten Stock. Viola stand mit einem Handtuch um den Kopf in Bademantel und barfuß an der geöffneten Tür. Sie verschwand in die Wohnung und ließ die Tür offen stehen. Rob und Liviana traten ein.

„Schließen Sie die Tür, und gehen Sie durch ins Wohnzimmer. Ich komme gleich."

Hansen scannte das Zimmer. Auf dem Wohnzimmertisch standen eine Thermoskanne und drei Kaffeebecher, eine Schale mit Plätzchen, Milch und Zucker. Drei Teelöffel lagen wie hingestreut dazwischen. Liviana stand vor dem Bild mit dem nackten Mann auf der Piazza San Marco in Venedig, als Rob sich zu ihr stellte.

„Das ist doch Spitze, oder?", flüsterte Liviana.

„Beeindruckend." Rob ging zu dem Designerregal. Es war aus gebogenem rundem Kirschbaumholz gearbeitet. Daran hingen

Glasscheiben wie Regalbretter an Metallseilen. Optisch glich dieses Designerregal einem Schiffssegel auf offenem Meer, volle Fahrt im Wind. Ansonsten war es starr an drei Punkten an der Wand fixiert. Glasschalen mit Obst, einige ausgewählte Bücher, eine Schatulle mit Edelsteinen, eine Glasschale mit Kugeln, Muscheln und Steinen in Sand schmückten dekorativ das Regal. Rob fand ein kleines Schälchen mit kleinen Figuren im untersten Regal platziert. Einen Löwen, ein Nilpferd, ein Dinosaurier, ein Schweinchen und einen Tiger aus Hartgummi. Er nahm den Dinosaurier heraus.

„Na? Erinnerungen an Ihre Kindheit? Schenk ich Ihnen", kommentierte Viola Ross die Situation, während Hauptkommissar Hansen mit rotem Kopf das Tierchen zurücklegte.

„Nein, vielen Dank und entschuldigen Sie, eine Berufskrankheit von mir, schätze ich." Dann griff er in seine Jackettasche und ging auf Viola Ross zu.

„Schauen Sie …", sagte er und zeigte ihr das Chamäleonfigürchen, das in seiner Hand lag, „… ich habe immer mein Figürchen dabei. Es hat etwas ganz Besonderes, können Sie es erkennen?" Er beobachtete Violas Gesicht. Sie blickte kurz darauf und sah ihm in die Augen.

„So? Was soll das sein?"

„Bitte, Frau Ross, schauen Sie es sich genau an!" Viola Ross schaute erneut auf das Figürchen, das in seiner Hand lag. Sie zuckte für eine kaum merkliche Sekunde, die Hauptkommissar Hansen dennoch wahrnahm, weil er ihr so nahe stand, dass ihr Atem ihn berührte.

„Und?"

„Herr Hansen, lassen Sie Ihre Spielchen. Ich bin nicht gut drauf."

„Es fehlt ein Stück vom Schwanz. Das ist Ihr Zeichen."

„Aha. Männer brauchen wohl Spielzeuge mit geheimnisvollen Zeichen, oder?", antwortete Viola, wandte sich aus der dichten Atmosphäre, indem sie Liviana in stolzer Haltung ein Lächeln schenkte. Liviana musste lachen und sah in strahlende Augen, die sie betörten.

„Da haben Sie vielleicht Recht, Frau Ross. Aber es wiegt anders im Angesicht Ihrer toten Schwester, wenn Sie verstehen, was ich meine", antwortete Rob defensiv und steckte das Figürchen wieder in seine Tasche. Er spürte, dass die Bemerkung sie ins Mark traf. Ihr Gesichtsausdruck glich aber einer Maske.

„Ich habe auch Wasser, Bier oder Wein da, wenn Ihnen Kaffee um diese Zeit zu spät ist."

„Nein danke, wir sind noch im Dienst."

„Ich nehme gern einen Schluck Bier. Ich habe sowieso gleich Feierabend", konterte Liviana auf das *wir* im Dienst. Nachdem alle versorgt waren und Platz genommen hatten, eröffnete Hauptkommissar Hansen ohne Zögern die Vernehmung.

„Wir hatten Ihnen die Auflage gemacht, die Stadt nicht zu verlassen, und Sie haben sich daran zu halten, sonst müssen wir Sie wegen Fluchtgefahr in Gewahrsam nehmen, Frau Ross", provozierte Rob.

„Ich bin ja wieder da."

„Sie gehören zum Kreis der Verdächtigen. Auch wenn Sie vielleicht nicht als Mörderin Ihrer Schwester in Betracht kommen, so seien Sie gewiss, als eine Anstifterin oder Mitwisserin sehe ich Sie alle Mal." Es klang wie eine Kampfansage des Hauptkommissars, und nichts Anderes wollte er auslösen.

„Ich bin ja wieder da. Ich habe Ihrer Kollegin gesagt, was passiert ist, und warum ich abgehauen bin. Haben Sie den Herrn nicht darüber informiert, Liviana?"

„Frau Vaitmar hat mich informiert. Darum geht es aber nicht. Sie halten sich solange an unsere Auflagen, bis wir sie aufheben, oder ich nehme Sie in Untersuchungshaft. Sind wir uns da einig?"

„Jawohl, Herr Hauptkommissar."

„Hansen – Hauptkommissar Hansen, so viel Zeit muss sein." Viola Ross ignorierte seine Marotte.

„Ich möchte Ihnen aber auch danken, dass Sie mir wieder Polizeischutz geben. Ist schon irgendwie verrückt, oder?"

„Wegen Mordes verdächtigt zu werden und gleichzeitig Polizeischutz zu bekommen?", warf Liviana ein.

„Ja, genau."

„Frau Ross, Sie haben uns bisher, gelinde gesagt, bei allen Fragen im Unklaren gelassen. Sie haben uns verschwiegen, dass Sie Manuela Berghausen kannten, Sie lassen sich von dem verdächtigen Bachhoff zusammenschlagen und erstatten aus nicht nachvollziehbaren Gründen keine Anzeige. Jetzt erfahren wir von Florian Hagen, dass Sie einen gemeinsamen Plan ausgeheckt haben, Ihrer Schwester eins auszuwischen. Sie haben großes Talent, uns mehr hinters Licht zu führen als etwas zur Aufklärung dieses Falles beizutragen. Das macht Sie verdächtiger denn je. Was halten Sie davon, langsam mal mit diesem Unsinn aufzuhören und einfach die Wahrheit zu sagen, wenn Sie selbst noch glauben, dass Sie unschuldig sind." Er sah ihr in die Augen und ließ dann seinen Blick schweifen. Plötzlich erblickte er auf dem Parkett, neben dem Holzbalken des Regals, eine Spinne, die sich in Richtung Sofa in Bewegung setzte, auf dem er und Liviana saßen. Unvermittelt sprang er auf.

„Lass mich mal raus!" Liviana sah ihn verwundert an.

„Was soll das?!"

„Sie wissen ja, wo die Toilette ist. Wahrscheinlich kennen Sie meine Wohnung mittlerweile besser als ich selbst", bemerkte Viola Ross trocken. Er beugte sich zu Liviana vor.

„Agatha Spünnülü - bitte."

Liviana schaute um seine Beine herum, sah nichts, rückte aber zur Seite. Viola Ross schaute reflexartig um sich, ohne zu wissen, um was es ging und ließ schließlich ihren Blick auf Liviana ruhen. Rob stellte sich an die Wandseite, dem Regal gegenüber, neben das Bild des nackten Mannes in Venedig, und Liviana warf einen letzten unauffälligen Blick auf das Parkett.

„Entschuldigen Sie, ich hab's im Rücken. Ich steh lieber. Wie war das mit Florian Hagen und Ihrem Komplott?", lenkte Rob Hansen ab.

„Ach - was hat Ihnen der Blödmann denn erzählt?"

„Unter anderem, dass Sie mit ihm geschlafen haben", mischte Liviana sich ein und warf ihr einen vorwurfsvollen Blick zu. Viola kniff die Augen zusammen.

„Ja leider, aber das hat mir auch nur die Erkenntnis gebracht, dass ich stock-lesbisch bin." Rob konfrontierte sie mit den Anschuldigungen, die Florian Hagen gegen sie in seiner Aussage gemacht hatte.

„Herr Hagen meinte, dass Sie diesen Plan ausgeheckt haben, und er belastet Sie, Ihre Schwester ermordet zu haben. Viola stand auf und ging in die Küche. Rob wollte sie aufhalten, aber Liviana deutete ihm mit der Hand an, sie gewähren zu lassen. Viola kam mit einem Glas Wein und einem Glas Salzstangen zurück. Als sie sich setzte, begann sie ohne Aufforderung zu reden.

„Dieser Arsch! Es stimmt, ich habe ihn einmal aufgesucht, aber ich habe ihn doch nicht verführt. Damals bin ich zu ihm gegangen, weil ich mir Sorgen um Kim gemacht habe. Ihr ging es schlecht, richtig schlecht. Sie hatte abgenommen und das nicht unerheblich. Sie hat mit mir kein Wort geredet. Ich habe weder ein noch aus gewusst. Ich hatte doch nur noch Kim. Nicht, dass sie die einzige Person war, mit der ich etwas zu tun hatte, nein, aber aus unserer Familie ist mir nur noch Kim geblieben. Und plötzlich ging es ihr so beschissen. Da habe ich Flo gefragt, ob er wisse, was mit ihr los ist. Flo wusste anscheinend nur, dass Kim eine Schwester hatte, aber nicht, dass wir Zwillinge sind. Der Idiot war total begeistert und hat mich sofort angegraben. Ich habe ihm deutlich gemacht, dass Männer nicht die Liga sind, in der ich spiele. Das interessierte ihn aber wenig, narzisstisch wie der ist. Dann ging es Kim irgendwann wieder besser, und bald war sie richtig euphorisch. Sie hatte nur noch gute Laune und jagte hinter den Männern her und machte mich fertig. Ich sei langweilig, mit mir könne man keine Pferde stehlen, ich würde mich nur noch zu Hause verkriechen, und ich solle doch zum Lachen in den Keller gehen, so lauteten ihre Bissigkeiten. Obwohl Kim überaus kreativ war, machte sie gleichzeitig alle Leute in ihrer Umgebung verrückt. Ich konnte sie kaum ertragen, und da habe ich Flo angerufen und gefragt, was er von Kims Verhalten halte. Er war völlig verzweifelt und hat mir sein Herz ausgeschüttet. Da bin ich noch mal zu Flo gefahren und habe ihn getröstet. Kim konnte man ja in dieser Phase nicht aufhalten. Im Nachhinein glaube ich, dass sie manisch-depressiv war. Damals habe ich mir keinen Rat gewusst. Flo hatte dann die Idee, man müsse sie mal so richtig auf den Teppich holen. Ich wusste nicht, was er damit meinte. Als er dann ins Detail ging, habe ich mich dagegen verwahrt. Ich habe damals schon gedacht, dass Kim eher Hilfe brauchte, aber Flo hat auf mich eingeredet und Kim konnte so gemein sein, dass ich auch wütend auf sie war. Ich habe mir dann gedacht, vielleicht hilft es ja wirklich. Aber ich konnte doch nicht wissen, dass er sie umbringen wollte!"

Sie legte das Gesicht in ihre Hände und weinte. Rob lehnte mit dem Rücken an der Wand und schaute auf die Frau, die ihm immer suspekter wurde. Liviana zog ein Taschentuch hervor und schniefte hinein. Rob stöhnte auf und erhielt unverzüglich die volle Aufmerksamkeit der beiden Frauen. Viola folgte seinem Blick, der auf Liviana zu ruhen schien.

„Ihh! Liviana, beweg dich nicht ...", stieß Viola plötzlich hervor, „... Da sitzt eine Spinne gleich neben Ihnen. Warten Sie ..."

Liviana drehte den Kopf zur Seite und sah das Tier in Schulterhöhe an der Wand sitzen. Wortlos ergriff sie die Spinne, stand auf und ging zielstrebig in Richtung Balkon und öffnete die Tür. Dort warf sie das Tier in hohem Bogen in den Hof.

Liviana fühlte eine Hand zärtlich ihren Hintern streifen und drehte sich um. Viola bot ihr eine Zigarette an und bohrte sich mit ihrem Blick in ihr Herz. Liviana starrte in Augen, die ihren

Widerstand gegen ihr wachsendes Begehren zu schmelzen drohten.

„Der Tapferen gehört die Welt", flüsterte Viola ihr zu und zog an ihrer Zigarette, ohne den Blick abzuwenden. Liviana legte verlegen eine Haarsträhne hinter ihr Ohr. Als sie sich an Viola vorbeischlängelte und das Wohnzimmer betrat, spürte sie erneut Violas Hand.

„Du solltest etwas dagegen unternehmen, bevor ich zur Spinnenflüsterin werde", wisperte Liviana mit hochrotem Kopf, als sie an Rob vorbei ging. Er schien sich an seiner Tasse festzuhalten. Die Kommissarin setzte sich und schüttete den Rest der Flasche in ihr Kölschglas.

„Frau Ross, ich habe nur noch eine Frage, bevor wir gehen", nahm Rob noch einmal Anlauf. Viola Ross betrat mit ihrer brennenden Zigarette das Wohnzimmer und setzte sich in ihren Sessel.

„Wissen Sie, was ich an Ihrer Geschichte nicht verstehe?"

„Sie werden es mir bestimmt jeden Moment sagen."

„Sie sagen, Florian Hagen habe Sie überredet mitzumachen. Und Sie vermitteln den Eindruck, als scheinen Sie ihn nicht sonderlich leiden zu können, oder?"

„Er ist ein Spinner, wenn Sie es genau wissen wollen."

„Und trotzdem schlafen Sie mit ihm?"

Frau Ross schaute die Kommissarin beinahe entschuldigend an und zog an ihrer Zigarette. Die Asche fiel ihr in den Schoß. Sie befeuchtete ihren kleinen Finger und tupfte geschickt die Asche auf, um sie in den Glasaschenbecher auf dem Tisch fallen zu lassen.

„Dieser kleine Adonis hat sich wer weiß was eingebildet. Ich habe einmal mit ihm geschlafen, als er bei mir war."

„Er ist hier bei Ihnen gewesen?!", rief Rob Hansen plötzlich verärgert aus, „... Er kannte ihre Wohnung, und das sagen Sie erst jetzt?! Was verschweigen Sie uns noch alles? Dann kannte er auch das Zimmer ihrer Schwester!"

Liviana strich sich über die Lippen und erinnerte sich, dass sie es von Florian Hagen erfahren und es Rob verschwiegen hatte. Es diesmal von Viola Ross zu hören, machte sie wütend, was sie mit aller Macht zu verbergen versuchte.

„Ja, sicher, ich habe ihm alles gezeigt, aber da war Kim schon tot."

„Ah ja, und wie war das jetzt an dem Tag oder Abend oder in der Nacht, als er hier war?", fuhr die Kommissarin in strengem Ton dazwischen. Viola kniff die Augen zusammen und zog die Mundwinkel herunter.

„Florian hat mich aufgesucht, als ich gerade richtig fertig war, und ich musste mit jemandem reden. Ich weiß nicht, ob Sie das verstehen können, Frau Kommissarin."

„Vaitmar, Kommissarin Vaitmar", pointierte Liviana, „Ich werde es versuchen, Frau Ross." Viola sah irritiert zwischen Hansen und Vaitmar hin und her. Hauptkommissar Hansen lehnte an der Wand und nippte ruhig an seinem Kölsch aus der Tasse.

„Flo musste auch reden, und wir beide hatten dieselben Wunden zu lecken, dachte ich damals wenigstens. Und da hat er mich rumgekriegt. Ich hätte mir die Erfahrung ersparen können, wenn Sie das auch noch wissen wollen", schleuderte sie ihre Worte Liviana herausfordernd entgegen.

„Herr Hagen erklärte uns, dass sie ein Liebespaar waren und es nicht nur einmal zu einer, sagen wir, intimen Begegnung zwischen ihnen gekommen ist …", warf Rob ein.

„Das hätte er wohl gerne gehabt! Können wir Schluss machen damit? Es kotzt mich an."

„Wir stehen vor der Frage, welche Geschichte etwas mit der Wahrheit zu tun hat, Frau Ross. Im Augenblick schiebt jeder von Ihnen dem anderen ein Tatmotiv in die Schuhe und das jeweils mit einer anderen Geschichte. Nun sind uns ihre Bosheiten untereinander egal, aber wir wissen nicht, ob sich dahinter nicht ein knallharter, heimtückischer Mord verbirgt. Und dazu müssen wir allen Fragen nachgehen, auch der, warum Sie eigentlich mit diesem Mann schlafen, wenn sie stock-lesbisch sind, wie Sie sagen." Viola Ross stand auf und wollte erneut in die Küche gehen.

„Setzen Sie sich, Frau Ross, und beantworten Sie einfach meine Fragen! Ich habe inzwischen keine Lust mehr auf Ihr Rumgerenne!"

„Das hab ich Ihnen doch gerade gesagt! Mehr war da nicht", antwortete Viola Ross und setzte sich wieder auf ihren Sessel. „Was soll ich denn noch sagen!? Florian Hagen ist vielleicht ein attraktiver Mann, aber eben keine Frau! Das ist alles."

Rob lehnte angespannt an der Wand und trank seinen Becher leer. *Du kannst mich mal kreuzweise!,* dachte er und wunderte sich über die Heftigkeit seiner Gedanken.

„Ihre Geschichte hört sich sehr unglaubwürdig an, Frau Ross. Sie müssen sich Ihre Wunden lecken, und dann schlafen sie gleich mit Ihrem Tröster, Frau Ross?"

„Ja, Herr Hansen. Ganz einfach so, Herr Hauptkommissar! Ich habe seit Kims Tod nur noch Angst. Ich war verwirrt. Florian hat mich anfangs wirklich getröstet. Ihm ging es genauso wie mir, und er nahm mich in den Arm. Seine wahren Absichten habe ich erst viel später erkannt, als wir bereits im Bett lagen. Ich bekam irgendwie Angst vor ihm. Er hat meine Situation einfach ausgenutzt. Wahrscheinlich hat er nur Kim in mir gesucht. Ich habe ihm gesagt, das wird nichts mit uns, aber der hat plötzlich rumgefaselt, das mit uns sei etwas ganz Großes. Da hab ich ihn aus der Wohnung geschmissen. Ich habe Angst, Herr Hansen, dass ich die nächste bin, die umgebracht wird. Ich weiß nicht, ob da ein Irrer denkt, dass Kim immer noch lebt, verstehen Sie? Ich weiß nicht, wen Kim kannte, und wer sich für ihr Verhalten rächen will. Ich habe in Wirklichkeit sogar Angst, dass Floh sie umgebracht hat." Viola endete und nippte an ihrem Glas.

„Frau Ross, ich glaube, ich habe vielleicht etwas Wesentliches verstanden", hob Rob in einem einfühlsamen Ton an. „Ich möchte Ihnen das auch gern glauben, aber alles in allem bleibt es doch sehr merkwürdig."

„Ich kann Ihnen nichts Anderes sagen."

„Ich werde eine Nacht darüber schlafen. Wenn Sie morgen nicht mehr hier sind, werde ich Sie jagen. Ich werde Sie finden, egal wo Sie sind. Haben wir uns da verstanden, Frau Ross?"

„Wenn Sie es sagen, Herr Hauptkommissar. Jeder hat so seine Nischen", antwortete Viola und schaute Liviana an, die schweigend zurückgelehnt auf dem Sofa saß.

„Frau Ross, provozieren Sie es nicht", hakte Hauptkommissar Hansen nach. Viola zerknüllte die leere Zigarettenpackung und fokussierte ihren Blick auf Liviana.

„ Herr Hansen, das war deutlich genug."

„Dann noch einen angenehmen Feierabend", wünschte Rob und stellte seine Tasse auf den Tisch. Die Frauen erhoben sich von ihren Plätzen. Rob öffnete die Wohnungstür. Viola führte Liviana zur Tür, indem sie der Kommissarin ihre Hand auf den Rücken legte. Dann verabschiedeten sie sich mit Händedruck, und Viola schloss die Tür.

Liviana sog die abendliche Luft tief in sich hinein. Dann machte sie eine Kata und stieß einen Laut aus. Danach fühlte sie sich besser. Bis zum Auto waren es ein paar Schritte.

„Ihr pflegt ja einen recht nahen Umgang miteinander…", äußerte Rob, „… Das bringt die Sache nicht unbedingt voran."

„Was soll das heißen? Ich habe keinen Umgang mit ihr. Außerdem habe ich dir gesagt, dass du mich daraushalten sollst."

„Nun ja, ich habe schon gesehen, wie sie dir an die Wäsche gegangen ist."

„Das habe ich nicht provoziert …"

„Glaubst du ihr, Vait?"

„Ich glaub ihr beinahe alles, obwohl sie auch so unnahbar ist. Die Frau erwischt mich an einem Punkt, da kann ich nichts machen. Die macht mich kirre!", antwortete Liviana.

„Ich glaube ihr irgendwie auch."

„Da scheinen wir beide ja die optimalen Ermittler für die schöne Frau Ross zu sein."

„Und danke für Agatha Spünnülü."

„Du musst was dran machen, Rob." Liviana zog den Autoschlüssel und warf ihn Rob entgegen, der ihn reflexartig fing.

„Ich darf eh nicht mehr fahren. Der Tag ist inzwischen durch. Ich hab eine Freundin hier ganz in der Nähe. Ich schau mal, ob ich mit ihr einen Absacker trinken und über Vorgesetzte hetzen kann."

„Ah ja, und wie komm ich jetzt von hier auf die Ringe?"

„Einfach den Schildern nach und bei roten Ampeln bremsen, Rob. Schönen Abend noch."

„Wir sehen uns morgen."

Ihr war heiß, und sie war aufgeregt. Sie klingelte an der Tür. Der Summer ertönte, und sie drückte die Tür auf. Als sie die Treppenstufen zum ersten Stock hinauf ging, zitterten ihre Knie. Viola stand an der Tür. Beide sagten kein Wort. Viola ging in die Wohnung und ließ die Tür offen stehen. Liviana trat ein und hörte Viola rufen.

„Schließ die Tür ab, der Schlüssel steckt. Ich erwarte keinen Besuch mehr."

Liviana schloss die Tür, lehnte sich mit dem Rücken dagegen und sah an die Decke. Das Zittern ihrer Knie ließ langsam nach. Sie stieß sich von der Tür ab und ging ins Wohnzimmer. Viola wartete mit zwei Gläsern Rotwein und weit geöffneter Bluse auf sie.

Samstag, 09. September

Meschede, 10:00 Uhr

„Lassen Sie uns in tiefer Trauer einer Frau gedenken, die für uns alle mehr war als eine Nachbarin. Sie hat unsere Herzen erobert. Katharina Folgerreith, ein Mensch, der sich durch große Güte und Nächstenliebe auszeichnete. Was unsere Gemeinde nicht wusste, möchte ich kurz kundtun. Als ich auf die Suche nach diesem Menschen ging, der in unserer Gemeinde so viel Gutes hinterlässt, da stieß ich auf eine Vergangenheit mit großem Schicksal. Katharina Folgerreith hatte einen festen Glauben. Er gab ihr all die Kraft, das zu ertragen, was ihr Gott auferlegte. Sie war keine Frau von großen Gesten, aber eine Frau, die Mut machen konnte ..."

Klara Mertens tupfte sich mit einem Taschentuch die Augen. Die Worte des Pfarrers hatten etwas Tröstliches, wie auch dieser sonnige Septembertag. Margarete Westerkamp fröstelte. Sie fürchtete, dass man ihr Zittern an ihren Beinen sehen konnte. Ihre Hände hatte sie tief in die Manteltasche gesteckt, da man sonst ihr Zittern sofort bemerkt hätte. Was sie beruhigen konnte, wartete in ihrer Handtasche. Rob hörte die Worte der Trauerrede wie das ruhige Dahinplätschern eines Baches. Er hoffte, dass dieser Fall nicht so dahinplätschern würde wie diese Trauerrede und starrte in das Grab, als suche er darin nach den Motiven des Mörders.

Die Saite h verbindet alle Morde miteinander. Das Messer, mit dem unser Vater gelyncht wurde, passt nicht ins Bild. Wenn es ein selbstgerechter Fanatiker ist, der gegen sexuelle Präferenzen zu Felde zieht, dann gibt es ein Motiv für drei Morde. Demnach wäre Katharina Folgerreith dann sein erster Fehler. Er ist nervös. Sein Vorgehen läuft ihm aus dem Ruder. Welche Bedeutung hat das Chamäleonfigürchen? Welche Bedeutung hat diese Saite h und der Anglerknoten? Ablenkung?

„Scheibenkleister", fluchte er spontan. Reflexartig stieß ihm seine Schwester ihren Ellenbogen in die Rippen.

„Hast du sie noch alle!", zischelte sie. Rob blickte auf und entschuldigte sich leise. Einige Leute der Trauergemeinde warfen empörte Blicke zu ihnen hinüber. Die Augen seiner Schwester waren glasig. Sie schien zu weinen.

„... Liebe Trauergemeinde, Katharina Folgerreith war bekannt für ihre Liebe zu Kindern. Sie musste ihren eigenen Sohn, Gott habe ihn selig, schon im Alter von acht Jahren zu Grabe tragen, und nur ein Jahr später verlor sie auch noch ihren Mann ..." hörte Rob den Pfarrer reden.

„Ich muss mit Kommissar Bruns sprechen ..." flüsterte er.

„Halt's Maul! Du bist auf Tante Kathis Beerdigung, schon vergessen?", zischelte Marga, worauf Klara sich erkundigte, was los sei. Rob hörte den Pfarrer etwas von dem Metallwerk erzählen, in dem Katharina Folgerreith gearbeitet hatte, aber seine Gedanken lenkten ihn in die Gegenwart. Er blickte sich um und sah zu seiner Verwunderung Kommissar Bruns in einem größeren Abstand zur restlichen Trauergemeinde stehen. *Er muss gerade erst gekommen sein,* dachte Rob und nickte ihm kaum merklich zu. Bruns erwiderte seinen Gruß ebenfalls durch ein verhaltenes Kopfnicken.

Die Trauerrede fand ihren Abschluss im Gebet. Man hatte reichlich Blumen und Erde ins Grab geworfen, und keiner wusste, wem man eigentlich kondolieren sollte. Verlegen und fragend gaben sich einige Trauernde die Hand, und andere verließen den Friedhof still und unauffällig. Klara Mertens hatte in Absprache mit dem Pfarrer und dem Bürgerzentrum eine kleine Trauerfeier vorbereitet. Der Pfarrer hatte es im Anschluss an seine Rede verkündet und die Trauergäste dorthin eingeladen. Rob eilte zielstrebig auf Kommissar Bruns zu.

„Hallo, Theo, schön, dass du gekommen bist", sagte Rob, als er ihm die Hand entgegenstreckte.

„Hallo, Rob, ein bisschen Pietät habe ich mir eben erhalten. Und es hat ja irgendwie verwandtschaftlichen Charakter, oder?"

„Theodor, wir müssen reden ..."

„Hier?" Rob ließ die Frage unbeantwortet. Sie brachten sich in kurzen Sätzen auf den aktuellen Ermittlungsstand. Kommissar Bruns berichtete über den Mann mit der großen Brille, den er auf der Beerdigung von Robs Vaters gesehen hatte.

„Der Täter kehrt an seinen Tatort zurück?"

„Hätte ja sein können, oder?" Rob spürte, dass Bruns Argument ein vorgeschobenes war.

„Und weshalb bist du nun wirklich gekommen, Theo?"

„Ich brauche noch eine offizielle Aussage von dir fürs Protokoll." Dann fragte er Rob, wo er sich am Samstag, den 12. August, in der Zeit von 8:00 Uhr bis 10:00 Uhr aufgehalten habe.

„Willst du das jetzt und hier wissen?"

„Ja. Hast du einen Schlüssel für dein Elternhaus?"

„Schlüssel? Ja, sicher habe ich einen Schlüssel. Mein Vater war ein alter Mann, Theo."

„Und? Wo warst du nun zur vermeintlichen Tatzeit?"

„Keine Ahnung, Theo. Vielleicht zu Hause, joggen, unter der Dusche oder lesen. Keine Zeugen, Theo."

„Also kein Alibi."

„Kein Alibi."

„Ohne Alibi keine weiteren Informationen", verkündete Kommissar Bruns.

„Hast du sie noch alle?!", rief Rob und erklärte Bruns, dass der Mord an Katharina Folgerreith in Köln geschehen sei und er, Rob, dort zuständig sei. Der Mord an seinem Vater stehe in einem direkten Zusammenhang, und in allen Fällen gebe es das gleiche Mordwerkzeug.

„Theoretisch könntest du ja auch was mit Katharina Folgerreith zu tun haben, wenn die Fälle zusammenhängen. Außerdem hast du Beweismaterial unterschlagen ..."

„Das hast du doch längst wieder! Was soll das jetzt?!"

„Kannst du mir versichern, dass alles wieder in den Kartons zurückkam, die du einfach weggekarrt hast?"

„Scheiße!"

„Ich hatte dir gesagt, Zusammenarbeit ja, Einmischung nein! Und was machst du?" Hansen trat von einem Bein auf das andere. Er sah die Trauergemeinde in Grüppchen von dannen ziehen.

„Okay, Theo, in Zukunft wieder Teamarbeit. Ich werde mich dran halten."

„Zusammenarbeit, Rob. Zusammenarbeit reicht mir."

„Ich treffe gleich meine Schwester. Kommst du mit?"

„Nein. Ich habe eine Frau, die zu Hause auf mich wartet. Wir haben kurzer Hand Maastricht gebucht."

„Euer Hochzeitstag?"

„Holen wir dieses Wochenende nach. Bis dann." Kommissar Bruns schüttelte Rob die Hand und stieg in sein Auto.

Rob befand sich bereits auf dem Weg zum Bürgerzentrum. Ein plötzlicher Gedanke zwang ihn, noch einmal in sein Elternhaus zu gehen. Er wusste nicht, was er dort eigentlich suchte. Er lief zurück zu seinem Wagen und stieg ein. Als er im Buchenweg einbog, kam ihm ein Taxi entgegen. 150 Meter weiter sah er Margarete vor der Haustür des Elternhauses stehen. Sie trank einen Schluck aus ihrem Flachmann, als er den Wagen parkte. Langsam schraubte sie den kleinen Edelstahlbehälter zu und ließ ihn in ihrer Handtasche verschwinden. Sie hantierte mit ihrem Haustürschlüssel herum.

„Lass uns zusammen reingehen, Marga!". rief er und erinnerte sich an die Blutlache im Flur und die Markierungen auf dem Boden. Als sie versuchte, die Tür aufzuschließen, bemerkte er das Zittern ihrer Hand. *Es ist noch schlimmer geworden*, dachte er und übernahm schweigend das Öffnen der Tür. Marga stand auf wackeligen Füßen. Sie starrte auf die getrocknete Blutlache. Rob erklärte ihr sachlich, was das alles zu bedeuten hatte und Marga nickte stumm.

„Er war ein Nazi, wusstest du das, Rob?"

„Ja, du hast es mir gesagt."

„Ich habe in Mutters Tagebüchern gelesen, dass er bei der Hitler-Jugend und Mama im Bund Deutscher Mädels war."
„Ich weiß, Marga. Du sagtest das bereits am Telefon."
„Hab ich das?"
„Ja, Marga. Du hast gesagt, dass Vater Juden und andere Personen an die SS verraten hat."
„Stimmt. Andererseits ist es doch auch verrückt, wenn man bedenkt, dass er eigentlich noch ein Kind war, oder?"
„Was soll das jetzt, Marga? Glaubst du, er hat das ohne Verstand gemacht, nur weil er ein Kind war? Der wusste doch, was passieren würde."
„Glaubst du, dass ein zwölfjähriger Junge wirklich erfassen kann, was er da anrichtet? Dass er mithilft, Menschen in die Vernichtungslager zu befördern?"
„Natürlich! Der hat alles gewusst. Er rennt im Hitlergruß neben der SS her. Sie werden ihm freudestrahlend seinen Verdienst fürs Vaterland kundgetan haben. Da gibt es nichts zu entschuldigen oder zu beschönigen. Vater war ein überzeugter Nazi, das hast du doch selbst gesagt."
„Ich würde dir uneingeschränkt Recht geben, wenn er 16 oder 17 Jahre alt gewesen wäre. Vielleicht hätte er dann die Reife gehabt, wenn man im Krieg überhaupt noch reift. Ich habe mir Mutters Bücher öfter als nur einmal durchgelesen. Ein Satz zieht sich beinahe durch alle Bände hindurch. *Wir waren doch noch Kinder.* Sie hat mich dadurch einfach aufgefordert, das Geschehen aus Kinderaugen zu betrachten. Ich habe mir einige Bilder von den menschenüberfüllten Wagons der Züge angesehen, die zu den Vernichtungslagern fuhren. Männer, Frauen und Kinder. Ich kann diesen kollektiven Wahnsinn noch nicht mal als erwachsene Frau begreifen. Wie kann das ein zwölfjähriger Junge? Ist der wirklich nur ein bösartiger Täter oder selbst ein Opfer seiner Umgebung, des Zeitgeistes und seiner Erziehung?"
„Willst du Vater frei sprechen?"

„Ich habe darüber nicht zu richten. Das überlasse ich bei unserem Vater anderen. Weißt du, warum die Generation unserer Eltern nichts vom Krieg erzählt hat?"

„Damit ihre Taten nicht ans Licht kommen. Weil sie uns dauernd begreiflich machen wollten, dass die Bösen immer die anderen waren", antwortete Rob.

„Ich glaube, der Krieg hat sie auf eine unfassbare Art krank gemacht. Unsere Eltern haben ihre Kindheit voller Angst verbracht. Zuerst die Angst vor falschen Autoritäten, später die vor Bomben. Ihr Leben bestand aus Luftschutzbunkern, Trümmern und Hunger. Sie wurden als Flakhelfer verheizt oder waren auf der Flucht. Und wenn nicht sie selbst, so doch viele Menschen um sie herum. Die kannten weder heimelige Kitas noch warme Kinderzimmer. Posttraumatische Belastungsstörung nennt man das, was am Ende dabei rauskommt. Heute sind die Psychologen bei Katastrophen direkt vor Ort, um den Menschen bei Ängsten und Nöten beizustehen, damit ihre Erlebnisse sich nicht traumatisch in ihre Seele fressen und sie sprachlos machen. Aber die deutschen Kriegskinder haben nie ein Ohr gefunden."

„Marga, ich kann dir kaum zuhören. Du versuchst hier, mit allen Mitteln zu entschuldigen."

„Nein, ich versuche, das zu begreifen. In jedem Krieg, egal wer ihn führt, sind Kinder immer die Opfer. Und die unbehandelten Folgen sind dann die Kriege von morgen."

„Ich versteh dich nicht mehr. Marga, Du musst hier keine Reden halten. Ich bin's, dein Bruder. Du stehst hier nicht an deinem politischen Rednerpult. Was für Folgen meinst du denn?"

„Eltern vererben doch nicht nur ihre Gene. Sie vererben uns auch ein Stück ihres Lebens. Und das, was sie verschweigen, setzt sich in der Seele durch und drängt danach, ans Licht zu kommen. Die blinden Flecken unserer Eltern begleiten uns Kinder in die Zukunft. Und diejenigen, die am lautesten ihre Unabhängigkeit davon postulieren, haben es am nötigsten hinzusehen. Sich ihr Erbe anzusehen. Verstehst du?"

„Und wer soll das deiner Meinung nach sein?"
„Wer? Das fragst du noch?"
Marga setzte sich auf eine Treppenstufe im Flur des Hauses. Sie holte ihren Flachmann hervor und nahm einen kräftigen Schluck. Wortlos hielt sie Rob die geöffnete Flasche hin. Der winkte ebenso wortlos ab.

„Männer", setzte Marga ihre Ausführungen fort. „Ihr seid die obersten Drahtzieher des dritten Weltkrieges. Ihr seid die Lakaien an den Gewehren und Raketen. Und ihr werdet die Zukunft mit der Atombombe auslöschen."

Er mochte ihren Zustand nicht. Sie redete zu viel und war schlecht einschätzbar, aber er konnte das, was sie sagte, auch nicht ganz von der Hand weisen. Mehr Männer als Frauen zerbombten ganze Regionen. Mehr Männer als Frauen folterten und töteten andere Menschen. Mehr Männer als Frauen vergewaltigten oder misshandelten andere Menschen. Mehr Männer als Frauen begingen Raubmorde oder andere Verbrechen. Aber auch mehr Männer begingen Selbstmord. Andererseits gab es mehr Frauen als Männer, die sich Hilfe holten oder sich therapeutisch behandeln ließen. *Braucht man eigentlich die Frauen nur deshalb, um den unglaublichen Hass der Männer auf Gott und die Welt im Zaum zu halten?*, sinnierte er.

Sie wechselten das Thema und irrten ziellos durch Küche und Wohnzimmer. Marga zeigte ihm Bilder und Gegenstände und erzählte Geschichten, die ihr dazu einfielen. Geschichten von ihnen beiden und ihren Eltern. Rob staunte über ihr Erinnerungsvermögen. Marga verstand es, ihre Erinnerungen so plastisch auszumalen, dass sie ihm wie vertraute Szenarien vorkamen, obwohl er selbst das Gefühl hatte, als sehe er einen Film und sei nicht eine der handelnden Personen gewesen. Marga ging die Treppe hinauf zu den oberen Räumen. Im Arbeitszimmer ihres Vaters reichte sie Rob erneut ihren Flachmann. Er lehnte dankend ab. Marga erzählte und lachte, und auch bei Rob löste sich die bedrückende Spannung dieses Tages. Als sie in

Robs ehemaligem Kinderzimmer verweilten, machte sich eine kindliche Ausgelassenheit breit. Vom Kinderzimmer war nicht mehr viel geblieben. Wo damals sein Bett stand, stand heute das ausrangierte Sofa aus dem Wohnzimmer. Der Anblick seines alten Schreibtisches, an dem er als Jugendlicher seine Hausaufgaben machen musste, und an dem er manches elektrische Gerät wie Boxen oder Kassettenrekorder repariert hatte, brachten ihm Momente aus seiner Jugendzeit zurück. Marga trat an den Schreibtisch heran, setzte sich mit einer Gesäßbacke darauf und öffnete den Flachmann.

„Weißt du noch ...?", fragte Marga und strich sanft mit dem Zeigefinger über die Schreibtischplatte. Rob hörte ihre verwaschene Sprache.

„.Damals hier ...?", fragte sie weiter und öffnete einen Knopf ihrer Bluse.

„Was meinst du?", fragte er provozierend und näherte sich ihr wie von einem Magnet angezogen.

„Klara, du und ich, hier."

Wie aus einer Zauberkiste sprangen ihn die Bilder an.

Der Schreibtisch, an dem er saß und für Mathe übte. Marga und Klara kicherten, als sie sein Zimmer betraten. Nur mit T-Shirt und Slip bekleidet, säuselte ihm Klara etwas ins Ohr ...

Da nahm Margarete seine Hand. Er riss sich los, griff erhitzt ihre Bluse und zerriss sie. Margarete schreckte auf und wollte einlenken, da griff Rob ihr Kinn und mit der anderen Hand eine ihrer Brüste.

„Ja", rief er wütend und hitzig.

Klara setzte sich unsicher vor ihn auf den Schreibtisch und schob ihr T-Shirt hoch. Sie führte seine Hand an ihre Brüste. Ihm wurde heiß, und er fühlte seine drängende Erregung. Er ließ sich willenlos von Marga sein T-Shirt ausziehen, und Klara streichelte seine Brust. Gelähmt und erregt sah er zu, wie Klara ihm die Hose öffnete und ihm ein Kondom überzog. Seine Gefühle brodelten wild und richtungslos beim Anblick ihrer nackten Körper ...

„Bitte nicht!", presste Margarete hervor. Rob küsste sie mit wildem Zorn und fasste ihr mit fester Hand zwischen die Beine.

Dann setzte sich Klara auf ihn und führte seinen Penis ein. Sie ließ gerade mal ein Stöhnen hören, als er kam und Marga ihn plötzlich küsste. „Da müssen wir aber jemanden wieder aufrichten", hatte Klara kichernd festgestellt und ihm mit ihren Worten die Scham ins Gesicht getrieben ...

Der Kuss schmeckte nach Alkohol. Ekel mischte sich in seine Gefühle von Zorn und Erregung.

„Du hast dir immer einfach alles genommen!", brüllte Rob, schlug ihr ins Gesicht und warf sie bäuchlings auf den Schreibtisch. Margarete schrie. Rob setzte nach.

„Stell dich nicht so an!", brüllte er.

Margarete schrie. Rob hielt ihr den Mund zu und hörte ihr leises Wimmern. Er riss ihr Hose und Slip herunter, öffnete seine Hose und blickte auf Margarete und auf seine Erektion herab. Angewidert wandte er sich ab.

Kapitel 4

Sonntag, 10. September bis Freitag, 15. September

Sonntag, 10. September

Köln, 19:43 Uhr

fabi hat mit mir schluss gemacht. so ein arsch! nur wegen dieser hirnamputierten tussi von sabrina. ich hoffe die fliegt nach der zehn auf die behindertenschule.

pass auf, der kommt noch auf allen 4ren angekrochen. aber dann darfst du nicht sofort klein beigeben! der muss erst mal so richtig graben!

ich bin am ende! hilf mir. das arschloch!!! ...

Er hatte genug von den Chats der Sechzehnjährigen. Das Mädchen, dessen Rechner er durchsuchte, sah zwar sehr gut aus, aber wenn er die Beiträge las, wusste er, warum er ältere Frauen bevorzugte. Das Mädchen hatte schöne Nacktfotos von sich, und einige davon hatte er sich auf seinen Rechner kopiert. Eigentlich war es mehr ein Spiel für ihn, sich Zugang zu den unterschiedlichsten Rechnern zu verschaffen. Das Programm, das er dazu geschrieben hatte, funktionierte weitgehend störungsfrei und umschiffte die meisten Firewalls. Er suchte sich in den verschiedenen Communities Frauen im Alter von sechzehn bis dreißig Jahren aus, die ein Foto eingestellt hatten und seinen Geschmack trafen. Am reizvollsten fand er die Frauen zwischen fünfundzwanzig und dreißig Jahren. Aus seiner Sicht klaffte bei dieser Gruppe Intelligenz und Aussehen nicht so weit auseinander. Und es gab Frauen in diesem Alter, die ihm mit ihren Nacktfotos eine gute Vorlage für seine sexuelle Befriedigung boten. Er war immer wieder erstaunt darüber, wie viele von ihnen digitale Fotos in aufreizenden Posen auf ihrem Rechner ablegten. Noch weniger hatte er erwartet, dass Frauen aller Couleur pornografische Amateurfilme von sich aufgenommen hatten. Viele davon mit mehreren Darstellern. So hatte er schon viel Spaß durch sein kleines Hackerprogramm gehabt. Über Google-Map hatte er einige Adressen ausgemacht und zuletzt auch nicht die Mühe gescheut, sie aufzusuchen, um die Atmosphäre zu schnuppern. Natürlich hatte er darauf geachtet, dass keine der Frauen auch nur den leisesten Verdacht bekam, dass er ihnen hinterherspionierte, weder auf dem Rechner noch vor der Haustür.

Er war erfahren genug. Schließlich war er mit dem Computer beinahe von Kindesbeinen an vertraut. Zuerst die Lernspiele auf dem PC seines Vaters, dann seinen eigenen Rechner und bald darauf Zugang zum Internet. Die ersten Internetspiele hatte er schnell drauf. Erste Schritte in der Programmiersprache gingen ihm leicht von der Hand, und bald darauf hatte er sein erstes kleines Programm geschrieben und die ersten Kontakte in die Welt der Hacker geknüpft. Inzwischen war er Profi, wenn auch ohne Zertifikat, hatte zwei Rechner und einen Laptop und anonymisierte seine IP-Adresse. Sollte die Polizei bei ihm auflaufen, würden sie nur einen sauberen Rechner vorfinden, auf dem legale Programme und Musikdateien lagerten. Ein paar legale Pornofilme dienten einzig dem Zweck, die Aufmerksamkeit auf Unwesentliches zu lenken. Dass seine Strategie aufging, hatte er im Zusammenhang mit den Morden an Kim Ross und Manuela Berghausen beweisen können. Die Ermittler fanden weder auf seinem noch auf dem Rechner von Kim Spuren eines Kontaktes.

Sein Notebook und eine externe Festplatte waren die eigentliche Fundgrube seiner illegalen Machenschaften. Dutzende Hacker- und Crackprogramme waren darauf abgelegt. Alles was Hacker brauchten, um Banken zu knacken und PINs zu kopieren. Er war sich der strafbaren Handlungen bewusst und hatte wie viele seiner Kollegen entsprechende Maßnahmen getroffen, kurzfristig Notebook und externe Festplatte verschwinden lassen zu können.

Sie scheint in der letzten Zeit nicht viel am Rechner gesessen zu haben, dachte Florian Hagen, als er sich den E-Mail-Verkehr von Viola Ross der letzten Tage ansah. Inzwischen hatte sich sein anfänglicher Schmerz, als sie ihm den Laufpass gegeben hatte, gelegt. Er bekam wieder Boden unter die Füße und jagte längst nicht mehr so getrieben im Internet umher. Damit einhergehend fuhr er seine Hackeraktivitäten wieder auf ein Maß herunter, das ihm nicht weiter gefährlich werden konnte.

„Andere Mütter haben auch schöne Töchter, was nicht heißt, dass du mir so billig davon kommst, Schlampe", sagte er zu sich selbst und zog sich aus ihrem Rechner zurück. Er löschte alle Einträge und Informationen, die ihm den Zugang zu ihrem Rechner sicherten und fuhr seinen Computer herunter. Die Langeweile ließ ihn zum Telefon greifen. Er wählte die Nummer einer Bekannten, von der er wusste, dass sie ein Auge auf ihn geworfen hatte.

„Ja, hallo?"

„Hi, Sylvia, Florian hier. Ich habe heute noch nichts vor, da habe ich mir gedacht, ob du vielleicht mit mir was unternehmen willst."

„Och, das ist lieb, dass du anrufst. Leider hab ich gleich ein Date. Ein anderes Mal, Floh. Ab der kommenden Woche bin ich allerdings für drei Wochen in Urlaub. Ich melde mich, wenn ich zurück bin."

„Ja dann, ehm, schönen Abend noch." *Zicke,* dachte er, starrte auf den schwarzen Bildschirm, trennte die Telefonverbindung und fuhr den Rechner erneut hoch.

„Ich werde mir heute einen richtig guten Abend machen und dazu die geilsten Bräute aufsuchen", sagte er und holte sich eine Dose Bier aus dem Kühlschrank.

Dienstag, 12. September

Köln, 13:59 Uhr

„Hallo, Sveda, was macht der Meister?"
„Hallo, Herr Hansen, möchten Sie eine Tasse Kaffee? Es wird wohl noch einen Augenblick dauern."
„Ja, danke. Sveda, Sie sind gemein."
„Oh?! Warum, Herr Hansen?"
„Ich habe Ihnen gesagt, Sie sollen mich Rob nennen. Ich sage schließlich auch Sveda zu Ihnen. Aber Sie wehren sich vehement dagegen, mich Rob zu nennen. Bin ich so schlimm, dass Sie es nicht annehmen wollen?"
Svedlana Strazyczny lächelte ihr charmantes Lächeln.
„Aber nein, Herr Hansen, das sind Sie bestimmt nicht. Ganz bestimmt nicht. Ich meine nur, wir sagen ‚Sie' zu Fremden, Vorgesetzten und so weiter und ‚Du' zu Freunden und Bekannten."
„Ja, und?"
„Und was sind dann die Menschen für mich, die ich mit Vornamen anrede und dann weiter sieze? Fremde oder Bekannte?"
Rob überlegte einen Augenblick, bevor er verstand, was ihm die junge Frau eigentlich sagen wollte.
„Sie haben Recht, Sveda. Geben Sie uns beiden doch bitte einen Kaffee!"
„Danke, ich habe schon genug Kaffee." Sie ging in die Küche und kam mit einem Becher Kaffee und einem Glas Orangensaft zurück. Auf der Untertasse lagen ein Kaffeelöffel, zwei Milchdöschen und ein Tütchen Zucker. Als er seinen Kaffee umgerührt hatte, hob er seine Tasse und sagte:
„Stoßen Sie mit mir an, Sveda. Ich heiße Rob, und wir sagen du zueinander."
„Oh danke, Rob."

„Müssen wir uns jetzt auch ein Küsschen geben, oder wie?", fragte Rob.

„Das vielleicht nicht gerade. Es gibt ja auch noch einen Unterschied zwischen Bekannten und Freunden, oder?"

„Du solltest bei uns anfangen, wenn du fertig studiert hast, Sveda", versuchte Rob sich in einem Kompliment.

„Oh, danke, ich werde es mir überlegen."

Die Tür ging auf, und eine Patientin kam leise lachend heraus. Sie ging erst in die eine, dann in die andere Richtung, sagte ‚Guten Tag' und ‚Auf Wiedersehen' und fand dann den Ausgang.

„Ah, Rob, geh schon mal rein! Ich hol mir noch was zu trinken", bemerkte Thomas Aschmann, als er seinen nächsten Klienten erblickte.

„Hallo, Tom, du hast eine clevere Sekretärin", rief Rob ihm in die Küche hinterher, während Svedlana bescheiden vor sich hin schmunzelte und rot im Gesicht wurde.

„Ich weiß", kam es lachend aus der Küche.

„Ich habe sie soeben abgeworben", setzte Rob nach. Der Psychologe befand, dass Sveda zu klug sei, um bei Rob den Haushalt zu führen.

„Für die Polizei, Tom. Wir suchen immer gute Leute."

„Sie studiert Psychologie, Rob. Oder wolltest du Verkehrspolizistin werden, Sveda?"

„Ich? Nein, nein. Ich werde mein Studium abschließen", entgegnete sie den beiden älteren Herren verlegen.

„Nein, ich meine als Profilerin, Sveda. Du beendest dein Studium und kommst zu uns als Profilerin."

„Das ist eine gute Idee, Sveda", bestätigte Thomas Aschmann.

„Wenn ihr das sagt, dann kann ich ja wohl nicht anders, oder?"

„Sehr kluge Frau, deine Sveda", bestätigte Rob seine Meinung.

„Und hübsch dazu. Komm, lass uns rein gehen!"

Rob hatte die Ecken des Raumes und den Sessel inspiziert, schlug seine Beine übereinander und hielt seinen Kaffeebecher in der Hand. Thomas Aschmann fragte, wie es ihm die letzten anderthalb Wochen ergangen sei, und Rob erzählte von den ewigen Vorwürfen seiner Schwester Marga. Er verschwieg, was im Elternhaus vorgefallen war. Stattdessen erzählte er über den Mord an Katharina Folgerreith in der Uniklinik, von der brutalen Vorgehensweise des Täters gegenüber der jungen Frau im freiwilligen sozialen Jahr und dass diese den Täter aus nächster Nähe gesehen habe. Er wolle das Mädchen zur Erstellung eines weiteren Phantombildes ins Präsidium bestellen. Jens Fischer, der Kriminaltechniker, hatte ihm dazu geraten. Dieser sehe eine große Chance darin, dass man zu einem wirklichkeitsnahen Bild des Täters kommen könne, auch wenn der Verdächtige diesmal eine andere Brille und Perücke getragen habe. Wie aus heiterem Himmel erzählte Rob von seiner Unfähigkeit, Viola Ross vernehmen zu können, ohne von ihrer Schönheit geblendet zu werden und dass es ihn maßlos ärgere, weil es für ihn völlig unprofessionell sei. Tom hörte zwanzig Minuten aufmerksam zu. Bei dem einen oder anderen Ereignis hakte er nach.

„Das waren ja bewegte zehn Tage, Rob. Wo lässt du das eigentlich alles?", fragte der Psychologe, dem Rob eine Antwort schuldig blieb.

„Ich bin nicht auf der Beerdigung meines Vaters gewesen", bemerkte er stattdessen.

„Dein Vater ist gestorben?", erkundigte sich Thomas Aschmann augenscheinlich überrascht.

„Ja, sicher, habe ich das nicht erzählt?", fragte Rob irritiert zurück. Der Psychologe verneinte das, lehnte sich in seinen Sessel zurück und legte den Zeigefinger auf seinen Mund. Rob schien sich einerseits sicher, konnte sich aber andererseits kaum an die letzte Sitzung erinnern. Als er Aschmann erzählte, dass ihm der Mord an Katharina Folgerreith mehr ausgemacht habe als der Tod seines Vaters, glaubte er fest daran, Tom davon in Kenntnis gesetzt zu haben.

„Dein Vater starb also auch keines natürlichen Todes?", kommentierte der Psychotherapeut. Rob klärte Tom über die bisherigen Ermittlungsergebnisse in Sachen seines Vaters auf, und Thomas Aschmann horchte den Ausführungen mit regem Interesse zu.

„Warum willst du das alles so genau wissen, Tom?" versuchte Rob den Grund für sein Interesse zu ermitteln.

„Dein Vater ist eines gewaltsamen Todes gestorben, auch wenn in deinem Beruf Mord zum alltäglichen Geschehen gehört. Angesichts einer solchen Gräueltat, möchte ich doch wenigstens die Tagesordnung für heute ändern. Für mich ist das unausweichlich, schließlich geht es um die Gefühle und Gedanken des Sohnes, nicht um die Ermittlungsarbeit des Hauptkommissars. Er war immerhin dein Vater. Ich frage mich, wo deine Gefühle sind, Rob?"

Sie schwiegen beide, was eine unerträgliche Spannung in Rob auszulösen begann.

„Er war ein Nazi und ein Arschloch dazu", polterte es schließlich aus ihm heraus.

„Oh, böse Worte über einen Menschen, den man liebt", bemerkte Tom und schlug ein Bein über das andere. Mit über der Brust verschränkten Armen rieb er sich nachdenklich mit einer Hand unter dem Kinn.

„Ich weiß, aber es bleibt immer ein Gefühl der Ohnmacht und der Schwere, wenn ich an ihn denke. Keine Ahnung, warum."

„Wenn die Liebe zu den Eltern verdeckt liegt, fahren wir unglaubliche Geschütze auf, um sie auch weiterhin von uns fernzuhalten. Es ist, als wollten wir damit ein Gleichgewicht herstellen. Wenn ich dich schon nicht lieben kann, dann gebe ich mir selbst auch einen Grund dazu. Was für ein Schlamassel, nicht? Wir wissen ja: Je größer der Hass, umso größer die Sehnsucht, die Eltern lieben zu dürfen. Uneingeschränkt, grundlos, einfach mit den Gefühlen eines Kindes."

„Es wird schon wieder komisch hier bei dir", entgegnete Rob schlicht.

„Das Schwierigste für uns ist doch, das Glück auszuhalten. Und ein großes Glück ist doch, seine Eltern zu lieben. Das befreit uns von ihnen, und wir können losziehen, dem neuen Glück entgegen. Als Mann finde ich dann meistens eine Frau. So schlimm kann doch dein Vater gar nicht gewesen sein, wenn du schon eine Frau gefunden hast", endete Thomas Aschmann.

„Schon?!", widersprach Rob und beugte sich nach vorn, als wolle er den Kampf beginnen.

„Ja, entschuldige, du möchtest noch weiter böse auf deinen Vater sein", nahm Aschmann ihm den Wind aus den Segeln. Rob fühlte sich zunehmend unwohl. Er wusste nicht, ob es an dem Psychologen lag, den er kaum verstand oder an ihm selbst. In seinem Missmut konnte er keinen seiner Gedanken festhalten.

„Wie war sie, eure Beziehung?", verhallte die tiefe Stimme des Psychologen leise im Raum. Rob versuchte, sich aus der Gefangenschaft der Worte zu befreien. Es fühlte sich plötzlich so an, als würde sich die Erde vor ihm auftun und ihn hinabziehen. Seine Gedanken schienen wie erloschen. Lieber wollte er sterben als in dieser Trostlosigkeit verharren. Die Stimme des Psychologen ergab für ihn keinen Sinn. Wie in einem Aufzug, der die Fahrt in unaufhörliche Tiefen aufgenommen hatte, kämpfte er gegen den unausweichlichen Aufprall. Eine andere Realität schlich sich ein, die ihn zu betäuben drohte, und er hörte eine Stimme, die er nicht zuzuordnen wusste.

„Es war mein erster Schultag. Ich war ganz müde, weil ich vor Aufregung kaum geschlafen hatte. Meine Mutter rief, ich solle mich anziehen und die Schultüte nicht vergessen. Marga war auch schon wach und freute sich mit mir. Ebenso mein Vater. Er hatte sich extra Urlaub genommen ..." Rob fühlte, wie durch die Worte die Talfahrt ihr Tempo verlor.

„Papa bringt dich heute zur Schule. Das hat er auch bei mir getan", sagte Marga zu mir. Ich war riesig stolz. Papa bringt mich zur Schule. Sonst hatte Mama immer für alles gesorgt. Diesmal durfte ich mit Papa gehen. *Hier ist dein Schulbrot, mein Junge*, sagte meine Mutter und streichelte mir über den Kopf."

Rob schluckte und schwieg einen Moment. Der Aufzug beschleunigte seine Fahrt. Ihm wurde schlecht. Er musste einfach weiterreden, damit der Schwindel nachließ.

„Mein Vater marschierte mit mir auf dem Weg zur Grundschule. „*Du trittst jetzt einen neuen Lebensabschnitt an*", erzählte er mir mit einem fest nach vorne gerichteten Blick. Es machte mich stolz, wie er das erhobenen Hauptes sagte, und ich glaubte ihm." Rob sah die Szene wie in einem Film ablaufen.

„Junge, jetzt bist du schon groß, und damit beginnt die Zeit des Lernens und Begreifens." Robi freute sich an der Hand seines Vaters. Er sah die gelben Löwenzahnblumen am Wegesrand. Die Häuser, an denen sie vorbeikamen, nahm er kaum wahr, aber die Kinder mit ihren Schultüten, die aus diesen Häusern kamen, umso mehr. Sein Herz pochte vor Aufregung und er hüpfte an der Hand seines Vaters. Papa brachte ihn zur Schule und sprach mit ihm wie mit einem Erwachsenen.

„In der Schule fängst du an, den Dingen auf den Grund zu gehen, mein Sohn. Du wirst viele neue Sachen lernen. Verstehst du das? Und zappel nicht so rum, das darfst du in der Schule auch nicht ..."

Robi konnte kaum ruhig an der Hand seines Vaters gehen, so voller Erwartung war er. Er dachte daran, dass er schon bis Hundert zählen und seinen Vornamen schreiben konnte. Und Mama, Papa und Marga. Und er konnte auch seinen Familiennamen schreiben.

„Fragen die auch nach meinem Geburtstag, Papa? Weiß ich auch, 19. Juni 1960."

„Sei ruhig, wenn dein Vater mit dir spricht ..." Er zerrte an seiner Hand und fuhr fort, mit geradeaus gerichtetem Blick.

„... und hample nicht so rum! In der Schule wird viel gelernt, mein Junge. Aber es wird auch viel Blödsinn geredet. Die Menschen erzählen Dinge, die nur in ihren Köpfen entstehen und ..."

„Wann sind wir da, Papa? Darf ich in der Schule auch Marga sehen? Andere Kinder dürfen auch ihre Geschwister sehen, Papa..."

Wie Feuer brannte der Schlag seines Vaters auf seiner rechten Wange. Robi schrie auf, und vor seinen Augen begann alles sich zu drehen.

„Sei jetzt ruhig, und reiß dich zusammen, mein Junge. Ich habe dir gesagt, du sollst mich nicht unterbrechen, wenn ich mit dir rede! Hast du das verstanden?! Und in Gottes Namen, hör auf zu heulen, du bist doch jetzt ein großer Junge! Und heb deine Schultüte auf!"

Robi schluchzte, und mit jedem Schluchzen brach ein Stück seiner neuen Welt zusammen. Papa hatte ihn noch nie geschlagen. Tränenüberströmt fingerte er nach der Schultüte. Er drückte die Tüte wie ein Schutzschild vor die Brust, bis sein Vater seine linke Hand nahm. Robi schwieg und weinte leise. Er hörte die Worte seines Vaters, aber er verstand sie nicht. Robi wünschte, seine Mutter wäre bei ihm. Warum hatte Mama ihn nicht in die Schule bringen wollen? Sie hätte ihn nie geschlagen. Warum musste Papa das machen? Es tat weh, länger, als er den Schmerz am Kopf spürte. Ängstlich schaute er seinen Vater an. Das war doch nicht Papa.

„Sie erzählen Sachen, um dich zu verwirren. Du darfst nicht alles glauben, was man dir erzählt. Hast du mich verstanden?"

„Ja", weinte Robi.

„Und hör auf mit der Flennerei, du bist doch kein Jud! Du bist jetzt ein großer Junge und sieh deinen Vater an!"

Aufrecht, den Blick geradeaus gerichtet, ging Arthur Hansen neben seinem Sohn, des Jungen Hand fest im Griff.

„Lehrer bringen dir Lesen, Rechnen, Schreiben bei und all das. Du musst versuchen, das alles zu verstehen, und sonst musst du nachfragen."

„Ja", sagte Robi schnell, damit ihn Papa nicht noch einmal schlagen würde.

„Gut, mein Sohn. Und wenn sie dir etwas über uns erzählen, dann frag einfach mich, ob das stimmt. Hast du verstanden, mein Junge?!" Die Lautstärke reichte, damit Robi alles bejahte, was ihm sein Vater sagte. Und das ausbrennende Feuer in seinem Gesicht erinnerte ihn, nicht zu schnell zu vergessen.

„Du bist nicht aufmerksam, mein Sohn. Was habe ich gesagt?"

„Ich soll nicht alles glauben, und ich soll dich fragen", antwortete Robi schnell.

„Richtig so. Dafür bekommst du die Note eins. Und in Betragen auch, mein Junge. Ich bin stolz auf dich. Du gehörst wirklich in die Schule. Ein so kluger Junge wie du kann viel lernen, und dein Vater kann stolz auf dich sein."

Robi fühlte sich plötzlich schon viel besser. Er konnte schon wieder zu Papa hinaufschauen.

„Ich muss aufpassen und darf nicht so rumhampeln", ergänzte er sein frisch erworbenes Wissen.

„Richtig, mein Junge." Vater hielt seine Hand fest, sehr fest. Aber Papa hatte gesagt, er sei jetzt ein großer Junge. Er ging ja jetzt in die Schule. Papa hatte Recht. Robi fühlte die Freude wieder aufsteigen. Er durfte nur nicht zappeln, und das wollte er jetzt auch nicht mehr tun. Es gab keinen besseren Papa.

Er atmete ein, es war ruhig, und die Talfahrt war zu Ende. Rob fühlte sich befreit und fragte sich, ob er das sein durfte. Er schaute auf sein Gegenüber. Tom warf ihm eine Packung Taschentücher zu. Rob schnäuzte sich.

„Ja, es war schlimm", kommentierte Thomas Aschmann.

„Da ist was kaputt gegangen", meinte Rob und steckte das Taschentuch in sein Jackett.

„Ab dem Tag hat er dich regelmäßig geschlagen, stimmt's?" hakte der Psychologe nach.

„Ja."

„Obwohl du ihn doch geliebt hast."

In seinen Ohren rauschte es. Rob schwieg und lauschte.

„Ein Anfang ist gemacht", flüsterte Tom und rieb sanft sein Kinn. „Das Vergessenwollen verlängert das Exil, und das Geheimnis der Erlösung heißt Erinnerung."

Donnerstag, 14. September

Frankfurt, 16:02 Uhr

Margarete Westerkamp saß auf der Terrasse. Ihr Sohn Tobias wollte nach der Schule zum Handball und dann noch bei einem Freund vorbeischauen. Ihre Tochter Julia lernte für eine Klausur bei ihrer Freundin. Ihr Mann Oliver packte seinen Koffer. Er hatte ihr überraschend eröffnet, dass er ausziehen werde und sich eine kleine Wohnung in Frankfurt gemietet hätte. Darüber hatten sie lauthals gestritten, und nun saß Margarete erschöpft und zutiefst verletzt in einem bordeauxroten Wellnessanzug im Garten und starrte gedankenverloren in ihr Blumenbeet. Eine lauwarme Tasse Kaffee und ein Whisky standen auf dem Terrassentisch.

„Was ist das noch für ein Leben?", flüsterte sie, „Muss man gleich alles in den Sack hauen?" Wortlos liefen ihr Tränen die Wange herunter. Sie trank von ihrem Whisky. *Legt mich einfach ab wegen irgend so einer Schnepfe, die an sein Geld will und dafür an sich ranlässt. Wie bescheuert sind Männer eigentlich?*, grübelte sie.

„Wenn ich gewusst hätte, dass du so unterentwickelt bist, dann hätte ich mir schon längst einen anderen gesucht oder mit einer Freundin eine WG aufgemacht. Aber vielleicht mache ich das noch!", rief sie die Worte über ihre Schulter. Dann stand sie auf und griff den Henkel der Kaffeetasse. In der Küche schüttete sie den alten Kaffee in die Spüle und räumte die Tasse und einen Teller mechanisch in die Spülmaschine. Unter der Spüle holte sie eine angebrochene Flasche Rotwein hervor und nahm das gebrauchte Weinglas mit auf die Terrasse.

„Auf das schwache Geschlecht - das wenigstens weiß, wofür es ein Hirn im Schädel hat", philosophierte sie mit erhobenem Glas. Es klingelte an der Tür.

„Das ist bestimmt deine Schnepfe, die dir beim Packen helfen kommt…", rief Margarete wütend ins Wohnzimmer, „Die scheint ja genauso wenig Hirnmasse zu haben wie du, wenn sie sich hierher traut!", heizte sie ihre Stimmung an.

Oliver Westerkamp verkniff sich jeden Kommentar und kam die Treppe herunter, um die Haustür zu öffnen. Eine zierliche alte Dame, die er nicht kannte, stand vor ihm.

„Guten Tag, dürfte ich Ihre Frau sprechen?", fragte sie kleinlaut.

„Guten Tag. Einen Moment, bitte, ich hole sie."

Er ging durch das Wohnzimmer auf die Terrasse und gab Margarete kurz und desinteressiert Bescheid. Dann kam er zurück, teilte der Dame mit, dass seine Frau gleich kommen würde und verabschiedete sich, indem er wieder nach oben verschwand.

Margarete Westerkamp trat an die Haustür, sichtlich irritiert, als sie die Frau vor sich stehen sah. Sie war einen Kopf kleiner als sie selbst und trug ein einfaches dezentes Sommerkleid und ein Strickjäckchen darüber. Eine schwarze Lederhandtasche hing über ihrer Schulter.

„Ja, bitte?"

„Ich würde gern mit Ihnen reden, wenn Sie gestatten", äußerte die Dame sich verhalten.

Margarete glaubte, die Frau schon einmal gesehen zu haben, konnte sich aber weder an Ort noch Zeit erinnern.

„Sind Sie hier aus der Gegend? Ich habe Sie schon einmal gesehen."

„Nein, Sie kennen mich nicht, und ich komme auch nicht von hier. Ich wohne weit weg."

„Und was wünschen Sie?"

„Darf ich bitte reinkommen? Es wird auch nicht lange dauern", fragte die Dame mit dünner Stimme. Margarete bedeutete ihr, dass sie nichts an der Tür kaufen wolle, und die Dame beteuerte, dass sie auch nichts zu verkaufen habe und lächelte Margarete an.

„Ich möchte Ihnen etwas erzählen, aber nicht an der Haustür."

„Etwas erzählen? Was möchten Sie mir erzählen?"

„Sie machen es mir aber nicht leicht. Sie sind doch Margarete Westerkamp, geborene Hansen aus Meschede und haben einen Bruder bei der Kölner Polizei?", gab die Dame zur Antwort.

„Hoppla", antwortete Marga, ihre Neugier war geweckt, und sie bat die Frau einzutreten. Sie führte die Dame auf die Terrasse und bedeutete ihr, im Gartenstuhl Platz zu nehmen. Die Frau bat um ein Glas Wasser.

„Sie können gern auch einen Wein haben, wenn Sie möchten", wandte Marga ein.

„Nein. Vielen Dank, machen Sie sich wegen mir keine Umstände. Ich möchte Ihre Gastfreundschaft nicht überstrapazieren."

„Ich werde mir ein Gläschen genehmigen, wenn Sie nichts dagegen haben." Als Margarete mit einer Flasche Wasser und einem Glas zurückkam, erzählte die Dame, dass sie 83 Jahre alt und immer noch sehr rüstig sei. Margarete setzte ihre Sonnenbrille ab.

„Alle Achtung! Ihr Akzent verrät mir, dass Sie aus Ostdeutschland sind, richtig?"

„Richtig. Ihr Vater heißt Arthur Hansen?", fragte die Dame.

„Oh! Sie kennen meinen Vater?" Margarete blickte Sie verunsichert an.

„Darf ich Ihnen mein Beileid aussprechen?"

„Danke. Sie wissen also auch, dass er verstorben ist. Woher kennen Sie uns alle?"

„Darüber will ich mit Ihnen reden. Ich kenne Sie nicht wirklich. Ich denke, ich habe Ihren Vater ermordet."

Dabei schaute die Dame Margarete fest in die Augen. Marga lief ein Schauer über den Rücken.

„Was haben Sie?! ...", stieß Marga hervor, „Oliver! Kommst du mal bitte!", rief sie anschließend verunsichert, aber laut in das Haus hinein.

„Ach bitte, Männer machen mir Angst. Dürfte ich bitte mein Anliegen unter vier Augen besprechen? Ich hoffe, bei Ihnen auf ein besseres Verständnis zu treffen für das, was ich Ihnen zu sagen habe." Oliver erschien in der Terrassentür.

„Was ist?", fragte er in einem ruhigen und neutralen Ton.

„Schon gut! Es ist doch nur für Frauenohren bestimmt. Geh packen", antwortete sie barsch. Oliver drehte sich auf dem Absatz um und ging ohne ein Wort.

„Sie fahren in Urlaub?"

„Nein, mein Mann zieht aus."

„Das tut mir leid. Soll ich ein anderes Mal wiederkommen?"

„Nein. Wie heißen Sie, und was haben Sie da gerade behauptet?"

„Entschuldigen Sie, eigentlich möchte ich meinen Namen nicht sagen, obwohl es sehr unhöflich ist."

„Hören Sie, so geht das jetzt aber nicht..."

„Erika Jaden. Ich heiße Erika Jaden. Und ich glaube, dass ich Ihren Vater umgebracht habe."

„Sie wollen meinen Vater...?" Margarete glaubte, diese Stimme schon einmal gehört zu haben. Es lag ihr auf der Zunge, aber es wollte nicht heraus.

„Natürlich nicht ich direkt, dafür reichen meine körperlichen Kräfte bei weitem nicht mehr aus, das werden Sie auch so sehen, nicht wahr? Aber, darf ich bitte von Anfang an berichten? Es fällt mir schwer, das zu sagen, aber ich glaube, es muss sein. Und ich möchte Ihnen nochmals mein aufrichtiges Beileid aussprechen."

„Bitte fahren Sie fort, und nehmen Sie sich Zeit. Davon habe ich hier heute genug. Wollen Sie vielleicht doch einen Schluck Wein?", bekräftigte Frau Westerkamp ihr Angebot erneut.

„Also, wenn Sie so nett wären. Es löst ja bekanntlich etwas die Zunge." Margarete holte ein weiteres Glas aus dem Wohnzimmerschrank und füllte beide Gläser. Sie vermutete, dass die alte Dame etwas verwirrt war, aber dennoch war sie neugierig geworden, was sie zu berichten hatte.

Die Frau erzählte, dass sie aus einem kleinen Ort in der Nähe von Dresden sei. Ein sehr idyllisch gelegenes „300-Seelen-Dorf" mit angrenzenden Wäldern und Wiesen. Sie sei damals 22 Jahre alt gewesen und man schrieb das Jahr 1945. Es herrschte noch Krieg.

„Es war Anfang 1945, und wir wussten eigentlich nicht genau, ob Deutschland schon kapituliert hatte, und es gab in dieser Zeit viele Soldaten, die desertierten. Denen waren die Kettenhunde auf der Spur. Will sagen, die eigenen Leute. Die machten kurzen Prozess mit den Fahnenflüchtigen." Die Anspannung der Frau war unverkennbar.

„Davon habe ich gelesen. Ich habe auch kürzlich herausgefunden, dass mein Vater bei der SS war, falls Sie darauf hinauswollen", warf Margarete ein und leerte ihr Glas.

„Sicher, sicher…", entgegnete Erika Jaden, „… Ich habe mich damals – wie sagt man? - zur falschen Zeit am falschen Ort befunden …"

„Wie darf ich das verstehen?"

„Ich hatte mich in der Dämmerung weit an den Waldrand vorgewagt, allein wegen der paar wilden Apfelbäume, die dort standen. Alle Konturen verschwammen bereits. Wir mussten ja schließlich nehmen, was wir kriegen konnten, egal wie und woher. Es waren vier deutsche Männer in Zivil, die mich in den Wald zerrten. Vier flüchtige Soldaten, Deserteure, die sich ihrer Uniformen entledigt hatten." Frau Jaden schluckte und suchte in ihrer Handtasche herum, bis sie ein Taschentuch fand.

„Aber ihre Sprache konnten die Soldaten nicht ablegen, verstehen Sie? Sie sind, wie soll ich das jetzt sagen? Sie sind sozusagen nacheinander über mich hergefallen."

Frau Jaden machte gezwungenermaßen eine Pause. Sie hielt sich die Faust auf ihren Mund, und ihre Augen füllten sich mit Tränen. Margarete trank. Die Wirkung des Alkohols gab ihr die Verfassung, mit dem Gehörten zurechtzukommen.

„Habe ich Sie da richtig verstanden? Sie sagen, die vier Männer haben Sie vergewaltigt?"

Erika Jaden nickte und betupfte mit dem Taschentuch ihre Augen. Sie entschuldigte sich dafür, nicht so leicht darüber sprechen zu können.

„Es muss fürchterlich für Sie gewesen sein."

„Ich habe mir doch einiges merken können. Den einen nannten sie Rudi, den anderen Hannes mit Spitznamen. Arthur hieß der Hannes mit Vornamen."

„Wie soll ich das bitte jetzt verstehen? Wollen Sie damit andeuten, dass mein Vater in diese Sache verwickelt war?!", empörte sich Margarete spontan.

„Ich habe sehr lange nachforschen müssen, bis ich zwei der vier Männer gefunden habe. Einer davon war Ihr Vater."

Margarete stand auf und sah unruhig hin und her. Sie trank den Rest Wein in einem Zug und schaute verärgert zu Frau Jaden, die mit ängstlichem Blick dagegenhielt.

„Ich möchte Sie nicht anklagen, Frau Westerkamp. Sie können doch nichts dafür."

„Das wäre ja auch noch schöner!", rief Marga aus und schenkte sich erneut ein. Dann schossen ihr die Tränen in die Augen, und sie merkte, wie sich alles in ihr zusammenzog.

„Was muss ich eigentlich noch alles ertragen?", stöhnte sie.

„Muss ich Ihnen das glauben?" Erika Jaden entschuldigte sich erneut und hielt sich mit zittrigen Händen an ihrem Taschentuch fest.

„Dass man Ihren Vater tötet, habe ich nicht gewollt, Frau Westerkamp. Ich habe aber nicht mehr so lange Zeit."

„Warum haben Sie denn anfangs gesagt, dass Sie ihn getötet haben?"

„Wie gesagt, ich kannte namentlich zwei von vier Männern. Ich habe die Schwester des zweiten Mannes, also von Rudi, aufgesucht und es auch ihr erzählt. Ich weiß nicht, ob Sie wissen, wie das ist, wenn man endlich am Ziel seiner Suche angekommen ist. Ich musste mich mitteilen ..."

„Wie heißt dieser Rudi richtig? Rudolf und weiter?"

„Seine Schwester war sehr nett zu mir. Sie meinte, man dürfe das nicht einfach auf sich beruhen lassen ..."

„Wer war diese Frau?"

„Leider habe ich einen Fehler gemacht. Ich habe ihr auch den Namen Ihres Vaters genannt."

„Warum war das ein Fehler, wenn Sie sicher sind, dass die beiden Männer daran beteiligt gewesen sein sollen?"

„Entschuldigung, Frau Westerkamp, sie waren daran beteiligt. Aber wie soll ich es beweisen? Ich habe Jahre meines Lebens damit verbracht, nach ihnen zu forschen. Ich möchte doch keine unschuldigen Menschen an den Pranger stellen. Das wäre doch fürchterlich. Ich habe damals etwas Verrücktes getan, zumindest zur damaligen Zeit."

„Was meinen Sie?"

„Bevor sie mich liegen gelassen haben, hatten sie mir gedroht mich umzubringen, wenn ich etwas sage. Dann sind sie verschwunden. Für mich ist es ein Wunder, dass ich überleben durfte. Ich danke Gott jeden Tag dafür. Und genauso hadere ich jeden Tag mit ihm." Frau Jaden führte das Weinglas an ihren Mund.

Köln, 16:09 Uhr

„Würdest du mir noch eine Decke bringen? Die Sonne ist herrlich, aber einen Sonnenbrand möchte ich dann doch nicht bekommen."

„Warte. Willst du nicht lieber etwas Sonnencreme?"

„Ach, ich bitte dich. Ich bin doch keine 25 mehr. Wen interessiert meine Bräune?"

„Also bitte, mich zum Beispiel."

„Ach, mein Schatz, du bist und bleibst ein Charmeur."

„Da danke ich dir. Hier, mein Engel, deine Decke", sagte Peter Jakob und gab seiner Frau einen Kuss auf die Stirn. Dann setzte er sich neben sie auf den Gartenstuhl und las weiter in *Der Schwarm* von Frank Schätzing.

„Es ist ein herrlicher Tag heute, findest du nicht? Haben wir noch etwas Kaffee, Liebling?"

„Ich hol dir welchen. Und so schön ruhig, nicht? Ruhe ist ja manchmal die schönste Musik."

„Ja, mein Philosoph."

Sie hörten die Türklingel.

„Erwartest du jemanden?"

„Nein."

„Ich schau mal nach." Peter Jakob ging ins Wohnzimmer und durch den kleinen Flur zur Haustür. Durch die Milchglasscheibe sah er niemanden. *Vielleicht ein Zeitungsausträger, der mit Klingeln auf das Werbeblatt aufmerksam machen will,* dachte er. Als er die Tür öffnete, sah er als erstes einen Schuh, dann wurde die Tür aufgestemmt. Peter Jakob blickte in das Gesicht von Dirk Bachhoff, der ihm blitzartig eine Waffe unter die Nase hielt und ins Haus drängte.

„Hallo, Peter. Geh rein und halt den Mund. Wenn du irgendein Theater machst, schieß ich dir die Kniescheibe kaputt."

„Dirk?" Peter Jakob stand noch an der Flurwand, als Bachhoff die Haustür schloss. Die auf ihn gerichtete Waffe im Blick folgte der Bewährungshelfer den Anweisungen seines Probanden. Sie gingen ins Wohnzimmer. Mit geschlossenen Augen und träger Stimme erkundigte Frau Jakob sich von der Terrasse aus, wer denn an der Tür gewesen sei. Als sich ein Schatten über sie warf, blinzelte sie und sah in die vor Schreck geweiteten Augen ihres Mannes, erst danach bemerkte sie die Mündung der Waffe an seinem Hals.

„Stehen Sie auf, und kommen Sie ins Wohnzimmer! Peter, gib mir dein Handy!" Der Bewährungshelfer tastete sich ab und bemerkte, dass er das Gerät wohl im Arbeitszimmer gelassen habe. Peter Jakob musste zwei Stühle mit Armlehnen aus dem Esszimmer holen. Dann befahl ihnen Bachhoff, darauf Platz zu nehmen. Das Gesicht der Frau war kreideweiß, als sie sich auf dem Stuhl niederließ. Bachhoff holte eine breite Rolle Klebeband aus seiner Umhängetasche und befahl Frau Jacob, ihren Mann an den Stuhl zu fesseln, während er mit der Pistole herumfuchtelte. Danach herrschte er die Frau an, sich auf den anderen Stuhl zu setzen.

„Dirk, bitte! Meine Frau hat Asthma, sie darf sich nicht so aufregen. Was willst du eigentlich?"

„Zuerst will ich eine Dusche, danach wirst du mir Geld geben, das bist du einem Freund schuldig. Und dann bin ich auch schon wieder weg. Wenn ihr einfach macht, was ich sage, braucht sich keiner aufregen oder Asthma kriegen."

„Dirk, du musst dich stellen. Du reitest dich doch immer tiefer rein. Jetzt hast du noch eine Chance, mit einem blauen Auge davonzukommen."

„Was verstehst du denn schon von blauen Augen. Hast du dich überhaupt einmal in deinem Leben schlagen müssen? Ich habe keine Chance. Du hast mir auch nicht geholfen. Und so was nennt sich Freund."

„Ich bin dein Bewährungshelfer, Dirk. Wenn du unschuldig bist, kann dir doch nichts passieren."

„Ich stecke viel zu tief in der Scheiße, als dass ich da ohne Knast davonkäme."

„Hast du denn was mit den Frauen zu tun gehabt?"

„Und wenn schon. Waren ganz schön steile Zähne, die Zwillinge. Hätte ich gern mal richtig gefickt." Dabei schaute er Frau Jakob an, die aschfahl auf ihrem Stuhl saß und ruhig zu atmen versuchte. Bachhoff prüfte die Fesseln bei Peter Jakob und bemerkte dann,

„So, jetzt sind Sie dran. Nicht mit ficken. Sondern hiermit." Er hielt ihr das Klebeband entgegen. Frau Jakob wurde unruhig und schaute Hilfe suchend zu ihrem Mann, der mit Armen und Beinen an seinen Stuhl gefesselt ängstlich zu ihr schaute.

„Dirk, bitte. Kannst du sie nicht in Ruhe lassen. Meine Frau wird nichts unternehmen. Sie wird tun, was du sagst. Das ist eine zu große Belastung für sie, wenn du sie fesselst. Du kannst duschen, und ich gebe dir Geld, aber bitte lass Renate doch. Warum machst du das hier?"

„Das möchtest du gern wissen, was? Hat der Dirk die Weiber vielleicht doch erwürgt?", fragte er zurück und schaute dabei Frau Jakob grinsend an, während er ihr die Arme an den Stuhl band.

„Erfahrung hat er ja mit so einer Gitarrensaite. Ich hatte noch nie Glück mit den Frauen. So, jetzt die Füße an die Stuhlbeine stellen."

„Das kann sich doch alles noch ändern, Dirk. Du solltest nur jetzt nicht noch mehr Fehler machen ..."

„Was weißt du denn schon? Ich habe bei Frauen immer ins Klo gegriffen. Zuerst Anne, die mich heiraten wollte und dann plötzlich mit den Bullen gedroht hat ..."

„Meinst du Annette Preis, die diese Einstweilige Verfügung gegen dich erwirkt hatte?"

„Ja, und für was?"

„Dirk. Gewalt ist keine Lösung, das hatten wir doch zu Genüge in der Gruppe besprochen. Erinnere dich doch. "

„Und dann Jessica, diese Schlampe."

„Aber du hast doch für alles bezahlt und bist draußen. Und wenn du es gut anstellst, wirst du auch eine Frau bekommen.

Das wird doch alles wieder gut, wenn du jetzt nicht noch Dummheiten machst."

„Ich werde jetzt erst mal duschen, und damit ihr mir in der Zwischenzeit nicht so laut um Hilfe ruft, werde ich eure Mäuler zukleben."

„Dirk, bitte. Das nicht! Meine Frau …" Mehr konnte er nicht mehr mitteilen, bevor ihm der Mund zugeklebt wurde und er nur noch erstickte Laute hervorbringen konnte. Peter Jakob starrte ängstlich zu seiner Frau hinüber. Er hatte sie noch nie so in Not gesehen und glaubte, dass sie bald einen Arzt benötigte. Sie saßen sich in drei Meter Abstand gegenüber und sahen sich in die Augen, während Bachhoff die Dusche aufdrehte. Nach dem Duschen erschien Bachhoff mit nassen Haaren, frisch rasiert und in frischen Kleidern aus Jakobs Schrank. Er baute sich breitbeinig vor seinen Opfern auf.

„Was in der Breite zu viel ist, ist in der Länge zu wenig. Aber sonst geht's, oder?", fragte er grinsend und riss Peter Jakob das Band vom Mund. Jakob stöhnte vor Schmerz auf.

„Bitte, Dirk, meine Frau. Lass sie etwas trinken! Sie steht das sonst nicht durch, bitte."

„Also, gut. Ich hole Wasser." Er ging in die Küche, suchte ein Glas und füllte es mit Leitungswasser. Dann kam er mit dem Glas zurück ins Wohnzimmer. Er riss Frau Jakob das Klebeband vom Mund und ließ sie trinken.

„Danke", hauchte sie kaum hörbar.

„Okay, so bin ich. Also, Peter, 2000 Euro - und dann bin ich weg."

„Dirk! So viel Geld habe ich doch nicht mal eben hier rumliegen."

„Okay, dann gehen wir an einen Automaten, und du ziehst es."

„Ich kann keine 2000 Euro ziehen. Bei meiner Bank bekomme ich am Automaten 1000 Euro pro Tag. Wir können in eine Bank gehen, und da hebe ich 2000 ab."

„Das könnte dir so passen. Und nebenbei nach der Bullerei rufen. Ich bin nicht ganz blöd, Peter. Wir gehen an zwei Automaten und du ziehst jeweils 1000 Euro."

„Das klappt nicht, Dirk. 1000 Euro am Tag und nur bei meiner Bank. Bei einer anderen Bank bekommen wir noch weniger." Bachhoff nahm das Klebeband und klebte Frau Jakob den Mund wieder zu. Im Anschluss zog er sein Messer und schnitt Peter die Fesseln auf.

„Dirk, sie muss atmen können, lass ihr den Mund frei. Sie wird nichts machen, bis wir wieder zurück sind ..."

„Ist klar, halt dein Maul, Peter!" Als Bachhoff das Messer wegsteckte, sah der Bewährungshelfer, dass die Waffe wieder auf ihn gerichtet war.

„Sie hat Asthma. Wir können sie hier nicht gefesselt zurücklassen, bitte."

„Ist gut jetzt", sagte er und richtete seinen Blick auf Frau Jakob.

„Sie schaffen das, nicht wahr? Und machen Sie keinen Krach hier, sonst werde ich ihren Mann erschießen. Das wollen Sie doch nicht, oder? Wir sind in ein paar Minuten zurück. Immer schön langsam durchatmen."

Peter Jakob konnte den Blick kaum von ihr nehmen. Er wusste, das Bachhoff ihm haushoch überlegen war.

„Die Zeit drängt, Peter. Los!"

Frankfurt, 16:11 Uhr

Margarete Westerkamp hatte Kaffee aufgebrüht und einem neuen Rotwein zum Atmen verholfen. Sie schnitt einen halben Rosinenstuten auf und stellte auch eine Schale Butter, Marmelade, zwei Teller und Messer sowie die Tassen und die Thermoskanne Kaffee auf das Tablett. Als sie hinaus auf die Terrasse ging, sah sie Frau Jaden unverändert auf ihrem Stuhl sitzen.

Marga fand, dass sie ein wenig ausgemergelt aussah und stellte das Tablett ab.

„Ich habe uns einen Rosinenstuten aufgeschnitten. Leider habe ich keinen Kuchen im Haus. Oder möchten sie etwas Herzhaftes essen?"

„Bitte, machen sie sich wegen mir keine Umstände. Das ist ja viel zu viel der Mühen. Ich nehme ja schon viel zu lange Ihre Zeit in Anspruch."

„Ach, was reden Sie da, Sie müssen doch hungrig sein", antwortete Marga und verteilte Teller und Tassen.

„Vielen Dank. Ich weiß mich leider nicht kürzer zu fassen."

„Das geht in Ordnung. Ich bin sehr interessiert, wie Sie sich vielleicht denken können. Aber bitte, nehmen Sie sich doch."

„Ich weiß gar nicht, wie ich Ihnen danken soll ..."

„Ich habe das Gefühl, dass ich Ihnen zu danken habe. Kaffee?" Marga schenkte den Kaffee ein und reichte Frau Jaden die Butter.

„Möchten Sie vielleicht einen kleinen Cognac dazu? Ich habe einen Hennessy."

„Nein, vielen Dank."

„Sie haben bestimmt nichts dagegen, wenn ich mir einen zum Kaffee gönne." Als sich Marga setze, fuhr Erika Jaden fort.

„Rudis Schwester, ihr Vorname ist Ursula, soviel darf ich dann doch sagen, war wirklich sehr nett und in meinem Alter. Sie wollte das Geschehene nicht auf sich beruhen lassen. Sie hat mir vor ihrem Tod - Gott habe sie selig - noch geschrieben. Sie hatte nicht mehr die Kraft, ihren Bruder zu konfrontieren. Ursula hatte ein Schriftstück verfasst, das der Sohn ihres Bruders mit seinem Erbanteil bekam. Sie selbst hatte keine Kinder - wie ich. Bald nach ihrem Tod verstarb der Bruder an einer Überdosis Tabletten."

„Ich verstehe nicht so recht, Frau Eden."

„Jaden. Erika Jaden. Man kommt da schon mal durcheinander."

„Verzeihung, Frau Jaden." Der Cognac und ihr Schamgefühl malten rote Flecken in Margas Gesicht.

„Sehen Sie, Frau Westerkamp, ich habe mich gefragt, warum sich der Bruder von Ursula das Leben nahm? Wenn sie ihren Bruder nicht konfrontiert hat, was sie mir ja geschrieben hat, dann hätte er entweder keinen Grund gehabt, weil er nichts von dem Gespräch wusste, oder der Sohn hat ihn mit Ursulas Schreiben konfrontiert. Oder was meinen Sie?"

„Das klingt logisch, wenn der Mann nicht einfach lebensmüde war?"

„Das kann ich nicht beurteilen. Ich habe nicht mit ihm gesprochen, Gott bewahre!"

„Wie alt ist der Sohn?", wollte Marga wissen.

„Mit dem Sohn habe ich nicht gesprochen. Männer machen mir Angst", wich Erika Jaden der Frage aus und nahm einen Bissen vom Rosinenstuten.

„Besagter Rudi war Arzt im Ruhestand und kam bestimmt auch leicht an alle möglichen Medikamente heran. Ich wollte, dass er Rechenschaft ablegt, verstehen Sie? Aber seinen Tod wollte ich wirklich nicht. Ich muss aber zu meiner Schande gestehen, dass ich dennoch eine gewisse Genugtuung empfand."

„Das kann man nachvollziehen", bestärkte Marga die alte Frau, um ihr Mut zuzusprechen. Sich selbst machte sich mit einem weiteren Cognac Mut.

„Als ich einige Zeit später von den Umständen des Todes Ihres Vaters erfuhr, musste ich über all das neu nachdenken. Ich habe bitter zur Kenntnis nehmen müssen, was ich mit meiner Initiative angerichtet habe. Ich kann es ja nicht beweisen, aber ich glaube seitdem auch nicht mehr an einen Selbstmord von Ursulas Bruder."

„Sondern?" Als sich die beiden Frauen einen Moment schweigend ansahen, empfand Marga dieselbe Angst, die Erika Jaden im Gesicht geschrieben stand.

„Sie glauben, dass der Sohn seinen Vater …?"

„Und Sie?" Margarete stand auf und nahm ihr halbvolles Weinglas, das sie auf dem Tisch stehen gelassen hatte und ging ein paar Schritte auf den Rosenbusch zu. Sie roch an einer Rose und strich sanft über ein Blatt, bevor sie ihr Glas leerte.

„Nehmen wir an, es stimmt, was Sie sagen, Frau Jaden, warum sollte der Sohn dann auch meinen Vater umgebracht haben, das vermuten Sie doch, nicht wahr?"

„Darauf kann ich Ihnen keine befriedigende Antwort geben, das muss wohl die Polizei herausfinden."

„Wie sollte er überhaupt wissen, dass mein Vater beteiligt war?"

„Ich hatte Ihnen gesagt, dass ich den Fehler gemacht habe, Ursula den Namen Ihres Vaters zu nennen, nicht?" Marga setzte sich wieder zu Erika Jaden an den Tisch. Sie bemerkte, dass bei der alten Frau alle Angst verflogen war.

„Sie sind sich anscheinend ganz sicher."

„Ganz sicher kann man sich nie sein. Aber sehen Sie, Sie wurden am 16. Februar 1958 geboren. Ihre Mutter starb am 06.03.1981 an Krebs. Ihr Vater war Mitglied der SS. Er hatte eine Geliebte, die Sie gut kennen, Frau Katharina Folgerreith. Sie verstarb in der Kölner Uniklinik, auch unnatürlich, wie ich erfuhr. Ich möchte Ihnen nicht meine gesamten Nachforschungen vorlegen. Die gehen sehr weit zurück und enden bei Ihnen und Ihrem Bruder Rob Hansen, der am 19. Juni 1960 geboren wurde und bei der Kölner Mordkommission arbeitet, nicht wahr?" Sie schwieg und suchte etwas in ihrer Handtasche, die sie auf ihrem Schoß hielt. Margarete stand der Mund offen. Irgendetwas an dieser Frau machte Marga plötzlich aggressiv.

„Da haben Sie ja sehr gut recherchiert, Frau Jaden!", entgegnete sie in gereiztem Tonfall.

„Bitte, verzeihen Sie mir das! Ich hatte nach dieser schmerzlichen Erfahrung nur die Alternative, mich umzubringen oder einen Sinn darin zu sehen." Die Ruhe, mit der Frau Jaden ihre Möglichkeiten kurz und bündig beschrieb, ließ Marga skeptisch werden.

„Einen Sinn darin zu sehen? In dem, was man Ihnen angetan hat?"

„Ja, das heißt nicht direkt. Aber doch weitestgehend."

„Und, haben Sie einen Sinn gefunden?", forderte Margarete provokant eine Antwort ein.

„Ich denke ja, auch wenn er Ihnen etwas mager erscheinen dürfte."

„Sagen Sie es trotzdem."

„Wenn die Wahrheit ans Licht kommt, kann man damit Frieden machen. Im Verborgenen treibt sie ihr Unwesen. Es muss doch gesehen werden, damit es ein Ende nimmt, oder nicht, Frau Westerkamp?", fragte Erika Jaden, bevor sie mit einer Hand ihre Augen abschirmte und weinte. Marga biss in ein Stück vom Rosinenstuten und spülte ihn mit einem Schluck Rotwein herunter.

„Ich glaube, ich fange an, Sie zu verstehen", flüsterte Marga, und dann schwiegen beide. Frau Jaden öffnete ihre Handtasche und fingerte darin herum. Sie zog ein durchsichtiges Plastiktütchen hervor, stellte ihre Handtasche neben sich auf den Boden und legte das Tütchen auf den Tisch. Dann trocknete sie ihre Augen.

„Also, wenn das alles stimmt, Frau Jaden, dann müssen Sie zur Polizei gehen. Wir können doch nicht einen Mörder frei rumlaufen lassen, den Sie kennen. Ich nehme an, Sie haben in dieser Familie ebenso gut recherchiert?"

„Bitte, Frau Westerkamp! Jetzt nehme ich bitte doch einen Cognac." Margarete schenkte ihr ein und verfluchte sich heimlich, dass sie schon um diese Uhrzeit die Wirkung des Alkohols so deutlich spürte. Sie versuchte, ihre Gedanken beisammen zu halten. Nachdem die alte Dame getrunken hatte, schloss sie für einen kurzen Moment die Augen.

„Ich bin inzwischen zu alt, Frau Westerkamp. Ich schaffe das nicht mehr. Diese Befragungen. Das ganze Material, das ich gesammelt habe. Ich müsste das alles noch einmal mit der Polizei durchgehen und die Geschichte wieder lebendig werden lassen.

Die Polizei will doch immer alles so genau wissen. Und dann die Zweifel, die sie hegen, weshalb sie wieder und wieder fragen. Man wird vom Kläger zum Beklagten. Ich möchte keine Fragen mehr beantworten. Ich habe zwei von vier Männern gefunden, die mir das angetan haben. Ich hätte gern auch die anderen zwei gefunden, damit sie Rechenschaft ablegen. Gott bewahre, nicht so wie bei Ihrem Vater, aber man darf Ihnen das doch nicht einfach durchgehen lassen, oder?"

„Nein, Frau Jaden, man darf das nicht durchgehen lassen. Und Sie haben das Richtige getan. Ich bewundere Ihren Mut. Wie kann ich Ihnen helfen, Frau Jaden?"

„Sie haben mir schon sehr geholfen, Frau Westerkamp. Es ist gut, jemanden zu finden, der zuhört. Sie haben mir sehr lange zugehört. Dafür bin ich Ihnen sehr dankbar."

„Das ist doch wohl das Mindeste, Frau Jaden."

„Eine kleine Bitte hätte ich aber wirklich noch an Sie." Erika Jaden wartete auf eine Reaktion.

„Bitte, wenn ich helfen kann?"

Frau Jaden schob das durchsichtige Tütchen über den Tisch in Richtung Marga.

„Der Wahrheit letzter Schluss, könnte man sagen. Auf dem Waldboden von damals habe ich ein Taschentuch und ein Messer gefunden, nachdem die Soldaten verschwunden waren. Ich habe die Dinge die ganzen Jahre aufbewahrt, verrückt nicht? Dabei weiß ich noch nicht einmal, ob sie ihnen gehörten. Aber heute kann man doch viel besser als früher untersuchen, nicht? Vielleicht würden diese Dinge am Ende doch noch einen Beweis erbringen, wenn …?"

Marga standen die Schweißperlen auf der Stirn. Sie holte sich ein Taschentuch und putzte sich die Nase.

„Es wäre möglich. Man kann heutzutage auch von wenig Material zweifelsfreie DNA-Analysen machen, und vielleicht befinden sich auch noch brauchbare Fingerabdrücke darauf", antwortete Marga und deutete dabei auf das Messer in der Tüte.

„Könnte Ihr Bruder nicht …?"

„Ich werde ihn fragen, Frau Jaden. Sicher! Er kann das veranlassen. Er muss das veranlassen. Es ist sein Fall, selbstverständlich. Ich verspreche Ihnen, wir klären das auf, ganz bestimmt." Ihre Gedanken flogen in ihrem Kopf davon, wie die Welt in einem Karussell. Diesmal wurde Margarete nicht vom Alkohol schwindelig.

„Ich möchte Ihnen keine Unannehmlichkeiten machen. Es wäre nur ... mein letzter Gang hätte sich vielleicht doch noch gelohnt."

„Ich kümmere mich darum, Frau Jaden, ganz bestimmt. Wir lassen nicht zu, dass sie ungeschoren davonkommen. Sie können sich auf mich verlassen."

Erika Jaden bückte sich, um ihre Handtasche aufzuheben und stand auf. Sie entschuldigte sich, dass sie schon viel zu lange Margas Zeit in Anspruch genommen habe und wandte sich zum Gehen. Margarete begleitete Frau Jaden durch das Wohnzimmer zur Haustür.

„Es tut mir aufrichtig leid, was mit Ihrem Vater geschehen ist. Ich weiß nicht, wie ich das je wieder gutmachen kann."

„Sie haben nichts gutzumachen, Frau Jaden. Sie sind eine wirklich mutige Frau."

„Ich wäre Ihnen zutiefst verbunden, wenn ich mich wegen der Ergebnisse in ein paar Wochen noch mal bei Ihnen melden dürfte." Marga gab Frau Jaden ihre Visitenkarte, versicherte ihr nochmals, dass sie sich um die Angelegenheit kümmern werde und sie aus den polizeilichen Ermittlungen heraushalten würde.

„Wo wohnt dieser Sohn?", fragte Margarete am Schluss ins Blaue hinein.

„In Köln", antwortete Frau Jaden pflichtbewusst und glaubt, gerade erneut einen Fehler gemacht zu haben.

Margarete öffnete die Haustür.

„Sie sollten mir den Namen sagen, wenn es sein kann, dass er der Mörder ist, Frau Jaden."

„Wenn Sie ein Ergebnis haben, werde ich Ihnen den Namen sagen, Frau Westerkamp."

Marga fühlte, dass die Geschichte dieser Frau etwas in ihr verändern würde. Wieder lief ihr ein Schauer über den Rücken, und sie beschloss, ihr größtes Problem endlich anzupacken. Als die Frau sich zum Gehen wandte, fiel es ihr plötzlich ein.

„Sie waren das auf der Beerdigung von meinem Vater, stimmt's? Sie haben dort so geschimpft, nicht wahr?" Erika Jaden drehte sich noch einmal kurz zu ihr um.

„Sie haben Recht. Ich bitte Sie, mir auch das nachsehen zu wollen. Es war pietätslos, Sie so zu kompromittieren. Leider sind dort, wie sagt man noch, die Pferde mit mir durchgegangen?"

Köln, 16:16 Uhr

Bewährungshelfer Jakob spürte die Waffe auf Nierenhöhe. Er hatte 1000 Euro abheben können, aber Bachhoff wollte sich damit nicht zufrieden geben.

„Kein Automat spuckt heute nochmal etwas aus. Außerdem müssen wir zu meiner Frau zurück. Du hast versprochen, dass wir nur ein paar Minuten weg sind. Meine Frau stirbt, wenn sie so in Aufregung ist. Ich werde jetzt zurückgehen."

„Du tust, was ich dir sage!"

„Nein, Dirk, das habe ich jetzt lang genug getan. Ich werde jetzt zu meiner Frau gehen und einen Notarzt holen. Ich will, dass sie das überlebt."

„Ich sage dir, was du zu tun hast."

„Du kannst mich ja auf offener Straße erschießen. Meine Frau wird das auch nicht überleben, wenn ich jetzt nicht zurückgehe. Dann hast du zwei weitere Menschen auf dem Gewissen."

„Du hast sie doch nicht mehr alle. Ist das wirklich so schlimm mit deiner Frau?"

„So schlimm, dass ich mich von dir dafür erschießen lasse." Er erhöhte sein Tempo. Bachhoff hielt ihn am Arm fest. Der Bewährungshelfer riss sich los.

„Ich schieß dir ins Bein, wenn du nicht tust, was ich dir sage."
„Hau ab, Bachhoff! Du hast, was du wolltest. Lass mich zu meiner Frau!" Peter Jakob schnaubte und bog in die De-Vries-Straße ab. Es waren noch 50 Meter. Bachhoff wich ihm nicht von der Seite.
„Hau ab, Mann! Was willst du noch?! Du hast genug angerichtet!?"
Bachhoff schlug ihm mit der Faust in die Niere. Peter Jakob krümmte sich und stolperte die letzten Schritte bis zur Tür.
„Du tust, was ich dir sage", raunte Bachhoff. Der Bewährungshelfer öffnete die Tür und stürmte ins Wohnzimmer. Bachhoff ließ ihn nicht aus den Augen.
Ihr Kopf hing vornüber, mit dem Kinn auf der Brust.
„Wir brauchen einen Notarzt!", brüllte Peter Jakob und riss seiner Frau das Klebeband vom Mund. Dann streckten ihn hartkantige Schläge auf Kopf und Nacken nieder.

***

„Ich weiß nicht. Es geht mir zu schnell, Rob."
„Mir nicht, aber okay. Was willst du in Anbetracht der Situation jetzt tun?"
„Ich weiß nicht. Ich muss überlegen. Ich kann doch nicht alles Hals über Kopf entscheiden."
„Nein, aber zwei oder drei Monate gehen schnell vorbei, und dann ist es gelaufen. Alle Zeit der Welt hast du auch nicht mehr, oder?"
„Ich dachte, es geht um unsere Entscheidung? Jetzt soll ich es allein entscheiden?", fragte Stefanie in gereiztem Ton und schaute Rob zornig an. Wenn sie böse war, zog sie den Mund auf eine Art und Weise hoch, dass fast nur noch ihre Schneidezähne zu sehen waren. Es erinnerte Rob an die Mundstellung eines Kaninchens, was er ihr noch nicht gesagt hatte und sobald auch nicht sagen wollte. Doch ein Grinsen konnte er nicht verbergen.

„Was grinst du jetzt auch noch so?", wurde Stefanie noch wütender. Sie schaltete den Fernseher aus.

„Es tut mir leid, Steffi, aber du siehst bezaubernd aus."

„Du nimmst mich nicht ernst, Mann!"

„Doch, sehr sogar, aber bezaubernd aussehen tust du auch."

„Lass das jetzt! Was sagst du dazu? Es ist doch auch deine Angelegenheit!"

„Süße, ich habe dir bereits gesagt, wie ich darüber denke. Ich will es und fertig. Für mich ist das nur eine Frage der Organisation. Die Gegend ist doch Klasse."

„Die Gegend ist optimal. Dass du überhaupt keine Bedenken hast - ich verstehe das nicht."

„Nein, habe ich nicht. Um ehrlich zu sein, es ist für mich, als hätte ich mein Leben lang auf dich gewartet, und jetzt bist da, und alles ist gut. Für mich ist alles möglich, Steffi, alles." Er schaute sie an, und Stefanie war verlegen und beeindruckt zugleich. Seine Eindeutigkeit ihr gegenüber hatte etwas Beängstigendes für sie. Sie fühlte sich von seiner Entschiedenheit gefangengenommen, ähnlich dem, wie sie es von Sebastian Wittloh kannte. Und dennoch war es auch wieder ganz anders. Obwohl es nur um die Frage ging, ob sie zusammenziehen sollten, hatte Stefanie das Gefühl, er habe ihr gerade einen Heiratsantrag gemacht und wolle auf der Stelle ein Kind mit ihr.

Stefanie konnte die Wohnung von ihrer Freundin Mandy übernehmen. Mandy wollte einen Schlussstrich unter das Kapitel Südstadt ziehen, wozu unter anderem gehörte, ihren Freund zu heiraten und das Haus mit den Praxisräumen zu kaufen. Stefanie musste sich nur schnell entscheiden, da die Wohnung sonst anderweitig vermietet werden würde.

„Du bist dir ja verdammt sicher, oder?", begann Stefanie, den Faden wieder aufzunehmen. Das Handy klingelte, und Rob sprang auf, um in seinem Jackett danach zu suchen.

„Ich bin mir hundertprozentig sicher, und das muss irgendwie mit dir zusammenhängen." Er sah auf die Nummer im Display und rollte die Augen. Dann drückte er die Nummer weg.

„Wer war dran?"
„Meine Schwester."
„Oh! Mein Rob emanzipiert sich? Da hat er sich aber eine Belohnung verdient, oder?"
„Ich wüsste da auch schon, was für eine."
„Ich würd sagen, da würd ich von selbst nicht drauf kommen, oder? Ich hol uns noch einen guten Tropfen. Wärm doch das Bett schon einmal an."

Köln, 19:29 Uhr

Sein Kopf dröhnte, und er bekam kaum Luft. Die verschwommene Umgebung bekam langsam schärfere Konturen. Er starrte auf die Füße seiner Frau, die an den Stuhlbeinen fixiert waren. Plötzlich brachen die Ereignisse heftig über ihn herein. Er wusste nicht, wie lange er schon so da lag. Er traute sich nicht, den Blick zu heben, um seine Vermutung nicht zur Wahrheit werden zu lassen. Dann sah er sie doch an. Ihr Kopf hing unverändert in der Lage, wie er sie gesehen hatte. Er brüllte, aber die Worte, mit denen er seine Frau rief, rieben seine Stimmbänder in der Tiefe seines Halses wund und machten vor dem Klebeband halt. Seine Wangen wollten platzen von seinen klagenden Schreien, die keinen Weg ins Freie fanden. Panisch rang er durch die Nase nach Luft und versuchte, mit heftigen Bewegungen sich seiner Fesseln zu entledigen. Der linke Arm war ihm vollends eingeschlafen. Peter Jakob wälzte sich auf den Bauch, um seine Arme irgendwie zu entlasten. Dann drehte er sich erneut auf den Rücken und stützte sich mit den Armen nach oben. Seine Frau Renate saß frontal vor ihm. *Ich muss ihr den Kopf halten! Sie bekommt so keine Luft. Ihr Asthma!* Die Wahrheit sickerte tröpfchenweise in sein Bewusstsein. Er riss an Armen und Beinen. Er versuchte, seine Beine entgegengesetzt zu drücken, um das Band zum Reißen zu bringen. Er robbte über den Boden bis zu der Wand neben seinem Ohrensessel. Er stemmte sich mit seinen Händen gegen die Wand und drückte sich darüber stoßweise hoch. Kaum hatte er sich an der Wand hochgehangelt, schwirrte es in seinem Kopf. Sein Gesichtsfeld verschwamm. Er starrte wie durch einen Tunnel, dann wurde es schwarz. Den harten Aufschlag, den sein Kopf auf dem Laminat einstecken musste, spürte er noch.

***

„Hallo, Bruderherz. Es kann alles nur noch völlig bekloppt werden. Mehr ist nicht mehr drin", hörte Rob seine Schwester am Telefon sagen. Nach ihrer fünften Mailboxnachricht entschloss er sich, sie zurückzurufen. Schon die ersten paar Worte sagten ihm, dass Marga getrunken hatte. Er suchte mit seinen Blicken Stefanies Aufmerksamkeit und stellte das Handy laut. Er fragte sie, während er sich dabei neben Stefanie setzte, was sie wolle und ob es nicht Zeit bis morgen hätte. Er würde sie dann auch als erstes zurückrufen.

„Wenn du mir jetzt nicht zuhörst, werde ich unser Haus in Flammen setzen!", drohte sie. Stefanie schaute Rob mit aufgerissenen Augen an.

„Jetzt mal halblang, Marga! Was ist los?"

„Er ist ausgezogen, Rob. Oliver ist zu seiner Schnepfe gezogen. Er sagt, er habe eine eigene Wohnung, aber er ist garantiert zu dieser Golfhure gezogen."

„Marga, bitte. Das hast du doch nicht nötig."

„Ist doch wahr, da hat man zwei Kinder ausgetragen und großgezogen. Hat ihm die besten Jahre geschenkt, und wenn der Lack ab ist, poliert er seine Potenz mit Frischfleisch auf. Da sucht sich der Arsch eine andere, mit aufgeschäumten Brüsten und abgesaugter Cellulite. Was glaubst du, wie alt diese Fotze ist?"

„Marga! Bitte nicht in diesem Ton."

„Zwanzig Jahre jünger! Mit 30 hat man doch noch einen Knackarsch und keine Hängetitten, oder? Und trotzdem hat die schon mehr Schönheitschirurgen gesehen, als wir Messer in der Küche haben."

Rob lenkte vom Thema ab und erkundigte sich nach ihren Kindern. Sie waren nicht zuhause, was ihn nicht zuversichtlicher stimmte. Ihn beschlich die Angst, dass seine Schwester sich wirklich etwas antun könne und anscheinend niemand bei ihr war, um das zu verhindern.

„Aber, was ich dir eigentlich sagen wollte ..., dich interessiert mein Leben ja sowieso nicht ..."

„Marga, was redest du denn da ..." Stefanie holte die Weinflasche aus der Küche und schenkte nach. Rob winkte automatisch ab.

„... aber eigentlich wollte ich dir von Frau ...", Marga unterbrach ihren Redefluss für einen Moment, „... Erika erzählen." Während er anfangs glaubte, dass der Alkohol ihr zusetzte, konzentrierte er sich schließlich doch auf ihre wirre Erzählung, um das Wesentliche der langen Geschichte zu erfassen.

„Wie heißt diese Frau?"

„Erika, soviel kann ich dir sagen. Sie hat mich gebeten, sie da rauszuhalten. Männer machen ihr Angst, was ich langsam verstehen kann."

„Was soll das, Marga? Ich bin Polizist, ich stehe auf der richtigen Seite. Aber diese Frau könnte vielleicht wirklich einen Hinweis geben, dem wir nachgehen müssen. Das ist beileibe immer noch ein Mordfall, den es aufzuklären gilt, auch wenn es unser Vater ist."

„Sie ist 83 Jahre alt. Ich glaube, sie hat mehr als die Hälfte ihres Lebens nur damit verbracht, die Männer zu finden, die ihr das angetan haben. Sie will die ganzen Verhöre und das alles nicht."

„Kommissar Bruns könnte sie vernehmen. Du hast ihn kennengelernt. Der ist doch nett und einfühlsam."

„Ja, das ist er ..."

„Oder wir lassen sie durch eine weibliche Kollegin befragen. Wir haben gute Leute, Marga. Wir können Psychologinnen hinzuziehen. Wir müssen sie befragen."

„Aber ich werde dir ihren Namen nicht sagen. Zuerst habe ich hier etwas, das dich interessieren könnte. Wenn es in diesem Fall eine Rolle spielt, wird sie mir den Mörder nennen.

„Was?! Will die uns erpressen? Was hast du?"

„Ein Messer und ein Taschentuch."

Rob` schaute Stefanie an, die schweigsam zugehört hatte. Er drückte den Lautsprecher wieder aus und legte den Finger auf das Mikrofon.

„Hättest du Lust, meine betüddelte Schwester kennenzulernen?" Stefanie schaute ihn verwundert an. Dann zog sie ihre Schultern hoch und lächelte.

„Ja, gern."

Freudig befreite er das Mikro von seinem Finger.

„Marga, ich werde dir gleich eine ganz tolle Frau vorstellen."

***

Er spürte gewaltige Kopfschmerzen und arbeitete sich mit den auf den Rücken gefesselten Händen von der Bauchlage in die Sitzposition. *Nicht wieder aufstehen!*, befahl er sich und schob sich mit den Füßen voran zur Küche. Am Tisch, vor dem Küchenschrank, zog er sich mühsam auf einen Stuhl, bis er zum Sitzen kam. Der Kreislauf schien mitzuspielen. Er rutschte mit dem Stuhl bis zu der Schublade des Küchenschranks, wo das Besteck lag. Vorsichtig stellte er sich auf und griff rückwärts hinein. Er brauchte nicht lange, bis seine Finger ein Messer ertasteten. Nach einigen Minuten hatte er das Klebeband endlich durchtrennt. Er setzte sich wieder auf den Stuhl und befreite Mund und Füße. Dann rieb er sich die Fesselstellen und glitt auf den Boden zurück. Er traute sich nicht, aufrecht zu gehen und krabbelte auf Händen und Knien zurück ins Wohnzimmer. Das Telefon lag auf dem Boden, und Peter Jakob bemerkte, dass die

Leitung durchtrennt war. Auf allen Vieren erreichte er sein Arbeitszimmer und war erleichtert, als er sein Handy auf dem Schreibtisch liegen sah. Er setzte sich auf seinen Bürostuhl und drückte die Kurzwahltaste.

***

Sie konnte sich kaum auf den Kinofilm *Die Quereinsteigerinnen* konzentrieren, so erregt war sie. Im Schutze der Dunkelheit fühlte sie, wie der Reißverschluss ihrer Hose geöffnet wurde und die Hand hineinfuhr. Sie unterdrückte die Lust zu stöhnen, als die Finger mit ihr zu spielen begannen. Sie wollte küssen, aber auch das verkniff sie sich und versuchte ihren heftiger werdenden Atem zu unterdrücken. Sie starrte geistesabwesend auf die Leinwand und ließ geschehen, was Viola geschickt hervorlockte. Es war ein kurzer, aufregender Orgasmus, der sie nach einer kurzen Entspannung noch mehr in Fahrt brachte. Plötzlich vibrierte ihr Handy in ihrer Jeans. Sie zog es heraus und schaute auf das Display. *Unbekannt.* Liviana überlegte kurz, wer ihrer Bekannten seine Rufnummer unterdrückte. Dann gab sie Viola ein Zeichen, dass sie rausgehen und telefonieren müsse. Sie stand auf, und während sie sich durch den engen Gang zwischen den Sitzen an den ungeduldig reagierenden Zuschauern vorbeidrückte, nahm sie das Gespräch an.

„Vaitmar", flüsterte sie.

„Liviana?!", rief die Stimme am anderen Ende.

„Ja. Ich muss gerade hier raus, dann kann ich reden", antwortete sie, ohne die Stimme zuordnen zu können. Einige Besucher empörten sich, dass man noch nicht einmal im Kino Ruhe vor den Handys habe. Als Liviana in das Foyer hinausaustrat, vernahm sie eine undeutliche Männerstimme, die zu ihr sprach. Sie zog den Reißverschluss ihrer Hose zu.

„Liviana, er hat sie umgebracht. Er hat meine Frau umgebracht."

„Hallo!? Langsam! Wer hat was? Mit wem spreche ich?"

„Peter. Er hat meine Frau umgebracht."

Liviana fragte nochmals nach, um das Gehörte zu verarbeiten. Als sie den Namen Bachhoff hörte, fuhr es ihr durch Mark und Bein. Sie sah, wie die Kinotür aufging und Viola herauskam.

„Ich komme! Fass nichts mehr an! Bleib, wo du bist und warte, bis ich da bin! Hast du verstanden? Ich bin gleich bei dir." Sie ließ sich seine Adresse geben und trennte die Verbindung. Sie wählte erneut und orderte einen Notarzt an Jacobs Adresse.

„Mist, Mist, Mist! ...", brüllte sie in die Halle hinaus, „Ich muss, Viola."

„Ich fahre dich."

„Wir dürfen keine Zeit verlieren." Sie rannten die Rolltreppe hinunter und stürmten aus dem Cinedom hinunter zur Tiefgarage des Mediaparks. Liviana fühlte jeden Schritt Violas neben sich. Sie erlebte einen rhythmischen Gleichklang, der ihr wie ein gemeinsamer Herzschlag vorkam und den sie so bald nicht vergessen würden. Sie nannte die Adresse des Bewährungshelfers und ärgerte sich, dass sie kein Martinshorn hatte.

„Bachhoff hat wieder zugeschlagen, diese Ratte! Was ist das für ein Perversling? Jacobs Frau ist ... sie hat starkes Asthma. Ich muss Rob und Jens anrufen." Sie drückte die Kurzwahltaste von Jens Fischer und gab ihm die Adresse mit dem Hinweis durch, dass er mit der ganzen Manschaft anrücken solle. Bevor Jens Fischer seinen Rilke zitieren konnte, drückte sie ihn aus der Leitung und rief Rob Hansen an.

Sie fuhren auf die Florastraße zu. Von da aus waren es nur noch ein paar hundert Meter bis zur De-Vries-Straße, in der Peter Jakob wohnte. Rob meldete sich.

„Hallo, Vait, was gibt's?"

„Die Frau von Bewährungshelfer Jakob ist ermordet worden. Wahrscheinlich von Bachhoff."

„Scheiße! Ich bin in Frankfurt."

„Was machst du in Frankfurt? Hast du Urlaub?! Verlobungsfahrt mit deiner Perle, oder was?!"

„Ich bin bei meiner Schwester. Sie hat eine Spur aufgetan. Wenn das stimmt, dann müssen wir den Fall ganz neu angehen. Es gibt zum ersten Mal Beweismaterial."

„Verdammte Hacke, Rob! Hier tobt der Bär, nicht in Frankfurt. Bachhoff, die Ratte! Das ist unser Mann! Der ist so krank im Gehirn, dass sich nicht mal die Maden daran vergreifen würden! Was machen wir jetzt?"

„Zwei Baustellen, Vait. Du da, ich hier. Wenn du Recht hast, dürfen wir keine Zeit verlieren."

„Das sehe ich auch so. Jens ist schon unterwegs."

„Ist Bachhoff noch in Köln? Vielleicht solltest du ein, zwei Mannschaftswagen klar machen."

Sie bogen in die De-Vries-Straße ein.

„Sicher. Das kann Charlotte übernehmen. Wir sind da, ich mach Schluss." Kommissarin Vaitmar trennte die Verbindung. Viola hielt den Wagen vor der Haustür. Beide stiegen aus dem Auto, und Vaitmar lief zur Tür. Dann drehte sie sich um, sah in tiefbraune Augen und das verschwitze Gesicht von Viola, die dabei war, ihr Herz zu erobern. Liviana nahm ihren Kopf zwischen die Hände und küsste sie auf den Mund.

„Für dich ist Schluss hier. Ich muss allein rein. Danke, Viola."

„Ich ..."

„Nein, nur ich. Fahr nach Hause, ich rufe dich an."

„Den Job könntest du mir samt einer Million nachschmeißen, Liviana. Schönen Abend noch."

Die Haustür stand offen. Sie atmete tief durch und betrat leise die Diele. Peter Jakob stand mit bleichem Gesicht vor ihr.

„Hallo, Peter, es tut mir so leid."

„Komm rein!", flüsterte er unter Tränen.

Freitag, 15. September

Köln, 06:12 Uhr

Sie waren noch in der Nacht nach Köln zurückgefahren, und er hatte kaum mehr als vier Stunden geschlafen. Er saß im Esszimmer bei einer starken Tasse Kaffee. Ein Kugelschreiber und ein Blatt Papier lagen vor ihm auf dem Tisch. Stefanie schlief noch. Gemeinsam hatten sie die aufgewühlte und verzweifelte Marga beruhigen können, dann war Rob mit Marga noch einmal die wesentlichen Ereignisse durchgegangen. Danach erzählten und lachten sie, wie Rob und Marga es seit langem nicht mehr miteinander getan hatten. Nicht zuletzt hatten sie es Stefanie zu verdanken, die es verstand, geschickt zwischen den Konfliktebenen der Geschwister zu jonglieren und den Zündstoff mit Witz und Charme im Keim zu ersticken.

Jetzt wollte er in aller Frühe alles Gehörte noch einmal Revue passieren lassen. Die neueste Information, dass sein Vater eine Frau vergewaltigt habe sollte, kam ihm immer noch völlig abwegig vor. Rob entglitt jedes Gefühl für diesen Mann, der aber sein Vater sein sollte. *Ein Verräter, ein Nazi, ein Pädophiler und nun auch noch ein Vergewaltiger,* dachte Rob und hoffte irgendwo in seinem Inneren auf einen Irrtum.

Rob musste heute Morgen dringend eine Sitzung einberufen, um die Ereignisse in Köln und Frankfurt zu bewerten und ihr weiteres Vorgehen absprechen. Jens Fischer musste das Messer und das Taschentuch untersuchen. Wenn diese Erika Recht hatte, dann hatten sie es mit einem Täter zu tun, dessen Vater Rudi, wahrscheinlich Rudolf, hieß. Rob rechnete. Sein Vater war 1945 achtzehn Jahre alt gewesen. Dieser Rudi war der Vorgesetzte von Arthur Hansen. Also konnte man davon ausgehen, dass dieser Rudi etwas älter gewesen war, aber nicht viel, sonst hätte es diese Erika geäußert. *Der Sohn dieses Rudis konnte allerdings um einiges jünger, aber auch älter sein als ich selbst*, dachte Rob. Er notierte sich ein paar Stichpunkte.

Vater des Tatverdächtigen: Rudi (wahrscheinlich Rudolf)
Täter (Sohn) zwischen 42 und 58 Jahren. Wohnhaft in Köln.
Motiv: ?

Er hörte Schritte. Stefanie kam verschlafen und mit zerzaustem Haar in die Küche. Sie hatte ein weißes T-Shirt an, das die Oberschenkel halb verdeckte und Rob sich heimlich fragte, ob sie einen Slip darunter trug.

„Guten Morgen, meine Süße, habe ich dich etwa geweckt?"

„Ja", grummelte sie.

„Hab ich zu laut geredet, oder hast du die Kaffeemaschine gehört?"

„Nein. Du hast mich durch deine Abwesenheit geweckt. Was machst du da?", fragte sie, während Rob aufstand und ihr einen Kaffee holte. Dabei teilte er ihr seine Hypothese, der späten Rache, als Mordmotiv mit. Zu seiner Überraschung war sie mehr daran interessiert, als er angenommen hatte.

„Der Sohn bringt den Vater um, weil dieser ein Verbrechen begangen hat", sagte er.

„Das ist doch keine Rache. Rächen können sich doch nur die anderen, also zum Beispiel diese Erika. Der Vater hat ein Verbrechen begangen, aber nie dafür gebüßt, oder?", fragte Stefanie und trank einen Schluck Kaffee. Rob nickte und schaute sie auffordernd an.

„Und jetzt bekommt der Sohn die Schuldgefühle, die eigentlich sein Vater haben müsste!"

„Wieso das denn?! Der Sohn hat doch mit der ganzen Sache nichts zu tun. Der ist doch unschuldig!", wehrte Rob sich energisch gegen Stefanies Sichtweise und nahm seinen Kugelschreiber in die Hand.

„Der Sohn von diesem Rudi kann nichts für die Taten seines Vaters, das finde ich auch. Ich glaube aber, dass die Erziehung und die ungebüßte Schuld des Vaters, bei dem Sohn die Schuldgefühle machen. Dann bringt er seinen Vater um. Ein unbewusster Versuch, die Schuld seines Vaters, auszugleichen. Verkorkste Sühne", legte Stefanie ihre Meinung dar. Rob fuhr sich mit der Hand durch die Haare und trank einen Schluck lauwarmen Kaffee aus seiner Tasse.

„Mord als eine Art Wiedergutmachung?", fragte Rob nachdenklich. Er fand das Motiv von Schuld und Sühne etwas weit hergeholt. Auf der anderen Seite fühlte er sich beinahe sein ganzes Leben lang schuldig. Unbewusste Schuldgefühle, deren Gründe er vergeblich gesucht hatte. Er glaubte sogar, dass dieses Gefühl der Schuld ihn Polizist hatte werden lassen. So konnte er täglich ein bisschen für die Gerechtigkeit und damit gegen seine unerklärlichen Schuldgefühle tun. Ihm wurde die Parallele mit diesem Sohn so deutlich, dass es ihm einen Stich versetzte.

„Du bist doch auch ein Sohn. Du hast doch mit demselben Verbrechen zu tun, wie dieser andere Sohn. Also, wie empfindest du das?", fragte Stefanie und schlug die Beine übereinander.

„Was soll das? Ich habe doch meinen Vater nicht umgebracht. Wie soll ich das empfinden?"

„Nein, aber du hast vorher auch nicht all die schlechten Dinge über ihn gewusst, oder?"

„Was willst du damit sagen? Wenn ich das alles gewusst hätte, dann hätte ich ihn umgebracht?", fuhr er plötzlich hoch und starrte ihr mit dem Zorn des Achill in die Augen. Stefanie senkte ihren Blick und hielt ihre Kaffeetasse mit beiden Händen fest umschlossen. Plötzlich spürte er ihre Angst.

„Entschuldige, ich wollte dir keine Angst machen."

„Hast du aber", sagte sie, trank einen Schluck aus ihrer Tasse und schaute auf den Boden.

„Es tut mir leid. Ich bin Polizist. Als Bulle kennt man die Grenze. Aber vielleicht hast du auch Recht. Ich habe meinen Vater einige Male verflucht, seitdem ich das weiß und jeden Tag noch etwas hinzukommt. Ich frage mich, wie Männer nur so sein können. Was ist das für eine Aggression, die sie leitet?"

„Ich glaube, ihr Männer werdet nicht von der Aggression geleitet, sondern von der Angst. Wenn ihr Angst habt, werdet ihr aggressiv. Wenn ihr keine Angst habt, wollt ihr vögeln. So einfach ist das mit euch." Sie mussten beide lachen.

„Aber das Motiv von Schuld und Sühne finde ich ein bisschen zu schwach. Wegen dieser Art Schuldgefühle bringt man doch keinen Menschen um", nahm Rob den Faden wieder auf.

„Wer weiß? Ich glaube, wenn man von etwas getrieben wird, was man nicht kennt, was unfassbar ist oder ganz subtil wirkt, ist das schlimmer, als zum Beispiel Habgier, Neid oder sonst was, was wir klar vor Augen haben. Ich glaube, wenn jemand eine Bank ausraubt, weil er Geld für sein sterbenskrankes Kind braucht, ist das nicht das wirkliche Motiv für den Raub. Oder der eigentliche Motor. Das Motiv liegt doch viel tiefer, oder Herr Kommissar?", lächelte Stefanie ihn fragend an.

„Ja du hast Recht. Es muss in viel tieferen Schichten der Seele begründet liegen, dass jemand zu solch drastischen Handlungen in der Lage ist."

„Aber was sind die tieferen Schichten?", hakte Stefanie nach.

„Was weiß ich?", antwortete Rob vorschnell.

„Die eigene Vergangenheit. Die Vergangenheit der Eltern und Großeltern und so weiter. Deswegen schauen wir doch immer zurück, wenn etwas passiert ist und suchen nach den Gründen in der Vergangenheit. Meistens enden wir aber bei der Erziehung der Eltern. Vielleicht ist das aber manchmal ein Fehler, oder zu kurz Gedacht." Stefanie schwieg und stellte ihre Tasse auf den Tisch. Rob versuchte Stefanies Meinung zu konkretisieren.

„Deine Hypothese lautet: Das Motiv liegt nicht allein in der Geschichte des Sohnes mit dem Vater. Sondern auch in der Geschichte des Vater und vielleicht darüber hinaus?"

„Ja. Dein Vater hat ein Leben geführt, das du jetzt plötzlich kennen lernen musst. Er hat dich erzogen mit seinen Erfahrungen und Wertvorstellungen oder was weiß ich. Seine Kindheit war der Krieg. Seine Erziehung die Nazis. Als Pubertierender verrät er die Juden, als junger Mann schießt er im Krieg auf Männer. Als Deserteur vergewaltigt er eine Frau, wer weiß wie viele noch? Er heiratet und bekommt zwei Kinder. Diese Kinder erzieht er mit diesen Erfahrungen, die ihn geprägt haben. Was wird in diesen Kinderseelen wachsen?", fragte Stefanie rhetorisch während Rob sie entgeistert anschaute.

„Was wird das hier?!", fragte Rob in einem Anflug von Wut. Ihre Worte waren ihm auf den Magen geschlagen. Seine Hand ballte sich zu einer Faust. Er wusste nicht, was plötzlich geschehen war. Er suchte nach der Gelegenheit, seine Wut wie ein Blitzschlag entladen zu lassen. Er unterdrückte den Impuls Stefanie schlagen zu wollen. Sie hatte es ihm angesehen.

„Tut mir leid, Rob. Das hab ich nicht gewollt. Es ist irgendwie so über mich gekommen", antwortete sie verwirrt. Unsicher stand sie auf und suchte nach Worten der Besänftigung. Plötzlich war etwas zwischen ihnen, das ihnen die Haut verbrennen wollte. Rob schwieg und starrte sie an.

„Ich liebe dich, Rob", flüsterte Stefanie, mit den Tränen kämpfend. Sie ging um den Tisch herum, fasste ihren Mut zusammen und reichte ihm ihre Hände. Rob stand auf. Stefanie nahm ihn in die Arme. Als Rob ihre Umarmung erwiderte, löste sich die brennende Spannung. So standen sie, sich lange festhaltend, bis Rob die ersten Worte fand.

„Mein Therapeut sagt, wir können nicht vergessen, wir können nur verdrängen. Er meint, unser Unbewusstes kann es uns jederzeit, wie eine offene Rechnung, in Erinnerung bringen."

„So was sagt der? Das hört sich ja spannend an, aber auch beunruhigend." Stefanie küsste ihn auf die Nase.

„Das war jetzt etwas frei übersetzt von mir", antwortete Rob. Er löste sich aus ihren Armen und fragte Stefanie, ob sie noch Kaffee wolle.

„Aber bitte noch etwas heißes Wasser dazu, dein Kaffee zieht einem ja die Schuhe aus." Als er ihr den Kaffee reichte, saß sie bereits wieder am Tisch. Rob nahm den Faden wieder auf.

„Also, was haben wir? Marga hat uns gestern erzählt, dass der Sohn von diesem Rudi mit seinem Erbanteil, ein Schriftstück von Tante Ursula bekommen hat. Der Sohn lebt in Köln. In dem Schriftstück steht die Sache mit der Vergewaltigung. Bald darauf erfährt diese Frau Erika, dass Rudi an einer Überdosis Tabletten gestorben ist. Nehmen wir an, der Sohn empfindet die Schuld, die eigentlich zum Vater gehört und bringt ihn um, als eine Art Wiedergutmachung. Der Sohn weiß aber auch, dass mein Vater, Arthur Hansen, an der Vergewaltigung beteiligt war. Marga deutete an, das einige Zeit vergangen sein muss, zwischen dem Mord an Rudi und an Arthur Hansen. Es muss also einen erneuten Anlass gegeben haben, weshalb er später Arthur Hansen umbringt."

„Vielleicht hat der Sohn von diesem Rudi es einfach nicht ausgehalten, dass noch so einer wie sein Vater da draußen rumläuft", schaltete sich Stefanie wieder ein, die seinen Überlegungen gefolgt war.

„Wie auch immer, das Motiv könnte hier Schuld und Wiedergutmachung heißen", gab Rob kurz zur Antwort. Er machte sich ein paar Notizen und stieß bald schon auf die Grenzen der kriminalistischen Logik. Da waren die zwei Frauenmorde und das Chamäleonfigürchen, die nicht ins Bild passten. Auch der Mord an Katharina Folgerreith ergab für ihn keinen Sinn. Rob holte erneut Kaffee und dann gingen beide die Mordfälle und möglichen Motive erneut durch. Wie sie es auch drehten und wendeten, es ergab immer an irgendeinem Ende keinen Sinn.

„Wie wäre es damit?", fragte Stefanie nach einem Moment des Schweigens, „Identifikation mit dem Aggressor. Einerseits wird dieser Sohn von Vater Rudi unterdrückt, mit Schuld beladen und was weiß ich noch alles, andererseits identifiziert er sich mit ihm und handelt mit den Morden an diesen Frauen, ähnlich wie sein Vater. Dadurch schützt er sein Selbst und kann sich auch noch seinem Vater nahe fühlen. Verrückt - aber möglich, was meinst du?"

Rob erstaunten die psychologischen Kenntnisse Stefanies. Er selbst war im Bereich der Psychologie nur oberflächlich eingedrungen. Ihm erschien die Sprache dieses Fachs nicht sonderlich greifbar.

„Woher weißt du das mit diesem Aggressor?", fragte er Stefanie und hob seine Tasse an den Mund.

„Ich wollte mal Psychologie studieren. Aber als ich gemerkt habe, dass ich mir immer Typen aussuche, die mich schlagen wollen, habe ich gedacht, dass es besser ist, wenn ich nicht auf die Menschheit losgelassen werde."

„Wie kommst du denn auf so was. Ich zum Beispiel will dich doch nicht schlagen."

„Vorhin wolltest du mich schlagen", antwortete sie leise aber bestimmend. Rob fühlte sich ertappt. Er erinnerte den Moment genau, und seine Entlarvung durch Stefanie ließ ihn vor Scham schweigen.

„Aber das Entscheidende ist doch, dass du es nicht getan hast, mein Schatz." Sie stand auf und ging um den Tisch herum. Dann setzte sie sich auf seinen Schoß und gab ihm einen Kuss. Als er ihr unter das T-Shirt fasste, fühlte er, dass sie kein Höschen an hatte.

„Ich würde dich nie schlagen und ich würde auch nie meinen Vater umbringen, Stefanie", flüsterte er nachdenklich.

„Nein, Rob, du nicht. Du bist ja einer von den Guten. Kommst du noch ein bisschen kuscheln?"

„Ich bin kein guter Mensch. Ich mache Therapie. Außerdem muss ich gleich ins Präsidium."

„Stellen wir also fest: Nur schlechte Menschen brauchen Therapie", neckte Stefanie ihn und stupste mit einem Finger seine Nasenspitze, „Und ich Dummerchen dachte immer, die Guten machen Therapie, damit es ihnen nicht schlecht geht."

„Ach was...", frotzelte Rob und sah Stefanie bewusst theatralisch an, „... die Guten brauchen Therapie, damit sie es mit den Schlechten aushalten."

„Wann musst du ins Präsidium?", fragte sie, während Rob die drei Worte las, die sie auf seinen Zettel geschrieben hatte.

„In einer Stunde", antwortete er.

„Das reicht für eine Kurzzeittherapie bei mir."

***

Es war ein elfenbeinfarbener, leicht geriffelter Briefumschlag, den er aus dem Stapel der Postzustellungen hervorzog. Die Adresse war in schwungvollen Buchstaben geschrieben. Sein Herz pochte. Er suchte den Absender. Auf der Rückseite fiel ihm ein Siegel in der Größe einer Zwei-Euro-Münze ins Auge. Ein kräftiger, tiefroter Siegelwachs, dessen Rillen schwarz ausgemalt waren. Es zeigte einen Frauenkopf. Kein Absender. Seine Unruhe wuchs.

Er warf die Werbung in die Papiertonne, den Brief mit dem Siegel steckte er in sein Jackett. Er konnte keinen Blick in seine Wohnung werfen, der Druck war zu hoch, und er hasste nicht nur den Keller, zu dem er sich in diesem Moment hingezogen fühlte. Er verließ das Haus, bog rechts um die Ecke und ging in das kleine Stehcafé der Bäckerei. Er bestellte einen Milchkaffee und betrachtete das Siegel des Briefes eingehend. Mit flatternden Händen riss er den Briefumschlag auf. Er zog die zweifach gefalteten Seiten heraus. Als er die zwei handgeschriebenen Din-A-4 Seiten auffaltete, fiel ein transparentes Plastiktütchen auf den roten, runden Stehtisch. Die Bedienung stellte den Kaffee auf die Theke.

„Bitte sehr, der Herr."

„Danke", sagte er kurz angebunden, bedeckte das Tütchen mit den Seiten und holte sich den Milchkaffee. Als er an seinen Tisch zurückkehrte, legte er das Tütchen in seine Hand und betrachtete die dunkelblonde Haarlocke darin. *Was soll das jetzt? Was sagst du, Ann?* Er legte das Tütchen beiseite und schlürfte mit zittrigen Händen an seinem Kaffee.

Mein Lieber,

ich wage nicht, dich anzusprechen, nach dem, was ich dir angetan habe. Ich bitte dich inständig, diesen Brief zu Ende zu lesen. Es wird wohl das Letzte sein, was du für mich und dich tun kannst. Es gibt keine Zeit zu verlieren.

Ja, ich lebe noch. Ich möchte dich nicht weiter in Ungewissheit lassen. Ich habe mir vorgenommen, weder dich noch mich zu schonen. Ich werde dort beginnen, wo unsere gemeinsame Geschichte aufgehört hat.

Ich war an einem Punkt, an dem ich ahnte, dass ich mir selbst verloren ging. Ich habe damals einen Mann kennengelernt, der mich faszinierte und der mir etwas geboten hat, wonach ich Sehnsucht hatte, etwas, das ich zwischen uns immer vermisst habe. Er war Informatiker und verfügte über das Know-how, von dem ich als Künstlerin nur träumen konnte. Sicher, er hatte Geld, er hatte Sex-Appeal und leider hatte er auch Drogen. Ich war ihm verfallen. Nicht wegen der Drogen, das möchte ich betonen! Sein Witz, sein Charme, seine scheinbare Großzügigkeit und sein Wille, sich zu nehmen, was er wollte, ließen mich glauben, dass ich das große Los gezogen hatte. Ich brannte mit ihm durch, ja. Ich flüchtete vor dir, wie ich heute weiß. Wir gingen ins Ausland. Wir hatten Spaß, wir hatten Geld. Wir hatten Partys. Wir hatten guten Sex, und die Welt stand uns offen. Wir hatten eine gute Zeit, aber ich wurde viel zu schnell schwanger. Sicher, wir haben geheiratet.

Ja ich weiß, ich war doch mit dir verheiratet. Ich hätte gar nicht heiraten dürfen! Nennen wir ihn Andreas, der mir einen neuen Pass organisierte. Damit fing es an.

Plötzlich musste ich einen neuen Vornamen tragen. An einen neuen Nachnamen hätte ich mich noch gewöhnen können. Diese Erfahrung hatte ich ja schon mit dir gemacht. Es hört sich vielleicht dumm an, aber der neue Vorname, das war mein Verderben! Ich hatte Schwierigkeiten, ihn auszusprechen. Ich versuchte, meinen neuen Namen mit meinem Körper, meiner Vergangenheit, mit meiner neuen Gegenwart, mit meiner Seele zu verbinden. Ich suchte nach einem Gefühl, das mir sagte, das bin ich. Es gelang mir nicht. Ich habe mich nie daran gewöhnt. Stattdessen fing mein neues ICH an, an mir zu nagen und zu bohren. Alles war erfunden. Mein Alter, mein Geburtsdatum, meine Eltern, mein Beruf. Mich gab es von einem auf dem anderen Tag nicht mehr. Ich bröckelte, wie meine Vergangenheit.

Ich ging von dir fort, um mich nicht zu verlieren und verlor mich doch, wenn auch auf andere Weise. Mir blieb nur Andreas. Aber Andreas rauchte unermesslich viel Gras, und mein Sohn forderte meine Aufmerksamkeit.

Kurz: Ich brach zusammen und landete in der Psychiatrie. Andreas stahl sich davon. Das war nicht sein Leben. Eine Frau in der Psychiatrie, ein Kind am Hals.

Du wirst dich fragen, warum ich dir das schreibe. Das hat eigentlich nur einen einzigen Grund, den ich dir gleich nenne. Zuvor aber möchte ich dir sagen, was ich in meiner zweijährigen Therapie begriffen habe. Warum bin ich denn so überstürzt abgehauen? Ich hätte es dir doch sagen können: Hör mal, mein Lieber, es ist vorbei. Schluss. Aus. Ende.

Oh nein. Geh in dein Badezimmer und schau in den Spiegel. Sieh in deine Augen, darin liegt die verdammte Antwort! Deine Augen sprachen von Sehnsucht, ich hätte sie gerne gestillt, deine Sehnsucht. Deine Augen haben mich lustvoll angesehen, aber noch bevor du mich nahmst, bist du entwichen. Dein Körper umarmte mich, aber deine Seele war nicht bei mir. Ich bin auch nur eine Frau, und ich wollte geliebt werden! Kannst du das nicht verstehen?! Du hättest alles von mir bekommen!

Du hast dich nie getraut. Doch jedes Mal, wenn wir uns wollten, loderte in dir ein Zorn auf, der mir Angst machte. Woher kam diese Zerstörungswut? Sie stand immer zwischen uns, sie folgte zwanghaft jedem Moment der Nähe und Vertrautheit, nie sichtbar, nie besprechbar, aber fühlbar! Ich konnte durch meine Liebe deine Dämonen nicht besiegen. Du warst ein Lamm und ein Werwolf...

Er taumelte. Sein Herz raste. Er versuchte, die Worte zu verstehen. Sie bereiteten ihm körperliche Schmerzen. Er kniff sich unter dem Tisch in seinen Oberschenkel. Rufe hallten in seinem Kopf. Er wollte sich die Zunge abbeißen. Wenn es ihm hier nicht gelang, diese Kraft im Zaum zu halten, würde sich diese Kraft ihr neues Opfer suchen. Er fürchtete den grenzenlosen Taumel seiner Gefühle. Er kniff sich erneut in den Schenkel, um seinem Schmerz eine andere Richtung zu geben.

... und ich war allein. Ich hatte Angst, dir die Wahrheit zu sagen. Ich irrte in einem Wald aus Liebe und Verzweiflung umher und wusste nie,

wann die Falle plötzlich zuschnappen würde. Ich hatte Angst, Du würdest mich töten, wenn ich dir meine Empfindungen mitteilte. Und diese Angst habe ich bis heute vor dir.

Ich weiß — es ist zu spät, aber du sollst es dennoch wissen. Ich liebe dich immer noch. Und ich weiß, dass ich mit dir nicht sein kann. Es würde mich mich zerstören, ohne dass du auch nur einen Finger gegen mich erheben müsstest. Und damit bin ich am Ende. Es bleibt nur noch, das Wesentliche zu schreiben:

Ich bekam meinen Sohn, ich nenne ihn hier Kai. Er ist mein Ein und Alles. Ich liebe ihn mehr als alles auf der Welt, und das lässt mich täglich aufstehen und kämpfen. Ich muss in meinem Leben eine Menge aufräumen. Ich tue das mit aller Liebe, weil ich will, dass mein Sohn diesen Irrsinn einigermaßen „schadensfrei" übersteht. Er ist ein so lebendiger Junge, er ist meine Liebe. Und je mehr er zu einem Mann heranreift, umso mehr erinnert er mich an dich. Es gibt vielleicht wirklich nicht viel, was dein Herz erreicht, aber ich glaube, er würde dein Herz erobern!

Kurz: Anbei ist eine Haarlocke von Kai. Es liegt in deiner Macht, für Klarheit zu sorgen. Falls Du ein Foto von ihm sehen willst, dann log Dich ein in www.liebesgeflüster-mit-dir.de. Melde dich unter dem Namen KaitomaschII an. Ich werde dich finden. Mein Sohn soll seinen Vater kennenlernen. Er fragt nach ihm, und das tut mir weh. Ich will ihm sein Recht nicht verweigern, auch wenn ich große Angst vor dir habe.

Alles Gute Dir
(Deine) Ann

Er biss sich in das Fleisch zwischen Zeigefinger und Daumen, um nicht zu verbrennen.

„Ann, du Schickse!", flüsterte er und rieb sich aufgeregt die Hände. Eine Musik ertönte, gleich seinem Herzschlag. Ein weiblicher Singsang machte sich in seinem Kopf breit. *Gula Gula,* sang die Stimme aus der Ferne. Als sie lauter wurde, erkannte er Marie Boine, die ihn in ihrem meditativen Getöse taumeln ließ. Er legte einen Zehneuroschein auf den Tisch und stürzte nach draußen.

„Ann! Ich werde dich töten."

Köln, 09:30 Uhr

Staatsanwalt Mirkow hatte sich erneut bei Kriminaldirektor Bosch darüber beschwert, dass Hauptkommissar Hansen wohl mit seinen Aufgaben überfordert sei. Er wollte, dass der Kriminaldirektor den Fall jemand anderem übertrug. Victor Bosch schlug dieses Ansinnen stark auf sein Gemüt. Er beabsichtigte, in dieser Streitfrage rein gar nichts zu unternehmen. Stattdessen hatte er Hansen angerufen und ihm eine Sitzung um 9:30 Uhr auferlegt, an dem Staatsanwalt Mirkow, Oberstaatsanwalt Zucker, und alle, die mit dem Fall vertraut waren, teilnehmen sollten. Auf die bissige Frage Hansens, ob es sich hier um ein Tribunal handele, war Bosch nicht weiter eingegangen. Und so saßen an diesem Morgen mehr als fünfzehn Personen im Besprechungsraum, und die Luft war drinnen wie draußen erdrückend schwül.

Rob saß an seinem Platz, obwohl es keine Sitzordnung gab, und hatte die Hände gefaltet vor sich auf dem Tisch liegen. Er wartete mit dem Notizzettel vom frühen Morgen und einer unbeschreiblich guten Grundstimmung darauf, dass Ruhe einkehrte. Der Sitzungstermin steuerte allerdings nicht zur Stimmungsaufhellung bei. Rob hatte das Gefühl, dass sein Leben sich wirklich zu wandeln begann, was sich aber überwiegend auf sein Privatleben bezog. Er glaubte, bestenfalls 70% seiner Leistungsfähigkeit in die Arbeit zu stecken, und damit fühlte er sich an dieser Stelle seines Lebens ein wenig schuldig. Er befürchtete, weder den Fall lösen zu können noch langfristig seine Position im Kollegenkreis halten zu können. Eine Weile würde er noch von den Früchten seiner beruflichen Vergangenheit profitieren, aber irgendwann würde ihn Victor in sein Büro rufen und ihm das Unheilvolle verkünden. Bei all seiner Selbstkritik ging er dennoch gnädig mit sich ins Gericht. Das verdankte er Stefanie und seinem Therapeuten Thomas Aschmann, die ihm halfen, jeder auf seine Art, aus seiner Verkrustung und der Hoffnungslosigkeit herauszukommen. Stefanie hatte ihm gezeigt, welche Bedeutung die Liebe für ihn hatte. Er wollte und konnte sich ein Leben ohne sie nicht mehr vorstellen. Aber erst ein wiederkehrender Alptraum ließ ihn die ganze Tragweite begreifen.

Er sah diese Brücke aus Hanfseilen und Bambus, die zwei Felswände miteinander verband. Darunter die endlos tiefe Schlucht. Sie standen auf dieser schwankenden Brücke, und der Regen prasselte auf sie nieder. Der Wind stürmte durch die Schlucht wie ein immerwährendes Grollen. Im tosenden Unwetter gingen sie über diese Brücke, um ihre Zukunft zu finden. Das Hanfseil riss, und mit ihm zerbrach die Brücke in zwei Teile. Es lag an ihm, sein Glück zu retten und zu sich auf die richtige Seite zu ziehen. Sein Fuß war gefangen wie ein Widerhaken im Bambus, als ein Teil der Brücke in die Tiefe stürzte. Stefanie schrie in Todesangst, streckte im Fall ihren Arm empor und suchte seine rettende Hand. Ihre Finger berührten sich…

Das war der Moment, in dem er aufschreckte und Liviana ihn aus seinen Gedanken riss.

„Können wir jetzt anfangen, oder kann ich nochmal für kleine Mädchen?", fragte Vait.

„Ja, lasst uns anfangen. Vait, erzähl uns, was gestern gelaufen ist. Jens, hast du schon Ergebnisse?"

„Ja …"

„Ok, danach Jens und dann ich. Wer hat sonst noch was?"

„Ich", antwortete Kommissarin Kobalt, die ihren Kugelschreiber zwischen ihren Fingern pendeln ließ.

„Funke, hast du vielleicht auch noch was? Einen Münzbeitrag vielleicht?" Joh lief rot an, obwohl er sich zum ersten Mal von vornherein beherrscht hatte. Er wollte gerade ansetzen zu sprechen, als Victor Bosch zu reden begann.

„Oberstaatsanwalt Zucker wird sich voraussichtlich verspäten …"

„Entschuldigung, Herr Bosch …", fuhr ihm Staatsanwalt Mirkow in die Parade, „… er hat mir vorhin auf meine Mailbox gesprochen. Er muss sich leider für die Sitzung entschuldigen, wichtige Termine."

„Dann ist das ja geklärt ...", entgegnete der Kriminaldirektor und wandte sich mit einer kurzen Bemerkung flüsternd an Rob.

„Gehst du Charlotte Kobalt jetzt indirekt an?"

„Nein, können wir jetzt? Vaitmar, was ist da mit deinem Bewährungshelfer gelaufen?"

„Das ist nicht mein Bewährungshelfer. Ich erhielt gestern um 21:22 Uhr einen Anruf von Bewährungshelfer Peter Jakob. Er hat mir die Sachlage, die inzwischen den meisten hier bekannt sein dürfte, geschildert. Seine Frau ist ..."

Die Tür öffnete sich, und ein Polizeibeamter kam herein. Er sah sich kurz um und beugte sich dann zu Hauptkommissar Hansen herunter, um ihm eine Nachricht mitzuteilen.

„Es ist gerade ein Funkspruch reingekommen. Man hat den gesuchten Täter Bachhoff aus dem Haus seiner Wohnung in Vingst gehen sehen. Sie fragen, was sie tun sollen?"

„Observieren! Und unauffällig folgen, nicht eingreifen, bis wir vor Ort sind. Er ist bewaffnet!", donnerte Hansen seine Antwort heraus. „Vait! Bachhoff ist in Vingst aufgetaucht." Vaitmar sprang auf.

„Worauf warten wir?"

„Kobalt! Wir brauchen ein, zwei Mannschaftswagen. Das SEK soll sich bereithalten!"

„Vingst ist kein überschaubarer Stadtteil", warf Johann Funke ein.

„Außerdem einen Hubschrauber!", schlussfolgerte Hansen daraus.

„Kobalt, Sie werden den Einsatz von hier aus koordinieren. Funke, du besorgst uns einen Wagen. Und Leute! Der Mann hat eine Waffe und wird davon Gebrauch machen. Also Vorsicht und los jetzt!"

Hansen hatte kaum nachvollziehen können, welche Strecke Kommissaranwärter Johann Funke gefahren war, als er plötzlich in die Kampgasse einbog. Die Bebauung des Stadtteils bestand aus Straßenzügen mit Reihenhäusern und unübersichtlichen Wegen, die sich zwischen Häuserzeilen und Bäumen hindurchschlängelten. Wer sich hier auskannte, der schaffte es spielend, sich in Innenhöfen, Häuserblocks und Hausfluren so zu verstecken, dass selbst eine systematische Durchsuchung des ‚Veedels' erfolglos bleiben musste. Es dauerte nicht lange, bis weitere Einsatzwagen eintrafen. Vaitmar kannte das Viertel am besten und übernahm wie selbstverständlich die Einsatzleitung vor Ort, indem sie die Kollegen einwies. Sie durchkämmten Straßen, Sträucher und Hinterhöfe. Der Hubschrauber umkreiste das Gebiet. Inzwischen hatten sich Hansen und Vaitmar in der Wohnung von Bachhoff eingefunden. Keiner der beiden hatte geglaubt, ihn hier zu finden und alles in der Wohnung deutete auch darauf hin, dass er sich hier nicht länger aufgehalten hatte. Sie verließen die Wohnung und liefen die Treppenstufen hinunter.

„Schau, er hat den Briefkasten geleert", bedeutete Vaitmar und zeigte auf das Namensschild der Briefkastenreihe. Sie hörten die Rotationsgeräusche des Hubschraubers herannahen, und plötzlich kam ein Funkspruch.

„Verdächtige Person in der Waldstraße gesichtet. Er läuft über den Parkplatz in die Baumgruppe Richtung ... scheiße wie heißt die Straße, die in der Verlängerung auf die Waldstraße stößt? ... Danke! Ibsenstraße, Ecke Kuthstraße."

Vaitmar lief voran, zog ihre Waffe und Hansen sah, wie sie in die Waldstraße sprintete. Er zog seine Glock aus dem Halfter, richtete sein Headset und lief Liviana hinterher. Seine Kondition bewies ihm, dass er noch lange nicht zum alten Eisen gehörte. Am Ende der Waldstraße holte er Vait ein, als ein weiterer Funkspruch kam.

„Zielperson in Richtung Auf dem Kitzeberg unterwegs. Jetzt Hibbelenstraße. Er scheint über den Marbergweg in Richtung Wald flüchten zu wollen. Halt! Jetzt läuft er wieder zurück! Was macht der Kerl? Der rennt wie ein Kaninchen hin und her!"

Liviana und Rob hatten erheblich aufholen können und bogen auf die Straße, die zu der kleinen Hibbelenstraße führte. Mit dem Funk verbunden, ließen sie sich langsam an Bachhoff heranführen, der sich aus unerfindlichen Gründen dem Auge des Hubschraubers nicht entziehen wollte.

„Er scheint überhaupt keinen Plan zu haben! Also äußerste Vorsicht, das läuft auf Schusswaffengebrauch hinaus!", rief der Kollege im Hubschrauber.

„Rob? Wo bist du?", versicherte sich Vaitmar, den Blick nach vorn gewandt.

„50 Meter hinter dir, andere Straßenseite. Wenn er einen von uns sieht, wird er sofort das Feuer eröffnen."

„Ja. Wo ist er?", wandte sich Vaitmar an den Hubschrauber, der inzwischen eine kleine Runde drehte.

„Habe ihn aus dem Auge verloren." Inzwischen hatte sich das SEK eingefunden.

„Hoffentlich nimmt er sich keine Geisel hier", flüsterte Rob in sein Headset.

„Scheinen alle auf dem Arbeitsamt zu sein", flüsterte Liviana zurück. Mit entsicherter Waffe bog sie in die Hibbelenstraße ein. Rob folgte ihr und wechselte die Straßenseite. Vaitmar sah einen Schatten die Straße kreuzen und hinter einer Hauswand verschwinden. Beinahe hätte sie geschossen, ohne zu wissen, wer oder was da forthuschte.

„Achtung! Er läuft wieder Richtung Marbergweg zum Wald", meldete sich der Hubschrauber zurück. Vaitmar sprintete los und Hansen in einem Abstand von 50 Metern hinterher.

„Achtung, Richtungswechsel! Er hat einen unserer Streifenpolizisten gesehen!", rief der Kollege im Hubschrauber. Vaitmar rannte orientierungslos über die Straße. Plötzlich fiel ein Schuss. Gleich darauf noch einer.

„Vait! Rechts!", brüllte Hansen. Vaitmar drehte sich um neunzig Grad und schoss noch im Fallen auf den Mann, der plötzlich hinter der Wand eines Reihenhauses hervortrat. Mit der linken Schulter voran landete sie hart auf der Teerstraße und überschlug sich einige Male, bevor sie an ein Auto prallte. Hauptkommissar Hansen rannte zu ihr. Sie lag bewegungslos neben dem Auto auf der Straße. Er fühlte ihren Puls am Hals und rannte weiter zu dem hingestreckten Mann. Als er ihn dort liegen sah, erschütterte ihn das Ergebnis dieser polizeilichen Operation. Bachhoff lag auf dem Rücken, einen Arm über dem Kopf, um den sich eine große Blutlache gebildet hatte. Funke kam herbeigelaufen und mit ihm weitere Beamte. Hansen machte kehrt und lief zurück zu Vaitmar. Dabei telefonierte er mit Kommissarin Kobalt, die mitteilte, dass Rettungswagen bereits vor Ort sein müssten. Er hörte Martinshörner lauter werden. Vaitmar saß angelehnt an den Wagen. Er setzte sich zu ihr.

„Was ist mit ihm?"

„Er ist tot."

„Verdammt", sagte sie erschöpft und fasste sich seitlich an die Stirn.

„Nicht, Vait ...", bemerkte Hansen und hielt ihren Arm fest. „... lass das die Ärzte machen."

Streifenwagen und Rettungswagen näherten sich mit heulenden Sirenen. Hansen machte eine abwehrende Bewegung. Sofort wurde es still, und das Martinshorn blinkte nur noch.

„Ich musste doch schießen! Ich hatte doch keine Wahl. Der hat doch rumgeballert, oder?"

„Ja, du musstest schießen."

„Ich habe ihn doch gar nicht richtig gesehen. Ich hätte auch einen Unschuldigen ... das ging alles viel zu schnell."

„Ja, Vait. Es ist vorbei, du hast richtig gehandelt."

„Hast du ihn denn gar nicht gesehen?"

„Doch."

„Doch?"

„Ja." Er schaute in ihre fragenden Augen und konnte nur schweigen.

Köln, 14:40 Uhr

Sie wusste, dass es der Anfang vom Ende werden konnte, wenn sie es jetzt rauchte. Sie saß auf ihrem Sofa, das Heroin vor sich, auf einem Alupapier liegend. Die Gedanken rasten durch ihren Kopf, und immer wieder deutete sich ein Bild an, das von Mal zu Mal deutlicher wurde, bis sie sich sicher war.

Ich habe ihn mitten ins Gesicht geschossen. Nicht in den Bauch! War das Blut, was er beim Fallen hinter sich herzog? Immer heftiger meldete sich ihr Körper zu Wort. Sie hielt ihren Bauch, der sich unkontrolliert verkrampfte und ihr zusetzte. Sie konnte nicht weinen. Die mahnenden Worte, die ihr der Verstand zurief, verhallten im Nichts.

Sie erhitzte das Alupapier und inhalierte den aufsteigenden Rauch. Die Wirkung löste die Krämpfe und befreite sie von den wiederkehrenden Bildern.

„Du machst es nur dieses eine Mal", sagte Liviana vor sich hin und sog ein letztes Mal den Rauch tief ein. Sie ließ ihren Kopf in das kleine Sofakissen auf der Lehne fallen. Sie wollte nicht einschlafen, sie wollte nur ruhig werden. Nach zehn Minuten stand sie auf, ging in die Küche und holte das Päckchen Kokain aus dem Schrank. Sie legte sich eine kleine Linie auf ihren Handspiegel und zog es mit einem gerollten Zehn-Euroschein in die Nase. Nach einer halben Stunde fühlte sie sich wach und bereit. Sie wusch ihren Oberkörper und das Gesicht und schaute in den Spiegel.

„Es sind zwei Schüsse hintereinander gefallen. Dann habe ich geschossen", versuchte sie die Situation zu rekonstruieren und suchte sich ein paar Sachen zum Anziehen aus dem Kleiderschrank. *Zwei Schüsse hintereinander, dann ruft Rob mich, dann schieße ich. Wenn Bachhoff die beiden Schüsse abgegeben hat, dann hat Rob nicht geschossen und nur gerufen. Warum? Er hätte schießen müssen! Oder Bachhoff hat geschossen, anschließend Rob, die Kugel verfehlt ihr Ziel, Rob ruft anstatt noch einmal zu schießen. Warum ruft er anstatt ein weiteres Mal zu schießen? Er sah Bachhoff doch viel besser als ich. Deshalb hat er ja auch gerufen, okay, aber er hätte schießen müssen. Oder Rob schießt, verfehlt sein Ziel, schießt sofort noch mal und ruft anschließend. Er sieht, dass Bachhoff auf mich zielt und ruft nur, statt ein drittes Mal zu schießen? Egal wie, es hätten drei Schüsse fallen müssen, bevor ich Bachhoff mit dem letzten Schuss tötete.* Sie zog sich ein weißes T-Shirt und eine Jeans an, kontrollierte ihr Gesicht im Spiegel. Dann legte sie Parfüm auf, warf sich ihre Jeansjacke über die Schulter und verließ die Wohnung.

***

Der Kern des Ermittlungsteams hatte sich vor dem Wochenende noch einmal eingefunden. Lediglich Staatsanwalt Mirkow wurde von Kriminaldirektor Bosch entschuldigt. Hauptkommissar Hansen und die Leute vom Rettungsdienst hatten Kommissarin Vaitmar dazu bewegen können, sich im Krankenhaus eingehender untersuchen zu lassen. Der Befund war negativ, Vaitmar hatte nur kleinere Schürfwunden davongetragen. Als die Ärzte im Krankenhaus sie zur Beobachtung einen Tag dort behalten wollten, war sie gegen ihren Rat gegangen. Hansen wunderte es nicht, als sie drei Stunden später wieder auftauchte. Was ihn allerdings wunderte, war ihre Gefasstheit und Souveränität, mit der sie ihren Willen zu arbeiten bekundete. *„Arbeit ist die beste Therapie"*, hatte sie ihm und Victor Bosch gesagt, der ihr in diesem Moment nichts entgegenzusetzen hatte. So beschlossen beide Männer, dass Vaitmar es probieren sollte. Die übrigen Kolleginnen und Kollegen erkundigten sich nach ihrem Befinden und bewunderten ihre Belastbarkeit.

Hansen eröffnete die Sitzung. Sie arbeiteten den morgendlichen Einsatz auf. Kommissarin Charlotte Kobalt wurde von Kriminaldirektor Bosch ausdrücklich für die gute Einsatzkoordination gelobt. Hubschrauber und Mannschaftswagen waren rechtzeitig vor Ort gewesen, Rettungsdienste und Spurensicherung frühzeitig informiert worden, so dass ein reibungsloser Einsatz ablaufen konnte. Spurenexperte Jens Fischer hatte sich einen Eindruck von dem Tatort machen können. Die Leiche Bachhoffs lag inzwischen bei der Gerichtsmedizin. Rechtsmediziner Dr. HD Pocken hatte einen ersten mündlichen Bericht telefonisch übermittelt. Man hatte bei dem Toten eine erhebliche Menge Amphetamine im Blut festgestellt. Auch Reste von Kokain, THC und Alkohol fand der Rechtsmediziner.

Nach Meinung von Kommissarin Vaitmar schien er wieder wie 1997 unterwegs gewesen zu sein, als er seine damalige Freundin mit der Gitarrensaite erwürgt hatte. In dem Zusammenhang berichtete sie auch von den Ermittlungsergebnissen tags zuvor, die sie bezüglich des Bewährungshelfers Jakob und seiner Frau zusammentragen konnte. Sie berichtete in dramatischer Weise, wie Peter Jakob sich völlig verzweifelt vor seine tote Frau gekniet hatte. In dieser Stille habe er lautlos verharrt. Jens Fischer durchbrach das betretene Schweigen im Konferenzraum und lenkte die fragenden Gesichter auf sich. Das Fehlen einiger Analysen und Vergleiche entschuldigte er damit, dass seine Abteilung zurzeit Hochkonjunktur habe. Hansen bemerkte, dass noch kein eindeutig erkennbarer Zusammenhang zwischen den Taten sichtbar geworden sei. Vielmehr sehe er bestenfalls eine Art Kettenreaktion der Ereignisse, die mit den Morden an Manuela Berghausen und Kim Ross über Arthur Hansen und Katharina Folgerreith zu dem Ehepaar Jakob führte. Die Verbindungen seien auf keinen logischen Nenner zu bringen. Vaitmar vertrat ihrerseits vehement die Auffassung, dass vor allen anderen Bachhoff die Person sei, die die meisten Verbindungen zu den Mordopfern aufweise. Da sei die Gitarrensaite, die bei fünf Opfern zu finden sei. Außerdem habe er Kim Ross und Peter Jacob gekannt, wenn auch nicht dessen Frau. Die Frage, warum er ausgerechnet ein Mordwerkzeug benutzte, das die Polizei zwangsläufig auf seine Spur gebracht hätte, konnte sie nur mit einem *vielleicht wollte er die Polizei herausfordern*, beantworten. Den Tod des jüngsten Opfers habe er wohl billigend in Kauf genommen, der sei anscheinend nicht geplant gewesen.

„Selbst so ein hirnamputierter Bachhoff wird doch in der Lage sein, mit einem Nullachtfuffzehn-Anglerknoten sein Drosselwerkzeug herzustellen!", untermauerte Vaitmar ihre These, und ein Großteil der Kolleginnen und Kollegen bestätigten ihre Ausführung durch ein Nicken. Als sie die Verbindung zwischen Peter Jakob und Bachhoff erneut beleuchtete, konnte ihr kaum noch jemand widersprechen.

„Kein anderer Verdächtiger lässt ausreichende Motive und genügend kriminelle Energie erkennen, um diese Mordserie zu begehen ..." Rob suchte nach einem Moment, den Redefluss von Liviana bremsen zu können.

„... Schauen wir uns die Galerie Klausen an. Mit seiner gescheiterten Affäre und der Eifersucht seiner Frau erschöpft sich doch das Mordmotiv der beiden schon und bezieht sich auch nur auf eines der Opfer, nämlich Kim Ross. Bei Viola Ross als potenzielle Täterin reicht ein Motiv für mindestens zwei Opfer, ihre Schwester und Manuela Berghausen. Florian Hagens Motiv richtet sich an Kim und vielleicht noch Viola, die noch lebt, aber zu den anderen hat er keine Verbindung, wie wir feststellen mussten. Tja, und Frederik van Olson, den ich euch kürzlich vorgestellt habe, das ist zwar ein Arsch, aber es besteht noch erheblicher Ermittlungsbedarf, bis man aus dem einen anständigen Mörder machen kann." Liviana gestikulierte auffällig lebhaft mit ihren Händen, und ihr Gesichtsausdruck wirkte getrieben. Sie fuchtelte häufig in ihren Haaren herum und warf sie nach hinten. Selbst Charlotte Kobalt ging auf Abstand. Rob musterte sie eingehend und fand, dass in dieser Sitzung alles an Liviana zur Übertreibung neigte. Er bereute, sie nicht nach Hause geschickt zu haben und beobachtete Victor, der mit zusammengekniffenen Augen versuchte, Vaitmar in Schach zu halten.

„Der einzige, der wie eine Spinne im Netz die Opfer zusammenführt, ist Dirk Bachhoff. Er hat das kriminelle Potenzial für all diese Morde, und die noch fehlenden Beweise werden wir auch noch zusammenpuzzeln." Liviana spürte, wie ihr die Schweißtropfen die Stirn herunterliefen. Sie schob es auf das

Wetter, das sich schwül und wie kurz vor einem Wolkenbruch anfühlte. Es gab nichts, was sie wirklich erschüttern konnte, oder worauf sie keine Antwort hatte und glaubte, in dieser Konferenz alle Fäden in der Hand zu halten. *Sie sind wie Marionetten, die verzweifelt versuchen, von mir Antworten zu bekommen. Ich werde ihnen keine Antwort schuldig bleiben, ihr werdet sehen,* dachte Liviana, als sie erneut anhob zu sprechen. Rob ergriff seine Chance und erstritt sich wutschnaubend das Wort.

„Bevor wir uns hier auf einen Täter kaprizieren, möchte ich meine Ermittlungsergebnisse zur Bewertung bringen und dich bitten, Vait, einen Moment innezuhalten."

Liviana konterte, dass Rob ihr nicht den Mund verbieten könne. Charlotte Kobalt und Victor Bosch fingen ihrerseits an zu diskutieren und bald entstand ein Tohuwabohu, gegen das Rob kein Mittel fand. Er stand auf, riss sein Jackett von der Stuhllehne und verließ, ohne einen Kommentar, den Raum.

Er fuhr seinen PC runter und hatte Sehnsucht nach Stefanie. Noch an seinem Schreibtisch sitzend wählte er ihre Nummer.

„Hey ...", flüsterte sie, „Ich habe hier gerade einen Kunden."

„Wann hast du Schluss?"

„Acht Uhr, hab ich doch gesagt. Um neun bin ich zuhause."

„Ich hol dich ab. Wir gehen essen und fahren in Urlaub."

„Ich gehe jetzt wieder zu meinem Kunden". Es klopfte an seiner Bürotür, und Vaitmar stand im Türrahmen, noch bevor er etwas sagen konnte.

„Hol mich um halb neun ab. Tschö, Süßer", flüsterte Stefanie und beendete das Telefonat. Rob starrte auf Liviana.

„Es hätten drei Schüsse fallen müssen, Rob", sagte sie. „Ich habe aber nur zwei gehört. Dann habe ich geschossen."

„Ja."

„Ja?"

„Ja."

„Hat er zweimal auf mich geschossen?"

„Nein. Einen Schuss er, einen ich." Rob schnürte es den Hals zu.

„Und?!"

„Meiner ging daneben. Hast du ja mitbekommen."

„Ach?! Und da hast du dir gedacht, ich ruf sie lieber, dann spar ich mir die Munition, oder was?!", fuhr sie ihn an.

„Nein, tut mir leid, Vait."

„Ich brauch dein Mitleid nicht! Du hast ihn viel besser sehen können als ich. Warum hast du nicht noch mal geschossen?"

„Ich habe noch ein weiteres Mal geschossen, Vait."

„Hast du nicht! Sonst hätte man drei Schüsse hören müssen! Ich habe die ganze Zeit darüber nachgedacht. Es hat mich keine Minute in Ruhe gelassen. Ich weiß genau, ich habe nur zwei Schüsse gehört: Dann hast du gerufen, dann habe ich geschossen. Zwei Schüsse machen nur Sinn, wenn du ihn getroffen hättest. Aber er stand da. Ich hatte keine Wahl. Er oder ich. Der dritte Schuss hätte von dir kommen müssen. Du hast nicht geschossen!"

„Das Magazin war leer."

„Hallo?! ...", brüllte Vaitmar, löste ihre Hand vom Türrahmen und stemmte sie in ihre Hüfte.

„Er hätte mir den Schädel vom Hals pusten können! Und du kommst mit nur einer Kugel in deiner Glock zum Einsatz?!"

„Vait ..."

„Wegen dir habe ich jetzt also dieses Arschloch erschossen! Der hätte nicht sterben müssen, oder?"

„Es tut mir leid, Vait." Rob rieb sich das Gesicht mit beiden Händen.

„Es tut ihm leid", wiederholte Liviana fassungslos. Rob stand auf, nahm sein Jackett in die Hand und ging auf Liviana zu. Sie versperrte ihm den Weg und schaute hinauf in sein Gesicht.

„Du hast Recht. Morgen hat Victor meine Kündigung auf dem Tisch liegen."

„Idiot! Morgen ist Samstag."

„Lass mich durch, bevor ich mich vergesse!" Liviana wich zur Seite und schaute ihm hinterher. Plötzlich begann sie am ganzen Körper zu zittern.

Kapitel 5

Samstag, 16. September bis Sonntag, 22. Oktober

Samstag, 16. September

Köln, 10:22 Uhr

Seit vielen Jahren hatte er diese Stufen nicht mehr betreten. Als er sich auf die Eingangstür zubewegte, sah er die Eingangskontrollen im Seitenbereich der Tür. Zwei Männer und zwei Frauen wurden gerade nach Waffen und sonstigen gefährlichen Gegenständen abgetastet. *Sie werden die üblichen Belehrungen bekommen, wie man sich im Inneren zu verhalten hat. Es sind eben Touristen, keine Gemeindemitglieder*, dachte Thomas Aschmann. Nachdem er durch die Sicherheitstüren eingelassen worden war, begrüßte man ihn freundlich. Selbstverständlich kannte ihn ein Großteil der jüdischen Gemeinde noch, trotz der langen Zeit, die der Psychologe es vermieden hatte, in die Synagoge zu gehen. Er setzte die Kippa auf, bevor er ein Stockwerk höher schritt und seinen Mantel aufhängte. Als er das Innere der Synagoge betrat, war das Sch'ma Israel, das „Höre Israel", bereits gebetet, und der Vorbeter wiederholte das Achtzehngebet, die Amida. Einige Männer kamen auf ihn zu und schüttelten ihm die Hände. Sie tauschten Allgemeinheiten aus. Es war das erste Mal, dass Thomas Aschmann, nach dem Tod seiner Mutter, die Synagoge aufsuchte. Als Kind hatte ihn seine Mutter oft hierher mitgenommen.

Er ging an der südlichen Wand der Synagoge entlang und griff sich einen Tallit, der in einem der nicht verschlossenen Fächer an den Rücklehnen der Sitzreihen lag. Neben der Sitzbank stehend, sah er dem unaufhörlichen Händeschütteln der Männer und Jungen zu. Er legte sich den Gebetsmantel an. Ein Bekannter seiner Mutter, an dessen Namen er sich auf Anhieb nicht erinnern konnte, kam auf ihn zu. Er ergriff seine Hand und herzte ihn. Der Pistolenschaft in der Innentasche seines Jacketts drückte gegen seine linke Brustwarze. Sie tauschten einige Sätze aus und Aschmann hoffte, nicht in ein längeres Gespräch verwickelt zu werden.

Der Porachet, der kunstvoll bestickte Samtvorhang an der Ostwand der Synagoge, wurde geöffnet. Dahinter kam der Toraschrein zum Vorschein. Der Vorbeter nahm die Torarolle und trug sie durch die Synagoge. Männer berührten die Umhüllung der Buchrolle und küssten dann ihre eigenen Hände. Dann legte der Vorbeter die Schriftrolle auf die Bima.

Thomas Aschmann dachte an seine Mutter und das Leid, das ihr widerfahren war. *Wie viele Familien teilen dieses Leid der Vernichtung und Zerstörung. Und dann kommen sie hierher und suchen Trost, den sie hier letztlich nicht finden werden - wie meine Mutter,* dachte der Psychologe und verstand nicht, warum es ihn eigentlich in die Synagoge gezogen hatte.

Der heutige Schabbat-Gottesdienst fand anlässlich der Bar Mizwah eines Jungen namens Aaron Lukas Kogan statt, so verkündete es der Rabbi. Von der Empore, dem weiblichen Gebetsraum, wurden koschere Bonbons hinuntergeworfen. Kinder liefen umher und hoben die Süßigkeiten auf, während die Zeremonie ungeachtet des kindlichen Gewusels ihren Fortgang nahm. Einige Männer schauten zur Empore. Sie winkten, redeten und setzten sich wieder. Ein Aufgerufener sprach einen Segensspruch, und der Rabbi verlas einen Abschnitt aus den fünf Büchern Moses.

Wenn ich meiner Mutter nahe sein will, dann doch wohl besser nicht in dieser heiligen Stätte hier, oder?, sprach Thomas Aschmann in Gedanken zu sich selbst.

***

Die Therapiesitzung hatte ihn hungrig gemacht, und so stand Rob neben der Metzgerei, biss in sein Fischbrötchen und sah in das Fenster der Videothek. Das Schild *Zu vermieten* war verschwunden. Jetzt hing der Hinweis darin, dass hier in Kürze ein Handyladen eröffnet werde. Rob schüttelte nachdenklich den Kopf. Für ihn war die ehemalige Videothek zu einem Symbol für die Wende in seinem Leben geworden und Stefanie zu seinem Zaubertrank. Zum ersten Mal erlebte er Sex mit Lust und Leidenschaft. Die Abneigung, die ihn nach den seelenlosen Nächten mit den Frauen übermannte, war verschwunden. Stefanie gab ihm das, wonach er sich seit Jahren sehnte. Wenn er mit ihr schlief und ihr dabei in die Augen sah, glaubte er, diese Frau abgrundtief zu verstehen und ihr hemmungslos seine Manneskraft zeigen zu können. Er atmete tief ein und fühlte den Stolz in seiner Brust, diese Frau haben zu dürfen. Es erfüllte ihn mit einer unglaublichen Achtung vor dem Leben. Ihm wurde plötzlich bewusst, dass diese Achtung vor dem Leben das Kind war, das er mit Stefanie haben wollte. So aufrecht hatte er sich noch nie in seinem Leben stehen sehen, und dafür wollte er Stefanie auf Händen tragen. Plötzlich musste er lachen. *Bisschen albern das Bild, aber ehrlich!* Rob dachte über die Männer nach, die mit ihren Weibergeschichten vor ihm geprahlt hatten. Männer die ihm vorgezählt hatten, wie viele Frauen sie im Bett gehabt hatten. Männer, die Frauen zählten wie das Kleingeld im Geldbeutel. Er selbst hatte da nicht mithalten wollen. Stefanie war die fünfte Frau, mit der er überhaupt geschlafen hatte, und wenn er seine Schwester dabei nicht berücksichtigte, war Stefanie die vierte. Er biss gierig in sein Fischbrötchen und musste über die Weiberhelden dieser Welt lachen. *Was sind das für Helden, die Angst vor dem Kern einer Frau haben? Männer die nur an der Schale lecken. Die James Bonds, die nur eine Frau wirklich lieben können - Mama! Milchbubi Bond geht raus angeben, Mama.* Rob lachte und schob sich einen weiteren Bissen in den Mund. Die Augen tränten ihm vor Lachen und als er mit verschwommenem Blick in das Fenster der Videothek sah, stand darin Stefanie mit ihrem gemeinsamen Kind. Sie hielt es an der Hand und mit seinen blonden Locken erinnerte es ihn an Monique Lacombe. Plötzlich durchzuckte es Rob wie ein Stromschlag.

„Hat er nicht Monika gesagt? Habe ich überhaupt einmal ihren Namen erwähnt?", fragte er laut vor sich hin.

„Wir kennen uns doch gar nicht, also so was!", beschwerte sich eine Frau, die an ihm vorbeiging und anschließend in der Metzgerei verschwand. Rob sah sich nervös um. *Wenn ich den Namen genannt hätte, dann hätte ich ‚Monique' gesagt.* Er warf sein restliches Fischbrötchen in den Mülleimer und irrte einen Moment hin und her. Er sah Monique an Schläuchen gefesselt im Krankenhaus liegen. Er sah die Blutspritzer an der Wand.

„Ich habe ihn die ganze Zeit auf dem Laufenden gehalten!", schrie er fassungslos auf dem Bürgersteig. Einige Passanten schreckten zurück und drehten sich nach ihm um. Rob lief die Merowinger Straße zurück, in Richtung Volksgartenstraße.

Ich heiße Monika und mache hier das Freiwillige Soziale Jahr. So hatte sie ihm damals das erste Mal geantwortet. Erst als er sie nach ihrem Nachnamen gefragt hatte, kam heraus, dass sie französischer Herkunft war. *Er hat sich mit ihrem Vornamen zufrieden gegeben. So wie man Schwester Astrid oder Schwester Bärbel auch nicht weiter nach dem Nachnamen fragt, es sei denn, man ist Bulle. Er muss also selbst bei ihr gewesen sein,* dachte Rob, holte sein Handy aus dem Jackett und drückte die Kurzwahltaste von Kommissarin Vaitmar.

„Ich glaube, ich weiß, wer unser Mörder ist, Vait. Schick Joh und zwei weitere Streifenwagen in die Volksgartenstraße. Sag der Kobalt, sie soll sich bereithalten..." Rob lief an der Lutherkirche vorbei in Richtung Vorgebirgsstraße.

„Wer?", unterbrach Vaitmar ihn.

„Aschmann. Kein Martinshorn! Psychotherapeutische Praxis Thomas Aschmann."

„Hallo?! Wer ist Aschmann?!", schepperte ihre Stimme in seinem Handy.

„Später! Und warte auf weitere Anweisungen", gab er zur Antwort und beendete das Gespräch. Mit Riesenschritten überquerte er die Vorgebirgsstraße und lief entlang des Volksgartens, bis er vor dem Haus stand. Automatisch suchte er unter seinem Jackett nach seiner Waffe. Er hatte kein Schulterholster um. Die Haustür war verschlossen. Er klingelte. Als der Summer surrte, drückte er kurz darauf im ersten Stock die Praxistür auf.

„Sveda, wo ist er?"

Svedlana Strazyczny schaute ihn erschrocken an. Sie hielt einen verschlossenen Brief in der einen Hand und ein Din-A-5 Blatt in der anderen.

„Weg", antwortete sie verwirrt und wedelte mit dem Stück Papier.

„Wohin?", fragte Rob, während er das Papier an sich nahm, was Sveda ihm reichte.

„Er hat gesagt, ich soll alle Termine absagen und die Praxis schließen. Morgen soll ich mit dem Brief zum Notar gehen. Aber morgen ist Sonntag." Während sie das sagte, las Rob, was auf dem Zettel stand.

Liebe Sveda,

ich habe eine Entscheidung getroffen. Leider habe ich nicht mehr die Zeit, dir das zu erklären. Die Praxis wird für immer geschlossen. Sei so lieb und überreich den beiliegenden Brief dem Notar Dr. Rottland in der Alteburgerstraße. Er wird einen Termin mit dir machen und alles Weitere mit dir besprechen.

Das Herz schlägt nach der Mutter. Hab ein schönes Leben.

Thomas

PS: Ich danke dir für alles, Sveda – du bist wie eine Tochter für mich.

„Was steht in dem Brief, Sveda?", fragte Rob, den Svedlana noch fest in ihrer Hand hielt.

„Ich weiß es nicht", antwortete sie und gab ihm ohne Aufforderung den Umschlag. Rob riss den Brief auf und las laut vor.

„Sehr geehrter Herr Dr. Rottland, ich bitte Sie, meine letzte Verfügung vom Mai 2004 zu verlesen und mit Frau Svedlana Strazyczny, geboren 11. April 1982, das Vorgehen zu erörtern. Ich bin voll und ganz im Besitz meiner geistigen Kräfte und habe diesen Brief nicht unter äußerer Gewalteinwirkung geschrieben. Ich möchte, dass die oben genannte Verfügung mit dem heutigen Tag in Kraft tritt. Mit freundlichen Grüßen Dr. Thomas Aschmann."

„Will Thomas sich umbringen?", fragte Svedlana und schaute Rob ängstlich an.

„Das liest sich so, vielleicht", antwortete Rob und bemerkte, wie Svedlana sich bemühte, ihre Fassung zu behalten.

„Das werden wir zwei aber jetzt zu verhindern wissen. Du musst mir dabei helfen." Rob fragte nach dem Geburtsdatum von Aschmann. Svedlana nannte ihm den siebten Februar. Das Geburtsjahr musste sie im PC suchen. Rob griff sein Handy und drückte die Kurzwahltaste.

„Hallo Rob", meldete sich Kollegin Vaitmar.

„Such alles heraus, was du über Thomas Aschmann finden kannst."

„Es gibt mehrere Thomas Aschmann...", antwortete Vaitmar nach kurzer Zeit.

„07.02.1954 geboren."

„Bleib dran", antwortete Liviana. Rob hörte sie etwas in den Raum rufen, dann sprach sie wieder zu ihm.

„Also, der Mann ist sauber. Kommt aus einer Arztfamilie. Das einzig interessante, was wir bisher gefunden haben, sind seine Eltern. Seine Mutter hat sich 1998 mit einer Überdosis Schlaftabletten umgebracht. Sein Vater knapp drei Jahre später auch mit einer Überdosis Schlaftabletten..."

„Wie heißt der Vater?", unterbrach Hansen seine Kollegin.

„Rudolf Aschmann 1926er Baujahr..."

„Das ist unser Mann!", rief Rob in den Hörer, „Halt dich bereit, Vait. Ich muss herausfinden, wo sich Aschmann derzeit aufhält. Ich melde mich wieder." Er beendete sein Telefonat und fragte Sveda, ob sie wisse, wohin Aschmann jetzt gegangen sein könnte. Svedlana verneinte das und ihr Mund zitterte dabei.

„Ich versteh das nicht, es war doch immer alles in Ordnung ..."

„Was hat der Satz ‚*Das Herz schlägt nach der Mutter*' zu bedeuten?"

„Ich weiß es nicht", gab sie zur Antwort. Plötzlich erinnerte Svedlana sich an einen Disput, den sie vor einiger Zeit mit dem Psychologen hatte. Darin sei es über die Wirkung der Religion gegangen.

„Meine Familie ist sehr katholisch, und Tom meinte, dass Religion der Versuch sei, über die familiären Bande hinwegzutäuschen. Seine Mutter sei jüdischen Glaubens, was ihr aber nicht über ihre Depressionen hinweggeholfen habe."

„Seine Mutter ist Jüdin?", bemerkte Rob nachdenklich und erinnerte sich an das Gespräch mit seiner Schwester über diese ältere Frau namens Erika. Sollte diese Erika Recht behalten und Thomas Aschmann der Sohn von besagtem Rudi sein, dann hätte Toms jüdische Mutter einen Nazi und Vergewaltiger geheiratet .... "Konnte so was überhaupt möglich sein?", überlegte Rob und stellte fest, dass seine Mutter auch so einen Mann geheiratet hatte. *Wie machen das die Männer bloß, dass es die Frauen nicht merken?*, fragte er sich.

„Wo kann er sein?! Wir können ihn nicht überall suchen, soviel Zeit haben wir nicht! Was weißt du noch über ihn? Seine Gewohnheiten, wo er hingeht, Freunde, Bekannte, irgendwas Außergewöhnliches? Könnten wir etwas auf seinem Rechner finden? Adressen oder Emailkontakte? Was ist mit seiner Frau? Sie sind getrennt, das hat er mir mal erzählt. Hat er noch Kontakt zu ihr? Kann er zu ihr gegangen sein?"

„Seine Frau? Von seiner Frau redet er nie. Gibt es die denn überhaupt?"

„Wie heißt die Frau?", wollte Rob wissen.

„Ich weiß es doch nicht."

„Was hat der Satz zu bedeuten *Das Herz schlägt nach der Mutter?*", fragte Rob erneut.

Svedlana trommelte nervös mit ihren Fingernägeln auf die Arbeitsplatte.

„Ich assoziiere jetzt mal, ja? Also Tom meint bestimmt, dass sein Herz wie das seiner Mutter schlägt. Das meint er doch symbolisch. Seine Mutter war Jüdin, dann hatte sie doch bestimmt viel mit der jüdische Gemeinde zu tun, oder? Vielleicht hat er sich an jemanden aus der jüdischen Gemeinde gewendet?"

„Zum Sterben?", rutschte es Rob heraus. Svedlana biss sich auf den Finger. Sie kämpfte mit den Tränen.

„Ich weiß es doch auch nicht", versuchte sie ihr Weinen zu unterdrücken.

„Aber du hast recht. Falls er wirklich so etwas im Sinn hat, würde er vielleicht vorher noch mal in die Kirche gehen..."

„Synagoge heißt das bei den Juden", warf Sveda ein.

„Synagoge, ja. Aber die Synagoge wird bewacht, und man hat doch gar keinen Zutritt außerhalb des Gottesdienstes. Und heute ist Samstag – Scheibenkleister!" ärgerte sich der Hauptkommissar.

„Bei den Juden heißt das Sabbat, und der beginnt am Freitagabend und endet am Samstagabend. Heute rufen sie zum Gebet in die Synagoge. Nicht morgen. Mehr weiß ich aber nicht", entschuldigte sich Svedlana für ihr Wissen.

„Das ist es! Sveda, du weißt mehr als du ahnst..." Es klingelte.

„Das wird Joh mit den zwei Streifenwagen sein. Du hältst hier die Stellung. Die Polizisten sichern den Bereich hier. Kann sein, dass wir noch deine Hilfe brauchen", befahl er Svedlana. Die Tür ging auf und Johann Funke kam mit drei weiteren Polizisten herein. Rob begrüßte die Kollegen und gab ihnen Anweisungen. Johann Funke lehnte an der Empfangstheke und spielte mit einer Münze.

„Mach das nochmal!", stieß Rob hervor. Joh wiederholte die Bewegung seiner rechten Hand. Es war ein Zweieurostück, das er von einem Finger über den anderen wandern ließ. Dann verschwand es in der Handfläche, kam an der anderen Seite der Hand wieder hervor und wanderte erneut über seine Finger. Joh steckte die Münze in die Hosentasche.

„Wir fahren zur Synagoge. Es ist ein Versuch wert." Mit diesen Worten eilten sie die Treppe hinunter und stiegen in den Wagen, der direkt vor der Haustür mit Blaulicht und laufendem Motor stand. Sie fuhren mit Martinshorn vom Süden in den Westen der Stadt. Rob holte sein Handy hervor und rief Liviana an. Sie sollte ein aktuelles Foto von Aschmann ausdrucken und mit zur Synagoge in die Roonstraße bringen.

„Sag mir endlich, wer Aschmann ist!", insistierte Liviana erneut, nachdem sie sich belehren lassen musste, dass sie ein aktuelles Foto von Aschmanns Homepage bekommen könne.

„Der Mann auf dem Foto, und sag Kobalt, sie soll den Einsatz koordinieren", entgegnete Rob kurz und beendete das Telefonat.

„Mach das Gedröhne aus und fahr nur mit Blaulicht, Joh. Wir wollen uns nicht schon von Weiten bei der Synagoge ankündigen. Wir wissen ja nicht mal, ob Aschmann sich dort überhaupt aufhält."

***

Thomas Aschmann warf sich den Tallit über den Kopf. Der sechste Mann wurde, wie es das religiöse Ritual vorsah, vom Gabbai mit einem Segensspruch bedacht. Nun las Aaron Lukas zur Bar Mitzwa aus der Tora.

Er hatte ihr Leid und ihren Tod trotz der vielen Jahre nicht überwunden und glaubte langsam, in die Fußstapfen seiner Mutter zu treten. Dass es so mit ihr geendet hatte, nagte mal mehr, mal weniger, aber unaufhörlich an ihm.

Ein weiterer Mann der Gemeinde trat auf ihn zu. Er schüttelte ihm die Hand und versuchte, ihn in ein Gespräch zu verwickeln. Es stellte sich heraus, dass er der Sohn einer Freundin seiner Mutter war, und bald darauf erinnerte sich Aschmann, dass sie früher öfter Kontakt gehabt hatten. Der Mann stellte ihm seinen Sohn, Emanuel Doron, vor, der gerade zehn Jahre alt geworden war. Sie setzten sich auf eine der Sitzbänke.

***

Rob und Joh hatten inzwischen Einblick in den Grundriss der Synagoge erhalten, als ein weiterer Streifenwagen herannahte, gefolgt von einigen Einsatzwagen des SEKs. Aus dem Wagen stieg Liviana aus und eilte auf Rob zu.

„Wer hat das Aufgebot hier bestellt?", raunzte Rob seiner Kollegin entgegen.

„Ich nehme an Charlotte", antwortete Liviana gelassen, „Du hast schließlich gesagt, sie soll den Einsatz koordinieren." Liviana reichte ihm ein Headset.

„Meine Güte! Kann diese Frau..."

„Vorsicht! Überleg genau was du sagst!", fiel ihm Liviana ins Wort. Inzwischen hatte sich der Einsatzleiter des SEK eingefunden.

„Wir drei gehen rein. Da drin sitzt vermutlich ein suizidbereiter Gewalttäter. Wir wissen nicht, ob er bewaffnet ist, aber wir müssen mit allem rechnen. Das SEK hält sich zurück. Ein Gemeindemitglied hat mir vorhin gesagt, dass heute hier ein besonderes Fest sei, vergleichbar mit einer Kommunion oder Konfirmation. Es sind also mehr Menschen als sonst in der Synagoge. Wir müssen alles vermeiden, was zu einem Blutbad führen könnte. Und kein weiteres Fahrzeug soll hier mit Martinshorn auflaufen! Vait, hast du das Foto von Aschmann dabei."

„Ja." Sie reichte die Ausdrucke weiter.

„Merkt euch das Gesicht. Da drin wimmelt es von Männern", forderte Rob die Mannschaft auf. Er bedeutete Vaitmar und Funke, ihm zu folgen. Im ersten Stock, vor dem Gebetsraum, instruierte er die beiden, neben dem Eingang zu warten. Er wolle Aschmann dazu bewegen, mit ihm die Synagoge zu verlassen.

„Wer ist dieser Aschmann?!", wollte Liviana erneut wissen.

„Wahrscheinlich das Chamäleon", wich Rob ihrer Frage aus und ging durch die Sicherheitsschleuse. Liviana und Funke taten es ihm nach.

An der Tür zum Gebetsraum stellte sich ein Gemeindemitglied der Kommissarin in den Weg und bedeutete ihr, ein Stockwerk höher zum Gebetsraum der Frauen zu gehen. Vaitmar zeigte ihren Ausweis. Rob flüsterte beiden zu, dass sie vor der Tür warten sollten.

„Ist Aschmann jetzt bewaffnet, oder nicht?", fragte Liviana Johann, als Rob den Gebetsraum betrat.

„Weiß ich's?", antwortete der Kommissaranwärter mit einem Schulterzucken.

Hauptkommissar Hansen schritt die Sitzreihen, beginnend an der Nordseite, ab und versicherte sich seiner Kippa auf dem Kopf.

Er trat zwischen die Bankreihen in der Mitte des Raumes. Wenn er mich sieht, wird er den kürzesten Weg zum Ausgang nehmen. Dann läuft er Vait und Joh in die Arme. Er kennt sie nicht. Eine Möglichkeit!

Rob ging Reihe für Reihe ab, dabei steckte er sein Headset in sein Jackett. Die Männer, an denen er vorbeizog, schauten ihn befremdlich an, schienen aber kein weiteres Interesse an ihm zu haben. Aus den Augenwinkeln sah er einen Kopf herumschnellen. Rob schaute näher hin und sah, wie ein Mann sich hektisch einen Tallit überwarf. Es war Intuition, die ihn zu diesem Mann führte. Linker Hand neben ihm war noch ein Platz frei. Eine Sitzbank bestand aus vier Plätzen. Rob bat den vorderen Mann, ihn hineinzulassen und setzte sich neben den Mann, dessen Gesicht unter seinem Tuch verborgen blieb.

„Tom?", fragte Rob leise, bekam aber keine Antwort. Er überlegte, wie er jetzt vorgehen sollte, ohne unnötiges Aufsehen zu erregen. Einen Platz weiter neben dem Mann, den Rob angesprochen hatte, sprang ein Junge von dem äußeren Platz der Sitzreihe auf und lief zu den anderen Kindern im Gebetsraum.

„Wie hast du mich gefunden?", fragte Aschmann nun leise zurück. Dann warf er den Tallit zurück, schaute Rob an und senkte danach wortlos seinen Kopf. Rob betrachte sein Profil und schwieg.

„Habe ich Sveda gesagt, wo ich hingehe? Ich erinnere mich nicht daran."

„Wir haben es vermutet. Aber jetzt haben wir nur noch ein paar Minuten, Tom. Draußen bereitet sich das SEK auf seinen Einsatz vor."

„Warum?"

„Lass uns unauffällig rausgehen. Das wird das Beste sein."

„Woher wusstest du, dass ich mich umbringen will?", flüsterte Thomas Aschmann.

„Dein Brief an Sveda hat es verraten. Aber deswegen bin ich nicht gekommen, das weißt du. Sie heißt Monique Lacombe, das Mädchen, das du beinahe totgeschlagen hast."

„Ich habe kein Mädchen totgeschlagen und eine Monique Lacombe kenn ich nicht", gab Aschmann mit sonorer Stimme ruhig zurück und schaute dem Hauptkommissar in die Augen. Rob verunsicherte die Überzeugungskraft, die in Aschmanns Ausdruck lag.

„Du kennst sie unter Monika, das Mädchen in der Uniklinik."

„Ich versteh dich nicht, Rob. Ich dachte, du bist gekommen, um mich daran zu hindern, mir etwas anzutun. Liege ich da falsch, oder ist es wegen meiner Mutter?", fragte Aschmann und fingerte an dem Tallit. Zu seiner Verunsicherung gesellte sich jetzt auch noch eine Irritation, die Rob im Flüsterton und völlig unprofessionell fragen ließ:

„Wegen deiner Mutter? Ich bin hier, weil ich wissen will, ob du meinen Vater getötet hast?"

„Hast du sie noch alle, Rob?!...", zischte Thomas Aschmann, „Ich bin Psychotherapeut, aber kein Mörder. Was ist in dich gefahren? Du leidest unter einer posttraumatischen Belastungsstörung und unter einer Arachnophobie oder einfacher gesagt, Spinnenphobie, aber deswegen bist du doch nicht irre. Also, bitte."

Plötzlich glaubte Rob, dass er einen riesigen Irrtum begangen hatte. Ihm wurde schlagartig bewusst, dass er nicht „kriminalistisch" vorgegangen war und äußerst vorschnell gehandelt hatte. Jetzt saß er neben einem Mann, der ihm mit unmissverständlichen Sätzen klarmachte, dass er nicht der war, für den Rob ihn gehalten hatte. *Wie viele Rudis gibt es? Mein Gott! Hat er überhaupt Monika gesagt? Selbst daran kann ich mich nicht hundertprozentig erinnern. Was ist in mich gefahren?*, dachte er und stellte sich rasch auf die neue Lage ein.

„Komm, lass uns gehen", forderte er Aschmann auf, „das SEK ist im Anmarsch."

„Das SEK stürmt keine Synagoge, Rob. Diese Zeiten sind in Deutschland gottlob vorbei", entgegnete Aschmann ruhig und stand auf, faltete den Tallit und legte ihn ordentlich über die Lehne der Sitzreihe vor sich. Der Psychologe verabschiedete sich höflich von dem Mann rechts neben ihm, der aufgestanden war, um Platz zu machen. Auch der Junge, Emanuel Doron, der mittlerweile auf seinen Platz zurückgekehrt war, gab ihm brav die Hand. Aschmann streichelte ihm über den Kopf, als er aus der Sitzreihe heraustrat. Plötzlich griff er den Jungen am Kragen und zerrte ihn drei Schritte in Richtung des siebenarmigen Leuchters. Er zog die Pistole aus seinem Jackett und hielt den Lauf an die Schläfe des Jungen. Rob stand wie gelähmt, und der Sitznachbar, anscheinend der Vater des Jungen, stürmte ungestüm auf Aschmann zu, um seinen Sohn zu befreien. Rob bekam ihn noch an seinem Arm zu fassen. Aschmann schoss in die Luft. Von der Empore erhob sich ein Aufschrei wie aus einer Kehle. Der Vater des Jungen schreckte zurück. Hauptkommissar Hansen umklammerte den Arm des Vaters, wie eine Autokralle die Felge, gab sich als Polizist zu erkennen und befahl ihm, sich zu entfernen. Einige Männer im Gebetsraum erstarrten in ihren Körperbewegungen. Andere warfen sich schutzsuchend auf den Boden, begleitet von schrillen Schreien und Rufen.

„Alle raus hier! Los! Alle raus hier!", brüllte Aschmann.
„Tom!", rief Hauptkommissar Hansen und breitete die Hände auseinander.
„Hier spricht die Polizei!", rief er den Männern entgegen und drängte erneut den Vater des Kindes gewaltsam zurück. „Verlassen Sie sofort den Raum!", rief er. Der Tumult brach sich seine Bahn. Am Ausgang der Gebetsstätte drängten sich flüchtend eine Schar Männer. Andere irrten wie traumatisiert umher. Die Frauen schrien durcheinander und sahen wie hypnotisiert über das Geländer der Empore. „Emanuel!", überschlug sich wehklagend eine Frauenstimme. Rob ordnete die Stimme der Mutter des Jungen zu, deren markerschütternder Schrei alle anderen Stimmen übertönte. Rob sah Johann Funke am Eingang des Gebetsraumes stehen und winkte ihn herbei. Thomas Aschmann richtete seine Waffe abwechselnd auf die verzweifelte Mutter auf der Empore und wieder auf ihren Sohn. Dann schoss er ein weiteres Mal in die Luft und brüllte in das Geschrei der Frauen und Männer hinein:
„Alle raus! Oder ich erschieße den Jungen!"
Johann Funke zerrte den Vater des Jungen gewaltsam zum Ausgang.
„Tom! Halt ein! Lass uns reden!", rief Rob in das heillose Chaos hinein.
„Alle raus! Treib die Leute raus!", brüllte Aschmanns erneut. Rob befürchtete das Schlimmste. Er sah den weinenden Jungen, der sich in die Hose gemacht hatte und mit flehenden Blicken seine schreiende Mutter zu suchen schien. Rob drehte sich um und rief erneut, dass sich alle Männer zu entfernen hätten, dabei hielt er hilfesuchend seine Polizeimarke hoch. Joh kam ihm erneut entgegen und Rob bedeutete ihm, die Menschen zum Ausgang zu treiben. Liviana versuchte auf der Empore die wehklagende und händeringende Mutter, wie auch die anderen Frauen, zum Ausgang zu bewegen. Es handelte sich um Minuten, die den Beamten wie endlose Stunden chaotischer Massenpanik vorkam, bis sich ein geordneter Rückzug einstellte.

„Zurück, Rob! Noch mehr, noch mehr, los los, los! Und deine Waffe! Schieb mir deine Waffe rüber, oder der Junge stirbt!", befahl Aschmann brüllend.

„Ich habe keine Waffe, Tom!", rief Rob und zog sein Jackett aus, das er auf eine Sitzbank warf.

„Keine Waffe, Tom!"

Im Vorraum des Gebetsraumes hatten sich inzwischen Sondereinsatzkräfte versammelt und sich rechts und links neben der Eingangstür postiert. Scharfschützen hockten einsatzbereit auf der Empore und eruierten die Möglichkeit eines finalen Rettungsschusses. In der Gedenkhalle und auf halber Höhe der Treppe standen weitere Beamte. Im unteren Bereich hielten sich ein Dutzend Personen des SEK auf. Schiebetüren von Mannschaftswagen gingen auf und ein Polizist nach dem anderen eilte heraus. Der Verkehr staute sich von der Roonstraße in die Seitenstraßen zurück. Der Rathenauplatz, gegenüber der Synagoge, war komplett abgeriegelt und das gesamte Wohngebiet hinter der Synagoge, das von der Beethoven-, Engelbert- und Mozartstraße umgrenzt wurde, war durchzogen von Polizei. An der Rückseite der Synagoge hatten sich weitere SEK-Männer versammelt und suchten nach alternativen Zugriffsmöglichkeiten zum Gebetsraum.

Inzwischen hatte man die zivilen Personen aus den Vorräumen, Fluren und Gängen in Sicherheit bringen können. Liviana Vaitmar und Johann Funke hatten sich im Gebetsraum neben dem Eingang postiert. Im Gebetsraum hörte man nichts von den Aktivitäten draußen. Hier hörte man das Wimmern des Kindes, auf dessen Kopf die Waffe von Thomas Aschmann gerichtet war und sah Hauptkommissar Hansen, der in einem großen Abstand vor ihnen stand.

„Wer sind die zwei da hinten?!", rief Aschmann, der Vaitmar und Funke am Eingang entdeckt hatte.

„Das sind meine Kollegen, Kommissarin Vaitmar und Funke. Sie werden sich deine Forderung anhören und entsprechende Maßnahmen weiterleiten. Was hast du für Forderungen, Tom?"

„Sag deinen Kollegen, sie sollen ihre Knarre zur Tür rauswerfen und die Türe schließen. Und ich will keinen Mann auf der Empore sehen! Sonst stirbt dieser Junge hier!"

„Keine Leute auf der Empore. Das SEK soll sofort seine Leute von der Empore zurückziehen!", befahl Liviana Vaitmar durch ihr Headset.

„Nimm mich doch im Austausch für den Jungen. Das Kind kann doch nichts dafür", bot Rob an.

„Waffen weg!", rief Aschmann. Vaitmar und Funke zogen langsam ihre Waffen aus den Holstern und warfen sie sichtbar zur Tür hinaus. Danach schlossen sie die Tür des Gebetsraumes.

„Gut so. Die Spielregel ist ganz einfach. Den einzigen, den ihr retten müsst, ist der Junge hier. Ich werde hier wohl nicht lebend rausgehen. Aber bevor ich sterbe, wollte ich noch etwas klären. Daran hast du mich heute gehindert, Rob. Jetzt müsst ihr das für mich erledigen."

„Was ist deine Forderung?"

„Eins nach dem anderen, Rob!", entgegnete Aschmann ihm und befahl dem Jungen, aus seiner rechten Jacket-Tasche einen Briefumschlag herauszuziehen. Der Junge hielt ihm zitternd den Umschlag hin.

„Mein Junge, halt den Brief schön fest in deiner Hand! Hab keine Angst! Wenn die tun, was ich sage, bist du bald frei und kannst zu Mama und Papa." Aschmann schaute zu Rob herüber.

„Geh zurück, Rob. Stell dich zu den anderen. Und dann möchte ich, dass diese Frau zu uns kommt und den Briefumschlag annimmt. Danach sag ich, was gemacht werden soll."

„Stell doch deine Forderung, Tom. Wir werden uns umgehend drum kümmern."

„Eins nach dem anderen. Zuerst holt diese nette Damen den Briefumschlag."

„Tom, wir können das doch auch anders regeln. Dazu brauchen wir doch nicht den kleinen Jungen. Lass ihn im Austausch mit mir gehen. Ich komme jetzt zu dir, okay?" Rob setzte sich langsam in Bewegung. Aschmann schoss in Richtung des Hauptkommissars, der einen Schritt zurück sprang. Der Junge schrie. Die drei Polizisten starrten Aschmann an.

„Wolltest du gerade, im Gedenken an deinen Vater, den Helden spielen? Das nennt man Identifizierung des Opfers mit seinem Aggressor", lachte Aschmann sarkastisch.

„Es läuft ganz genau so, wie ich es sage. Ich möchte, dass deine Kollegin diesen Briefumschlag abholt. Sie macht einen charmanten Eindruck. Eine Abwechslung, die man sich im Angesicht des Todes ruhig gönnen darf." Rob stand in einer Reihe mit Liviana und Joh und blockierte damit den Eingang der Gebetsstätte.

„Was ist das für ein dreckiges Arschloch, das du uns da eingebrockt hast, Rob?", flüsterte Liviana so leise, dass es selbst Johann Funke kaum hören konnte, der neben ihr stand.

„Ich suche mir die Arschlöcher nicht aus, Vait", wisperte er zurück.

„Was ist jetzt?! Ich zähle bis drei. Eins ..." rief Aschmann.

„Okay, Tom, sie kommt."

„Also, junge Frau! Zwei ..." Vaitmar setzte den ersten Schritt nach vorn.

„Langsam", flüsterte Rob eindringlich.

„Die Schönheit befreit uns Männer von allen Konventionen. Schöne Frauen sind unsere Sehnsucht und unser Verderben", kommentierte Aschmann Vaitmars behutsame Schritte und lachte bitter.

Johann Funke ließ vor Nervosität sein Zweieurostück durch die Hand kreisen. Rob wurde aus dem Augenwinkel Johanns Fingerspiel gewahr und bekam plötzlich eine Idee.

„Wenn ich es dir sage, wirfst du die Münze in den hinteren Teil des Raumes. Unauffällig, damit er nicht auf deine Bewegung schießt", flüsterte Rob und Joh nickte.

Vaitmar schaute zu dem Jungen hinüber, der ihr mit ausgestrecktem Arm den Briefumschlag entgegen hielt. Sie atmete in ihr Ki. Sie setzte jeden ihrer Schritte besonders klein, um Zeit zu gewinnen und um eine Idee ihres Angriffs zu entwickeln. Ihr Körper war aufgeladen und wartete darauf, sich wie ein Blitzschlag zu entladen. Sie blickte auf die Hand des Jungen. Innerlich maß sie die Höhe seines Arms, den Abstand der Waffe zu seinem Kopf und prägte sich das Bild ein, um danach nur noch Thomas Aschmann in die Augen zu sehen. Wie vor dem Kumite ging sie mental die Formen des Kihon und der Kata durch. Dabei fixierte sie weiter die Augen des Gegners. Jede kleinste Muskelfaser war energiegeladen und mit jedem Schritt wartete sie auf die Zehntelsekunde des Versagens ihres Gegners. Ohne hinzusehen streckte sie dem Jungen langsam ihre Hand entgegen. Wenn das Kind und der Täter die Übergabe beobachten würden, konnte das der Moment sein. Sie öffnete ihre Hand für den Jungen und der letzte Atemzug versetzte sie in einen Zustand, den nur Meister Lee und Akira verstanden. Dann hörte sie das Klimpern einer Münze im Raum, sah die leichte Kopfdrehung von Aschmann und schlug seine Waffe blitzschnell in die Höhe. Ein Schuss löste sich und traf sie. Sie riss ein Bein in die Luft und platzierte ihren Fuß an Aschmanns Kinn. Ein zweiter Schuss fiel. Plötzlich knallte es unermesslich laut und ein heller Schein ließ sie erblinden. Sie fiel zu Boden, alles um sie herum wurde dunkel und ruhig.

Sonntag, 17. September

Köln, 08:32 Uhr

Mit trockenem Mund und Kopfschmerzen tauchte Svedlana Strazyczny aus ihrem Schlaf auf, um das nicht endenwollende Klingeln zu erlösen. Sie legte den Hörer an ihr Ohr und hauchte ihren Namen in die Sprechmuschel.
„Hallo, Sveda. Rob hier. Wie geht es dir?"
Sveda brach wieder in das Weinen aus, mit dem sie am Abend zuvor eingeschlafen war. Sie brauchte Trost. Hauptkommissar Hansen hatte sie tags zuvor persönlich informiert, dass man Aschmann in der Synagoge überwältigt habe. Mit Einzelheiten zum Hergang in der Synagoge hatte er sie verschont. Was ihr Chef in der Synagoge getan hatte, hatte sie durch die Medien erfahren. Jeder Sender berichtete über die Geschehnisse und rekonstruierte für den Zuschauer den Tathergang. Nachrichten, Brennpunkte und Sondersendungen in der Nacht bis zum frühen Morgen, versuchten durch Vermutungen und psychologische Erklärungen das Unbegreifliche begreifbar zu machen. Staatsanwälte, Politiker und Wissenschaftler kommentierten die Geschehnisse aus ihren jeweiligen Blickwinkeln. Der Zentralrat der Juden wurde um Stellungnahme gebeten. Kurzfristige Diskussionsrunden wurden mit ranghohen Namen besetzt, um die Frage zu klären, wie so etwas in einer Synagoge passieren konnte und wie es um die Sicherheit der Juden in Deutschland bestellt sei. Internationale politische Größen äußerten sich, je nach ihrer Couleur kritisch, dramatisierend oder beschwichtigend. Das Kölner Polizeipräsidium gab eine Pressekonferenz, in der es eine schnelle und lückenlose Aufklärung der Vorkommnisse in Aussicht stellte. Für Svedlana war das alles nicht zu begreifen. Nachdem sie auch noch Fotos von Thomas Aschmann im Fernsehen ansehen konnte, bekam sie Angst, verrückt zu werden und hatte eine Schlaftablette eingenommen, um einigerma-

ßen die Nacht zu überstehen. Die Wirkung steckte ihr an diesem Morgen noch tief in den Gliedern.

„Mir tut alles weh. Ich bin noch gar nicht in der Wirklichkeit angekommen", beantwortete Svedlana Robs Frage mit schwerer Zunge. Dabei stand sie langsam auf und machte ein paar Schritte zum Fenster. Als sie die Gardine beiseite zog, sah sie, dass sich einige Journalisten, Fotografen und Übertragungswagen vor ihrem Haus postiert hatten. Die Realität holte Sveda schlagartig ein.

„Das tut mir leid", sagte Rob, „Sag mal, weißt du, wo sich die Unterlagen über mich befinden? Ich kann sie nicht finden."

„Was meinst du mit Unterlagen?"

„Hat Aschmann keine Patientenakte über mich geführt?"

„Du hast doch bar gezahlt, oder?"

„Ja."

„Ich denke, Tom hat so seine eigene Vorstellung, was das zu bedeuten hat", flüsterte sie in ihr Handy. Rob bedankte sich und erklärte ihr, dass sie sich zur Verfügung halten solle, falls er weitere Fragen an sie habe. Dann trennte er die Verbindung. Sveda stand am Fenster und zog die Gardine wieder zu.

***

Sie standen vor der Zimmertür mit der Nummer 224. Johann strich sich seine verschwitzte Hand an der Hose ab, und Rob fingerte in seiner Jackettasche herum. Er förderte sein neues Chamäleonfigürchen zutage, dessen Ringelschwanz noch vollständig war. Ansonsten fand er nichts, was er für diesen Anlass aus seiner Jacke hervorzaubern konnte.

„Du gehst vor. Und nimm die Blumen in die Hand."

„Rob! Das ist dein Job, und tu uns einen Gefallen, sag ihr einfach was Nettes. Aber mal was anderes, meinst du, du könntest mir bis morgen zehn oder besser zwanzig Euro leihen. Bin gerade was knapp."

„Kann ich, tu ich aber nicht."

„Bekommst du auch morgen wieder."
„Bist du sicher?"
„Ganz sicher."
„Wenn du einen Freund loswerden willst, dann bitte ihn um ein Darlehen oder gib ihm ein Darlehen. Befrei die Blumen von dem Papier, und lass uns reingehen", gab Rob zur Antwort und klopfte leise an die Tür. Als sie eintraten, sahen sie Viola Ross am gegenüberliegenden Fenster stehen, die überrascht zu ihnen hinübersah. Eine ältere Dame im vorderen Krankenbett lächelte die beiden Männer erwartungsvoll an, als gälte der Besuch ihr. Sie hatte den rechten Arm und das rechte Bein in Schlingen und Halterungen fixiert. Der Arm schien von vier Metallstangen durchbohrt zu sein und das Bein war vom Fuß bis zum Oberschenkel eingegipst und hing an Gerätschaften in der Luft. Rob nickte ihr zu. Sie grüßte freundlich. Liviana lag in dem Krankenbett dahinter. Bei ihr war nur der linke Oberarm bis zum Ellbogen verbunden und ruhte auf ihrem Körper.

„Ach, meine herzallerliebsten Kollegen. Tretet näher", lud sie Rob und Johann ein.

„Stören wir?", fragte Rob und schaute Viola verlegen an.

„Nein, nein. Ich wollte jetzt sowieso gehen. Mach's gut, Vait. Wiedersehen, die Herren." Viola ging, ohne einem der Männer die Hand zu geben.

„Wie geht's dir, Vait?", fragte Rob, und Johann reichte ihr den Strauß Blumen.

„Orange und gelbe Rosen, pinkfarbene Spraynelken, blauer Lisianthus, Septemberkraut. Danke, Jungs, da habt ihr aber eine gute Wahl getroffen. Joh, sei so lieb und frag die Schwestern nach einer Vase."

„Jupp" Sie sah ihm nach, wie er eilig den Raum verließ.

„Was ist mit Aschmann?", fragte sie, als sich die Tür schloss.

„Er sitzt in U-Haft. Du warst prima."

„Das SEK hat eine Blendgranate geworfen, stimmt's?"

„Ja. Gut, dass nicht noch mehr schief gegangen ist." Die Tür ging auf, und Johann kam mit einer Vase zurück. Er füllte sie mit Wasser, und Liviana übergab ihm die Blumen. Dann stellte er sie auf die Fensterbank, wo die Kommissarin sie bewundern konnte.

„Wie geht es deinem Arm?"

„Halb so wild. Ein Streifschuss. Das Schlüsselbein ist gebrochen. Ich hab mich beschissen abgerollt."

„Tut mir leid."

„Du warst spitze, Vait", mischte sich Johann ein, „hätte ich nicht besser machen können."

„Danke, Joh, ich werde mir was drauf einbilden", lachte Vaitmar ihn an und erkundigte sich dann nach dem Ergehen des Jungen.

„Dem geht es gut, soweit man das nach so einem Ereignis überhaupt noch sagen kann. Die Familie wird psychologisch betreut."

„So was wird man doch nie wieder los. In den Händen von so einem Wahnsinnigen, mit einer Knarre an der Schläfe! Das frisst sich tief unter die Haut."

„Ist wohl so."

„Ich hole uns einen Kaffee", sagte Funke und verließ erneut das Zimmer.

„Was war in dem verdammten Briefumschlag?", wollte Liviana wissen.

„Zwei Haarlocken. Jens ist auf dem Weg in die Praxis. Danach nimmt er sich seine Privatwohnung vor. Wird etwas dauern, bis wir was in der Hand haben. Er wird mich anrufen, sobald er was gefunden hat. Ich werde Aschmann in einer Stunde vernehmen." Rob beugte sich nah zu Livianas Gesicht herunter, und dabei fielen ihm wieder einmal ihre schönen braunen Augen auf.

„Danke für die gute Zusammenarbeit, Livi", flüsterte er.

„So! Jetzt sag endlich, wo lernt man so ein beschissenes Arschloch kennen?"

„Therapie."

„Wie jetzt? Du bei ihm, oder er bei dir?"

„Ich bei ihm", antworte Rob verlegen.

Liviana kniff die Augen zusammen. Dann zog sie mit dem gesunden Arm die Haare hinter den Kopf und strich sie auf ihrem verbundenen Arm glatt.

„Du spinnst ja. Ich glaub dir kein Wort", kommentierte sie, „Und überhaupt, woher kennst du meinen Spitznamen?!"

„Das musst du sie schon selbst fragen."

„Wen?"

„Ach, bevor ich es vergesse, schöne Grüße von Victor. Er wollte eigentlich auch mitgekommen sein. Ist ihm was dazwischen gekommen, sagt er."

„Lass mich raten. Schnell trifft die Kugel den Hirsch, oder? Gibt's was Neues?"

„Das LKA hat ein paar Fragen an dich, wenn du wieder gesund bist."

„Das LKA? Was haben die denn damit zu schaffen? Das sieht alles nicht gut aus."

„Solange dich der Polizeipräsident nicht suspendiert, soll es mir egal sein. Ich bin mit Victor die Angelegenheit durchgegangen. Er hofft, dass er die Sache in Kürze vom Tisch hat - ohne Blessuren."

„Und du? Hoffst du das auch, oder bist du froh, wenn ich die Koffer packen muss?"

„Ich bin zwar ein Sauerländer, aber irgendwie habe ich mich jetzt schon an dich gewöhnt. Wir sind doch eigentlich ganz gut aufgestellt, oder?" Plötzlich fiel es ihr wieder ein.

„Wer hat dir meinen Spitznamen verraten, sag schon?", drängte sie.

Im gleichen Moment öffnete sich die Tür, und Johann kam mit vier Tassen Kaffee auf einem Tablett herein. Er stellte das Tablett auf den Tisch und Liviana sah, dass er auch Kekse organisiert hatte.

„So, es hat etwas länger gedauert, aber ich musste die Schwester überzeugen, dass er ganz frisch sein muss. Sie hat ihn erst aufgesetzt, als ich sie zu einem Essen eingeladen habe."

„Wir sind aber nur drei, oder hast du die Schwester auch noch zum Kaffee eingeladen?", wollte Liviana wissen.

„Ach so, da hab ich doch glatt was vergessen ...", unterbrach er seinen Satz, ging zur Tür und öffnete sie. Rose stand im Türrahmen, eine langstielige rote Rose in den Händen, die sie hielt, als müsse sie sich an ihr festhalten. Liviana starrte sie sprachlos an.

„Livi, ich bleibe mit den Kindern in Köln. Ich habe mich von ihm getrennt. Können wir es nicht noch mal versuchen? Bitte", sprudelte es aus ihr hervor, noch bevor sie die Tür hinter sich geschlossen hatte. Man konnte das Pochen der Frauenherzen, wie schnelle japanische Trommelschläge, hören. Es entstand ein Augenblick erwartungsvoller Stille. Die Bettnachbarin versuchte vergeblich sich aufzurichten, verfolgte das Geschehen aber mit offenem Mund und neugierigen Blicken.

„Wenn du sie nicht nimmst, nehme ich deine Rose", sagte Joh und blinzelte Rose zu.

„Ist sie nicht süß?", stöhnte Liviana mit rauer Stimme und streckte ihre freie Hand aus. Rose trat zu ihr ans Bett und setzte sich auf den Stuhl an der Fensterseite. Dann begann eine Unterhaltung, bei der die Frauen vergaßen, dass noch zwei Männer anwesend waren. Joh steckte die Rose zu den anderen Blumen, forderte Rob mit einer Kopfbewegung wortlos auf, ihm zu folgen und schloss leise die Tür hinter ihnen.

„Wenn ich die beiden Frauen so sehe, würde ich auch gern lesbisch sein", sagte er zu Rob auf dem Flur.

„Ich nicht", antwortete Rob trocken und freute sich auf Stefanie.

****

Liviana hatte sich, kaum dass ihre Kollegen den Krankenbesuch beendet hatten, aus dem Krankenhaus entlassen lassen. Rose fuhr sie nicht nur zur Wohnung, wo sie ihre Tasche abstellte, sondern auch ins Präsidium. Sie schaute mit Rob und Joh durch den Einwegspiegel des Verhörraumes. Aschmann saß regungslos auf einem Stuhl und starrte auf seine ineinander gefalteten Hände, die auf der Tischplatte ruhten. Seit er in den Verhörraum gebracht worden war, hatte er seine Haltung nicht verändert. Die Blessuren des Kampfes in der Synagoge waren kaum sichtbar. Er schien beinahe ungeschorenen davongekommen zu sein, was Liviana ärgerlich zur Kenntnis nahm, als sie ihren Arm betrachtete.

„Du bist krankgeschrieben, Vait. Du solltest dich eigentlich auskurieren", knurrte Rob. Ihr offenes Haar verdeckte den Arm, der in einem Verbandsdreieck ruhte.

„Ich bin nicht krank im Kopf, Rob. Ich will diesem Mistkerl dort am Tisch gegenüber sitzen. Außerdem ist Sonntag, Victor ist nicht da und Staatsanwalt Mirkow nervt auch nicht rum. Das ist für mein Dafürhalten eine optimale Ausgangslage für ein Verhör zu zweit."

Rob wollte noch eine Vorschrift bemühen, winkte dann aber mit seiner Hand ab, was Liviana wie sein Einverständnis wertete.

„Er soll mir ins Gesicht sagen, warum er Kim umgebracht hat."

„Noch wissen wir nicht, ob er überhaupt irgendjemand umgebracht hat, Vait. Ich befürchte eher, dass diese Aktion das Ende meiner Laufbahn sein wird. Aschmann hat in der Synagoge gesagt, ich habe ihn an etwas gehindert. Er wollte einen DNA-Vergleich machen lassen und sich nach dem Ergebnis erschießen. Es war ein gottverdammter Fehler von mir, in die Synagoge zu gehen", bewertete Rob sein Handeln.

„Glaubst du das wirklich? Aber man nimmt doch keine Knarre in eine Kirche mit."

„Ich werde zuerst allein reingehen und mit Aschmann über meinen Vater sprechen", wechselte Rob zur Verhörstrategie.

„Hast du noch eine Therapiestunde bei ihm gut, oder was? Wir werden da zusammen reingehen. Wir machen das mal zur

Abwechslung wie bei einem richtigen Verhör, Rob. Mikro an und Namen sagen und am besten jetzt", hielt Liviana dagegen.

„Hier, schau", lenkte der Hauptkommissar ab und zeigte ihr das Chamäleonfigürchen. „Ich habe ein neues gekauft."

„Na toll! Hat das Kind sein altes Spielzeug verloren?"

„Nein, aber das Schwänzchen war doch kaputt", antwortete Rob in gekünstelter Kindersprache.

„Na, da hat die arme Kinderseele ja wieder Ruh", antwortete Liviana.

„Ich gehe zuerst allein rein", sagte Rob entschieden und öffnete die Tür zum Verhörraum.

Hauptkommissar Hansen nahm Thomas Aschmann gegenüber auf einem der freien Stühle Platz. Der Psychologe sah auch jetzt noch nicht auf. Rob schaltete das Mikrofon ein und bot Aschmann einen Kaffee an, den dieser dankend ablehnte. Als Aschmann nach einem Glas Whisky fragte, musste Hansen ablehnen und ging stattdessen die Formalitäten durch.

„Herr Aschmann, Sie haben gesagt, dass sie keinen Anwalt wollen. Ist das richtig?"

„Du bist mein Anwalt, Rob. Hör das mit der Siezerei auf, sonst rede ich nicht mit dir."

„Ok. Du wirst dich für die Geiselnahme in der Synagoge vor Gericht verantworten müssen. Die Schießerei wird dich auch noch einiges Kosten. Deine Ausgangslage ist also nicht gut, Tom. Was hat das mit den Haarlocken auf sich?"

„Ich möchte einen DNA-Vergleich der Haarlocken aus meinem Briefumschlag", antwortete Aschmann gelassen.

„Das habe ich mir schon gedacht. Wir kümmern uns bereits darum. Du hast in der Synagoge etwas über deine Mutter angedeutet. Als Todesursache wird in dem Bericht eine Überdosis Tabletten angegeben. Man ging in diesem Fall von Selbstmord aus. Du hast mich gestern gefragt, ob ich wegen deiner Mutter da sei. Was meintest du damit? Hast du was mit ihrem Tod zu tun?"

„Darfst du mich überhaupt verhören, Rob? Du bist befangen. Du hast bei mir Therapie gemacht. Es ist alles dokumentiert", antwortete Aschmann ruhig.

„Wir haben heute Morgen angefangen deine Praxis zu durchsuchen. Es gibt keine Dokumentation", behauptete Rob, der sich allerdings nicht sicher war, ob man nicht doch noch etwas finden würde.

„Sei's drum. Ansonsten habe ich zwei Bedingungen, wenn du die Wahrheit von mir hören willst." Die Gelassenheit, die Thomas Aschmann ausstrahlte, versetzte den Hauptkommissar in eine Wut, die er kaum zu unterdrücken wusste.

„Was hast du für Bedingungen?", fragte Rob und griff in seine Jackettasche, wo er sein neues Chamäleonfigürchen erfühlte. Er nahm es hervor und legte es auf den Tisch vor sich. Aschmann faltete die Hände wie zum Gebet.

„Die erste ist, hör nach, ob es inzwischen ein Ergebnis der DNA gibt."

Rob zog sein Handy aus dem Jackett und drückte eine Kurzwahltaste.

„Hallo, Jens. Ich habe dir heute Morgen die zwei Haarlocken auf den Tisch gelegt. Wie weit bist du?", erkundigte sich Rob, der absichtlich die Lautsprechertaste zum Mithören, nicht betätigt hatte.

„Hör mal, ich kann nicht überall sein. Ich bin noch in der Praxis von diesem – wie heißt er noch?"

„Das ist erfreulich. Positiv ist erfreulich", gab Rob schnell zur Antwort.

„Was redest du da? Wir haben noch kein Ergebnis."

„Also brauchst du nur noch einen zweiten Test zur Bestätigung?"

„Du kannst nicht frei reden, oder was?"

„Danach ist es dann definitiv?"

„Ich bin von dir so ferne
und sehn mich nach dir hin ..."

„Okay, Jens. Wann kann ich mit dem Ergebnis rechnen?"

„*...Mich hören nur die Sterne,
die stille droben ziehn...*"
„Ja, Jens, ich weiß."
„*...Und was ich dir verhehle,
verborgen kann's nicht sein
für sie,...*"
„Wir brauchen das gestern, Jens."
„*...denn in die Seele
schaun sie mir tief hinein...*"
„In fünf Stunden?" Rob Hansen sprang auf und riss die Augen weit auf, während er Aschmann fixierte.
„Das brauchen wir schneller!"
„Wie soll ich das schaffen, in fünf Stunden?
Und es bleibt zwischen ihnen liegen irgendwo und türmt sich auf und hindert sie endlich noch, einander zu sehen und aufeinander zuzugehen..."
„Rilke, nehme ich mal vorsichtig an. Ich danke dir Jens", sagte Rob, drückte die Austaste und setzte sich wieder. „Sieht so aus, als wärst du der Vater, aber die KTU muss noch eine zweite Analyse machen. Man kann im Augenblick von einer 80-prozentigen Wahrscheinlichkeit ausgehen. Gewissheit gibt es gegen 17:00 Uhr. Was ist deine zweite Bedingung?", zog Rob schnell mit seiner Frage nach.

„Das ist etwas unter vier Augen und Ohren", bemerkte Aschmann leise. Rob blickte auf die grüne Leuchte des Aufnahmegerätes und zauderte. Dann drückte er die Austaste und lehnte sich zurück an die Stuhllehne. Erst jetzt fielen ihm die Schweißperlen auf, die dem Psychologen auf der Stirn standen. Die Ruhe, die Aschmann ausstrahlte, stand in einem völligen Kontrast zu seiner körperlichen Reaktion.

„Es sollte zufällig ein Stück Seil, ein starkes Medikament oder ein Messer oder so was in der Art in meine Zelle gelangen. Kein Mensch wird es erklären können, wie ich das geschafft habe bei den strengen Sicherheitsvorkehrungen. Aber so was passiert doch immer mal wieder, oder?"
„Das geht nicht! Absolut nicht."

„Tja, dann."
„Was dann?"
Aschmann schwieg. Sie sahen einander duellierend in die Augen. Rob fühlte, dass er ein Angebot machen musste, wenn er an irgendwelche Aussagen von Aschmann herankommen wollte. Er fühlte sich wie ein Krieger auf einem verlorenen Schlachtfeld.

„Sagen wir mal so: Zu guter Letzt sind es die Verteidiger der Verdächtigen, und denen kann man es meistens nicht nachweisen", behalf er sich mit dieser Notlüge.

„So ist das wohl", antwortete Thomas Aschmann, und Rob schaltete das Mikrofon wieder ein. Dann versuchte Rob erneut, Licht in das Dunkel des vorhergehenden Tages zu bringen.

„Deine Mutter heißt Eva Aschmann, Mädchenname Melzer, wurde am 07.07.1931 geboren und verstarb mit 67 Jahren an einer Überdosis Schlaftabletten. Was wolltest du mir gestern damit sagen, als du mich gefragt hast, ob ich wegen deiner Mutter hier sei? Hast du ihr die Tabletten verabreicht?"

„Ich habe meine Mutter trotz ihrer Depressionen geliebt, Rob. Da bringe ich sie doch nicht um, mein Junge. Dein Vater begegnete meiner Familie zwei Mal im Leben. Das erste Mal kurz nach der Reichspogromnacht. Er sorgte dafür, dass die Familie von Eva Melzer deportiert wurde. Eva Melzer konnte flüchten, aber die Shoah hat sie trotzdem nicht überlebt. Was sagst du? Ich versteh dich nicht." Aschmann schaute sich um und presste die gefalteten Hände aneinander. Rob irritierte die Bemerkung, wie auch das merkwürdige Verhalten Aschmanns, ging aber dennoch darüber hinweg.

„Ich verstehe nicht ganz", sagte Rob, der sich an das Gespräch mit Marga und Stefanie erinnerte.

„Ich war damals noch zu jung, um das zu begreifen. Den Namen, den sie manchmal nannte, hatte ich im Laufe der Jahre vergessen. Irgendwann hatte meine Mutter aufgehört, darüber zu reden und bald hatte sie zu Lebzeiten aufgehört zu leben. Mutter fand ihren Frieden, aber die Shoah lebte in mir weiter.

Sowas frisst einen still und leise auf, Rob. Ihr eigentlicher Mörder hieß Arthur Hansen. Wolltest du gestern darüber mit mir reden?", fragte Aschmann auf eine Art, die Rob an seine Therapiesitzungen mit ihm erinnerte. Er schaute auf das grüne LED-Licht des Aufnahmegerätes, als er Aschmanns Hand erblickte, die sich das Chamäleonfigürchen schnappte.

„Dein Vater, Rudolf Aschmann, geboren am 16.08.1926 hat sich ungefähr drei Jahre später, am 14.05.2001, das Leben genommen. Im Bericht steht, er habe sich auch mit einer Überdosis Tabletten selbst umgebracht. Hast du...?"

„Wer spricht?!", unterbrach ihn Aschmann, dessen sonore Stimme gefasst klang, aber seiner angespannten Haltung widersprach.

„Warum mussten unsere Väter sterben, Tom?", insistierte Rob geradeheraus.

„Das weiß ich doch nicht! Mein Vater ist nach dem Tod meiner Mutter seines Lebens überdrüssig geworden. Das hat er selbst zu verantworten. Aber du solltest wahrhaftig die gesamte Schattenseite deines Vaters begreifen, damit der systemische Zwang gebrochen wird und es ein Ende findet."

„Du sprichst in Rätseln!", hielt Rob ihm entgegen. Plötzlich schnellte die rechte Hand Aschmanns in dessen Schoß und landete genauso schnell wieder zurück auf dem Tisch. Rob bekam einen Adrenalinstoß, sprang auf und forderte Aschmann auf, sich mit Gesicht und Händen an die Wand zu stellen. Dann trat er hinter Aschmann, befahl dem Psychologen, die Beine zu spreizen und tastete ihn ab. Aschmann folgte gelassen den Anweisungen.

„Was soll das, Rob? Man hat mich doch schon gefilzt, bevor ich hier herein geführt wurde. Da wäre doch eine Waffe in der Unterhose problemlos aufgefallen, glaubst du nicht?", fragte er und lachte herausfordernd. Hansen wusste nicht, was er da gerade erwartet hatte. Bevor er Aschmann aufforderte, wieder Platz zu nehmen, warf er einen kurzen Blick auf den Stuhl und unter den Tisch. Rob entschuldigte sich bei Thomas Aschmann für seine Aktion, um die Atmosphäre zwischen ihnen zu verbessern. Dann setzten sich beide wieder.

„Was war mit der zweiten Begegnung?", nahm Rob den Faden wieder auf und versuchte dabei einfühlsam zu wirken.

„Unsere Väter waren deutsche Soldaten. Wir sind die letzte Generation, die von lebenden Zeitzeugen erzogen wurde. Nach uns wird der Zweite Weltkrieg nur noch auf dem Papier stehen. Aber wenn wir die systemischen Zwänge, die uns die Geschichte unserer Eltern auferlegt, nicht überwinden, wird dieser Krieg noch in weiteren Generationen sein Unwesen treiben. Die *Gnade der späten Geburt* ist in Wirklichkeit ein Trümmerhaufen kriegerischer Dynamik, über die man sich hinweg zu täuschen versucht. Dem Täter kann aber keiner entrinnen und seine Schuld muss ausgeglichen werden, durch ihn oder seiner Nachkommen!", erhob Aschmann seine Stimme und seinen Zeigefinger.

„Ich kann dir leider nicht folgen, Tom. Wir haben nicht ewig Zeit. Was hat das mit meinem Vater zu tun?", fragte Rob und spürte ein flaues Gefühl in seinem Magen.

„Ich habe viel Zeit, Rob. Es ist schließlich meine letzte Reise", antwortete Aschmann und zupfte sich plötzlich mit der rechten Hand am linken Oberarm. Rob fragte sich, was das zu bedeuten hatte.

„Also gut, wir haben Zeit."

„Manchmal werden Kinder verrückt, weil ein Vorfahre etwas sehr Schlimmes getan hat oder ein Kriegsverbrecher war. Wir können es dann aber nicht mehr verstehen, weil wir die Zusammenhänge nicht herstellen. Wir sagen, das Kind, oder der Erwachsene, hat ein individuelles Problem, vergleichsweise einem Armbruch. Aber es sind die Sippen, die Normen und Zwänge dieser Sippe und deren Generationen, die uns nicht ruhen lassen. Sie wirken, steuern und treiben uns. Den einen in den Erfolg, den anderen ins Verderben. Sie lassen uns gewinnen oder verlieren. Wir müssen den Spagat zwischen dem Bedürfnis nach Zugehörigkeit und der Notwendigkeit, das Unrecht zu überwinden, hinbekommen. Handeln wir im Sinne der Zugehörigkeit, fühlen wir uns aufgehoben, aber es ist nicht immer rechtens. Handeln wir im Sinne des Rechts, verstoßen wir manchmal gegen die Normen der Sippe. Das ist nicht nur im islamischen Raum so, wo es zum Beispiel den Ehrenmord gibt. Das gibt es weltweit..."

„Ich werde darüber nachdenken", unterbrach Rob den Redeschwall Aschmanns, „Unsere Väter waren Soldaten und kannten sich, nicht wahr?", lenkte er das Gespräch in seine Richtung.

„Sie sind desertiert und haben sich nachts in die Dörfer geschlichen, um Nahrung zu bekommen. Sie haben sich genommen, was sie brauchten, auch Frauen. Ich weiß nicht, wie viele sie vergewaltigt haben", antworte Aschmann ohne zu zögern. Rob lenkte seinen Blick auf die gefalteten Hände Aschmanns. Plötzlich erinnerte er sich wieder an seine Jugendzeit. An die endlosen Märsche durch die Wälder. Querfeldein hatte er sich durch unwegsames Gelände und Buschwerk geschlagen, ohne zu wissen, warum er das tat. Stunden kämpfte er mit sich und der Einsamkeit im Wald, der panischen Angst, erwischt zu werden, und immer hatte er das Gefühl gehabt, eher auf der Flucht zu sein als auf abenteuerlichen Entdeckungsreisen. Er erinnerte sich an dramatisch erlebte Gefühle in einer absolut friedlichen Waldidylle. *Es waren seine Ängste,* dachte Rob. *Es war die Flucht meines Vaters, aber die Wälder meiner Jugend! Was habe ich da eigentlich durchlebt?* Der Raum erhellte sich, und Rob kam es vor, als habe jemand eine weitere Deckenleuchte angeschaltet.

„Erika Jaden war eines der Opfer", fuhr Aschmann fort.

Erika Jaden, so heißt sie also. Wir werden sie finden, dachte Rob.

„Und weil unsere Väter das getan haben, gab es dir das Recht, meinen Vater zu töten? Oder beide Väter?"

Aschmann öffnete seine Hände und zeigte das Chamäleonfigürchen.

„Ein Chamäleon. Sie passen sich ihrer Umgebung an, man muss schon genau hinsehen. Es sind die unsichtbaren Bindungen, die uns plötzlich treiben. Als du in meine Praxis kamst, brach alles wieder hervor. Was sagst du?!" Aschmann schaute sich erneut im Raum um. Obwohl sich für Rob langsam alles zu klären begann, fühlte er, wie sich eine Leere in seinem Kopf breit machte. Andererseits fand er keinen Zugang mehr für das Verhör, weshalb er einfach fragte: „Also, nochmal. Hast du Arthur Hansen getötet?"

„Ich bin Psychotherapeut und kein Mörder! Das müsste dir doch klar sein", antwortete Aschmann prägnant.

„Wir machen eine Pause", beschloss der Hauptkommissar kurzer Hand und verließ ohne ein weiteres Wort den Raum.

„Er hat in das Chamäleon gebissen", bemerkte Liviana, als Rob vor dem Einwegspiel trat. Inzwischen hatte sich auch Johann Funke eingefunden, der Kaffee besorgt hatte und neben Liviana Vaitmar sein Münzspiel betrieb. Rob nahm sich eine Tasse und Johann schenkte ihm aus der Thermoskanne einen Kaffee ein.

„Was denkst du, Rob?", fragte Liviana, die sich mit den Fingern der linken Hand die Haare nach hinten kämmte.

„Ich habe das eine Figürchen im Park gefunden, in der Nähe des Leichenfundes Kim Ross. Auf dem Foto von Manuela Berghausen könnte es sich auch um ein solches Figürchen handeln."

„Aber nur, wenn man lang genug hinschaut. Wenn du unbedingt einen Regenbogen im Kino sehen willst, musst du fest dran glauben und lang genug hinschauen", warf Liviana ein.

„Aschmann bestreitet alles, und das macht er sehr überzeugend", antwortete Rob, „und wir können ihm bisher nichts nachweisen. Wir sind auf Indizien und sonstige Kleinigkeiten angewiesen, um ihn aus der Reserve zu locken."

„Er verhält sich manchmal merkwürdig. Ich sage dir, der Kerl ist krank. Der hat bestimmt die Leiche seines Vaters auch noch gefressen. Und so einem hast du deine Seele anvertraut?", bemerkte Liviana angewidert und schüttelte den Kopf.

„Nein, Vait, ich habe mich einem Psychologen anvertraut und in seinem Fach ist er gar nicht so schlecht. Er ist in Fachkreisen eine anerkannte Persönlichkeit. Hat in einigen Fachzeitschriften publiziert und auf verschiedenen Kongressen Vorträge zur Männlichkeit und zu männerspezifischen Störungen gehalten. Du kannst ihn mal googlen, du wirst staunen. Ich verstehe nur nicht, wie das alles zusammenpasst?", konterte Rob energisch.

„Ganz einfach! Gar nicht! Der Mann ist durchgeknallt. Da, wo andere ein Hirn haben, hat der eine Axt im Schädel, vermute ich", antwortete Liviana. Rob stellte sich plötzlich den Psychologen vor, wie er mit einer Axt, die seinen Kopf in der Mitte spaltete, durch seine Praxis schritt und sich Kaffee in eine Tasse einschenkte. Wie er mit Sveda redete und ihn, Rob, mit dieser Axt im Schädel in den Therapieraum bat. Wie er sich in seinen Sessel ihm gegenüber setzte, der Stil dieser Axt auf ihn, Rob, zeigte und wie Aschmann ruhig zu sprechen begann.

„Das ist es!", äußerte Rob. Liviana und Johann sahen sich verwundert an.

„Wir gehen jetzt zusammen rein. Du die Böse, ich der Gute. Und mach einfach das, was du am besten kannst, Liviana."

„Was?!", empörte sich Liviana.

„Sei einfach fies!", antwortete er und ging voraus in den Verhörraum. Den hochgehobenen Mittelfinger, den Liviana ihm zeigte, sah er nicht mehr.

Hauptkommissar Hansen und Kommissarin Vaitmar setzten sich Aschmann gegenüber. Thomas Aschmann saß wieder in der gleichen regungslosen Position, mit gefalteten Händen und gesenktem Blick, auf seinem Stuhl.

„Sonntag, 17. September, 12:04 Uhr. Anwesende: der Verdächtige Thomas Aschmann, Hauptkommissar Hansen und Kommissarin Vaitmar. Die Vernehmung wird fortgesetzt. Herr Aschmann möchten Sie inzwischen einen Anwalt zurate ziehen?", fragte die Kommissarin.

„Ich brauche keinen Anwalt. Rob ist mein Anwalt", antwortete Thomas Aschmann wie beim ersten Mal.

„Ich verstehe Ihre Bemerkung nicht", erwiderte Vaitmar.

„Musst du nicht", antwortete Aschmann unruhig.

„Ich bin Kommissarin Vaitmar, Herr Aschmann und Sie werden mich nicht duzen, haben Sie das verstanden?"

„Sehr erfreut. Ich bin Thomas Aschmann, Psychologe. Ich vergebe Termine nur nach Vereinbarung. Wenden Sie sich bitte an meine Sekretärin, Frau Strazyczny, um einen Termin zu vereinbaren. Privat- oder pflichtversichert?", fragte Aschmann in ironischem Ton.

Vaitmar warf einen kurzen Blick zu Hansen, der ihr signalisierte, fortzufahren.

„Herr Aschmann, Sie sind verdächtigt..."

„Rob, ich werde mit dieser Frau nicht reden. Sie hat mir ins Gesicht getreten", fuhr Aschmann dazwischen.

„Ja, Tom. Kommissarin Vaitmar möchte dir am liebsten mit einer Axt den Schädel spalten, aber du kannst dir nicht aussuchen, mit wem du redest, wenn du das Ergebnis der DNA wissen willst", pokerte Rob hoch. Aschmann schwieg und schaute sich im Raum um. Seine rechte Hand fuhr blitzartig in seinen Schoß und zurück, um sich mit der linken Hand zu verbünden. Liviana zuckte und Rob verschränkte die Arme vor seiner Brust. Aschmann starrte die Kommissarin an.

„Wir gehen davon aus, dass Sie Arthur Hansen und Katharina Folgerreith getötet haben. Das ist die Ausgangslage. Möchten Sie auch ein Geständnis bezüglich der Mordopfer Manuela Berghausen und Kim Ross ablegen?", nahm Vaitmar den Faden wieder auf.

„Die Frau redet wirres Zeug, Rob!", rief Aschmann aus, „So einfach ist das nicht. Es geht um das gewaltvolle Erbe unsere Väter!"

„Beantworten Sie einfach meine Fragen, Herr Aschmann!", befahl Vaitmar in gereiztem Ton.

„Wir müssen die Gewalt unserer Väter in uns überwinden, bevor sie unreflektiert ihr Unwesen treibt und wir am Ende selbst noch Gefallen daran finden! Du hast jahrelang keine Frau gehabt, Rob, aber nicht, weil du nicht wolltest! Nein, weil du nicht konntest, ohne an dir selbst zu verzweifeln. Du hattest Angst, dass der heimliche Zorn deines Vaters auf die Frauen dich übermannt! Das nennt man Verinnerlichen von Fremdgefühlen!", belehrte Aschmann den Hauptkommissar. Rob atmete gegen die aufkommende Übelkeit an. Die Wände zogen sich zusammen und dehnten sich auseinander, wie es sein Atem vorgab. Er konnte keinen klaren Gedanken mehr fassen. Bilder tauchten plötzlich vor ihm auf. Er sah, wie er seine Schwester schlug und ihr die Kleider vom Leib riss. Er sah sich mit Liviana im Aufzug und fühlte die gewaltvolle Energie, die ihn überfallen hatte. Er versuchte, den Würgereiz zu unterdrücken und hielt sich mit einer Hand am Stuhl fest.

Aschmann sprang plötzlich auf und schlug sich ins Gesicht.

„Setzen Sie sich!", rief Liviana Vaitmar laut und entschieden. Aschmann stierte die Kommissarin an und setzte sich ohne Widerworte.

„Auch ich hätte sie mit aller Kraft eines Mannes ..." Aschmann stockte und hielt das Chamäleonfigürchen in seiner zitternden Hand.

„Wusstest du, dass das Chamäleon in einigen Kulturen für die Zeit steht? Denn es kann mit seinen Augen nach hinten, seitlich und nach vorn gleichzeitig blicken. Es symbolisiert die Einheit von Vergangenheit, Gegenwart und Zukunft. Aber eine besondere Bedeutung spielt es in der Mythologie Afrikas."

„Wir sollten aufhören, Rob", flüsterte Liviana, „ich habe kein gutes Gefühl." Liviana bekam keine Antwort. Rob schaute sie mit bleichem Gesicht an.

„In einigen Stämmen Afrikas war das Chamäleon der Überbringer einer Botschaft der Götter. Diese verkündeten darin die Unsterblichkeit des Menschen und schickten das Chamäleon auf den Weg. Allerdings war es nicht besonders schnell, trödelte und verbrachte viel Zeit mit Fressen." Aschmann spielte mit dem Chamäleonfigürchen auf dem Tisch. Liviana deutete Rob an, den Raum zu verlassen. Rob reagierte nicht auf ihre Aufforderung, sondern starrte Aschmann wie hypnotisiert an.

„Da wurden die Götter ärgerlich und beauftragten einen Vogel. Aber jetzt verkündete dieser Vogel die Botschaft von der Sterblichkeit der Menschen. Als später das Chamäleon eintraf und die Unsterblichkeit des Menschen kundtat, glaubten die Menschen ihm kein Wort. Manche Stämme sagen, wäre das Chamäleon schneller gewesen, wären die Menschen jetzt unsterblich. Aber der schönste Mythos ist der einiger weniger Stämme. Er besagt, dass eine Frau niemals ein Chamäleon anschauen sollte, da sie sonst niemand heiraten wird."

Was geht hier ab!, dachte Liviana, an ihrer Wahrnehmung zweifelnd. Rob saß wie versteinert, mit stierem Blick auf den Tisch gerichtet, neben ihr. Aschmann quasselte etwas von Chamäleons. Die Vernehmung schien zusehends konfus zu werden. Sie zog die mitgebrachten Fotos aus ihrem Verbandsdreieck und knallte sie wütend auf den Tisch.

„Manuela Berghausen und Kim Ross!", donnerte ihre Stimme gleichzeitig dabei. „Kennen Sie diese beiden Frauen? Haben Sie diese Frauen umgebracht?!", schrie sie Aschmann an.

„Was redest du da?", brüllte Aschmann zurück, „Ich habe dich wirklich geliebt, Ann! Ich muss in den Keller! Lass uns gehen! Sie ritzen sich immer sichtbar an den Unterarmen! Nein! Dafür bekommen sie kein Mitleid. Sag es den Schicksen, Ann!"

„Ich bin Kommissarin Vaitmar und frage Sie, ob Sie Kim Ross getötet haben!", wiederholte Vaitmar lautstark.

„Kim Ross! Ha! Ann! Ich scheiß auf deine Kim Ross!" Er sprang auf und kniff sich in die Oberschenkel. „Du hast doch alles kaputt gemacht, Ann!", schrie er.

„Setz dich!", befahl Rob, der aus seiner Starre erwacht war.

„Woher kannten Sie Kim Ross? Warum die Gitarrensaite als Mordwerkzeug?", forderte Liviana Vaitmar eine Antwort von Aschmann.

„Kim Ross, Kim Ross! Sie hätte so nicht sein sollen! Was, Ann?! Scheiß Lesbe! Ich werde auch dich umbringen!", schrie Aschmann plötzlich die Kommissarin an und riss seinen Stuhl in die Luft. Mit Getöse donnerte er den Stuhl auf den Tisch. Die zerbrochenen Teile warf er in Vaitmars Richtung. Die Kommissarin wich mit einer schnellen Seitwärtsbewegung aus und stürzte zu Boden. Sie brauchte einige Sekunden, um die plötzliche Wendung des Geschehens zu realisieren.

„Raus, Vait!", brüllte Rob und versuchte die Trümmerstücke abzuwehren, die Aschmann wild durch den Raum warf. Mit jedem Wurf schleuderte Aschmann ein Wort heraus. „Hass! - Holocaust! - Hinrichtung! – Lesbe!" Rob griff seinen Stuhl an der Lehne und stieß ihn mit den vier Beinen in Richtung Aschmann. Ein lautes Gebrüll und Krachen erfüllte den Raum, als die Tür aufgerissen wurde und Kommissaranwärter Funke mit gezogener Waffe *„Hände hoch"* rief.

„Bist du wahnsinnig?! Waffe weg!", brüllte der Hauptkommissar. Er schleuderte den Stuhl in die Ecke neben Aschmann und schlug ihm seine Faust ins Gesicht, Aschmann schlug mit dem Kopf an die Wand des Verhörraums und fiel zu Boden.

„Handschellen!", rief Rob und drehte Aschmann auf den Bauch. Johann Funke legte dem Psychologen Handschellen an, noch bevor dieser sich von dem Schlag erholen konnte.

„Führ ihn ab und lass einen Arzt draufgucken", befahl Rob, „Und Joh, der Schuss aus einer Waffe trifft blitzschnell. Aber seine Wirkung ist verheerend! Der Mann war unbewaffnet. Tu das nie wieder! Hörst du?"

Montag, 18. September

Köln, 15:14 Uhr

Die Sitzung war beendet. Die Durchsuchung von Aschmanns Privatwohnung war noch nicht abgeschlossen. Jens Fischer, der Leiter der KTU, hatte wenig zu berichten. Man hatte den Brief der für tot erklärten Frau des Psychologen gefunden, der die Frage des DNA-Vergleichs der beiden Haarlocken erklärte. Weiter fanden sie, neben einer Erbschaftsregelung, einen Brief von Aschmanns Tante, worin diese unter anderem Stellung zu der Vergewaltigung Erika Jadens nahm. Im Keller fand man Holz und Nylonsaiten, wie sie der Täter verwendet hatte. In Aschmanns Praxis wurden keine fallrelevanten Beweismittel gefunden. Alle DNA-Spuren und Fingerabdrücke, die man in den Räumlichkeiten sichergestellt hatte, mussten noch ausgewertet werden.

Aschmann selbst faselte seit seiner Vernehmung tags zuvor nur noch wirres Zeug, weshalb man ihn in die forensische Psychiatrie zur Begutachtung überstellt hatte. Die Staatsanwaltschaft hatte bereits ein psychiatrisches Gutachten über die Schuldfähigkeit des ehemaligen Psychologen angefordert.

Rob und Liviana standen vor dem Einwegspiegel des leeren Verhörraums. Rob warf verstohlen einen Blick auf seine Kollegin. Ihr Haar breitete sich wie ein Fächer über Schulter und Rücken aus.

„Er hat *Scheiß Lesbe* gesagt. Hast du das gehört?", fragte Liviana unvermittelt.

„Hat er das? Ja, ich glaube, das hat er irgendwann mal gesagt", antwortete Rob. Liviana drehte ihren Kopf zu ihm hin.

„Woher weiß er, dass ich lesbisch bin? Hast du diesem Arschloch das etwa in deinen Psychositzungen brühwarm erzählt?", fragte sie und ballte die Hand ihres gesunden Armes zu einer Faust.

„Ich kann mich nicht erinnern, so von dir gesprochen zu haben, Liviana."

„Er hat zweimal *Scheiß Lesbe* geschrien, das finde ich merkwürdig." Ihre Stimme klang nicht mehr vorwurfsvoll.

„Tut mir leid, Liviana, wenn ich Aschmann das erzählt haben sollte, aber ich glaube es nicht." Rob kratzte sich am Kopf, als suche er nach seiner Erinnerung.

„Das meine ich nicht, Rob. Einmal hat er es gerufen und dabei gedroht, mich umzubringen. Das zweite Mal hat er es irgendwie in einem Zusammenhang mit Holocaust und Hinrichtung gebrüllt. Das passt doch gar nicht zusammen." Ihre Nachdenklichkeit brachte beide für einen Augenblick zum Schweigen.

„Ich denke, Aschmann hat die falsche Frau umgebracht. Manuela Berghausen war lesbisch. Viola ist lesbisch. Er wollte nicht Kim, sondern Viola", schlussfolgerte Vaitmar.

„Könnte ein Motiv sein, wenn auch ein ziemlich durchgeknalltes."

„Was ist das für ein Motiv, lesbische Frauen umzubringen?"

Die Nazis haben damals auch Homosexuelle umgebracht. Sein Vater war auch ein Nazi. Das Motiv kann man ja auch nicht verstehen, wo er doch angibt auf der Seite der Holocaustopfer zu stehen.", überlegte Rob laut.

„Was sind die Männer durchgeknallt.", stellte Liviana fest und drehte ihre Haare zu einem Zopf.

„Und er hat doch Monika gesagt", antwortete Rob zusammenhangslos.

Köln, 17:17 Uhr

Der psychologische Zustand einer Frau zeigt sich in ihrer Küche. Wenn die Filtertüten in einer offenen Verpackung auf der Kaffeebox liegen, kannst du sie vergessen. Die machen garantiert nur halbe Sachen. Noch schlimmer ist, wenn sie den Kaffee auch noch in der aufgerissenen Verpackung lassen und dann auch noch der Löffel drin steckt. Das geht gar nicht, es sei denn, sie ist ein Mann. Er öffnete den Hängeschrank der Einbauküche und fand darin eine Kaffeedose mit geschwungener Aufschrift darauf. Filtertüten standen in einer geöffneten Verpackung neben der Dose und die Kaffeemaschine wartete gebrauchsbereit auf einer sauberen Arbeitsplatte aus Buche. Tassen, Untertassen, Zuckerstückchen und Milch, Teelöffel und eine Zuckerzange fand er problemlos. Er fragte sich, wie diese Frau im Bett sein musste, die so eine universale Ordnung präsentierte, dass ein Mann sich darin problemlos zurechtfand. Seine Sympathie für Sveda steigerte sich durch ihre Liebe zur Ordnung. An ihrer Erscheinung hatte er sich kaum satt sehen können. Er hörte Rob und Sveda reden. Den Inhalt ihres Gespräches konnte er, aufgrund der gurgelnden Kaffeemaschine, nicht verstehen. Kommissaranwärter Funke sah sich ein wenig um und öffnete leise Schranktüren und Schubladen der kleinen Einbauküche. Ein Weichholzschrank, der wie ein Erbstück aussah und in der modernen Küche einem charmanten Stilbruch gleichkam, weckte sein Interesse. Er fand darin allerlei Tischdecken, Servietten, Serviettenhalter, Deckchen und Untersetzer. Es war wie ein magischer Sog, der ihn auch die Schubladen öffnen ließ. Ein Geldbeutel, wie man ihn öfter bei Bedienungen in einer Kneipe sehen konnte, lag in der Schublade. Daneben ein Haufen Krimskrams. Er nahm die Börse in die Hand und öffnete sie. Einige Fünfziger und Zwanziger, noch mehr Zehner und Fünfeuroscheine zeigten sich. Seine Hände schwitzten. Er fingerte in der Geldbörse herum. Am meisten vertreten waren augenscheinlich Zehner und Fünfer. Es mussten mehr als sieben Zehner darin liegen. Er rieb sich die Fingerkuppen. Es war wie das Geschrei eines Vogelschwarms am Himmel, der ihm zurief: Nimm doch, nimm doch! Die Kaffeemaschine röhrte und fauchte dem Ende ihres Kochvorgangs entgegen. Johann Funke griff zwei Zehneuroscheine und steckte sie in die Hosentaschen seiner Uniform. Er legte den Beutel zurück an seinen Platz, stellte die Kaffeekanne auf das vorbereitete Tablett und hielt es mit einem Strahlen im Gesicht in seinen Händen, als er das Wohnzimmer betrat.

„Ich hoffe, es hat nicht zu lange gedauert. Ich musste mich erst einmal zurechtfinden", zwitscherte Johann Funke und sah Svedlana Strazyczny in Robs Armen liegen. Ihr Schluchzen war unüberhörbar. Johann stellte das Tablett auf den Tisch und goss schweigend den Kaffee in die Tassen. Sveda nahm ihr Taschentuch, schnäuzte sich und bedankte sich bei den Männern für ihre Fürsorglichkeit. Rob hatte die Patientenverfügung gelesen, die auf dem Wohnzimmertisch lag. Aschmann hatte darin verfügt, dass im Falle seiner Unzurechnungsfähigkeit, Svedlana alle Entscheidungen um seine Person treffen sollte. Er wollte darin eine angemessene Form der Pflege garantiert wissen. Auch testamentarisch hatte er Svedlana für die Verwaltung seines Besitzes eingesetzt. Erika Jaden sollte ein monatlicher Betrag von Tausend Euro auf Lebzeiten zuteilwerden. Die Jüdische Gemeinde in Köln sollte eine regelmäßige Spende erhalten, die Aschmann in Höhe von einem Zehntel der Mieteinnahmen aus seinen Immobilien festgesetzt hatte.

In einem weiteren Passus seiner Verfügung bestimmte Aschmann, dass, falls Svedlana Strazyczny die Verfügung ablehnen sollte, der gesamte Besitz, abzüglich der Summe, die für seine Pflege notwendig werden könnte, der bekanntesten rechtsextremen Bürgerbewegung in Köln zufallen sollte.

„Du musst das nicht annehmen, Sveda", kommentierte Rob die Verfügung.

„Ich habe Tom wirklich gern. Er hat doch selbst jüdisches Blut in sich. Das ist doch Verrat am eigenen Volk, oder?", äußerte Sveda verzweifelt.

„Er will dich zwingen. Seine Frau kann und will er nicht beerben und seinen Sohn …", Rob kratzte sich auf dem Kopf, „…den will er wohl vor seinem eigenen Schicksal verschonen."

„Aber ich kann seinen Besitz doch nicht den Nazis überlassen. Wir hatten in Polen auch große Probleme mit den Nazis. Ich fahre in den Semesterferien nach Polen zu meiner Familie. Wir sind nicht reich. Was soll ich Ihnen sagen? Wenn ich das den Nazis überlasse, wie stehe ich dann da, vor meiner Familie? Sie werden die Achtung vor mir verlieren. Was ist das für eine Prüfung, die Gott mir auferlegt?"

„Ich kann dir nichts raten, Sveda. Aber nicht Gott, sondern Aschmann, ein Mensch, hat dir dies auferlegt. Schließlich musst du mit der Entscheidung leben. Aber du solltest dich frei entscheiden. Wenn du die Verfügung ablehnst, müssen der Sohn oder andere damit klarkommen. Ich denke, das ist in Ordnung. Du musst nicht stellvertretend diese Auseinandersetzung führen", versuchte Rob Sveda einen Weg aufzuzeigen. Sveda überlegte noch einige Zeit und entschied sich dann, im Sinne der Verfügung zu handeln. Rob dachte, dass er mit seinen 46 Jahren nicht solch eine Entscheidung hätte treffen wollen und Sveda war gerade einmal 24 Jahren alt. Sie ging in die Küche und kam mit zwei Flaschen Kölsch und drei Gläsern zurück. Rob hatte bereits sein Jackett angezogen.

„Ihr wollt schon gehen?", fragte Svedlana sichtlich enttäuscht. Rob entschuldigte sich damit, dass er müde sei, aber Johann Funke nahm die Einladung dankend an. Als Rob auf der Straße die noch junge Abendluft einsog, klingelte sein Handy.

„Hallo, Vait, was gibt's?"

„Aschmann ist tot."

„Scheiben... Scheiße!"

„Scheibenscheiße?", fragte Liviana zurück.

„Ja, verdammte Scheibenscheiße!", antwortete Rob und hörte wie Liviana in Lachen ausbrach.

„Sagt man so was im Sauerland?"

„Nein, aber es stimmt doch, oder? Wie konnte das passieren?", fragte er. Liviana erzählte, dass Aschmann sich die Pulsschlagadern mit einer Rasierklinge aufgeschnitten habe. „Irgendjemand hat ihm eine Rasierklinge zugesteckt, und Aschmann hat es richtig gemacht. Längsschnitt."

„Weiß man, wer ihm die Klinge zugesteckt hat?"

„Natürlich nicht. Victor tobt wie ein Flummi durchs Präsidium. Er fragt, wo du bist."

„Sag ihm, dass ich nicht abkömmlich bin", antwortete er, trennte die Verbindung und freute sich auf ein Glas Rotwein mit Stefanie.

Mittwoch, 20. September

Köln, 19:22 Uhr

Diesmal war Rob nur eine Stunde gelaufen, fühlte sich aber nach diesem Tag rundweg ausgepowert. Er öffnete die Haustür, als ihm die bekannte Stimme wie ein Messer in den Rücken fuhr.

„Herr Hansen, gut, dass ich Sie treffe. Ich vermisse meine Zeitung. Haben Sie vielleicht versehentlich …?"

„Guten Abend, Frau Elstergrein. Meinen Sie das Wochenblatt?"

„Nein, meine Tageszeitung."

„Ich kaufe mir die Zeitung auf dem Weg zur Arbeit."

„Ja, vielleicht haben Sie ja heute Morgen …" Rob hasste es, dass diese Frau in Halbsätzen sprach. Er fühlte sich ständig gezwungen, den Satz selbst zu Ende zu denken.

„Ich nehme mal an, Frau Elstergrein, Sie fragen mich, ob ich ihre Zeitung geklaut habe, oder?"

„Also, bitte! Das sollten Sie aber nicht von mir...Ich bin eine..."

„Frau Elstergrein, ich denke aber so über Sie. Ich werde bald ausziehen, dann müssen Sie einen anderen Mieter als Opfer finden. Schönen Abend noch.", gab er zur Antwort und schloss seine Wohnungstür hinter sich zu. Er schritt seine Wohnung ab und überlegte, was er wohl machen würde, wenn er mit Steffi zusammenwohnen würde? Er konnte doch nicht laufend die Wohnung nach ihnen absuchen. Und was wäre, wenn Agatha Spünnülü ihm dort wirklich mal über den Weg laufen würde? Er ließ sich Badewasser einlaufen. Sein Festnetztelefon klingelte. Im Wohnzimmer angekommen nahm er den Hörer ab. Die Nummer im Display kannte er nicht. Er nahm das Gespräch entgegen.

„Hansen."

„Hallo, Rob, hier ist Marga. Hast du einen Moment Zeit für mich?", fragte seine Schwester freundlich.

„Ich dreh nur gerade das Badewasser ab."

„Bitte entschuldige, ich will dich nicht stören. Ich kann auch ein anderes Mal anrufen."

„Nein, nein, ist in Ordnung, Marga. Was ist los?"

„Ich wollte mal hören, wie es dir geht und kurz sagen, was bei mir so los ist. Wir haben uns ja beinahe eine Woche nicht mehr gesprochen, und die letzten Tage waren ja nicht leicht für uns alle, oder?" Rob befremdete ihre neue Tonlage. Er sah auf die Uhr. Er versicherte ihr, dass er Zeit habe. Sie wollte wissen, wie es ihm gehe und Rob erzählte ihr von dem Ermittlungserfolg. Marga erfuhr vom Selbstmord Thomas Aschmanns und dass Rob die Leiche seines Vaters, Rudolf Aschmann, exhumieren lassen wolle. Einen DNA-Vergleich mit dem Taschentuch hatte er bereits auf den Weg gebracht.

„Fingerabdrücke auf dem Messer können wir allerdings vergessen. Die KTU hat da nichts Brauchbares finden können. Aber auch wenn die DNA positiv ist, kann ich nichts weiter tun."

„Warum nicht? Das sind wir Erika schuldig, Rob."

„Die Vergewaltigung an Frau Jaden ist längst verjährt, Marga."

„Für Erika nicht, das kann ich dir versichern. Wie hast du ihren Nachnamen ausfindig gemacht?"

Rob ging in die Küche, um sich mit einer Hand eine Apfelschorle zu mischen. Ihm fiel auf, dass seine Schwester sich nicht so schnell ereiferte, wie sie es um diese Uhrzeit sonst tat.

„Der Mörder hat mir ihren Nachnamen genannt."

„Sie ist eine tapfere Frau, Rob. Du solltest sie kennenlernen."

„Gern, aber leider machen Männer ihr Angst, nicht wahr? Wir können sie vielleicht zusammen besuchen fahren. Was hältst du davon? Ich stehe schließlich auf ihrer Seite."

„Ja, das machen wir. Vielleicht findet sie wenigstens darin ein Stück Frieden." Marga berichtete, dass sie in einer Entzugsklinik sei. Die Ärzte würden sie gut versorgen, und der Psychologe sei auch nicht schlecht.

„Mir geht es jetzt schon viel besser, aber meine Kinder wollen mich morgen besuchen." Rob hörte, wie seine Schwester am anderen Ende der Leitung zu schluchzen begann.

„Das ist genau die richtige Entscheidung. Sei froh, dass deine Kinder dich endlich wieder nüchtern erleben …"

„Ja, aber es tut so weh. Ich glaube, ich kann ihnen nicht mehr in die Augen sehen. Ich habe so versagt. Und jetzt sitze ich hier auf einer sterilen Entzugsstation und habe Angst vor meinen eigenen Kindern. Das ist doch fürchterlich, verstehst du das?"

Rob hörte sie weinen, aber diesmal konnte er es gut ertragen. Er versuchte, sie damit zu trösten, dass Alkoholsucht eine Krankheit sei und dass ihre Kinder alt genug seien, um das zu verstehen.

„Es kommt doch nicht darauf an, dass man Alkoholiker ist, Marga, es kommt darauf an, dass man es ändert. Mach das Beste draus."

„Ich werde im Anschluss eine Entwöhnungstherapie machen."

„Gute Entscheidung", meinte Rob. Es wurde ein langes Telefonat, in dem beide kein Thema aussparten und Vorwürfe kei-

nen Platz fanden. Am Ende ihres Gespräches fühlte Rob eine Erleichterung, die ihn beinahe euphorisch werden ließ.
„Was machst du heute noch?", fragte Marga.
„Ich fahre zu einer Prinzessin."
„Schön. Grüß sie von mir."
„Mach ich. Grüß deine Kinder. Und Marga, Kopf hoch."
„Danke, ich werde es ihnen ausrichten. Mach's gut."

Sonntag, 22. Oktober

Meschede, 14:10 Uhr

Die Sonne zeigte sich schon den ganzen Tag, und kein einziges Wölkchen fand sich am Himmel, aber die Temperaturen deuteten den Winter an. Stefanie hatte ihm tags zuvor den Schwangerschaftstest gezeigt. Ihre anfänglichen Bedenken hatte Rob zerstreut, weil er in Allem, was sie beide betraf, Gutes sah. Jetzt stand er mit ihr in der Sonne und löste sich aus ihren Armen. Die Luft roch frisch und nach Glück.
„Willst du mich heiraten?", machte er ihr einen Antrag. Stefanie riss ihre Augen weit auf.
„Hast du sie noch alle?!...", rief sie und boxte ihn auf die Brust, „...Ich hätte mir ein schöneres Ambiente vorstellen können, als auf einem Friedhof zu stehen und so einen schäbigen Heiratsantrag zu bekommen! Keine Blumen, keine Kerzen, kein Verlobungsring. Sehr minimalistisch, Herr Hansen. Ich dich auch ..."
„Entschuldige, ich..."
„Ich entschuldige gar nichts!", wütete sie vor ihm, während er zutiefst betrübt dastand und sich am liebsten selbst geschlagen hätte.
„Es tut mir leid, Steffi", sagte er kleinlaut. Als Stefanie in seine smaragdgrünen Augen sah, verflog ihr Ärger.

„Du bist der größte Tölpel, der mir je in meinem Leben begegnet ist, und ausgerechnet in so einen muss ich mich verlieben. Los, geh endlich zu deinem Vater, ich warte hier."

„Ja, dann geh ich mal."

„Und lass dir Zeit, mein großer Tölpel, ich hab heute nichts weiter vor."

Er nahm ihren Kopf in seine Hände und küsste sie. Dann schritt er zum Grab seines Vaters, als wäre es sein letzter Gang.

Es war ein einfaches Grab, dem man ansah, dass es länger nicht mehr gepflegt worden war. Der Grabstein war schlicht, die Grabinschrift einfach und unauffällig: Arthur Hansen, geboren 12.06.1927, verstorben 12.08.2006. Kein *Hier ruht ...*, als wäre jedes weitere Wort zu viel.

„Wir hätten dich einäschern lassen sollen, Vater. Wer will überhaupt dein Grab pflegen?" Er schaute auf das Laub, das die Erde bedeckte.

„Deine Tochter hat eine Alkoholtherapie angefangen. Einmal was Erfreuliches aus dieser Familie. Deinem Mörder konnten wir nicht den Prozess machen. Er hat sich umgebracht. Mal unter uns, Vater - es geschieht euch beiden zwar recht, aber besser wäre gewesen, ihr hättet euch vor der Menschheit verantworten müssen. So müssen wir uns mit euren Altlasten herumschlagen.

Vaitmar wartet immer noch auf ihre Suspendierung. Wir wissen immer noch nicht, was da eigentlich los ist. Liviana arbeitet inzwischen wieder genauso akribisch wie eh und je. Unser Küken Joh wird demnächst fest in unserer Abteilung arbeiten. Das wird ihn aber auch nicht von seinem chronischen Geldmangel befreien. Von unserem Kobold sprechen wir besser nicht."

Rob schritt vor dem Grab auf und ab. Er konnte kaum darauf sehen, und wenn er den Namen las, wurde ihm schummrig.

„Ich habe eine wunderbare Frau kennengelernt. Stefanie. Sie ist schwanger. Wenn ich es richtig anstelle, wird Stefanie mich heiraten. Wir werden einen Sohn bekommen. Das heißt, ich möchte gern einen Sohn. Ich weiß nicht, warum. Es kommt einfach so von innen. Aber eine Tochter wird genauso gut sein. Ich freue mich auf jedes Kind mit Stefanie. Ich weiß nur nicht, was ich ihm sagen soll, wenn es nach dir fragen wird. *Er war ein großes Arschloch?* Ich habe in der Therapie gelernt, wenn man jemand wie dir keinen angemessenen Platz in seinem Herzen gibt, dann werden es die Kindeskinder tun müssen. Solch eine Bürde will ich meinen Kindern nicht auferlegen. Keine leichte Aufgabe, dir den richtigen Platz zu geben. Ich werde dir nicht verzeihen, Vater. Wohl nie in meinem Leben. Verzeihen und Vergeben, das überlasse ich anderen oder Gott. Ich bleibe nur dein Sohn, und das ist schon schwer genug."

Rob wanderte unruhig um das Grab herum. Schließlich blieb er wieder vor dem Grabstein stehen.

„Der Psychologe Aschmann würde sagen, wenn man seinen Vater vor sich stehen hat, dann hasst man ihn, weil er einem die Sicht in die Zukunft versperrt. Ich hoffe, dass mein Hass auf dich sich legen wird und du bald in meinem Rücken stehst. Schließlich gehörst du zu meiner Vergangenheit, und die liegt hinter mir. Die Zukunft gehört meinem Sohn, und so kann ich ihn am besten vor dir schützen. Und ich schwöre dir, ich werde alles dafür tun, dass deine Bosheit keinen Zutritt in unsere Familie bekommt. Und wenn ich dafür wieder Therapie machen muss. Ich will ein guter Vater werden. Schlechte Väter gibt es schon genug. Ich glaube, ich werde dich noch einäschern lassen. So werden wir uns jedenfalls nicht wiedersehen."

Rob drehte sich um. Stefanie stand immer noch in 50 Metern Entfernung und blies ihren Atem in die kühle Luft. Rob sah, wie sie leicht auf und ab hüpfte und dabei ihr Gesicht in die Sonne hielt. Für ihn strahlte sie mit der Sonne um die Wette. Jeder Schritt in ihre Richtung brachte ihn mehr in sein eigenes Leben.

„Du bist großartig", sagte er zu ihr und küsste sie.

„Gehen wir, mein Held?"

„Ja, meine Liebe."

Danksagung

Ein besonderer Dank geht an **K**, die wie kein anderer meine Figuren in- und auswendig kennt wie mich selbst. Sie hat mir beigebracht, dass man Sätze auch einfach geradeaus schreiben kann.

Ein weiterer Dank geht an meinen engsten Berater in Sachen Mord. Dem Ersten Kriminalhauptkommissar der Mordkommission des Kölner Polizeipräsidiums.

Es gibt noch einige Personen, denen ich danke. Menschen, die meine ersten Gehversuche in der Schreibkunst unter die Lupe genommen haben. Und andere, die mir einfach nur zugehört haben. Daraus ist für mich die wichtigste Erkenntnis entstanden: Ein Buch schreibe ich nicht allein. Dahinter stehen viele Menschen, die mir helfen, dass es gelingt.

Dafür ein herzliches

DANKESCHÖN

Gerhard Oppermann